安徽師範大學中國詩學研究中心學術專刊
安徽師範大學文學院高峰學科建設經費資助項目

李商隱詩歌集解

（四）

劉學鍇文集

第一卷

安徽師范大學出版社
ANHUI NORMAL UNIVERSITY PRESS
·蕪湖·

未編年詩

無題

近知名阿侯①，住處小江流。腰細不勝舞〔一〕，眉長唯是愁②。黄金堪作屋③，何不作重樓④？

校記

〔一〕『勝』，馮引一本作『成』。

集注

①【朱注】樂府：『河中之水水東流，洛陽女兒名莫愁。十五嫁為盧家婦，十六生兒字阿侯。』【紀曰】此句

誤用。【張曰】生兒之兒，男女通用，安知《河中歌》不指女乎？詩並未誤用，紀評非也。

②見《無題》『照梁初有情』首注。

③見茂陵注。

④【程注】庾肩吾詩：『雲積似重樓。』【馮注】似言何不容更作一樓貯之耶？

【吴喬曰】以莫愁比楚，以阿侯比綯。曰『近知名』，則知是湖州被召時作。（腹聯）比綯之才寵。（末聯）望其有韋平之拜。

【徐德泓曰】首二句言人，三四句言貌，所當金屋貯之者也。金可作屋，更可作樓，甚言人好色之心無有窮盡，是又以謾語為諷者。

【姚曰】金屋深藏，豈如作重樓以望遠耶？○義山古詩，多齊梁體，即所謂格詩也；間有小律、絶句，亦屬齊梁體耳。

【屈曰】既有佳名，又居佳地，藝復絶妙，乃但蒙金屋之寵，不得高樓之貴，何也？

【程曰】『近知名阿侯』者，知其已嫁生子而名阿侯耳。合兩句之義觀之，則仍指莫愁本身也。此小律體，元和以後白香山、杜牧之輩多有之。

【馮曰】此章與《效長吉》、《戊籤》編五言小律。唐人五律頗有三韻五韻者。

【紀曰】小調艷詞，無關大旨。末二句，屋則深藏，樓則或可於登時偶見矣，以癡生幻，用筆自有情致。（《詩説》）此三韻律詩，韓集，白集俱有之。（《輯評》）

【張曰】此非艷情，惟命意未詳。（《會箋》）

【按】此篇似可與《無題二首》『聞道閶門萼緑華』七絶參觀。『近知』即『近聞』之意，二字貫前四句。首聯謂聞其名而知其居處，『阿侯』不過借古詩中現成人名指詩中女主人公，程箋迂曲。次聯言其美艷，『眉長』句兼寫其幽怨。『腰細』『眉長』均承『近知』，想像得之。末聯謂其人金屋深藏，未能一睹其芳姿，故云『何不作重樓』以居之，令我得仰望之也。其人蓋亦『吴王苑内花』之流，全篇亦意似申言『聞道閶門萼緑華，昔年相望抵天涯』之情。

無題

照梁初有情，出水舊知名①。裙衩芙蓉小②，釵茸翡翠輕③。錦長書鄭重④，眉細恨分明⑤。莫近彈碁局，中心最不平⑥！

①【程注】《神女賦》：『其始來也，耀乎如白日初出照屋梁。』《洛神賦》：『灼若芙蕖出渌波。』【姚注】《何遜集·看伏郎新婚詩》：『霧夕蓮出水，霞朝日照梁。何如花燭夜，輕扇掩紅妝？』【馮班曰】腰起。（《輯評》）

②【朱注】衩，楚懈切。《釋名》：『裙，下裳也。婦人蔽膝曰香衩。』《楚辭》：『集芙蓉以為裳。』【按】參看《無題》（八歲偷照鏡）注。

③【朱注】宋玉《諷賦》：『以翡翠之釵掛臣冠纓。』【按】茸本形容獸毛柔密之狀，釵茸連文，當指翡翠釵之上端如茸茸花飾形狀。

④【程注】《漢書注》：『鄭重，猶頻煩也。』白居易詩：『千里故人心鄭重。』【馮注】舊注引蘇若蘭織錦事。《晉書》：『竇滔妻蘇氏名蕙，字若蘭，善屬文。滔苻堅時為秦州刺史，被徙流沙。蘇氏思之，織錦為《迴文旋圖詩》以贈滔，宛轉循環，詞甚悽惋，凡八百四十字。』《侍兒小名録》：『滔寵姬趙陽臺，蘇苦加撻辱，滔深恨之，與陽臺之鎮襄陽，絶蘇音問。因織錦迴文，題詩二百餘首，名《璇璣圖》寄之。滔覽錦字，感其妙絶，具車從迎蘇氏。』又王勃《七夕賦》：『上元錦書傳寶字。』用上元夫人出紫錦之囊，開緑金之笈，以《三元流珠經》等四部授茅固、茅盈事，見《太平廣記》所引《漢武内傳》。此則謂閨人書札耳。【按】錦書用蘇蕙事。鄭重，反復切至之意。《三國志·魏志·高堂隆傳》：『殷勤鄭重，欲必覺寤陛下。』此句『書鄭重』與下『恨分明』對文，猶言書中之情甚殷切也。

⑤【馮注】用愁眉細而曲折之義。《後漢書·五行志》：『桓帝元嘉中，京都婦女作愁眉，細而曲折。』《梁冀傳》：『妻孫壽善為愁眉。』【鍾惺曰】（二句）幽細婉孌。（《唐詩歸》）

⑥【朱注】《後漢書·梁冀傳注》：『《藝經》曰：彈棊，兩人對局，白黑棊各六。後先列棊相當，更相彈也。其局以石為之。』魏丁廙《彈棊賦》：『文石為局，金碧齊精。隆中夷外，緻理肌平。』【程注】《夢溪筆談》：『彈棊今人罕為之，有譜一卷，蓋唐人所為。棊局方二尺，中心高如覆盂，其巔為小壺，四角隆起。今大名府開元寺佛殿上有一石局，亦唐時物也。李商隱詩曰：「中心最不平」，謂其中高也。白樂天詩曰：「彈棊局上事，最妙是長斜。」長斜謂抹角斜彈，一發過半局。今譜中具有此法。柳子厚叙棊用二十四棊者即此戲也。』《老學庵筆記》：『吕進伯作《考古圖》云：「古彈棊局狀如香爐蓋，謂其中隆起也。李義山詩云：「中心最不平」，今人多不能解；以進

伯之説觀之，則粗可見。然恨其藝之不傳也。魏文帝善彈碁，不復用指，第以手巾角拂之。有客自謂絶藝，及召見，但低首以葛巾角拂之，文帝不能及也。此説今尤不可解矣。大名龍興寺佛殿前有魏宫玉石彈碁局，上有黄初中刻字，政和中取入禁中。」【馮注】《御覽》引《藝經》：『先列碁相當，下呼上擊之。』魏文帝《彈碁賦》：『局則豐腹高隆，庳根四頽。』又：『文石為局，隆中夷外。』按：《西京雜記》謂彈碁劉向所造，而《彈碁經序》：『武帝時東方朔進此藝，宫禁習之，傳落人間，後又中絶。建安中，宫人以金釵玉梳戲於粧奩之上；及魏文受禪，宫人更習彈碁焉。』《世説》曰『彈碁始魏宫内，用裝（粧）奩戲。』詩意正用此也。【譚元春曰】末語《子夜》《讀曲》妙想。【按】李頎、韋應物均有《彈棋歌》。

【王夫之曰】一氣不忤。豔詩不鍊，則入填詞。西崑之異於《花間》，其際甚大。（《唐詩評選》）

【吴喬曰】結意顯然。（《西崑發微》卷上）

【何曰】落句似借用王丞相以腹熨彈碁局事。（《讀書記》）

【黄周星曰】『錦長』二句，妖媚之極。古時有彈棋局，故心中不平。今彈棋之局久廢矣，而不平者常在人心，何也？（《唐詩快》）

【陸次雲曰】豔情古思。（《晚唐詩善鳴集》）

【范大士曰】玉谿豔體詩獨得驪珠，而此尤疏秀有致。（《歷代詩發》）

【徐德泓曰】前四句，併作一聯。『照梁』屬翡翠，『出水』屬芙蓉。上二句未分明，故下二句承醒之，狀其飾也。『錦長』二句，言有情致也。結語，承『恨』字來，欲止其愁之意。碁局中心不平，恐其相感，故莫近之也。此似贈妓之詞，而亦無狎語。

【姚曰】照梁出水，容色之妙麗也。翡翠芙蓉，粧飾之華艷也。錦書多不盡之意，黛眉含不展之懷，情竇既開，恐不免覩物生忌，如何？

【屈曰】以分明抱恨之人而近中心不平之局，則恨愈深矣，故云『莫近』也。

【程曰】此不平之鳴也。當是寄書長安故人之作。前四句須合看。起句言己之初志原有意於高栖，如翡翠之有情於玳瑁梁也。次句言己之才華未嘗不見重於當世，如芙蓉之知名秋水也。三四言拂志抑情，大材小用。世之愛芙蓉者，僅繡之於裙衩，何其小也！世之愛翡翠者，僅施之於釵茸，無乃輕乎？五六言欲裁書而長錦蟬聯，何以達鄭重之意；欲斂恨而細眉顰蹙，尤足見分明之情。七八即杜子美『聞道長安似奕棋』之意，言時局不平，有如棋局，觸物興情，不可近矣。

【馮曰】此寄内詩。蓋初婚後，應鴻（當作宏）博不中選，閨中人為之不平，有書寄慰也。絶非他篇之比。

【王鳴盛曰】巧於言愁。昔人謂讀孟東野令人不歡，予謂讀義山真不歡也。

【姜炳璋曰】此亦自況也。如朝霞照梁而有情，如芙蓉出水而知名，喻己之才華傾動當時也。裙衩之間，繡花而小；釵茸之地，點翠而輕。女為悦己者容，喻士將為知己者用也。錦書，喻屢獻書於人；眉恨，喻詩中亦嘗含恨，無如黨人蟠固如棋局之争，而予心徒抱不平而已。諸説俱非。

【張曰】馮説從首句悟出，可從。（《會箋》）　又曰：此初婚後客中寄内之作。『照梁』句謂新婚，『出水』句謂從前即聞名相慕。『裙衩』二句狀室人裝飾。『錦長』二句代寫盼歸之意。『莫近』二句，謂客途失意，室人亦代為不平也。與他無題詩絶不相同。本集凡寄内之作，皆晦其題，此是全集通例。馮氏謂係鴻博不中時作，似為近之。（《辨正》）

【按】馮説從首聯『照梁』『出水』悟出，然二語本出《神女》《洛神》二賦，不過借此形容女子姿容之艷麗，與新婚本無關涉。即兼用何遜詩語，亦不必專指新婚女子。張襄馮説，謂李集寄内之作，皆晦其題，然以『無題』為寄內詩者，尚無其例。此篇實非賦體（馮氏即以賦體視之），乃比興寓言體。詩中女主人公，即作者之化身。試與《無題》（八歲偷照鏡）參讀，其比興性質自見，其寄意亦自明。前四寫女子姿容之艷麗、妝飾之華美，與『八歲偷照鏡』篇前四句意略似，用語亦有相同者，均係以容飾喻才華。『舊知名』，託喻才名早著；『初有情』，則以女子之待嫁喻才士之求仕。腹聯謂錦書抒殷切之情，愁眉傳分明之恨，明寫愛情失意之幽怨，實抒政治失意之悵惘，較之『八歲偷照鏡』篇『十五泣春風，背面鞦韆下』之憂慮前途，茫然難料者又進一層矣。蓋前詩猶是憂未來之命運，此則傷已然之失意遭遇。末聯乃點醒全篇比興寄託之意。彈碁局中心高如覆盂，故用以關合愛情失意（實即政治失意）之『中心不平』。馮氏謂此為寄內詩雖屬錯會，然謂此詩之背景為宏博不中選，則大體可信，觀其《與陶進士書》，即可見其時義山因宏博落選中心不平之狀。

無題〔一〕

白道縈迴入暮霞①，班騅嘶斷七香車②。春風自共何人笑③？枉破陽城十萬家〔二〕④。

〔一〕原本題下小注：一云陽城。蔣本、姜本、悟抄、席本、影宋抄、錢本均同。戊籤、萬絕題下無此四字。

〔二〕『陽城』原一作『洛陽』，影宋抄作『洛陽』。

①【朱注】李白詩：『日日采蘼蕪，上山成白道。』　【按】白道字常見，如《偶成轉韻》『白道青松了然在』。王琦注李白詩『白道向姑熟』云：『人行跡多，草不能生。遥望白色，故曰白道，唐詩多用之。』

②班騅見《對雪二首》注。七香車見《壬申七夕》注。嘶斷，嘶煞也。

③【補】春風，猶『春風面』。或徑解為『在春風中』，亦通。自，却也。

④見《鏡鑑》注。

【吴喬曰】春風比絢，十萬家自比，何人，則絢所引進之黨也。嘶斷，有不可攀躋之意。

【何曰】（白道）二字先透『枉』字。（《輯評》）

【姚曰】畢竟十萬家中無隻眼，宜春風之旁若無人。

【屈曰】白道縈迴，日見往來，蓋彼已有人，枉自相思耳。

【程曰】此亦感懷之作。比之美女空駕七香之車，人縱冶遊，皆入暮霞而去。春風倚笑，却共何人？迷惑陽城，枉生顏色。蓋温飛卿『枉抛心力作詞人』之義也。

【馮曰】别情也。

【紀曰】怨極而以唱歎出之，不露怒張之態。《無題》作小詩極有神韻，衍為七律，便往往太纖太靡，蓋小詩可以風味取妍，律篇須骨格老重，方不失大方。（《詩説》）

【姜炳璋曰】香車空駕，作合無人，春風笑語，與誰相共？天生麗質，徒惑陽城、迷下蔡，博庸流之贊慕而已。「破」者，破顔，破愁，皆稱羡之意。此傷其不遇而枉負絶世之才也。

【張曰】未詳。必非别情。（《會箋》）

【按】一二言女子乘七香車循縈迴之白道入暮霞而去。斑騅嘶斷，狀車之馳過。三四謂瞥見車上女子姿容絶美，嫣然含笑，然寂寞無主，不見賞識，則彼姝亦空有傾城之色而見棄於時耳。「自共何人笑」，謂不知笑向何人也，正寫「枉」字。此似暮遊偶有所遇，忽然觸着身世之感，寄寓微妙。程箋、紀評、姜箋均有見。

無題

紫府仙人號寶燈①，雲漿未飲結成冰②。如何雪月交光夜，更在瑶臺十二層③？

集注

①【朱注】《抱朴子》：「項曼都言：到天上，先過紫府，金牀玉几，晃晃昱昱。」【道源注】佛有寶燈之名，神仙無此號，然佛亦稱金仙，故可通用。【馮注】《抱朴子》：「黄帝東到青邱，過風山，見紫府先生，受《三皇

內文》，以劾召萬神。」按：佛經屢稱仙人，則古仙、佛同稱也。【按】馮注引《抱朴子》以為紫府仙人即紫府先生，然三四言『雪月交光』，言『瑤臺』，明為女仙。『紫府』泛言仙人居所。庾信《道士步虛詞》：『五香芬紫府，千燈照赤城。』又，《神異經》：『青丘山上有紫宮，天真仙女，多遊於此。』疑『紫府』或即『紫宮』。《十洲記》：青丘有紫府宮，天真仙女遊於此地。

②【朱注】庾信《温湯碑序》：『其色變者流為五雲之漿，其味美者結為三危之露。』【馮注】《漢武故事》：『西王母曰：「太上之藥有玉津金漿，其次藥有五雲之漿。」』【按】雲漿，猶雲液、流霞，喻仙酒。

③【朱注】《離騷》：『望瑤臺之偃蹇兮。』《拾遺記》：『崑崙山傍有瑤臺十二，各廣千步，皆五色玉為臺基。』

【吴喬曰】極其歎羨，未有怨意。疑是與《阿侯》《玉山》《昨夜星辰》同時作。

【朱彝尊曰】古人遊仙詩多是寓意，寓意故不曰『遊仙』而曰『無題』，然其意不可曉。

【何曰】（三四句）狀白者無以逾此。（《輯評》）

【姚曰】此言所思之無路自通也。

【屈曰】在昔仙人相見，方欲一飲，雲漿忽已成冰，然猶相近也。乃今雪月之夜，更隔十二層之瑤臺，遠而更遠矣。

【程曰】此當為娶王茂元女時作，蓋却扇之流也。起句比之如仙。次句待之合巹。三句叙其時景。四句欲引而近之矣。

【馮曰】《新書·傳》：『綯為承旨，夜對禁中，燭盡，帝以乘輿金蓮華炬送還。院吏望見，以為天子來，及綯至，皆驚。』可為此首句類證也。時蓋元夕在綯家，候其歸而飲宴，故言候之久而酒已成冰，當此寒宵，何尚不即歸乎？即下章（指《昨日》）之昨日也。『紫府』字屢見古書，今所引以見内職之意。

【紀曰】此即《洛神賦》所云『嘆匏媧之無匹，嗟牽牛之獨處，』求之不得，亦寓言也。故四家曰：『總是不得見之意。』午橋以為王氏却扇之作未免武斷矣。

【張曰】此篇寓意亦未詳。馮氏謂指令狐，其説太晦。細玩詩意，並無感慨，與令狐諸篇迥不相類，未敢附會也。（《辨正》）又曰：通首寫元夕之景。『雲漿未飲結成冰』，即『一杯春露冷如冰』也。與上首（指《謁山》）一時情事，前晝此夜。（《會箋》）

【按】詩寫想望中之紫府仙姝。方欲就彼宴飲，而雲漿忽已成冰；正欲覓其蹤跡，而彼姝杳然不見，值此雪月交光之夜，對方竟又高處十二層瑶臺之上矣。全詩着力渲染某種可望而不可即之情景，以及追求、嚮往而又時感變化迅即，難以追攀之感。意境頗似阮籍《詠懷》第十九：『西方有佳人，皎若白日光。……飄飖恍惚中，流盼顧我傍。悦懌未交接，晤言用感傷。』龔自珍之《秋思》：『我所思兮在何方？……起看歷歷樓臺外，窈窕秋星或是君。』惟義山更偏重於塗寫内心之感受與印象，詩旨稍晦耳。此類意境空靈虚幻、迷離惝怳之作，可能由某一具體情事觸發，然當其融合其他情事，形成有典型性之藝術境界時，意義自不限於某一具體事件。若必欲探求義山何以有此類作品，則其一生政治與愛情方面之追求與失望，皆為其生活基礎，其給予讀者之實際感受，亦即前述如怨如慕、執着追求而又不勝悵惘之情緒。認定此詩係寓意令狐之顯貴難以追攀（如馮、張所解），或寓言己所想望之女冠如瑶臺仙姝，杳然難求，固近乎鑿，然視為此詩生活基礎之一部分，亦自不妨。義山多數意境極虚之作，皆宜作如是觀。商隱《為崔從事福寄尚書彭城公啟》：『始者尚書晞髮丹山，騰身紫府。』紫府指彭城公劉瑑任職中書舍人及充翰林學士。雖未可以文例詩，然亦説明詩中『紫府仙人』可能有所託寓。

捕捉瞬息間即逝之感受乃至幻覺入詩，構成色彩絢麗、富於象徵性之藝術形象，為義山此類詩之重要特色。

無題二首

鳳尾香羅薄幾重①？碧文圓頂夜深縫②。扇裁月魄羞難掩③，車走雷聲語未通④。曾是寂寥金燼暗⑤，斷無消息石榴紅⑥。班騅只繫垂楊岸⑦，何處西南待好風〔一〕⑧？

其二

重幃深下莫愁堂⑨，卧後清宵細細長⑩。神女生涯元是夢⑪，小姑居處本無郎⑫。風波不信菱枝弱，月露誰教桂葉香⑬？直道相思了無益，未妨惆悵是清狂⑭。

〔一〕『待』，朱本、季抄作『任』。

集注

①【陳帆曰】鳳尾羅，即鳳文羅也。【吴喬注】《黄庭經（序）》：『盟以金簡鳳文之羅四十尺。』《白帖》：『鳳文、蟬翼，並羅名。』庾信《謝賚皂羅袍啟》：『鳳不去而恒飛，花雖寒而不落。』（《西崑發微》）

②【姚注】程泰之《演繁露》：『唐人婚禮多用百子帳，特貴其名，而其制度，則非有子孫衆多之義，特穹廬之具體而微者。捲柳為圈，以相連鎖，百張百闔，為其圈之多也，故以百子總之，亦非真有百圈也。其弛張既成，大抵如今尖頂圓亭子，而用青氊通冒四方上下，便於移置耳。』按義山所謂碧文圓頂者，殆指此。蓋其始本以氊為之，後或易之以羅歟？【馮注】姚説近是，古所謂青廬也。但此頂上句，謂羅帳。《萬花谷》引《酉陽雜俎》：『北方婚禮，用青布幔為屋，謂之青廬，於此交拜行禮。』【吴喬曰】言裁扇也。【屈曰】詳『車走』句，則一二乃車帷也。【按】吴、屈説非。『扇裁』『車走』二句係『夜深縫』時追憶昔日相遇情景。夜縫羅帳，見亟盼好合之情。

③【朱注】班婕妤詩：『裁為合歡扇，團團似明月。』樂府《團扇郎歌》：『憔悴無復理，羞與郎相見。』【按】月魄見《碧城》注。『扇裁月魄』即團扇如月之意。團扇郎事詳《河内》詩注。

④【朱注】《長門賦》：『雷殷殷而響起兮，聲象君之車音。』【按】二句追憶往昔與意中人邂逅相遇情景：對方驅車匆匆而過，己則含羞以團扇遮面，露眼暗窺，雖相見未通言語。或謂下句亦指女方，古樂府《蘇小小歌》：『妾乘油壁車，郎乘青驄馬。何處結同心？西陵松柏下。』亦是女子乘車，男子乘馬。（陳永正説）。然《無題四首》之二『芙蓉塘外有輕雷』，亦隱以雷車指男方，此處用《長門賦》，自以指男方為宜。

⑤【朱注】徐彦伯詩：『玉盤紅淚滴，金燼彩光圓。』

⑥【道源注】梁元帝《烏棲曲》：『芙蓉為帶石榴裙。』【吳喬注】則天詩云：『不信比來長下淚，開箱驗取石榴裙。』『紅』字疑用此意。【馮注】石榴酒可喻合歡，見《惱韓同年》；孔紹安事可喻京宦，見《回中牡丹》。句意莫定，似寓不得為京官之慨。【按】此『石榴紅』與上『金燼暗』對文，『石榴』自指榴花。『金燼暗』，兼寓相思無望；『石榴紅』，暗示流光易逝，一別經年（榴花開時，青春已逝）。馮注鑿。

⑦班騅見《對雪二首》注。

⑧【補】曹植《七哀詩》：『君若清路塵，妾若濁水泥。浮沉各異勢，會合何時諧？願為西南風，長逝入君懷。』二句謂所思者繫馬垂楊之岸，與之咫尺天涯，不能會合，焉得西南好風吹送與之相會乎？

⑨莫愁事屢見。

⑩【陳永正曰】『細細』二字下得極佳，把慢慢地推移的時間和蠶食着心靈的痛苦都表現出來了。

⑪巫山神女事屢見。

⑫【原注】古詩有『小姑無郎』之句。【朱注】古樂府《青溪小姑曲》：『開門白水，側近橋梁。小姑所居，獨處無郎。』吳均《續齊諧記》，『會稽趙文韶，宋元嘉為東宮扶侍，廨在青溪中橋。秋夜步月，忽有青衣詣門相問，須臾女郎至，年可十八九許，容色絶妙，顧青衣取箜篌鼓之，留連宴寢。將旦，別去，以金簪遺文韶。明日，於青溪廟中得之，乃知昨所見青溪神女也。』劉敬叔《異苑》：『青溪小姑，蔣子文第三妹也。』楊炯《少姨廟碑》：『虞帝二妃，湘水之波瀾未歇；蔣侯三妹，青溪之軌跡可尋。』【按】二句謂回憶往昔，遇合如夢；至今幽居獨處，終身無托。

⑬【補】二句謂己如柔弱之菱枝，偏遭風波摧折；又似芬芳内蘊之桂葉，却無月露滋潤使之飄香。『不信』，是明知而故意如此，見『風波』之橫暴；『誰教』，是本可如此而竟不如此，見『月露』之無情。措辭婉而意極沉痛。《深宮》云：『狂飇不惜蘿陰薄，清露偏知桂葉濃。』上句與『風波』句意略同，而語較直遂；下句與『月露』句意相反，而取譬則同，均可互參。

⑭【程注】《漢書・昌邑王傳》：『清狂不惠。』注：『凡狂者，陰陽脈盡濁，今此人不狂似狂者，故言清狂也。或曰：色理清徐而心不慧曰清狂，如今白癡也。』杜甫詩：『放蕩齊趙間，裘馬頗清狂。』【張相曰】直，與就使、即使之就字、即字相當，假定之辭。凡文筆作開合之勢者，往往用直字以墊起，與饒字相似，特饒字緩而直字勁耳。……清狂為不慧或白癡之義。言即使相思無益，亦不妨終抱癡情耳。【按】張解是。杜詩『清狂』係放逸不羈之義，非所用。

【許學夷曰】商隱七言律語雖穠麗而中多詭僻，如『狂飆不惜蘿陰薄，清露偏知桂葉濃』，『落日渚宫供觀閣，開年雲夢送煙花』，『曾是寂寥金燼暗，斷無消息石榴紅』等句，最為詭僻。……論詩者有理障、事障，予竊謂此為意障耳。（《詩源辯體》）

【王夫之曰】（重幃首）艷詩別調。（《唐詩評選》）

【朱曰】（首章）此詠所思之人可思而不可見也。（《李義山詩集補注》）

【吴喬曰】（首章）『碧文』句：言裁扇也。『扇裁』二句：言裁扇枉自乾忙。『何處』句：河清難俟之意。（次章）『神女』二句：此時大悟。『風波』句：通顯不管流落之苦。『月露』句：翻恨天之與己美才，詩人大無賴也，《傳》云：『恃才詭激。』此語見之。『直道』句：道破。『未妨』句，聊自解嘲，（《西崑發微》卷上）又曰：『鳳尾香羅』『重幃深下』，絶望矣，而猶未怒。（《西崑發微序》）

【何曰】（首章）腹連以香消花盡作對。（次章）義山《無題》數詩，不過自傷不逢，無聊怨題，此篇乃直露本意。（《輯評》）

【黃周星曰】（首章）義山最工為情語。所謂情之所鍾，正在我輩，非義山其誰歸！（《唐詩快》）

【胡以梅曰】（首章）此詩是遇合不諧，……首句贊羅有織鳳，其質甚薄。……夜深縫是言辛苦。第三方説明團扇，妙在用一『魄』字，則明是碧羅裁就，所以如月之魄，若白紈裁者方言明月耳。……羞難掩，止言夜作制成，棄置不用，白白辛苦，其羞難掩。……第四……空聞車聲，不獲寵臨也。五言寂寞之境，六言消息已無，……。結用陸郎烏騅，徒繫樹外不歸，那得西南風吹入君懷乎？詳前三句，必有文章干謁，世事周旋，而當塗莫應。四與六七竟棄之如遺。八雖此心未歇而亦怨之意，意者謂令狐耶？詩中大抵採集樂府，用其篇中之意居多，須讀樂府原文，則大意盡貫通矣。（次章）此以莫愁比所思之人也。言莫愁重幃深處，予卧清宵甚長，妙在不言『細細長』，則『細細』之中已有思，若説出『思』字，則『細細』二字化為俗物耳，所以妙。第三必先有一番妄想，今成為神女之夢。第四本非匹偶，所以不能為之郎也。五六……言風波不任菱枝之弱，而加之以飄蕩，以致菱不能採，而月露明有桂可折，誰教天香可愛，令人不能捨乎？風波必當時時事。結言已絶望，付之惆悵清狂已爾。

【陸曰】按本傳：『令狐綯作相，商隱屢啟陳情，綯不之省。』二詩疑為綯發。因不便明言，而託為男女之詞，此風騷遺意也。○首篇言文人之以筆墨干謁，猶女子之以紉補事人。『鳳尾香羅』二句，是比體，即《傳》所云屢啟陳情也。曰『羞難掩』，是欲强顔見之也。曰『語未通』，是不得與之言也。五曰自朝至暮，惟有寂寥。六言自春徂夏，略無消息。結言所以若是者，豈真道之云遠哉？亦莫我肯顧耳。集中有《留贈畏之》一絶云，『瀟湘浪上有煙景，安得好風吹汝來？』與此結同意。石榴紅，諸家引樂府石榴裙作解，然玩其語意，言時序再更，指榴花，覺更直截。○（次章）此篇言相思無益，不若且置，而自適其嘯志歌懷之得也。重幃深下，長夜無眠，因思古來所傳，若巫山神女，青溪小姑，固舉世豔羡之人也。然神女本夢中之事，小姑有無郎之謡，自昔已如斯矣。强以求合，庸有濟乎？夫風波不為菱枝之弱而息，月露豈因桂葉之香而施，此殆有不期然而然者，吾乃今而知相思之了無益也。既知無益，又何必自甘束縛，而失我清狂之故態耶？

【徐德泓曰】二首皆慨不遇而托喻於閨情也。首言製成帷幔之屬以待偶。且扇裁合歡，羞不自掩，而人卒罔聞之，似雷聲塞耳也。五六句乃音問杳然之意。燈花暗，則無喜信可知。石榴紅，言徒有此美酒之供耳。結聯言彼合者常合，而此無得朋之慶也。《易》曰：『西南得朋。』似『西南』二字亦非漫下者。（次章）此承上意而言。前四句，言閉幃獨宿，而深悟相思無用矣，然豈終飄泊無依者乎，而孰使之得遂也？故又以『風波』『月露』二句轉接。末聯總括，謂明知無益，而到底不能忘情耳。

【姚曰】（首章）此詠所思之人，可思而不可見也。上半首，言守禮謹嚴。鳳尾香羅，重重深護，月扇遮羞，雷車隔語，深閨麗質，自應如是。下半首，言慇勤難寄。外不通內，伴金燼之寂寞；內不通外，斷石榴之消息。班騅隔岸，漫待好風，真所謂人遠天涯近矣。（次章）此義山自言其作詩之旨也。重幃自鎖，清宵自長，所謂神女小姑，即《楚詞》『望美人兮南浦』之意，非果有其人也。顧風波浩渺，難斷菱枝之縈繫；月露蒼茫，寧禁桂葉之飄香？明知其無益而不能自已，世無有心人，吾將誰與訴此也耶。

【屈曰】（首章）詳『車走』句，則一二乃車帷也。三言僅能覿面，四言未能交語也。五六夜深燈燼，消息難通。七八言安得好風吹汝來也。（次章）『原是夢』，不能真合也；『本無郎』，明知獨處也。『菱枝弱』，自喻相思之苦；『桂葉香』，喻所思之遺世獨立也，猶言誰令汝遺世獨立，我安得不相思乎？『夢』字承秋宵，『居處』承莫愁堂，『風波』承白水，『月露』承神女夢。『相思』總結上六句，『惆悵』『清狂』申説七句也。

【程曰】李青蓮『君平既棄世，世亦棄君平』二語，可作此二詩注脚。前詩言不求人知也。士為知己者死，女為悦己者容，故假借女子以為詞。起二句言己之文藻，譬如女子妝飾之工。三四言幽人之貞，猶其户外不窺，外言不入也。五六言不為俗染，猶其深藏鬟影，未露衣香也。七八言冶游蕩子，未嘗無人，然任其繫馬春風，與我何與也。次首言人無知己也。起二句言己之無聞，譬如女子之獨卧深閨。三四言浮慕虚聲，猶其娉婷不嫁，未成伉儷也。五六言且加排擠，猶其弱質無依，香魂不返也。七八則正言以總結之：舉世莫容，相思何益，不須惆悵，惟任清狂耳。此即《莊子》『猖狂妄行，乃蹈乎大方』之義。『未妨』字、『是』字口吻，即晉人猶不費我嘯歌語意。

【馮曰】將赴東川，往别令狐，留宿而有悲歌之作也。首作起二句衾帳之具。三句自慚。四句令狐乍歸，尚未相見。五六喻心跡不明而歡會絶望。七八言將遠行，『垂楊岸』寓柳姓，『西南』指蜀地。次章上半言不寐凝思，惟有寂寥之況，往事難尋，空齋無侶。五謂菱枝本弱，那禁風波屢吹，慨今也。六謂桂枝之香，誰從月露折贈，遡舊也。惟其懷此深恩，故雖相思無益，終抱癡情耳。此種真沉淪悲憤，一字一淚之篇，乃不解者引入歧途，粗解者未披重霧，可慨久矣。

【姜炳璋曰】首章自況其遇而不遇也。蓋碧文圓頂，羅帳也；夜深縫紉，女紅勤也；扇遮難掩，與相見也。相見則已遇也，而相見無言，驅車竟去，則遇而不遇也。故金燼雖云未暗，而消息總屬難通，安得佳期音信與榴花并紅乎？然則與見者，不過游冶郎繫馬垂楊耳。何處西南得朋，好風自至也？義山成進士，舉拔萃科，名動一時，每為諸侯所辟，而不能一舉朝班，猶女子求之者多，而終無伉儷之好者也。〇次章嘆其終不遇，而不復思其遇也。堂掩重幃，清宵不寐，此終不遇也。然無足怪也，神女原只有夢，小姑本未有郎，予安得以好逑作合期之斯世乎？況風波飄梗，離間者多；月露無情，汲引者少，於是知此生總無遇合之日。相思無益，不妨以惆悵之意，寓於清狂，發為歌詠，以自適而已。『直道』二字妙甚，蓋前此猶未忍直言無益，至此則竟可説出矣。凄絶！

【曾國藩曰】二詩言世莫己知，己亦誓不復求知於世。託詞於貞女以自明其波瀾不起之意。（《十八家詩鈔》）

【張曰】首章起聯寫留宿時景物。三句自慚形穢，四句未暇深談。『曾是』二句，相思已灰，好音絶望。七八言將遠行。……次章……『神女』句，言從前顛倒，都若空煙；『小姑』句，言此後因依，更無門館。五謂菱枝本弱，何堪屢受風波，慨黨局也。六謂桂葉已香，誰遣重添月露，歎文采也。……（《會箋》）又曰：『神女』句言當日婚於王氏，遂致令狐之怒，今已悼亡，思之渾如一夢耳。『小姑』句言己雖暫依李黨，不過聊謀禄仕，並非為所深知，如小姑居處，久已無郎，奈何子直藉此為口實哉！（《辨正》）

【黄侃曰】義山諸《無題》，以此二首為最得風人之旨。察其詞，純托之於守禮而不佻之處子，與杜陵所謂空谷佳人，殆均不媿幽貞。而解者多以為有思而不得之詞，失之甚矣！首二句，正寫寂寥時所以自遣：『碧文圜頂』，謂帳也；『車走雷聲』，言狂且之言無由入耳也；五句言幽居情況，日日如斯；六句言親愛離居，永無消息；七八言縱有游人窺覘，閨中深邃，固非所得而知也。謂之詞婉意嚴，疇云不可？次首，首二句極寫其岑寂；三四言縱復懷人，只勞夢想；四句言獨居幽地，不厭單棲；五句言狂暴相凌，徒困荏弱；六句言容華姣好，易召侵欺；七八言終不棄禮而相從，雖見懷思，適成癡佁也。

【汪辟疆曰】此大中五年義山應柳仲郢辟，將赴東川，絶意令狐之詩也。……首章起二句，雖點房櫳中景物，然曰薄、曰縫，則寄慨人地寒微，宛言愉色，操心苦矣。三四則言自傷淪落，愧對故人，儘有高軒，難通情愫，所謂羞難掩語未通也。以此二故，自知命途乖舛，寂寥是甘，佳音曠絶，遇合無期。曰曾是、曰斷無，則肯定之辭也。結則謂事已至此，不能不有西南之行。……次章上半，狀不寐凝思，即承首一首寂寥而極言之。首句莫愁二字取字面，非賦莫愁也。重幃深下，愁並宵長，此時自念前塵如夢，似神女之生涯；門館無依，類小姑之獨處。此夢即莊生曉夢迷蝴蝶之夢也。五六言菱枝雖弱，而慣經風波，亦自有其勁節，喻己之素操，所謂不信也。桂葉本香，而獨標月露，固自有其使然。言令狐之提攜，所謂誰教也。結二句，則言我雖有感激之忱，而彼終不諒，則思亦無益，不得已只有清狂自處，子不我思，豈無他人，則惆悵之深也。如此説詩，則神理交融，了無凝滯。

【按】二首均寫幽閨女子相思寂寥之情，又均採取深夜追思抒慨之心理獨白方式，頗似一時之作。然前章近賦，後章近比。前者不特寫深夜縫羅帳之女子、繫馬垂楊岸之男子，且以賦法具體描寫邂逅相遇、未通言語之戲劇性場景，似實寫生活中情事，後者雖亦云「相思無益」，然實以抒寫身世遭逢之感為主，且筆意空靈概括，多用比興，託寓痕跡較為顯明。頷、腹二聯，叙身世遭遇，意寓言外。頷聯與《重過聖女祠》「一春夢雨常飄瓦，盡日靈風不滿旗」一聯相仿佛，而寓意更顯，聯繫作者身世，則輾轉相依，迄無所託，遇合如夢，身世羈孤之情固不難意會。腹聯如實寫女子遭際，則意蘊虛涵，不易捉摸，「風波」「月露」所指，亦費猜詳。而從比興寄託着眼，則易於理解。義山淪賤艱虞，「內無强近，外乏因依」（《祭徐氏姊文》），仕途坎坷，屢遭朋黨勢力摧抑，而未遇有力援助，故借菱枝遭風波摧折，桂葉無月露飄香寓慨。《深宮》詩託宮怨以致慨，「狂飈」一聯，「一彼一此，腴枯頓別」；此則託閨怨以致慨，「月露」句與《深宮》之「清露」句取義雖異，其為託寓身世遭逢之感則同。何焯謂此首「直露本意』，可稱知言。要之，作直賦其事解則意晦，作比興託寓解意反顯，最足以説明此詩之寄託性質。

前章雖頗似單純言情之作，然通篇抒寫寂寥中之相思與期待，與作者之悲劇性身世及情懷，固不無相通之處。試比較《春日寄懷》：『世間榮落重逡巡，我獨丘園坐四春。縱使有花兼有月，可堪無酒又無人。青袍似草年年定，白髮如絲日日新。欲逐風波千萬里，未知何路到龍津？』其間聲息相通之處，不難感知。即令作者非有意托寓，亦不妨其於吟詠閨情時融入身世落寞之感，企盼好風之情。馮箋解『垂楊岸』『西南風』為『柳姓』『蜀地』，穿鑿附會，支離割裂，幾同拆字，最不可從。

無題

相見時難別亦難①，東風無力百花殘②。春蠶到死絲方盡③，蠟炬成灰淚始乾〔一〕④。曉鏡但愁雲鬢改⑤，夜吟應覺月光寒〔二〕。蓬山此去無多路，青鳥殷勤為探看⑥。

〔一〕『炬』，姜本、律髓作『燭』。

〔二〕『應覺』，【何曰】『覺』作『共』。　【按】諸本均作『覺』。

集注

①【補】《樂府詩集》卷三十六曹植《當來日大難》：「今日同堂，出門異鄉。別易會難，各盡杯觴。」又，曹丕《燕歌行》：「別日何易會日難。」此句翻進一層，謂相見固不易，離別亦難堪。惟「相見時難」，故別亦倍覺難堪。

②【補】此句點別時。

③【朱彝尊曰】古樂府思作絲，猶懷作淮也，往往有此。【錢曰】此是以絲喻情緒，非借作思也。對句不用借字可證。（《唐音審體》）【何注】《古子夜歌》：「春蠶易感化，絲子已復生。」（《輯評》）【補】《樂府詩集·西曲歌·作蠶絲》：「春蠶不應老，晝夜常懷絲。何惜微軀盡，纏綿自有時。」

④【朱注】庾信《對燭賦》：「銅荷承淚蠟，鐵鋏染浮煙。」【按】蠟淚常用以象徵別恨。杜牧《贈別》：「蠟燭有心還惜別，替人垂淚到天明。」作者《獨居有懷》：「蠟花長遞淚，箏柱鎮移心。」二句分喻思念之悠長與別恨之無窮。

⑤【補】曉鏡，晨起攬鏡，「鏡」與「吟」對文，均用作動詞。雲鬢，年青女子濃密之鬢髮；雲鬢改，借指青春年華之消逝。「但愁」「應覺」，均懸想對方心理之詞。出句與《春雨》「遠路應悲春晼晚」意近，對句與《月夕》「兔寒蟾冷桂花白，此夜姮娥應斷腸」相似。

⑥【張相曰】看，嘗試之辭，如云試試看。白居易《松下贈琴客》詩：「偶因羣動息，試撥一聲看。」又《眼病》詩：「人間方藥應無益，爭得金篦試刮看！」李商隱《無題詩》：「蓬山此去無多路，青鳥殷勤為探看。」皆其例也。【按】蓬山、青鳥屢見。二句故為寬解之詞，謂對方所居距離不遠，望藉青鳥傳書，試為殷勤探候致意。

【葛立方曰】仲長統云：『垂露成幃，張霄成幄，沆瀣當餐，九陽代燭。』蓋取無情之物作有情用也。自後竊取其意者甚多。……李義山《無題》云：『春蠶到死絲方盡，蠟燭成灰淚始乾。』此又是一格。今效此體為俚語小詞，傳於世者甚多，不足道也。（《韻語陽秋》）

【謝榛曰】李義山曰：『春蠶到死絲方盡，蠟炬成灰淚始乾。』措辭流麗，酷似六朝。（《四溟詩話》）

【陸時雍曰】三四痛快，不得以雅道律之。（《唐詩鏡》）

【朱曰】此言情人之不同薄倖也。（《李義山詩集補注》）

【馮舒曰】第二句畢世接不出。次聯猶之『彩鳳』『靈犀』之句，入妙未入神。（《瀛奎律髓》臨二馮閱本）

【馮班曰】妙在首連，三四亦楊劉語耳。（同上）

【吴喬曰】（首句）見時難於自述，別後通書又不親切，所以歎之。畢竟致書猶易，故有此詩。（次句）東風比絢，百花自比，上不引下也。（三四句）致堯云：『一名所係無窮事，怎肯當年便息機。』肥遯之士，莫容易笑人。（七八句）無多路，為探看，侯門如海，事不可知。亦屢啟陳情事也。又曰：相見時難，……怨矣，而未絶望。

【葉矯然曰】李義山慧業高人，敖陶孫謂其詩『綺密瓌妍，要非適用』，此皮相耳。義山《無題》云：『春蠶到死絲方盡，蠟炬成灰淚始乾。』又『神女生涯原是夢，小姑居處本無郎。』其指點情癡處，拈花棒喝，殆兼有之。又『直道相思了無益，未妨惆悵是清狂』，『平明鐘後更何事？笑倚牆邊梅樹花』，『若是曉珠明又定，一生長對水晶盤』，覺慾界纏人，過後嚼蠟，即色即空之義也。至『浪跡江湖白髮新，浮雲一片是吾身』，『東西南北皆垂淚，却是楊朱真本師』，分明禪悟語氣，豈可漫以浪子訶之？（《龍性堂詩話》）

【何曰】（第二句）言光陰難駐，我生行休也。（《讀書記》） 又曰：東風無力，上無明主也；百花殘，已且老至也。落句其屈子遠遊之思乎？末路不作絶望語，愈悲。（《輯評》）

【胡以梅曰】此首玩通章亦圭角太露，則詞藻反為皮膚，而神髓另在内意矣。若竟作艷情解，近於露張，非法之善也。細測其旨，蓋有求於當路，而不得耶？首言難得見，易得别，别後不得再見，所以别亦難耳。次句措辭媚極，百花殘，花事已過也。絲，思也，三四謂心不能已。五恐失時，六見寂寥。結則欲托信再探之。青鳥王母之使，殆當路之用人歟？蓬山無多路，故知其非九重，而為當路。

【《唐詩鼓吹評注》】此言别之難因相見之難。而風軟花殘，則有如天若有情天亦瘦也。自别之後，思未盡而淚未乾，唯有鏡容易改，吟興難窮耳。猶幸與君所居相去不遠，青鳥殷勤，試一探看，或有望於别而再見也。

【趙臣瑗曰】泛讀首句，疑是未别時語；及玩通首，皆是别後追思語。乃知此句是倒文，言往常别時每每不易分手者，只緣相見之實難也。接句尤奇，若曰當斯時也，風亦為我興盡不敢復顛，花亦為我神傷不敢復艷，情之所鍾至於如此。三四承之，言我其如春蠶耶，一日未死，一日之絲不能斷也；我其如蠟燭耶，一刻未灰，一刻之淚不能制也。嗚呼！言情至此，真可以驚天地而泣鬼神，《玉臺·香奩》其猶糞土哉！下半不過是補寫其起之早，眠之遲，念兹釋兹，不遑假寐。然人既不可得而近，信豈不可得而通耶？青鳥一結，自不可少。 又曰：（『春蠶』二句）鏤心刻骨之言。

【張謙宜曰】凡情語出自變《風》，本不可以格繩，勿寧少作。情太濃，便不能自攝，入於淫縱，只看李義山『春蠶到死絲方盡，蠟炬成灰淚始乾』之句便知。（《絸齋詩談》）

【查慎行曰】三四摹寫『别亦難』，是何等風韻。（《瀛奎律髓彙評》引）

【陸次雲曰】詩中比意從漢魏樂府中得來，遂為《無題》諸篇之冠。（《晚唐詩善鳴集》）

【陸曰】起處有光陰難駐，我生行休之歎。然蠶未到死，則絲尚牽；燭未成灰，則淚常落。有一息尚存，此志不容少懈者。『曉鏡』句言老，『夜吟』句言病，正見來日苦少。而有路可通，能不為之殷勤探看乎？此作者以詩代竿牘也。八句中真是千回萬轉。○『曉鏡』『鏡』字，作活字看，方對『吟』字有情。

【陸鳴皋曰】宋仁宗見東坡《水調歌頭》詞云：『我欲乘風歸去，又恐瓊樓玉宇，高處不勝寒。』嘆曰：『蘇軾終是愛君。』解此，可以得是詩之妙矣。

【徐德泓曰】此詩應是釋褐後，外調弘農尉而作，純乎比體。首句，喻登進之難而去亦難。『東風』句，承『別』字來，風為花之主，猶君為臣之主，今曰『無力』，已失所倚庇，而不得不離矣。然此情不死，故接以『春蠶』兩句。五六，又愁去後君老而寥寂也。末言使人探問，見情總難忘也。弘農離京不遠，故曰『無多路』。惓惓到底，風人緒音。

【姚曰】人情易合者必易離，惟相見難，則別亦難，情人之不同薄倖也。『東風』句，極摹消魂之意。然不但此際之消魂，春蠶蠟炬，到死成灰，此情終不可斷。中聯，鏡中愁鬢，月下憐寒，又言但須善保容顏，不患相逢無日。雖蓬山萬里，呼吸可通，但不知誰為青鳥，能為我一達殷勤耳。○此等詩，似寄情男女，而世間君臣朋友之間，若無此意，便泛泛與陌路相似，此非粗心人所知。

【屈曰】三四進一步法。結用轉筆有力。○離恨正當春暮，安能漠然？三四比，即死後成灰猶不能忘，何況春暮！但恐歲月如流，漸衰老耳。然幸而相近，可令青鳥探消息何如也。

【程曰】此詩似邂逅有力者，望其援引入朝，故不便明言而屬之無題也。起句言繾綣多情。次句言流光易去。三四言心情難已於仕進。五六言顏狀亦覺其可憐。七八望其為王母青禽，庶得入蓬山之路也。

【馮曰】首言相晤為難，光陰易過。次言已之愁思，畢生以之，終不忍絕。五言惟愁歲不我與，六謂長此孤冷之態。末句則謂未審其意旨究何如也。此段（指大中三年）諸詩，寓意率相類。

【紀曰】感遇之作易為激語，此云『蓬山此去無多路，青鳥殷勤為探看』，不為絕望之詞，固詩人忠厚之旨也，但三四太纖近鄙，不足存耳。（《詩説》）

【王鳴盛曰】（春蠶二句）沈鬱之句，與老杜異曲同工。（馮注初刊本王氏手批）

【姜炳璋曰】此亦寄綯之作。『東風』指綯，言綯不為主持，而王、鄭之交好皆雕落殆盡也。然予則非他人之比也，一息尚存，功名之志不能少懈。所慮年華易老，不堪蹉跎，世態炎凉，甚難消受。蓬山在望，青鳥為予探之，其果有援手之時乎？通體大意如此。

【孫洙曰】『春蠶到死絲方盡，蠟炬成灰淚始乾。』一息尚存，志不少懈，可以言情，可以喻道。『曉鏡但愁雲鬢改』，見；『夜吟應覺月光寒』，聞。（《唐詩三百首》）

【梅成棟曰】鏤心刻骨之詞，千秋情語，無出其右。（《精選七律耐吟集》）

【張曰】此徐府初罷，寓意子直之作。『春蠶』二句，即諺所謂『不到黄河心不死』之意。結言此去京師，誓探其意旨之所向也。確係是時作，觀起結自悟。（《會箋》）　又曰：三四兩句如此典雅而謂之鄙，……紀氏之詩學可知矣。（《辨正》）

【黄侃曰】次句言無計相憐，任其蕉萃；三四句自叙，五六句斥所懷者；七八則『無由見顔色，還自托微波』之意。

【汪辟疆曰】此當為大中五年徐府初罷寓意子直之詩也。欲絶而不忍遽絶，中懷悲苦，故以掩抑之詞出之。然詩意固自顯然也。起句言相見既難，即决絶亦不易，此『别』字，非離别之别，乃决别之别。次句言綯既無意嘘植，而己則必就淪落。東風指綯，百花指己。……三四極言己心不死……。五句即詩人『維憂用老』之意。六句即極言孤獨無偶。然猶對綯有幾希之望，不能不藉青鳥之探看也。……史所稱屢啟陳情，此當其時所作。詞苦而意婉，百誦不厭。

【按】吴、馮、張、汪諸家，皆以為屢啟陳情時寓意令狐之作。然以詩中所抒寫之感情與義山、令狐綯間之關係作對照，此説實不可通。義山與令狐之交惡，或謂始於入王茂元幕娶王氏之時，或謂始於從鄭亞於桂管之日，然至入桂幕時，二人關係已有嚴重裂痕，洵為事實。視『天怒識雷霆』（《酬令狐郎中見寄》）之語，其時綯之怒恨可想。及亞貶循，義山北歸，勢蹙途窮，不得已又有望於綯之援手，而綯則不予理睬，故《九日》詩有『不學漢臣栽苜蓿，空教楚客詠江蘺』之怨望語。要之，大中二、三年間，雙方關係正處於最低點。義山於此時仍望綯之援手，固有可議之處，然其中心不以綯為知己摯交，則可必也。而此詩所抒寫者，洵為對所思者刻骨銘心、生死不渝之深情，施之令狐，弗類也。此或猶可以剖白己之忠貞不貳解之，至『曉鏡』一聯，則其説窮矣。『但愁』『應覺』均揣想對方情形，若所思者為令狐，則彼方貴顯飛騰，聲勢煊赫，『曉飲豈知金掌迥，夜吟應訝玉繩低』（《寄令狐學士》），豈有『但愁雲鬢改』『應覺月光寒』之情態？且『屢啟陳情』而託之以男女之情，當為《離騷》式之單相思（所謂『閨中既邃遠兮，哲王又不寤』），而此詩所寫，明係雙方同情同病，彼此深情體貼之愛情。總之，以義山與令狐當時之關係而論，借男女之情作單方面之陳情告哀，冀其援手，容或近理；以同心離居、卿我相憐相比擬，則必不可能。義山大中年間寄酬令狐之詩，戲言望薦者、怨望交并者、陳情乞諒者、欣羡怨慕者均有之，獨無謬託知己之篇章，可為此詩非寓意令狐之顯證。

義山《無題》，此章最為傳誦。寫情曲折深至，迴環纏綿，而又出之自然，如肺腑中流出，固為重要原因；抑亦因其純粹抒情，不雜敘事；高度概括，而形象鮮明；比興象徵，而不流於晦澀，較之他篇更為精純也。此類戀詩，雖亦可能有所謂『本事』（亦未必即作者之戀愛經歷），然必已舍棄生活原型中之大量雜質，提煉、純化、昇華為結晶，以表達愛情間阻情況下愈益深摯忠貞之感情。後世之據此類《無題》以考證義山戀愛事跡者，猶執精以求粗，不知其早已舍粗以取精矣。

惟其精純而具典型性，此類詩於創作過程中亦有可能融合、滲透作者之人生感受。如本篇抒寫離别之難堪與别後悠長執着之思念，其中或亦揉合作者政治追求失意之精神苦悶，與雖失意仍不能自已、有所希冀之心理。『東風』句亦隱隱傳出作者對衰頽時世之感受。姚氏謂『此等詩，似寄情男女，而世間君臣朋友之間，若無此意，便泛泛然與陌路相似，此非粗心人所知』。不謂其必有寄託，而言其情之可以相通，可謂得讀此類詩一法。

無題四首

來是空言去絶蹤，月斜樓上五更鐘。夢為遠别啼難唤〔一〕①，書被催成墨未濃。蠟照半籠金翡翠〔二〕②，麝熏微度繡芙蓉〔三〕③。劉郎已恨蓬山遠，更隔蓬山一萬重④！

其二

颯颯東南細雨來〔四〕⑤，芙蓉塘外有輕雷⑥。金蟾齧鎖燒香入⑦，玉虎牽絲汲井迴⑧。賈氏窺簾韓掾少⑨，宓妃留枕魏王才⑩。春心莫共花争發，一寸相思一寸灰⑪！

其三

含情春晼晚〔五〕⑫，暫見夜闌干⑬。樓響將登怯，簾烘欲過難⑭。多羞釵上燕⑮，真愧鏡中鸞⑯。歸去横塘曉〔六〕，華星送寶鞍⑰。

其四

何處哀筝隨急管⑱，櫻花永巷垂楊岸⑲。東家老女嫁不售⑳，白日當天三月半㉑。溧陽公主年十四㉒，清明暖後同牆看。歸來展轉到五更，梁間燕子聞長歎。

〔一〕『喚』原作『換』，非（一作喚）。據蔣本、姜本、戊籤、悟抄、席本、影宋抄、錢本、朱本改。

〔二〕『照』，悟抄作『燭』。

〔三〕『熏』，悟抄作『香』。

〔四〕『南』，姜本、朱本作『風』。

〔五〕『畹』，姜本作『院』。

〔六〕『曉』，席本、朱本作『晚』。

①【《輯評》墨批】已別而復夢，遠別故夢。

②【朱注】江淹《翡翠賦》：『糅紫金而為色。』劉遵詩：『金屏障翡翠。』　【馮注】《楚詞·招魂》：『翡翠珠被，爛齊光些。』【按】金翡翠，以金線繡成翡翠鳥圖樣之帷帳。帷帳上部為燭照所不及，故曰『半籠』。韋莊《菩薩蠻》：『香燈半捲流蘇帳。』意類此。或曰金翡翠指有翡翠鳥圖樣之羅罩，眠時用以罩在燭臺上掩暗燭光。温庭筠《菩薩蠻》：『畫羅金翡翠，香燭銷成淚。』

③【朱注】崔顥《盧姬篇》：『水晶簾箔繡芙蓉。』　【馮注】鮑照詩：『七采芙蓉之羽帳。』此謂褥也，如杜詩

『褥隱繡芙蓉』。【按】簾額、羽帳、被褥均可繡芙蓉圖案，此言『麝熏微度』，自以指被褥為宜。翡翠、芙蓉均為男女歡愛之象徵。

④【朱注】李賀《金銅仙人辭漢歌》：『茂陵劉郎秋風客。』【馮注】用漢武求仙事，屢見。《後漢書·竇章傳》：『學者稱東觀為老氏藏室，道家蓬萊山。』【按】劉郎、蓬山雖用漢武求仙事，然僅取其字面，實兼用劉晨阮肇事。傳東漢永平中，剡縣人劉晨阮肇入天台山採藥迷路，遇二仙女，被邀至仙洞。半載後返故里，子孫已七世。後重入天台訪女，蹤跡渺然。事見劉義慶《幽明録》。晚唐詩人曹唐有《劉阮洞中遇仙人》詩等五首，即據此事敷演。詩中有『免令仙犬吠劉郎』『此生無處訪劉郎』之句，是劉晨亦可稱劉郎。此以劉郎自指，蓬山指對方所居之處。二句謂劉郎已恨仙凡路隔，蓬山渺不可即，更那堪遠隔萬重蓬山乎？

⑤【程注】《楚詞·九歌》：『風颯颯兮木蕭蕭。』【補】《九歌·山鬼》：『杳冥冥兮羌晝晦，東風飄兮神靈雨。』楊師道《中書寓直》詩：『颯颯雨聲來。』

⑥【《輯評》墨批】《西洲曲》：『採蓮南塘秋。』【馮注】《長門賦》：『雷隱隱而響起，聲象君之車音。』或引《魯靈光殿（賦）》，謂簷溜之響者，非也。【紀注】從《詩殷其雷》化來。

⑦【道源注】蟾善閉氣，古人用以飾鏁。【陸注】《海録》云：『金蟾，鎖飾也。』【馮注】陳帆曰：『高似孫《緯略》引此句，云是香器。其言鏁者，蓋有鼻鈕施之於帷幬之中也。』【按】金蟾，指蟾形香爐；鏁，指香爐鼻鈕，可啟閉而填入香料。

⑧【朱注】按玉虎是井欄之飾，或以施汲器者。老杜《銅瓶》詩：『蛟龍半缺落，猶得折黃金。』舊注云：『蛟龍刻鑄瓶上。』玉虎亦此類耳。絲，井索也。庾丹詩：『銀牀素絲綆。』【屈注】《海録》：『玉虎，轆轤也。』【馮注】《廣韻》：『綆，井索。』《樂府·淮南王篇》：『金瓶素綆汲寒漿。』【朱彝尊曰】（二句）鏁雖固，香能透之；井雖深，絲能及之。（以上二句又作錢評，『及』作『汲』）『入』『迴』二字相應，言來去之難也。

⑨【朱注】《世説》：『韓壽美姿容，賈充辟以為掾。賈女於青瑣中見壽，悦之，與之通。充見女盛自拂拭，又

聞壽有異香之氣（是外國所貢，一著人衣，歷月不歇）。充疑壽與女通，取左右婢拷問之，婢以狀言，充秘之，以女妻壽。』

⑩【朱注】《洛神賦序》：『黃初三年，予朝京師，還濟洛川。古人有言：斯水之神，名曰宓妃。』善曰：『宓妃，宓犧氏之女，溺洛水為神。』又曰：『魏東阿王求甄逸女，不遂，太祖回，與五官中郎將。植殊不平。黃初中入朝，帝示甄后玉鏤金帶枕，植見之，不覺泣。時已為郭后讒死。帝意尋悟，因令太子留宴，仍以枕賚植。植還度轘轅，將息洛水上，忽見女子來，自言：「我本託心君王，其心不遂。此枕是我嫁時物，前與五官中郎將，今與君王。」遂用薦枕席，歡情交集。又云：「豈不欲常見，但為郭后以糠塞口，今被髮掩面，羞將此形貌重睹君王耳。」言訖不復見所在。王悲喜不自勝，遂作《感甄賦》。後明帝見之，改為《洛神賦》。』元稹詩：『班女恩移趙，思王賦《感甄》。』　【朱彝尊曰】（二句）幸而合。不幸而終不合。（又作錢評）

⑪【馮注】《莊子》：『心固可使如死灰乎？』　【朱彝尊曰】其同歸於盡則一也。（又作錢評）　【紀曰】賈氏窺簾，以韓掾之少；宓妃留枕，以魏王之才，自揣生平，諒非所顧，故曰『春心莫共花爭發，一寸相思一寸灰』，言思之無益也。　【按】腹、尾二聯意謂：賈氏窺簾，宓妃留枕，或愛少俊，或慕才華，或生而遂願，或死而有情，其追求愛情之願望均如春花之萌發而不可抑止，今我則相思之情雖亦與春花競發，然終如香銷成灰，陷於絕望。

⑫【朱注】《楚詞》：『白日晼晚其將入兮。』

⑬【朱注】《古樂府》：『月没參橫，北斗闌干。』闌干，橫斜貌。　【按】夜闌干，夜色瀰漫。闌干，縱橫散亂貌。

⑭【朱彝尊曰】『烘』字難解。意香煙透出，簾中有人，故過之難。　【吳喬曰】義山《石城》詩又有『簾烘不隱鉤』，『烘』不可解。或者如畫家以空白雲氣處為烘斷之意乎？（《西崑發微》）　【何曰】『烘』字下得好，他人不能。　【馮注】《詩》：『卬烘于煁。』烘，燎也。而實取照物之義，故用之。　【按】烘，映照。簾烘，形容簾內燈光明亮，透出融怡熱烈氣息。

⑮【朱注】《洞冥記》：『元鼎元年起招靈閣，有神女留一玉釵，帝以賜趙婕妤。元鳳中，宫人謀欲碎之。視釵匣，惟見白燕升天。宫人因作玉燕釵。』【吴喬曰】愧不如釵得近其人之身。

⑯鏡中鸞用范泰《鸞鳥詩序》孤鸞睹影悲鳴事，參《陳後宫》詩注。此言愧不如鏡中之鸞得伴其人。

⑰【朱注】魏文帝詩：『華星出雲間。』【馮注】此華星，啟明也。【按】華星，猶明星。二句謂凌晨獨自沿横塘路而歸，唯明亮之晨星空照歸鞍而已。七句末字朱本作『晚』，他本均作『曉』，馮氏補注謂：『首句既曰晼晚，則七句必當為曉字。』然此詩所述情景，男女雙方似並未會面，頗疑作『晚』者是。首句『晚』指晚暮，此『晚』則指夜深。

⑱【程注】魏文帝《與吴質書》：『高譚娱心，哀筝順耳。』鮑照《白紵歌》：『古稱《渌水》今《白紵》，催絃急管為君舞。』【馮注】《禮記》：『絲聲哀。』《説文》：『筝，五絲筑身樂也。』【按】哀指聲音之清亮動人。

⑲【程注】《史記》：『范睢得見於離宫，佯為不知永巷而入其中。』【朱彝尊曰】永，長也，非宫中之永巷。

【按】朱注是。永巷，猶深巷。（馮引作錢注）

⑳【朱注】《樂府捉搦歌》：『老女不嫁只生口。』【馮注】《登徒子好色賦》：『臣里之美者，莫若臣東家之子。』《戰國策》：『處女無媒，老且不嫁。舍媒而自衒，敝而不售。』《列女傳》：『鍾離春，齊無鹽邑之女，極醜無雙，年四十，衒嫁不售。』梁樂府：『老女不嫁，蹋地唤天。』

㉑【何曰】懷春而後時也。（《輯評》）【馮注】言遲暮也。神來奇句。

㉒【朱注】《梁書》：『溧陽公主，簡文帝女也。年十四，有美色，侯景納而嬖之。大寶元年三月，請簡文禊飲於樂遊苑。上還宫，景與公主共據御牀南面坐。』【馮注】《南史·梁簡文帝紀》：『侯景納帝女溧陽公主。公主有美色，景惑之。』按：『年十四』，史文未見。溧陽公主年雖未考，而秦主苻堅滅燕，冲姊清河公主年十四，有殊色，堅納而寵之，似可借用，猶《富平少侯》之『十三身襲』歟？

【朱曰】（次章）窺簾留枕，春心之摇蕩極矣。迨乎香銷夢斷，絲盡淚乾，情燄熾然，終歸灰滅。不至此，不知有情之皆幻也。樂天《和微之夢遊詩序》謂曲盡其妄，周知其非，然後返乎真，歸乎實，義山詩即此義，不得但以艷語目之。又，《補注》曰：（首章）此章言情愫之未易通也。（次章）此章言相憶之苦也。（三章）此寫咫尺天涯之感。

【賀裳曰】元微之『頻頻聞動中門鎖，猶帶春酲懶相送。』李義山『書被催成墨未濃』，『車走雷聲語未通』，始真是浪子宰相，清狂從事。（黄白山評：『李為幕客，而其詩多牽情寄恨之語，雖不明所指，大要是主人姬妾之類。……』）（《載酒園詩話》卷一）

【吴喬曰】（首章）（首句）言綯有軟語而無實情。（次句）言作詩時。（五六）兩句從第二句來。○此詩與《相見時難》皆是致書於綯時作，即《舊傳》所言屢啟陳情也。（次章）（六句）言己才藻足為國華，綯不拔擢也。（三章）（三四）末句有『歸』字，則知此聯言在綯處之次日也。（五句）愧不如釵得近其人之身。（六句）愧不如鸞之决然自絶，而猶戀戀一官。（七八）《楚詞》言君恩之薄，而曰『波滔滔以來迎，魚鱗鱗以媵予』，言無人也。結語祖之。（四章）東家老女自比。溧陽公主比綯。又曰：老女，自傷也。

【何曰】此等只是艷詩，楊孟載説迂繆穿鑿，《風雅》之賊也。（《讀書記》）又曰：（首章）夢别、書成、為遠、被催、啼難、墨未，皆用雙聲疊韻對。（七八句）小馮云：『應首連。』（次章）雷雨之動滿盈，則君子經綸之時也。曰『細』曰『輕』，蓋冀望而終未能必之詞。五六言雜進者多，不殊『病樹前頭萬木春』也。○三句言外之不能入，四句言内之不能出，防閑亦可謂密矣。而窺簾留枕，春心蕩漾如此，此以見情之一字决非防閑之所能反也。○（五句）年不如。（六句）勢不逮。（七八句）小馮云：所謂止於禮義哉！（四章）此篇明白。溧陽公主，又早嫁而失所者，然則我生不辰，寧為老女乎？鳥獸猶不失伉儷，殆不如梁間之燕子也。（以上《輯評》）

【胡以梅曰】（首章）此詩內意：起言君臣無際會之時，或指當路止有空言之約，二三四是日夕想念之情。五六言其寂寥。七八言隔絶無路可尋。若以外象言之，乃是所歡一去，芳踪便絶，再來却付之空言矣。五更有夢，驚遠別而猶啼；訊問欲通，徒情濃而墨淡。為想蠟照金屏，香薰繡褶，仙娥静處，比劉郎之恨蓬山更遠也。（次章）內意：一二言陰蒙而天日為蔽。三四言隔絶不通。五六羡古人之及年少而用才。七八不能與衆芳齊艷使人灰心耳。外象則起言東南不日出而有細雨，是不能照見所歡之樓矣。蓮塘可遊而有雷聲，則所歡不能出而採蓮矣。想其静處遥深，惟有燒香汲井，欲得賈氏宓妃之憐才愛少既不可得，此心莫與春花争發，已令人思之灰心。○按此詩五六説明賈氏魏王，大露圭角，翻是假託之詞，而非真有私暱事可知，決不犯對題直賦也。

【趙臣瑗曰】（首章）只首句七字便寫盡幽期雖在、良會難成種種情事，真有不覺其望之切而怨之深者。次句一落，不是見月而驚，乃是聞鐘而歎，蓋鐘動則天明，而此宵竟已虚度矣。三四放開一步，略舉平日事，三寫神魂之恍惚，四寫報問之倉皇，情真理至，不可以其媟而忽之。五六乃縮筆重寫。月斜樓上，燒燭以俟之，燭猶未滅也；焚香以候之，香猶未歇也。而昔也欲去，留之未能；今也不來，致之無路，將奈之何哉！以為遠誠不知其遠之若何，以為恨誠不知其恨之何若也。

【《唐詩鼓吹評注》】（首章）此有幽期不至，故言來是空言而去已絶跡。待久不至，又當此月斜鐘盡之時矣。惟其空言，所以夢為遠別，啼難喚醒，而裁書作答，催成墨淡也。想君此時，蠟燭猶籠，麝香微度，而我不得相親，比之劉郎之恨，不更甚哉！劉郎宜指劉晨。（次章）此言細雨輕雷之候，思其人之所在：燒香入而金蟾嚙鎖，汲井迴而玉虎牽絲，亦甚寂寞矣。然而窺簾留枕，則未嘗無意於韓掾魏王也。末則如怨如訴，相思之至，反言之而情愈深矣。

【陸曰】（首章）通篇一意反覆，只發揮得『來是空言去絶蹤』七字耳。言我一夜之間，輾轉反側，而因見夫月之斜，因聞夫鐘之動，思之亦云至矣。乃通之夢寐，而夢為遠別，何蹤跡之可尋乎？味其音書，而書被催成，寧空言之足據乎？蠟照半籠，言燈光已淡；麝熏微度，言香氣漸消，夜將盡而天欲明之時也。言我之凄清寂寞至此，較之蓬山迢隔，不啻倍蓰，則信乎『來是空言去絶蹤』也。（次章）承上言不特道之云遠已也，彼颯然者風雨耶？殷然者雷聲耶？是皆阻我良會者也。於計無復之之處，忽生出下文轉步來。金蟾齧鎖，喻情之牢固也，曰『燒香入』，則扃鑰盡開矣。玉虎牽絲，喻思之縈繞也，曰『汲井迴』，則轆轤不轉矣。下半言情慾之感，終歸灰滅，豈獨今日為然？彼韓掾之香既銷，窺簾者安在？陳思之夢已斷，留枕者何人？甚矣相思無益，而春心之摇蕩，不可不以禮義自裁也。

【徐德泓曰】傳載令狐綯作相，義山屢啟陳情，綯不之省，數首疑為此作也。俱是喻體。（首章）此篇首二句，言信杳而時將盡矣。然癡情不醒，夢寐繫之，急切裁書，亦不及修飾也。五六二句，想象華顯之地。隨言此地，前已恨其遠，今不更遠乎？時李不得補官，故云。（次章）首句蒙晦之象。次句『雷』字從『風雨』字生出。雷車奔逐，而曰『塘外』，曰『輕』，喻趨捷徑者。是以私謁侯門者，如齧鏁而入；暗相援引者，似牽絲而汲也。五六句，言一愛少，一憐才。今非少年，而又無憐才者，徒為熱中何益乎？故結語云云。（三章）此應以綯難見而云也。直待末後，而始得一見，故曰『晚』，曰『暫』。次聯，乃足將進而趦趄意。然又不能與之决絶，殊愧釵燕鏡鸞之能脱離而去也。結到歸來景象，與首聯暮夜相應。（四章）此又以老女傷春為比。首二句，亦倒裝法，言聲在某地也。三月半，則春垂盡。『溧陽』二句，喻年少逢時者，而與之相形，尤不得不歸而歎矣。結得黯然凄絶，古樂府之遺也。

【陸鳴皋曰】（首章）起得飄空，來無蹤影，有春從天上之意，與《昨夜星辰》等篇同法。（次章）義山用事，大半借意，如『賈氏』二語，只為一『少』字『才』字，是屬確解。而人舍此不求，徒以窺簾留枕事實之，則失作者之意，而前後上下自成格塞。知此始可與讀李也。

【姚曰】（首章）極言兩人情愫之未易通，開口便將世間所謂幽期密約之醜盡情掃去。其來也固空言，其去也已絕蹤，當此之時，真是水窮山斷，然每到月斜鐘動之際，黯然魂銷。夢中之別，催成之書，幽憶怨亂，有非膠漆之所能喻者。乃知世間咫尺天涯之苦，正在此時。遥想翡翠燈籠，芙蓉幃幙，所謂『其室則邇，其人甚遠』，縱復瀝血刳腸，誰知我耶？（次章）極言相憶之苦。首句暗用巫雲事，思之專而恍若有見也。次句暗用古詩『雷隱隱，動妾心』語，思之專而恍若有聞也。計此時，金蟾齧鏁，非侍女燒香莫入；玉虎牽絲，或侍兒汲井時迴，惆悵終無益耳。於是春心一發，妄想横生：念賈氏之窺簾，或者憐我之少；如宓妃之留枕，或者憐我之才。要之念念相續，念念成灰，畢竟何益！至此則心盡氣絕時矣。　（三章）此寫咫尺天涯之感。樓前簾外，邈若山河。釵上之燕，夜來已卸；鏡中之鸞，夜來已掩，羞愧在此，横塘歸路，惟有華星相送而已。其奈之何哉！（四章）前四句，寓遲暮不遇之歎。『溧陽』二句，以逢時得志者相形。『歸來』二句，恐知己之終無其人也。讀之此首，前三章之寄託可知。○按義山自述云：『夙聞妙喻，常在道場。至於南國妖姬，叢臺妙妓，雖有涉於篇什，實不接於風流。……可使國人盡保展禽，酒肆無疑阮籍。』觀此四章，託興幽深，寄詞微婉，方知斯言之非欺我。

【屈曰】（首章）一相期久别。二此時難堪。三夢猶難别。四幸通音信。五六孤燈微香，咫尺千里。七八遠而又遠，無可如何矣。　（次章）此詩寓意在友朋遇合，言凶終隙末也。○一二時景。三四當此時而汲井方回，燒香始入。五六即從三四託下。於是簾窺韓掾，枕留宓妃，須臾之間，不可復得。故七八以春心莫發自解自歎，而情更深矣。（四章）貧家之女，老猶不售；貴家之女，少小已嫁。故展轉長歎，無人知者，惟燕子獨聞也。

【程曰】此四首則已入茂元幕府時感歎之作。第一首起句言來居幕府，曾是何官；已去秘書，竟絕蹤跡。次句言幕中供職之勤，夜則月斜，曉則鐘動，比昌黎所謂辰而入盡酉而歸者為更甚焉。三句言自别蘭臺，夢中豈無涕泣，無如其無可訴語。四句言自掌書記，未免受人促迫，往往不待其墨濃。五六又追憶秘書省之情事：宿直紫禁，親見翡翠金屏；身近御爐，香度芙蓉繡帶，何其樂也！七八謂今則君門萬里，比之漢武求仙，雖未得至蓬山，猶邀王母之降；若已甫授秘書省，竟未得入，是則較蓬山之遠更為過矣。　第二首專言幕中，蓋作此寂寂之歎。起二句言雷雨飄蕭，秋花冷落，以興起無聊之景。三四言晨入暮歸情況：曉則何門啟焚香而入，晚則見轆轤汲井而歸，蓋終日如是也。五六似指當時官奴而言，謂窺簾賈女，留枕宓妃，邂逅之間，亦嘗相遇。七八『春心』字『相思』字緊接上聯，然發乎情止乎禮義，不得不自戒飭如香山所謂『少日為名多檢束』者，故曰『莫發』、曰『心灰』也。第三首從前首後四句生出，專詠官奴。開口『含情』『暫見』四字，分明揭出春光已晚，春夜已闌，此時此際，未免有情。三四言少年薄倖之事有不可為亦有不易為者，登樓豈無履聲，過簾亦見人影，惟有以禮自持而已。五六言既以禮自持，故愛其釵燕而轉自羞，欲為鏡鸞而翻自媿。七八則叙其出院情景。每日歸時，華燈已上，横塘側畔，勞送歸鞍已耳。　第四章乃歸後索居之怨。起二句言嬌絲脆竹，花明柳暗，春光爛漫，何處無之，三四言已如不售之女，空老流光矣。五六是迴思得意立朝者，有若年少女郎，盡堪遲嫁，豈知易售，一一乘時，不啻溧陽公主，十四已婚。七八歸歎一身羈棲遠地，感歎之情不但無可語者，亦并無人聞之，其聞者唯梁間燕子耳。按義山從事茂元，茂元方將以女妻之，則其時情致所不能無。而原始要終，究歸大雅，不失風人之旨矣。朱長孺於第二首論之，謂不得但以艷詩目之，良是，殊不知四首皆然也。

【馮曰】此四章與『昨夜星辰』二首判然不同，蓋恨令狐綯之不省陳情也。首章首二句謂綯來相見，僅有空言，去則更絶蹤矣。令狐為内職，故次句點入朝時也。『夢為遠别』，緊接次句，猶下云『隔萬重』也。『書被催成』，蓋令狐促義山代書而攜入朝，文集有《上綯啟》，可推類也。五六言留宿。蓬山，唐人每以比翰林仙署，怨恨之至，故言更隔萬重也。若誤認艷體，則翡翠被中，芙蓉褥上，既已惠然肯來，豈尚徒託空言而有夢别催書之情事哉？　次首首二句紀來時也；三句取瓣香之義；四句申汲引之情；五句重在『掾』字，謂已之常為幕官；六句重在『才』字，謂幸以才華，尚未相絶；結則歎終無實惠也。三首上四句言徹夜候見，而終不得深浹。夜闌干，近五更入朝時矣。樓響簾烘，聲光之盛，我往就見，頗自慚爾。五六自歎自愧。結則言惟遣騎送歸，蒙其虚禮而已。彼既入朝，我則歸矣。（『夜闌干』六句，『彼既』二句，自句下箋移入）以上三章，未必皆一夕間事，蓋類列之耳。　四章又長言歎息之。首言何處告哀，固惟有此地耳。無鹽自喻，『溧陽公主』比令狐。末二句重結『歸』字，聞長歎者只有梁燕，令狐之不省，言外托出矣。《載酒園詩話》摘『書被催成墨未濃』及『車走雷聲語未通』，以為真浪子宰相，清狂從事，何其妄作解人哉！

【薛雪曰】（四章）意云：永巷櫻花，哀絃急管，白日當天，青春將半；老女不售，少女同牆。對此情景，其何以堪！展轉不寐，直至五更，梁燕聞之，亦為長歎。此是一副不遇血淚，雙手掬出，何嘗是艷作？（《一瓢詩話》）

【紀曰】（次章）起二句妙有遠神，不可理解而可以意喻。『魏王』字合是『陳王』，為平仄所牽耳。賈氏窺簾，以韓掾之少；宓妃留枕，以魏王之才。自顧生平，豈復有分及此，故曰『春心莫共花爭發，一寸相思一寸灰』，此四句是一提一落也。四首皆寓言也，此作較有蘊味，氣體亦不墮卑瑣。《無題》諸作，大抵感懷託諷，祖述乎美人香草之遺，以曲傳其鬱結，故情深調苦，往往感人。特其格不高，時有太纖太靡之病，且數見不鮮，轉成窠臼耳。歸愚以為剪綵為花，絶少生韻，固不足以服其心，而效者又摹擬剽賊，積為塵劫，無病而呻，有更甚于漢人之擬《騷》也。他體已然，七律尤甚，流弊所至，殆不勝言。存此一章，聊以備義山一種耳。此四首純是寓言矣，第一首三四句太纖小，七八句太直而盡。第三首稍有情致，三四亦纖小，五六亦直而盡。第四首尤淺薄徑露。大抵無題是義山偶然一種，本非一生精神所注，頗不欲多存，以後凡無題皆不入鈔也。（《詩說》）

【孫洙曰】（首章腹尾兩聯）燈猶可見，香猶可聞，而其人則已遠矣。（《唐詩三百首》）

【姜炳璋曰】（其一）（來是句）寫夢。（月斜句）夢之時。（夢為二句），夢中之景，點出夢，統貫上下，以清意旨，針綫極細。（蠟照）二語寫夢覺之景。（劉郎二句）落句極沉痛，『蓬山』指朝中顯秩。　（其二）（颯颯句）『細雨』比群陰蔽日。（芙蓉句）『輕雷』喻聚蚊成雷。（金蟾句）言金蟾嚙鎖，則香氣秘而不散，喻己與綯之交情宜固結而不解也。（玉虎句）言我雖暫出於外，爾必汲引之，使復歸朝列。（賈氏句）蓋我已與爾少小相依，氣誼甚篤。（宓妃句）豈知昔日相交，竟若夢中幻境乎？（春心二句）二語則極言其望重之切也。　（其三）（含情二句）一二言時已暮。（樓響二句）三四言思之切。（多羞二句）五六言愧蒙贈遺，虛受賞識。（歸去二句）猶云如白駒過隙耳，言蹉跎將老也。　（其四）（何處二句）春意惱人，入耳觸目皆悶。（東家二句）二句喻己之不遇也。（溧陽二句）二句喻後進皆貴顯也。（歸來二句）望用之情迫矣，而綯何終不省也。○觀末章云『東家老女嫁不售』，則知義山自況，而非艷辭矣。然予決以為寄令狐綯之作。一章，猶云『夢令狐學士』也。或云恐無所據，愚謂考集中贈綯詩可知矣。其為左拾遺也，則有《令狐拾（遺）見招》詩；其為左補闕也，則有《酬別令狐補闕》詩；其為考功郎中也，則有《贈子直花下》《子直晉昌李花》詩；其為翰林學士也，則有《寄令狐學士》《夢令狐學士》二詩；其為中書舍人也，則有《戲贈》一詩。至大中四年，綯同平章事，為宰相者十年，而義山從無贈綯、夢綯之作。然則史云『以文章干綯』，吾不知義山之干綯者為何等詩文也。及閱至『萬里風波一葉舟』亦曰《無題》，『郎君官貴施行馬』而題曰《九日》，夫乃知《無題》《碧城》《鴛鴦》《玉山》諸什，大半皆綯執政時干綯之作也。據本傳，令狐楚鎮河陽，以所業文干之，年才及弱冠，楚以其少俊，深禮之，令與諸子游。開成二年，高鍇知貢舉，令狐綯雅善鍇，獎譽甚力，故擢進士第。是義山與綯少同學，長同游，朋友之間投契之甚者，故以夫婦男女為喻。想當時必有『夢令狐相公』『寄令狐相公』諸題，一再不省，終於疏斥，故盡削其題，而冠以『無題』及『玉山』等字耳。細味自知。

【潘德輿曰】自來詠雷電詩，皆壯偉有餘，輕婉不足，未免猙獰可畏。惟陶公『仲春遘時雨，始發雷東隅』，杜審言『日氣含殘雨，雲陰送晚雷』，李義山『颯颯東風細雨來，芙蓉塘外有輕雷』，最耐諷玩。（《養一齋詩話》）

【張曰】文集有《上兵部相公啟》云：『令書元和中《太清宫寄張相公》舊詩上石者，昨一日書訖。』令狐綯大中四年十月以兵部尚書同平章事，五年四月換禮部尚書。義山是年（指大中五年）春初還京，詩有『書被催成』語，正指其事。以四章『白日當天』證之，詩作於三月子直未改禮部時也。　首章紀令狐來謁，匆匆竟去之事。『蠟照』二句，去後寂寞景況。結言從前内相位望，已恨懸隔；今則禮絶百寮，真不啻雲泥萬里矣。　次章盼其重來。『金蟾』句瓣香甚切；『玉虎』句汲引無由。後四句言賈氏窺簾，以韓掾之少；宓妃留枕，以魏王之才，我豈有此哉！相思寸灰，深歎思之無益也。　三章紀往見令狐，亦匆匆一面，不容陳情之慨。首句含情已久。次句暫見而未能交歡。『樓響』句，足將進而趦趄；『簾烘』句，人可望而難即。五六含羞抱媿之態。結言失意而歸，只有華星相送耳。　四章紀歸來展轉思憶之情。『何處』二句，謂惟令狐一門可以告哀，『櫻花永巷』，比子直得時貴顯也。『老女不售』，自喻；溧陽公主，比令狐。同牆看，亦可望而不可親之意。末二句則極寫獨自無聊耳。四首各有綫索，如此解之，詩味倍長矣。馮氏句釋未能分析，今為拈出。紀曉嵐好掎摭古人，而此詩次章所説獨無誤，可從也。（《會箋》）又曰：（首章）『夢為』二句，即《碧瓦》詩『夢到飛魂急，書成即席遥』之意。《無題》詩格，創自玉谿。且此體祇能施之七律，方可宛轉動情。統觀全集，無所謂纖俗、浮靡者。若後人倣效玉谿，誠有如紀氏所譏『摹擬剽賊，積為塵劫』者，然豈能真得玉谿萬一耶？紀氏欲因後人倣效之不善，歸罪於創始之人，聽斷未免太不公矣。（《辨正》）

【黄侃曰】（首章）『啼難喚』者，言悲思之深；『墨未濃』者，言草書之促；五六句指所憶之地言。（次章）古詩『雷隱隱，感妾心。側耳傾聽非車音』。第二句略用其意，以興三四句，言所憶者之自外獨歸也。五六句以下，則禁約閒情之詞。言情事與韓壽曹植既殊，則徒思無益者也。『東風細雨』，所以興起『輕雷』；而『輕雷』又非真雷，乃以擬車聲也。三四句亦所以足第二句之意，言其自外獨歸而已，非必真有『燒香』『汲井』之事也。詩乃有所求於人而人不見諒之詞也。（《李義山詩偶評》）

【汪辟疆曰】原編共四首，……蓋編者取其用意從同，故統括以《無題》耳，當非一時所作也。……首章前四句寫夢中，後四句寫夢覺。來去既不常，故言曰空言，蹤曰絶蹤，已非醒眼時境界，從古詩『既來不須臾，又不處重幃』脱化出也。次句點時地，入夢之時地也。三四夢中之情事，極恍惚迷離之境，决非果有其事。而張馮二家必泥《上綯書》令代書《太清宫寄張相公》舊詩，抑何可笑。五六則為夢醒時之景況，故曰『半籠』，云『微度』，即為夢醒時在枕上重理夢境之感覺。七八則歎蓬山本遠而加以夢中障隔，較之醒時之蓬山更遠也。此詩變化不拘常格，宜馮張輩不能知之也。又曰：『來是空言』一首前人所箋或以艷情，或以為令狐綯來見，其説之不可信，可於本詩證之。如為艷遇之作，則既於深夜翩然肯來，而又翡翠被中、芙蓉褥上既極燕昵之歡，何又忽云蓬山遠隔，則前後之不合也。如為子直來見，無論子直貴官，不常下顧，即感念故人親來存問，又何為待至五更深夜月斜樓上之時乎？馮氏自知不可通，則謂令狐為内職，此句點入朝之時，牽强附會而不知為譫説也。惟解為夢中夢覺兩層，則通體圓融，詩味深遠。次章言事已如此，然終似有幾希之望而終斷之無益也。起二句曰細雨，曰輕雷，喻膏澤之不能大霈。然香鑪雖閉，而金蟾可以齧通之；井水雖深，而玉虎可以汲引之。況已與令狐，乖隔雖深，舊情猶在，則援手亦不難也。但所疑慮者，窺簾以韓掾之少，留枕以魏王之才，而我何有哉！轉念至此，則寸心灰盡，其無益也可斷言之。此二首或為一時之作。（《玉谿詩箋舉例》）

【按】《無題四首》，其中七律二首，五律一首，七古一首，體裁既雜，內容亦無內在聯繫，其非一時之作可知。七古『何處哀箏』一篇，以貧家老女無媒不售、自傷遲暮與貴室女子得意行時、遊春賞景相形，以喻寒士之落拓不遇與貴顯子弟之仕宦得意，顯用感士不遇之傳統託喻手法。『東家老女』與『溧陽公主』，均為虛擬假托之寓言式人物，『嫁不售』之語，亦此類詩常語。試比較《戲題樞言草閣》末段：『榆莢亂不整，楊花飛相隨。上有白日照，下有東風吹。青樓有美人，顏色如玫瑰。歌聲入青雲，所痛無良媒。少年苦不久，顧慕良難哉。徒令真珠肶，裛入珊瑚腮。』二者均脱胎於曹植《美女篇》，第『何處哀箏』篇易之以『東家老女』，又以『溧陽公主』對襯而已。又七律《少年》以驕縱荒淫之貴胄少年與寒郊蓬轉之下層文士作對照，內容亦與本篇以『東家老女』與『溧陽公主』相形類似，所不同者，一則直賦其事，一則出之比興，且主賓易位而已。薛雪謂『此是一副不遇血淚，雙手掬出，何嘗是艷作』，所論極是。《無題》諸篇中，本篇洵為託寓痕跡最為明顯者。然以此例彼，推論前三章亦必有託寓，則又不免武斷。蓋前三章內容、寫法均與第四章有別，且如『蠟照』『賈氏』『樓響』等聯，均似實賦其事，寄寓痕跡殊不明顯，故宜分別論之。

首章寫所思遠隔，會合無期。首句點出『遠別』。『來是空言』者，遠別之際曾有重來之期約而虛幻難憑；『去絶蹤』，一去不復返也。次句則思念對方，夢魂縈繞，醒後斜月空照，晨鐘遥聞，倍感寂寥悵惘之情景。次聯出句追溯夢中情景，謂因遠别而積思成夢，夢中亦因傷别而悲啼不已；對句謂夢醒後為强烈思念之情所驅使，墨猶未濃即匆匆草成致對方之書信。腹聯寫室内華美陳設與寂寥氣氛，蠟照半籠，麝熏微度，依稀昔日歡會情景，然所謂伊人已在天之一方矣。末聯謂本已恨蓬山阻隔，豈堪更隔萬重蓬山乎？味詩意，似是本已咫尺天涯，會合良難，對方又復遠去也。『夢為遠別』四字，一篇眼目。詩用逆挽法，先從夢醒時情景寫起，再將夢中與夢後（次聯）、實境與幻覺（腹聯）揉合交融，最後點明蓬山遠隔，歸結到遠別之恨。

次章寫幽閨女子風雨懷人之情思與相思無望之痛苦。全詩係追求與幻滅兩種心象之交相映現。東南細雨，蓮塘輕雷，凄迷杳冥之景與低徊悵惘之情渾然一片，而女主人公獨居有懷、宛有所待之情狀亦彷彿可見，紀氏所謂『妙有遠神』者殆指此。頷聯含意隱晦，蓋賦而寓比興者。『燒香』『牽絲』二語，既逗起腹聯之賈氏窺簾，韓壽偷香，宓妃留枕，情思緜緜，又諧『相思』以引起末句。此聯意或謂蟾爐雖鎖，燒香時仍可開啟添入香料；井水雖深，借轆轤牽引亦可汲上清泉，既以之反襯幽居女子寂寥孤獨、內外隔絕之處境，亦以之暗示情之終不可久閉深藏，見此蟾爐添香、玉虎牽絲不免牽動情思也。腹尾二聯，緊相承接。賈氏窺簾，宓妃留枕，或愛少俊，或慕才華，皆情之發乎中而不可抑止者，誠所謂『春心自共花爭發』者也。我之『春心』雖亦隨春花而萌發，然屢次想望，屢次失望，直似香銷而寸寸成灰，翻不如泯此春心為愈耳。詩雖千迴百轉，而終歸相思之無望；然於絕望之悲哀中，又復透出『春心』之不可抑止與泯滅，《鼓吹評》謂末句『反言之而情愈深』，甚是。第三章極寫有所思慕而可望不可即之情，首聯謂春晚時思慕對方之情難以自抑，故至對方住處，然僅於夜色朦朧中偶一瞥見樓上之伊人。頷聯謂對方樓上人聲喧鬧，燈光映簾，氣氛熱烈融怡，己則躊躇遲疑，怯於登樓入室。腹聯即寫欲見而不得見之苦悶，謂己尚不如釵上之燕、鏡中之鸞，得伴其人之身影也。末聯則佇立中宵，失意悵歸情景。

綜觀前三章，主角或男或女，時時變換，情事又各不相關，謂其有意借艷情作連章之寄託，實屬穿鑿附會。然愛情之失意與仕途之失意，形態本有相似處，於吟詠失意愛情時融入政治上失意之感，亦屬可能。蓬山重隔之恨，相思無望之歎，可望不可即之感，或亦略有所寓焉。惟此種寓託，只可於形象之總體自然聯想，不可斤斤於字句間比附索隱。作者雖未必然，讀者未必不然，正緣創作中有非自覺性一面也。

有感〔一〕

非關宋玉有微辭①，却是襄王夢覺遲②。一自《高唐》賦成後，楚天雲雨盡堪疑③。

〔一〕原脱題，據蔣本、姜本、戊籤、席本、錢本、朱本補。

①【馮注】《登徒子好色賦》：『登徒子短宋玉曰：「玉為人體貌閑麗，口多微辭，又性好色，願王勿與出入後宮。」玉曰：「體貌閑麗，所受於天也；口多微辭，所學於師也；至於好色，臣無有也。」章華大夫曰：「蓋徒以微辭相感動。」』【按】微辭，以委婉不露之言辭託諷。《公羊傳》定公元年：『定、哀多微辭。』

②『襄王夢』屢見。却是，正是。

③【補】楚天雲雨，指描寫男女情愛之內容。二句謂自宋玉寫成以微辭託諷之《高唐賦》後，凡賦男女情愛之內容亦均堪疑為別有寓託者矣。

【朱彝尊曰】此非詠楚事也。題曰『《有感》』，可想而知。

【徐德泓曰】落句固佳，但此為不幸而受惡名者發，當體會『襄王』句也，不然，又以詞害志矣。

【姚曰】非為宋玉解嘲，為色荒者諷也。

【屈曰】玉谿《無題》諸作，即微詞也。當時必有議者，故此詩寄慨。

【程曰】此致憾於李宗閔輩信讒而不察也。通篇全用宋玉事，以登徒子嘗短宋玉，謂其體貌閑麗，口多微詞，然豈知其事之子虛耶？揆其讒之所以得行者，皆由聽者如襄王之夢寐不覺也。既不能覺，即以為真有是事，凡遇楚天雲雨，皆謂有神女在焉，恍惚遇之矣。

【楊曰】此為《無題》作解。（馮箋引）

【馮曰】屢啟不省，故曰『夢覺遲』，猶云喚他不醒也。不得已而托為《無題》，人必疑其好色，豈知皆苦衷血淚乎？千載而下，紛紛箋釋，猶半在夢境中，玉谿有知，尤當悲咤矣。此與『中路因循』之章，一前一後，皆為生平大端，自後乃真絶望，《無題》之篇少矣。《北夢瑣言》有『宰相怙權』一條，專詆令狐綯，言其尤忌勝己者，以商隱、温岐、羅隱三才子之怨望，即知綯之遺賢也。是則綯不第怒義山之背恩耳。又曰：余嘗謂韓致光《香奩詩》當以賈生憂國、阮籍途窮之意讀之。其他詩云：『謀身拙為安蛇足，報國危曾捋虎鬚。』乃一腔熱血也。既以所丁不辰，轉喉觸忌，壯志文心，皆難發露，於是托為艶體，以消無聊之況。其《思録舊詩凄然有感》云：『緝綴小詩鈔卷裏，尋思閒事到心頭。自吟自泣無人會，腸斷蓬山第一流。』固已道破苦心。後人信口薄之，或且以為和凝之作，可怪矣。義山所遭之時，大勝於致光，而人品則大不如致光。至於托事言哀，纏綿悽楚，一而已矣。義山詩法，冬郎幼必師承，《香奩》寄恨，彷彿《無題》，皆《楚騷》之苗裔也。余編義山詩，而後之讀者果取史書、文集，事會其通，語抉其隱，當知確不可易耳。又曰：全從杜詩《宋玉》一章化出。

【紀曰】平正無佳處。詳詩語是以文詞招怨之作，故題曰有感，乃為似有寓託而實不然者作解，非解無題也。（《詩説》）義山深於諷刺，必有以詩賈怨者，故有此辨。○前二句言雖有諷刺，亦因人之憒憒而然。後二句乃言由此召疑。（《輯評》）

【張曰】楊氏謂為無題作解，是也。但不能定指何年。（《會箋》）又曰：若如紀説，因賈怨而作辨，則『襄王』句為閒言語矣。其失詩旨為何如耶？（《辨正》）

【按】託言宋玉，以自道其詩歌創作，殆無可疑。義山每以宋玉自況，且曾言『衆中賞我賦《高唐》』矣。然此詩究屬『為《無題》作解』，抑或『為似有寓託而實不然者作解』，論者往往各執一端。實則詩中此二意兼而有之。首二謂宋玉之微辭託諷，蓋緣襄王之沉迷艷夢，以示『《高唐》』之寓諷，乃事出有因，不得不然。三四引出正意，言豈知《高唐》賦成之後，舉凡『楚天雲雨』之描寫盡堪疑為别有寓託者矣。『盡堪疑』三字極活泛，既可理解為『楚天雲雨』之描寫中確有『堪疑』為别有寓託者，亦可理解為其中原有不必疑而盡疑之者，未免為《高唐》所迷耳。二意之中，後者自為詩人表達之側重點。綜此二端以觀義山言情諸作，寄託之有無固當作具體分析，不得一概而論。似義山當日即已遇此情況，故作詩以釋疑焉。

然此詩尚有疑點。詳味一二句，『微辭』託諷之對象，顯指沉迷美色之襄王式人物。而義山無題之有寄託者，多為自傷不遇，初無寓諷君主之意。馮氏指襄王為令狐綯，然《無題》諸作亦無諷綯之内容（《何處哀筝》篇中『溧陽公主』或有綯之影子，然亦止於歎羡而無諷意），且沉迷艷夢與夫陳情不省實了無干涉。頗疑『微辭』所指，係託男女之情以諷時君者，集中詠史諸作，頗有近於此者。詠史詩之諷色荒者，有託古諷今與以古鑒今兩類，後者重在昭示歷史教訓，並不針對現實中某一君主。所謂『楚天雲雨盡堪疑』者，殆因時人對此類詠史詩之猜疑而發耶？

謝先輩防記念拙詩甚多異日偶有此寄〔一〕①

曉用雲添句，寒將雪命篇。良辰多自感，作者豈皆然〔二〕②！熟寢初同鶴③，含嘶欲並蟬④。題時長不展，得處定應偏⑤。南浦無窮樹⑥，西樓不住煙⑦。改成人寂寂，寄與路綿綿⑧。星勢寒垂地，河聲曉上天⑨。夫君自有恨，聊借此中傳⑩。

〔一〕『防』，馮引一本作『昉』。（錢氏寫校本原作昉，後據別本校改為防）

〔二〕『皆』原一作『徒』，季抄、朱本同。

①【朱注】《國史補》：『互相推敬，謂之先輩。』【徐曰】疑即《與陶進士書》中所謂『得謝生於雲臺觀』者。（馮注引）【按】唐人對科舉考試已登第者之敬稱。記念，猶記誦。清徐松《登科記考》卷二十二引《永樂大典》：《宜春志》：『會昌元年，謝防登進士第。』則本篇當作於會昌元年之後。

②【馮曰】自謙亦自負。【按】四句謂己之詩作雖多以自然景物入句命篇，却非流連風景之作，而緣面對良辰佳景，觸物興感，故每借景以抒情。然世之作者豈皆然乎？言外有世無知音之慨。

③【馮注】按：《相鶴經》：『晝夜十二鳴，隆鼻短喙則少眠。』《淮南子》：『鶴知夜半。』《詩義疏》：『常夜半高鳴，聞八九里。』此乃云『熟寢』，未知所本。然李白詩『松高白鶴眠』，項斯詩『鶴睡松枝定』，皮日休詩『鶴静共眠覺』，詩家多以睡言鶴矣。

④【朱注】梁褚雲《蟬》詩：『天寒響屢嘶。』【按】二句謂有時冥思，宛如熟睡之鶴；有時苦吟，幾同悲嘶之蟬。

⑤【馮注】偏，為『專』字、『獨』字之義，如主恩偏、雨露偏之類。【按】題，即題詩之意。二句謂作詩時常常不能盡情傾泄，而忽有所得，往往偏精獨詣。此即所謂『新詩改罷自長吟』『語不驚人死不休』之意，而特以謙辭出之。

⑥【朱注】《楚詞》：『送美人兮南浦。』【馮注】江淹《別賦》：『送君南浦，傷如之何！』

⑦【朱注】鮑照詩：『始出西南樓。』【程注】庾肩吾詩：『天禽下北閣，織女下西樓。』【補】南朝樂府《西洲曲》：『鴻飛滿西洲，望郎上青樓。樓高望不見，盡日欄杆頭。』西樓或與此有關。許渾《謝亭送別》有『滿天風雨下西樓』之句，似『西樓』亦如『南浦』泛指送別望遠之所。

⑧【馮注】古辭：『綿綿思遠道。』

⑨【朱注】《柳子厚集序》：『粲然如繁星麗天，而芒寒色正。』【按】劉叉《塞上逢盧全》：『斗柄寒垂地，河流凍徹天。』承上『改成』二句，寫詩成後即景所見：天闊野曠，寒星勢如垂地；長河遥入天際，似聞河聲響徹穹蒼。似有借喻。《樊南甲集序》：『時得好對切事，聲勢物景，哀上浮壯。』此二句似即描繪『聲勢物景，哀上浮壯』之狀。徐氏謂『狀詩情之幽鬱而激越』，亦似之。

⑩【朱注】《楚詞》：『望夫君兮未來。』【何曰】夫君謂謝也，而已即在言下。（《輯評》）

【胡震亨曰】興寄視他篇自超，惜重『寒』『曉』二字，為全璧之玷。（《唐音戊籤》）

【何曰】『寒』『曉』乃呼應，非重複。『曉用』句，含『恨』字。『南浦』句，送別。『西樓』句，懷人。（《輯評》）

【楊曰】《無題》本旨，全在此詩傳出，相讀自見，結語更分明。（《輯評》朱批）

【錢曰】首二句自言作詩之勤。三四言非無為而作。五六自言其吟之苦。八忽得好句，不知其所自來，曰『偏』者，謙辭也。九十與謝相去甚遠，二句即下所謂『路綿綿』也。十三自上瞰下以比謝。十四自下徹上以自比。末二句言謝心有感，我詩適觸其所感，故記念以傳其心耳。（《唐音審體》）

【徐德泓曰】此自述作詩之意，言本于愁恨也。首四句，謂觸景感懷而不同于人。『熟寢』四句，言愁腸並于警鶴寒蟬，故情不得伸，而所得自非中正之音矣。『南浦』四句，又寫別景離情，而裁詩寄遠之事。『星勢』二句，總狀詩情之幽鬱而激越，正所謂音之偏者，意蓋曰：此未可言詩，而因有恨，聊借此以傳耳。與題寄意始合。

【姚曰】言詩中命意，非知心人莫可相訴。『星勢』『河聲』二語奇險，猶云天知地知也。此意豈堪為俗人告哉！

【屈曰】一段，風雲雪月皆非無為而作。二段，承『多感』兩句：同鶴，不成寢也；並蟬，長吟也。方吟時長若不展，及吟成自覺得意也。三段，寄謝先輩。四段，日夜自有所恨，聊借詩以傳耳。

【馮曰】『南浦』二聯，言多送別懷人之作，不指與謝相去。『星勢』二句，言聲光在此而感發在彼，方吸起謝自有恨，借我詩傳之，故記念甚多也。楊氏謂結語辨《無題》本旨者，誤。

【紀曰】小有情致，云佳則未也，六七八三句亦累。（《詩説》）

【張曰】『南浦』句謂多傷別之篇，即所謂『感念離羣』也；『西樓』句謂多陳情之什，即所謂『流連薄宦』

也。（《辨正》）

【按】此義山自道詩歌創作甘苦之作。首四謂己詩多觸景興感，有為而發。次四句謂冥思苦吟，方得佳句。『南浦』四句謂多傷別懷人之作，亦即《杜司勳》詩『刻意傷春復傷別』之意。『星勢』二句，描繪詩成後即景，即長吉詩『吟詩一夜東方白』意。寫景中或暗寓『聲勢物景，哀上浮壯，能感動人』（《樊南甲集序》）之意蘊，故引出末二句，謂謝自有幽愁闇恨，之所以『記念拙詩甚多』，姑借此以傳恨耳，言外已亦借詩以傳恨可知。楊氏謂『《無題》本旨，全在此詩傳出』，雖不免過於指實，然謂其自道詩歌創作之嚴肅認真，託物寓感，寄愁傳恨，則大體近是。姚謂『言詩中命意，非知心人莫可相訴』，亦近之。

九成宮①

十二層城閬苑西〔一〕②。平時避暑拂虹霓③。雲隨夏后雙龍尾④，風逐周王八馬蹄〔二〕⑤。吳岳曉光連翠巘⑥，甘泉晚景上丹梯⑦。荔枝盧橘沾恩幸⑧，鸞鵲天書溼紫泥⑨。

〔一〕『層城』，馮曰：『城一作樓。』

〔二〕『馬』，季抄、朱本作『駿』。《唐詩品彙》同。

①【朱注】《唐書》：『九成宫在鳳翔麟遊縣西五里，本隋仁壽宫，貞觀間修之以避暑，因更名焉。』【馮注】《集古録》：唐《九成宫醴泉銘》：『太宗避暑於宫中，以杖琢地，得水而甘，因名醴泉。』【按】以山有九重，故改名九成。永徽二年改萬年宫，乾封二年復舊名。杜甫有《九成宫》詩。今遺址無考。

②【朱注】按《十洲記》《水經注》俱言崑崙天墉城有金臺五所，玉樓十二；《漢書·郊祀志》亦言五城十二樓。義山詩每用十二城，未詳所本。《西王母傳》：『王母所居，在崑崙之圃、閬風之苑。』《十洲記》：『崑崙山有三角，其一角正北，名曰閬風巔。』【程注】《淮南子》：『崑崙山有層城九重』，不云十二；劉禹錫又有『十二碧城何處所』之句，想別有據。【徐曰】宋本與《戊籤》皆作『樓』，集亦有『十二樓前再拜辭』之句，疑『城』字誤。【馮注】按《集仙録》：『西王母所居宫闕在閬風之苑，有城千里，玉樓十二。』則『城』字『十二』字可通融取用。十二城、十二樓集中皆屢見，未可云誤。閬苑比京城，見《玉山》詩，鳳翔在京西也。

③【朱注】《西都賦》：『虹霓迴帶于棼楣。』【馮注】虹霓，兼切暑天。【按】平時，承平時世。

④【朱注】《山海經》：『大樂之野，夏后啟于此儛九代，乘兩龍（傳曰：九代，馬名。）』《博物志》：『夏德之盛，二龍降之，禹使范成光御之行域外，既周而還。』

⑤【馮注】見《華嶽下王母廟》。兩龍、八駿習用之語，此便覺與清暑獨切。【朱彝尊曰】雲、風跟避暑來。（亦見錢良擇《唐音審體》。）

⑥【朱注】《周禮》：『雍州鎮曰嶽山。』注：『吴岳也。』《漢志》：『吴山在汧縣西，秦都咸陽，以為西岳。』【姚注】《舊唐書》：『肅宗至德二年春，在鳳翔，改汧陽縣吴山為西岳。』【馮注】《史記·封禪書》：『華以西名

山吴岳。」《漢書·地理志》：「《周官職方氏》：「正西曰雍州，其山曰嶽。」」師古曰：「即吴岳也。」《元和郡縣志》：「隴州吴山，秦為西岳，今為國之西鎮。《國語》謂之西吴。」按：《寰宇記》鳳翔府天興縣亦載之。

⑦【馮注】漢甘泉宫去京三百里，與九成之離京相符，而九成有醴泉，故以言之。《史記·孝文本紀》：「帝初幸甘泉。」《索隱》曰：「應劭云：「甘泉宫在雲陽，一名林光。」臣瓚云：「甘泉，山名。林光，秦離宫名。」又顧氏云：「甘泉，水名。」」則山水皆通也。

⑧【朱注】《上林賦》：「盧橘夏熟。」善曰：「盧，黑也。」張勃《吴録》：「朱光為建安太守，有橘冬月樹上覆裹之；至明年春夏，色變青黑，味絶美。」《上林賦》所云，殆近是乎？《海録》：《花木志》：「給客橙出蜀土，若柚而香，冬夏花實相繼，或如彈圓，或如拳，通歲食之，名盧橘。」郝天挺注：「荔枝盧橘，皆當夏而熟，故貢於九成宫。」【馮注】《蜀都賦》：「側生荔枝。」《史記索隱》曰：「《伊尹書》曰：「果之美者，箕山之東，青馬之所，有盧橘，夏熟。」《廣州記》云「盧橘皮厚，大小如柑，酢多，九月結實，正赤，明年二月更青黑，夏熟。」」【按】盧橘，即金橘。

⑨【朱注】杜甫詩：「紫誥鸞迴紙。」《漢舊儀》：「天子信璽六，皆以武都紫泥封之，青囊白素裹，兩端無縫。」《西京雜記》：「（漢）中書以武都紫泥為璽室，加緑綈其上。」【程注】劉孝威詩：「驛報紫泥書。」【馮注】庾肩吾《書品序》：「波洄墮鏡之鸞，楷顧雕陵之鵲。」【按】結聯深寓不克躬逢盛世之慨。

【陸時雍曰】三四刺語，思路極工，末二語更顯。（《唐詩鏡》）

【王夫之曰】一結收縱有權，劉長卿以還不能問津也。

【何曰】『雲隨夏后雙龍尾』一連：對仗之工，楊、劉所能也。其平平寫去，不恤民依之意自見。言之無罪，聞之足戒，則楊、劉無此作用。按九成宮去京師三百餘里，次連用事可謂精切。此連頂『避暑』。『吴岳曉光連翠巘』一連，寫九成。『荔枝盧橘沾恩幸』二句：紫泥天書，只為荔枝盧橘，諷刺極刻，然又不覺。（《讀書記》）

又曰：王元長《曲水序》：『兩龍八駿』固不足與萬民共也。（《輯評》）

【胡以梅曰】十二層城即指九成宮。……閬苑指長安宮闕上林苑之類。……避暑明皇實事，拂虹霓言山宮之高而歷之也。三四言扈從之盛，而山中風雲皆為之效順。『隨』『逐』二字有神，雲以蔽陰，風以吹暑，語妙。吴岳在西，故見曉光，甘泉在東，故見晚景。『連翠巘』『上丹梯』，言兩山之景光來映九成山，因落照之色紅，故云『丹』，而九層如『梯』耳，字字有心思，不可漫讀，失作者之苦心。結言此時進獻方物，皆得沾恩而賜璽書。此只一轉，結出明皇耽於遊樂，惑於色荒，比『一騎紅塵妃子笑，無人知是荔枝來』之語，更深幾層。只説進荔枝者蒙恩，蘊蓄精妙，盧橘蓋陪襯。

【《唐詩鼓吹評注》】此譏玄宗遊樂而不恤國事也。首言九成宮如層城閬苑，明皇避暑於此，高拂虹霓，可謂樂矣。乃其時驅駕雙龍，控馳八駿，而風雲亦從此而翕集焉。以宮中之景言之，吴嶽曉光，遥連翠巘；甘泉晚景，欲上丹梯。且以荔枝盧橘之微，亦煩紫泥之詔，似乎霑濡恩澤者，其為逸樂何如耶？

【陸曰】宮在鳳翔，去京師三百里，每歲避暑於此，往來驛騷可知。妙在含而不露，使讀者自會於字句之外。首言宮高而至上拂雲霓，則絶遠人間炎熱，擬之層城閬苑，不是過矣。接言三百里遠道，不難雲隨風逐而去，豈真有夏之二龍、周之八駿耶。供馬賦車，勢所不免，及至彼地，無非遠眺吴岳，近俯甘泉，以自適其朝夕而已。至於天子信璽，何等鄭重，而紫泥之濕，只為荔枝、盧橘一物之細也。能無『民亦勞止』之歎乎？

【徐德泓曰】此專賦避暑也。首句言其地，次句言其事。第二聯，寫法駕之來。三聯，寫景色之勝。後則言時果正熟，而頒賜也。體類盛唐應制。

【姚曰】此過九成宮而憶承平盛事也。……詩極言承平時巡幸氣象。雲逐雙龍之尾，風生八駿之蹄，言從臣之皆英俊也。曉光，則吴岳為之巘翠；晚景，則甘泉差可相望，言形勢之極弘敞也。以至荔枝、盧橘皆得自進於上；鸞鵲天書，時沛恩膏於下，生其時者抑何幸哉！獨言荔枝盧橘者，夏熟故也。

【屈曰】一比九成，二太宗避暑。三四夏后、周王指太宗。五六九成宫山水。七八言當此時荔橘恩澤，天書紫泥，何等氣象，以見今日之不然也。

【程曰】九成宫乃太宗避暑之離宫，歷朝避暑多在於此。此詩平平寫去，不恤民依之意自見。荔枝盧橘，乃有天書，可想『一騎紅塵妃子笑』之情景矣。

【馮曰】姚解得之。首二志其以清暑幸離宫。三四百官扈從之儀。五六曉暮登臨之景。七八則遠方珍果時獻邀恩，皆承平之盛事也。唐自中葉後，巡幸之事久廢，詩亦於言外寓慨耳。或以為刺者，非也。

【紀曰】此感當世之衰，而追思貞觀太平之盛也，謂有所諷刺者非。起手『平時』二字特清眉目。七八言一草一木皆在德澤沾溉之中，望古遥集，聲在絃外，詩人之言蓋如是矣。問既非諷刺何以用穆王八駿為比？曰按王融《曲水詩序》曰：『夏后兩龍載驅璿臺之上，穆王八駿如舞瑶池之陰。』庾信《三月三日馬射賦序》曰：『夏后瑶臺之上，或御二龍；周王懸圃之前，猶驂八駿。』自六代相沿，率作佳事用之，非以為刺也。大抵唐人比擬人物多取一節，不甚拘拘。贈杜牧詩以江總比之，亦今人所不敢用也。（《詩説》）

【姚鼐曰】荔枝、盧橘皆夏熟，切『避暑』，末句但謂詔求此果耳，而語乃迂晦，此義山之病。

【方東樹曰】叙述華妙，用事精深。五六寫景。收即物取象，妙極。先君云：『荔橘夏熟，故貢於九成宫。「紫泥」、「天書」，只為二物，諷刺極刻，然不覺，故妙。』樹按：此方是義山本色正宗，如建章宫殿，規制應繩。

【曾國藩曰】送荔枝者而被天書恩幸，亦『一騎紅塵妃子笑』意。（《十八家詩鈔》）

【俞陛雲曰】『雲隨夏后雙龍尾，風逐周王八駿蹄』（《九成宫》），凡用古事入詩，兩事務須匀稱。勿以近代事攙之。此詩夏后周王，雙龍八駿，皆上古事，且句極工麗，運用古事者，最宜取法。詩為詠九成宫而作，宫在山水勝地。玉溪不言其風物，而意在懷古，殆有故君之思也。（《詩境淺説》）

【按】九成宮與唐太宗關係最為密切，此詩如有所刺，當刺太宗。然刺奢之題材多矣。何獨取素稱英主之太宗乎？《舊頓》云：『東人望幸久咨嗟，四海於今是一家。猶鎖平時舊行殿，盡無宮户有宮花。』以今日之寥落遥想承平之熱鬧。此詩則以遥想當日承平之氣象以襯今日之衰頹，均意在言外。義山追念承平詩甚多，如『灞水橋邊倚華表，平時二月有東巡』（《灞岸》），『虜馬崩騰忽一狂，翠華無日到東方』（《天津西望》）等皆亟望巡幸，可見《九成宮》之渲染太宗駕幸九成宮非刺也。姚、屈、馮、紀箋是。

舊頓①

東人望幸久咨嗟②，四海於今是一家③。猶鎖平時舊行殿④，盡無宮户有宮花〔一〕⑤。

〔一〕『宮花』原一作『飛鴉』。蔣本、姜本、戊籤、席本、影宋抄、錢本、萬絶作『宮鴉』。

①【朱注】《增韻》：『頓，宿食處也。天子行幸住宿處亦曰頓。』《唐書》：『禄山反，帝西出，令御史大夫魏方進為置頓使。』【馮注】《舊書・裴度傳》：『敬宗欲幸洛陽，宰相及兩省諫官論列，不聽，令度支員外郎盧貞檢計行宮及洛陽大内。會度自興元來，帝語及巡幸，度曰：「國家營創兩都，蓋備巡幸；然自艱難以來，此事遂絶，宮闕營壘廨署，悉多荒廢，亦須稍稍修葺，一年半歲後方可議行。」』又『朱克融、史憲誠各請以丁匠五千助修東都，帝遂停東幸。』按：唐時行幸，以大臣充置頓使。此為幸東都之頓。

②【補】東人，山東之人，此指洛陽東都之人。

③【程注】《禮記》：『聖人能以天下為一家。』【馮注】憲宗平諸藩鎮，自後數朝，叛者少矣，故曰『於今是一家』。【按】此微辭也，詳箋。

④【馮注】《通鑑注》：『自長安歷華、陜至洛，沿道皆有行宮。』【按】行殿，指行宮之殿宇。

⑤【何注】宮户，守宮人也。（《輯評》）

【姚曰】宮户、宮花，掩映得妙。或作宮鴉，或作飛鴉，非是。

【程曰】起曰『東人』，則舊頓乃行幸東都之宿處也。按史：『敬宗寶曆二年，欲幸東都，令度支員外郎盧貞按視，……』此詩當作於其時。不敢曰『宫車欲幸』，反其詞曰『東人望幸』，不敢曰『河北跋扈』，反其詞曰『四海一家』。下二語叙今日之荒凉，非憶昔日之繁盛，蓋欲以開元天寶以來為前車之鑒也。

【馮曰】程氏謂為敬宗作，固有據；若泛作慨想承平盛事，亦可。

【紀曰】末二句與《連昌宫詞》『猶有牆頭千葉桃，風動落花紅蔌蔌』同意，有歲久無人，草木叢生之感，然不免習徑。起二句亦拙。（宫鴉）殊不及『宫花』之有神理。（《詩説》）

【姜炳璋曰】或謂詩作於寶曆二年，敬宗欲幸東都之時。按是時河北跋扈，而云『四海一家』，且裴晉公諫止，而云『東都望幸』，皆非也。或云反言之，益非詩人忠厚之意。愚以為當作於三州來降、三鎮帖服之後，蓋武宗會昌時事也。言東人望幸，四海小康，而終不能舉行盛事者，以荒凉行殿，徒集宫鴉，而城郭人民，非復昔時之舊，雖欲行幸，亦覺興致索然，然則往轍不誠可鑒耶？

【張曰】此唐人絶句，故猶有拙致。結語綴以感慨，就題發抒，含蓄有餘味。與後人習徑，迥分霄壤。（《辨正》）

【按】此詩主旨，在借行殿空鎖，望幸不遂，以傷承平之不再，非諷巡幸之勞費，視『望幸』『猶鎖』『盡無』等語可見。如針對敬宗欲幸東都事而發，則當屬諷諭，與詩意顯然不合。『四海』句不可泥解。名為四海一家，實則東巡不再，滿目荒凉，殊非盛時氣象矣，詩之微意正寓於此。蓋因舊頓之荒廢而傷承平之不復也。末句『有宫花』，即『宫花寂寞紅』之謂。

天津西望①

虜馬崩騰忽一狂，翠華無日到東方〔一〕。天津西望腸真斷，滿眼秋波出苑牆②。

〔一〕「日」原作「不」，誤，據姜本、戊籤、季抄及萬絶改。【何曰】「不」字誤，然「日」字亦疑後人以意改。（《輯評》）

集注

①【朱注】《元和郡縣志》：「天津橋在河南縣北四里，隋大業元年造，用大船連以鐵鎖，南北夾起四樓。唐貞觀中更令石工壘方石為脚。」【馮注】《舊書·志》：「水部之職，凡石柱之梁四：洛則天津、永濟、中橋，灞則灞橋。」按：在宫苑之東，故曰「西望」。

②【馮注】《元和郡縣志》：「洛水在洛陽縣西南三里，西自苑内上陽之南瀰漫東流。」《舊書·志》：「宫城在都城之西北隅，上陽宫在宫城之西南隅，南臨洛水，西距穀水，東即宫城，北連禁苑。上陽之西隔穀水有西上陽宫，

虹梁跨縠。禁苑在都城之西，東抵宮城。」　【程注】王筠詩：「淚滿橫波目。」　【按】程注非。詳箋。

【輯評墨批】（末句）此言望幸之宮人也。

【姚曰】痛定思痛者幾人？

【屈曰】亂後荒涼之景。

【程曰】胡三省《通鑑注》：「天津橋乃長安出幸東都必經之路。」唐歷代多幸東都，但盛時則為宸游，中葉以後，皆避亂耳。故此詩上二句實紀其事，下二句揣度在東都時之望長安，有不堪其荒涼生感者，恐未必如李晟《請上還京表》所云「園陵無恙，鐘簴依然」者也。然則過此者可不深蒙塵之警鑒耶？

【馮曰】與《灞岸》《舊頓》同看。首句指安祿山之亂，自此遂廢東幸；末句蕭颯，所歎深矣。

【紀曰】首二句太拙，末句神來。（《詩説》）

【張曰】首句雖拙而有筆趣，非後世琱琢家數所及。次句當從馮本作「無日」則穩矣。（《辨正》）

【按】此慨安史亂後久廢巡幸，無復承平氣象也。「西望」者即詩人自身，非宮人，程氏以「橫波目」解「秋波」，誤甚。秋波指縠水。「滿眼秋波出苑牆」，蓋謂行宮荒涼，滿眼所見，惟一脈清波悄然出苑牆而已，上陽宮在天津橋之西，故云。

過華清内厩門〔一〕

華清別館閉黄昏，碧草悠悠内厩門。自是明時不巡幸，至今青海有龍孫①。

〔一〕悟抄題作「過華清宮内厩門」。

①【朱注】青海馬，龍種也。【按】詳見《詠史》（歷覽前賢）注。

【何焯曰】撫今追思，無限感慨。○婉而多風，勝龍池多矣。（《輯評》。馮引上句作田評）

【姚曰】凄凉境界，翻作太平氣象，越見凄凉。

【屈曰】雖舊物不失，而衰微在目也。

【程曰】唐之馬政，一盛於貞觀、麟德，凡七十萬匹，至永隆、景雲而衰。再盛於開元、天寶，凡四十三萬匹，加之以突厥互市又三十二萬匹，至至德、乾元而又衰。逮至太和、開成以後，銀川監使劉源所奏只七千匹，遂不振矣。當時掌馬之官，有羣牧使，如張萬歲之領羣牧是也。有閑厩使，如王毛仲之領内外閑厩是也。外厩乃隴西監牧之制，分為八坊四十八監；内厩則掌天子之御，左右六御，總十有二閑，為二厩。華清之内厩，《唐書·兵志》及《唐六典》皆無可考，大抵分左右六閑而備遊幸者也。義山生當大和、開成之世，則馬政之衰可知，而華清之備遊幸者，自無復升平故事矣。又其時吐蕃屢寇，自肅宗以來，隴右嘗為其所陷。凡苑牧畜馬皆然，則求如開元時突厥互市，中國得其善馬者，勢不可得，而青海龍種者，唯在其國中矣。故義山因過華清内厩作詩以慨歎之也。曰『明時』，曰『不巡幸』，乃《春秋》諱魯之義，不敢斥言其衰也。曰『青海有龍孫』，微詞也，不敢斥言其遠莫能致也。乃風人之旨也。

【姜炳璋曰】程云：此詠馬政之衰也。不巡幸不須内厩之馬，故龍孫唯在外夷海中，無術致，而馬政不修可見。

【按】此與《舊頓》《天津西望》《灞岸》等，皆寓今昔盛衰之慨，惟前二首借舊頓、舊苑之荒凉發之，此則借華清内厩之荒廢發之，皆舉隅以見全體，令人思而得之。三四故作婉辭，而諷慨自深。曰『青海有龍孫』，則内厩之無馬，河隴之失陷，國勢之衰弱可知。程氏回溯唐代馬政之盛衰，有助理解詩意，唯其意本不專主馬政，特借端以寄慨耳。

隋宮守歲①

消息東郊木帝迴②，宮中行樂有新梅③。沉香夾煎為庭燎〔一〕④，玉液瓊蘇作壽杯〔二〕⑤。遥望露盤疑是月〔三〕⑥，遠聞鼉鼓欲驚雷⑦。昭陽第一傾城客⑧，不踏金蓮不肯來⑨。

〔一〕『夾』，姜本、戊籤、季抄、朱本作『甲』。
〔二〕『蘇』，瀛奎律髓作『酥』。
〔三〕『是』，悟抄作『有』，非。

①【程注】《通鑑》：『中宗景龍二年十二月晦，敕中書門下與學士諸王駙馬入閣守歲，設庭燎，置酒作樂。』胡三省注：『守歲之宴，古無之。梁庾肩吾《除夕》詩：「聊傾百葉酒，試奠五辛盤。」蓋江左已有此矣，然未至君臣

相與酣適也。隋煬帝淫侈，每除夜殿前諸院設火山數十，盡沉香木根，每一山燒沉香木數車。火光暗，則以甲煎沃之，燄起數丈，香聞數十里。一夜之間，用沉香二百餘乘，甲煎二百餘石。』據此，則唐時除夕之宴樂，蓋一本於隋。

②【朱注】《月令》：『立春之日，親率公卿諸侯大夫，以迎春于東郊。』又曰：『孟春之月，其帝太皞。』注：『太皞以木德王。』　【何曰】杜句。○『守』字妙。破『歲』字。（《輯評》）

③【陸注】隋煬帝《賜吴絳仙》詩云：『舊日歌《桃葉》，新粧艷落梅。』新梅，疑用其句。　【程注】梁簡文帝詩：『春柳發新梅。』　【何曰】消息纔回，而新梅已有，非宫中安得有此行樂也？（《輯評》）

④【朱注】煎，去聲。《法苑珠林》：《廣志》：『甲香出南方，范曄《和香方》曰：「甲煎，煎棧香是也。」』　【姚注】《香譜》：『甲香，《唐本草》：「蠡類，生雲南，如掌，南人亦煮其肉啖。今合香多用，能成香烟。」』　【馮注】《宋書》：范曄和香方序：『棗膏昏鈍，甲煎淺俗。』《南州異物志》：『沉水香出日南。先斫壞樹著地，外皮朽爛，其心至堅者置水則沉，名沉香。其次在心白之間，置水中不沉不浮，與水面平者，名棧香。其最小麤白者，名槧香。』又：『甲香，螺屬也。大者如甌面，圍殼有刺。可合衆香燒之，皆使益芳，獨燒則臭。一名流螺。』按《本草》陳藏器曰：『甲煎以諸藥及美果花燒灰，和蠟治成，可作口脂。』蓋黏則為脂，散則為粉，故又曰甲煎粉也。通作夾牋，義同。　【程注】《詩·國風》：『庭燎之光。』　【按】甲煎、夾煎同。已見上注。庭燎，庭中用以照明之火炬。

⑤【朱注】《山海經》：『峚山，丹水出焉，其中多白玉，是有玉膏，黄帝是食是饗。』《漢武内傳》：『上藥有風實、雲子、玉液、金漿。』陶潛詩：『白玉煉素液。』《南岳夫人傳》：『設瓊酥緑酒，金觴四奏。』　【馮注】《初學記》引《拾遺記》：『王母薦穆王琬液清觴。』按：《拾遺記》『薦清澄琬琰之膏以為酒』，即此。《十洲記》：『瀛洲有玉膏如酒味，名曰玉酒，飲之令人長生。』　【程注】徐陵表：『三元兆慶，六呂司春，得奉萬壽之杯。』　【何曰】中二聯方是宫中。（《輯評》）

⑥【按】露盤，指承露盤，屢見。

⑦【朱注】李斯書：『樹靈鼉之鼓。』注：『以鼉皮為鼓也。』【馮注】《詩》：『鼉鼓逢逢，矇瞍奏公。』【何曰】二句『守』字。（《輯評》）

⑧【馮注】詳後《華清宫》（朝元閣迥）。《神女賦》：『高唐之客。』

⑨【馮注】《南史》：『齊廢帝東昏侯鑿金為蓮花以帖地，令潘妃行其上，曰：「此步步生蓮花也。」』【何曰】窮極奢靡，以悦婦人，豈知他年流落，止以悦向他人耶？結包含蕭后末路事，却不露。『蹈金蓮』猶言『踏覆轍』。（《輯評》）又曰：落句既脱『守歲』，又非隋事。定翁云：『隋宫用金蓮事，可戒也。』（《讀書記》）

【方回曰】第三句足見其侈，末句用潘妃事亦譏煬帝耳。以『為』對『作』，即是『為』也，亦詩家一泛例，可戒。

【胡以梅曰】此賦隋煬帝之奢淫，而守歲亦其一節也。……蓋荒亡之主，胸中只有尋樂之事，所以春將迴而又增一樂事，宫中行樂且有新梅可賞。第三實事，第四以珍重仙品配之。露盤既圓又高，因庭燎光耀之，遥望者故疑是月，而諸宫鼓樂喧如雷也。昭陽殿漢趙飛燕所居，此則言其恃寵之妃嬌癡習成，皆學潘妃，須踏金蓮方來耳。如是則焉有不亡之理。大約此詩因火山一事敷衍成章。

【陸曰】『紫泉宫殿』一篇，言隋亂亡，由於一念之慾，是大概説。此則寫其窮泰極侈處也。當日煬帝荒於聲色，日夕游宴，非歲節大辰，未嘗臨御前殿，題曰『守歲』，乃受朝前一夕也。人主於此，惟垂衣端冕，問夜何其耳。顧猶不忘行樂，而庭燎之光，至於沉香甲煎；壽杯之飲，不惜玉液瓊蘇，其靡費極矣。於是有當晦而明者，露盤之高疑月也；有先春而驚者，鼉鼓之震如雷也。一夕之内，一宫之間，所見所聞如是，況巡幸之地，燕賞之辰乎？『不踏金蓮不肯來』，言蕭妃恃寵而嬌，無異齊之潘妃也。

【姚曰】此應為當時内寵之過甚者發，故託『隋宫守歲』為題。消息春迴，春猶未至，乃宫中行樂，早遇新梅，喻妍華之獨擅也。於是庭燎則有沉香甲煎，壽杯則皆玉液瓊蘇，極守歲之淫侈矣。斯時露盤疑月，鼉鼓驚雷，回天轉日，總為一人之寵幸而然，而所謂第一人者，方自矜嬌貴，不踏金蓮，不肯輕來也。傾國之移人如是乎！

【屈曰】刺煬帝之荒淫亡國，不下論斷，具文見意。

【程曰】唐時除夜之宴樂，蓋一本於隋，義山得無借隋以紀唐事耶？詩中『甲煎』正與隋合，而瓊蘇又與中宗置酒事合，但結句不知所謂。又按《通鑑》：『是夜，上（中宗）酒酣，謂御史大夫竇從一曰：「聞卿久無伉儷，今夕為卿成禮。」俄而内侍引燭籠步障、金縷羅扇自西廊而上，扇後有人禮衣花釵，令與從一對坐，命誦却扇詩數首，扇却，去花易服而出，乃韋后老乳母王氏也。上與侍臣大笑，詔封莒國夫人，嫁為從一妻。』豈此詩追刺此事，所謂『第一傾城』，有意反其詞耶？然過近俳偕，不敢以為是也。

【馮曰】有寓意，故用事不專隋也。中書學士皆得與守歲之宴，此妒令狐之承渥寵也。『新梅』借寓新參鹽梅之任。三句正點隋宫。四句上壽天子，守歲事也。五六言露盤鼓漏皆在殿廷，以深侍宫中，故曰『遥望』『遠聞』也。『昭陽第一』，喻禮絶百僚；步踏金蓮，借金蓮華炬為言。此時子直初相，蓋大中四年除夕也，義山已在徐幕，遥聞而賦之。首曰『消息』，乃雙關字法。

【紀曰】一味鋪排，了無取義，而語亦多笨。（《詩説》）　此是咏古，不宜入懷古類（按《瀛奎律髓》列入懷古類）。義山感事托諷，運意深曲，佳處往往逼杜，非飛卿所可比肩。細閲全集自見。若專以此種推義山，宜以組織見譏矣。○傾城色，本集作傾城客，『客』不如『色』。（《瀛奎律髓刊誤》）

【張曰】腹聯活變，惟結語稍滯耳。然尚不礙格。馮氏謂寓意令狐，余疑是詠武宗王才人事也。○此會昌間丁母憂居洛時借詠武宗求仙、女寵事也。首句『消息東郊』點明在洛，結似暗比贊皇得君，可以援引及己，不立致通顯，誓不至京也。此其命意已。（《辨正》） 又曰：此亦艷羨內省之詩，非寓意令狐也。前半想像，結言不得置身其中，誓不重來京師也。……首曰『消息東郊』，其作於永樂乎？蒲在西京東北三百里，亦可謂之東郊。若洛中則會昌五年十月已服闋入京，無此情事矣。惟守歲之事，江左已然，見胡三省注《通鑑》所引庾肩吾《除夕應令》詩。此題曰『隋宮』，未詳。（《會箋》）

【按】此借煬帝宮廷之靡費以託諷也。胡、陸二家所箋甚是。姚氏以為專為內寵而發，則與詩意稍左。題目『守歲』，前六皆極陳宮中行樂之豪侈，末聯方出『昭陽傾城』，然其意亦在示其侈而非斥其淫，故云『不踏金蓮不肯來』。此詩所諷對象是否有具體所指，則未易定。張氏《辨正》謂『借咏武宗求仙、女寵事』，雖有近似處，亦未可必。虛指似更為近真。至馮氏牽合令狐承渥、程氏謂指竇從一娶韋后乳母、張氏《會箋》謂艷羨內省，皆荒唐無稽之說。

華清宮①

華清恩幸古無倫②，猶恐蛾眉不勝人。未免被他褒女笑〔一〕③，只教天子暫蒙塵④。

〔一〕『女』，季抄、朱本一作『氏』。

①【馮注】《新書·志》注：『温泉宮在驪山下，天寶六載，更曰華清宮，治湯井為池，環山列宮室。』

②【朱注】《唐書》：『太真得幸，進册貴妃，三姊皆美，帝呼為姨。帝幸華清，貴妃與三夫人皆從，遺簪墮舄，瑟瑟璣琲，狼藉於道，香聞數十里。』【馮注】《舊書·楊貴妃傳》：『每年十月幸華清宮，國忠姊妹五家扈從，每家為一隊，著一色衣，五家合隊，照映如百花煥發，遺鈿墮舄，瑟瑟珠翠，璨瓓芳馥於路。』

③【馮注】《史記》：『幽王嬖愛褒姒，褒姒不好笑，幽王欲其笑萬方，故不笑。幽王舉烽火，諸侯悉至，至而無寇，褒姒乃大笑。申侯與繒、西夷犬戎攻幽王，幽王舉烽火，兵莫至，遂殺幽王驪山下，虜褒姒。』【程注】李康《運命論》：『幽王之惑褒女也，妖始於夏庭。』元稹詩：『花凝褒女笑。』

④【朱注】言褒姒能滅周，而玄宗不久便歸國，是貴妃之傾城猶在褒姒下也。【馮注】《左傳》：『王使來告難，臧文仲對曰：『天子蒙塵于外，敢不奔問官守？』

【胡仔《苕溪漁隱叢話》】義山詩，楊大年諸公皆深喜之，然淺近者亦多。如《華清宮》詩……用事失體，在當時非所宜言也。

【朱曰】言褒姒能滅周，而玄宗不久便歸國，是貴妃之傾城猶在褒姒下也。二語深著色荒之戒，意最警策。

（《李義山詩集補注》）

【何曰】言明皇幸免驪山之禍耳。反言之所以為絞而婉也。（《讀書記》）又曰：與馬嵬詩同失為尊者諱之意，結又太輕薄。（《輯評》）

【賀裳曰】漁隱論詩，余多不以為善，獨論義山《華清宮》詩『未免被他褒女笑，只教天子暫蒙塵』，『用事失體，在當時非所宜言』。此論甚正。（黃白山評：『此因明皇不久回鑾，特抑貴妃之美不及褒姒，而故作此語，不過翻「傾城」二字之案耳。李意反言以詠本朝事為無害，豈知害不在意而在辭乎！』）凡遇宗社之禍，臣子當有『嫠不恤緯』之義，乃以『暫蒙塵』為笑耶？義山詠史，多好譏刺，如『梁臺歌管三更罷，猶自風摇九子鈴』，『晉陽已陷休回顧，更請君王獵一圍』，『如何一夢高唐雨，從此無心入武關』。然論前代之事，則足以備諷戒，昭代則不可，不曰『定、哀之間多微辭』乎！少陵《北征》詩曰：『不聞夏、殷衰，中自誅褒、妲。』舉六軍將士之事，而歸之于明皇，內安玄禮等畏禍之心，外不致啟强悍者效尤之志，又見上皇能自悔過，不難忍情割愛，可以起遠近臣民忠義之志，一言而三善備焉。義山雖法少陵，惜猶昧其大段所在。（《載酒園詩話》）

【陸鳴皋曰】此言色荒未有不亡，楊妃尚有愧處。翻意發前人所未發。『褒女』句，即從『古無倫』『不勝人』字內引出，非忽然云者。

【姚曰】尖在一『暫』字，不知痛定時能思痛否？

【屈曰】輕薄甚，玉谿往往有之。本朝國母，如此揶揄可乎？

【程曰】此詩謂明皇之寵楊妃，與幽王之嬖褒姒，今古色荒，事同一轍。馬嵬驛六軍不前之時，陳希烈（按：當為陳玄禮）禍本猶在之對，當時歸咎，咸指楊妃。然開元之前，政事可觀；天寶以後，怠荒始見。則明皇不至於幽王，而楊妃乃同於褒姒。論其蠱惑，幾於喪邦，社稷有靈，始克收復。然幸蜀而不至滅亡，蓋亦幸而免耳。詩意如此，詩語則反言之，較之杜牧之《驪山》詩『舞破中原始下來』之句，彼淺直此婉曲矣。

【馮曰】《通鑑》載張權輿言：『幽王幸驪山，為犬戎所殺；始皇葬驪山，國亡；明皇宫驪山，而禄山亂。』唐人每連類言之。然詩語殊尖薄矣。杜公《北征》援引褒、妲，出於忠憤，正得小雅之遺。若此與《驪山》《龍池》之作，皆大傷名教，讀者斷不可賞其輕脆也。《漁隱叢話》曰：『用事失體，在當時非所宜言。』是也。

【紀曰】刻薄尖酸，全無詩品，學義山當知此病，朱長孺以為警策，非也。（《詩説》）

【陳廣専曰】此刺權佞小人受殊渥，不作奇禍不休，不是罵太真。（《唐人七言絶句批鈔》）

【張曰】楊貴妃馬嵬之變，千古傷心之事也。唐人章之詩篇，或嘲或刺，或憐或憫，美矣！備矣！惟温飛卿《華清宫》不下論斷，詞意尤為傑出也。〇此詩意雖深刻，而語則樸實，依然晚唐本色；佻薄一派，不得藉口，但後人頗難學步耳。長孺固過譽，紀評亦太苛也。（《辨正》）

【按】以傳統詩教繩之者誠為迂腐之見，可無論。唯此詩語雖尖刻，識見則未高。蓋詩之所刺對象，主於楊妃；而於玄宗，則僅首句稍有微辭。似『傾國』之罪責，天子『蒙塵』之根由，不在玄宗而在楊妃。此種女禍亡國論，不特遠遜『吴王事事須亡國，未必西施勝六宫』（陸龜蒙），『泉下阿蠻應有語，這回休更怨楊妃』（羅隱），亦不如『如何四紀為天子，不及盧家有莫愁』之直刺玄宗矣。要之，詩膽與詩識，固有别也。

華清宫

朝元閣迥《羽衣》新〔一〕①，首按昭陽第一人②。當日不來高處舞，可能天下有胡塵③？

〔一〕『元』原作『陽』，誤，據蔣本、戊籤、悟抄、席本、影宋抄改。英華、萬絶亦作『元』。『迴』，英華作『轉』。萬絶作『迴』，誤。

集注

①【道源注】《雍録》：『朝元閣在驪山。天寶七載，玄元皇帝見於朝元閣，改名降聖閣。』《太真外傳》：『天寶四載七月，於鳳凰園册太真宫女道士楊氏為貴妃，半后服用。進見之日，奏《霓裳羽衣曲》。』【馮注】鄭嵎《津陽門》詩：『朝元閣成老君見。』《南部新書》：『朝元閣在山嶺之上，最為嶄絶。』《羽衣》新，謂於閣上舞《霓裳羽衣》也。舊注引《太真外傳》……者，非也。

②【朱注】《漢書》：『飛燕立為皇后，寵少衰，女弟絶幸，為昭儀，居昭陽舍。』李白詩：『宫中誰第一？飛燕在昭陽。』【馮注】諸書亦多言女弟在昭陽，惟《三輔黄圖》則云：『成帝趙皇后居昭陽殿，有女弟俱為婕妤。』而《西京雜記》：『趙后、昭儀二人，並色如紅玉，為當時第一，皆擅寵後宫。』李白詩：『宫中誰第一？飛燕在昭陽。』蓋合用之也。《太真外傳》：『上乘照夜白，妃步輦至興慶池沉香亭前，牡丹方繁開，宣學士李白立進《清平樂詞》，遂促李龜年歌之。太真酌酒笑領。』歌詞中有『可憐飛燕倚新粧』句。句用此事。【按】首按，首先按音樂節拍起舞。

③【張相曰】可能，推論之辭。李商隱《華清宮》詩：『當日不來高處舞，可能天下有胡塵！』此猶云何至。

【按】可能，何能，豈能。

箋評

【何曰】寓意頗淺。（《輯評》）

【姚曰】此題偏賦得磊落。

【屈曰】唐人華清詩佳者甚多，玉谿每於此類題皆淺露，如馬嵬諸作是也。尺有所短，不足諱。

【馮曰】一題兩首，用韻又同，此較意莊而語直，疑友人同作，未必皆出義山。

【紀曰】既失諱尊之體，亦少蘊藉之味，于温柔敦厚之旨失之遠矣。（《詩説》）太徑直。（《輯評》）

【張曰】此詩用筆亦頗婉轉老健，不當以徑直目之。至於不避忌諱，則唐時習尚也。或疑此非義山手筆。（《辨正》）

【按】馮箋近是，與『華清恩幸』一首參較，此首殊徑直無餘蘊，不似前首之婉曲多諷，見義山本色。三四議論尤平庸。

驪山有感

驪岫飛泉泛暖香〔一〕①，九龍呵護玉蓮房②。平明每幸長生殿③，不從金輿唯壽王④。

〔一〕『泛』原一作『有』。

①【朱注】《寰宇記》：『驪山在昭應縣東南二里，即藍田山也，温湯在山下。』【按】玄宗開元十一年，建温泉宮於驪山。天寶六載改名華清宮，温泉池亦改名華清池。

②【朱注】《唐實録》：『玄宗生日，源乾曜、張説上表曰：「陛下二氣含神，九龍浴聖。」』按：驪山温湯東有龍湫。杜甫詩『初聞龍用壯，劈石摧林邱。中夜窟宅改，移因風雨秋』是也。（鄭嵎）《津陽門詩注》曰：『驪山華清宮内除供奉兩湯外，更有湯十六所。長湯每賜諸嬪御，其修廣與諸湯不侔，甃以文瑶寶石，中央有玉蓮花捧湯泉，噴以成池。又縫綴綺繡為鳧雁置於水中，上時汎鈒鏤小舟以嬉遊焉。』《明皇雜録》：『上於華清宮新廣一湯，制

度宏麗。安祿山以白玉石為魚龍鳧雁，仍為石梁及石蓮花以獻，雕鐫巧妙，殆非人工。上大悅，命陳於湯中，仍以石梁橫亘湯上，而蓮花纔出水際。」【馮曰】取意不僅在此。

③【朱注】《長安志》：『天寶六載，改溫泉為華清宮，殿曰九龍，以待上浴；曰飛霜，以奉御寢；曰長生，以備齋祀。其他樓觀殿閣，不可勝紀。』《長恨歌》：『七月七日長生殿，夜半無人私語時。』【程注】《通鑑攷異》：『唐寢殿皆謂之長生殿。武后寢疾之長生殿，洛陽宮之寢殿也。肅宗末，越王係授甲長生殿，長安大明宮之寢殿也。白香山《長恨歌》「七月七日長生殿，夜半無人私語時」，華清宮之長生殿也。』據此，則義山所謂『平明每幸長生殿』者，但知為離宮別館，而與晨夕寢處之典故未曾分明，竟不知其專為寢殿也。香山以『夜半無人』為言則合矣。若《長安志》云『以備齋祀』，則不當平明每幸之矣。【馮曰】程説非也。《舊書・紀》：『天寶元年十月，溫泉宮新成長生殿，名曰集靈臺，以祀天神。』《津陽門詩注》云：『長生殿，齋殿也。有事於朝元閣，即御長生殿以沐浴。』又云：『飛霜殿即寢殿，而白傅《長恨歌》以長生為寢殿，殊誤矣。』今玩白傅詩，初未言是寢殿，七月七日焚香乞巧，亦祀天神之類也。鄭嵎所譏自欠明析，《通鑑注》亦小疎，故程氏更誤會耳。【按】陳寅恪《元白詩箋證稿》云：『唐代宮中長生殿雖為寢殿，獨華清宮之長生殿為祀神之齋宮。神道清嚴，不可闌入兒女猥瑣。樂天未入翰林，猶不諳國家典故，習於世俗，未及詳察，遂致失言。』義山是否亦習於世俗傳聞而有此，詩中似難看出。

④【朱注】《恨賦》：『喪金輿及玉乘。』《唐書》：『壽王瑁母武惠妃，頻娠不育。及瑁生，寧王請養邸中，名為己子，故封比諸王最後。』又曰：『惠妃薨，後宮無當意者。或言壽王妃楊氏之美，上見而悦之，乃令妃自以己意乞為女官，號太真。更為壽王娶郎將韋昭訓女。潛納太真於宮中，不朞歲，寵遇如惠妃。』【馮注】《舊書・傳》：『壽王瑁，明皇第十八子，母武惠妃。開元十三年三月封。』《新書・傳》：『大曆十年薨。』又《傳》曰：『貴妃楊氏，始為壽王妃。……天寶初進册貴妃。』按：《舊紀》：『天寶四載八月，册太真妃楊氏為貴妃。』其始為壽王妃之事，《舊書》皆無之。《舊傳》止云：『或言楊玄琰女姿色冠代，召見時，衣道士服，號曰太真。』《新書》乃云『始為壽王妃』，而遂於開元二十八年十月《紀》文大書以壽王妃楊氏為道士號太真矣。夫為道士者，即《傳》所云『丐

籍女官』也。必妃自父母家先遣人諭意，借此入宮。由父母家來，必非從壽邸來。《新傳》所云『始為壽王妃』者，初聘而未娶，故下書更為壽王聘韋氏女。白香山詩：『楊家有女初長成，養在深閨人未識。』固非矯詞也。明皇納其子已聘之人，尚不免《新臺》之刺；若既在壽邸，斷不若是之無禮矣。陳鴻《長恨歌傳》『詔高力士潛搜外宮，得於壽邸』者，妄也。惟《舊書·李林甫傳》：帝『衽席無別，不以為耻』，頗似成為壽王妃者。然納其已聘，固即無別，且豈獨此語為實録哉！《曝書亭集·書太真外傳》後，力辨妃以處子入宮，說至明核矣。《長恨歌傳》云：『帝初得妃，別疏湯泉，詔賜澡瑩，既出水，體弱力微，若不勝羅綺。』是則妃之進見，實始於温泉。故香山首叙『春寒賜浴』『新承恩澤』，此即丐籍女官之初，而遇齋祀焚香，從駕行禮，正其職也。【按】陳寅恪《元白詩箋證稿·長恨歌》力駁朱彝尊之説，以為楊氏之受册為壽王妃在開元二十三年十二月，度為女道士則在開元二十八年十月，其時楊氏當久已親迎同牢而為壽王妃。説可信。唐大詔令集卷四〇有《册壽王妃文》，篇首署開元二十三年十二月二十四日。

【朱曰】末句與『薛王沉醉壽王醒』同意。

【輯評墨批】淺直，不及龍池多矣。

【何曰】末句太露。（《讀書記》）

【姚曰】刺得嚴冷。

【屈曰】此詩可以不作，即作亦宜渾涵不露。看少陵每於天寶時是何等語意，則義山之陋不辨自明矣。

【程曰】唐人詠太真事多無諱忌，然不過著明皇色荒已耳。義山獨數舉壽王，刺其無道之至，浮於《新臺》，豈復可以君人！義山詞極綺麗，而持義却極正大，往往如此，今人都不覺也。

【馮曰】此詩上二句指『春寒賜浴』之事，『九龍』喻明皇，『玉蓮房』喻妃尚以處女為道士，故曰『呵護』，此即『新承恩澤時』也。下二句言每遇平明幸長生殿焚香之時，妃以女冠必從焉，故壽王不得從金輿矣。意甚細緻，實以長生殿為齋殿，豈昧寢處之典故哉！

【紀曰】既少含蓄，亦乖風雅，如此詩不作何妨，所宜懸之戒律者此也。（《詩説》）

【潘德輿曰】前謂刺譏詩貴含蓄，論異代事猶當如此。臣子於其本朝，直可絶口不作詩耳。張祜《虢國夫人》詩：『却嫌脂粉污顔色，淡掃蛾眉朝至尊。』李商隱《驪山》詩：『平明每幸長生殿，不從金輿唯壽王。』唐人多犯此惡習。商隱愛學杜詩，杜詩中豈有此等猖獗處？或以祐此詩編入杜集中，亦不識黑白者。（《養一齋詩話》）

【張曰】楊妃事唐人彰之詩篇，明譏毒刺，不一而足，何有於義山！當時原不以為忌諱也。紀氏苛論無謂。（《辨正》）

【按】首句寫驪山温泉。次句實寫温湯建造之華麗，兼喻玄宗之溺於貴妃艷色，然不必泥於『新承恩澤時』。三四句謂平明帝妃每幸長生殿，他王皆從，獨壽王不從金輿。姚謂『刺得嚴冷』，極是。此正義山本色。味詩意，似作者未必以長生殿為寢殿，否則不當云『平明每幸』，且諸王亦不得『從金輿』矣。馮氏為證成其以處子入宫之説，不特强解『玉蓮房』為『妃尚以處女為道士』，且謂三四為『幸長生殿焚香之時，妃以女冠必從』，甚屬無謂。

龍池①

龍池賜酒敞雲屏，羯鼓聲高衆樂停②。夜半讌歸宮漏永，薛王沉醉壽王醒③。

①【馮注】《唐會要》：『開元二年，以興慶里舊邸為興慶宮。初，藩邸有龍池湧出，日以浸廣，望氣者云有天子氣，至是為宮。』【朱注】《雍録》：『明皇為諸王時，故宅在京城東南角隆慶坊。宅有井，井溢成池，中宗時數有雲龍之祥。後引龍首堰水注池，池面益廣，即龍池也。開元二年七月，以宅為宮，是為興慶宮。』【按】今西安市興慶公園内有其舊址。

②【朱注】南卓《羯鼓録》：『羯鼓出外夷，以戎羯之鼓，故曰羯鼓。其聲促急，破空透遠，特異衆樂。明皇極愛之，嘗聽琴未終，遽止之曰：「速令花奴（按：汝陽王璡小名）持羯鼓來，為我解穢！」』【馮注】《舊書·音樂志》：『羯鼓正如漆桶，兩手具擊，以其出羯中，故號羯鼓，亦謂之兩杖鼓。』

③【洪邁曰】唐明皇兄弟五王；兄申王撝以開元十二年，寧王憲、邠王守禮以二十九年，弟岐王範以十四年，薛王業以二十二年薨。至天寶時，已無存者。楊太真以三載方入宮，而元稹《連昌宮詞》云：「百官隊仗避岐薛，楊氏諸姨車鬬風。」李商隱詩云：「夜半宴歸宮漏永，薛王沉醉壽王醒。」皆失之也。』（《容齋續筆》）【朱注】

按史云：『睿宗六子，王德妃生業，始王趙，降封中山王，進王薛，開元二十二年薨，子瑁嗣。』此詩與微之詞豈俱指嗣王歟？要之，作者微文刺譏，不必一一核實。【馮注】按《舊書·紀》：『天寶三載二月，册瑣為嗣薛王。』偶舉作陪，固不必詳核也。壽王之名，《舊傳》瑁，《舊紀》瑁，《新表》《傳》亦互異。《通鑑》胡三省注：『音冒。』當據以定《舊傳》作『瑁』之是。嗣薛王瑁《舊紀》作瑣，誤。

【趙令時曰】唐明皇時，《孫逖集》中有《壽王瑁妃楊氏廢為道士制》，此可見太真妃真壽王妃也。李商隱詩云：『驪岫飛泉泛煖香，九龍呵護玉蓮房。平明每幸長生殿，不從金輿惟壽王。』又云：『龍墀賜酒敞雲屏，羯鼓聲高衆樂停。夜半宴歸宫漏永，薛王沉醉壽王醒。』書此事也。（《侯鯖録》）

【洪邁曰】唐人歌詩，其於先世及當時事，直辭詠寄，略無避隱，至宫禁嬖昵，非外間所應知者，皆反復極言，而上之人亦不以為罪。如白樂天《長恨歌》諷諫諸章，元微之《連昌宫辭》，始末皆為明皇而發。杜子美尤多，……此下如張祜賦連昌宫、元日仗……等三十篇，大抵詠開元、天寶間事。李義山《華清宫》《馬嵬驛》《驪山》《龍池》諸詩亦然。今之詩人，不敢爾也。（《容齋續筆》）

【羅大經曰】詞微而顯，得風人之旨。（《鶴林玉露》）

【楊萬里曰】太史公曰：『《國風》好色而不淫，《小雅》怨悱而不亂。』《左氏傳》曰：『《春秋》之稱，微而顯，志而晦，婉而成章，盡而不汙。』此《詩》與《春秋》紀事之妙也。……近世陳克《詠李伯時畫寧王進史圖》云：『汗簡不知天上事，至尊新納壽王妃。』是得為微、為晦、為婉、為不汙穢乎？惟李義山云：『侍宴歸來宫漏永，薛王沉醉壽王醒。』可謂微婉顯晦，盡而不汙矣。（《誠齋詩話》）

【陳模曰】此詩若止詠宫中燕樂而已，而譏訶明皇父子傷敗人倫者，意已溢於言外矣。蓋貴妃即壽王之妃，明皇奪之。當其内宴，見其父與妃子作樂之時，其飲酒必不能醉，歸而獨醒，聞宫漏之永，壽王無聊之意當如何也？（《懷古録》）

【郎瑛曰】貞元間，詩人裴交泰《長門怨》絶句云：『自閉長門幾經秋，羅衣濕透淚還流。一種峨嵋明月夜，南宫歌吹北宫愁。』後章孝標《對月》詩云：『長安一夜千家月，幾處笙歌幾處愁。』至於李商隱《龍池》云：『夜半讌歸宫漏永，薛王沉醉壽王醒。』題意不同，而俱一格也。（《七修類稿》）

【王鏊曰】余讀《詩》至《緑衣》《碩人》《黍離》，有言外無窮之感。後世唯唐人尚有此意，如『薛王沈醉壽王醒』，不涉譏刺而譏刺之意溢于言表，得風人之旨矣。（《震澤長語》）

【胡應麟曰】『夜半宴歸宫漏永，薛王沉醉壽王醒。』句意愈精，筋骨愈露。然此但假借立言耳。泥者謂二王迴不同時，則癡人説夢，難以口舌争矣。（《詩藪》）

【吴喬曰】詩貴有含蓄不盡之意，尤以不着意見、聲色、故事、議論者最為上，義山刺楊妃事之『夜半宴歸宫漏永，薛王沉醉壽王醒』是也。……宋楊誠齋《題武惠妃傳》之『壽王不忍金宫冷』，『獨獻君王一玉環』，詞雖工，意未婉；惟義山之『薛王沉醉壽王醒』，其詞微而意顯，得風人之體。又曰：龍池，玄宗潛邸南池，沉而為池。即位後以為瑞應，賜名龍池，制《龍池樂》，杜審言之《龍池篇》，即樂歌也。開元天寶共四十二年，賜酒於此者多矣，薛王侍宴自在前，壽王侍宴自在後，義山詩意，非指一席之事而言之也。十四字中叙四十餘年事，扛鼎之筆也。玄宗厚於兄弟而薄於其子，詩中隱然，入《三百篇》可也。（《圍爐詩話》。按吴氏後條所解甚謬。）又曰：禪者有云：『意能剗句，句能剗意，意句交馳，是為可畏。』夫意剗句，宜也。而句亦能剗意，與意交馳，不須禀意而行，故曰『可畏』。詩之措詞，亦有然者，莫以字面求唐人也。臨濟再參黄公案，禪之句剗意也。『薛王沉醉壽王醒』，詩之句剗意也。（同上）

【馮班曰】亦似太露。（二馮評點《才調集》）

【沈德潛曰】詩有當時盛稱而品不貴者。……張祜之『淡掃蛾眉朝至尊』，李商隱之『薛王沉醉壽王醒』，此輕薄派也。（《說詩晬語》）

【張謙宜曰】諷而不露，所謂蘊藉也。（《絸齋詩談》卷五）

【何曰】第二刺其有戎羯之風，以為末二句起本。此詩次《鶉奔於定中》之前，微趣也。（《輯評》）

【徐德泓曰】只一『醒』字，蘊涵無際，深得風人微旨。詩家咏天寶事者甚多，惟此與上章一新警，一微婉，直空前後作者矣。李又有《驪山》（按：指《驪山有感》）句云：『平明每幸長生殿，不從金輿惟壽王。』亦不若此首為最也。

【姚曰】與《驪山有感》一首意同，此較含蓄。

【屈曰】可以不作。

【程曰】此與《驪山有感》同意，結句婉曲過之。

【馮曰】余謂正大傷詩教者。

【紀曰】病同《驪山有感》一首。（《詩說》）宋人稱為佳作，誤矣。（《輯評》）

【吴喬曰】昔人論詩，有用巧不如用拙之語。然詩有用巧而見工，亦有用拙而愈勝者。同一詠楊妃事，玉谿云：『夜半宴歸宫漏永，薛王沉醉壽王醒。』此用巧而見工也。馬君輝曰：『養子早知能背國，宫中不賜洗兒錢。』此用拙而愈勝也。然皆得言外不傳之妙。（《拜經樓詩話》）

【梁邦俊曰】詩人之旨要於温厚和平。然《新臺牆茨》列《三百篇》，終不嫌其猥褻，義兼美刺，無害也。玉谿詠楊妃……論者或譏其輕薄。（《小匡說詩》）

【按】白氏《長恨》，意在歌詠李楊生死不渝之深情，故於玄宗納壽王妃事有意改作；義山此詩，意在揭露玄宗中篝之醜，荒淫之行，故據實直書，略無諱飾。主旨有别，對生活素材之處理亦異。唐代詩人思想較為解放，創作亦較自由，故每有直陳君惡之作。宋以後文網漸密，忠君衛道觀念日深，故洪邁已歎『今之詩人不敢爾也』，然羅氏尚稱此詩『得風人之旨』。至清代注家，則幾於衆口一詞攻其輕薄傷詩教矣。時代消息顯然。

此詩揭露大膽，諷刺冷峻，而表現手法則委婉含蓄，藏鋒不露，既不落論宗，亦避免展覽穢惡。末句醉醒對照，不特言外有事，亦言外寓情。所謂傾向從場面情節中自然流露者，此殆為一顯例。又，義山詠史詩每集中筆墨寫某一具有典型性之場景與細節，此亦一例。

賈生①

宣室求賢訪逐臣②，賈生才調更無倫。可憐夜半虛前席，不問蒼生問鬼神③。

①【徐曰】《磧砂唐詩》作杜牧詩。（馮注引）

②【馮注】《三輔黄圖》：『宣室，未央前殿正室也。』【補】訪，征詢。逐臣，指賈誼。誼曾出為長沙王太傅。

③【馮注】《史記·賈生傳》：『賈生徵見，孝文帝方受釐，坐宣室，上因感鬼神事而問鬼神之本，賈生因具道所以然之狀。至夜半，文帝前席。既罷，曰：「吾久不見賈生，自以為過之，今不及也。」』

【楊億曰】唐末，浙右多得其本（按：指詩之稿本），故錢鄧帥若水，嘗留意摭拾，纔得四百餘首。錢君舉賈誼兩句云：『可憐夜半虛前席，不問蒼生問鬼神。』錢云：『其措意如此，後人何以企及？』（江少虞《宋朝事實類苑·玉谿生》條）

【胡仔曰】古今詩人以詩名世者，或只一句，或只一聯，或只一篇。雖其餘別有好詩，不專在此，然播傳於後世，膾炙於人口者，終不出此矣，豈在多哉！……『宣室求賢訪逐臣，賈生才調更無倫。可憐夜半虛前席，不問蒼生問鬼神。』此李商隱也……凡此皆以一篇名世者。（《苕溪漁隱叢話後集》）

【嚴有翼曰】文人用故事有直用其事者，有反其意而用之者。（王）元之《謫守黄岡謝表》云：『宣室鬼神之問，豈望生還？茂陵封禪之書，惟期死後。』此一聯每為人所稱道。然皆直用賈誼、相如之事耳。李義山詩：『可憐夜半虛前席，不問蒼生問鬼神。』雖説賈誼，然反其意而用之矣。林和靖詩：『茂陵他日求遺藁，猶喜曾無《封禪書》。』雖説相如，亦反其意而用之矣。直用其事，人皆能之；反其意而用之者，非識學素高，超越尋常拘攣之見，不規規然蹈襲前人陳迹者，何以臻此？（《藝苑雌黄》）

【范晞文曰】李商隱《賈誼》詩云：『可憐夜半虛前席，不問蒼生問鬼神。』韓偓云：『如今冷笑東方朔，唯用詼諧侍漢皇。』又：『長卿祇為《長門賦》，未識君臣際會難。』皆反其事而用之。是時韓在翰林，故出此語，視李為切。（《對牀夜語》）

【謝枋得曰】漢文帝夜半前席賈生，世以為美談。『不問蒼生問鬼神』，此一句道破，文帝亦有愧矣。前人無此見。（《胡刻謝注唐詩絶句》）

【周珽曰】以賈生而遇文帝，可謂獲主矣。然所問不如其所策，信乎才難，而用才尤難。此後二句詩而史斷也。（《唐詩選脈箋釋會通評林》）

【胡應麟曰】晚唐絶，『東風不與周郎便，銅雀春深鎖二喬』，『可憐夜半虚前席，不問蒼生問鬼神』，皆宋人議論之祖。間有極工者，亦氣韻衰颯，天壤開、寶。然書情則愴惻而易動人，用事則巧切而工悦俗，世希大雅，或以為過盛唐，具眼觀之，不待其辭畢矣。（《詩藪》）

【許學夷曰】晚唐絶句，二子乃深得之。但二詩雖為議論之祖，然『東風』二句，猶有晚唐音調，『可憐』二句，則全入議論矣。（《詩源辯體》）

【何曰】末二句即詩人『召彼故老，訊之占夢』意。（《讀書記》。《輯評》引此條下尚有『非所以語文帝託以感憤如下方所憶耳』十六字）又曰：徒問鬼神，賈生所以弔屈也。彤庭私至，才調莫知，傷如之何，又後死之弔賈矣。（《輯評》）

【徐德泓曰】此却直致，亦正體也。

【楊逢春曰】首二敘事，三四議論，前案後斷，虚實相生。看其輕輕下『不問蒼生』四字，已有駁倒漢文，壓倒鬼神一問，詞鋒便覺光芒四射，乃知議論警策，不在辭費也。（《唐詩繹》）

【沈德潛曰】錢牧齋『絳灌但知讒賈誼，可思流汗媿陳平』，全學此種。（《唐詩別裁集》）

【姚曰】老杜『前席竟為榮』，一『竟』字已含此一首意。

【屈曰】前席之虚，今古盛典。文帝之賢，所問如此，亦有賈生遇而不遇之意歟？

【程曰】此謂李德裕諫武宗好仙也。德裕自為牛僧孺、李逢吉黨人所阻，出入十年，三在浙西，武宗即位，始得為相，此首句之意也。史稱德裕當國，方用兵時决策制勝，他相無與，此次句之意也。及德裕諫帝信趙歸真，學養生術，帝乃不聽，此下二句之意也。

【馮曰】義山退居數年，起而應辟，故每以逐客逐臣自喻，唐人習氣也。上章（指《異俗二首》）亦云賈生事

鬼，蓋因嶺南瘴癘之鄉，故以借慨，不解者乃以為議論。（馮繫大中二年）

【紀曰】純用議論矣，却以唱嘆出之，不見議論之迹。（《詩説》）不善學之，便成傖語。第二句率筆。（《輯評》）

【姜炳璋曰】絶大議論，得未曾有。言外為求神仙者諷。

【宋宗元曰】（不問蒼生問鬼神）詞嚴義正。（《網師園唐詩箋》）

【俞陛雲曰】玉溪絶句，屬辭藴藉。詠史諸作，則持正論。如詠宮妓，及《涉洛川》《龍池》《北齊》與此詩皆是也。漢文、賈生，可謂明良遇合，乃召對青蒲，不求讜論，而涉想虛無，則孱主庸臣，又何責也？（《詩境淺説續編》）

【張曰】此刺牛黨也。武宗崩，宣宗立，凡從前黨人見逐於衛公者，無不一一召還。乃不能佐君治安，專以傾陷贊皇為事，假吳汝訥事大興詔獄。且吳湘冤獄，枯骨已寒，舊讞重翻，又豈宣室求賢之本意哉？不徵於人，而徵於鬼，真所謂但問鬼神，不問蒼生矣。此雖牛黨逢君之惡，然宣宗亦不能無責焉，詩之所由假古寄諷歟？又案《唐語林》：令狐綯自吳興除司勳郎中，入禁林。一夕寓直，中使宣召，行百步，至便殿。上遣内人秉燭候之，引於御榻前，賜坐，問：『卿從江外來，彼中甿庶安否？廉察郡守字人求瘼之道如何？』以玉杯酌酒賜綯。有小案置御牀，有書兩卷。謂綯曰：『朕聽政之暇，未嘗不觀書。此讀者先朝所述《金鏡》，一卷則《尚書·禹謨》。』復問曰：『卿曾讀《金鏡》否？』對曰：『文皇帝所著之書，有理國理身之要，披閱誦諷，不離於口。』上曰：『曩者知卿材器，今日見卿詞學。』顧中使曰：『持燭送學士歸院。』今采此條，與詩相應，足知余解之不謬。（《會箋》）又曰：第二句正以率筆見姿趣，紀氏不知也。（《辨正》）

【按】此託古諷時，借端寓慨之作。借賈生貶長沙抒不遇之感，久成熟套。作者乃別出蹊徑，取『前席之虛，今古盛典』，翻出新警透闢之議論。晚唐諸帝，多崇佛媚道，服藥求仙，荒廢政事，不恤民生，不任賢才。詩明諷漢文之訪才以鬼，實暗刺時主之不能識賢、任賢，不恤蒼生而諂事鬼神。賈生才調，超軼無倫，而前席問鬼，無異巫祝視之，懷才不遇，莫此為甚。己亦空懷『欲迴天地』之志，『痛哭流涕』之憂，而沉淪下僚，徒以文墨事人，故於賈生之虛承前席，乃別有會心。要之，諷漢文實刺時主，慨賈生實亦自傷。而不以個人榮辱得失衡量遇合，則為全篇思想出發點，其立意之超卓，胸襟之透脱於此可見。刺君主之昏憒棄賢，傷賢士之懷才不遇，詩文中屢見不鮮；然借訪才以鬼兼該二者，其思想之深刻、構思之新穎，乃為前此詩文中所未見。至此詩之以議論驅駕書卷而神韻不乏，極富唱嘆之致，前人多已論及。

程、馮、張三家箋解，多泥於一時一事，既傷穿鑿，亦失詩意。德裕當國之宰執，自雄藩入相，擬之『逐臣』，毋乃不倫；且武宗在位之日，專任德裕，頗多建樹，更不得以『問鬼神』諷之。馮箋謂義山因嶺南瘴癘之鄉，故借以自慨。此誤據《異俗二首》『賈生兼事鬼，不信有洪爐』而致。實則『賈生事鬼』二語係紀南中巫俗，非自喻；且文帝訪才以鬼與賈生事鬼二者本不相侔，豈能連類以及？張謂刺牛黨逢君之惡，更與詩意相左。詩傷賈生之懷才不遇，非刺賈生之談鬼也。引令狐綯對宣宗之事，殊不解所謂。此詩不能定編，馮、張繫年皆無據。

復京①

虜騎胡兵一戰摧，萬靈回首賀軒臺②。天教李令心如日③，可要昭陵石馬來〔一〕④？

校記

〔一〕「要」，朱本作「待」，戊籤一作「待」。

集注

①【朱注】《唐書》：「德宗建中四年十月，涇原卒擁朱泚叛，上如奉天。興元元年二月，如梁州。五月戊戌，李晟收復京城。七月壬子，上至自興元。」　【按】李晟收復長安事，已詳《送千牛李將軍赴闕五十韻》及詩注。

②【朱注】《藝文類聚》：「《山海經》曰：西王母之山有軒轅臺，射者不敢西向。」梁元帝《臨終詩》：「寂寥千載後，誰畏軒轅臺？」軒轅臺謂之軒臺，猶閶闔門謂之閶門也。此句蓋舉黃帝涿鹿之戰以擬德宗也。【程注】《鶡冠子》：「聖人能正其聲，調其音，故其德上及太清，中及太寧，下及萬靈。」《史記·封禪書》：「黃帝接萬靈明庭。」按：軒臺即明庭義，不必拘軒轅臺也。　【馮曰】軒臺喻皇居，萬靈猶萬物。　【按】句謂萬民齊賀平叛戰爭之勝利。萬靈，猶億萬生靈。軒臺指皇宮。

③【朱注】《唐書》：「興元元年六月，加李晟司徒，兼中書令，實封一千户。」

④【朱注】《唐書》：「京兆府醴泉縣有九嵕山，太宗昭陵在西北六十里。」《唐會要》：「上欲闡揚先帝徽烈，乃刻石為常所乘破敵馬六匹於昭陵闕下。」《安禄山事蹟》：「潼關之戰，我軍既敗，賊將崔乾祐領白旗引左右馳突。又見黃旗軍數百隊，官軍潛謂是賊，不敢逼之。須臾，見與乾祐鬬，黃旗軍不勝，退而又戰者不一，俄不知所在。後

昭陵（官）奏：是日靈宮前石人馬汗流。』　【按】二句謂李令赤膽忠心，心如天日，自能一戰而摧叛軍，豈須昭陵石馬助戰耶？

【蔡寬夫曰】安禄山之亂，哥舒翰與賊將權（崔）乾祐戰潼關，見黃旗軍數百隊……子美詩所謂『玉衣晨自舉，鐵馬汗常趍。』蓋記此事也。李晟平朱泚，李義山作詩復引用之云：『天教李令心如日，可待昭陵石馬來。』此雖一等用事，然義山但知推美西平，不知於昭陵似不當耳。乃知詩家使事難。若子美，所謂不為事使者也。（《苕溪漁隱叢話前集》卷七引）

【朱曰】按『李令心如日』，則《復京》是詠德宗事；但朱泚乃逆臣，非虜騎胡兵也。代宗廣德初，吐蕃率羌、渾陷長安，帝幸陝州，賴郭子儀收復。若改『李令』作『郭令』於首句甚合，姑筆此存疑。

【賀裳曰】蔡寬夫曰：『此與少陵「玉衣晨自舉，鐵馬汗常趨」同一等用事，但知推奉西平，不知于昭陵似不當。』不知『可待』二字，語甚圓活，何嘗有傷？即謂其貶刺哥舒，作者亦無此意，何況昭陵？（《載酒園詩話》）

【何曰】《統籤》：蔡寬夫云：『但知推美西平，不知於昭陵似不當耳。詩家使事要識輕重。』此亦『鍾簴不移，廟貌如故』之意，非不識輕重也。（末句）言其不煩爾，作『不待』更明。（《輯評》）

【姚曰】頌李令，所以諷諸鎮之擁兵養寇。

【屈曰】禄山之反，昭陵石馬猶不能勝，今李令之功，其大何如？

【程曰】李晟平朱泚之亂，收復京城，事在德宗興元元年，去義山之時已遠，不必追論其功。此詩蓋撫今思昔，有慨於將帥之不盡力者。按：宣宗大中四年，發諸道兵討党項，連年無功。則其時諸將中懷畏懦可知。義山蓋深譏之，以為安史時九節度之師，猶相傳以為昭陵石馬之助；李晟之平朱泚，但抱赤心，便自克復，並不借於昭陵石馬。然則討党項之諸將，退畏不前，何所待助？師久無功，皆由竭誠盡心不如李令耳。詩語是借肅宗時事以比德宗時事，詩旨則借德宗名將以諷宣宗諸將也。朱長孺……欲改『李令』為『郭令』，則與『可要』二字無謂，且昭陵石馬乃安史時事，與代宗時復京亦不合也。

【馮曰】朱氏補注……余初亦然其説，既而悟命題遣辭之隱，而一字不可易也。朱泚僭亂，李晟收復，在興元元年，明年即改貞元矣。貞元二年八月，吐蕃寇涇、隴、邠、寧，諸道節度軍鎮咸閉壁自守，京師戒嚴，民間傳言復欲出幸。宰臣齊映奏言：『人情洶懼，臣聞大福不再，奈何不熟計之？』因俯伏流涕，帝為之感動。九月，吐蕃遊騎及好時，時李晟節度鳳翔，令王佖率三千人夜襲賊營，擊敗之。又寇鳳翔，晟出兵禦之，一夕而退。事皆詳《唐書》《通鑑》。使當時無西平，京城必復陷於虜矣，故題曰『復京』，詩曰『虜騎胡兵』，以見京師從此無虞，收復之功於是乃全也。『一戰摧』正謂一夕而退。『萬靈』句正與民之訛言相應。『昭陵石馬』則借喻諸道之主軍者，言固不藉若輩為也。且是時吐蕃用尚結贊之計，抵鳳翔不虜掠以間晟，宰相張延賞屢言晟不可久典兵，德宗乃罷晟兵柄，皆詳《傳》中。則晟已處疑忌之際，而終盡力王事，真丹心如日者也。又曰：此『虜』字固指外夷，然古來敵國、叛臣皆可曰虜，史文極多，他處不可拘泥。

【紀曰】太直。（《詩説》）　粗獷。起四字複。（《輯評》）

【姜炳璋曰】義山目擊宣宗所使討党項諸將，邀賞脅君，無功縻餉，每借李晟、渾瑊諸名將為題以示諷。

【張曰】『虜騎』指朱泚，『胡兵』指吐蕃，事皆見《李晟傳》。起句總括西平一生戰功。逆臣稱虜，史傳極多，不必泥也。（《會箋》不編年）又曰：切響堅光，音節高亮。（《辨正》）

【按】此詩首句，朱氏泥於『虜騎』之字面，以為朱泚是逆臣，非虜騎，因疑『李令』是『郭令』之誤，首句指代宗廣德初吐蕃陷長安，賴郭子儀收復事，顯屬臆測之詞，缺乏實際依據，且《復京》與《渾河中》為姐妹篇，後者既詠渾瑊事，《復京》自詠李晟事。馮氏則又於平朱泚亂之外，納入貞元二年八月吐蕃寇掠涇隴邠寧諸道，李晟令王佖率軍夜襲，擊退吐蕃事，而以『收復之功於是乃全』爲説，此不特不符『復京』題意，且朱泚之亂與貞元二年吐蕃入寇，其間相隔三年，如『復京』指李晟平朱泚之亂收復京都，則『虜騎胡兵』不得指吐蕃；如『虜騎』句指擊退吐蕃，則題不得稱『復京』，因貞元二年京師僅戒嚴，並未淪陷。張氏雖已明確『虜騎指朱泚』，然仍以『胡兵』指吐蕃，則『一戰摧』三字仍不能解釋。按史：朱泚叛之明年，自朔方入援奉天之李懷光又反，與朱泚聯合，德宗奔興元。李晟率孤軍駐守東渭橋，爲朱李二叛軍所夾逼，内無資糧，外無救援。晟以忠義激勵全軍，保持鋭氣，終於扭轉極端艱危之局面，『於是駱元光以華州之衆守潼關，尚可孤以神策兵保七盤，皆受晟節度，戴休顔舉奉天，韓遊瓌悉邠寧軍從晟，懷光始懼……畏爲晟襲，乃奔河中』（《新書·晟傳》）。後又連敗朱泚叛軍，收復長安。首句『虜騎』指朱泚叛軍，『胡兵』則指李懷光叛軍（李懷光本渤海靺鞨人，故稱所部爲胡兵，與稱安史叛軍爲胡兵同例），句意乃概括李晟受命後屢敗朱泚，迫退李懷光之戰績，如此，『一戰摧』方得其確解。《送千牛李將軍赴闕五十韻》『如無一戰霸』之『一戰』亦同此。詩旨詳《渾河中》箋。

渾河中①

九廟無塵八馬迴②，奉天城壘長春苔③。咸陽原上英雄骨，半向君家養馬來④。

①【馮注】《舊書·傳》：『渾瑊，臯蘭州人，本鐵勒九姓部落之渾部也。德宗幸奉天，瑊率家人子弟自京城至，為行在都知兵馬使。興元元年三月，加同中書平章事，奉天行營副元帥；六月加侍中；七月，德宗還宫，以瑊守本官兼河中節度使，封咸甯郡王。』瑊之治蒲共十六年，卒於鎮，故稱渾河中。奉天之難，李晟勤王以復京，渾瑊衛帝以免難，一攻一守，功足相匹。

②【朱注】八馬，八駿也。【馮班曰】德宗以八馬幸蜀，七馬道斃，惟望雲騅來往不頓，貞元中老死天廄，元稹作歌以記之。八馬即指此。【馮注】七馬既斃，何以云『回』？此自用穆王八駿。《舊書·紀》：『開元十年，增置太廟為九室。』【程注】《國史補》：『李晟平朱泚之亂，德宗覽《復京城露布》曰：「臣已肅清宫禁，祗謁寢園，鐘簴不移，廟貌如故。」上感泣失聲。』所謂『九廟無塵』也。【按】古代帝王立七廟（太祖及三昭三穆）以祀祖先，至王莽時增建黄帝太初祖廟與帝虞始祖昭廟，共九廟。後遂沿用九廟之制，建祖廟五，親廟四。九廟無塵，指叛亂已平，九廟不再蒙塵。八馬，指皇帝車駕。句謂長安光復，德宗回京。

③【朱注】《唐書》：『奉天縣屬京兆府。文明元年，分醴泉置。』【程注】《通鑑》：『德宗建中元年六月，術士桑道茂上言：「臣望奉天有天子氣，宜高大其城，以備非常。」帝命築奉天城。四年，涇原兵亂，上思桑道茂之言，自咸陽幸奉天。』【按】謂往日曾進行激烈保衛戰之奉天城壘，已長滿碧蘚。令人於眼前和平静寂景色中回憶當年之激烈戰鬬。

④【朱注】《漢書》：『金日磾以父不降見殺，與母閼氏、弟倫俱没入宫，輸黄門養馬。後以討莽何羅功，封秺侯。』按《舊唐書》：『瑊忠勤謹慎，功高不伐，時論方之金日磾。』故末語云然。【程注】長孺氏以為《舊書》稱

渾瑊功高不伐，時論方之金日磾，而日磾初輸黃門養馬，故末語云然。據此，則所謂英雄即指渾瑊，君家乃指君上。愚意君上不應稱君家，且『半向』二字無着。蓋首二語乃叙渾河中之勳績，下二語乃謂渾河中之將校。言渾公功名之盛，河中事業，當時無比。即其隸卒皆能成功，試看咸陽原上纍纍將冢，當時皆有英雄之名，然而强半從渾公給厮養來也。又按：德宗避難奉天，渾瑊有童奴曰黃芩者，力戰有功，即封渤海郡王。可見當日渾公部下，不知幾許立功者，此明證也。【馮注】《漢書》：『金日磾，本匈奴休屠王太子也。日磾父為昆邪所殺，與母閼氏、弟倫俱没入官，輸黃門養馬。武帝異之，拜為馬監，遷侍中，日見親近。』此句乃翻用，言其厮養皆英雄也。【按】二句既暗用『養馬』事以金日磾方渾瑊，贊頌其忠誠謙慎之品德，又借瑊之僕役均為英雄以襯託瑊之英勇氣概、不朽業績及統帥身份。黃芩後改名高固，《舊唐書》有傳，『芩』作『芩』。

【胡仔曰】李義山詩，楊大年諸公皆深喜之。然淺近者亦多……《渾河中》云：『咸陽原上英雄骨，半是君家養馬來。』如此等詩，庸非淺近乎？（《苕溪漁隱叢話》）

【姚曰】瑊以忠勤謹慎，功高不伐，時人方之金日磾，末句翻其意，言其養馬兒，且可方日磾也。

【程曰】此詩追述渾瑊，與《復京》詩追述李晟，皆借往日之名將，以歎今日之無人。此大中四年討党項時作也。

【馮曰】程説義可旁通耳。余意連上章美李衛公專主用兵，不摇旁議，又能任用劉沔、石雄二名將，以奏膚功，意當主此。黃芩即高固，事詳史傳。（補注云：畢沅《關中金石記》：刻李義山《渾忠武王祠堂詩》，元祐四年重陽日刻，游師雄跋並正書。祠為奉天令錢景逢建，既圖公之像，并刻李商隱詩以附焉。）

【紀曰】較《復京》詩少有意致，然亦不為高作。（《詩説》） 此詩亦淺。○後二句言當時一厮役皆是英雄，則瑊之為人可知矣。朱長孺引金日磾事非是。（《輯評》）

【張曰】此詠事詩常格，紀氏病其淺，吾不知何等作法方為深也。（《辨正》）

【按】《復京》與《渾河中》分咏德宗時李晟、渾瑊二名將，不特突出其復京、衛城之殊功，且贊頌其心如赤日、忠勤謙慎之品德。雖係咏史之作，然撫今追昔，其中亦不無『運去不逢青海馬』之現實感慨。程氏謂必為大中四年討党項無功而作，固無確據，然謂『借往日之名將，嘆今日之無人』則大體近是。會昌朝擊回鶻、平澤潞，尚不乏良將如石雄、劉沔者，至大中時則并此亦無矣。二詩或作於大中朝亦未可知。

王昭君

毛延壽畫欲通神①，忍為黃金不為人〔一〕。馬上琵琶行萬里②，漢宮長有隔生春③。

〔一〕『為』，朱本、季抄作『顧』。

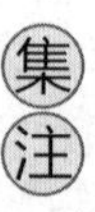

①【馮注】《漢書·匈奴傳》：『竟寧元年，呼韓邪單于復入朝，自言願壻漢氏以自親。元帝以後宮良家子王牆字昭君賜單于而歸，號寧胡閼氏。』《西京雜記》：『元帝後宮既多，乃使畫工圖形，案圖召幸。諸宮人皆賂畫工，獨王牆不肯，遂不得見。匈奴求美人為閼氏，於是案圖，以昭君行。及去，召見，貌為後宮第一，而名籍已定，帝重信於外國，故不復更人。乃窮案其事，畫工皆棄市，籍其家，資皆巨萬。畫工有杜陵毛延壽，為人形醜好老少，必得其真。安陵陳敞，新豐劉白、龔寬，下杜陽望、樊育同日棄市。』按：《匈奴傳》作『牆』，《元帝紀》又作『檣』，而《後漢書·南匈奴傳》『昭君字嬙』。

②【朱注】石崇《明君辭序》：『昔公主嫁烏孫，令琵琶馬上作樂，以慰其道路之思，其送明君亦必爾也。』

③【徐曰】似用青塚事。（馮注引）　【馮曰】謂怨魂終古矣。

【葛立方曰】古今人詠王昭君多矣。王介甫云：『意態由來畫不成，當時枉殺毛延壽。』歐陽永叔云：『耳目所及尚如此，萬里安能制夷狄。』白樂天云：『愁苦辛勤顦顇盡，如今却似畫圖中。』後有詩云：『自是君恩薄於紙，不須一向恨丹青。』李義山云：『毛延壽畫欲通神，忍為黃金不為人。』意各不同，而皆有議論，非若石季倫駱賓王輩徒序事而已也。邢惇夫十四歲作《明君引》，謂『天上仙人骨法別，人間畫工畫不得。』亦稍有思致。（《韻語

陽秋》）

【何曰】忽而梓潼，忽焉昭潭，義山亦萬里明妃也。（《輯評》）

【姚曰】此從老杜『畫圖省識春風面，環珮空歸月夜魂』一聯翻出。

【屈曰】即斬畫工，何救於萬里之行！蔽賢者猶是也。『長有』二字可玩。

【程曰】此亦致慨於排擠之人也。

【馮曰】借慨為人所擯，語意顯然。

【紀曰】四家以為鄙也。（《詩説》）

【姜炳璋曰】此義山暮年省悟之候，使昭君得幸漢宮，不過一生春耳，今則世世想見其顏色也。畫工福昭君者大矣。此詩不怨綯，不怨譖己於綯者。

【張曰】但分朋黨，不獎孤寒，從此萬里羈遊，漢宮有長隔之痛矣。豈獨為昭君致慨哉！（《會箋》） 又曰：以昭君寓意，不覺其鄙淺也。○赴職梓潼，託昭君以自寓也。令狐不省陳情，使之沉淪使府，從此漢宮有長隔之痛矣。巫山有昭君村，故云。（《辨正》）

【按】託昭君以致慨，疾乎如毛延壽之顛倒妍媸，蔽賢欺君者，諸家箋皆是。張謂赴職梓潼時作，似之。『隔生春』三字意晦。周振甫云：『（昭君）死後墳稱為青塚，隔生春即隔世才在墳上顯出春色來。這是借明妃來自比。他的才華被壓抑，到處漂流，也像明妃的行萬里。明妃死後墳上有春色，暗示自己的才華，只有隔世以後才會被稱贊』（《李商隱絶句初探》）。可備一解。然詩言『漢宮長有』，似非指青塚春色。頗疑『隔生春』之『春』即『畫圖省識春風面』中之『春風面』，三四蓋謂：明妃已胡沙萬里，遠赴絶域，埋骨青塚，長留於漢宮者，唯其生前畫圖上之春風面而已。春風面必待隔生方受珍視，斯誠明妃之不幸，亦一切志士才人之悲劇。『聲名佳句在，身世玉琴張』，意可與此互參。

明神①

明神司過豈能冤〔一〕，暗室由來有禍門②。莫為無人欺一物，他時須慮石能言〔二〕③。

〔一〕『能』，蔣本、姜本、戊籤、悟抄、席本、錢本、影宋抄，萬絶均作『令』。【按】此處宜平，『能』字未必誤。

〔二〕『須』，席本作『猶』。

①【程注】《詩・大雅》：『敬恭明神。』【補】《左傳》僖二十八年：『癸亥，王子虎盟諸侯于王庭，要言曰：「皆獎王室，無相害也，有渝此神，明神殛之！」』明神，神之尊稱。

②【程注】《南史・阮長之傳》：『不侮暗室。』《左傳》：『禍福無門，惟人自召。』【馮注】《史記・趙世家》：『同類相推，俱入禍門。』【補】暗室，幽暗無人之處。古稱暗中不作壞事為暗室不欺。

③【程注】《左傳》：『石言於晉魏榆，師曠曰：「石不能言，或馮焉。」』

【錢龍惕曰】此詩亦為甘露之變，王涯、賈餗、舒元輿之無辜而作也。當時倉卒變起，涯等實不與聞，仇士良執而訊之，五毒俱備，涯等誣伏，遂族誅之，一時不以為冤。實以涯等執政時，招權僭侈，結怨于民，故曰明神司過，决無冤濫，暗室禍門，自招之也。然涯等國之大臣，一旦以無辜之事，駢首就戮，專殺者自謂舉世無人，一物可欺，抑知其取精多而用物弘，憑石而言，得無慮乎？訓、注之咆唬于中國也，士大夫咸怨忿之。及其敗也，又以畏中官之勢，未有言其冤者。豈惟不冤之，又從而歌詠快暢之。即杜牧之詩，尚曰『元禮去從緱氏學，江充來上犬臺宮』，又曰『其冬二凶敗，涣汗開湯罟』，其他可知矣。獨義山于此事，抑揚反覆，致其不平之意，以示刑賞誅戮，不出于文宗，其人雖惡，猶然冤也。况履霜堅冰，漸有無將之心，人臣大義，豈可誣哉！然猶不敢顯言，微寓其意于歌詠，可見當時奄宦暴横，士林脅息如此，哀哉！

【姚曰】此為甘露之變王涯、賈餗輩不知其罪，駢首就戮而發。起句反將涯等受殺之冤放寬一步，而士良欺天專殺之惡愈見。此老吏斷獄乎。

【屈曰】一二即暗室虧心，神目如電意。况日久必有言者乎？

【馮曰】昭義平後，李訓兄仲京，郭行餘子台，王涯姪孫羽，韓約男茂章、茂實、王璠子渥，賈餗子庠，凡亡歸從諫為其撫養者，皆斬。詳《舊書·紀》與《通鑑》。其餘多所誅戮，當時諸臣大有議其冤濫者。此故特傷之，言已逃居暗室，豈知禍復有門，盡舉而殲之也。覆巢遺種，無人護持，原同一物之可欺，然安知其冤横所結，不憑物而為厲哉？用事皆切晉地，舊解謂甘露之變，非也。

【紀曰】毫無思致。太不成語，全無詩味。問夕公箋此詩如何？曰此箋離合參半，此為王涯、賈餗等言，不為訓注言之也。前二句言天道好還，報復不遠，乃深惡士良之詞，亦非言涯等之自取禍敗，夕公于中間添一轉折，以就己説，不免首尾衡决，無此詩法也。（《詩説》）

【張曰】此詩病在樸率，未可謂其毫無思致也。○此與上篇（按指《賦得鷄》）寓意皆不可解。馮氏謂……王涯、韓約等子孫潛昭義者，劉稹平，伏誅而發。其謂石言切晉地，比附支離，恐未然也。此種皆大事，而二詩皆以小物致慨，豈名手而出此哉！不如闕疑為愈耳。（《辨正》）又曰：此篇寓意不詳。馮氏謂昭義平後，……凡亡歸從諫者，皆斬，詩傷之，為是而作，真嚮壁虚造之解也。（《會箋》）

【按】張氏斥馮箋牽合昭義既平，王涯等親屬亡歸從諫者均被斬事為嚮壁虚造，是矣。義山於李訓、王涯輩本無好感，甘露之變時因宦官專横，株連殺戮，故於其死非其罪有所同情，馮氏遂進而謂義山於李、王之親屬亦備極同情，甚至為之訴冤，則不免强加於古人。且此詩四句本為一意，純用議論，首二謂明神司過，决無冤濫，暗室欺心，自謂無人得知，然天理昭彰，終將因此而自召其禍。三四乃進而警告暗室欺心者：莫因此事無人知曉而謂一物可欺，須知他時石亦能言，欺心之舉終將敗露。馮氏乃將『暗室』屬之從諫，解次句為『已逃居暗室，豈知禍復有門』，遂使一、三兩句了不相涉，支離割裂，莫此為甚。錢箋雖較馮説合理，然亦有所未安。甘露之變，殺戮大臣甚多，宦官凶焰正熾，義山激於義憤，謂宦官莫謂當前衆人箝口，他日終有惡報，原有可能。然此次事變，並非先由宦官策畫暗室，陰謀發動，而係李、鄭謀事不周，倉皇舉事，宦官反撲，因而釀成流血慘劇。以暗室欺心喻宦官公開殺戮大臣，其情事弗類也。然此詩必針對當時政治現實中密謀策畫、恣行暗室欺心之事而發。頗疑隱指大中初年牛黨白敏中等借所謂吴湘冤案打擊李德裕政治集團事。《新唐書·李紳傳》：『湘為江都尉，部人訟湘受贓狼藉，身娶民顔悦女。紳使觀察判官魏鉶鞫湘，罪明白，論報殺之。時，議者謂吴氏世與宰相有嫌，疑紳内顧望，織成其罪。諫官屢論列，詔遣御史崔元藻覆按。元藻言湘盗用程糧錢有狀，娶部人女不實。……德裕惡元藻持兩端，奏貶崖州司户參軍。宣宗立，德裕去位，紳已卒。崔鉉等久不得志，導汝訥（吴湘兄）使為湘訟。……崔元藻銜德裕斥己，即翻其辭。是時德裕已失權，而宗閔故黨令狐綯、崔鉉、白敏中皆當路，因是逞憾，以利誘動元藻等，使三司結紳杖鉞作藩，虐殺良平。」《通鑑》大中元年：『前永寧尉吴汝納，訟其弟湘罪不至死，「李紳與李德裕相表裏，欺罔武宗，枉殺臣弟，乞召江州司户崔元藻等對辨。」……冬，十二月，庚戌，御史臺奏：據崔元藻所列吴湘冤狀，如吴汝納之言。戊午，貶太子少保、分司李德裕為潮州司馬。』二年：『初，李德裕執政，有薦丁柔立清直可任諫官者，德裕不能用。上即位，柔立為右補闕；德裕貶潮州，柔立上疏訟其冤。丙寅，坐阿附貶南陽尉。西川節度使李回、桂管觀察使鄭亞坐前不能直吴湘冤，乙酉，回左遷湖南觀察使，亞貶循州刺史，李紳追奪三任告身。』以一區區小吏論罪未能盡如其實，而興如此大案，其為製造細故一網打盡李德裕等會昌有功舊臣甚為明顯。義山深疾當權者因黨派傾軋而為此暗室欺心之舉，故借此詩以發之。蓋謂欺於暗室者今日自以為得計，豈知神明昭察，異日終當真相大白，自召其禍。且不待他時，今日即有如丁柔立者仗義執言矣，是衆口之不能箝制亦明矣。較之甘露之變宦官後發制人，公然殺戮，此事密謀陷害、借細故起獄之性質較為明顯，似與詩意更合。如所解近是，則詩或作於鄭亞貶循之後。

人欲

人欲天從竟不疑①，莫言圓蓋便無私②。秦中已久烏頭白〔一〕，卻是君王未備知③。

〔一〕『已久』，朱本作『久已』。

①【馮注】《左傳》襄三十一年：『《太誓》云：民之所欲，天必從之。』注曰：『逸《書》。』人欲天從，固本《泰誓》，而王仲宣《雜詩》：『迴身入空房，託夢通精誠。人欲天不違，何懼不合並』，實所取義也。

②【朱注】《劉氏正歷問》：『黃帝為蓋天，以天象蓋。』宋玉《大言賦》：『方地為車，圓天為蓋。』【程注】《晉書·天文志》：『天員如張蓋。』劉勰《新論》：『入井望天，不過圓蓋。』

③【程注】《史記·荊軻傳贊》注：《索隱》曰：『燕丹求歸，秦王曰：「烏頭白，馬生角，乃許耳。」丹乃仰天歎，烏頭盡白，馬亦生角。』《論衡》：『燕太子丹朝於秦，求歸。秦王執留之，與之誓曰：「使日再中，天雨粟，烏頭白，馬生角，厨門木象生肉足，乃得歸。」當此之時，天地祐之，果日再中，天雨粟，烏白頭，馬生角，厨門木象生肉足。秦王以為聖，乃歸之。』【馮注】《燕丹子》：『燕太子丹質於秦，欲歸，秦王謬言曰：「烏頭白，馬生角，乃可。」丹仰天嘆，烏即白頭，馬為生角。秦王不得已而遣之。』【補】却，豈也。

【吕南公曰】《反李義山人欲篇》：『藥囊易中荆軻背，匕首難傷趙政胸。燕國無辜竟魚肉，可能人欲有天從？』（《灌園集》）

【朱彝尊曰】哀怨深矣。

【何曰】此必行役既久而切求歸之思，故云。（《讀書記》）

【姚曰】此言人心之難回也。大抵人能勝天時，善惡兩途皆有。

【屈曰】烏頭久白，怨非一日，而君王未知，故致嘆於視天夢夢也。

【程曰】燕太子丹為質於秦，唐時絶無相類之事。義山作此，或不得志於幕官，求歸不得之寄慨也。『君王』二字，不必過拘，僅借指其事以發羈懷耳。玩《楚澤》詩：『劉楨元抱病，虞寄數辭官』，求歸之證也。

【馮曰】『人欲天從』，無私而竟有私矣。世間必無之事，乃竟有之意外。惟巧為自掩，故無由覺也，可嘆深矣。與下二首（按指《吴宫》《可嘆》二詩）同。

【紀曰】詞意淺拙。『不疑』當作『可疑』。（《輯評》）　又曰：前二句不成語，後二句亦淺直。（《詩説》）

【張曰】寓意難解，與《吴宫》《可嘆》不同，馮説似誤。又案近見徐龍友李義山集批本。龍友名夔，何義門弟子，所解大同義門，間出新意，非僻即繆。惟此章解云：『詩似為贊皇崖州時作。贊皇之貶，當時有深快之者，如飛卿題《衛公詩》二首，痛詆之至，所謂「人欲天從」也。』説似可從。末二句蓋言天意皆知其冤，而無如吾君為羣小所蒙，至死不悟也。此解頗較馮説深警。雖然，此類諸詩，所含比興之義太廣，終不如闕疑為愈耳。（《會箋》）又曰：玉谿詩往往有此種不加修飾語，其原亦出於少陵，賴骨格蒼竦，故不覺討厭耳。紀氏謂詞意淺拙，過已。○

作『不疑』方與下句『無私』意合，改此一字，即可知紀氏閲詩之鹵莽矣。○此詩必有所刺，然非艷情，亦非譏人帷簿之事。馮氏泥『人欲』二字，謂與《可嘆》篇同旨，大誤。《可嘆》一首蓋自嘆遇合之作，余已細為箋解矣，與此詩命意相去天壤，安得比而同之哉！（《辨正》）

【按】《人欲》《明神》《咸陽》諸七絶，以樸拙晦澀之語抒寫憤怨，必有所為而發。此篇蓋怨人欲之天不從，憤惋於圓蓋之有私，君王之不公也。起二語謂人欲天從，久成習語，人竟從未有疑之者，然蒼蒼圓蓋，實未嘗盡遂人欲，而不免有所愛憎偏私也。《張惡子廟》：『如何鐵如意，獨自與姚萇？』即寓『莫言圓蓋便無私』之慨。三四乃進而以實例發明上意，謂彼質於秦中之燕丹，淹留已久，烏頭早已變白，然仍遲遲未歸，豈是君王未詳知此情乎？蓋雖『備知』而不欲遂其願也。是則君王亦『有私』矣。由怨『天』而及於怨『君』，正可見作者意之所向。從來怨君之詞，多以奸邪壅蔽為言，此則直斥其雖備知實情而有私，透過一層，思致遂較深刻。此詩雖有寓慨，然未必針對某一具體事件而發。

咸陽

咸陽宫闕鬱嵯峨，六國樓臺艷綺羅①。自是當時天帝醉〔一〕②，不關秦地有山河〔二〕③。

〔一〕『天』原作『秦』（一作天），非，據姜本、戊籤、悟抄、席本、錢本、朱本改。

〔二〕『秦』原作『天』（一作秦），非，據姜本、戊籤、悟抄、席本、錢本、朱本改。【按】周密《浩然齋雅談》引南昌裘聞詩之説，亦以為『秦』『天』二字當互換。

集注

①【朱注】《史記》：『始皇每破諸侯，寫放其宮室，作之咸陽北阪上，殿屋複道周閣相通，所得美人鐘鼓以充入之。』

②【朱注】《文選·西京賦》：『昔者大帝悦秦繆公而覲之，饗以《鈞天廣樂》，帝有醉焉，乃為金策，錫用此土，而翦諸鶉首。』薛綜曰：『大帝，天也。』虞喜《志林》曰：『諺曰：「天帝醉秦暴，金誤隕石墜。」謂秦繆公夢天帝奏《鈞天樂》時有此諺。事詳《史記》。』

③【馮注】《史記·六國表》：『秦始小國，僻遠諸夏，卒并天下，非必險固便形勢利也，蓋若天所助焉。』

【唐觀曰】李義山《咸陽》詩曰：『自是當時天帝醉，不關秦地有山河。』張文亮注云：『秦都咸陽。』而于『天帝醉』，則置不解矣。夫秦都咸陽，誰不知之？所當解者，正在『天帝醉』之句耳。按《文選》張平子《西京賦》曰：『昔者天帝悦秦穆公而覲之，享以《鈞天廣樂》，帝有醉焉。乃為金策，錫用此土，而翦諸鶉首。』又《廣文選》庾信《哀江南賦》曰：『以鶉首而賜秦，天何為而此醉？』秦穆公夢至帝所，事見《史記·扁鵲傳》。故二賦皆引之。義山詩所謂『天帝醉』者，蓋本二賦及《史記》也。（《延州筆記》）

【朱曰】言暴秦之兼并六國，實天帝畀之，非以其地有山河之固也。

【何曰】（『六國』句）有多少意思。〇『醉』字妙，明是天之未定。（《輯評》）

【徐德泓曰】坊箋解作秦之兼并，實天帝畀之，非以其地有山河之固，是就『醉』字而正解之也。如此，則『醉』字只代得悦樂字樣，此詩有何情味！非作者意矣。按其詞氣，『醉』字乃一着力喫緊字，是取『醉』意而翻用之，言天帝醉不知事，故秦得以兼并也。詞旨始合，詩境亦深。

【姚曰】用意全在一『醉』字，即『如何鐵如意，獨自與姚萇』之意。

【屈曰】諷諫時王，言險不足恃也。唐猶秦之故都，可想而知。

【程曰】賈誼《過秦論》云：『秦孝公據殽函之固，擁雍州之地』，論秦之所以得天下者，未嘗不由於山河之得勢也。此詩乃以適逢天醉嗤之，豈無意哉！蓋當時河北三鎮强梁跋扈，害直與唐終始，故借古以為鑒戒。言强秦偶因天醉而幸得之，至二世亦以旋失；則凡負固之不若秦者，安能僥倖成事哉！集中《井絡》詩云：『將來為報奸雄輩，莫向金牛問舊蹤』，措辭隱顯不同，而風旨則一也。

【紀曰】起二句寫平六國蘊藉，後二句有議論而無神韻，其詞太激也。（《詩説》）

【姜炳璋曰】咸陽宮闕之高，六國綺羅之麗，互文也，猶云力敵德齊也。秦得天下，由于天帝之醉，然醉則易醒，故六國既没，秦亦遂亡。炯戒之意出于謔辭，却非杜撰。妙絶！

【劉永濟曰】此與《詠史》詩（北湖南埭）同意。首二句極寫秦之强盛，三四句故為抑揚之詞以見作詩本意在不可恃山河之險。謂為戒諸鎮可，謂為警凡有國者亦可。秦滅六國，二世而亡，可為前車之鑒，故詩人特舉以為證。詠史事詩必如此作，方不至如胡曾輩之索然寡味也。

【按】此詩語意尚屬明瞭，蓋謂秦之削平六國，混一天下，非因山河之險固，而緣適遇天帝之醉也。『自是』句意殊憒憒，頗不似通常詠史論史，而有天道憒憒之慨。暴者自得天祐，憤世之情深矣。姚謂『用意全在一「醉」字，即「如何鐵如意，獨自與姚萇」之意』，可謂深得其旨。然其具體針對之現實人事，則頗難妄測，屈、程二箋，似均嫌不切。此與《明神》《人欲》皆同類性質之作，風格亦近。

公子

外戚封侯自有恩①，平明通籍九華門②。金唐公主年應小〔一〕③，二十君王未許婚④。

校記

〔一〕『應』，戊籤作『華』。

①【馮注】自緣先世之恩，非因得尚主也。

②【朱注】《西京雜記》：『漢掖庭有雲光殿、九華殿。』《洛陽宮殿簿》：『魏有九華殿。』【馮注】《洛陽宮名》：『洛陽諸門中有九華門。』然皆可通用。【補】籍，竹片，長二尺，上書姓名、年齡、身份等，懸宮門外，以備出入時查對。『通籍』謂記名於門籍，可進出宮門。此指任職朝中。

③【程注】金唐公主，唐疑作堂。《舊唐書》：『金堂公主，穆宗女，下嫁郭仲恭。』【馮注】堂、唐古或通用，如《後漢書·蔡邕傳》中求定《六經》文字之堂谿典，或作『唐谿典』，然此固無取好異。

④【馮注】主年少耶，不則何未成禮？

【姚曰】見恩寵之渥也。

【屈曰】公子年已二十，而君王尚未許婚，蓋將以尚主也。○意言生來富貴，不用讀書，如我輩之十載寒窗，至今窮困也。金唐疑作『堂』，傳寫之誤。

【徐曰】仲恭為汾陽王裔，昇平長公主之孫，憲宗郭皇后之姪，故首句云然。（馮注引）

【馮曰】《舊書·傳》：『郭曖年十餘歲，尚昇平公主，主年與曖相類；曖子鏦尚德陽公主，鏦與公主年未及冠。』則此詩所云似少遲矣，故詠之。二十指仲恭，非指公主，而意互通也。仲恭為郭釗之子，其尚主當在大和開成間。

《册府元龜》亦作『金堂』，則此作『唐』定誤也。

【紀曰】不解所云。

【張曰】仲恭為汾陽王裔，昇平長公主之孫，憲宗郭皇后之姪，故戲詠之。或當時有所指斥，殊難定解。

（《會箋》）

【按】四句分寫其仕宦婚姻。前二謂其出身貴戚，年少封侯，仕宦得意，早獲通籍。後二謂君王早已視為東牀之選，以其尚主，唯因金唐公主年尚小，故公子雖年已二十，君王仍未許婚也。『未許婚』，正所以見其必尚主，亦所以見恩寵之盛。

公子

一盞新羅酒①，凌晨恐易銷〔一〕。歸應衝鼓半②，去不待笙調。歌好唯愁和〔二〕，香穠豈惜飄〔三〕③。春場鋪艾帳，下馬雉媒嬌④。

校記

〔一〕『晨』，英華作『霜』。

〔二〕『唯』，英華作『難』。

〔三〕『穠』，姜本、朱本、季抄作『濃』，英華作『多』。　『豈』，英華作『不』。

①【朱注】《通典》：『新羅國，其先本辰韓種，在百濟國東南五百餘里。』按：五代、唐時新羅國併于高麗。《通考》云『高麗土無秫，以秔為酒。』新羅酒當即此也。　【馮注】新羅，謂新漉。袁山松《酒賦》：『纖羅輕布，浮蟻競升。』舊引東夷新羅國，謬矣。

②【馮注】衡鼓半，謂夜深始歸。下句謂乍歸又去。無夜無明，狂遊而已。

③【何曰】妙甚。只欲家妓擅場，惟恐更有和者，非公子無此心情也。（《讀書記》）　【屈曰】歌愁和，不學無才也。香不惜飄，驕奢也。

④【朱注】鮑照《雉朝飛》：『專場挾雌恃強力。』　【道源注】艾帳，雉翳也。李賀《艾如張》：『艾葉緑花誰剪刻，中藏禍機不可測。』《射雉賦注》：『媒者，少養雉子，長而狎人，能招引野雉。』　【馮注】潘岳《射雉賦》：『擎場拄翳。』又：『睨驍媒之變態。』注曰：『射者聞有雉聲，便除地為場，拄翳於草。』按古樂府：『艾而張羅。』解者引《穀梁傳》：『艾蘭以為防。』蓋『艾』與『刈』同，艾草以為蒐狩之大防也。若陳蘇子卿詩『張機蓬艾側』，則直以為艾葉矣。李賀詩亦然。此云『艾帳』，亦同蘇子卿之解。餘詳《樞言草閣》。

【馮班曰】宛然貴介。（何焯引，見《輯評》）

【陸鳴皋曰】首聯，言酒薄不足以供。次聯，言情之縱樂而矜率。腹聯，言性之俚俗而侈靡。末聯，言遊獵之好也。通體總寫其豪，而俱帶粗意。

【姚曰】寫盡輕雋之狀。去來倏忽，全非憐香惜玉之人。五六言不能細心領略。春場射雉，多應忘却夜來矣。

【屈曰】淩晨飲酒，歸必半夜，忽然而去，不待笙調，性情無常也。歌愁和，不學無才也；香不惜飄，驕奢也。七八禽荒也。通篇寫其醉生夢死，一無所知也。

【紀曰】此是譏刺之作，但覺刻薄，絶無佳處，愈刻畫神肖，愈用不堪，以雅道論之，豈宜有此。（《詩説》）極刻畫紈袴性情，愈工愈佻，未協雅音。○嬌字應是驕字之誤。（《輯評》）

【按】首聯寫公子夜飲新羅之酒，淩晨酒力已銷。三句追述昨夜飲罷歸晚，四句謂今晨不待笙調又復離去。五六寫遊冶之地歌好香濃情景。七八則外出畋獵射雉。當與《少年》參觀。

少年

外戚平羌第一功，生年二十有重封①。直登宣室螭頭上②，横過甘泉豹尾中③。別館覺來雲雨夢，後門歸去蕙蘭叢④。灞陵夜獵隨田竇⑤，不識寒郊自轉蓬⑥。

①【朱注】《東觀漢記》：『馬防，援之子也，兄弟三人各六千户。防為潁陽侯，特以前參醫藥勤勞，綏定西羌，以襄城、羹亭一千二百户增防。防身帶三綬，寵貴至盛。』【程注】《漢書·樊噲傳》：『賜重封。』注：張晏曰：『重封，益禄也。』如淳曰：『正爵名也。』臣瓚曰：『增封也。』師古曰：『諸家之説皆非也。重封，加二號耳。』【馮注】《後漢書》：『馬防，明德馬皇后兄也。肅宗建初四年封潁陽侯，以平定西羌增邑千三百五十户。』此類事頗多。詩所指者，當為郭汾陽之裔。憲宗后，郭曖之女；敬宗貴妃，郭義之女，皆見《舊書·傳》。【何曰】（次句）破年少。（《輯評》）『封』字出韻。（《讀書記》）

②【朱注】《漢書注》：『宣室，未央前殿正室。』又曰：『丹墀上之堦曰螭頭。』《唐會要》：『唐左右二史分立殿下，直第二螭首坳處，號曰螭頭。』【何曰】宮中御道兩旁，皆有螭頭，第三殆謂此也。（《輯評》）【馮注】《漢書》：『東方朔曰：「夫宣室，先帝之正處也，非法度之政，不得入焉。」』《舊書·紀》：『文宗太和九年，勅左右省起居齋筆硯及紙於螭頭下記言記事。』螭頭上，曰『上』，謂其侍近御座。【按】螭頭，古代彝器、碑額、殿柱、殿階上所刻之螭形花飾。此指殿階上螭飾。《舊唐書·鄭朗傳》：『朗執筆螭頭下。』

③【朱注】《關輔記》：『甘泉宫一曰雲陽宫，一曰林光宫，在今池陽縣西甘泉山。本秦造，漢武建元中增廣之，周十九里，去長安三百里，望見長安城。』《揚雄傳》：『（趙昭儀方大幸），每上甘泉，常法從，在屬車間豹尾中。』服虔曰：『大駕八十一乘，最後一乘懸豹尾。』【馮注】《後漢書·輿服志》：『乘輿大駕，備千乘萬騎。西都行祠天郊，甘泉備之。官有其注，名曰甘泉鹵簿。最後一車懸豹尾，豹尾以前比省中。』《舊書·職官志》：『左右千牛衛中郎將昇殿供奉，凡侍奉，禁横過座前者。』按：『直』『横』二字，狀其縱恣。【《輯評》墨批】『直』『横』二字寫出豪態。【按】馮解切。

④【馮注】《漢書》：『成帝始為微行出。』張晏曰：『於後門出，從期門郎及私奴，若微賤之所為。』【補】蕙蘭叢，謂其後房姬妾之衆，與上句『雲雨夢』皆狀其荒淫縱慾。

⑤【朱注】《漢書》：『文帝葬灞陵。』注：『在長安東南。』武安侯田蚡、魏其侯竇嬰皆外戚。【姚注】《史記》：『武安侯田蚡，孝景后同母弟。』又，『魏其侯竇嬰，孝文后從兄子。』【馮注】《爾雅》：『宵田為獠。』釋文：『夜獵也。』灞陵夜獵見《舊將軍》。

⑥【姚注】曹植詩：『轉蓬離本根，飄飖隨長風。』

【朱曰】此諷得志者之薄於故交也。（《李義山詩集補注》）

【吴喬曰】命題亦小兒詩之類，似乎有為之作。『重封』似謂楚、綯韋平之拜。直登螭頭、横過豹尾，言恣横也。與宣宗『宰相可謂有權』之語冥合。（五六句）時綯廣引牛、李私人。（七八句）似比刺綯惟趨勢焰，不引孤寒。

【何曰】螭頭不可直登，況天子齋居乎？豹尾不可横過，況妃嬪從幸乎？三四言其驕横枉法。五六言其奢侈折福。身在滅亡之中，而折枝舐痔於田竇，則又奴隸之才，方可怒可憫之不暇，乃敢傲天下士乎？結句不以御波春水及門流上及君父，尤忠厚。〇李白《少年行》：『蘭蕙相隨喧伎女。』（五六）二句重言之者，見其重色傲士，徒知牡牝之欲而已。（《輯評》）

【沈德潛曰】驕恣色荒，兼而有之。此詩應有所指。

【胡以梅曰】一二借用馬防外戚事賦之。三四言其衛侍殿廷，與君親近，是職在羽林將軍仙杖之類，四言隨從巡幸，即於嬪妃屬車隊裏穿過，亦所不禁，見貴戚親切也。五言另置姬妾於别館，有夢字即用雲雨，亦典而不俚，覺來然後歸去，兩句相貫。高唐之夢，原是晝寢，亦指白日，今所以仍可歸去。六用『後門歸去』四字，是嘲謔之辭，饒有風致。蕙蘭叢則雖後門亦復精雅。七八言惟顧遊畋，不知接引士人。寒郊多飄蓬之客必有所指。

【陸曰】武宗踐阼之後，喜畋遊，角武藝，一時五坊小兒，皆得出入禁中，肆無忌憚，此詩似陰刺其事也。首二句，借古來第一等寵貴人作箇引子，以開出下二聯來，非當日曾有外戚冒功，濫膺封爵之事也。直登宣室，横過甘泉，言其在朝之驕慢；雲雨夢中，蕙蘭叢裏，言其歸第之荒淫。且夜獵而與田竇為伍，則所謂虎威狐假，聲勢愈赫，灞陵縣尉亦且奈之何哉！寒郊轉蓬，隱以自況。曰『不識』者，言不為所識，其中自有身份在。

【徐德泓曰】次聯言驕。三聯言樂。四聯言佚遊。與《富平少侯》作異者，彼偏在豪也；與公子作異者，彼偏在粗也。

【姚曰】此諷得志者之薄於故交也。二十重封，由戚里軍功之蔭，其癡憨之態，一似風雲在其掌握。於是螭頭殿上，可以直登；豹尾班中，何難横過。在彼意中，方自以為入則有粉白黛緑之歡，出則有驅騁田獵之樂，此外更有何事，無怪乎其訝寒郊蓬轉之不可解也。彼以名家舊德，再世登庸，而不一援手於故素之沉淪者何居，蓋亦以諷絢也。

【屈曰】一祖父功高。二少小襲封侯。三四驕傲無知。五六漁色。七惟事田獵逐貴遊。八刺其不識儒士也。

【程曰】此蓋刺當時勳戚之子弟也。言其承勳爵之後，生而貴盛。宣室直登，甘泉横過，則在朝之驕肆也。雲雨夢中，蕙蘭叢裏，則歸第之荒淫也。而且游獵無度，何以善終？反不若寒郊轉蓬之人猶得優游自適也。曰『不識』，非憾其不識，正謂其不能識耳，是有身分語。

【紀曰】七句平叙，一句轉合，仿佛太白『越王勾踐破吴歸』一首章法，作意可觀，但格意淺薄，不脱晚唐習徑耳。（《詩説》）

【姜炳璋曰】此為當時勳戚弟子而發。曰『直登』『横過』，曰『别館』『後門』，曰『夜獵』，皆刺之之辭。結句言初不知寒郊自致青雲之難，有懼其驕溢，不能長守（富）貴意，非望其薦拔也。長孺以為予令狐綯，與詩語氣不合。

【曾國藩曰】此刺當時勳戚子弟。（《十八家詩鈔》）

【方東樹曰】但刺其奢淫耳。起結佳。

【張曰】此與《富平少侯》一首頗可參觀，益知前首非詠敬宗也。（《會箋》）又曰：義山七律往往以末句為主意，掉轉全篇。集中此法極多，他人罕見，皆玉谿創格也。若太白『越王』篇，乃七絶，不得與此并論矣。此詩措語皆倍沈厚，味之無盡，以為淺薄，殊非定評。（《辨正》）

【按】此泛詠勳戚子弟以祖蔭襲封，驕肆荒淫，漠視貧士，以為諷令狐綯、刺武宗寵五坊小兒者均非。程箋近是，然謂末句係『反不若寒郊轉蓬之士猶得自適』之意則非。『不識寒郊自轉蓬』者，謂其貴盛驕淫，曾不知寒郊貧士身如轉蓬之境遇也，即王右丞《洛陽女兒行》『誰憐越女顏如玉，貧賤江頭自浣紗』之意。馮氏謂少年指郭汾陽之裔，亦無據。文、武、宣三朝，外戚驕横見於史籍記載者，有宣宗時之鄭光（鄭太后之弟），《通鑑》大中十年曾載光莊吏恣横事。然砭錮弊常取類型，何必指實？又，此詩與《富平少侯》之題與詩不切者有別，張氏以此例彼，否定《富平少侯》託諷敬宗，亦非。二者用筆及主人公身份均異，宜分別觀之。

少將

族亞齊安陸①，風高漢武威②。煙波别墅醉，花月後門歸。青海聞傳箭③，天山報合圍④。一朝攜劍起，上馬即如飛〔一〕。

〔一〕「上馬即如飛」，戊籤一作「馬上疾如飛」。

①【朱注】蕭子顯《齊書》：「安陸昭王緬，字景乘，宣皇帝之孫也。太祖受禪，封安陸侯，累遷雍州刺史，加都督。永明九年薨，贈司徒。」【馮注】《南齊書・宗室傳》：「太祖次兄子安陸昭王緬封安陸侯，遷寧蠻校尉，雍州刺史，加都督，卒，贈安陸王。」《文選》（有）沈約《齊故安陸昭王碑》文。此「族」字只比其宗室之貴。紈子以謀反誅，不必拘看。

②【朱注】《漢書》：「武威郡，故匈奴休屠王地，武帝太初四年開。」【道源注】《神仙感應録》：「漢武威太守劉子南，從道士尹公，授務成子螢火丸，佩之隱形，辟疫鬼及五兵白刃盜賊凶害。永平間與虜戰，矢下如雨，未至子南馬數尺，輒墮地，終不能傷。」劉禹錫詩：「不逐張公子，應隨劉武威。」【馮注】《後漢書》武威將軍劉尚，見《光武帝紀》、來歙諸傳，而《公孫述傳》：「尚宗室子孫。」此句取宗室也。武威與建威、揚威皆將軍名號，不關武威地名。【何曰】破題是宗子。（《輯評》）

③【朱注】《十三州記》：「允吾縣西有卑禾羌海，代謂之青海。」杜甫詩：「青海休傳箭。」【馮注】《隋書・地理志》：「西海郡置在古伏俟城，即吐谷渾國都，有青海。」【姚注】《新唐書・吐蕃傳》：「其舉兵，以七寸金

箭為契。一百一驛，有急兵，驛人臆前加銀鶻；甚急，銀鶻益多。』

④【朱注】《史記索隱》：『祁連山一曰天山，亦曰白山，在張掖、酒泉二郡界。』《唐書》：『西州交河郡有天山。』【程注】李陵《報蘇武書》：『單于臨陣，親自合圍。』【馮注】《後漢書注》：「《西河舊事》曰：白山之中有好木，匈奴謂之天山。」《廣志》曰：『白山通歲有雪，亦名雪山。』《禮記》：『天子不合圍。』《通鑑》：『貞觀十六年，西突厥遣處月、處密二部圍天山。』此類事頻見，以圍天山引之。【查慎行曰】青海、天山，屬對與老杜偶合。

【馮舒曰】此詩佳在後半。『煙波』一聯，似吴叔庠。（何焯《讀書記》引）又曰：樂君之樂，憂君之憂，斯人有焉。（《輯評》）

【何曰】人見其烟波花月，不知其緩急可仗如此，或以自喻也。

【姚曰】此歎倖功者之多也。首聯，言其門地如此。三四，言其驕縱如此。傳箭合圍，籌國者方為蒿目，而彼方眉動色飛，其好亂倖功如此。

【田曰】何等飄忽，心事如雪。（馮箋引）

【屈曰】上半平日事，下半邊警時事。

【馮曰】首聯言宗室而為將軍也。姑臧、武威每為李氏封號，此必為李氏世胄詠者，但未能考定何人。此章深美其少年華貴，非庸材也。

【紀曰】畫出俠少，詩極俊爽，但乏深味耳。且意思全抄『為君遮虜騎』一章也。（《詩説》）此俠少之詞，亦無刺意。結頗駿爽，但少剽耳。（《輯評》）。（《瀛奎律髓刊誤》作：『出手微快，然自俊爽。通首寫俠少之意，注家以為有刺者非。』）

【張曰】長吉派既謂之澀，此種又譏其剽，古人真無從解免矣。（《辨正》）

【按】此與《少年》之刺貴戚少年驕奢淫佚不同，通篇係贊美之詞。頷聯非刺其淫佚，乃美其風流，與少年『別館』一聯貌似而實異。馮、紀評是。

牡丹

錦幃初卷衛夫人〔一〕①，繡被猶堆越鄂君②。垂手亂翻雕玉佩③，折腰争舞鬱金裙〔二〕④。石家蠟燭何曾剪⑤，荀令香爐可待熏⑥？我是夢中傳彩筆⑦，欲書花葉寄朝雲〔三〕⑧。

〔一〕『幃』，英華作『帷』。

〔二〕『折』原作『招』，據戊籤改。英華作『細』。『争』，英華作『頻』。『争舞』，季抄一作『頻换』，均非。

〔三〕『葉』，英華作『片』。

集注

①【原注】《典略》云：『夫子見南子在錦幃之中。』　【馮注】《典略》：『孔子反衛，夫人南子使人謂之曰：「四方君子之來者，必見寡小君。」不得已見之。夫人在錦帷中，孔子北面稽首，夫人自帷中再拜，環珮之聲璆然。』按：《史記・孔子世家》作『絺帷』。　【何曰】花。（《讀書記》）

②【馮注】《説苑》：『鄂君子晳泛舟於新波之中也，乘青翰之舟，張翠蓋而檢犀尾。會鐘鼓之音畢，榜枻越人擁楫而歌曰：「今夕何夕兮？搴洲中流；今日何日兮？得與王子同舟。蒙羞被好兮，不訾詬恥。心幾煩而不絶兮，得知王子。山有木兮木有枝，心悦君兮君不知！」於是鄂君乃揄修袂，行而擁之，舉繡被而覆之。』陳祚明曰：『詳此，越人疑是女子。』按：得毋以鄂君、越人誤合為一耶？　【何曰】葉。（《讀書記》）　【按】清人馬位亦指出『越』字誤用，曰：『越人愛鄂君而歌……非越之鄂君也。』（見《秋窗隨筆》。）

③【朱注】《樂府解題》：『大垂手、小垂手，皆言舞而垂其手也。』《書顧命》：『雕玉仍几。』注：『雕，刻鏤也。』　【何曰】葉。（《讀書記》）

④【朱注】《西京雜記》：『戚夫人能作翹袖折腰之舞，歌《出塞》《入塞》《望歸》之曲。』宋之問詩：『縷金羅袖鬱金裙。』張泌《粧樓記》：『鬱金，芳草也，染婦人衣最鮮明，染成則微有鬱金之氣。』　【馮注】《後漢書》：『梁冀妻孫壽善為妖態，作折腰步。』崔駰《七依》：『表飛穀以長袖，舞細腰以抑揚。』　【何曰】花。（《讀書記》）

⑤【朱注】《世説》：『王愷以粭糒澳釜，石崇以蠟燭代薪。』

⑥【馮注】習鑿齒《襄陽記》：『劉季和曰：「荀令君至人家，坐處三日香。」』按：《後漢書》《魏志》：『荀

彧字文若，為漢侍中，守尚書令。曹公征伐在外，軍國之事皆與彧籌，稱荀令君。』《典略》曰：『曹公、荀令君皆足蓋世。』《彧別傳》曰：『司馬宣王曰：「吾所聞見，未有及荀令君者也。」』梁昭明《博山香爐賦》曰：『粤文若之留香』，正此事也。朱氏以為晉之荀勗，誤矣。

⑦【朱注】《南史》：『江淹嘗夢一丈夫，自稱郭璞，謂淹曰：「吾有筆在卿處多年，可見還。」淹乃探懷中得五色筆一以授之。爾後為詩絶無妙句。』【朱注】劉向有《熏爐銘》。

⑧【朱注】朝雲用神女事。【馮注】《樂府·江南弄》有《朝雲曲》。

【朱彝尊曰】堆而無味，拙而無法，詠物之最下者。

【何曰】飛卿作乃咏花，此篇亦《無題》之流也。起聯生氣湧出，無復用事之迹。（《讀書記》）　非牡丹不足以當之。（《輯評》）

【胡以梅曰】詳詩意，是各色大叢牡丹，非單株獨本也。通身脱盡皮毛，全用比體，登峰造極之作。起一聯用排偶，氣便渾厚，原是平寫花如錦繡麗人。初卷，乍見也；猶堆，未離繡被也。然亦可析而言之：幃是花幄，初卷起而見艷色如衛夫人。夫人之外，猶有越鄂君擁繡被焉。是一堆繁艷，高下皆賦矣。語渾而活，可以雙解。句奇突，妙處全在『卷』字『堆』字，有花之谿徑。三四言其臨風翻舞。玉珮謂其白，鬱金謂其黄。五謂其深紅欲滴，六謂其香氣奪人。玉而曰雕，有花瓣之狀；且曰佩，有飄垂之態，方與『翻』字相通，正是意匠經營善處。『招』字或欲作『細』，則死而不活；或欲作『折』字，則失却風流，……妙處正在『垂』字、『招』字，有風之動静意。按章孝標《柘枝舞》詩曰：『《柘枝》初出鼓聲招，花鈿羅衫聳細腰。』又張祜詩云：『一時飈腕招殘拍，斜斂輕身拜玉郎。』是舞中有招之態。則『招腰』二字或隱括章詩之謂。……蠟燭不剪，勢必流紅。石崇代炊之燭，非一枝兩枝可盡。花下焚香為殺風景事，荀令有愛香之癖，宜無處不熏香矣。對此異香之花可更熏乎？……結言對此錦色繁香，須用彩筆書之花葉，寄與朝雲，則成為雲葉，竟是一朵彩雲矣。朝雲亦言神女之輕盈，可與花為伍。夢中之筆，書寄入夢之朝雲，其言縹緲，皆以烏有先生為二麗人作陪客耳。錦心靈氣，讀者細味自知。

【《唐詩鼓吹評注》】首言牡丹之容如錦幃初卷而出衛夫人之艷，繡被夜擁而見越鄂君之姿。而且玲瓏疑玉珮之亂飄，搖蕩比金裙之争舞。其殷紅欲滴，無假照於絳燭之高燒；國色多香，曾何待於奇香之暗惹。當此名花相賞之時，不有彩筆，何由圖詠？唯我亦擅江令之才，思裁好句，以貽神女，則唯朝雲亦有如斯之雅艷耳。

【陸曰】牡丹名作，唐人不下數十百篇，而無出義山右者，惟氣盛故也。昌黎論文云：『水大而物之浮者大小畢浮。』余謂詩亦有之。此篇生氣湧出，自首至尾，毫無用事之迹，而又能細膩熨貼。詩至此，纖悉無遺憾矣。起二句，形花之初放，而睡態未足也。三四以花之摇動言。五六以花之色香言。其必用雕玉佩、鬱金裙、石家蠟燭、荀令香爐等字為之襯貼者，以不如是則不能盡牡丹之大觀，且不能極牡丹之身份耳。結處謂此花富麗，非彩筆弗稱。必如我作，方可為之傳神，蓋躊躇滿志之語也。

【姚曰】此借牡丹以結心賞也。首聯寫其艷，次聯寫其態。『石家』句寫其光，『荀令』句寫其香。如此絶代容華，豈塵世中人所能賞識，我今對此，不啻神女之在高唐，幸有夢中彩筆，頗解生花，藉花瓣作飛箋，或不至嫌我唐突云爾。

【屈曰】六皆比：一花二葉三盛四態五色六香。結言花葉之妙麗可并神女也。然掩題不知是詠何花，終是猜謎，乃詩法所忌。或云通首皆比。此詠物詩，無通首皆比之體，即如沈《古意贈喬知之》通首皆比，然是賦古意以比喬也，可以類推。

【程曰】此艷詩也。以其人為國色，故以牡丹喻之。結二語情致宛轉，分明漏洩。若以為實賦牡丹，不惟第八句花葉二字非詠物渾融之體，且通首堆砌全不生動，可謂『燕昭無靈氣，漢武非仙才』矣。

【馮曰】徐曰：『令狐楚宅牡丹最盛，此詩作於楚宅。』○《長安志》曰：『《酉陽雜俎》載開化坊令狐楚宅牡丹最盛。』近刊《酉陽雜俎》脱此語，而《長安志》所引明甚也。楚《赴東京别牡丹詩》：『十年不見小庭花，紫萼臨開又别家。上馬出門回首望，何時更得到京華？』以史傳考之，當為太和三年楚赴東都留守時作。是年即鎮天平，而義山受其知遇。此章義山在京所作。上四句狀花之穠艷；五六言花之光與香；楚猶在鎮，故兼祝其還朝。七句謂授以章句之學，結句遠懷也。晚唐人賦物多用艷體，非可盡以風懷測之。徐説甚是，約在太和五六年。

【紀曰】八句八事，却一氣鼓盪，不見用事之迹，絶大神力。所惡乎《碧瓦》諸作，為其琱琢支湊，無復神味，非以用事也，如此詩，神力完足，豈復以纖靡繁碎為病哉！『折腰争舞』句形容出富貴風流之致。《英華》作『細腰頻换鬱金裙』，索然無味矣。末句却合依英華本，花片有情，花葉無理也。（《詩説》）

【張曰】《長安志》引《酉陽雜俎》：『開化坊令狐楚宅牡丹最盛。』此假以喻意。前半極寫其華麗。石家、荀令一富一貴，時楚還朝為左僕射，故又祝其拜相也。觀結語，詩當自崔幕寄賦者，非太和三年義山在京作也。馮説小疏，故為正之。（《會箋》）。編太和八年）。

【黄侃曰】義山詠物詩，什九皆屬閒情，此詩非直詠牡丹，蓋借牡丹以喻人也。首句斥所喻者；次句自喻；三四寫其狀；五句喻其光彩；六句喻其芳馨；末二句顯斥所喻矣。八句八事，不著堆砌之迹。與牡丹在即離之間，即專以詠物而論，亦難能可貴已。

【錢鍾書曰】黄庭堅《觀王主簿家酴醾》：『露濕何郎試湯餅，日烘荀令炷爐香。』青神註：『詩人詠花，多比美女，山谷賦酴醾，獨比美丈夫：見《冷齋夜話》。李義山詩：「謝郎衣袖初翻雪，荀令薰爐更换香。」』按引語見《冷齋夜話》卷四，義山一聯《出酬崔八早梅有贈兼示》，《野客叢書》卷二十亦謂此聯為山谷所祖。《冷齋夜話》又引乃叔淵材《海棠》詩：『雨過温泉浴妃子，露濃湯餅試何郎』，稱其意尤佳於山谷之賦酴醾；當是謂兼取美婦人美男子為比也。實則義山《牡丹》云：『錦幃初捲衛夫人，繡被猶堆越鄂君』，早已兼比。（《談藝録補訂》）

【按】牡丹富貴華艷之花，故前六句詠其色態芳香，均借富貴家艷色比擬，或以富貴家故事作襯。首聯謂牡丹如錦幃初卷之衛夫人，明艷照人；如繡被擁裹之越人，綠葉簇擁紅花，丰姿嬌艷。曰『初卷』『猶堆』，似是牡丹初放時情態。頷聯以貴家舞者翩躚起舞時佩飾翻動、長裙飄揚之輕盈姿態，形容春風吹拂下牡丹枝葉摇曳之動人情態。胡以梅謂所詠為各色大叢牡丹，非單株獨本，視『亂翻』『争舞』語，似可從。腹聯以『石家蠟燭』『荀令香爐』反托牡丹之光艷與濃香。末聯總收，謂我今面對如此美艷之牡丹，不禁聯想及巫山神女，頗思藉我彩筆，書此花葉，遥寄情思也。此詩既借艷以寫花，又似借詠花以寓人。觀其屢用貴家姬妾舞伎為比，頗似意中即有如此花之女子，末聯更微透有所思念、欲寄相思之消息。此與日高一首似可參看。

陳貽焮《李商隱的詠物詩和詠史詩》對此篇有箋解。本篇箋語亦間采其説。

牡丹

壓逕復緣溝，當牕又映樓①。終銷一國破②，不啻萬金求③。鸞鳳戲三島④，神仙居十洲⑤。應憐萋草淡，卻得號忘憂⑥。

①【何曰】隴右牡丹成樹，長與檐齊，少所見者罕不以第一為砌合也。（《輯評》）　【馮曰】要非佳句。

②【朱曰】比其艷於佳人之傾國。　【何曰】此句藏『憂』字。（《輯評》）　【按】銷，抵也，值也。

③【朱注】《唐國史補》：『長安貴遊尚牡丹，每春暮，車馬若狂。人種以求利，一本有直數萬者。』

④屢見。

⑤【朱注】《十洲記》：『四方巨海之中，有祖洲、瀛洲、玄洲、炎洲、長洲、元洲、鳳麟洲、聚窟洲、流洲、生洲。』【馮曰】言此仙家貴種也。【何曰】二句起『忘憂』。（《輯評》）

⑥【程注】《天寶遺事》：『明皇與貴妃幸華清宫，因宿酒初醒，憑妃肩同看木芍藥。帝折一枝與妃，遞嗅其香，帝曰：「不惟萱草忘憂，此花香艷，尤能醒酒。」』【馮曰】雖非所用，意亦相通。然《開元記》則謂是千葉桃花。

【朱彝尊】竟不似題，何義山獨拙賦牡丹耶？

【何曰】（『壓逕』二句）方是牡丹大觀。（『終銷』二句）方極牡丹身份。此富貴之花，窮餓人一字來不得。（『鸞鳳』二句）牡丹非豪家不極其致，窮巷寒餓之士所見不過一兩叢。腹連亦懸想不出。（《讀書記》）自謂忘憂，其實可以傾國。第三伏脈，結句反映，借牡丹以為刺也。（《輯評》）

【姚曰】此言士當自愛也。壓逕緣溝，無非争艷取憐之輩，索價雖高，終成妖物。若鸞鳳神仙，定不戀此，曾不如萱草之淡然忘憂耳。

【屈曰】以三島十洲之仙品，而不及萱草之忘憂，可嘆。

【程曰】此又是艷詞，語意更顯豁於前七律。但此當屬女冠，觀『鸞鳳戲三島，神仙居十洲』二語可見。

【馮曰】直是詠物，與令狐家無關，徐氏未細分也。又曰：疑在涇州詠，如前所云『回中牡丹』者。

【紀曰】無句成語。（《詩說》）

【袁枚曰】首二句牡丹之盛。三四言牡丹之貴。五六比牡丹之艷，末言世重牡丹，亦知萱草能忘憂乎？（《詩學全書》）

【張曰】此首雖非義山得意之筆，然何至全不成語？……○此有寓意，故全不切牡丹。（《辨正》） 馮氏云：『直是詠物，與令狐家無關。』（《會箋》）

【按】前四寫眼前牡丹繁衍茂盛，壓徑緣溝，當窗映樓，其價值可比傾國之佳人，而不止于萬金也。後四則想像三島、十洲之境，鸞鳳翔集，神仙所居，當愛淡雅之萱草，為其可以忘憂，而不復重此徒有艷色之牡丹也。蓋借牡丹與萱草之對比，致慨於徒重俗艷之世風，且以『淡』而『忘憂』之萱草自況，言己之美質惟神仙境界方能賞愛耳。

僧院牡丹

葉薄風才倚，枝輕霧不勝[一]。開先如避客，色淺為依僧。粉壁正蕩水①，緗幃初卷燈②。傾城惟待笑，要裂幾多繒③！

〔一〕『霧』，馮曰：『似當作露。』　【按】作『霧』亦可通。

①【馮注】庾肩吾《春夜》詩：『水光懸蕩壁。』

②【道源注】蕩水，言花影；卷燈，言花光。

③【朱注】《帝王世紀》：『妹喜好聞裂繒之聲，桀為發繒裂之，以順適其意。』【朱注】《韻會》：『緗，淺黄色。』【馮注】按：《史記·夏本紀》無妹喜裂繒事。《周本紀》：『褒姒不好笑，幽王欲其笑萬方，故不笑。幽王為熢燧大鼓，諸侯至而無寇，褒姒乃大笑。』亦非裂繒。《白帖》則引《史記》：『周幽王后褒姒好裂繒聲。』

【何曰】僧院於中間一點，起結止賦牡丹，不可以大曆後常體論之。（《讀書記》）又曰：腹連是賦花光。○落句南朝詩體亦有然者，但變律之後，要須謹嚴耳。○『傾城』句不稱僧院。（《輯評》）

【陸鳴皋曰】首句葉，次句枝。第三句虛開，四句言色也。五句言影，六句言光。結則狀其情態耳。

【姚曰】僧院，非逞艷之地。避俗客，依佛香，於本色處愈覺風流。又調之曰：畢竟傾城處尤在一笑，不識可容我一見否耶？

【馮曰】頗難猝解，蓋刺僧之隱事也。首言其人嬌小；次以避客反托依僧，『色淺』，謂不便濃妝；五六寫其時地；裂繒似只取『妹喜』二字，謂僞託眷屬，或言其惟不敢狂笑也。此種尖薄，大傷詩教。又曰：如《聖女祠》之方朔，《鏡檻》之『射莎』，與此『裂繒』之類，不善悟者不可與言斯集。然廋辭隱語，非風雅正聲，學者慎勿效之，後人必以此誚余穿鑿入魔也。

【紀曰】首二句不似牡丹，三四極力刻畫僧院，然沾滯不佳，五六句亦點綴無理，七八不唯措語欠工，亦於僧院不大相稱也。（《詩說》）又曰：起二句似詠柳。（《輯評》）

【按】以人擬花，復借花喻人。牡丹艷質，而植於佛門清净之地，題目已含微意。首聯謂其葉薄枝輕，倚風怯霧，點出『輕』『薄』二字，似寫風姿，實見品格。次聯言其開早而色淺，恐緣避客依僧之故，蓋言其為僧人所私，故既須避客，又宜淡妝。腹聯明寫花影、花光，實暗寓情好。末聯則調謔之詞，謂此僧院牡丹不苟言笑，未見傾城，不知須裂幾多繒方能博得一笑也。馮箋近是。

柳

動春何限葉，撼曉幾多枝？解有相思否〔一〕？應無不舞時①。絮飛藏皓蝶，帶弱露黃鸝。傾國宜通體②，誰來獨賞眉〔二〕③？

〔一〕『否』，朱本作『苦』。

〔二〕『來』，英華作『家』。

①【道源注】梁劉邈《折楊柳》詩：『春來誰不思？相思君自知。』【馮注】問其猶能思我否？爾固無時不舞也。語含妒情。【補】應無，曾無也。

②【馮注】《隋書·柳昂傳》：『昂偏風不能視事。昂卒，子調為侍御史。楊素嘗於朝堂見調，因獨言曰：「柳條通體弱，獨搖不須風。」調斂板正色以對。』葉枝絮帶，所謂『通體』。

③【朱注】梁元帝詩：『柳葉生眉上。』唐太宗《柳》詩：『半翠幾眉開。』

【王直方曰】作詩貴雕琢，又畏有斧鑿痕，貴破的，又畏粘皮骨。此所以為難。李商隱《柳》詩云：『動春何限葉，撼曉幾多枝』，恨其有斧鑿痕。（郭紹虞校輯《宋詩話輯佚·王直方詩話》。）

【錢謙益曰】不襲塵語，可謂極其洗發。

【何曰】『動春』二字非老杜下不得。○『否』字最佳，方是活句，作『苦』便不通也。《英華》作『否』，下無他注。○『通體』二字，收上枝葉絮帶。○『通體』二字有舞。○（『絮飛』）句中有舞。（《輯評》）

【姚曰】此言軟媚者之無所不宜也。千枝萬葉，縱然不解相思，誰不愛其善舞。五六皓蝶黃鸝，無非助發姿態。落句正言其無一枝一葉之不軟媚也。

【屈曰】喻世無知己也。一二枝葉。三四情思。五六能容物。七結上，八無賞者。

【程曰】義山柳詩凡十餘首，各有寄託，其旨不同。有託之以喻人榮枯者，如『已帶斜陽又帶蟬』七絕是也。有託之以自感蹉跎者，如『不信年華有斷腸』七絕是也。有託之以悲思文宗者，如『先皇玉座空』是也。有託之以感嘆跋涉者，如《關門柳》七絕『不為清陰減路塵』是也。有託以自嘆斥外者，如《巴江柳》『好向金鑾殿，移影入綺窗』五絕是也。有託之以自寫其平康北里之所遇者，如五律《柳》一首、《贈柳》一首、《謔柳》一首、七絕《柳》一首、《柳下暗記》一首、《離亭賦得折楊柳》二首是也。諸說各繫於逐首之後。此首語語是柳，却語語是人。『動春何限葉』，言其會合之情也。『撼曉幾多枝』，言其離別之時也。『解有相思否？應無不舞時』，言黯然銷魂，彼此無奈，望遠惆悵，當有同心也。『絮飛藏皓蝶，帶弱露黃鸝』，言弱質飄蕩，難保迷藏，蝶去鸝來，恐所不免也。結句『傾國宜通體，誰來獨賞眉』，則舉其艷麗殊絕，以著其相思難已也。唐人言女子，好以柳比之，如樂天之楊柳、小蠻；昌黎之倩桃、風柳以及《章臺柳》詞皆然。《韻語陽秋》可為此詩佐證也。

【馮曰】程說是矣，余更信其為柳枝作。結二句言已屬他人，彼得賞其通體，我惟覩其面貌耳，妒情尤露矣。《韻語陽秋》譏此起二句有斧鑿痕，不味通篇用意，真謬說也。

【紀曰】格卑，末二句尤瑣屑鄙俚。（《詩說》）又曰：末二句尤佻薄。（《輯評》）

【張曰】此亦艷體應爾，紀氏以一己臆創之意格繩之，宜其以為佻薄也。（《辨正》）又曰：此亦為柳枝作。『解有相思否』二句問之之詞。『絮飛』二句，狀婉孌依人之態。結聯言已屬他人，彼賞其通體，我惟覩其半面耳，

妬情尤露矣。與寓意嗣復諸篇迥不同也。（《會箋》）

【按】馮、張均以為為柳枝作，且標舉末聯『通體』與『賞眉』以實之。然末聯口吻確如紀氏所云尤為佻薄，恐義山不至以此種調侃語氣寫柳枝也。三四句謂其無時不舞而不解相思，嘲謔語氣尤為明顯，更可證其決非寫柳枝。細繹全詩，當是借柳寓妓女。起二語謂其春來葉動枝摇，風流無限。次聯嘲其雖無時不舞而不解相思，正為妓女之缺少真情寫照。腹聯謂其飛絮飄舞，可隱皓蜨；柳帶柔弱，時露黄鸝，似是隱喻其神女生涯。末聯謂傾國者應通體皆美，誰來獨賞柳眉乎？似是其人以眉目傳情，而作者因此謔之也。

柳

江南江北雪初消，漠漠輕黄惹嫩條。灞岸已攀行客手，楚宫先騁舞姬腰。清明帶雨臨官道，晚日含風拂野橋。如線如絲正牽恨〔一〕①，王孫歸路一何遥②！

〔一〕『恨』，季抄一作『曳』。

①【朱注】《南史》：「劉悛之獻蜀柳數株，枝條甚長，狀如絲縷。」　【程注】范雲詩：「春風柳練長。」李賀詩：「草細堪梳，柳長如線。」沈約詩：「楊柳亂如絲。」

②【馮注】劉安《招隱士》：「王孫遊兮不歸，春草生兮萋萋。」

【王夫之曰】《柳枝詞》演作律詩，倍為高唱。（《唐詩評選》）

【朱彝尊曰】平易輕穩，不似義山手筆。（馮箋引作錢良擇評）

【何曰】勝飛卿作。（《讀書記》）　又曰：陡接第三，下句復打轉，變化生動。第四所謂「阿婆三五少年時」，當摧殘而轉憶盛年，含結句「恨」字。「清明」二句：只領受許多風雨耳。（《輯評》）

【胡以梅曰】起是題前，然有情致、有氣色，次亦落得活，「惹」字正是「輕黃」注脚，猶未深色，妙極。漠漠，淡靜之意。三四將題面承明，一實一虛，便覺靈快，若全實則少風致矣，故妙。五六風流神俊，「帶」字「含」字虛粘題面，結即承之。因線與絲，遂致牽恨，骨節相通，引到客中見柳思歸之感。

【趙臣瑗曰】一二寫柳色初生。三四寫柳條漸長。五六寫柳蔭正濃。七緊接上聯，八王孫久客，見物傷心，所謂「長安陌上無窮樹，惟有垂楊管別離」也。

【陸曰】此詩託寄在結二語，即『王孫遊兮不歸，芳草生兮萋萋』之意。上六句只是詠柳。起曰『雪初消』、曰『漠漠輕黃』，形容早春光景。『灞岸』句，言先時曾經攀折；『楚宮』句，言今日不減風流。清明、晚日，言其時；官道、野橋，言其地；帶雨、含風，言其情態。温庭筠《柳枝詞》云：『繫得王孫歸意切，不關春草緑萋萋』，與此結同是一意，亦同是一格。

【陸鳴皐曰】清潤無一率字，晚唐中之最醇者。落句不脱離别意，亦好在雅馴。

【姚曰】此喻遇合之不可期也。柳自寓，王孫喻得君而事。首聯喻懷才思試。頷聯喻拂拭有人。中聯喻年運蹉跎。末聯結出『恨』字，而以王孫歸晚，喻己之不得見用於朝，而委身於使府也。

【屈曰】一二新柳，次聯處處皆然。三聯清明晚日，此時風雨更覺可憐。然王孫未歸，正足牽恨耳。

【程曰】此則詠柳，與前諸柳詩之有寄託者不同。至於結句，有類於自感遠客，而其實不然。折柳送行，柳之本事，故詠柳定以人結也。

【馮曰】直作詠柳固得，或三四比其人自京來楚，結悵歸路尚遠，其楚中艷情之作歟？然語淺格弱，殊異玉谿，似他人和贈而誤入者。

【紀曰】未能免俗，崔鴛鴦、鄭鷓鴣，歸愚所謂詠物塵劫也。（《詩説》）音調流美，然格之卑靡亦在此。此一派最誤人。（《輯評》）

【張曰】此詩固音調流美，然氣味沉頓處，後世卑靡家數，萬萬不能望其項背。若有意再求不卑不靡，則江西派屈詰生硬耳。（《辨正》）又曰：此與《人日》詩皆不似義山手筆，不必曲解。（《會箋》）

【按】詠柳之作，略寄羈愁。前六皆形況柳之輕黄嫩緑、柔美多情，末聯則云對此如線如絲（諧思）之嫩柳，正牽動我之歸思羈恨，奈歸路迢遞何！王孫自喻。作年不詳。姚、馮箋皆鑿。

贈柳

章臺從掩映①，郢路更參差②。見説風流極③，來當婀娜時④。橋迴行欲斷，堤遠意相隨〔一〕⑤。忍放花如雪⑥，青樓撲酒旗⑦？

校記

〔一〕『意』，姜本作『更』。

集注

① 章臺柳，已見回中牡丹注。

② 【朱注】《史記注》：『楚都於郢，今江陵縣北紀南城是。至平王更城郢，在江陵東北，故郢城是。』《世説》：『桓温自江陵北征，經金城，見少為琅琊時所種柳皆已十圍，慨然歎曰：「木猶如此，人何以堪！」』【程注】屈原《九章》：『惟郢路之遼遠兮。』

③見《垂柳》（娉婷小苑中）『腸斷靈和殿』句注。

④【朱注】魏文帝《柳賦》：『柔條婀娜而蛇伸。』　【馮注】（三四）甚美而在芳年。

⑤【朱注】行，音杭。

⑥【朱注】晉伍緝之《柳花賦》：『颺零花而雪飛。』　【錢鍾書曰】此語（按：指『堤遠意相隨』句）乃自《詩經》『楊柳依依』四字化出。添一『意』字，便覺著力。（《談藝録》）

⑦【朱注】《齊書》：『武帝興光樓上施青漆，謂之青樓。』白居易《楊柳枝詞》：『紅板江橋青酒旗。』　【馮注】《晉書》：『金城麴氏與游氏，世為豪族，西州為之語曰：「麴與游，牛羊不數頭。南開朱門，北望青樓。」』青樓，後人每用為歌舞飲讌之地。舊注引齊武帝興光樓上施青漆謂之青樓，非其義矣。　【按】青樓泛指豪華精美之樓房，如曹植《美女篇》：『青樓臨大路，高門結重關。』馮注引《麴允傳》中『青樓』亦然。此詩中之『青樓』自指豪華之酒樓，非豪貴人家之高樓。

【陸鳴皋曰】首聯以地而言，次聯以態而言，腰聯以勢而言，後聯以情而言。

【姚曰】章臺郢路，得地得時；風流婀娜，真堪歎羡。雖復橋迴堤遠，彼此相憐，却不奈其飛花如雪時耳。

【屈曰】此首有惜之之意。以如此風流，而花撲酒旗，何也？寓意深矣。

【馮曰】全是借詠所思。上言其由京至楚，下言己之憐惜。（五六）跡已斷而心不舍。

【紀曰】五六句空外傳神，極為得髓，結亦情致不窮。但通首有深情而乏高格，懼開靡靡之音，故去之耳。（《詩説》）　題最小樣。（《輯評》）

【袁枚曰】李義山《詠柳》云：『堤遠意相隨。』真寫柳之魂魄。與唐人『山遠始為容，江奔地欲隨』，皆是嘔心鏤骨而成。粗才每輕輕讀過。（《隨園詩話》卷一）

【吴仰賢曰】余初學詩，從玉谿生入手，每一握管，不離詞藻，童而習之至老，未能擺脱也。然義山實有白描勝境，如詠蟬云：『五更疏欲斷，一樹碧無情。』詠柳云：『橋迴行欲斷，堤遠意相隨。』《李花》云：『自明無月夜，强笑欲風天。』《落花》云：『高閣客竟去，小園花亂飛。』《樂遊原》云：『夕陽無限好，只是近黄昏。』……數聯皆不着一字，盡得風流。（《小匏菴詩話》）

【張曰】代贈、代答題為庸俗人套濫，故覺可厭，未可便横議創始之人。紀氏苛責最無謂。（《辨正》） 又曰：『章臺』，溯從前之知遇；『郢路』，記今日之追隨。『橋迴』二句，跡雖斷而心不舍。『忍放』二句，誓不忍再傍他人門館也。此數詩（按：指《代越公房妓嘲徐公主》《代貴公主》《石城》《莫愁》等）大抵相類。柳點其（指楊嗣復）姓，寓意甚明。（《會箋》）

【錢鍾書曰】『昔我往矣，楊柳依依』。按李嘉祐《自蘇臺至望亭驛悵然有作》：『遠樹依依如送客』，於此二語如齊一變至於魯，尚著迹留痕也。李商隱《贈柳》：『隄遠意相隨』，《隨園詩話》卷一歎為『真寫柳之魂魄』者，於此二語遺貌存神，庶幾魯一變至於道矣。『相隨』即『依依如送』耳。擬議變化，可與皎然《詩式》卷一『偷語』『偷意』『偷勢』之説相參。（《談藝録補訂》）

【按】借柳喻人，詠歌伎之風流婀娜者。首聯『章臺』『郢路』用典，不必泥長安、江陵。『章臺』暗點身份，『掩映』『參差』，均形況柳之風姿，與下聯『風流』『婀娜』相應。次聯謂早聞其風流名世，今來相見，正當其芳華之時。腹聯對句寫出堤柳依依，如同送客情狀。末則謂如此風流婀娜之柳，豈忍飛花似雪，撲青樓之酒旗乎？言外有惜之之意，蓋寓言其以青春芳華而事人於酒館歌樓也。

謔柳

已帶黃金縷①，仍飛白玉花。長時須拂馬，密處少藏鴉②。眉細從他斂③，腰輕莫自斜④。玳梁誰道好〔一〕？偏擬映盧家⑤。

〔一〕『玳』，英華作『瑇』，字通。

①【朱注】劉禹錫《楊柳枝詞》：『千條金縷萬條絲。』

②【馮注】《晉樂府》：『願看楊柳樹，已復藏班鴉。』《玉臺集·近代雜歌》：『暫出白門前，楊柳可藏鴉。』【何注】簡文《企樂歌》：『密處正藏鴉。』

③【朱注】梁元帝詩：『柳葉生眉上。』唐太宗《柳》詩：『半翠幾眉開？』【程注】庾信詩：『看花定斂眉。』

④【姚注】庾信詩：『上林柳腰細。』　【朱注】杜甫詩：『隔户楊柳弱嫋嫋，恰似十五女兒腰。』

⑤【朱注】沈佺期《古意》：『盧家少婦鬱金堂，海燕雙棲玳瑁梁。』

【朱彝尊曰】『譴』字意在虚字中（一作數字上）見之。

【何曰】上四句寫柳，下四句寫譴，字字淋漓。（《讀書記》）

【陸鳴皋曰】此喻輕佻者，若但言柳，亦無意味。『譴』字只在幾個虚字内。

【姚曰】一贈一譴，前首言其得時，此首譏其自獻。拂馬藏鴉，無處不資掩映，乃眉細腰輕，百般賣弄，其意總愛盧家玳梁耳。

【屈曰】句句皆有譴意，參差出之，故不至複。結句似刺小人之媚權貴者。

【程曰】《贈柳》《譴柳》二首，其為柔情旖旎甚明。《贈柳》結句『忍放花如雪，青樓撲酒旗』，即温飛卿『與君便是鴛鴦侣，休向人間覓往還』之義。《譴柳》結句『玳梁誰道好？偏擬映盧家』，即飛卿『合歡桃核終堪恨，裏許原來别有人』之義。

【馮曰】拂馬藏鴉，喻其冶態；結則妒他人有之也。

【紀曰】此題更惡，若從此一路入手，即終身落狐鬼窟中。

【張曰】此為柳枝作（《會箋》）。又曰：《贈柳》《譴柳》各有本事，非小家數所能託。且美惡在詩，豈係題目邪？紀氏防後人流弊，未為不可，但不當集矢玉谿也。（《辨正》）

【按】《贈柳》《譴柳》二首，舊本相連，或一時之作。贈、譴之對象雖同為冶葉倡條，然不必同為一人。前首愛其風流婀娜而惜其芳年淪落酒肆歌樓，此首則譏其妖冶作態而媚向貴家也。曰『從他斂』『莫自斜』，曰『偏擬』，作者之感情與前首之『橋迴行欲斷，堤遠意相隨』者固迥異矣。張謂為柳枝作，大謬，柳枝固非『偏擬映盧家』之流。『密處』句似為帶譏之隱喻。

離亭賦得折楊柳二首〔一〕①

暫憑尊酒送無憀②，莫損愁眉與細腰③。人世死前唯有别〔二〕，春風争擬惜長條④？

其二

含煙惹霧每依依〔三〕，萬緒千條拂落暉。為報行人休盡折，半留相送半迎歸。

〔一〕萬絶作『折楊柳二首』，樂府作『楊柳枝二首』。

〔二〕『前』，悟抄作『生』，非。

〔三〕『每』，悟抄、錢本、影宋抄、才調、萬絶作『悔』，非。

集注

①【馮注】《後漢書・班超傳注》：『《古今樂録》曰：橫吹，胡樂也。張騫入西域，傳其法，惟得《摩訶兜勒》一曲，李延年因之更造新聲二十八解，乘輿以為武樂。』其後在俗用者十曲，《折楊柳》其一也。漢曲後不傳。晉太康末，京洛為《折楊柳》之詞，則古名而新詞矣。自後至唐，多非古義。此二首直賦贈行，故《樂府詩集》列入近代曲詞。

②【馮注】通鑑注：『無憀，無聊賴也。』

③【補】『愁眉』『細腰』雙關柳與傷離之女主人公。柳葉如眉，柳條嫋嫋，如女子之細腰，故云。

④【補】争，怎也；擬，必定也。

【范晞文曰】立意頗新。（《對牀夜語》）

【何曰】（『人世』句）驚心動魄，一字千金。（《讀書記》）。《輯評》此首又有朱筆評語云：第三句是驚人語，然已説盡，如古詩『與君生別離』包蘊無窮之味。○第二句先一反頓，『莫損』與『惜』字□□。次章朱筆評語云：後首『休盡折』與前首不可呼應。○『折』字前正此反，阿那曲折。）

【錢曰】（首章）戒以莫折，答以不得不折。詩中自為應對。（次章）又以『休折盡』繳足前首意。

【徐德泓曰】寫得透心刺骨，而風致仍自嫣然。《楊柳詞》中，當爲絶唱。

【姚曰】（首章）本不忍折，然柳固不辭折也。（次章）不辭折盡，然迎歸自不可少也。

【屈曰】（首章）人生之苦惟有離别，故春風不惜攀折。（次章）送迎俱是有情，故休盡折。

【程曰】此二首留别女校書也。

【馮曰】就詩論詩，已妙入神矣。深窺之，必爲艷體傷别之作。

【紀曰】前一首亦有風調，但病于徑直。（首章）此首竭情。（次章）情致自深，翻題殊妙。此詩亦二首相生，然可以删取。廉衣曰：首二格卑。（《詩説》）

【吴仰賢曰】詩貴含蓄，亦有不嫌説盡者。文通别賦惟曰『銷魂』，而義山詩云：『人世死前惟有别』，又云：『遠别長於死』。言别者無以加矣。（《小匏庵詩話》）

【張曰】（首章）驚心動魄，真千古之名篇，何謂『竭情』？甚矣紀氏立言之悍也！（次章）紀氏好以體格繩義山，吾不知所謂體格者，體爲何等體？格爲何等格？豈義山猶不足於體格耶？（《辨正》）

【沈祖棻曰】第一首先是用暗喻的方式教人莫折，然後轉到明明白白地説出非折不可，把話説得斬釘截鐵，充滿悲觀情調。但第二首又再來一個大翻騰，認爲要折也只能折一半，把話説得宛轉纏綿，富有樂觀氣息。於文爲針鋒相對，於情爲絶處逢生。情之曲折深刻，文之騰挪變化，真使人驚歎。而這種兩首詩用意一正一反，一悲一樂互相針對的寫法，實從贈答體演化而來。（《唐人七絶詩淺釋》）

【按】馮謂艷體傷别，似之。即景寄情，柳既取其傷别之意，又以象喻所别之人，二者融合無間。首章自行者角度言之。一二勸其莫因傷别而損愁眉細腰，寫出柳之依依惜别之情。三四從『折楊柳』三字上生意，謂黯然傷魂者，惟别而已，則柳又何惜摇曳於春風中之長條不爲行人所折乎？寫出柳之多情。一二與三四意似相反，實則相成。言『莫損』者，勸其勿因傷離而憔悴也；曰『争擬惜長條』者，言其多情傷别不惜以身殉之也，二者本不矛盾。惜别與重别，其爲多情一也。解爲行者與送者對答之詞，雖亦可通，未免隔斷意脈。次章自送者角度言之。一二正賦楊柳含煙籠霧，飄拂於斜日暮靄中情景，情、景、人俱在其中，『依依』二字伏下三四。三四設為楊柳口吻，謂柳既依依惜別，異日亦當依依迎歸，望行人勿盡折以留待他日迎歸也。仍從『折』字生意。二詩情景交融，音情搖曳，洵為上乘之作。

關門柳①

永定河邊一行柳，依依長發故年春。東來西去人情薄，不為清陰減路塵。

①【馮注】《新書·地理志》：『華陰縣有潼關，有渭津，有漕渠。』按：《舊書·食貨志》及《韋堅傳云》：『韋堅治漢、隋運渠，自關門西抵長安，通山東租賦。』題曰『關門』，疑近此也。永定河，志、傳中未見。詩云『東來西去』，似近東都伊、洛間也。薛居正舊五代史周書翟光鄴傳有永定驛固守踰年之事。玩史文似近汴，疑永定河在斯地乎？【按】永定河無考。題内『關門』，視『東來西去』及『路塵』語，似東西交通要道如潼關者，然附近無永定河，存疑待考。

【徐德泓曰】非情薄也，乃癡耳。憐惜不應，又怨斥之，愈翻愈穎。

【姚曰】歎雅俗之不相投也。

【屈曰】行人攀折，不為柳色之清陰而稍減路塵。人情之薄如此，正見別離之多也。

【程曰】此託柳以感歎跋涉者也。

【紀曰】無佳處。（《詩説》）　類白樂天不着意詩。（《輯評》）

【按】詩言闕門河邊之柳，枝條輕柔，依依飄拂，年年長發舊日春色，似於東來西去之行人有情；而行人則僕僕道塗，東西奔波，似於依依有情之闕門柳視若無睹，翻將彌漫之路塵蒙蓋楊柳之清陰。是無情之物有情，而有情之人翻似無情矣。然柳尚蒙塵，則僕僕道塗之人復何以堪？曰『人情薄』，正透過一層寫人間跋涉之無可休止也。人情之薄，正所以見人生驅馳之苦焉。

李花

李徑獨來數①，愁情相與懸。自明無月夜，强笑欲風天②。減粉與園籜，分香沾渚蓮〔一〕③。徐妃久已嫁，猶自玉為鈿④。

校記

〔一〕『沾』，影宋抄作『活』，非。

①【補】數，頻。二句謂頻自獨來李徑，愁情懸懸，與李花正復相似。

②【馮注】趙岐《孟子注》：『諂笑，强笑也。』【按】上句既寫其暗夜獨明，又傷其寂寞無賞；下句既傷其開不逢時，又慨其强笑混俗。【朱彝尊曰】上句更勝。【何曰】第三好句。（《輯評》）【李因培曰】的是李花，移不到梅上。

③【道源曰】李開不與蓮同時，此只仿佛其色耳。【補】籜：筍皮，此指新竹。新竹表面有白粉狀物，故云『減粉與園籜』。二句謂李花減其粉白與園中新竹，分其幽香與渚内白蓮。【何曰】第六湊泊。（《讀書記》）

④【馮注】《南史》：『梁元帝徐妃與帝左右暨季江通，季江每嘆曰：「徐娘雖老，猶尚多情。」初妃嫁夕，車至西州，雪霰交下，帷簾皆白，帝以為不祥，後果不終婦道。』（『猶自』句）借取猶尚多情之意，用事隱曲每如此。【按】鈿系金片作成之花朵狀裝飾品，玉為鈿，玉作花鈿。二句以徐妃擬李花，謂李花正如久嫁之徐妃，依然盛自修飾，以玉作鈿（暗指李花如白色之玉鈿），其情韻猶在也。徐妃出嫁之夕，雪霰交下，帷簾皆白，似其特愛白色，故云『猶自玉為鈿』，謂其所好亦如舊。

【吴可曰】『春陰妨柳絮，月黑見梨花』，『登臨獨無語，風柳自搖春』。鄭谷詩。此二聯無人拈出。評：『月黑見梨花』，此語少含蓄，不如義山『自明無月夜』之為佳也。（《藏海詩話》）

【祝誠曰】唐李義山《李花》詩云：『自明無月夜，强笑欲風天。』又《嘲桃》詩云：『無賴夭桃面，平明露井東。春風為開了，却擬笑春風。』非有為而然邪？（《蓮堂詩話》）

【張謙宜曰】（『自明』二句）映襯入微。（《絸齋詩談》卷五）

【賀裳曰】義山又有《李花》詩，『自明無月夜，强笑欲風天』，詠物只須如此，何必詭僻如前作（按：指《槿花二首》）？（《載酒園詩話》）

【姚曰】用意在『獨來』二字，見相賞者之寡也。白而有光，故月暗猶明；花繁而細，故迎風强笑。色香如此，園籜渚蓮，猶堪沾潤，畢竟不能與紅紫争寵，此所以見之而生愁也。

【屈曰】獨來既數，情與花相似。三寂寞獨開之狀，四臨風吹落之態。五六才能濟物。結傷之也：嫁人已久，夫復何望！通首自比。

【程曰】此義山未登第以前作也。義山年餘四十，尚困舉場（按此沿朱氏之誤，故有此説），故因見李花以自寫其情。首二句提明本旨。三四喻世莫知予，倔强猶昔。五六喻己雖未遇而篇什流傳，後生輩多有資其殘膏剩馥以倖成名者。結喻其人已貴，居之不疑也。

【馮曰】此章全以自傷。第二句一篇之主也。『無月夜』『欲風天』，境象可慨矣，獨明以標秀，强笑以混俗也。五六言才華沾丐他人。徐妃已嫁者，借比己之久薄於令狐而屢至他人幕府也。猶自玉為鈿，謂猶粧飾容貌以悦之也。愁情懸懸，終何依托歟？又曰：或以徐妃久嫁比己之登第已久也；猶自玉為鈿，猶為人製應試之文，當與

《柳下暗記》同看。然上説於味較長。

【紀曰】格意卑下，三四纖小而似有意致，尤易誤人，不可不辨。（《詩説》）三句自好，對句則不稱李花。五六猥瑣，末亦輕佻。（《輯評》）

【馬位曰】鄭谷『月黑見梨花』，佳句也，不及退之『白花倒燭天夜明』為雄渾，讀之氣象自別。義山《李花》詩『自明無月夜』，與退之未易軒輊。（《秋窗隨筆》）

【張燮承曰】李義山《李花》云：『自明無月夜，强笑欲風天。』……離形得似，象外傳神，賦物之作若此，方可免俗。（《小滄浪詩話》）

【張曰】馮説極通。『徐妃久嫁』，兼喻從徐府來京也，不但取猶尚多情之意。義山隸典幽邃，真未易尋其綫索。（《會箋》）又曰：紀氏一遇艷體，不曰猥瑣，則曰輕佻；不然則曰格意卑靡。吾不知紀氏自為之艷詩，能高過玉谿否？（《辨正》）

【按】此詩托寓，精神貫注於末聯，而末聯又最不易解。馮浩以為用徐妃典係取『猶尚多情』之意，因解為比己之久薄於令狐而屢至他人幕府，然猶粧飾容貌以悦之。此説可疑之點甚多。『猶自玉為鈿』，其意為依然好其夙好，與『猶尚多情』有別，不得因季江之嘆而泥之。且盛其妝飾與悦令狐亦是二事，不可混為一談。前六句中均無一語涉及與令狐關係，末聯突以此結，亦太突兀。全篇托寓，似不能以『全以自傷』一語概之。頷聯固自傷才而不見賞，自慨生而不逢時，然『自明』『强笑』中亦含有自負意。腹聯謂己之才華足以沾丐他人，自負之意更為明顯。末聯以徐妃久嫁比己之久事他人，寓跡幕府，固含潦倒不遇之慨，然『猶自』一語，轉折之意甚為明顯。細味之，末句一則以比己之夙好依然（昔好潔白，今猶以玉為鈿），一則以比己之仍盛修容飾，亦即《離騷》所謂『余獨好脩以為常』。要之，詩以自傷起始，以自負結穴，非徒發消極之慨嘆也。

義山使事而不為事所使，常對故實加以發揮、改造。此篇末聯完全舍棄徐妃淫佚之行，而將其作為美好之象徵。否則，以淫蕩之宮妃自況，無異自瀆，顯非作者之本旨。諸家泥原典，所會不免有誤。

杏花

上國昔相值，亭亭如欲言①；異鄉今暫賞，脈脈豈無恩②？援少風多力〔一〕，牆高月有痕③。為含無限意〔二〕，遂到不勝繁〔三〕④。仙子玉京路⑤，佳人金谷園〔四〕⑥。幾時辭碧落〔五〕⑦？誰伴過黃昏⑧？鏡拂鉛華膩⑨，爐藏桂燼溫⑩。終應催竹葉⑪，先擬詠《桃根》⑫。莫學啼成血，從教夢寄魂⑬。吴王采香徑，失路入烟村⑭。

〔一〕『援』，才調作『暖』。

〔二〕『意』，英華、才調作『思』。

〔三〕『到』，蔣本、姜本、悟抄、席本、錢本、影宋抄、朱本均作『對』，才調亦同。按此句承上『為含無限意』，自杏花言之，當作『到』。

〔四〕『佳』，英華注：『集作佳。』按：今所見集本均作『主』。然此處自以作佳為是，茲據改。

〔五〕『辭』，英華作『醉』。

①【朱注】《秦中記》：『唐人舉進士，會杏園，謂之探花宴。』【程注】江淹《四時賦》：『憶上國之綺樹。』【馮注】《文選·長門賦》：『澹偃蹇而待曙兮，荒亭亭而復明。』注曰：『亭亭，遠貌。』【補】上國，指京都。

②【馮注】《古詩》：『盈盈一水間，脈脈不得語。』注曰：『相視貌。』四句扇對起。【何曰】『恩』字未解，或即承『相值』意。（《輯評》）【李因培曰】人耶？花耶？【張謙宜曰】（四句）隔對法，流動之極。【按】脈脈，字本作眽眽。豈無恩，即豈無情。暫，偶，適。

③【朱注】援，去聲。《謝靈運集》有《田南樹園激流植援》詩，注：『援，衛也。』【馮曰】（謝）詩云：『插槿當列墉。』即今之槿籬也。【何曰】二句失路之由。（《輯評》）

④【朱彝尊曰】二句工極，然未必確是杏花。【馮曰】二句一篇之主。【按】二句謂因杏花蘊含無限情思，故繁花競發如此。

⑤【朱注】《靈樞金景內經》：『下離塵境，上界玉京元君。』注：『玉京者，無為之天也。玉京之下，乃崑崙北都。』《大霄隱書》：『無上大道君治無極大羅天中，玉京之上，七寶玄臺，金牀玉几。』【馮注】《魏書·釋老志》：『道家言上處玉京為神王之宗，下在紫薇為飛仙之主。』《度人經》：『元始天尊在大羅天上，玉京山中，為諸天仙說此生天得道真經。』按：唐人每以玉京喻科第事。【補】玉京，道教稱天帝所居之處。葛洪《枕中書》引《真記》：『玄都玉京，七寶山周圍九萬里，在大羅天之上。』亦以指京都。盧儲《催妝》詩：『昔年將去玉京游，第一仙人許狀頭。』此處兼用上二義。

⑥【朱注】《水經注》：『金谷水出河南太白原，東南流歷金谷，謂之金谷水，經石崇故居。』【馮注】《晉

書》：『石崇有別館在河陽之金谷，一名梓澤。』《水經注》：『石季倫金谷詩集叙云：『別廬在河南界金谷澗中，有清泉茂樹，衆果竹栢，藥草蔽翳。』【按】二句謂杏花如玉京路上之仙子，似金谷園中之佳人。佳人指石崇愛妾緑珠。《晉書·石崇傳》：『崇有妓曰緑珠，美而艷，善吹笛。』

⑦【補】碧落：碧空，碧霄。此句承『仙子』句。【李因培曰】含情無限。

⑧【補】此承『佳人』句，謂杏花如獨處金谷園中之佳人，誰伴之過黄昏之岑寂耶？二句狀杏花之孤寂。

⑨【朱注】《洛神賦》：『鉛華不御。』善曰：『鉛華，粉也。』《博物志》：『燒鉛成胡粉。』

⑩【朱注】《拾遺記》：『王母取緑桂之膏，然以照夜。』張協記：『尺燼重尋桂。』【馮注】《北堂書鈔》引傅休奕《七謨》：『瑶席玉饌，蕙藉桂薪。』【按】二句分詠杏花之色、香，謂其如拂鏡而見鉛華之濃膩，如爐藏桂燼而散發温香。

⑪【朱注】張衡《七辨》：『玄酒白醴，蒲萄竹葉。』張華《輕薄篇》：『蒼梧竹葉清，宜城九醖酒。』【馮注】張景陽《七命》：『豫北竹葉。』

⑫【馮注】《古今樂録》：『《桃葉歌》，王子敬所作也。桃葉，子敬妾，緣於篤愛，所以歌之。』樂府《桃葉歌》云：『桃葉復桃葉，桃樹連桃根。相憐兩樂事，獨使我殷勤。』《樂府集》：『桃葉妹曰桃根，今秦淮口有桃葉渡。』【按】『竹葉』指酒；『桃根』指歌詩。二句謂己置酒吟詩以伴之。

⑬【朱注】《禽經》：『子規夜啼達旦，血漬草木。』【馮注】《臨海異物志》：『杜鵑鳴晝夜不止，取母血塗其口，兩邊皆赤。上天自言乞恩。』【補】從：任，聽憑。二句謂莫學杜鵑啼血（其色皆赤），且任憑魂夢寄情。此從杏花淡紅色生出想像。

⑭【馮注】《吴地志》：『香山：吴王遣美人採香於山，因以為名，故有采香徑。』【朱注】《方輿勝覽》：『姑蘇靈巖山有西施采香徑。』【何曰】收轉『上國』『異鄉』渾成。（《輯評》）【按】末二句謂杏花零落。落英委於香徑，飄蕩而入於暮靄籠罩之村莊也。

【陳帆曰】此詩疑為令狐綯排笮而作。援少風多，牆高月淺，喻己之援引無人。而彼之門牆甚峻也。下遂言含意欲申，因對此以發之。『仙子』八句，言所思之人如在玉京、金谷，今乃辭碧落而過黄昏，拂鏡擁爐，揮杯命咏，誰為伴此者乎？末四句言不必悲啼，或夢魂猶可相感。夫此花芬香可採，奈何使之埋没於烟村耶？詞旨凄婉，當與集中《獨居有懷》等作參看。（《西崑發微》引）

【朱曰】此詩因杏花而寓失路之感，玩首末語可見。

【何曰】（杏花）自謂。及第後之作。〇為令狐發也。（《輯評》）

【姚曰】首四句，扇對起法。以下俱承異鄉言。結言花若有知，魂夢間倍應相憐耳。

【屈曰】一段今昔之感。二段孤棲相對。三段以玉京、金谷比上國，『幾時』句收上，『誰伴』句起下。四段即伴黄昏者。五段歸夢思深，其如失路何？

【程曰】此乃追憶及第以來之情事，而嘆末路之不得所也。起四句一篇綱領，『今』『昔』二字甚明。『援少』四語言己本仙秩，已入玉京；旋依主人，徒為幕職。碧落之離别久矣，黄昏之孤客無聊。『鏡拂』四語，言文才之風美，不啻宋艷班香；晚節之寂寥，竟似飲醇近婦。末四語姑為自寬之辭，以致望恩之意。言悲啼無益，聊且寄情，或者上國之香徑可通，失路之孤踪得返矣。起四語乃隔句對，杜子美長律凡一再見，白香山長律則多有之。

【馮曰】（陳、程）二説近似而非。余謂必寓座主府中之慨也。進士曲江遊賞，杏園宴，慈恩寺塔下題名，見唐摭言諸書，故因杏花感觸也。『亭亭如欲言』，指綯向夏口公三道李商隱者，而不為薦託之辭也。『脈脈豈無恩』，何今日異鄉暫遇，恩不我施哉？『援少』四句，謂其受譖而疎我有跡，故含情寄慨也。令狐與高雅善，必以背恩言之矣。『仙子』四句，謂是仙官恩地，出就外任，而我未依之也。『鏡拂』四句，喻己之美才熱腸，終望與之合歡，而且暫遊江鄉也。或以『詠《桃根》』比先寄詩高苗二從事。結則謂啼雖深切，夢竟低迷，何素叨采取之處，乃至失路無聊乎？如此看去，通篇融洽，情味深長，否則有可通不可通者。凡集中託意之作，不得真解，則觸處迷悶，一為悟出，何嘗不明顯哉！

【紀曰】通首以杏花寄感，然無一字切杏，即改題作桃李亦得。『援少』二句亦是秋意非春意，皆是病痛。『鏡拂』以下氣格不甚大方，亦不免强弩之末，獨前半筆力渾脱，小可觀耳。問無一字切題是一病矣，然則詠物必故實點綴及刻畫形似乎？曰不然。故實不廢也。必以故實為工，則『盤中磊落笛中哀』，羅隱之詠梅矣。刻畫亦不廢也，必以刻畫為工，則『認桃有緑葉，辨杏有青枝』，石延年之詠梅矣。此詩在不合作長律耳，小詩以空筆取神者如『無情有恨何人見，月曉風清欲墮時』，在絶句可也。『幸不折來傷歲暮，若為看去亂鄉愁』，在八句之律亦可也。長篇能通身如是乎？不為故實刻畫則必落空矣，詠物者不可不知。『仙子』二句若是贊杏花則俗，與下二句相連，寫淪落之感則不俗，言各有當，未可以一例概之，看詩亦須通篇合看耳。（《詩説》）又曰：詩家借物寫懷，題目在即離間者往往有之，然非此之謂也。（《輯評》）

【殷元勳曰】首句用杏園探花事。義山開成二年進士，為令狐所擯，流落終身，官不掛朝籍，故借杏花以寄慨。（《才調集補注》）

【張曰】風月四時皆有，安見『援少』二句，似秋非春耶？『鏡拂』二句，借作點染，原自無礙，長律不必句句切題也。紀氏評語，有意苛索，皆非確論。○此正借物寫懷詩正格，句句皆不即不離也。紀氏何足以知之！○此亦暗喻李回也。義山開成三年應鴻博試，周、李二學士舉之。周為周墀，李即回也。故補編稱回為座主。題借杏花以寓師生之感，唐人多以杏花比登第也。起四句總叙，言當日曾蒙以大德加我，今異鄉相見，奈何不哀憐耶？『援少』二句，言其以黨局嫌猜而疏我也。『為含』二句，叙留滯不答之恨。『仙子』四句，追述在京蹤跡。『鏡拂』二句，暗喻己之文采。『終應』二句借以自解，言好合終有日也。『莫學』二句又借以自寬。結言窮途失意，真始願所不料矣。篇中大意如此。馮氏妄謂為高鍇而發，且杜撰鍇遷鎮西川以實之，甚謬。攷舊新書，高鍇並無遷西川事，而馮氏横造此言以自圓其説，何其武斷如是哉！（《辨正》）又曰：義山桂州府罷，適值李回左遷湖南，頗有希冀入幕之意，此詩為此而作。『上國』二句，述昔年知遇。『異鄉』二句，言今窮途失意，彼人定必哀憐於我。『援少』『牆高』，謂從前相位尊嚴，不敢仰攀。『為含』二句，言遲迴矜慎，遂至今朝。『仙子』二句，狀其高貴，回本舊相，又宗室也。『幾時』二句，謂今日左遷，更無一人相伴，言外見惟已不背舊恩也。『鏡拂』二句，寫羞澀自薦之態。『終應』二句，言終當彼此好合也。『莫學』二句，自矢之詞，謂從此更不依違黨局，再致迷途失返矣，意在懸指江鄉舊遊。鄭亞之貶在二月，故以杏花寄意。馮氏屬之高鍇，非其倫也。（《會箋》）

【按】朱、程二家箋解，本已明此詩大旨，馮氏轉謂『寓座主府中之慨』，遂致穿鑿。同一杏花，忽指座主高鍇，忽以喻己之失路無聊，顯然難以自圓。張氏以李回代高鍇，其為穿鑿附會、矛盾支離則一。且杏花春日開放，詩言『異鄉今暫賞』者，豈義山於春日遇李回於異鄉乎？

讀此詩須明其託寓特點，起言『上國昔相值』『異鄉今暫賞』者，似作者與杏花一主一客，而杏花另有所喻，實則此義山託物寓感詩之常調，亦即《回中牡丹為雨所敗》（其一）首聯『下苑他年未可追，西州今日忽相期』之謂也。『亭亭欲言』，狀其綽約之風姿；『脈脈無恩』，狀其幽怨之情思，四句正以明今昔之迥異，杏花與作者實亦彼亦此，難以截然區分也。以下八句，明寫杏花而暗帶作者之影子。『援少』二句，謂杏花援少而不勝風力，不免零落；牆高而致月淺，不顯艷色，以喻己之零落不為世賞。『為含』二句，謂杏花因含情無限，故花繁不勝，以喻己幽怨之情無限。『仙子』四句，謂杏花如玉京仙子、金谷佳人，堪稱仙品絶艷，然今辭碧落而謫降人間，孤居獨處而無人相伴於黄昏矣。應首『上國』『異鄉』，而寓今昔之慨，落寞之情。『鏡拂』四句，承『誰伴過黄昏』，寫其膩色温香，寂處黄昏情景，並擬飲酒賦詩以伴此寂寞之杏花。『莫學』二句，因杏花淡紅色暈而生聯想，謂莫學杜鵑啼血，而使花色盡赤；且憑魂夢寄情，而聊自慰藉。蓋喻己之悲嗟自傷亦無憐之者，不如藉幻夢以自慰也。末聯則以杏花飄零香徑烟村點明沉淪失路之感。全篇寫景詠物，時間背景似均在黄昏，故有『月痕』『黄昏』『烟村』等語，而『從教夢寄魂」之想像亦與此特定環境氣氛有關。詩作於「異鄉」自無可疑，然具體時地已難確攷。視末聯「吴王采香徑」句，或作於晚年遊江東時。

嘲桃〔一〕

無賴夭桃面〔二〕①，平明露井東。春風為開了，却擬笑春風。

〔一〕「嘲」原作「朝」，非，據蔣本、戊籤、席本、悟抄、錢本、影宋抄及萬絶改。席本「桃」作「花」。

〔二〕「夭」原作「妖」，據朱本改。

①【何曰】（首句）含「笑」字。（《輯評》）【錢鍾書曰】説文：「妖，巧也，一曰女子笑貌，《詩》曰：「桃之妖妖。」」……李商隱《即目》：「夭桃唯是笑，舞蝶不空飛」，「夭」即是「笑」，正如「舞」即是「飛」；又

《嘲桃》：『無賴夭桃面，平明露井東，春風為開了，却擬笑春風』，具得聖解。【補】無賴，可喜，可愛。

【沈德潛曰】似為負恩人寫照。（《唐詩别裁》）

【陸鳴皋曰】淺而有致。

【姚曰】輕薄可憐。

【屈曰】宋歐陽文忠好薦揚後進，既顯達，有入室操戈者。『春風』二句，刺此輩也。

【程曰】此比興之體也，為負己者而發。

【馮曰】艷情尖薄之詞。○原與《高花》接編，似因其薄我不窺，而溯舊以嘲之也。

【紀曰】此刺得意負心者，詞亦佻薄。

【姜炳璋曰】唐季皆反復小人，如李文饒引薦白敏中，後敏中盡力傾陷文饒，此類多矣！即詩所云『無賴夭桃』也。

【張曰】此亦狎邪戲謔之詞，不嫌佻薄，晚唐多有此結習也。（《辨正》）

【按】與《高花》寓意有别，不必强合之。春風催開桃花，桃花開時，若含笑於春風，此本常情。曰『却擬笑春風』，則變嫣然含笑為得意輕佻矣。語含調謔，而不礙賞愛之意，與莊重託諷世道人心者固有别。張謂狎邪戲謔之詞，似之。《義山集》中，凡題嘲××者，大抵諧謔之作，不必深求。

百果嘲櫻桃①

珠實雖先熟〔一〕②，瓊莩縱早開③。流鶯猶故在〔二〕，争得諱含來④？

櫻桃答

衆果莫相誚⑤，天生名品高。何因古樂府，唯有《鄭櫻桃》⑥？

〔一〕「珠」，戊籤作「朱」。

〔二〕「在」，季抄一作「向」，非。

集注

①【馮注】《易》：『百果草木皆甲坼。』

②【程注】梁宣帝《櫻桃賦》：『惟櫻桃之為樹，先百果而含榮。』庾信詩：『風林採珠實。』張莒《櫻桃樹賦》：『夏實珠駢。』

③【朱注】《漢書》『葭莩』注：『葭，蘆也；莩，其筒中白皮至薄者。』【馮注】《後漢書·章帝紀》：『方春生養，萬物莩甲。』《釋名》：『莩，孚也，孚甲在上稱也。』《正義》曰：『《月令》無薦果之文，仲夏獨薦含桃。以此果先成，異於餘物，故特記之。』【按】朱引非。『葭莩』係蘆葦中薄膜，與櫻桃無涉。『莩』通『孚』，指種子外皮。《禮記·月令》：『其日甲乙。』鄭玄注：『時萬物皆解孚甲，自抽軋而出，因以為日名焉。』瓊莩早開，似指櫻桃早已灌漿，脹破外層薄膜。

④【朱注】《吕氏春秋》：『仲夏之月，羞含桃。』注：『含桃，櫻桃也。鸎鳥所含食，故曰含桃。』

⑤【程注】張莒《櫻桃樹賦》：『玩芳誠百花之首，充薦乃衆果之先。』【錢曰】率直至此。（馮注引）

⑥【朱注】《樂府詩集》：『《晉書·載記》曰：「石季龍寵惑優僮鄭櫻桃而殺妻郭氏，更納清河崔氏，櫻桃又譖而殺之。櫻桃美麗，擅寵宮掖，樂府由是有《鄭櫻桃歌》。」』《十六國春秋》：『石虎鄭后名櫻桃，晉冗從僕射鄭世達家妓也。』【馮注】《漢書》注：『僮者，奴婢之通稱。』《晉書·載記》『張豺謂鄭后為倡賤』也，後人疑為男寵者誤。

【陸鳴皋曰】（首章）嘲中當又有嘲，寫得沖雅。

【姚曰】（前章）以諷得志相驕者。（後章）所謂『侯之門仁義存』也。

【屈曰】意似當時有優僮得志而驕者，故作此譏之。其用『諱含來』『鄭櫻桃』，可想而知。此就文義説耳，其寄託難妄解。

【程曰】櫻桃，妾之總稱。唐樂府李頎《鄭櫻桃歌》云：『美人姓鄭名櫻桃。』蓋謂女優也。

【馮曰】與《越公房》《盧家人》諸篇意相類而微異，此則似侍婢之流也。

【紀曰】此弊始于六朝《鮔表甘蕉彈文》之屬，降而已甚，盧仝集中至於代蝦蟆作詩請客矣，義山此作亦此類也。《毛穎》一傳豈非千載奇文，降而為《葉嘉羅文》等傳，連篇累牘，豈復有味乎？衡諸雅道必無取焉，不論工拙也。（詩説）此嘲刺之作。嘲詩攻其舊惡，答詩寫悍然不顧、恬然不耻之意。〇漢詩《橘柚生華實》一首，古人偶一為之，王無功衍為贈答，已俗不可醫；盧仝有《蝦蟆請客》詩，亦瑣陋極矣。（《輯評》）

【張曰】此二首皆狹邪戲謔之作，當有本事，不過藉百果、櫻桃寄意耳。與無功、盧仝詩不同，不可不辨。（《辨正》）又曰：此二首似譏宣宗母孝明鄭太后者，然語意殊尖薄矣。馮疑侍婢之流，微誤。（《會箋》）

【按】此為貴家姬妾中得寵而驕者賦。首章百果喻衆姬。謂櫻桃縱先熟早實，擅寵後房，然原其出身，本非高貴，流鶯猶在，爾豈能諱曾為鶯含之事乎？意者所謂櫻桃，原係狹邪女子，入貴家後早得生子（『珠實』『瓊莩』），遂擅寵後房，衆姬不平，故有此嘲。次章櫻桃答，則極諱『流鶯含』之事，而以『天生名品高』自詡，且以樂府中唯有《鄭櫻桃歌》證之，得意無賴口吻畢現。《辨正》解為狹邪戲謔之作，雖似可通，然於『珠實』『瓊莩』似無所取義，『諱含』亦不甚可解。解為貴家姬妾因得子而擅寵者，則通體融洽矣。《會箋》謂譏鄭后，亦可備一説

（鄭后曾為李錡妾，詩云『鄭櫻桃』，又云『争得諱含』，與其身世頗切）。

嘲櫻桃

朱實鳥含盡，青樓人未歸〔一〕。南園無限樹，獨自葉如幃①。

〔一〕『青』原作『清』，非，據蔣本、姜本、戊籤、悟抄、席本、錢本、朱本改。

集注

①【朱注】陸機詩：『密葉成翠幄。』

【何曰】阿婆三五年少時，也曾東塗西抹來。（《輯評》）

【姚曰】此為不能自守者發。

【屈曰】葉如幃，待人歸也。園樹甚多，汝何獨如此乎？殆自嘲也。

【程曰】題曰『嘲櫻桃』，則分明寄託，不關題詠也。前已有《深樹見一顆櫻桃尚在》詩，結以越中風味不得齊名，此又有『南園』二語，大抵桂幕有不快於同僚也。『朱實鳥含盡』，言文章皆為人用也。『青樓人未歸』，言羈孤不得自由也。『南園無限樹』，謂從事諸人也。『獨自葉如幃』，自歎其漸老也。

【馮曰】前有《嘲》《答》二首，此則專訴離情矣。南園疑即李家南園。前詩用鄭櫻桃，本優僮也，其為侍婢之流歟？又曰：集中《嘲櫻桃》與《贈荷花》，似於《河陽》《燕臺》《柳枝》而外，別有風懷，無庸更細推矣。

【紀曰】小品戲筆。（《詩説》）　此是寓諷，然未喻其意。（《輯評》）

【姜炳璋曰】以櫻桃自況。言長才小用，相賞無人，人皆得志，而己困幕僚，獨形遲暮。自嘲實自傷也。

【張曰】前已有題，疑皆為孝明而作。前二首宣宗初立，尊册太后之時；此則似懿安崩後作矣。孝明本懿安侍兒，宣宗既以商臣之酷，加罪穆宗，又以鄭后故，迫懿安以暴崩，人理盡矣。詩人諷刺，固不嫌刻薄也。（《會箋》）

【按】此艷情而雜以嘲戲。起二句謂其風光已老而所思者未歸。三四則嘲其年衰而空房獨守也。櫻桃早實，故亦先自緑葉成蔭。『葉如幃』，正暗透其寂處空幃之狀。南園泛指，與李家南園無涉。首句與『流鶯猶故在，争得諱含來』（《百果嘲櫻桃》）不必同意。

荷花

都無色可並，不奈此香何。瑤席乘凉設①，金羈落晚過〔一〕②。迴衾燈照綺〔二〕③，渡襪水沾羅④。預想前秋別〔三〕，離居夢櫂歌⑤。

〔一〕『晚』，英華作『曉』，非。

〔二〕『迴』，英華作『覆』。

〔三〕『前秋』，英華、錢本作『秋前』。

①【朱注】《楚辭》：『瑤席兮玉瑱。』

②【朱注】曹植樂府：『白馬飾金羈。』　【屈注】金羈晚過而設席乘凉，倒叙法。

③【朱注】謝惠連《雪賦》：『援綺衾兮坐芳縟。』

④屢見。

⑤【朱注】漢武帝《秋風辭》：『簫鼓鳴兮發櫂歌。』【姚注】《樂録》：『草木二十四曲，内有《采蓮曲》。』【馮注】《南史》：『羊侃善音律，自造《采蓮》《櫂歌》兩曲，甚有新致。』

【陸鳴皋曰】首二句空冒，妙在不説荷而是荷。次聯，言遊賞者。第五句，寫花之色；第六句，寫花之境。因思秋風起而當別也。

【姚曰】比也。香艷雖殊，如彩雲之易散；若別後相思，則有無時而暫忘者。迴燈照綺，渡襪沾羅，正離居夢想中境。此必即席相贈之詩。

【程曰】此亦追憶冶遊之作。

【馮曰】此艷情之作，後又有同題者。

【紀曰】起二句似牡丹。不是荷花矣，通篇亦不出色。（《詩説》）　前秋猶曰先秋。（《輯評》）

【張曰】起二句詠荷雖泛，然謂似牡丹則誤矣。香、色二字，何花不可當之哉！（《辨正》）

【按】首聯謂荷花色香俱絶。次聯謂金羈晚過，設席乘凉，而對此荷風香氣。腹聯以燈照綺衾、水沾羅襪狀荷花、荷葉之艷麗，亦以借賦夜對名花，不啻逢洛浦之神女。末聯謂今雖相聚，終當別離，預想秋前別後，索居者當時夢《櫂歌》而憶及荷花也。此借花寫艷，冶遊之作。姚謂即席相贈，似之。前秋別，似關合荷花至秋而零。

贈荷花

世間花葉不相倫①，花入金盆葉作塵②。唯有緑荷紅菡萏，卷舒開合任天真③。此花此葉長相映〔一〕，翠減紅衰愁殺人〔二〕。

校記

〔一〕『花』，朱本、季抄作『荷』。

〔二〕『減』，錢本作『被』。

集注

①【補】不相倫，不相比類。謂世間重花而輕葉，即下句所云。

②【程注】《詩》：『隰有荷華』《傳》：『荷葉，扶渠也；其華，菡萏。』《疏》：『未開曰菡萏，已發曰芙蕖。』《爾雅》：『芙蕖，其莖茄，其葉蕸，其本蔤，其華菡萏，其實蓮，其根藕，其中的，的中意。』劉楨詩：『芙蓉散其

華，菡萏溢金塘。』

③【補】任天真，任其自然。　【何曰】三字不佳。（《輯評》）

箋評

【陸鳴皋曰】此言花葉本相輔，而乃不相倫者，自入于金盆而葉棄矣。惟此花不改其天，當始終相映，而愁其衰落也。其托喻在儕友間乎？

【姚曰】此諷世之榮悴相棄者。

【屈曰】人不如花之長久也。

【馮曰】艷情耳。前已有題。（指五律《荷花》）

【紀曰】全不成語。

【張曰】此等語正以不琱琢為工，故饒有古趣。紀氏謂之不成語，豈以作詩必尖巧為成語耶？

【按】詩言世人唯重荷花而不重荷葉，取花栽入金盆而任葉委為塵泥。實則唯有緑葉與紅花相映，方得其天真自然之趣。末二句正極寫賞愛紅花緑葉之情。似謂事物之美，不能離相互映襯，亦不能違反自然本來面目。『唯有』二句，一篇之主。

櫻桃花下

流鶯舞蜨兩相欺，不取花芳正結時。他日未開今日謝，嘉辰長短是參差①。

集注

①【程注】梁元帝《纂要》：『春曰青陽，辰曰嘉辰。』　【補】長短，猶云總之或反正也。（張相《詩詞曲語辭匯釋》）參差，相左也。

箋評

【何曰】李詩結想每透過數層。○好時難開。（《輯評》。馮箋引田評曰：『意每透過一層。』）

【姚曰】恨嘉時之難遇也。總之古今無不缺陷之世界，亦無不缺陷之時光。

【屈曰】來不及時，宜鶯蝶之相欺也。

【程曰】此自傷與時齟齬也，偶於櫻桃發之。良辰美景，原貴及時，無奈參差，竟難自必，惟有捷足者先得之耳。試看流鶯舞蝶，雅善欺人，佔斷春光，不先不後，何其巧也！若我之尋春，蚤或未開，遲或又落，是則左右長短計之，總不能適值嘉辰矣。按古人看花詩後時之歎往往而有，義山兼舉其先時之參差，更為刻至。

【馮曰】亦與五絶（《嘲櫻桃》）同意。『花芳正結』，未破瓜也；『他日未開』，未婚也；『今日謝』，緑葉成陰之意也。

【紀曰】感嘆有情，但乏格韻耳。（《詩説》）　即郭震『春風滿目還惆悵，半欲離披半未開』意。○集中屢詠櫻桃，必有所為，亦可以意會之。（《輯評》）

【姜炳璋曰】此見逢世之難也。鶯欺蝶，蝶欺鶯，小人傾軋之喻。然俱及時相賞，不先不後，兩相得意也。花結則無花，故俱不取此時。而我於櫻桃花，他日來既未開，今日又謝，皆非佳辰。則佳辰之或長而數日，或短而數時，甚是參差無定，我安能適逢其會耶！

【張曰】此亦遇合遲暮之感。首句喻黨局。『他日未開』，未得薦拔之力；『今日謝』，反受排笮也。意尤顯了，不得概以艷情解之。（《會箋》）　又曰：託意遇合之作，所謂恨遭逢之遲暮也。必非艷情，與嘲櫻桃詩不同，其座主李回貶湖（南）時之深慨乎？（《辨正》）

【按】用意在末句，謂嘉辰之難值也。流鶯舞蝶，或於未開時，或於已謝時來此，而『花芳正結』時則無聞，故曰『兩相欺』。與《流鶯》『良辰未必有佳期』，《一片》『人間桑海朝朝變，莫遣佳期更後期』合參，遭逢不偶之慨顯然。

高花

花將人共笑①，籬外露繁枝。宋玉臨江宅，牆低不擬窺〔一〕②。

〔一〕『擬』，蔣本、姜本、戊籤、悟抄、席本、朱本均作『礙』，原一作『礙』。萬絶作『擬』。

① 【補】將，與也。

② 【朱注】《登徒子好色賦》：『此女登牆窺臣三年，至今未許。』　【按】臨江宅已見前宋玉詩注。

【何曰】下二句刻畫『高』字，死事活用。（《輯評》）

【姚曰】身份自高。

【程曰】此偶有所見而作，非詠花也。

【馮曰】宋玉以自比。牆低固不礙窺，然作『不擬』，謂笑顔常露，偏於易窺者，而意不我屬也，較有味。

【紀曰】與《嘲櫻桃》皆偶然小調。

【按】『高花』喻身份既高，眼界亦高之女子。『宋玉』自喻。樊南窮凍人，牆垣既低，固『高花』之『不擬窺』

也。言外有刺。作『不礙窺』，則尋常調謔之詞矣。『不擬窺』，方是傳神寫照之筆。

殘花

殘花啼露莫留春，尖髮誰非怨別人〔一〕①。若但掩關勞獨夢，寶釵何日不生塵〔二〕②？

〔一〕『髮』，悟抄、戊籤、萬絶作『髻』。

〔二〕『寶』，馮引一本作『瑶』。

①【馮注】『尖髮』『尖髻』，皆未解。徐氏引《新書·五行志》唐末拋家髻，不符也。

②【程注】秦嘉《與婦徐淑書》，『今致寶釵一雙，價值千金，可以耀首。』【馮注】淑答曰：『未奉光儀，則寶釵不設。』

【朱彝尊曰】誨淫若此，史稱其無行，信然矣。（馮箋引作錢良擇評）

【姚曰】此深一層意。言若掩關獨處，縱使未殘，不啻已殘也。

【屈曰】舉世誰非怨別，豈徒殘花不能留春。若但掩關獨夢，空勞怨恨，亦何為哉！

【程曰】此惜別之詞也。言春不可留，花啼何益！人間怨別，誰非此情？從此空閨獨夢，自當釵釧生塵。《詩》所謂『自伯之東，首如飛蓬。豈無膏沐，誰適為容？』即此。

【馮曰】余初亦以為寓言，然『殘花』命題，斷非借以自慨矣。與上章（指《嫦娥》）意更不同，故木庵咎其誨淫。

【紀曰】此深一層意，用筆甚曲，然病即在深處曲處，既落論宗，亦失自然。（《詩説》）意不甚醒。〇『尖髮』二字不省所出。（《輯評》）

【張曰】即『苦節不可貞』之意，史所謂『無特操』也。咎以誨淫，尤屬皮相。（《會箋》）又曰：此蓋假殘花以自寓也。首二句聊以他人之怨別，為自己解嘲；結則歎不能自甘隱遯也。通體凄痛殆絶，與《香奩》《本事》迥然不同。譏其晦淫，謬矣。（《辨正》）

【按】首二謂殘花徒然泣露亦無計留春，試看舉世間尖髮高髻者孰非傷別之人乎？意謂春之消逝、情人之别乃普遍而必然之現象，係寬解之詞。三四進而言别後若終日掩關獨夢，勞神思念，則從此無心妝飾，寶釵無日不為塵埃所封矣。言外自有勿因傷别而空閨獨鎖，悲啼心摧之意。屈箋是。

和張秀才落花有感

晴暖感餘芳，紅苞雜絳房。落時猶自舞，掃後更聞香。夢罷收羅薦①，仙歸敕玉箱②。迴腸九迴後〔一〕③，猶自剩迴腸〔二〕。

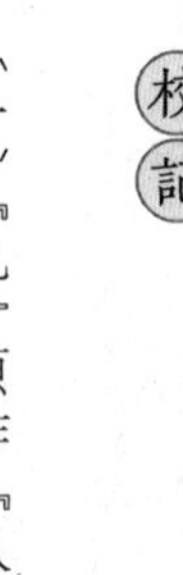

校記

〔一〕『九』原作『久』，據蔣本、姜本、戊籤、席本、朱本改。

〔二〕『自』，蔣本、戊籤、悟抄、影宋抄、朱本作『有』。

集注

① 羅薦已見《回中牡丹為雨所敗》注。

② 【朱注】《漢武内傳》：『武帝葬茂陵，冢中先有一玉箱，一玉杖，是西胡康渠王所獻。』《真誥》：『侍女皆青綾衣，捧赤玉箱二枚，青帶束絡之。』　【馮注】《晉書·左貴嬪傳》：『《元楊皇后誄》曰：星陳夙駕，靈輿結駟。

其輿伊何？金根玉箱。」蘇彦《詠織女》詩：「時來嘉慶集，整駕巾玉箱。」【按】馮注是，箱指車箱。

③【補】《文選》司馬遷《報任少卿書》：「是以腸一日而九迴。」

箋評

【朱翌曰】宋景文《落花》云：「將飛更作回風舞。」李義山云：「落時猶自舞。」宋用此。（《猗覺寮雜記》）

【劉克莊曰】「將飛更作迴風舞，已落猶成半面妝」，宋景文《落花》詩也，為世所稱，然義山固已云「落時猶自舞，掃後更聞香」，下句更妙。（《後村詩話》）

【何曰】（「晴暖」句）落花。（「夢罷」句）有感。（「迴腸」句）收足「感餘」。○腹聯從「晴暖」二字生出，歸之於天也。雖不敢怨，然適乃後睹，不能無感，故復有落句。（《輯評》）

【徐德泓曰】腰聯，乃香散魂歸之意，末則極言傷心也。落花之感，失志者皆有同情，曰「猶自」，曰「更聞」，曰剩腸，非其情有獨深，總詩家不貴直詞説盡耳。起聯微湊。

【姚曰】此作落後追想之詞。花已落矣，迴思欲落之時，乍落之後，已如夢斷仙歸，猶自迴腸不已。人生業想，真是無可奈何。

【屈曰】三四花落餘芳，五六猶令人貴重，結有感。

【馮曰】以艷體比花，常調也。此似歎秀才下第而歸，情終不能忘耳。若義山自有託意，則未定。

【紀曰】三四微有作意，然亦是小家數，餘無可採，五六尤澀。（《詩説》）

【張曰】細意妥帖，雖無奇思，自見筆力。與鄙澀一派，相去翩反，不識紀氏何以云也？（《辨正》）

【按】首聯謂晴暖天氣，餘芳競發，紅苞絳房，紛然雜陳，若有感於晴暖者然。此落前之盛，為次聯正寫落花鋪墊。三四分寫落花之情態與芳香。五六想像落花如好夢罷而收羅薦，如仙女歸而命玉輿，承『掃後』言；末聯則因落花而久久迴腸，均寫落後之感。

石榴

榴枝婀娜榴實繁，榴膜輕明榴子鮮。可羡瑶池碧桃樹，碧桃紅頰一千年〔一〕①？

〔一〕『桃』，朱本、季抄一作『眉』。

①【道源注】《關令尹喜内傳》：『喜從老子西遊，省太真王母，共食碧桃紫梨。』【馮注】《漢武内傳》：『王母命侍女索桃，須臾，以玉盤盛仙桃七顆。帝食輒收其核，欲種之，母曰：「此桃三千年一實，中夏地薄，種之不生。」』【按】碧桃三千年一實，故與多子之石榴作對比。

【馮班曰】歎榴花之不久也。（《輯評》朱批引）

【何曰】自傷亦自負。（《輯評》）

【姚曰】言開花不如結子也。

【屈曰】石榴種種俱佳，但不如碧桃之千年長在耳。覩石榴而感懷，似悼亡之作。

【程曰】杜牧之詩：『緑葉成蔭子滿枝』，蓋紅顔今昔之歎也。義山此詩亦然。

【馮曰】石榴多子，與『玉輪』『鐵網』一聯（按指《碧城》第三首頷聯）同看。此豈羨真仙而學道者歟？

【紀曰】全不成語。即有託寓亦不佳。

【張曰】結句言惟有瑶池碧桃，千年不改耳。深慨婦人生子，紅顔漸衰也。其牧之『青子緑蔭』之戲言耶？石榴多子，故假以命焉。（《辨正》）

【按】此詩前二句謂石榴結實時，榴枝婀娜，榴實累累，榴膜透明，榴子瑩鮮。曰『婀娜』，曰『輕明』，曰『鮮』，均贊美之辭，而非嗟歎之辭。味其意致，似為婦女産子後容光焕發情態寫照。三句『可羡』作『豈羡』解，後二句蓋謂石榴結實，既美艷若此，豈羡彼瑶池碧桃樹之長保『碧桃紅頰』乎？瑶池碧桃樹，顯喻女冠。詩意蓋言世間婦女自有其『將雛』之樂，豐實之美，遠勝長保『碧桃紅頰』而無人生樂趣之女冠。此詩當與《嫦娥》《銀河吹笙》等參讀。諸家釋『可羡』為『堪羡』，既使全詩意脈不貫（一二方謂石榴美艷，三四又謂碧桃堪羡，遂成不相涉之兩截），亦與詩之原意相左。

槿花二首①

燕體傷風力②，雞香積露文③。殷鮮一相雜④，啼笑兩難分⑤。月裏寧無姊⑥？雲中亦有君⑦。三清與仙島⑧，何事亦離羣⑨！

其二

珠館熏燃久⑩，玉房梳掃餘〔一〕⑪。燒蘭纔作燭⑫，襞錦不成書⑬。本以亭亭遠⑭，翻嫌脈脈疏⑮。迴頭問殘照，殘照更空虛。

〔一〕『掃』，悟抄作『洗』。

集注

①【朱注】《説文》：『舜，木槿也，朝華暮落。』《廣志》：『日及，木槿也。』【馮注】《禮記》：『仲夏之月木堇榮。』【按】槿花，已見前《朱槿花》題注。

②【馮注】用飛燕事。《三輔黄圖》：『成帝與趙飛燕戲於太液池，以金鎖纜雲舟於波上。每輕風時至，飛燕殆欲隨風入水，帝欲以翠縷結飛燕之裾。』

③【朱注】雞香，雞舌香也。《夢溪筆談》：『按《齊民要術》云：「雞舌香，世以其似丁子，故一名丁子香，即今丁香是也。」』燕體，比其條之輕；雞香，比其色之艷。【朱彝尊注】江淹《別賦》：『露下地而騰文。』【程注】《本草》：『鷄舌香與丁香同種，花實叢生，其中心最大者為雞舌，擊破，有順理而解為兩向如雞舌，故名。』【馮注】《御覽》引《南方草木狀》：『交趾蜜香樹，其花不香，成實乃香，為雞舌香。』俞益期牋曰：『外國老胡説，衆香共是一大木，木花為雞舌香。』

④【朱注】殷，烏閑切。《廣韻》：『殷，赤黑色。』《羅浮山記》：『木槿一名赤槿，花甚丹，四時敷榮。』

⑤【朱注】江總《南越木槿賦》：『啼妝梁冀婦，紅妝蕩子家。若持花並笑，宜笑不勝花。』【馮注】槿花甚艷，風露損之，致色態有殊矣。用意頗曲。【何曰】三四的是槿花，發端非勝處。（《輯評》）

⑥【朱注】《春秋感精符》：『人君父天母地兄日姊月。』宋均注：『兄日于東郊，姊月于西郊。』

⑦【朱注】《九歌》有《雲中君》。【程注】《九歌·雲中君》：『靈皇皇兮既降，猋遠舉兮雲中。』【何曰】腹連與《晉昌李花》同。（《讀書記》）

⑧【朱注】《靈寶本元經》：『四人天外曰三清境：玉清、太清、上清，亦名三天。』仙島，蓬萊三山也。【程

注】李嶠詩：『仙島遠難依。』

⑨【朱注】言雲月之質，宜在三清仙島之間，何為亦離羣在此耶？

⑩【朱注】《楚詞》：『紫貝闕兮珠宮。』或曰：《江賦》：『鮫人搆館於懸流。』鮫人能泣珠，故曰珠館。【程注】陸陲詩：『當衢啟珠館。』【馮注】道書每有『朱館』之字，『朱』『珠』通用。【按】朱注所引非所用。馮注是。珠館，指道院，猶《聖女祠》中『每朝珠館幾時歸』之珠館。

⑪【朱注】《漢郊祀歌》：『神之出，排玉房。』晉庾闡《遊仙詩》：『玉房石楡磊砢。』白居易詩：『蟬鬢加意梳，蛾眉用心掃。』又《三夢記》：『唐末宮中髻為鬧掃妝，猶盤鴉、墮馬之類。』唐人詩：『還梳鬧掃學宮妝。』【程注】《祥異記》：『吳猛與弟子度石梁，見金闕玉房，地皆五色文石。』【馮注】梳掃，婦人梳粧之謂也。

⑫【朱注】《招魂》：『蘭膏明燭。』王逸曰：『以蘭香煉膏也。』【程注】庾信《燈賦》：『香添燃蜜，氣雜燒蘭。』《子夜冬歌》：『絃管秉蘭燭。』李賀詩：『金蟾呀呀蘭燭香。』

⑬【朱注】《晉書》：『竇滔妻蘇若蘭織錦為迴文《璇璣圖》詩以贈滔，辭甚凄惋。』【程注】王勃賦：『上元錦書傳寶字。』【何曰】（三四）寫易謝脱化。（《輯評》）

⑭【程注】《長門賦》：『澹偃蹇而待曙兮，荒亭亭而復明。』注：『亭亭，遠貌。』儲光羲詩：『琪樹遠亭亭。』

⑮【朱注】《爾雅》：『脈，相視也。』《古詩》：『脈脈不得語。』

【陸時雍曰】（首章）中晚詩以借影班襯，去難就易，方便法門。（《唐詩鏡》）

【朱彝尊曰】上四句實賦槿花，下句（四）句以仙女比之。次首絶無題意，疑其亦是托興，非詠物也。

【賀裳曰】作詩貴于用意，又必有味，斯佳。義山《槿花》詩（首章）殊不可解。余嘗句揣之：『燕體』句言花枝娟弱，摇曳風中，猶燕之受風也。『雞香』者，雞舌香，入直者含之，言花含露而香似之，蓋以對上『燕』字耳。第三句言其色，第四句言其態。第五第六又因『啼笑』句來，以美人喻花，又非凡間美人可擬，故引『月姊』『雲君』，以『仙島』『離羣』結之，見是天所謫降者。不徒奥僻，實亦牽强支離，有心勞日拙之憾。按『月姊』二句，又用之《李花》詩，當是其得意語，實不然。義山又有《李花》詩『自明無月夜，强笑欲風天』，詠物只須如此，何必詭僻如前作？（《載酒園詩話》）

【徐德泓曰】首句狀體之輕，次句狀質之潤，三句言色，四句言情。後則因而感懷也，謂己身無主，故爾飄蓬。似此如月如雲者，乃天姿仙質，寧無主之者？何亦忽焉萎謝乎？全從朝榮暮落生情，移不到别花上。有謂其《令狐宅李花》之作，復用『月裏』『雲中』兩句，只將『寧』字换作『誰』字，固已自為移矣。不知此則專指花言，彼則借以寫不甘自悴之情，非單咏花也。語同而意各異，正以一『誰』字變换。作者極其靈活，而解者何膠柱以鼓瑟耶？

【姚曰】（第一首）此借槿花起興，發紅顔薄命之歎，非詠槿花也。蓋槿花朝華暮落，體輕香淺，殷鮮代謝，啼笑相循，曾幾何時！不見月中有姊，雲中有君耶？三清仙島，所以離羣而不辭者，正為此石火電光，不足恃耳。（第二首）首二句，言盛自修飾。三四，言極其矜持。豈知品高易疏，盛年易度，求回殘照之光而不可得矣。太白云：『以色事他人，能得幾時好？』此槿花之所以賦也。然怨而不怒，身分極高。

【屈曰】（首章）一比其條之輕，二比其朝開。三賦其色，四賦其情。五六比其仙品合在上界，而今乃離羣人世，『寧』字『亦』字有人已離羣之感。（次章）一花色，二花情，三花態，四花光，皆比也。五枝高，六花稀，七八暮落，皆賦也。結言暮落，筆意高妙。

【程曰】此為女冠惜别而發，大都魚玄機之流也，非貴主之為女道士者。

【馮曰】（首章）此題只作《槿花》，疑其兼詠白色者，故用『月』『雲』也。月中雲中，皆不忌人之得入，何

「三清」「仙島」必以屏棄他人為快耶？此其寓意矣。然究無定解，結句「亦」字又複。（次章）上四句正賦朝榮，五六虛狀情態，七八則暮落也。較上首明顯。又曰：木菴謂當有託興，是也。首章起聯以風露比摧斥之者。三四謂一入嫌疑，便苦周旋不易。「三清」「仙島」，似比内職。次章似即留宿代書之情事。五六言爾之遠我，非可反咎我疏。結則「一寸相思一寸灰」之意。前《朱槿花》在嶺南作。味此用意，是還京後作矣。

【紀曰】前一首直不成語，次一首後四句有別味，前四句語澁而格卑。（《詩説》）（首章）句句捏湊。（次章）五六亦未是槿花。（《輯評》）

【張曰】自傷一生交誼之乖而作。「燕體」二句，言己受黨局之傷，縱有文采，不能顯達也。「殷鮮」二句，言黨局雜沓，遂至及我而受其累，諺所謂「哭不得，笑不得」也。後四句言我本令狐門下之人，「月裏」「雲中」，原自有主，奈何遭此淪落，望長安如三清仙島，若今日之自歎離羣耶？「珠館」二句，以婦人之修容，比己陳情姿態。「燒蘭」二句，寫通書問候時羞愧怊悵之況。「本以」二句，言我當日自欲遠彼，而豈知今日翻怨其疏我。「迴頭」二句，無聊之極，言只有問諸殘照耳，雖殘照亦不能流連把玩矣。以「槿花」命題者，朝榮暮落，借以自喻，且新從桂海歸來也。（《會箋》）又曰：玉谿用典無不以清氣運之，沈思出之，此首（指首章）雖非傑構，格意亦不相遠，捏湊之評，真欲加之罪耳。玉谿有知，尤當悲咤矣。（次章）五六二句空際傳神，前四句烘染鮮麗，蓋有託寓，意不在槿花也。紀氏評語太泥。○槿花朝榮暮落，借以自比從前（綯）助之登第，今乃陳情不省之慨。且新從桂管歸，《轉韻》詩已云「朱槿花嬌」矣，故寄意於此，深處真不易測也。（《辨正》）

【按】首章起聯狀槿花枝條之輕，花色之艷，次句猶「一枝穠艷露凝香」，「露」點朝開。頷聯謂其新開者與已萎者相雜，似笑似啼，難以區分，此正寫槿花開落之速。腹聯謂此槿花實乃仙品，月裏雲中，豈無眷屬，合當與之相聚，何事離羣索居耶？次章首聯寫其朝開時之香艷。「珠館熏燃久」與牡丹詩之「荀令香爐可待熏」，《子直晉昌李花》之「秦臺幾夜熏」相類；「玉房梳掃餘」，則謂其如美人晨起梳妝既畢，容光煥發。次聯寫開落之速。出句謂其方如蘭燭之燃，香濃而色艷；對句則謂其旋即憔悴萎縮，如襞積之錦，不復成「書」矣。槿花開時如織錦而成之旋璣，故云。腹聯寫其枝高花稀。末聯落寞情態。全章即『可憐榮落在朝昏』之意。

二詩寓意，程氏以為借詠女冠，馮、張則以為託意令狐。程説為近。蓋詩中三清、仙島、珠館、玉房等詞語，均為詠女冠詩所習用，義山詩中亦數見。然謂『女冠惜別』，則似未洽。味其意致，蓋借槿花以泛詠女冠之處境、命運者。首章起聯寫其姿容之輕艷。次聯惜其開落之速，且寫其啼笑相雜之態，暗逗下『離羣』。腹、尾兩聯暗點其身份，謂其本三清、仙島之仙姝（切女冠），月裏雲中，神仙洞府，豈無眷屬，何事獨離羣而索居哉？次章前四寫其寂處道觀索寞無聊意緒，謂其夜則薰香燒燭獨坐，晨則梳妝修飾，孑然獨處，雖欲寄錦書而竟無可告語者。腹聯似謂本以為處此仙宫洞府可遠離塵世，高潔玉立，誰知反嫌此仙境寂寥，脈脈含情無訴也，意致頗似『嫦娥應悔偷靈藥，碧海青天夜夜心』。末聯則極形其芳華將逝，不勝空虛寂寥之情態。然二首中似亦織入某種身世遭逢之感，『殷鮮』一聯，『本以』一聯尤為明顯。義山詠女冠詩，每有自寓成分（《嫦娥》《重過聖女祠》），此篇亦相類。

槿花①

風露淒淒秋景繁②，可憐榮落在朝昏〔一〕③。未央宫裏三千女④，但保紅顏莫保恩。

〔一〕『在』，席本作『任』，非。

①【程注】《毛詩》：『有女同車，顏如蕣華。』注：『蕣華，槿花也。』　【按】即木槿花。

②【補】木槿夏、秋開花，故云『秋景繁』。

③【補】《本草綱目·木部三》『木槿』李時珍曰：『此花朝開暮落，故名日及；曰槿曰蕣，猶僅榮一瞬之義也。』郭璞《游仙》詩：『蕣榮不及朝。』

④【馮注】《漢書·高帝紀》：『七年，蕭何治未央宮。』《漢武故事》：『上起明光宮，發燕、趙美女三千人充之，率取十五以上二十以下，年滿四十者出嫁。建章、未央、長樂三宮皆輦道相屬，不由徑路。』

【謝榛曰】凡詩用『恩』字，不粗則俗，難於造句。陳思王『恩紀曠不接』……李義山『但保紅顏莫保恩』，此皆句法新奇，變俗為雅，名家自能吻合。（《四溟詩話》）

【朱彝尊曰】（末句）言勝槿花不遠。

【陸時雍曰】有刺。（《唐詩鏡》）

【賀裳曰】魏、晉以降，多工賦體，義山猶存比興。如《槿花》詩……因槿花之易落，而感女色之易衰，此興而兼比者也。至末句說盡古今色衰愛弛之事，慧心者當不待見前魚而泣下矣。（《載酒園詩話》又編）

【何曰】不關易謝，自值時衰，發端已道破我生不辰也。又曰：此句（按指第三句）并見品格。（《輯評》）

【陸鳴皋曰】亦在榮落上生情，而有藕斷絲連之妙。

【姚曰】言自立之難也。

【屈曰】紅顔未老，君恩已歇，豈惟槿花為然！

【程曰】古人用槿花以比紅顔，本取其朝榮夕落之義，故此詩祖之。末二句不獨感紅顔之易衰，亦致慨舊恩之難恃也。

【宋宗元曰】敖東谷曰：『末二句題外生意，凡詠物者當參此機，則能因物而寓人事，風刺悠遠。如袁景文《詠白燕》：「趙家姊妹多相妬，莫向昭陽殿裏飛。」陳公甫《詠桃花》：「劉郎莫記舊時路，只許劉郎一度來。」皆此訣也。』（《網師園唐詩箋》）

【馮曰】歎鄭亞在桂一年遽貶。

【紀曰】有粘皮帶骨之病，蒙泉抹之是也。

【張曰】正説更痛於婉言，可為争寵附黨者深警，意最透切，不嫌粘皮帶骨也。此首與上詩（按指《故驛迎弔故桂府常侍有感》）同編，疑亦為鄭亞寄慨。亞坐贊皇黨貶死，故有第二句。其歸葬當在秋間，前首『秋原』字可證，故有首句點景。結則深慨黨局反覆，恩遇不能常保也。《轉韻》述桂州事，有『朱槿』字，與此同。（《辨正》）

【按】朝榮昏落，紅顔易衰，君恩難保，此不但封建社會宫闈生活習見之現象，亦政治生活習見之現象。而於君主傳位，黨局反覆之際，此種現象尤為突出。馮氏謂指鄭亞遽貶，殆因義山居桂幕時有《朱槿花》之作及《偶成轉韻》詩有『朱槿花嬌晚相伴』之句連類而及。然大中初年黨局反覆之際，所謂『榮落在朝昏』者，固不獨鄭亞為然，李德裕、李回等亦同此遭遇，故不如虛解為泛指會昌舊臣為得。當與《宫辭》並讀。《宫辭》謂得寵者亦不必久（所謂『凉風只在殿西頭』），此則謂失寵者之榮落朝昏，忽遭斥棄也。視『秋景』字，似為大中二年秋作。蓋元年秋，德裕尚未貶潮，李回、鄭亞亦仍居方面（李回元年八月罷為劍南西川節度使）；而二年秋，德裕已貶潮，回責授湖南觀察使，亞亦已貶循矣，故有榮落在朝昏之慨。

蜨

飛來繡户陰，穿過畫樓深。重傅秦臺粉①，輕塗漢殿金②。相兼唯柳絮，所得是花心③。可要凌孤客〔一〕，邀為《子夜吟》④？

校記

〔一〕「凌」，英華作「陵」。

①【朱注】《古今注》：「（三代以鉛為粉）。蕭史與秦穆公鍊飛雪丹第一轉，與弄玉塗之，今水銀膩粉是也。」《道書》：「蜨交則粉退。」

②【朱注】《漢書》：『趙昭儀居昭陽舍，殿上髹漆，切皆銅沓冒黃金塗。』注：『切，門限也；沓冒，其頭也；塗，以金塗銅上也。』【徐曰】翅粉多，故曰重傅；黃色淺，故曰輕塗。

③【程注】唐太宗詩：『蝶戲脆花心。』【何曰】五六佳。

④【程注】梁武帝《子夜歌》：『花塢蜨雙飛，柳堤鳥百舌。不見佳人來，徒勞心斷絕。』

【朱彝尊曰】輕妙至此。

【姚曰】繡户畫樓之間，傅粉塗金，沾沾自喜。雖輕如柳絮，來往無常；而意屬花心，寄託不苟。彼非於孤客之前賣弄也，想欲一聞《子夜》吟耳。

【屈曰】凌孤客，反詞也。孤客邀吟咏，而言欺凌，可乎？

【程曰】此亦為冶遊而作，語意甚明。（按：馮箋引此。）

【紀曰】前四句俗甚，五六句亦纖。（《詩説》） 末二句不甚可解。（《輯評》）

【張曰】纖俗二字詆後人則可，詆玉谿則不可。紀氏於玉谿詩本不甚解，不恨自己學力未至，反歸咎古人，何其武斷不通若是耶？（《辨正》）

【按】蜨喻冶遊者。首二『飛來』『穿過』，指冶遊；『繡户』『畫樓』，即章臺門户。次聯寫蜨之傅粉塗金，喻彼風流自賞之情狀。腹聯『花』『柳』喻妓，『兼柳絮』『得花心』，即尋花問柳。末聯『孤客』自指，謂彼豈願近此寂寞之孤客，邀其作《子夜》之吟乎？頗似同幕有好冶遊者，故作此以調侃。

蜨

葉葉復翻翻①，斜橋對側門〔一〕。蘆花唯有白，柳絮可能温〔二〕？西子尋遺殿，昭君覓故村②。年年芳物盡，來別敗蘭蓀〔三〕③。

校記

〔一〕『橋』，馮引一本作『枝』。

〔二〕『絮』原一作『葉』，朱本、季抄同。

〔三〕『敗蘭蓀』，馮引一本作『故園孫』。

集注

①【程注】《本草注》：『蛺蝶輕薄，夾翅而飛，葉葉然也。』

②【朱注】《方輿勝覽》：『歸州東北四十里有昭君村。』　【馮注】《漢書紀注》：『昭君本南郡秭歸人也。』《寰

宇記》：『歸州興山縣王昭君宅，古云昭君之縣，村連巫峽，是此地。香溪在邑界，即昭君所遊處。』二句以香魂比之。

③【馮注】蓀，香草。蘭蓀，屢見《楚辭》。沈約《酬謝宣城朓》詩：『昔賢侔時雨，今守馥蘭蓀。』

【朱彝尊曰】無一句詠蝶，却無一句不是蝶，可以意會，不可以言傳，此真奇作。（馮箋引作錢評，『傳』作『詮』。）

【何曰】情味長。（頷聯）交互句。（《輯評》）

【陸鳴皋曰】首聯寫其象，次聯寫其色。腰聯摹盡飛飛神態，用西子、昭君者，為下『殿』『村』兩字耳。唐人咏物，半屬大意，李作亦止録其貼切者。

【姚曰】此賦蝶而歎其不忘故也。首二句，言其情態。三四，言其形質。下半首，言其時已去而依依不捨，尤足傷心。

【屈曰】一二蝶遊之所。蘆花唯白，非百花紅紫之可戀；柳絮不温，無芳香之可採。而乃如西子之尋遺殿，昭君之覓故村者何也？蓋風物已盡，運際摇落，故來别敗蘭蓀耳。

【程曰】此亦艷詩，嗟其晚也。視『門前冷落車馬稀，老大嫁作商人婦』，更自不堪迴首。

【馮曰】次聯謂人以冷澹遇之。三聯謂我終不忍忘舊。末寓每逢出遊徒來取别也。此亦為令狐作。結比郎君舊交，『敗』者乖違之意也。頗可編年。

【紀曰】此寓人事今昔之感，以蝶自比，極有情致。但第一句巧而纖，三四格意雖佳，第四句『絮』字與『秋』

不合，作『葉』又與『温』字不對，五六亦是俗體，七八稍有情致耳，不為完美。（《詩説》）起句調劣。（《輯評》）

【張曰】總屬失意語，難以跡象求之，謂寓令狐者誤。（《會箋》） 又曰：起以朴率見筆趣，非劣也。『柳絮』字是虚説，何謂與通首不合？五六用典亦雅切，卑俗之格安得比而同之哉？（《辨正》）

【按】借詠秋蝶，而寓芳華歷遭劫難、運際摇落之歎。首聯寫秋蝶翻飛於斜橋側門之間。頷聯狀秋日凄清景象，言惟見一片白色之蘆花，不復睹三春之晴絮（温者重温之意）。腹聯以西子、昭君喻蝶，以『尋遺殿』『覓故村』點醒重尋往昔繁華而不可得之意。末聯全篇主意，謂秋蝶年年總於芳物凋盡之時，方來尋覓，宜其只能與衰敗之蘭蓀告别也。言外頗有所遇非時之慨。

蜨

孤蜨小徘徊，翩翾粉翅開〔一〕①。併應傷皎潔，頻近雪中來。

〔一〕『翾』，悟抄作『翩』。

集注

①【補】翩翾，小飛貌。

【姚曰】感皎潔之無侶也。

【馮曰】艷情也。（《乾隆庚子重刻本》箋曰：『自比』。）

【紀曰】有作意而淺薄。（《詩說》）

【按】姚箋近是。『傷皎潔』，為己之皎潔而孤獨自傷，故頻近皎潔之雪而飛，以覓同道也。

鸞鳳

舊鏡鸞何處，衰桐鳳不棲①。金錢饒孔雀②，錦段落山雞③。王子調清管④，天人降紫泥⑤。豈無雲路分〔一〕⑥？相望不應迷。

〔一〕「路」，蔣本、悟抄、錢本、影宋抄作「露」，非。

①【補】鸞鳥睹影悲鳴，事見范泰《鸞鳥詩序》，參看《陳後宮》及《破鏡》注。鳳凰棲止於梧桐，事習見。此謂鏡舊故不能照見鸞影，桐衰故鳳不棲。上句喻舊侶分離，下句謂託身無所。

②【馮注】《南州異物志》：「孔雀背及尾皆圓文五色，相繞如帶千錢。」　【補】饒：讓。

③【馮注】《倉頡解詁》：「鵁鶄似鳳凰。」　【姚注】《南越志》：「增城縣多鵁鶄。鵁鶄，山鷄也。光色鮮明，五彩炫燿。」【補】落，猶「下」，言落於山雞之後也。

④【姚注】《列仙傳》：「王子喬，周靈王太子晉也。好吹笙，作鳳鳴，遊伊洛之間。」

⑤【馮注】《西京雜記》：「武都紫泥為璽室，加緑綈其上。」《隴右記》：「武都紫水有泥，其色紫而粘，貢之用封璽書。」二句以鳳笙、鸞書分頂。　【補】天人，此指「天使」。紫泥，此指以紫泥封口之紫詔。古代詔書以紫泥封袋，上蓋印璽。

⑥【補】雲路：喻仕途貴顯。劉禹錫《和蘇郎中尋豐安里舊居》：「同學同年又同舍，許君雲路並華輈。」分：定分。

【何曰】此亦悼亡之作。（《讀書記》）

【姚曰】此亦悼亡之詞。上半首即『曾經滄海難為水，除却巫山不是雲』之意。下半首言仙踪既去，庶幾天上遇之。

【程曰】上卷有《蠅蝶雞麝鸞鳳》等成篇，蓋為官妓作。此篇鸞鳳不同，乃宮女也。玩五六『王子』『天人』二語所指，似杜秋娘，當與杜牧之五言古詩參看。牧之序云：『杜秋，金陵女也，年十五為李錡妾。錡叛滅，籍之入宮，有寵於憲宗。及穆宗即位，命秋為皇子傅姆。皇子壯，封漳王。鄭注用事，誣丞相欲去異己者，指王為根。王被罪，秋因賜歸故鄉。』牧之之言如此。按史，文宗太和間，鄭注黨中官王守澄，惡丞相宋申錫為文宗謀去宦官，因誣之謀立漳王湊，遂流申錫於開州，而漳王湊降封巢縣公，是為太和五年事。杜秋之歸，當在是時。牧之序秋娘事，叙憲宗寵幸時有云：『椒壁懸錦幕，鏡奩蟠蛟螭』，『紅粉羽林仗，獨賜辟邪旗。』叙傅姆漳王時有云：『畫堂授傅姆，天人親捧持。虎睛珠絡褓，金盤犀鎮帷。』則秋娘之在兩朝恩遇甚隆也。及其歸金陵，則云：『却喚吴江渡，舟人那得知』，『寒衣一匹素，夜借鄰人機。』其淪落可見矣。此詩起二句，上言憲宗既往，鸞鏡已空；下言漳王降封，鳳棲不定也。三四二句，上言舊時如孔雀自矜其容，下言新來如山鷄自斷其尾也。五六二句，上言漳王年長，已如子晉之善吹笙；下言文宗賜歸，猶推憲宗而降恩旨也。七八二句，總言其先後榮枯之本末，以為雲霄在望，無端路迷，即牧之詩所謂『清血灑不盡，仰天知問誰』之意也。按杜秋娘，一女子耳，憲宗朝原無名號，穆宗朝不過傅姆，文人學士何至哀之？其所以形諸詠嘆者，總以秋娘之歸，根於宋申錫，而申錫之流貶，根於謀去宦官之不成也。事有微細而關於重大者，能無嘆哉！

【馮曰】上半喻己之不得所依，讓不如我者之得意也。下半喻得為清資之官，可望高躋雲路。王子，義山自謂；天人，注擬之天官也。玩其情味，必從江鄉還京，拔萃重入秘省時作無疑矣。

【紀曰】感遇之作，意露而體亦不高。連用四鳥，亦一病也。（《詩説》）

【姜炳璋曰】此以鸞鳳自況也。鸞對鏡而舞，鏡去則鸞不舞；鳳非桐不棲，桐衰則不棲，言失所也。自矜金錢之文優於孔雀，而乃錦羽自斷，有類山鷄，鸞鳳可謂厄甚矣。雖然，仙侶天人，皆亟相需，何難雲路相引，豈至終迷世網耶？或以為悼亡，或以為送杜秋娘，并非。

【張曰】此選尉時寓言也。『舊鏡』句謂秘省清資，不能復入。『衰桐』句謂兩次為尉，非心所甘。『王子』一聯，謂京尹留假參軍，管章奏。義山本宗室，故曰『王子』。天人以喻京尹。『金錢』句讓人才華自炫，『錦段』句歎己文采漸衰。義山以箋奏馳名，乃不能掌誥内廷，翻使屈身記室，故反言之。結則望從此或致顯達耳。紀曉嵐以連用四鳥為病，然連用而不平頭，於格無害，唐律固多有之也。（《會箋》）

【按】此感遇之作無疑。首聯上句謂舊侣已離，即《風雨》詩所謂『舊好隔良緣』也。下句謂託身無所，即蜀桐詩所謂『枉教紫鳳無棲處』也。亦即崔珏《哭李商隱》『竹死桐枯鳳不來』之意。鳳凰自喻。以鳳失所棲喻才士不遇，習見。何、姚二氏謂悼亡，弗類也。頷聯謂鳳雖五彩，然自世之不識者視之，則不如孔雀、山雞，此即李白詩所謂『楚人不識鳳，重價求山雞』是也。饒、落，皆不如之意，馮謂『讓不如我者之得意』，甚是。頸聯謂王子或吹笙而召鳳，天使亦降紫泥之鸞詔，似喻朝廷有求賢之意，故結聯轉謂己既如彩鳳，則翱翔雲路，當自有期，不應相望而意轉迷也。此失意後自嘆自慰之詞，作年不可考。張箋以王子為義山自喻，則猶襲馮氏之誤。

風

撩釵盤孔雀①，惱帶拂鴛鴦②。羅薦誰教近③？齋時鎖洞房④。

集注

①【馮注】陳思王《美女篇》：『頭上金爵釵。』【程注】《炙轂子》：『漢武帝時，諸仙女從王母下降，皆貫鳳首釵、孔雀搔頭。』

②【程注】徐彦伯詩：『贈君鴛鴦帶，因以鷫鸘裘。』【馮注】江總《雜曲》：『合歡錦帶鴛鴦鳥。』

③【朱注】《漢武内傳》：『帝以紫羅薦地，燔百和之香以待王母。』

④【程注】《楚詞》：『姱容修態，絙洞房些。』《長門賦》：『徂清夜於洞房。』【馮注】宋玉《風賦》：『躋於羅帷，經於洞房。』

箋評

【馮班曰】撩釵拂帶，詠風之麗語也。洞房無人，風吹羅薦，寂寞光景，宛然在目。義山詩取徑幽遠，大略如

此。（朱箋引）

【姚曰】撩釵惱帶，猶之可也。若洞房深鎖時，不得輒近羅薦耳。

【屈曰】孔雀釵、鴛鴦帶，風能撩之、拂之，惟有齋時洞房深鎖，故不得近羅薦耳。惱帶者，惱其拂鴛鴦之帶也。誰教近者，誰肯教近也。

【程曰】此亦刺女冠之流也。

【馮曰】齋時應鎖洞房，風乃偏近羅薦，上二句正狎而玩之之象，程説得之。

【紀曰】格意俱卑，愈巧愈下，不足觀也，學西崑切忌此等。（《詩説》）

【按】程、馮説近是。『風』係撩撥、戲狎者之象徵。三四謂雖齋時深鎖洞房，風亦狎而近羅薦也。如解為齋時風不得近羅薦，則與風之『躋於羅帷，經於洞房』情狀不合。然純作賦體看，解為女冠因春風之撩戲而情思蕩漾，寂寞苦悶，亦自有味。未必有諷刺意。

齊梁晴雲〔一〕①

緩逐煙波起，如妒柳綿飄②。故臨飛閣度，欲入迴陂銷③。縈歌憐畫扇④，敞景弄柔條⑤。更耐天南位〔二〕，牛渚宿殘宵⑥。

校記

〔一〕戊籤題首有『效』字。

〔二〕『天南位』，原闕文（一作天南位），據蔣本、姜本、戊籤、悟抄、席本、影宋抄、朱本增補。

集注

①【道源注】效齊梁體賦晴雲也。【馮注】沈約《宋書·謝靈運傳論》：『欲使宮羽相變，低昂互節，若前有浮聲，則後須切響。一簡之內，音韻盡殊；兩句之中，輕重悉異。妙達此旨，始可言文。自騷人以來，此祕未睹。至於高言妙句，音韻天成，皆闇與理合，匪由思至。張、蔡、曹、王，曾無先覺；潘、陸、謝、顏，去之彌遠。世之知音者，有以得之。』《南史·沈約傳》：『約撰《四聲譜》，自謂入神之作。』《陸厥傳》：『吴興沈約、陳郡謝朓、琅琊王融以氣類相推轂，汝南周顒善識聲韻。約等文皆用宮商。將平、上、去、入為四聲，以此制韻，有平頭、上尾、蜂腰、鶴膝。五字之中，音韻悉異，兩句之內，角徵不同，不可增減。世呼為「永明體」。』劉勰《文心雕龍·聲律篇》曰：『言語者，律呂唇吻而已。商徵響高，宮羽聲下，抗喉矯舌之差，攢唇激齒之異，廉肉相準，皎然可分，可以數求，難以辭逐。凡聲有飛沈，響有雙疊：雙聲隔字而每舛，疊韻雜句而必睽；沈則響發而斷，飛則聲揚不還，並轆轤交往，逆鱗相比；迂其際會，則往蹇來連，文家之吃也。將欲解紛，務在剛斷。左礙而尋右，末滯而討前，則聲轉於吻，玲玲如振玉；辭靡於耳，纍纍如貫珠矣。』本朝馮鈍吟《雜録》曰：『齊梁體略避雙聲疊韻，然

文不粘綴，取韻不論雙隻，首句不破題，平仄亦不相儷。沈、宋因之變為律詩，視齊梁體為優矣。唐自沈、宋以前有齊梁詩，無古詩也；氣格亦有差古者，然皆有聲病。沈、宋既裁新體，陳子昂崛起，直追阮公，創辟古詩，唐詩遂有古、律兩體，而永明文格微矣。』又曰：『八病者：平頭、上尾、蜂腰、鶴膝、大韻、小韻、旁紐、正紐。阮逸注《文中子》已云未詳。宋時有一惡書，名曰《金鍼詩格》，託之梅堯臣，言八病，絶可笑。古書多亡，然時有可徵。郭忠恕《佩觽》云：「雕弓之為敦弓，則又依乎旁紐。敦屬元韻，雕屬蕭韻，皆徵音端母，則旁紐者雙聲字也。」《九經字様》云：「紐以四聲，是正紐也，東、董、凍、篤是也。」劉知幾《史通》言梁武帝云「得既自我，失亦自我」，為犯上尾，兩我字相犯也。平頭未詳。蜂腰、鶴膝見宋人詩話，偶忘其名，乃雙聲之變也。上下二字清，中一字濁，為鶴膝；上下二字濁，中一字清，為蜂腰。大韻、小韻，似論取韻之病，大小之義未詳也。若能如沈侯所云，則八病俱去，亦不在曲折分其名目也。今本《玉篇》有紐弄之圖，《序》引《聲譜》，恐是隱侯《四聲譜》，今人於此處全不詳，何以稱律？』趙秋谷《聲調譜》曰：『聲病興而詩有町畦。然古今體之分，成於沈、宋，開元、天寶間或未之遵也。廣德、永泰以還，其途判然不復相入。勝國士大夫浸多不知者，今則悍然不信，見齊梁體與古今體相亂，而不知其别為一體也。齊梁體無粘聯，有平仄，在本句本聯中論平仄。』浩曰：齊梁體為變古入律之漸，今就其粗跡論之，排偶多而散行少也，采色濃而澹語鮮也。分句言之，有律句焉，有古句焉；合一章言之，上下不相黏綴也。然此皆皮相耳，其精微全在聲病。《玉篇》後附沙門神珙所撰《四聲五音九弄反紐圖》，明言沈約創立紐字之圖，唐又有陽寧公、釋處忠撰《元和韻譜》，今此列圖為於切韻之機樞，亦是詩人之鈐鍵。斯言也，正紹隱侯之餘緒矣。必洞悉乎音韻之微，乃可尋聲而按節。夫字義一定不易，而音則今古有異，南北有殊。唐以前能詩者，未有不知音；宋以後不知音者，未為不工詩也。聲病之學，專家實鮮，四聲中各有五音，況僅以平仄分之，更何從得其趣哉？李淑《詩苑》詳論八病，未可信也。鈍吟之論旁紐、正紐、蜂腰、鶴膝，與《史通注》云『得既在我，失亦在予，變我稱予，由避平頭上尾』，皆當存其説，俟博考也。音韻一途，浩未究心，不敢强為之辭。史言約之諸賦，亦往往乖聲韻，而陸厥致書辨難，蓋當時已多不信從者，工拙固非專在是也。《困學紀聞》曰：『惟上尾、鶴膝最忌，餘病亦通。』嚴滄浪曰：『作詩正不必拘此，敝法不足據也。』要之篇終吟唱，果無一字格於喉舌間，自闇與之符矣。劉彥和所論數十句，已得其精，會而通之，古律皆宜，何獨齊梁哉？秋谷《聲調譜》之作，固學詩者不可廢，而古今詩家格調固非《譜》之所能囿也。余不憚詳引而疏之，非曰知詩，統論其理云爾。【紀曰】齊即所謂永明體，梁即所謂宮體，後人總謂之齊梁體，玉溪詩有《齊梁晴雲》是也。其體於對偶之中時有拗字，乃五言律之變而未成，喜儷新字而乏性情，喜作艷詞而乏風旨，運思甚淺，用事甚拙，乃詩道之極弊，無用知之。（刪正二馮評閱《才調集》）

②【何曰】破『晴』字妙。（《輯評》）

③【馮注】左思《吴都賦》：『江湖嶮陂。』注：『指江湖之阻，洞庭之險。』迴陂，猶嶮陂也。諸本皆作『逈』，《聲調譜》作『迴』，而注曰『三平』，誤也。

④【補】畫扇，此指歌扇，舊時歌者歌舞時所用。此句暗用《列子·湯問》秦青悲歌『響遏行雲』事。

⑤【補】敞景：開日。

⑥【朱注】牛渚，牽牛渚也。【馮注】《宣州圖經》：『牛渚山突出江中，謂之牛渚圻，古津渡處也。』謂旅宿於此，亦兼用牽牛星事。與『南陵寓使』互證，是江東春遊也。【按】與牛渚山無涉，馮注非。

【馮班曰】齊梁諸公，尚覺古秀。

【姚曰】上半首，行處之妙；下半首，駐處之妙。牛渚，指牽牛，牽牛在天河旁，故曰牛渚。七月之昏，牽牛正在天南之位。此用渡河情語作結。

【馮曰】中二聯分之皆律，合之不粘，首尾則本聯皆不粘也，與徐、庾輩詩音節皆符，可見斯體之大略，其聲病則未深曉。

【紀曰】此及《效徐陵體贈更衣》《又效江南曲》皆刻摹六朝之作，艷處似之，拙處尤似之，然琱琢字句而無意味，亦復似之，不足取也。（《詩説》）

【張曰】（《齊梁晴雲》《效徐陵體贈更衣》《又效江南曲》）三首皆擬古之作，無寄托，深解便誤。（《會箋》）

【按】此效「齊梁體」賦晴雲。一、二晴雲隨烟波而起，如柳絮飛飄；三、四度閣入陂；五、六承三、四，謂度閣而稍停，似憐樓上之歌，入湖陂而開日，似弄堤岸之柳；七、八謂夜歸宿於銀河之畔。「晴雲」似暗喻女性，可與《詠雲》互參。

詠雲

捧月三更斷，藏星七夕明。纔聞飄迴路，旋見隔重城。潭暮隨龍起①，河秋壓雁聲②。只應唯宋玉，知是楚神名③。

①【馮注】取行雲之意。

②【馮注】取銀河之意。　【何曰】句更新。（《讀書記》）　下句（按指『河秋』句）更奇。（《輯評》）

【李因培曰】傑句。

③楚神，指巫山神女，事屢見。

【錢曰】此作殆託詠北司之橫。

【姚曰】此以飄泊自寓也。捧月藏星，似屬有情；而隔城飄路，總歸無意。獨其隨龍起蟄，壓雁驚秋，耿耿之氣，有不可磨滅者，相知者其誰耶？

【程曰】此非詠雲，蓋寓言所納宮女既入而復出者也。按開成元年閏四月，取李孝本二女入宮；七月，以左拾遺魏謩諫出之。三年十月，又取郭旼二女入宮；十一月，以翰林學士柳公權諫出之。此詩前六語正叙其入而復出之事。末二語以神女結，用楚王暮雨朝雲，此題之所以託為詠雲也。

【馮曰】與《碧城》相類，託意甚明。錢氏以為託詠北司之橫，非也。

【紀曰】猶是齊梁及初唐體格，然不必效為之，真意不存，但工刻畫，其流亦何所不至哉！『河秋壓雁聲』句却有致，而此句之巧又與通篇不配。（《詩説》）

【張曰】玉谿好假艷體詠物，集中此例極多。後人見是艷體，往往穿鑿附會，不謂刺女冠淫佚，即謂寓意子直，而不知皆誤也。如此首確係詠物，別無深意，不必紛紛曲説也。（《辨正》）　又曰：與《風》詩（按指《撩釵盤孔雀》首）皆諷刺之隱約者，不必定指其人其事以實之。（《會箋》）

【按】此詩詞意隱約閃爍，必非單純詠物者，尾聯『只應唯宋玉，知是楚神名』，固已道破『雲』之為『神女』

矣。顧此神女，又非通常妓女，故曰『唯宋玉知』，以示己與此神女之密切關係。首聯謂行雲捧月，三更而月隱；行雲藏星，七夕而星明，似是暗寓神女之幽會與夜離（『七夕』寓牛女相會）。次聯寫雲之飄然離去，纔臨迴路，又隔重城。上四語頗似《明日》前幅；『天上參旗過，人間燭焰銷。誰言整雙履，便是隔三橋？』腹聯謂行雲薄暮隨龍而起於深潭，深夜則浮游於秋河而壓雁之聲，此似寫雲之行蹤變幻不定。末聯即『《武皇內傳》分明在，莫道人間總不知』之反。

微雨

初隨林靄動，稍共夜涼分。窗迴侵燈冷〔一〕，庭虛近水聞。

〔一〕『迴』，影宋抄、錢本、席本作『過』，萬絶作『逼』。

【何曰】雖無遠指，寫『微』字自得神。（《輯評》）（馮箋引田評曰：『寫微字入神。』）

【姚曰】窗迥而侵燈覺冷，庭虛故近水遥聞，寫『微』字静細。

【紀曰】四家以為雖無遠指，寫『微』字自得神也。然既無遠指，則刻畫亦小家數耳。問小詩亦有不必定有遠指者，如輞川唱和非即景自佳哉？曰王裴所詠雖無遠指而有遠韻遠神，天然湊泊，不可思議，非以刻畫形似為工也，自不得比而同之。問陶杜詩中亦有平排四句者。曰説者謂陶乃摘顧凱之《神情詩》，又云是顧取陶語成篇，雖不可考，然只是偶然之作，可一不可再，擬《五噫》而續《四愁》不亦愚哉！杜公于絶句本不當行，更不得援以藉口。（《詩説》）

【按】一二謂微雨初隨林靄之游動而悄然飄灑，渾然一體，幾乎莫辨；入夜之後，但覺涼氣侵膚，初亦疑為夜涼，已而方覺其有别。上句從視覺之渾然莫辨，下句從觸覺之不辨到辨刻畫微雨。三四承二，言所以分之故。室空窗迥，庭曠院虚，斜風飄送微雨，孤燈黯淡明滅似帶冷意，故曰『侵燈冷』；微雨落地無聲，本不易聞，然夜静庭空，忽聞近處水聲潺潺，方悟微雨之降已久，上句自感覺言，下句自聽覺言。寫微雨不易，寫夜間微雨尤難，蓋尋常視聽皆不可辨，觸覺又與夜涼難分。此詩純從側面着筆，最見體物之細。

細雨

瀟灑傍迴汀①，依微過短亭。氣凉先動竹②，點細未開萍。稍促高高燕，微疎的的螢③。故園煙草色，仍近五門青④。

集注

①【補】瀟灑，凄清狀。依微，隱約依稀貌。

②【李因培曰】細。

③【程注】梁簡文帝詩：『朧朧月色上，的的夜螢飛。』【補】的的，明亮貌。

④【朱注】鄭玄《禮記注》：『天子五門：臯、雉、庫、應、路也。』【馮注】句則泛言京城耳。詩為客居作，草色相連，人偏遠隔。

【朱彝尊曰】刻意描題，不鬆一句，雖無奇思，自見筆力。（馮箋引作錢評，無『不鬆一句』四字。）

【何曰】寫「細」字得神。（《輯評》）

【田曰】「氣凉」句最佳。（馮箋引）

【徐德泓曰】此賦體而結寓西望長安之意。寫得清遠，無一毫烟火氣，故佳。

【姚曰】此客中之作。悲哉秋氣，細雨隨之。竹間萍際，消息甚微，然燕促螢疎，已有日就蕭瑟之勢。意惟故園草色，不改其常耳。

【屈曰】八句俱寫雨景，俱寫「細」字，而層次井然。雖無杜之沈鬱頓挫，雄渾悲壯，其雅静亦自可誦。結言不能事朝廷也。

【紀曰】前六句猶刻畫家數，一結若近若遠，不粘不脱，確是細雨中思鄉，作尋常思鄉不得，作大雨亦不得。（《詩説》）　細膩熨貼。（《輯評》）

【宋宗元曰】（「氣凉」句）體會入微。（《網師園唐詩箋》）

【按】首聯寫細雨凄清迷濛之狀，係遠望之景。次聯近處静景。「氣凉」句寫細雨微凉，最富神韻，非尋常刻畫。腹聯近處動景，「稍促」「微疎」，刻畫「細」字。末聯因見雨中碧草如煙，遂生故園草色青連京國之想像，微露鄉思羈緒。「仍」字見意。

細雨

帷飄白玉堂，簟卷碧牙牀。楚女當時意①，蕭蕭髮彩凉〔一〕②。

〔一〕『彩』原一作『影』，朱本、季抄同。【胡震亨曰】趙氏《萬首絶句》誤改為『髮影』。着『彩』字方是瑶姬，着『影』字公然一婆矣。

①【馮注】楚女字見《春秋公羊傳》西宫災注：『僖公以齊媵為適，楚女廢在西宫，而不見恤。』《後漢書·宦者吕强傳》：『楚女悲愁，則西宫致災。』然非此所用。【按】楚女，指巫山神女。

②【馮注】此蓋化『密雨如散絲』之意。《左傳》：『有仍氏女鬒黑而甚美，光可以鑑。』《陳書》：『張貴妃髮長七尺，其光可鑑。』吴融詩：『如描髮彩匀。』

【朱彝尊曰】以髮狀而之細（疑是『以髮細而狀之』之誤）。

【姚曰】髮彩如雲，定有一莖白起頭的時節，請從細雨細參。

【屈曰】細雨如髮，因帳飄簟卷而懷當時之楚女，意自有托也。

【程曰】此似悼亡後作。

【紀曰】對照下筆，小詩之極有致者。（《詩説》） 佳在渾成。（《輯評》）

【姜炳璋曰】此悲秋之意也。『簟卷』者，雨夜生寒，簟不可用也。當時楚女感動秋意，謂髮彩生涼，秋風淒切，對景而悲矣。而今日復遇細雨，能無憶當時之境況乎？詩意甚曲。

【按】此與《微雨》之重在表達對客觀景物之細微體察與感受者不同，題目『細雨』，即含某種象徵意味，近乎所謂『夢雨』，詩亦不主描摹刻畫，而側重於抒寫因細雨觸發之美好聯想與記憶。首句亦比亦賦，既形況飄灑之細雨如簾帷之飄拂於白玉堂前，亦寫出細雨靈風中堂前帷飄之景象。次句由堂而室，謂碧牙牀上之冰簟已經卷起。此句似不涉題，實取題之神。蓋此細雨係秋日之雨，雨灑天涼，故『簟卷碧牙牀』矣（作者《秋月》詩『簟卷已涼天』句可參證）。此蓋從秋日細雨所引起之氣候變化及人之感覺方面傳細雨之神，與首句單純寫照之筆相比，又進一層。三四又因細雨之飄忽迷濛與『白玉堂』『碧牙牀』等富於象徵暗示色彩之意象，引發對『朝為行雲，暮為行雨』神女之聯想。細雨如絲，忽又幻化為神女新沐後紛披之髮絲，明艷、潤澤而散發涼意。作者之意，固不在以神女之髮彩形況細雨，而在借此抒寫對往昔生活中美好片斷之記憶，重現『楚女當時』難以描繪之意態。詳味詩意，似是抒情主人公往昔於細雨飄帷、秋涼簟卷之時，曾與美麗之『楚女』有此一段情緣，並對伊人『蕭蕭髮彩涼』之美好意態留下深刻印象，今日重覩細雨，而楚女不在，舊夢難尋，故借此抒感。

雨

摵摵度瓜園①，依依傍竹軒〔一〕。秋池不自冷，風葉共成喧。窗迥有時見〔二〕，簷高相續翻。侵宵送書雁，應為稻粱恩②。

〔一〕『竹』，馮曰『一作水』。【按】《苕溪漁隱叢話》《詩話總龜》《詩人玉屑》引《呂氏童蒙訓》評此詩作『水』。

〔二〕『迴』原作『廻』，非，據錢本、朱本改。

①【朱注】盧諶詩：『摵摵芳葉零。』【姚注】《文選注》：『摵，彫柯貌也。』【按】摵摵，象聲詞。《文選》盧諶《時興詩》呂延濟注：『摵摵，葉落聲也。』此狀雨聲。

②【朱注】《廣絶交論》：『分雁鶩之稻粱。』【馮曰】此借慨身在幕府。

【呂本中曰】義山《雨》詩『摵摵度瓜園，依依傍竹軒』，此不待説雨，自然知是雨也。後來魯直、無己諸人，

多用此體作詠物詩不須分明説盡，只髣髴形容，便見妙處，如魯直《酴醿》詩云：『露濕何郎試湯餅，日烘荀令炷爐香。』（《苕溪漁隱叢話前集》四十七引《吕氏童蒙訓》）

【鍾惺、譚元春曰】『秋池』句下評：（不自冷）三字立起來，非老杜無此筆力。（鍾）　『窗迥』二字評：像。（《譚》）　『侵宵』二句評：晚唐如此結法，何嘗不極深厚。（鍾）（《唐詩歸》）

【陸鳴皋曰】刻畫居工，開宋人多少門徑。

【姚曰】秋雨一來，池為添冷，葉共成喧，而雁來適當此時。窗迥簷高，時時搔首，不因稻粱之恩，其肯傳書至此耶？

【屈曰】瓜園竹軒，雨易聞也。三，因雨而冷也；四，因雨而成喧也。五六，雨不止也。當此夜雨時，雁猶送書者，感稻粱恩也。『秋池』句佳甚。結句出人意外。○程嬰之死易存難，武侯之鞠躬盡瘁，昌黎之晨入暮出，皆為稻粱恩也。讀之墮淚。

【程曰】此詩極寫凄其之狀，而當此際之情況，已可不言而喻。結始以雁自比，雖在蕭條寂寞中，仍復勤於其職，蓋君子之不肯素餐如此。此疑義山從事南方時作。

【馮曰】（『秋池』二句）寫秋雨入微，大勝起聯。

【紀曰】詩極細膩熨貼，第四句及結意亦佳，但五六句支撐不起，仍就上四句敷衍之，嫌格力不大耳。此必在幕府之作，忽有感於雁之冒雨而飛為稻粱之故，如已勤勞以酬人之知也，於『雨』字不黏不脱，有神無迹，絶好結法。（《詩説》）

【張曰】『秋池』句在可解不可解之間，最佳。此巧句，非拙也。（《辨正》）

【按】以物候論，似非桂管作，雁不過衡陽也。或汴幕、梓幕作。秋雨凄其，似平增秋池寒意，故曰『秋池不自冷』。腹聯寫秋雨由小至大。末聯因侵宵雨中聞雁而觸發身世之感，以情語結，便不流於一味刻畫。與五律《細雨》同一寫法。

秋月〔一〕①

樓上與池邊〔二〕，難忘復可憐。簾開最明夜，簟卷已凉天①。流處水花急，吐時雲葉鮮②。姮娥無粉黛，只是逞嬋娟〔三〕③。

〔一〕舊本均題作「月」，據文苑英華改。

〔二〕舊本首句均作「池上與橋邊」，據文苑英華改。

〔三〕「逞嬋娟」，【馮曰】「逞」，一作「鬭」。

①【何曰】「簟卷」句謂方作竟夜之玩，不須睡也。（《輯評》）【按】此點秋令，謂竹簟已卷，時届秋凉。

②【姚注】陸機《雲賦》：「金柯分，玉葉散。」

③【程注】阮籍詩：「秋月復嬋娟。」【錢曰】結句開後來俗調。（馮注引）

【何良俊曰】『齊梁體』自盛唐一變之後，不復有爲之者。至温、李出，始復追之。今觀温飛卿西洲曲『單衫杏子紅，雙鬢鴉雛色』之句，及李義山《無題》云（八歲偷照鏡。詩略，下同。）《咏月》云。《咏荷花》云。《效江南曲》云。又《效徐陵體贈更衣》云。此作雜之《玉臺新詠》中，夫孰有能辨之者，（《四友齋叢説》）

【吴喬曰】《月》詩（按：即《秋月》）次聯虚靈，《李花》亦然。（《圍爐詩話》）

【陸鳴皋曰】天然清麗，老杜咏月雖多，殊未及此。

【姚曰】此歎有情者之不如忘情也，以第二句作骨。簾開簟卷，月本無情；水花雲葉，月非有意；乃人自覺其難忘，人自覺其可憐，而姮娥不知也。奈何欲以人世之粉黛，臆度姮娥之嬋娟也耶？

【馮曰】艷情秀句，可與《霜月》同參。

【紀曰】格卑。（《詩説》）　意格俱卑。（《輯評》）

【張曰】此亦戲作艷語，不必深解。（《會箋》）

【按】首聯總提。次聯承『樓上』，謂三五最明之夜，已凉未寒之天，月最難忘而可愛，句法與『客散初晴後，僧來不語時』（《高松》）相類。頸聯承『池邊』，謂月光流瀉池上，波光粼粼；須臾雲開月出，朵朵雲彩更加鮮麗。末聯則極贊月雖素潔不施粉黛，然自有其嬋娟之妍姿。

霜月

初聞征雁已無蟬①，百尺樓南水接天〔一〕②。青女素娥俱耐冷③，月中霜裏鬭嬋娟。

〔一〕「南」，朱本、季抄作「高」，英華作「臺」。

①【程注】劉潛詩：「氣秋征雁肥。」【補】《禮記・月令》：「孟秋之月寒蟬鳴，仲秋之月鴻雁來，季秋之月霜始降。」陶潛《己酉歲九月九日》：「哀蟬無留響，征雁鳴雲霄。」

②【程注】《晉書・樂志》：「百尺高樓與天連。」【《輯評》墨批】言白而皎潔也。【何曰】第二句先虛寫霜月之光，最接得妙。下二句常語也。（《輯評》）【按】秋空明净，霜華、月光似水一色，故曰「水接天」。「水」非實寫，係暗寫霜、月。

③【朱注】《淮南子》：「秋三月，青女乃出，以降霜雪。」高誘注：「青女，青腰玉女，主霜雪也。」謝莊《月

賦》：『集素娥於後庭。』注：『嫦娥竊藥奔月。月色白，故曰素娥。』【《輯評》墨批】霜、月雙含。【補】耐，宜也，稱也。（見張相《詩詞曲語辭匯釋》）

箋評

【周必大曰】唐李義山《霜月》絶句：『青女素娥俱耐冷，月中霜裏鬭嬋娟。』本朝石曼卿云：『素娥青女元無疋，霜月亭亭各自愁。』意相反而句皆工。（《二老堂詩話》）

【陸鳴皋曰】妙語偶然拈到。

【姚曰】從無伴中説出有伴來，如此伴侣，煞是難得。

【屈曰】一，歲已云暮；二，履高視遠；三四，霜月中猶鬭嬋娟，何其耐冷如此。吾每見世亂國危，而小人猶争權不已，意在斯乎？

【馮曰】艷情也。（王鳴盛曰：『如題描寫，非有艷情。』）

【紀曰】首二句極寫摇落高寒之意，則人不耐冷可知。却不説破，只以青女、素娥對照之，筆意深曲。（《詩説》）

【嚴廷中曰】詩用替代字最為可厭，如竹曰『緑篠』，荷曰『朱華』，以及『蒼官』『黄嬭』之類，令人悶悶。必如李義山『青女素娥俱耐冷，月中霜裏鬭嬋娟』，始可謂之新巧。（《藥欄詩話》）

【張曰】馮氏云：『艷情也。』案：未定。（《會箋》）

【按】此詩特點，在於不對秋夜霜華月色作静止刻畫描繪，而着重抒寫由景物所引起之感受與想像，善從虚處傳神。次句虚寫霜月交輝之景，已傳出對空明澄潔境界之詩意感受。三四在此背景上幻化出青女素娥競妍鬭美之場景，遂使無生命之霜月成為超凡脱俗、於幽冷環境中愈富魅力之精神美之象徵。《高松》云：『無雪試幽姿。』此詩正寫其對面。

月

過水穿樓觸處明①，藏人帶樹遠含清②。初生欲缺虛惆悵，未必圓時即有情。

①【補】觸處，猶到處。

②【補】藏人，似謂月中隱若有人。樹指月中桂。

【朱曰】此嘆有情者之不如忘情也。（《李義山詩集補注》）

【陸鳴皋曰】又一翻新，愈翻愈雋。

【姚曰】此事從來爾爾。

【屈曰】月缺而人愁，月圓而人未必不愁也。

【馮曰】總是失意之語，不必定有所指。

【紀曰】前二句不甚成語，後二句亦淺直。（《詩説》）

【張曰】此詩語雖徑直而有意味，去搔首弄姿者遠矣。第二句亦不至不成語。紀評真瞽説。（《辨正》）

【按】一二寫圓月之清明。『觸處明』，言清光無處不在；『遠含清』，謂其遠離人間，意態清冷，伏下『未必有情』。三四承此抒慨，言月初生欲缺之時，人每望其圓惜其虧，為之惆悵不已，殊不知其圓時亦未必於人有情也。失意人每苦於人生已歷之缺憾，而寄希望於美好之將來，義山則透過一層，指出『未必圓時即有情』，是希望實現之日，仍不免歸於失望與幻滅也。希望之虛幻、人生之不能免於缺憾，寓於言外。

城外

露寒風定不無情，臨水當山又隔城〔一〕。未必明時勝蚌蛤，一生長共月虧盈①。

〔一〕『又』原一作『有』，蔣本、悟抄作『有』。

①【朱注】《吕氏春秋》：『月望則蚌蛤實羣陰盈，月晦則蚌蛤虚羣陰缺。』【馮注】蜯、蚌同。《吴都賦》：『蚌蛤珠胎，與月虧全。』餘見《錦瑟》與《題僧壁》。

【姚曰】傷有心之不見諒也。月既隔城，城外似照不及，故以『城外』命題。

【屈曰】露未寒風未定時，或料其來而有情，或料其不來而無情。今露寒矣，風定矣，來否又不無情矣，甚曲折。山水之阻已不可見，況隔城乎？其不來必矣。蜯蛤猶能共月虧盈，而人則不然也。

【馮曰】寓意未曉。

【紀曰】前二句不甚成語，後二句淺而晦。問何以題曰『城外』也？曰不解其義，通首是詠月也。末二句言己諸事缺陷，不能于月明之時如蜯蛤之隨月而虧者復隨之而盈也，然殊費解，費解者必非好詩也。（《詩説》）

【劉盼遂曰】（《席上作》）慨歎自己之不像宋玉終生事一主，而是到處遷徙，……這和他的《城外》詩……的意思相同。（《李義山詩説》）（郝世峰曰：『《城外》……謂自己的命運總是依他人的盛衰而變化，像與月盈虧的蜯蛤一樣不能自主。』解略同。）

【按】題曰『城外』，一二即暗寫城外望月情景。露寒風定，夜深月明，月似於人不無感情；然月光臨水映山，隔城而照，又似與己遠離，二句即道是有情却無情之意。三四乃就此抒慨，謂蚌蛤一生與月虧盈，己則雖月明之時亦與月遠隔，并蚌蛤亦不如矣。蚌蛤畢竟尚有可依托之對象，而有盈滿之時，已則終無所托，永無盈期。以『與月虧盈』之蚌蛤作襯，愈見身世沉淪之悲。

破鏡①

玉匣清光不復持，菱花散亂月輪虧②。秦臺一照山雞後③，便是孤鸞罷舞時④。

集注

①【馮注】《白帖》引古絶句『破鏡飛上天』，謂殘月。

②【朱注】《飛燕外傳》：『飛燕始加大號，婕妤奏上三十六物以賀，有七尺菱花鏡一奩。』庾信《鏡賦》：『臨水則池中月出，照日則壁上菱生。』駱賓王詩：『粧鏡菱花暗，愁眉柳葉顰。』【馮注】《白帖》：『魏武帝有菱花鏡。』【補】菱花：古代以銅為鏡，映日則發光影如菱花，因名菱花鏡。《埤雅·釋草》：『舊説，鏡謂之菱華，以其面平，光影所成如此。』《善齋吉金録》有唐菱花鏡拓本，形圓，花紋作獸形，旁有五言詩一首，首句云『照日菱花出』。亦有鏡背刻菱花者。月輪，指明鏡狀如圓月。二句正寫破鏡。

③【朱注】《西京雜記》：『高祖初入咸陽宮，有方鏡廣四尺，高五尺九寸，表裏洞明。人直來照之，影則倒見；以手捫心而來，即見腸胃五臟。』《異苑》：『山雞愛其毛羽，映水則舞。魏武時南方獻之，公子蒼舒令置大鏡其

前，雞鑑形而舞，不知止，遂乏死。』【程注】庾信詩：『照鏡舞山雞。』【按】秦臺，猶秦鏡，臺指鏡臺。

④孤鸞罷舞，事見《陳後宮》（茂苑城如畫）注。

【胡震亨曰】似悼亡詩。（《戊籤》）

【姚曰】追想到乍破之時，傷心欲絶。

【屈曰】亦是悼亡之作。寫『破』字無痕，玉谿之最靈妙者。

【程曰】此當是失偶之時所作。

【馮曰】以衡鑒言選才，古今通例也。詩謂鏡光散亂，照山雞而頓棄孤鸞，必為間之於座主者寄慨。……余初疑為令狐，細玩必非。或以為悼亡，更誤。

【紀曰】悼亡之作，了無佳處。（《詩説》）

【張曰】此初登進士第，應宏博不中選之寓言也。結言豈料一登上第，便從此報罷乎？破鏡喻衡鑒不中之意。通體凄惋欲絶矣。（《辨正》）又曰：馮氏謂以衡鑒言選才，是也。此慨一登第後，祕閣不能久居，從此沉淪放廢也。『菱花散亂月輪虧』，喻黨局之累，語尤顯然，豈僅致慨座主哉！（《會箋》）

【按】『孤鸞罷舞』固可喻失偶，『破鏡』亦常以喻夫妻分離，然此詩似非為悼亡作。蓋詩之託寓，貫注於三四二句，謂自從此鏡一照山雞之後，孤鸞便委棄而罷舞。是孤鸞之罷舞，非緣失偶，而因『照山雞』之故。蓋以喻衡鑑不公，取庸才而棄英俊也。題曰『破鏡』，正取其清光不持，不辨妍媸之意。《鸞鳳》云：『舊鏡鸞何處？衰桐鳳不棲。金錢饒孔雀，錦段落山雞。王子調清管，天人降紫泥。豈無雲路分？相望不應迷。』亦以鸞鳳與山雞、孔雀對映，而寄託才俊淪棄之憤，意可互參。張謂『應宏博不中選之寓言』，似之。然詩非必作於宏博方落選之時，或為事後追憶有感而作，味『一照』『便是』等語可悟。如作悼亡解，則『秦臺』句直不知所云。

屏風

六曲連環接翠帷①，高樓半夜酒醒時。掩燈遮霧密如此②，雨落月明俱不知。

①【朱注】《唐書》：『憲宗著書十四篇，號《前代君臣事跡》，書寫於六曲屏風。』李賀《屏風曲》：『團迴六曲抱膏蘭。』【按】六曲，十二扇。以十二扇疊作六曲。

②【朱注】李尤《屏風銘》：『壅閼風邪，霧露是抗。』

【朱彝尊曰】似有所寓。

【陸鳴皋曰】諷意在言外。

【姚曰】此為蔽明塞聰者發。

【屈曰】昔有傳語屏風者云：『方今明目達聰，汝是何物，乃壅賢者路！』遂推倒之。玉谿亦此意。

【程曰】此亦近艷詞而非者也。乃為有情不遂，深憾壅閉之作。

【馮曰】與《可歎》諸作互參。或謂刺蔽賢之人，非也。

【紀曰】四家以為寓浮雲蔽日之感，是也。然措語有痕，反成平淺。

【姜炳璋曰】此真艷詞，鐵老擅場，多本此。或以為讒諂蔽明，謬甚。

【張曰】此詩是詠屏風，借物寓慨，故措語不嫌太顯。此正深得比喻之妙。看似直致，實則寄託不露，神味更深。玉谿獨成家數，全在乎此。紀氏乃譏其平鈍有痕，豈祇知工訶古人而不顧細看題目耶？（《辨正》）

【按】諸家紛紛以蔽明塞聰、深憾壅閉為解，實則不過就屏風『掩燈遮霧』而比附之。馮氏謂可與可歎諸作互參，蓋謂此亦刺貴家姬妾外遇之作，恐非。此詩殆寫一時感觸印象，本無明確旨意，更無所寓託，深解者失之。高樓酣飲，濃睡翠帷，半夜酒醒，但見六曲屏風，掩燈遮霧，不知身處何所，亦不知室外之雨落或月明。此正一刹那間朦朧感受，信手寫出，遂含豐富詩情。以寄託求之，反了無詩意。

淚

永巷長年怨綺羅①，離情終日思風波。湘江竹上痕無限②，峴首碑前灑幾多〔一〕③。人去紫臺秋入塞④，兵殘楚帳夜聞歌⑤。朝來灞水橋邊問，未抵青袍送玉珂⑥。

〔一〕「灑」，蔣本作「淚」，非。通篇不應出「淚」字。

集注

①【馮注】《爾雅》：「宮中衖謂之壼。」注曰：「巷閤間道。」《三輔黃圖》：「永巷，宮中長巷，幽閉宮女之有罪者。武帝時改為掖庭，置獄焉。」按：後人只以閑冷言之。　【補】《史記·吕后本紀》：「迺令永巷囚戚夫人。」句意謂被幽閉於深宮永巷之宮女長年愁怨，淚濕綺羅。

②屢見。

③【朱注】《晉書》：「羊祜卒，百姓於峴山建碑。望其碑者莫不流涕。」

④【朱注】《恨賦》：「（若夫明妃去時，仰天太息。）紫臺稍遠，關山無極。」注：「紫臺，猶紫宮也。」杜甫《詠明妃》詩（按指《詠懷古跡五首》之三）：「一去紫臺連朔漠。」【馮注】此謂一離宮闕，便遠至異域。

⑤【馮注】《史記》：「項王軍壁垓下，兵少食盡，夜聞漢軍四面皆楚歌，乃大驚曰：「是何楚人之多也？」項王夜起飲帳中，悲歌忼慨，自為詩，歌數闋，泣數行下。」

⑥【朱注】《古詩》：「青袍似春草。」【馮注】服虔《通俗文》：「飾勒曰珂。」《西京雜記》：「長安盛飾鞍馬，皆白蜃為珂。」《玉篇》：「珂，石次玉也，亦瑪瑙潔白如雪者，一云螺屬。」餘見《鏡檻》。

【金聖嘆曰】入宮則哭綺羅，去家則哭風波，此寫流淚之因。湘江則點於竹上，峴首則零在碑前，此寫眼淚之痕也。前解猶泛寫天下人淚，此（按指後解）專寫獨一人淚也。雖蒙天生，而不蒙人用，於是而慷慨辭衆，深走入胡。我欲自用，而天又亡之，於是而半夜悲歌，引刀自絶。如今灞橋折柳，青袍送人之中，豈少如是之人、之事也，故曰橋下水未抵橋上淚也。（《貫華堂選批唐才子詩》）

【朱曰】此嘆有情人之不易得也。（《李義山詩集補注》）

【馮舒曰】句句是淚，不是哭。（二馮評閱《才調集》）

【馮班曰】平叙八句，律詩變體。詩有起承轉合，訓蒙之法也。如此詩八句七事，《三體詩》《瀛奎律髓》全用不着矣。

【陳帆曰】首言深宮望幸。次言羈客離家。湘江峴首，則生死之傷也。出塞楚歌，又絶域之悲，天亡之痛也。凡此皆傷心之事。然自我言之，豈灞水橋邊以青袍寒士而送玉珂貴客，窮途飲恨，尤極可悲而可涕乎？前皆假事為詞，落句方結出本旨。（程箋引）

【朱彝尊曰】『八句七事，律之變也』，予謂不然。若七事平列，則通首皆是死句，落韻『未抵』二字亦轉不下矣。此是以上六句興下二句也。陸務觀效之作《聞猿》詩亦然。（以上眉批）『永巷』句，失寵。『離情』句，憶遠。『湘江』句，感逝。『峴首』句，懷德。『人去』句，悲秋。『兵殘』句，傷敗。『朝來』句，入征人。（以上行間批。按錢良擇《唐音審體》與朱彝尊評多同。『以上六句興下二句』下，錢評有『言六種墮淚，尚不及今日送別之悲也』一句。行間批『人去』句，錢作『怨棄』；『兵殘』句，錢作『憂危』；『朝來』二句，錢作『今日征人』。又錢氏另有眉批云：青袍，失意人也；玉珂，貴者也。以失意人送貴者，故尤悲也。但言送別尚泛。）

【何曰】似是賦一物。送別的淚。（《輯評》）（按：《輯評》朱批眉批及行間批與陳帆評略同，今不録。）

【胡以梅曰】起二句總説世間墮淚不休之人。下四句，道古來滴淚之事，是由虛而實之法。結歸到作者見在實事，謂終於青袍流落長安矣。則此詩有所傷感而發也明矣。『怨綺羅』三字精。宫人終身幽閉，不識君王之面，不如荆布之有琴瑟之樂，則何取乎綺羅？惟其著此，纔致凄凉受苦，無人生之樂，所以怨之。語有曲折，靈氣溢紙。既有離情，又慮風波之險，更非尋常離情矣，深入一層。三四已將『痕』『灑』二字點清。五六則意在言外，連上讀去，自然有淚在内，止覺骨肉停匀，其法最老。作者手眼，全在此類。第五更妙，『秋入塞』三字，真有仙氣，且一『去』一『入』，呼吸靈活。蓋是言昭君出塞時，正逢秋風起，秋可入塞，我獨北征，真堪腸斷之際。……長安，送別之所；青袍，士未遇之服；玉珂，達者出京之騎，得失之境懸絶也。

【趙臣瑗曰】一二先虛寫，一是宫娥，二是思婦。此二種人也，最善於淚，故用以發端。中二聯皆淚之典故，然各有不同。三四是為人而淚者，五六是為己而淚者。送終、感恩、悲窮、歎遇盡於此矣。七八再虛寫天下之淚無有多於送别，而送别之淚無有多於灞橋，故用以收煞。『未抵』云者，言水之淺深猶有可量，淚則終無盡期也。

【沈德潛曰】以古人之淚形送别之淚，主意轉在一結。

【陸鳴皋曰】此寒士之悲也。前六句，各極哀慘，而總未抵寒士之送高軒，貴賤相形，自傷窮困，為尤戚焉。結非别離語也，玩『青袍』『玉珂』四字可見。但『灞橋』句，意圓而語微滯耳。

【陸曰】此詩是欲發己意，而假事為辭以成篇者也。其本旨全在結句。按本傳：義山於會昌中因王茂元卒，來遊京師，久之不調。又於大中三年隨鄭亞入朝（按此説誤）。明年，令狐綯為相，屢啟陳情，綯不之省。詩或作於其時。然歲月之前後，不可考矣。讀者須看其淺深虛實處。首言永巷長年，離情終日，淚之因也。次言湘江竹上，峴首碑前，淚之迹也。次又言明妃去國，項羽聞歌，淚之事也。以詩論，則由虛而實；以情論，則由淺而深。結言凡此皆可悲可涕之處，然終不若灞水橋邊，以青袍寒士而送玉珂貴客，抱窮途之恨為尤甚也。

【馬位曰】最喜王摩詰『看花滿眼淚，不共楚王言』，李太白『但見淚痕濕，不知心恨誰』，……諸人用『淚』字，莫及也。義山『湘江竹上痕無限，峴首碑前灑幾多』，反無深意。（《秋窗隨筆》）

【姚曰】此歎有情人之不易得也。有情故有淚。然人生真淚，原無幾滴。果是真淚，不但兒女有之，英雄亦有之。首聯永巷、離人，猶是世俗所共曉。必如湘江竹上，峴首碑前，又如紫臺出塞，楚帳聞歌，如是乃為真淚耳。何意灞水橋邊，青袍送客，朝來俄頃，便不啻懸河決溜之多，我不知其何來此副急淚也。

【屈曰】平列六句，以二句結，七律原有此格，非玉溪刱調。○深宮之怨，離別之思，湘江峴首，生死之傷，明妃出塞之恨，項王天亡之痛，以上數者，皆不及朝來灞橋青袍寒士送玉珂貴人窮途飲恨之甚也。

【程曰】此篇全用興體，至結處一點正義便住。不知者以為詠物，則通章賦體，失作者之苦心矣。八句凡七種淚，只結句一淚為切膚之痛。首句長門宮怨之淚。次句黯然送別之淚。三句自傷孀獨之淚。四句有懷舊德之淚。五句身陷異域之淚。六句國破强兵之淚。淚至於此，可謂至矣，極矣，無以加矣。然而坎坷失職之傷心，較之更有甚焉。故欲問之灞水橋邊，凡落拓青袍者餞送顯達，其刺心刺骨之淚，竟非以上六等之淚所可抵敵也。此詠之本旨也。按此結從晉時羅友托之揶揄鬼語『但見汝送人作郡，不見人送汝作郡』脱化得來，蓋其為痛深矣。愚解此篇，不記朱本有陳氏之説，久之繕寫，因檢閲補注事實，乃見其論先得我心，若合符節，遂欲舉鄙論棄之，而觀其分疏中四句略有不同，或存之以備參觀互論可耶？

【馮曰】香山《中秋月》已有作法，此則尤變化矣。初疑義山抑塞終身窮途抱痛之作，然繩之以理，末句之可傷，何反勝於上六事歟？況以自慨，復何用問諸水濱？此必李衛國疊貶時作也。《唐摭言》有『八百孤寒齊下淚，一時南望李崖州』之句，與此同情。上六句興而比也。首句失寵，次句離恨。三四以湘淚指武宗之崩，峴碑指節使之職，衛公固以出鎮荊南而疊貶也。五謂一去禁廷終無歸路，六謂一時朝列盡屬仇家。用事中自有線索。結句總納上六事在內，故倍覺悲痛。不悟其旨，則大失輕重之倫矣。灞橋只取離別，不泥京師。此義山獨創之絶作也。又曰：《唐摭言》：『李太尉德裕頗為寒進（當作畯）開路。及謫官南去，或有詩曰：「八百孤寒齊下淚，一時南望李崖州。」」《雲溪友議》：『贊皇削禍亂之階，闢孤寒之路，結怨侯門，取尤羣彥。後之文場困辱者思之，故有「八百孤寒」之句。』按：詳引之，尤見所解之確。

【王鳴盛曰】抑塞終身，窮途抱痛，故上六句泛寫淚，末二句結到自家身上。青袍似草，流落依人也。其為湖湘與？桂管與？東川與？皆不可知。總是初發京師，遠行之始所作。〇言吾每念古人，下淚處不一而足，世上原覺有淚處多，今朝來灞水橋邊，又到傷心地矣。赴東川不知可要過灞橋，再考。

【紀曰】卑俗之至，命題尤俗。問此詩亦有風致，那得云俗？曰此所謂倚門之妝，風致處正其俗處也。（《詩說》）六句六事，皆非正意，只於結句一點，運格絕奇，但體太卑耳。（《輯評》）

【姜炳璋曰】以前六句作陪，以末二抉轉，局法與茂陵一例。

【曾國藩曰】前六句凡六種淚，末二句以青袍寒士而送玉珂貴客，其淚尤可悲也。（《十八家詩鈔》）

【俞陛雲曰】詩題只一『淚』字，而實為送別而作。其本意於末句見之。前六句列舉古人揮淚之由，句各一事，不相連續。而結句以『未抵』二字，結束全篇，七律中創格也。首二句以韻語而作對語，一言宮怨之淚，一言離人之淚。三句言撫湘江之斑竹，思故君之淚也。四句言讀峴首之殘碑，懷遺愛之淚也。五、六句言白草黃雲，送明妃之遠嫁；名姬駿馬，悲項羽之天亡。家國蒼涼，同聲一慟，兒女英雄之淚也。末句言灞橋送別，揮手沾巾，縱聚千古傷心人之淚，未抵青袍之濕透。玉溪所送者何人，乃悲深若是耶？（《詩境淺說》）

【張曰】衛公為相，不喜進士，而頗為寒畯開路。義山雖科第起家，而坎壈終身，反不如雜途之得意，故彌感於衛公。漫成詩：『不妨常日饒輕薄，且喜臨戎用草萊。』亦此意，非僅黨局關係也。結語用重筆，言上六事雖可悲，然豈若灞水南望，以青袍寒士而別玉珂貴人尤為可悲乎？通篇命意在此。（《會箋》）又曰：奇則不卑，豈有格奇而體卑之詩哉？體與格有何分別？紀評不通之至。〇首句失寵。次句分離。『湘江』句暗喻不能入李回湖南幕府。『峴首』句暗喻巴遊失意，留滯荆門之恨。『人去』句以明妃嫁遠，比己之沈淪使府。『兵殘』句以項羽天亡比己之坎壈終身。結則言豈若灞水橋邊，以青袍寒士，送玉珂貴人為愈可悲乎？似指贊皇疊貶，八百孤寒而言。而己之不能

依恃，亦在言外。衛公由分司貶潮，灞水專指在京孤寒也，不必泥看。此解發自馮氏，余為演之。（《辨正》）

【黄侃曰】首六句皆陪意，末二句乃結出正意。以『青袍』寒士而送『玉珂』上客，其悲苦之情，非復『永巷』『離情』所能為喻也。如以為詠物之詞，則無此堆砌之篇法矣。程以為末二句從晉時羅友托之廞廞鬼語『但見汝送人作郡，不見人送汝作郡』脱化得來，可云善悟。（《李義山詩偶評》。見《中華文史論叢》八一年第三輯）

【錢鍾書曰】李商隱《淚》、馮浩《玉谿生詩詳註》卷三引錢龍惕（按：應為錢良擇）曰：『陸游效之，作《聞猿》詩。』蓋李詩至結句：『朝來灞水橋邊問，未抵青袍送玉珂』；陸詩至結句：『故應未抵聞猿恨，況是巫山廟裏時』，均始點題，特李仍含蓄，陸則豁露矣。李他作若《牡丹》，亦至末句『欲書花葉寄朝雲』，方道出詠花，第一至六句莫非儷屬人事典故，有如袁宏道自跋《風林纖月落》五律四首所謂：『若李錦瑟輩，直謎而已！』紀昀《點論李義山詩集》卷上《少年》批：『末句「不識寒郊自轉蓬」是一篇詩眼，通首以此句轉關，格本太白「越王句踐破吳歸」詩。』行布亦類，蓋篇末指名賦詠之事物或申明賦詠之旨趣，同為點題也。（《管錐編》八九四頁）

【陳永正曰】末兩句點出全詩主題，作者把身世之感融進詩中，表現地位低微的讀書人的精神痛苦。義山是個卑官，經常要送迎貴客，如在柳幕時就被差往渝州界首迎送過境的節度使杜悰。此外對令狐綯低聲下氣，懇切陳情，還是被冷遇、被排斥。這種强烈的屈辱感，好比牙齒被打折了，還得和血吞在肚裏，不能作聲。那是一個還有點骨氣的讀書人所無法忍受的。前六句是正面詠淚，用了六個有關淚的傷心典故，以襯托出末句。而末句所寫的却是流不出的淚。那是滴在心靈的創口上的苦澀的淚啊。（《李商隱詩選》，三聯書店香港分店出版）

【按】馮氏首創衛國疊貶之説，張氏從之。然此説實從《唐摭言》『八百孤寒齊下淚，一時南望李崖州』二語附會而來，揆之事實文理，均不可通。衛國之貶潮，係自東洛分司任上，事在大中元年十二月。二年九月，復自潮貶崖。無論自洛貶潮抑自潮貶崖，均與所謂『灞水橋邊』無涉。此其一。德裕之貶潮、貶崖，朝廷制書均已言其罪不容誅，遠貶南荒，實同纍囚，焉得仍稱其為『玉珂』貴客？此其二。《唐摭言》止言德裕貶崖後，寒士思之而作詩，未言南貶時作詩以送行。以當日情勢視之，青袍寒士即或有同情德裕之意，亦不必有送行之事也。此其三。馮氏復以前六句牽合衛公遭際，更不可通。『失寵』『離恨』『一去禁廷終無歸路』『一時朝列盡屬仇家』云云，與所謂南貶者，實屬一事，烏得謂前六種淚未抵後一種淚乎？詩之意旨不過謂深宮怨曠、閨中念遠、傷悼故君、懷念舊德、遠赴異域、窮途末路之淚，均未抵青袍寒士送玉珂貴宦之淚更為傷痛。蓋後者貴賤相形、雲泥懸隔，令人尤為不堪。杜甫《奉贈韋左丞丈二十二韻》：『朝扣富兒門，暮隨肥馬塵，殘杯與冷炙，到處潛悲辛。』痛苦之人生體驗，或與此詩末聯相仿。前六種淚興起後一種淚，別無寓意。詩用恨、別二賦寫法，已有堆砌故實之弊。西崑效之，變本加厲，遂成無靈魂之軀殼矣。

河陽詩①

黄河摇溶天上來〔一〕②，玉樓影近中天臺③。龍頭瀉酒客壽杯④，主人淺笑紅玫瑰⑤。梓澤東來七十里⑥，長溝複塹埋雲子⑦。可惜秋眸一臠光，漢陵走馬黄塵起⑧。南浦老魚腥古涎，真珠密字芙蓉篇⑨。湘中寄到夢不到，衰容自去拋凉天⑩。憶得蛟絲裁小棹〔二〕⑪，蛺蝶飛迴木棉薄。緑繡笙囊不見人，一口紅霞夜深嚼⑫。幽蘭泣露新香死，畫圖淺縹松溪水⑬。楚絲微覺《竹枝》高，半曲新詞寫緜紙⑭。巴陵夜市紅守宫〔三〕，後房點臂斑斑紅⑮。堤南渴雁自飛久，蘆花一夜吹西風⑯。曉簾串斷蜻蜓翼，羅屏但有空青色⑰。玉灣不釣三千年，蓮房暗被蛟龍惜⑱。濕銀注鏡井口平⑲，鸞釵映月寒錚錚⑳。不知桂樹在何處㉑，仙人不下雙金莖㉒。百尺相風插重屋㉓，側近嫣紅伴柔緑㉔。百勞不識對月郎㉕，湘竹千條為一束㉖。

〔一〕「河」，蔣本、悟抄、席本、錢本作「龍」。「溶」原一作「落」。

〔二〕「蛟」，舊本均同。季抄校語：當作鮫，朱本同。按「鮫」「蛟」字通。「棹」，蔣本、姜本、戊籤、悟抄作「卓」。按「卓」「棹」「桌」字通。

〔三〕「陵」，蔣本、悟抄、席本作「西」。「紅」，原闕，下注一作「紅」。此從他本。

集注

①【馮注】明分體刊本獨缺此篇（按：明嘉靖刊本此篇置於五言長律之後，馮氏未細檢）。《舊書·志》：「河陽三城節度使領孟懷二州。」又：「孟州城臨大河，長橋架水，古稱天險。」按：河橋，晉杜元凱所立；三城，魏時所築。河陽本佳麗地，江淹《別賦》：「妾住河陽」，梁簡文帝詩：「懸勝河陽妓」。

②【補】摇溶：摇動貌。【程注】李白《將進酒》：「黄河之水天上來，奔流到海不復回。」

③【姚注】《列子》：「西極化人見周穆王，王為改築宮室，其高千仞，名曰中天之臺。」【朱注】《十洲記》《水經注》俱言崑崙天墉城有金臺五所，玉樓十二。【馮注】《集仙録》：「西王母所居宮闕在閬風之苑，有城千里，玉樓十二。」（二句）從河陽地勢賦起。

④【道源注】酒器刻作龍形。廣州有龍鐺。李賀詩：「龍頭瀉酒邀酒星。」【馮注】樂府《三洲歌》：「湘東

醽醁酒，廣州龍頭鐺。玉樽金鏤椀，與郎雙杯行。」《禮記・明堂位》：『夏后氏以龍勺。』注曰：『勺，龍頭也。』疏曰：『勺為龍頭。』《考工記・玉人注》：『勺謂酒尊中勺也，鼻謂勺龍頭鼻也。』又云：『鼻勺，流也，凡流皆為龍口也。』

⑤【朱注】《子虛賦》：『其石則赤玉玫瑰。』晉灼曰：『玫瑰，火齊珠也。』　【馮注】主人即所懷之美人。紅玫瑰，喻其笑口。

⑥【朱注】戴延之《西征記》：『梓澤去洛陽六十里。梓澤，金谷也，中朝賢達所集，賦詩猶存，是石崇居處。』　【馮注】《晉書》：『石崇有別館在河陽之金谷，一名梓澤。』《通典》：『金谷、梓澤並在河南縣東北。』《元和郡縣志》：『河陽西南至河南府八十里。』《寰宇記》：『七十里。』

⑦【莊季裕曰】杜子美詩云：『飯抄雲子白，瓜嚼水晶寒。』李義山《河陽詩》亦云：『梓澤東來七十里，長溝複塹埋雲子。』世莫識『雲子』為何物。白彦惇云，其姑壻高士新為吉州兵官，任滿還都，暑月，見其榻上數囊，更為枕抱。視之，皆碎石，勻大如鳥頭，潔白若玉。云出吉州，土人呼『雲子石』。而周熹子演云：『雲子，雹也。』見唐小說，而不記其書名。義山謂埋于溝塹，則非雹明矣。疑少陵比飯者，是此石也。（《雞肋編》卷上）　【朱注】此雲子似謂如雲之女子，與杜詩所用不同。　【馮注】雖止七十里，不啻長溝複塹深埋之矣。解作『遭亂』者誤。

【紀曰】雲母亦稱雲子，古有以雲母葬者。

⑧【馮注】後漢諸帝皆葬洛陽近地，故曰漢陵。此謂其人有遠行矣。南史：『梁末童謠云：「不見馬上郎，但見黃塵起。」』

⑨【朱注】二句暗用雙魚寄書事。　【姚注】《古詩》：『客從遠方來，遺我雙鯉魚。呼兒烹鯉魚，中有尺素書。』二句暗用此事。　【馮注】唐時有魚子牋，且兼取鯉魚傳書。（真珠密字芙蓉篇）似美人所寄。

⑩【馮注】此又《燕臺詩》『雙璫尺素』之事。抛涼天，似言漸近南中炎熱之地。『衰容』不知何指，疑消瘦容光之意。

⑪【馮注】《正字通》：『俗呼几案曰桌。』廣韻：『卓，古文作桌。』

⑫【姚注】《雲笈七籤》：『《金仙内法》云：「常以月五日夜半子時存日從口入，使光照一心，霞暉映曖，良久有驗。」』　【程注】《雲笈七籤》：『咀風吸露，呼嚼嵐霞。』　【馮注】舊注引《真誥》：『華陰山中尹受子受蘇門周壽陵服丹霞之道。』受子一作虔子。余謂此四句想見其深居刺繡也。『蛺蝶』句或實指繡囊，或偶作襯筆。『一口紅霞』不必用典，如《養生經》謂口為軍營，唾為甘泉之類，蓋夜深解煩之意。　【按】『憶得』四句乃追憶昔時相處情景。前二桌上刺繡，後二夜間情事。『一口紅霞夜深嚼』疑即李煜詞《一斛珠》『繡牀斜凭嬌無那，爛嚼紅茸，笑向檀郎唾』中之『爛嚼紅茸』。茸，即絨，刺繡用之絲縷。高啟《效香奩二首》：『繡茸留得齒痕香』。嚼『紅霞』亦同。

⑬【朱注】淺縹，畫圖之色。　【馮注】謂畫蘭也。淺縹松溪，畫蘭之色，當取湘蘭之義。　【補】縹，淡青色。

⑭【朱注】楚絲猶云楚弄。劉禹錫《竹枝詞序》：『建平里中兒聯歌《竹枝》，吹短笛擊鼓以赴節，歌者揚袂睢舞，含思宛轉，有淇澳之艷音。』　【馮注】《新書·劉禹錫傳》：『禹錫為朗州司馬，諸夷風俗喜巫鬼，每祠歌《竹枝》。禹錫謂屈原作《九歌》，使楚人以迎送神，乃倚其聲作《竹枝》十餘篇，於是武陵夷俚悉歌之。』《樂府詩集》：『《竹枝》本出於巴渝，劉禹錫作新辭九章，教里中兒歌之，由是盛於貞元、元和之間。禹錫曰：「其音如吴聲，含思宛轉。」』

⑮【朱注】李賀詩：『花房夜擣紅守宫』。《漢書》：『守宫，蟲名。術家云：以器養之，食以丹砂，滿七斤，擣治萬杵，以點女人體，終身不滅。若有房室之事，即脱。言可防閑淫逸，故謂之守宫。』道源注：『石龍子，即守宫也。《圖經》云：「長者一尺。今出山南襄州、安州、申州，以三月、四月、八月採，去腹中物，火乾之。」』按：詩云『巴陵』，巴陵正屬山南道也。　【馮注】《爾雅》：『蠑螈、蜥蜴、蝘蜓，守宫也。』按：舊本皆作『巴西』（按馮氏所見本如此。見校記），道源引《本草》：『石龍子即守宫，出襄州、申州、安州。』朱氏乃謂與巴陵正接近也。

然市物何拘出處？且《本草》言『生平陽川谷及荆山山石間，今處處有之』，則尤不可執定……惟以潭湘言之，則巴陵相近耳。

⑯【馮注】『渴雁』自謂。飛久始到，不意其人又被西風吹去，即所謂『西樓一夜風筝急』也。

⑰【馮注】其人去後，舊居空冷之象。

⑱【朱曰】玉灣猶云玉川、玉溪。　【程注】戴叔倫詩：『水遶漁磯緑玉灣。』　【馮曰】垂釣無人，蓮房清冷，皆寓言也。

⑲【朱注】鏡如井口之平。　【馮注】濕銀，鏡光。井口，鏡形。

⑳【道源注】《杜陽雜編》：『唐同昌公主有九鸞之釵。』　【馮注】《拾遺記》：『魏文帝納薛靈芸，外國獻火珠龍鸞之釵，帝曰：「明珠翡翠尚不能勝，況乎龍鸞之重！」』

㉑【朱注】謂月中桂樹。　【馮注】何處可攀。

㉒【姚注】《漢武故事》：『帝作金莖，擎玉杯，承雲表露，和玉屑服之以求仙。』班固《西都賦》：『擢雙立之金莖。』

㉓【程注】張衡《七辨》：『重屋百層，連閣周漫。』　【馮曰】此又與『孤星直上相風竿』相類。

㉔【馮曰】（『側近』句）以上皆言故居空存。

㉕【朱注】《爾雅》：『鶪，伯勞也。』《通卦驗》：『伯勞性好單棲。』　【馮注】樂府：『東飛伯勞西飛燕。』『對月郎』自謂。

㉖【朱注】言淚痕之多。　【馮注】伯勞東飛與吹西風，應是其人已去，不識我猶在湘中悲思墮淚也。

【朱曰】悼其妻王氏也。茂元嘗為河陽節度使，故以名篇。○河陽，古河內地，黃河流經其間。玉樓、中天臺，況就婚茂元時所居也。龍頭壽客，淺笑玫瑰，序主人情禮之隆也。梓澤本石崇河陽故居，當日如雲之女，已久埋溝塹，即禁臠秋眸，亦化為馬頭塵矣，能無惜耶？此言茂元之女之亡也。『南浦』四句，託言浦中老魚寄書，徒有哀涼之感。『憶得』四句，言追想其生平存時，鮫綃木棉，被服甚麗，今笙囊尚存，其人安在？紅霞夜嚼，無聊之況亦可想見矣。『幽蘭』四句，言蘭香萎，而惟見淺縹之畫圖，楚弄新詞，音徽未沫，深可痛也。『巴陵』四句，言感念亡者，遂絶後房之嬖，渴雁蘆花，皆增悽愴矣。『曉簾』四句，言簾屏相對，虚室堪憐，玉灣蓮房，蛟龍尚爾知惜，況有情耶？玉灣，猶言玉溪也。『濕銀』以下，徘徊舊閣，明鏡鸞釵，儼然在目，而幽明異路，髣髴難求，惟有對相風，伴花鳥，揮淚無窮而已。按義山自茂元女亡後，終身不娶。觀其《與河東公辭張懿仙啟》，可知其篤於伉儷。讀此詩真不減安仁《悼亡》之作。（《補注》。據程箋，此當是陳帆之論，而朱氏引之。）

【吴雯曰】義山《河陽詩》乃悼亡之作也。王茂元為河陽節度使，愛其才，以子妻之，故詩曰『河陽』，隱詞也。其詩云：『黄河摇溶天上來，玉樓影近中天臺。』正言甥館之美，百輛之盛也。『龍頭瀉酒客壽杯，主人淺笑紅玫瑰。』蓋謂琴瑟之調而容色之麗也。『梓澤東來七十里』四語，則且歿而葬矣。『南浦老魚腥古涎』四語，則欲夢見亦無由矣。『憶得蛟絲裁小卓』四語，則又思其平生之事也。『幽蘭泣露新香死，畫圖淺縹松溪水。』即『畫圖省識春風面』之意也。『楚絲微覺《竹枝》高，半曲新詞寫綿紙。』則又思其生平所作歌曲也。『巴陵夜市紅守宮，後房點臂斑斑紅。』則又思其閨房之戲也。『堤南渴雁自飛久，蘆花一夜吹西風。』則又傷其没也。『曉簾穿斷蜻蜓翼』以下所云，『玉灣不釣』『蓮房破』，惜傷愛絶也；『銀鏡』『鸞釵』，托遺物也；『桂樹』『金莖』，亦思少君之術也；『相風插屋』，候其至也。至『百勞不識』『湘竹千條』則亦終不可見，徒淚積斑斑耳。其意婉轉，其詞深沉。雖效長吉，而情種自見也。（《蓮洋詩鈔》卷十《書義山河陽詩後》）

【姚曰】此悼亡之作。王茂元嘗為河陽節度，故以名篇。首四句叙茂元節度河陽時。『梓澤』四句，叙招贅後楊弁之亂。『南浦』四句，叙從事桂州別家時事。『憶得』四句，叙客中憶家事。『紅霞』句，道家服氣訣，是客中鰥居之況。『幽蘭』四句，叙客中時以筆墨寫怨。『巴陵』四句，言客中絶意花柳，孤飛如渴雁然，『蘆花』暗叙喪偶事。『曉簾』四句，言舊歡難再。『濕銀』四句，言故人隔世。『百尺』四句，應轉起手四句，言河陽舊游處，雖風景不殊，而已之腸斷已久也。

【屈曰】一段河陽昔日同醉。二段重來美人已死，夢亦難尋。三段因今日之寂寞，想昔日之綿纏，自恨重來之晚。四段今日之凄涼情景，有垂淚而已。河陽，黄河所經之地。玉樓天臺，就壻時所居，比也。況茂元之宅無限美人，皆埋溝塹而化馬頭塵矣。魚書密字猶在，而夢亦難尋，衰容凉天，悽慘如此。鮫絲木棉，服色憶得，而人已不見；紅霞夜嚼，孤獨堪傷。乃蘭死圖存，新詞未沫，故後房不御，而渴雁蘆花，益悽愴。『曉簾』以下，今日之情。黄泉月殿，兩處茫茫，惟對相風花鳥揮淚而已。

【程曰】此篇格調亦學長吉者。河陽為王茂元節度治所，詩則從柳仲郢東川時作也。詩中語氣前半悼亡，後半蓋却營妓。文集《上河東公啟》云：『伏睹手筆，兼評事傳指意，於樂籍中賜一人以備紉補。某悼傷以來，光陰未幾。梧桐半死，方有述哀；靈光獨存，且兼多病。檢庾信荀娘之啟，常有酸辛；詠陶潛通子之詩，每嗟漂泊。至於南國妖姬，蘩臺妙妓，雖有涉於篇什，實不接於風流。』蓋不受東川營妓張懿仙也。朱長孺補注引陳帆之論，所見略同，但悼亡、却妓兩端，未嘗分章斷意耳。愚謂『黄河』二語，謂河陽治所，就婚時居也。『龍頭』二語，謂已與茂元相得之情也。『梓澤』二語，謂其妻歿後歸葬故里。義山河内人，居於鄭州，梓澤固河南地也。以下六句追叙已在湘南之事。『可惜』二語，謂辭家而赴鄭亞之辟也。『南浦』二語，謂湘南所寄之書也。『湘中』二語，謂在鄭幕之孤獨也。『憶得』二語，追言其未歿之時若蛺蝶之雙飛也。『緑繡』二語，追言其初歿之時有紅淚之飲泣也。『幽蘭』二語，追言其空房之景物也。『楚絲』二語，追言其傷逝之詩句也。以上蓋悼亡也。『巴陵』二語，謂張懿仙方為營妓也。『堤南』二語，謂已居幕中方為孤客也。『曉簾』二語，謂幕中孤處之景也。『玉灣』二語，謂主人體恤之情也。『濕銀』二語，謂懿仙之新妝也。『不知』二語，謂懿仙之無偶也。『百尺』二語，謂幕府時時見之，未嘗不覺其可喜也。『伯勞』二語，謂悼亡之情無已，久之猶不能已於涕淚也。以上乃却妓也。陳箋知引張懿仙事而不云巴陵以下專指懿仙，依稀仿佛，未為豁然，故不録其詞。

【馮曰】詩本難解，説者又皆以王茂元曾節度河陽而斷為悼亡，尤添蔀障矣。義山之婚不在鎮河陽時，已詳《年譜》；且舉父之官蹟以稱其女，可乎？史志懷州河内郡屬縣有河内、河陽，會昌四年以前河陽固統於懷也。一舉其郡，一舉其縣，意本同也。又與《燕臺詩》詞意多相類，而《春雨》七律、《夜思》五律『尺素雙璫』，胥此事也。《燕臺詩》云『湘川相識處』，此云『湘中寄到』，而所用地理皆湖湘一帶。《燕臺》次首大有幽歡之跡，《夜思》五律則曰『會前猶月在，去後始宵長』，非暗中歡會而何？又曰『古有陽臺夢，今多下蔡倡』，斯言也，豈以禮成婚之夫婦哉！今就此章疏之：首二點地。三四追叙初會之歡。『梓澤』二句言被人取來。『可惜』二句言其遂有遠行也。其行當赴湖湘，故『南浦』四句緊叙湘中寄書之事，其寄當在義山赴湘之先矣。『憶得』八句想見其在湘中之情事。『巴西』二句言其徒充後房，未嘗專寵。『堤南』二句言我方來此，不料其人又將他往也。『曉簾』以下十二句則其人已去，簾屏猶在，遥憶銀鏡鸞釵，光寒色冷，徒令我見彼美之舊居，對月光而零淚矣。義山尚滯湘中，故以湘竹為結，與《楚宫》《夢澤》等詩皆可互證也。余為細通其旨若此，以俟後之讀者。又曰：統觀前後諸詩，似其艷情有二：一為柳枝而發；一為學仙玉陽時所歡而發。《謔柳》《贈柳》《石城》《莫愁》，皆詠柳枝之入郢中也。《燕臺》《河陽》《河内》諸篇，多言湘江，又多引仙事，似昔學仙時所戀者今在湘潭之地，而後又不知何往也。前有《判春》，後有《宫井雙桐》，大可參觀互證。但郢州亦楚境，或二美墮於一地，不可細索矣。又曰：諸詩中用字多似嶺南者，合之《代越公房妓》之作，頗疑楊嗣復自潭貶潮時之情事，但無可妄測也。

【紀曰】問作悼亡解是否？曰亦無確據，是泛作感舊懷人觀之耳。（《詩説》） 不甚可解。或以題曰河陽定為

悼亡，亦似近之。（《輯評》）

【王闓運曰】未能純粹。（手批《唐詩選》）

【張曰】《燕臺詩》為嗣復發，此則更兼李執方言之。以河陽命題，執方節度河陽，而義山本河陽人也。首二句點地。『龍頭』二句，執方相待之雅，《補編·上李尚書狀》所謂『分越加籩，事殊設醴』也。『梓澤』二句，記移家關中事。『可惜』二句，記赴嗣復幕事。『南浦』四句，即《燕臺詩》『雙璫丁丁聯尺素』意，謂嗣復書來，約赴湖湘也。『憶得』四句，則嗣復貶潮，義山至湘不見之恨。『幽蘭』四句，謂作《燕臺》諸詩。『後房』喻使幕；『守宮點臂』喻嗣復厚愛。其下則重疊致哀，大意與《燕臺》第四章相同，皆極狀惆悵無聊之態耳。朱氏等以王茂元曾帥河陽，斷為悼亡，固非；馮氏又疑作艷情，亦未得其肯綮。一經參透，端緒犂然。今後讀玉谿詩者，當更饒興味矣。（《會箋》。繫開成五年）又曰：此篇與《燕臺》四首多相印合，乃艷情，非悼亡也。義山悼亡之年，茂元久卒，安得以父之官閥稱其女哉？○義山之遇燕臺，必於人家飲席見之，其人必先為達官後房也。時在故鄉，故以河陽名篇。首句記初見之地。『龍頭』二句，記初見之時，主人壽客，叙燕席也。『梓澤』二句，言閉置後房，無異埋之長溝複塹，可望而不可親。『可惜』二句，言纔得一面，而其人又遠赴他處矣，故曰『漢陵走馬黄塵起』。『南浦』四句，記私約湘川相見之事。真珠密字，寫其手書湘中寄到，即『内記湘川相識處』也。『憶得』以下，提起追述其後房含愁冷落之態。新詞䌷紙，想像其私書寫信景況，所謂『歌唇銜雨』也。此段叙述稍晦，意為使事所隱，閲者通其大意可也。『堤南』二句，寫義山至湘，其人又復遠去之恨，即『天東日出天西下』之意。『曉簾』二句寫室邇人遐之恨，即『青溪白石不相望，堂中遠甚蒼梧野』意。『玉灣』以下，皆對景懷人，『蓮房暗被蛟龍惜』，言取去者直據為己有也。『濕銀』二句，述冷落無聊之景。『不知』二句，言其人不知飄流何處，好合無期也。『百尺』四句，總結在湘中所作，相風依然，只有嫣紅柔緑相伴耳。對月垂淚，誰知我心之悲哉！此為開成五年留滯江鄉時賦矣。解作悼亡固謬，若兼柳枝言之，亦不合也。○柳枝相遇在洛，後為東諸侯取去；燕臺則相遇在河陽，其人已先為後房矣。後隨其主至金陵，至湘中，與柳枝蹤跡全不相符。據《贈柳》等詩，似柳枝後又至郢；據《河内》詩，似燕臺

後又流轉吴郡。兩人始末，亦復判然。馮氏合而為一（按馮祇云『兩美墮於一地』），未免讀詩不細矣。（《辨正》）

【按】此詩確係悼『亡』者，然并非悼亡妻王氏，乃傷悼昔日相識於河陽，後曾流落湘中為人後房、怨思而亡故者。起四句，追憶昔日河陽相識。『黄河』點河陽，『玉樓』喻指道觀，『影近中天臺』言其高。『龍頭』二句憶玉樓相會時對方於龍頭酒器中瀉酒奉觴為壽，淺笑之態如紅玫瑰（美玉）也。『主人』即指所思之女子。其人原來身份或為女冠。『梓澤』四句，言已自洛陽東來，沿途長溝複塹所埋者皆古來如雲女子之香骨。彼秋眸似水之絶世美人，今走馬漢陵已不可尋，惟見黄塵揚起而已。蓋以暗示往昔『淺笑紅玫瑰』之玉樓中人，今已埋香地下，亦可見開首四句，係重來舊地之追憶。『南浦』四句，追憶當年傷别後，已密寄魚書；然書雖到湘中，而魂夢則不能到，故其人憔悴之容顔遠去而長抛此北方蕭瑟之凉天也。『南浦』點醒别離，『湘中』點明其人所往。『憶得』四句回想昔日歡聚情景：鮫絲裁衣，木棉繡蝶，房中除一雙情侣外，所見唯常共同把玩之緑繡笙囊，時則爛嚼紅絨而唾。『幽蘭』四句，謂其人流落湘中後，竟如幽蘭泣露，新香乍發而旋即夭亡，今日念及，惟畫圖、調絲、作詩以寄已之哀思耳。『巴陵』四句，又回叙彼置後房之寂寞，已欲再見之而不得之情。『渴雁』自喻，『蘆花一夜吹西風』，喻阻隔重重不得前往。『曉簾』以下，均此次東來梓澤重訪其人故居所見所感。『曉簾』二句，謂室内空寂。『玉灣』二句，室外荒冷。『濕銀』四句，鏡在釵存，而人已杳然。『不知桂樹在何處』，猶『不知嫦娥在何處』，謂其已仙去，故下云『仙人不下雙金莖』。『百尺』四句，謂其故居相風之竿高插，依舊樹緑花紅，然伊人已殁，伯勞對我而啼，能不令我有淚如湘竹千條乎？此詩之難解，不僅在文字之晦澀，更在叙次之交錯跳躍。其結構不依事件之自然進程，而依作者之聯想，故讀之每有若斷若續之感。

河内詩二首①

鼉鼓沉沉虬水咽②，秦絲不上蠻絃絶〔一〕③。嫦娥衣薄不禁寒，蟾蜍夜艷秋河月④。碧城冷落空濛烟〔二〕⑤，簾輕幕重金鉤闌⑥。靈香不下兩皇子⑦，孤星直上相風竿⑧。八桂林邊九芝草，短襟小鬟相逢道⑨。入門暗數一千春，願去閏年留月小⑩。梔子交加香蓼繁，停辛佇苦留待君⑪。

右一曲樓上

閶門日下吴歌遠⑫，陂路緑菱香滿滿⑬。後溪暗起鯉魚風〔三〕⑭，船旗閃斷芙蓉幹。傾身奉君畏身輕〔四〕⑮，雙橈兩槳尊酒清〔五〕。莫因風雨罷團扇，此曲斷腸唯此聲〔六〕⑯。低樓小逕城南道，猶自金鞍對芳草⑰。

右一曲湖中

校記

〔一〕『絃』原一作『烟』。

〔二〕「蒙」原一作「濛」，蔣本、姜本、戊籤、悟抄、樂府亦作「濛」，非。

〔三〕「暗」，戊籤作「晴」，非。

〔四〕「傾」原作「輕」（一作傾），非。據蔣本、姜本、戊籤、悟抄改。

〔五〕「兩」，戊籤作「雙」。

〔六〕「此（聲）」原作「北」（一作此），據蔣本、姜本、戊籤、悟抄、樂府詩集改。

①【程注】河内為義山里居，以之命題，當道故鄉事。【馮曰】與《燕臺》同意。「學仙玉陽東」，正懷州河内之境。

②【朱注】孫綽《刻漏銘》：「靈虬吐注，陰蟲承瀉。」【姚注】李斯書：「樹靈鼉之鼓。」注：「以鼉皮為鼓也。」《渾天制》：「以玉虬吐漏水入兩壺。」

③【朱注】秦絲，秦箏也。曹植詩：「秦箏發西氣，齊瑟揚東謳。」【馮注】《通典》：「箏，秦聲也，或以為蒙恬所造。」

④【朱注】杜甫詩：「斟酌常娥寡，天寒奈九秋。」【何曰】三四亦有人樂我苦在内。（《輯評》）

⑤【姚注】《太平御覽》：「元始天尊，居紫雲之閣，碧霞為城。」

⑥【朱注】《古今注》：「漢顧成廟槐樹悉設扶老鉤欄。」李賀詩：「啼鳺弔月鉤欄下。」【程注】王建《宫詞》：「風簾水閣壓芙蓉，四面鉤欄在水中。」【馮曰】鉤欄，見《古今注》漢顧成廟，猶欄杆也。此言簾鉤耳。

⑦【道源注】《真誥》：「周靈王有子三十八人；子晉，太子也，是為王子喬。靈王第三女名觀靈，字衆愛，於

子喬為别生妹，受子喬飛解脱網之道。又有妹觀香，成道受書，為紫清宫内侍妃，領東宫中候真夫人。子喬兄弟得道者七人。其眉壽是觀香之同生兄，亦得道。』【馮注】靈香，焚香禮神也。兩皇子，與《河陽詩》『雙金莖』同意，而事則未詳。《真誥》《雲笈七籤》皆云：『周靈王太子晉，是為王子喬。子喬兄弟七人得道，五男二女。其靈王第三女名觀香，字衆愛，於子喬為别生妹……』又一妹，其名不載。玩詩意，似所指用。乃道源引《真誥》：『靈王女觀靈，字衆愛。又有妹觀香成道，領東宫中候真夫人。』是誤會靈、香二字，而析一人為二人以實之，何其謬妄哉！又馮補注曰：《萬花谷前集》引《真誥》：『觀香道成，受書為紫清宫内傳妃，領東宫中候真夫人，即中候王夫人也。觀香是宋姬子，其眉壽是觀香之同生兄，亦得道。二人皆王子喬妹，周靈王女，皆學仙得道上昇。』按：兩皇子必用此，特補全之。道源舊注多脱誤耳。

⑧【朱注】《晉令》：『車駕出入，相風前引。』《先賢傳》：『太僕寺丞高岱立一竹竿於前庭，其上有樞機，標以雞尾，相風色以驗吉凶。』傅玄《相風賦》：『棲神烏於竿首。』孫楚賦：『建殊才於辰極。』【程注】《隋唐嘉話》：『車駕出，刻烏於竿上，曰相風竿。今檣烏乃其遺意。』庾信詩：『桂樹懸知遠，風竿詎肯低？』隋王胄詩：『吹動相風竿。』【馮注】《古今注》：『司風烏，夏禹所作。』似以孤星自喻。

⑨【姚注】《山海經》：『桂林八樹，在賁隅東。』注：『八桂成林，言其大也。』《漢書》：『甘泉宫内産芝，九莖連葉。』【朱注】《漢舊儀》：『元封六年，甘泉宫産芝九莖，金色緑葉朱實，夜有光，乃作《芝房之歌》。』【馮注】八桂、九芝，借言仙境。蓋玉陽、王屋，本玉真公主修道之處，必有故院及女冠在焉，玩前後措辭曉然矣。『短襟小鬢』乃晚粧，或當夏令，與《燕臺》次章互看。《懷慶府志》曰：『九芝嶺在陽臺宫前，八柱嶺在陽臺宫南。』余更疑古已有其名，而義山用之，故曰相逢道。府志或訛『桂』為『柱』耳。必非用粤中桂林。【按】馮説近是。

⑩【朱注】仙家相逢，以千歲為期。惟留待之切，故欲去閏年而留月小也。【馮注】相逢時私誓也。永不忍舍拚，以千歲為期。去其閏年，留其月小，庶幾少速，真癡情也。【陸時雍曰】巧思快絶。

⑪【朱注】蓼，音了。《本草》：『梔子味辛，蓼味苦。』【馮注】《上林賦注》：『鮮支，支子，香草也。』《本草》：『梔子花六出，甚芬香，俗説即西域薝蔔花。』梁徐悱妻劉氏《摘同心梔子贈謝娘》詩：『同心何處恨？梔子最關人。』《本草》：『蓼類甚多，惟香蓼宿根重生，可為生菜。』梔子、香蓼味皆辛苦，且皆夏時開花，與上文相映。

【按】此處取『辛』『苦』之義，兼取『同心』之意。

⑫【朱注】《通典》：『吴歌、雜曲，並出江東，晉、宋以來稍有增廣。』梁内人王金珠善歌吴聲、西曲。

⑬【馮注】《蜀都賦》：『緑菱紅蓮。』

⑭【朱注】《提要録》：『鯉魚風，九月風也。』梁簡文帝詩：『燈生陽燧火，塵散鯉魚風。』李賀詩：『鯉魚風起芙蓉老。』【馮注】梁簡文帝《有女篇》『燈生』二句下云：『霧暗窗前柳，寒疎井上桐。』似秋令也。李賀《江樓曲》『鯉魚風』句下云：『鼉吟浦口飛梅雨，竿頭酒旗换青苧。』注《昌谷集》者引《歲時記》：『九月風曰鯉魚風。』又引《石溪漫志》：『鯉魚風，春夏之交。』而以《漫志》為是。玩此則是秋令。

⑮【道源注】《拾遺記》：『飛燕每輕風至，殆欲隨風入水。』暗用此事。【馮注】《漢書》：『周陽侯為諸卿，嘗繫長安，張湯傾身事之。』

⑯【按】團扇，見《和友人戲贈二首》。又相傳漢成帝時班婕妤曾作《團扇詩》。【馮曰】此專取（《團扇郎歌》）末句『羞與郎相見』，故令其歌終也。【按】馮注疑非。『傾身』二句乃擬女子口吻，『莫因』二句即緊承『畏身輕』而申之，意謂莫因秋風秋雨而有秋扇捐棄之舉，致使妾身歌此斷腸之聲也。【朱注】《吕氏春秋》：『有娀氏二佚女，帝令燕遺二卵，北飛不返，二女作歌，始為北音。』《文心雕龍》：『塗山歌于候人，始為南音；有娀謡乎飛燕，始為北聲。』（按：朱注本作『北聲』，故引二書。）

⑰【何曰】結句從『王孫遊兮不歸芳草生』化出。（《讀書記》）【按】疑非。詳箋。

箋評

【朱彝尊曰】此詩（指《湖中》）入手是湖中，前首毫無樓上意。（『低樓』二句）轉似樓上。

【姚曰】二詩，前首憶別之詞；後首則及時為歡之意。○（《樓上》首）前八句但寫岑寂之況：四句夜景，四句言所思之隔絶。『八柱』二句，是追憶相逢之始。下言塵緣隔斷以來，冥數當千年複合，惟有停辛佇苦以相待耳。○（《湖中》首）前六句叙後溪遊宴之樂。後四句言城南樂事方多，不當遽以摇落為悲也。

【屈曰】（《樓上》首）一段所思長夜獨居。二段所思不來此。三段昔日相逢之地，情好之篤。四段今昔總結。（《湖中》首）一段昔日湖中風景。二段湖中情事。三段今日不再過，結湖中。

【程曰】河内為義山里居，以之命題，當道故鄉事。二詩一言八桂，一言閶門，則舉粤西、吴中以為詞，殊不可曉。且其言皆女子送遠之情，豈離家遠遊時託為閨房之詞耶？古人嘗好為夫婦相贈答之詞，如陸機《為顧彦先贈婦》，又《為陸思遠婦作》《為周夫人贈車騎》，如此之類，往往有之，則義山之屬託言可知也。

【馮曰】（《樓上》首）一二言夜静無聲。三四喻其人之輕艷。五六形容樓居。七八言彼不能輕下，我欲升高就之。九十言相會之事。十一二盟誓之言。結言舊約不可負，堅待後期也。此章尚易解。○（《湖中》首）首四實賦吴中水遊，『傾身』四句致其愛護，而使歌終一曲。末句則其人已去，故居猶在，策馬過之，情不能忘也。用吴中事，似與諸篇不同，豈其本吴人耶？要難妄測。

【紀曰】此二首似是艷詞，或寫河内所遇也。○『此聲』一作『北聲』，誤。（《輯評》）

【張曰】此嗣復自潮貶湖州司馬（按嗣復未嘗貶湖州司馬）後作也。首章『樓上』，以喻相位尊嚴。『鼉鼓』二句，言文宗之崩。『常娥』四句，言楊賢妃等失勢，欲援立以自固。『靈香』二句，言安王溶、陳王成美不得其死。

「八桂」二句言嗣復貶潮，嗣復自湘竄潮，必過桂林，故云然也。「入門」以下，則寫己相望之殷，蓋其時嗣復尚有起復之望故耳。次章湖中，實指貶湖之事。「閶門日下」謂長安，「吴歌」點湖州。「後溪」二句，則言無端事起宫帷，嗣復遂遭此無妄之禍也。「傾身」四句，謂己不敢忘舊恩。結以永無相見之期作收。低樓小徑，舊時往來，今則惟有金鞍與芳草相對，亦復何以為情耶？義山與牛黨關係最深，去而就李，本冀從此顯達，無如茂元不能為之援手，故不覺彌感於嗣復也。以河内命題，與《河陽詩》同。（《會箋》。繫會昌元年）

【按】題曰「《河内》」，所詠當與玉陽舊事有關。首章通首皆追憶昔日樓上之歡會。「鼍鼓」二句，更深人静，樂止絃歇。「常娥」二句，狀其人之輕艷，與《天平公座中呈令狐令公》之以「衣薄臨醒玉艷寒」，《聖女祠》之以「不寒長著五銖衣」寫女道士極相仿佛，可决其人為女冠無疑。「蟾蜍夜艷」與《月夕》之「兔寒蟾冷」亦同為借景寫人，不過一則艷妝有所待，一則寂寥無所歡而已。「碧城」二句寫其人所居之寂寥冷落，「碧城」指道觀，點「樓上」。「靈香」二句，馮謂「言彼不能輕下，我欲升高就之」，可從。「兩皇子」蓋兼對方及其某相與之女伴而言。「八桂」二句叙彼此於「仙境」相會，「短襟小鬟」，狀其人之妝束。「入門」二句，謂預訂後期，但盼光陰之速。結則擬其人口吻，謂雖辛苦期待，情亦不渝也。次章所咏之地及人物身份，均不同於首章。曰「低樓小徑城南道」，則非「碧城十二曲欄杆」之宫觀氣象；蕩舟水中、唱《團扇》斷腸之聲，亦非「常娥衣薄不勝寒」之女冠形象。意原樓上之人，此時已流為貴家姬妾或歌伎矣。「閶門」四句，寫景頗似江南景象，當為其人流落之地。首四寫湖中景色。「日下」，記時；「吴歌」，唱者即其人，點明其身份。日近傍晚，歌聲漸遠，人影漸稀，陂路幽静，緑菱香滿；船入後溪，鯉魚風起，船旗閃動，正幽期密會之良時佳處。「傾身」二句，擬女子口吻，謂傾身以奉君之歡，恐畏身份輕賤，為人始亂終棄，願長記今日之雙橈兩槳，共對尊酒之時也。故下接言他日莫有團扇捐棄之舉，致使妾身憔悴，羞與郎相見。此處蓋兼用班婕妤《團扇歌》及芳姿《團扇郎歌》二事。末則重訪其人所居，已杳然不見，惟坐金鞍而默對芳草而已。

碧城三首

碧城十二曲闌干①，犀辟塵埃玉辟寒〔一〕②。閬苑有書多附鶴〔二〕③，女牀無樹不棲鸞〔三〕④。星沉海底當窗見，雨過河源隔座看⑤。若是曉珠明又定〔四〕⑥，一生長對水精盤〔五〕⑦。

其二

對影聞聲已可憐，玉池荷葉正田田⑧。不逢蕭史休迴首⑨，莫見洪崖又拍肩⑩。紫鳳放嬌銜楚珮⑪，赤鱗狂舞撥湘絃⑫。鄂君悵望舟中夜⑬，繡被焚香獨自眠。

其三

七夕來時先有期⑭，洞房簾箔至今垂。玉輪顧兔初生魄⑮，鐵網珊瑚未有枝⑯。檢與神方教駐景⑰，收將鳳紙寫相思⑱。武皇内傳分明在⑲，莫道人間總不知⑳。

校記

〔一〕『辟』，又玄集作『避』。

〔二〕『多』，又玄集作『空』。

〔三〕『牀』原作『牆』（一作牀），據席本、錢本、影宋抄、朱本改。詳注。

〔四〕『珠』，品彙作『星』，原一作『星』，非。

〔五〕『精』，又玄集、才調集、品彙、朱本作『晶』。

①【道源注】《太平御覽》：『元始天尊居紫雲之閣，碧霞為城。』【徐注】江淹詩（按當作《西洲曲》）：『闌干十二曲，垂手明如玉。』『十二』字不必定指城也。【屈曰】此詩因首句『碧城』二字遂以為題，……與無題同。【按】碧城喻指道觀。詳箋。

②【道源注】《南越志》：『高州巨海有大犀，出入有光，其角開水辟塵。』《嶺表録異》：『辟塵犀為婦人簪梳，塵不着髮。』《天寶遺事》：『寧王有暖玉盃。』『會昌年間，扶餘國貢火玉三斗，色赤，光照十步，置之室中，不復挾纊。』【馮注】《述異記》：『却塵犀，海獸也。然其角辟塵，致之於座，塵埃不入。』按：西王母有夜山火玉之語，上元夫人帶六出火玉之佩，見《武帝内傳》。又《梁四公記》：『扶桑國貢觀日火玉，映日以觀，日中宫殿皎然分明。』然玉德温潤，故艷體每云煖玉，不必拘何事。【按】道源注引《天寶遺事》不當有會昌時事，『會昌』云云二十六字疑出《杜陽雜編》。

③【道源注】《錦帶》：『仙家以鶴傳書，白雲傳信。』褚載詩：『惟教鶴探丹邱信，不遣人窺太乙爐。』【程注】許敬宗詩：『風衢通閬苑。』盧綸詩：『渡海傳書怪鶴遲。』【馮注】鮑照《舞鶴賦》：『望崑閬而揚音。』鶴傳書，未檢所本，盧綸詩可相證耳。【按】閬苑，神仙居處，常用指宫苑，此指道觀。

④【朱注】《山海經》：『女牀之山有鳥焉，其狀如翟，五采文，名曰鸞鳥，見則天下安寧。』《東京賦》：『鳴女牀之鸞鳥。』　【何注】《晉書》：『女牀三星，在紀星北，後宮御也。主女事。』　【馮曰】（四語）皆已寓意。

⑤【何曰】只是言其所處之高。《列女傳》云：『桀為瓊臺瑶室，以臨雲雨』，亦其類也。　又曰：腹聯亦江文通《登香爐峰》詩『中坐瞰蜿虹，俛伏視流星』之意，但出處未詳。（《輯評》）　【按】似更有所寓。『星沉海底』，指天將破曉；『雨過河源』，指歡會既畢。詳箋。

⑥【朱注】《飛燕外傳》：『真臘夷獻萬年蛤、不夜珠，光彩皆若月，照人無妍醜皆美艷，帝以蛤賜后，以珠賜婕妤。后以蛤裝成五色，金霞帳中常若滿月。久之，帝謂婕妤曰：「吾晝視后，不若夜視之美，每旦令人忽忽如失。」婕妤聞之，即以珠號枕前不夜珠為后壽。』　【馮注】《淮南子》：『若木末有十日。』高誘注曰：『若木端有十日，狀如連珠。』參同契：『汞日為流珠，青龍與之俱。』注曰：『日為陽，陽精為流珠。青龍，東方少陽也。』《唐詩鼓吹》注：『曉珠，謂日也。』按：舊注引《飛燕外傳》枕前不夜珠，非也。　【按】陳貽焮謂曉珠即『清曉的露珠』。

⑦【朱注】《太真外傳》：『成帝獲飛燕，身輕欲不勝風，恐其飄翥，帝為造水晶盤，令宮人掌之而歌舞。』【馮注】舊注引飛燕事，蓋取與不夜珠相合，然非也。《三輔黃圖》：『董偃以玉晶為盤，貯冰於膝前，玉晶與冰相潔，侍者謂冰無盤，必融濕席。乃拂玉盤墜，冰玉俱碎。玉晶千塗國所貢，武帝以賜偃。』按：何氏謂曉珠、晶盤，皆用董偃事，愚以若用賣珠（按『賣珠』事見《井泥》），則『曉』字無謂也。今定曉珠謂日，晶盤不必拘看，詳下總箋。　【姚曰】（水晶盤）月也。　【按】珠、盤非指日、月，詳箋。

⑧【朱注】沈約《東武吟》：『誓辭金門寵，去飲玉池流。』古詩：『江南可採蓮，蓮葉何田田。』　【何注】王金珠《歡聞歌》：『艷艷金樓女，心如玉池蓮。持底報郎恩？俱期游梵天。』首句暗藏『望』字。第二足上『憐』字，我憐渠，渠應憐我也。（《輯評》）　【馮注】《文選·南都賦》：『鉗盧玉池。』注曰：『陂澤名。』

⑨【馮注】見《送從翁》。

⑩【朱注】《神仙傳》：『衛叔卿與數人博，其子問：「向與博者為誰？」叔卿曰：「是洪崖先生。」』郭璞《遊仙詩》：『右拍洪崖肩。』【何注】陸機《前緩聲歌》：『洪崖發清歌。』注引薛綜《西京賦》注：『三皇時伎人也。』次聯謂不別憐他人也。

⑪【朱注】《禽經》：『鸑鷟，鳳之屬也，五色而多紫。』《楚辭》：『扈江蘺與辟芷兮，紉秋蘭以為佩。』【馮注】《古禽經》：『紫鳳謂之鷟。』《三輔决録注》曰：『色多紫者為鸑鷟。』亦用江妃二女解佩事，詳《擬意》。【程注】王昌齡詩：『紫鳳銜花出禁中。』

⑫【道源曰】此句暗用『瓠巴鼓瑟，遊魚出聽』語。【朱注】江淹《別賦》：『聳淵魚之赤鱗。』【馮注】《淮南子》作『淫魚』，注曰：『淫魚長丈餘，出江中，喜音。』【程注】韓愈詩：『杳如奏湘絃。』【補】《楚辭·遠遊》：『使湘靈鼓瑟兮。』

⑬見《牡丹》。【何曰】蓋自恨不得為洪崖也。（《讀書記》）

⑭【朱注】《漢武内傳》：『帝閒居承華殿，忽見一女子，美麗非常，曰：「我墉宮玉女王子登也。七月七日王母暫來。」帝下席跪諾。于是登延靈之臺，盛齋存道以候之。至七月七日二更後，王母果至。』【馮注】用牛女會合，不可因七句謂用《漢武内傳》王母來事。【按】馮注是。

⑮【朱注】《楚辭·天問》：『夜光何德，死而又育？厥利維何，而顧兔在腹？』王逸注：『言月中有兔，何所貪利，居月之腹而顧望乎？』《書》：『惟三月，哉生魄。』《傳》：『始生魄，月十六日明消而魄生。』《漢志》：『死魄，朔也；生魄，望也。』【馮注】《尚書》：『旁死魄。』傳曰：『旁，近也。月二日近死魄。』疏曰：『月始生魄然貌。』【按】月初生或圓而始缺時有體無光之部分稱月魄。初生魄，指圓月始缺時初出現陰影。

⑯【朱注】《本草》：『珊瑚似玉，紅潤，生海底盤石上。一歲黃，三歲赤，海人先作鐵網沉水底，貫中而生，絞網出之，失時不取則腐。』【馮注】《外國雜傳》：『大秦西南漲海中珊瑚洲，洲底大盤石，珊瑚生其上，人以鐵網取之。』

⑰【朱注】景，音影。《漢武内傳》：『上元夫人命侍女紀離容徑到扶廣山，勑青真小童出六甲左右靈飛致神之方十二事以授劉徹，乃告帝曰：「夫五帝者，方面之天精，六甲六位之通靈，佩而尊之，可致長生。」王母因授以《五岳真形圖》。帝拜受俱畢，王母與夫人同乘而去。』《集仙録》：『舜以駐景靈丸授王玅想。』【馮注】説文：『景，光也。』駐景，猶駐顔之意，謂得神方使容顔光澤不易老也。舊注皆非。【按】馮注是。

⑱【程注】王建《宫詞》：『每日進來金鳳紙，殿頭無事不教書。』【馮注】徐曰：『鳳紙，唐宫宸翰所用。』按：《天中記》：唐時將相官誥用金鳳紙寫之，而道家青詞亦用之也。

⑲【馮注】按：今刊本《漢武帝内傳》題班固注，而《宋史·藝文志》班固《漢武帝故事》五卷，在《故事類》，《漢武内傳》二卷，不知作者，在《傳記類》。《漢武故事》，唐張柬之曰：王儉造。

⑳【馮曰】莫謂我不知之也。

【胡震亨曰】此似咏其時貴主事。唐時公主多自請出家，與二教人媟近。商隱同時如文安、潯陽、平恩、邵陽、永嘉、永安、義昌、安康諸主，皆先後丐為道士，築觀在外。史即不言他醜，於防閑復行召入，頗著微辭。味詩中『蕭史』一聯及引用董偃水精盤故事，大指已明，非止為尋恒閨閣寫艷也。首章『碧城』四句：此四語甚貴，舍主第，即孫壽、賈夫人家未易副。『曉珠』二句：曉珠，日也。曉珠不定，是以有星沉雨過之惆悵。合冥過藩來，向曉開門去，天上人亦何必與《讀曲》小家女大異！次章『對影』四句：如金仙、玉真之師事道士史崇玄，皆不逢蕭史而拍洪崖肩者也。『鄂君』二句：心説君兮君不知，自嘆不得不為洪崖也。三章三四為初瓜寫嫩，饒涎欲垂。胡夏客曰：家君定此詩，人多未領，後讀劉中山《題九仙公主舊院》詩：『武皇曾駐蹕，親問主人翁。』前此詩人亦未

嘗諱言，何疑玉谿生也？（《唐音戊籤》）

【馮班曰】讀（末章）落句方知其事之隱。（《輯評》。何焯引）

【朱鶴齡曰】義山詩，往往借仙境作艷語。首章，言閬苑女牀，而以飛燕晶盤結之。次章，言蕭史洪崖，而以鄂君繡被結之，同一風旨。○七夕有期，至生魄之後，久而不來，是猶之網珊瑚□枝尚未生也。然神方鳳紙，內傳所載，人間共知，今獨不肯我顧，何哉？潘畊曰：首章曰『一生長對』，定其情也。次章曰『悵望』『獨眠』，致其思也。末章不免於怨矣。然曰『簾箔至今垂』，是盼望之情，終未有已也。義山詩，用意多如此。又補注曰：長材沉屈，志不得申。

【朱彝尊曰】（楊）妃入道之期，當在開元二十五年正月二日也。妃既入道，衣道士服入見，號曰太真。史稱不朞歲，禮遇如惠妃。然則妃由道院入宮，不由壽邸。陳鴻《長恨傳》謂高力士潛搜外宮，得妃於壽邸，與《外傳》同其謬。張俞《驪山記》謂妃以處子入宮，似得其實。而李商隱《碧城三首》一詠（楊貴）妃入道，一詠妃未歸壽邸，一詠帝與妃定情係七月十六日。證以『《武皇內傳》分明在，莫道人間總不知』，是足當詩史矣。（《曝書亭集》卷五十五。）

【何曰】（次章）此篇為觀伎作。　（三章）此篇蓋謂私其侍婢而作。唐人率以明皇為武帝。（《輯評》）

【《唐詩鼓吹評注》】此懷人而不可即，故以比之神人。言碧城之中，塵埃不染，時物皆春，已極清夷華美之象。而且閬苑有書，惟多附鶴；女牀有樹，無不棲鸞，亦迥異於常境已。於是思其人如星之沉於海底不可見，而當牕則猶可見；如雨之過於河源，雖可見而隔座則不可親，所以比之碧城之難至也。末二句未詳，或亦覬望之意，謂若得相親，當百年相守耳。（按：《鼓吹》止選第一首。）

【胡以梅曰】所懷之人不離乎私暱也。（首章）起處故以清虛高遠比之王母所居層城十二樓，然亦兼用青樓闌干十二曲（有青樓望郎之義早已微露）。次則譬其温和明净，已落到軟膩地面。三四初讀似若平平述仙家之事，然有書言音問之相通，附鶴則傳書之有使，而亦非凡禽也。女牀有雙關之用，無樹不棲鸞，非謂樹樹皆鸞，蓋言女牀之樹實為棲鸞之所，鸞憐孤影，乃戀匹之鳥，此已明白扣至詩旨矣。以下……總言遠離而心照，雖墮重淵而適異域，仍在窗前座上，咫尺之間。『星』字倣樂府借用『心』以惑人；『雨』陽臺之雨，又兼用雨散，且河能興雲雨，義相通也。結蓋惟願晝夜永不相離。（次章）為所歡出遊而防猜思慕之作也。首乃遥憶之詞。次乃出遊之候。三四言止可與郎依戀，切勿更與他人相親。防猜而丁寧，癡情之畢露也。五六摹想妝態妖嬌，擅長雅技，然曰『放嬌』，曰『狂舞』，則無貞静之氣，所以有三四之猜防耳。結言已之無聊，悵望獨眠，其情可勝言哉！一二謂其影其聲皆屬可憐，聲影今在採蓮之處也。由虛而實，兩句串下。……（三章）因勢不可為而致其情也。言初時原有佳期，至今垂簾相待，孰知月圓而有虧缺，珊瑚竟無舉網之機矣。聊將駐景神方以緩待歲華，止託鳳箋達意，明我相思已爾，此必有僨敗之者。故結句有畏人言而謝絶之意，即前『風波』『菱弱』之謂耶？

【錢良擇曰】三詩嚮莫得其解，予細按之，似為明皇、太真而作。何以知之？翫第三首結句而悟之，蓋以明皇為武皇，唐人之常也。則其為明皇事無疑也。以首二字為題，少陵多有此格，本《三百篇》章法也。（首章）（『碧城』四句）以仙家况宫中，比而興也。（『星沉』句）一星已沉海底，當窗又見一星。（『雨過』句）雨已遠過河源，隔座復看雨至。星取『小星』之意。雲取『雲雨』之義。星沉雨過，武惠妃已薨也。隔座當窗，太真入宫也。（『若是』二句）不夜珠、水晶盤用趙飛燕事，意以飛燕比惠妃，以合德比太真，言惠妃不死而專寵，或不致召亂也。（次章）（『對影』句）實是寫太真之美，聲影皆能動人。（『玉池』句）點華清賜浴事。（『不逢』句）指壽王也，不復相逢，莫更迴首。（『莫見』句）指禄山也，但借『拍肩』二字，故引不倫之人為喻，欲其詞之隱也。詩中臚列三人，文人毒筆。（『紫鳳』）二句寫其驕縱。（『鄂君』二句）鄂君指明皇也，蜀道雨淋鈴時，明皇亦不免獨眠矣。（三章）（『七夕』二句）點長生殿事。（『玉輪』句）已無復圓之望。（『鐵網』句）後期杳不可知，猶言『他生未卜此生休』也。（『檢與』）二句言洪都道士之荒唐。（『武皇』二句）總結三首，分明説出，所謂微而顯也。（據《唐音審體》。《輯評》以此為朱彝尊批語，唯小有差異。黄氏藏過録本此三首無竹垞批。）

【許昂霄曰】○首章云：前半咏妃為女道士，住内太真宫也；後半則又包舉始末言之，君恩難恃，一朝失寵便如星沉海底矣；佳人難得，一時遺還，無異雨過河源矣；今則當窗復見，隔座可看，即《外傳》中所云：既夜，開安興坊從太華宅以入，及曉，玄宗見之内殿，大悦。太白《清平調》云『長得君王帶笑看』，香山《長恨歌》云『盡日君王看不足』是也。若使皇綱無缺，天下久安，則百年相守，樂孰甚焉；無如日中則昃，月盈而食，漁陽鼙鼓驚破《霓裳》，奈何！○次章云：對影聞聲，暗指衣道士衣，奏《霓裳曲》也；玉池荷葉，則明指别疏湯泉，詔賜澡瑩矣，化實事于情景之中，最為超詣；三句遡其從前，四句要其後日，本無佳偶，安用迴思，既已定情，誓當偕老。簫史、洪厓皆當活看，不必定指何人。蓋既喜其芳年穉齒，又囑其白頭一心，即傳言定情之夕，授鈿合金釵以固之之意也。較元微之《古决絶詞》所云『幸他人之既不我先，又安能使他人之終不我奪』者，更進一層；五六極言貴妃之恃寵，結又微刺明皇之失德，然則雖欲一生長對，其可得乎？○末章云：舊評曰工部詩『宫中行樂祕，不使外人知』，結語翻案。此首用意全本樂天《長恨歌》及陳鴻《長恨傳》，起言避暑驪山，憑肩密誓，彼一時也，其樂如何；今則物在人亡，感慨係之矣，雖天上人間，後緣可結，而月中海外，良會何時？只十四字，而比翼連枝之願，天長地久之悲，俱隱括於其中。神方駐景，即《傳》所謂太上皇亦不久人間，幸唯自安，無自苦也；鳳紙相思，即《傳》所謂使者還奏太上皇，皇心震悼，日日不豫也。已上四句，皆言馬嵬之後，非言定情之初，故次句以至今二字領起，語意顯然；結聯又自為注出《武皇内傳》，蓋即隱指《長恨歌、傳》而言，因《傳》末言世所不聞者，又言予非開元遺民，不得知，故點化其語，收拾三章，非徒翻少陵之案也。（王士禛《帶經堂詩話》張宗柟附識引）

【黄周星曰】（首章）非仙境安得有此？（《唐詩快》）

【陸曰】疑此三詩為太真没後，明皇命方士求致其神而作也。方士託言太真尸解，今為某洞仙矣。故每篇多引神仙荒唐之説譏之。首以飛燕作結，次以鄂君作結，終以漢武作結，正欲讀者知其所指耳。（首章）按陳鴻《長恨歌傳》：『方士跨蓬壺，見最高仙山，上多樓閣，其間有署玉妃太真院者。』此篇起處，即指其境也。既曰仙境，自然無塵埃、無寒暑，而鸞鶴往來，非人間世之所得同矣。然太真其果在此山乎？星沉海底，雨過河源，即白居易所謂『升天入地求之徧』也。不知人死音容遂渺，猶之不夜之珠，到曉時光彩便散，若歿後尚能復來，則是珠光無間晝夜，而盤中歌舞，又何時已乎？此理所必無，而嘆明皇之不悟也，故引飛燕事結之。（次章）是篇又極言神仙渺茫，而譏方士之不經、明皇之不悟也。彼方士用少君術而致其神，呵筆畫像，事屬影響，乃見之帳中者，已曲盡綢繆。況生前同幸華清，出沐於蓮花湯中，何等寵愛。今神人道殊，未明促別，豈復能回首拍肩，時時相遇乎？憶天寶中《霓裳》之舞，紫雲凌波之奏，不難使鳳凰來儀，游魚出聽，曾幾何時，而迴天轉地之人不可復作。誰與為歡？有獨眠而已。再引鄂君之事結之。（三章）陳鴻《傳》稱：『太真……以七夕感牛女事相告。且曰：「由此一念，義不復居此，當於下界，且結後緣。」』此篇借漢武事為刺也。按《漢武内傳》：『元封元年四月戊辰，帝於承華殿，忽見一女子曰：「我墉宫玉女王子登也。七月七日，王母暫來。」』故曰：『七夕來時先有期』也。帝張錦幃以候雲駕，故曰『洞房簾箔至今垂』也。三四借上作翻，言七夕一年一度，轉瞬即届，而世世為夫婦之事，渺然無期也。五六仍接内傳言之。傳稱王母授帝益精易形之術，故曰『檢與神方教駐景』也；又與上元夫人書云：『但不相見四千餘年』。夫人復以『阿環再拜，上問起居』云云，故曰『收將鳳紙寫相思』也。方士傳太真有決再相見，好合如舊之語，當時甚秘，惟恐人知，故終引漢武帝事結之。

【徐德泓曰】三章應是幕府中失意而作也。（首章）此章首二句，言境地之佳。第三句，喻任使者。第四句，喻得地者。第五句，喻己身不遠，故曰『當窗見』。第六句，喻不能沾潤，故曰『隔座看』。結仍冀望之情。言若有明鑒而不惑者，則長仰其清光也。即所謂得一知己，一生不恨意。（次章）此應為同事者發。首句有鄙薄意，而其時正在幕中，故接句暗用蓮花幕事也。三四句，喻非吾侣勿再濫與也。五六句，只在『狂』『放』二字，狀其擾亂歌筵雅會也。末以鄂君自況，而曰『繡被焚香』，曰『獨自』，其矜貴不羣之象可見。（三章）此似為有所許而未踐者發。首二句，言先有約而迄今不至也。中四句，曰『生魄』，則圓期已過；曰『未有枝』，則尚無所獲也。其惟駐景以待，而相思愈難釋矣。結語，蓋謂前言可據，豈能掩飾乎？仍是望之之意。

【陸鳴臯曰】右三首，泛作遊仙，意無歸着，若參別解，尤覺模糊，應須作如是觀也。

【姚曰】三首總是君門難近之詞，借仙家憶念之詞以寓意耳。（首章）首句言地位之崇高；次句，言陰翳所不到。書附鶴、樹棲鸞，鸞鶴皆仙家傳信之使，言非無媒妁之可通也。處此境界，隱情可以無所不達，雖海底星沉，當窗可見；河源雨過，隔座能看。星沉雨過，皆捉摸不定事，猶且瞭如指掌。所慮者，日光之映射不均，以致月體之圓缺有異，斯實眄望者所無可如何。否則一生常對團圞之月，豈不快耶！（次章）此首則憂或間之之詞。對影聞聲，親近無由。玉池荷葉，隱密難見。若使逢蕭史而回首，遇洪崖而又拍肩，則專一之志荒矣。且世間有情之願進左右者何限，銜佩則紫鳳放嬌，撥絃則赤鱗狂舞，彼孰非爭妍而妒寵者？獨眠惆悵，豈無繡被焚香之鄂君乎？青眼諒當有屬矣。（三章）此首則言有感之無不通也。未來必先有期，故深垂簾幙以待之。此時一點誠心，如顧兔初生之魄，不圓滿不已；如珊瑚未茁之枝，不透出不休。於是神方駐景，暗授靈文；鳳紙相思，不愁間闊。如《武皇內傳》所志，人間天上，直呼吸可通耳，曾何壅閉之足憂哉！此詩向來解者多涉支離。胡孝轅謂其為當時貴主為女道士者發，亦因蕭史一聯耳。然詩旨淵微，必坐定事實，語妙反覺易窮，不如以詩還詩之為得也。

【屈曰】詩有小序者可解，無者不可強解。玉谿《無題》諸作，人皆知為男女怨慕之詞，獨《碧城三首》，或指明皇，或解嫁虜公主，何也？凡此類讀者但知其必有寄托而已。當就詩論義，若必求其事以實之，則鑿矣。（首章）（『星沉』二句）當碧城之窗，隔碧雲之座也，咫尺千里之意。○一二仙境清貴。三四靈妙，五六深遠。然雖可見可看，而沉、過無定，不如一生日月常對之為愈也。曉珠，日也；水晶盤，月也。結二句交互法，言如日月之明而又定，得一生長對也。（次章）一二憶昔日相見時地。三四遥囑之詞，猶言除我一人莫更求新知也。五六憶當時之歡情。七八今之凄凉，與五六對照。（三章）一當時不負所約，二會處至今無恙。三新月如故。四比美人不見也。五願長得少年。六相思無已。乃今日之有期不來者，將毋畏他人知耶？然《內傳》分明，莫道人之不知，何用避忌而不一會也！詩之文義如此，若必欲求所指何人何事，誰能起玉谿於九原而問之哉？

【程曰】唐時貴主之為女道士者不一而足，事關風教，詩可勸懲，故義山累致意焉。（首章）首二句明以道家碧城言之，謂其蕊宫深邃，天地肅清，犀玉之琛，莊嚴清供，自是風塵外物，豈有薄寒中人。孰知處其中者意在定情，傳書附鶴，居然暢遂，是樹棲鸞，是則名為仙家，未離塵垢。豈以牽牛織女，天上有之；神女陽臺，人言可信耶？於是當窗所見，每致念於雙星；隔座所看，慣興思於雲雨。當此幽期，唯求長夜；若是趙后之珠，照嬙為妍，能至曉而不變，則不至色衰愛弛，漢主當一生眷之，長對其於水晶盤上矣。此第一首，泛言其梗概也。第二首言之加詳。首二句借用梁武帝《歡聞歌》詞，不但對玉郎之影，惝怳目成，即或聞玉郎之聲，亦復神往，此所以為可憐也。三四言蕭史乃嘉偶也，既以未遇其人不為迴首矣，若洪崖則道侶耳，豈可嫌疑不別，輕與拍肩乎？五六言其塵心未斷，情欲日滋，乃致放嬌之紫鳳，竊銜楚佩；狂舞之赤鱗，敢撥湘絃。紫鳳以喻紈袴膏粱之屬，赤鱗則喻賣珠射鳥之流矣。七八言其人綢繆繾綣，有如鄂君之于越人，可揄袂而擁之，舉繡被以覆之，庶為我心寫兮，若獨宿焚香之夜，得無黯然銷魂，易生悵望耶？此首較前，已極寫其放蕩矣。第三首則直紀其迹之彰著而致警於人言之可畏也。起謂如女牛之會合多時，簾箔之深垂甚秘。顧兔生魄，早已有娠，珊瑚無枝，但猶未產耳。然而顏色將衰，或有徐娘老矣之歎，何不檢與神方，留駐光景。抑或柔情不斷，當有蕭郎路人之怨，自必收將鳳紙，再寫相思。言至此，盡其情矣。雖然，古昔有之，不獨此也。漢武帝臨幸大長公主，呼賣珠兒董偃為主人翁，載在史册，何可不思所以懲乎？按劉中山《過九仙公主舊苑》亦云：『武皇曾駐蹕，親問主人翁』，用意與此正同。嘗見箋此三首，因唐人率以明皇為武帝，遂以此為玉環而作，未見其允。胡氏《統籤》亦謂為貴主之為女道士者，似與三首通暢。愚嘗謂義山作此等詩，鄙褻至矣。使不善學者讀之，即以為冶容誨淫可也。山谷懺悔綺語，義山作俑可乎？然考其源本，實從《國風》《離騷》及《三都》《兩京》《長楊》《羽獵》諸賦得來，蓋侈言其情事，而歸之於正道，所謂備鑒戒也。

【馮曰】三詩向莫定其解。《曝書亭集》曰：一詠楊貴妃入道，一言妃未歸壽邸，一言明皇與妃定情係七月十六日，固未然也。錢木菴亦有楊妃之解，然首章總不可通，餘亦未融洽，要惟胡孝轅《戊籤》謂刺入道宮主者近之。第其句下所釋尚有誤會者，余更為演之曰：首章泛言仙境，以賦入道。首句高居，次句清麗温柔，入道為辟塵，尋歡為辟寒也。三四書憑鶴附，樹許鸞棲，密約幽期，情狀已揭。下半尤隱晦難解。竊意海底河源，暗用三神山反居水下與乘槎上天河見織女事，謂天上之星已沉海底而乃當窗自見，暮行之雨待過河源而後隔座相看，以寓遁入此中，恣其夜合明離之迹也。『曉珠』似當謂日，水晶盤專取清潔之意，不必拘典故。本集中『慢妝嬌樹水晶盤』狀女冠之素艷矣。惟曉珠不定，故得縱情幽會；若既明且定，則終無昏黑之時，一生只宜清冷耳。蓋以反托結之也。次章先美其色。對影聞聲已極可憐，況得游戲其間邪？不逢蕭史，謂本不下嫁，何有顧忌！莫見洪崖，謂得一浮邱，情當知足。紫鳳、赤鱗，狂且放縱之態。然而尚有欲親而未得者，故獨眠而悵望耳。三章程箋頗妙，謂紀其跡之彰著，而致警於人言之可畏也。首句遡歡會也。次句以深藏引起下聯。兔曾在腹，網未收枝，比喻隱而實顯，當與《藥轉》參看，《戊籤》謂為初瓜寫嫩，誤矣。五六惟願美色不衰，歡情永結，若云鴻都道士，絕不可符。結二句總括三章，《漢武内傳》多紀女仙，故借用之，不可泥看。孝韓之子夏客云……（按：見前引胡箋）以此解之，通體交融矣。若以武皇為定指明皇，則楊妃之事，先後詩人彰之篇什，即本集中明譏毒刺，不一而足，何獨於此而必隱約出之哉？

【李有斐曰】曉珠，啟明也，極切『曉』字，而於《戊籤》所謂『曉珠不定，是以有星沉雨過之惆悵』，意尤順。明又定，則既無陰雨以阻其來，又不嚮晨以阻其去，可永遂其綢繆之樂矣，故云『一生長對水晶盤』也。（《才調集補注》引）

【姜炳璋曰】此義山數干令狐而不之省，故含怨而作。首章，言大中新政，黨人無不得志也。『碧城』，帝闕之喻也。『附鶴』『棲鸞』，言鶴書皆得上達，鸞鳥皆得棲止，無不彈冠以慶，如增州縣官三百八十三員之類是也。星沉海底，當窗可見；雨過河源，隔座能看：幽隱無不畢達，如會昌時貶逐五相同日北遷，德裕所斥去者無不起用是也。『水精盤』，月也，月無光，近日則光漸闕，遠日漸圓；『曉珠』，謂日，指君也，日光不至，遠近不定，則月長圓矣。喻君心一改，則朝局忽更，今君心既向汝矣，又能安定，不可長保富貴乎？如又不定，則大中即會昌之續，蓋危之也；着一『又』字，意婉而深。○次章，言己見惡於綯之故也。玉池瀲瀲，荷葉田田，月影風聲，疑美人之來，而竟不來，則何故也？蓋不遇太牢之黨人，便難回首，莫見贊皇之親厚，又去拍肩；我不能然，故見絕於人耳。於是滿朝側目，僉曰『詭薄無行』，無不放情狂舞，以相指摘。故美人日遠，使多情之鄂君徒悵望於舟中，而獨自眠矣。美人喻綯，鄂君自謂。○三章，刺綯之聽信其子，而疏故人也。《南部新書》：綯在相位，一取決於子滈。《唐書》：綯執政，時人號滈為白衣宰相。故起居郎張雲直謂滈納賄，陷父於惡也。王母來往，先有玉女相約，喻綯舉動必使其子先通。洞房簾箔，待王母，實先待玉女也。夫滈少年無學，正如玉兔之初生魄，珊瑚之未有枝，有何才華使與政事？而夤緣者争修禮待命，乃教之駐景，則檢與神方，如徙故人為近州刺史，使便道之官也。鳳紙相思，則力為收用，如蔣伸所謂近日官頗易得，人思僥幸是也。夫神仙閟密，玉女通約，《漢武内傳》猶傳之，況滈以宰相子暗執朝權，踪迹詭秘，而天下有不知之者乎？吾恐曉珠又將不定，而晶盤殊難久對也。○胡氏《統籤》云：《碧城三首》蓋咏其時貴主事。唐公主多自請出家，與二教人媟近。商隱同時，如文安、潯陽、平恩、邵陽、永嘉、永安、義昌、安康諸主，皆丐為道士，築觀於外。史即不言他醜，頗著微辭。詩中蕭史、洪崖一聯，大旨已明。《居易録》因以『梁家宅里秦宫入』『賈氏窺簾韓掾少』『一片非烟隔九枝』為戚里中語也。程氏注此詩，謂『星沉』『雨過』為牛女陽臺，『紫鳳』『赤鱗』為道侶淫媟，『玉魄』『珊瑚』為懷孕私産。匪曰《香奩》，實同穢史。雖唐人中冓之言，視若等閑，然亦不至於此也。

【紀曰】三首確是寓言，亦無題之類，摘首二字為題耳。然所寓之意則不甚可知。胡孝轅以『不逢蕭史』一聯謂刺當時貴主，朱竹垞又以『七夕來時』一句定為追刺明皇，援據支離，於詩無當。義山一集，佳作多矣，不食馬肝，未為不知味也。（《輯評》） 又曰：詩有衆説糾紛者，既無本事，難以確主，第各就所見領略之，亦各有得力耳。《碧城三首》，可如是觀也。○《錦瑟》體澀而味薄，觀末二句，意亦止是耳。《碧城》則寄託深遠，耐人咀味矣。此真所謂不必知名而自美也。（《詩説》）

【薛雪曰】宋邕遊仙詩，製題極惡，詩則頗有佳句，破綻處亦不少。『天上人間兩渺茫，不知誰識杜蘭香』，與李玉谿『《武皇内傳》分明在，莫道人間總不知』，一個『分明在』，一個『兩渺茫』，一樣靈心，兩般妙筆。

【翁方綱曰】義山《碧城三首》，或謂咏其時貴主事，蓋以詩中用蕭史及董偃水精盤事。阮亭先生亦取其説。然竹垞《跋楊太真外傳》……（其）説當為定解，而注家罕有引之者。（《石洲詩話》）

【施補華曰】《碧城》諸詩，似説楊妃事，而語特含渾，至『鄂君悵望』二句，明指壽王，猶較《馬嵬》蘊藉。

【楊鍾羲曰】西齋（按：西齋姓博爾濟吉特氏，官洗馬，著有《偶得》三卷）《偶得》論義山詩云：「《碧城三首》，不惟朱竹垞之辨甚確，末首直出《武皇内傳》，即作者亦恐人誤仞而明言之，必曲為公主入道之説，則所謂「人間不知」者何事，詩人何為而鄭重言之乎？今為逐句箋之，然後義山之意可見。貴妃以女道士入宫，故三首皆作仙家語。第一首，首聯以仙山比宫禁。三句言選入，四句言進宫。三聯「星沉雨過」，蓋指武惠妃殂後，而阿環乃專承恩倖。末聯以趙家姊妹餽遺之物，寄言武惠若未殂，猶得交相妒寵，或不致佚樂而受禍，詩人忠厚之旨也。二首乃指入宫時事，「對影聞聲」，人言妃之美也。「玉池蓮葉」，竹垞謂妃以處子入宫。蕭史者壽王，洪厓指帝。皆以仙人喻之也。或曰洪厓謂禄山者，非。蓋唐人詠妃事，多言其入宫怙寵，未有斥及阿犖者。「紫鳳」一聯，驕縱已極。「鄂君悵望」，亦謂壽王。焚香獨自眠，即「薛王沉醉壽王醒」之意。有謂此言妃殁後帝思妃，非是。蓋三首始言妃之死也。「七夕相逢」溯入宫之日。「簾幙至今垂」，人不見矣。「桂輪生魄」喻月缺。「珊瑚無枝」喻花殘。「神方駐景」隱鴻都客事。「鳳紙相思」即長恨歌意。唐人無不以秋風客擬南内人，作者已顯言之，更何必出己意以為曲説哉！」其説可謂融洽分明。（《雪橋詩話》）

【王闓運曰】（首章『犀辟』句）至寶丹。（『星沉』二句）海底未知何意，『星沉』『雨過』亦不可解。（《手批唐詩選》）

【張曰】此詩向無定解，惟胡孝轅戊籤云……其説大通，已詳馮箋矣。若謂指明皇、貴妃，必非也。大抵義山好道，好以仙情艷語入詩，有實有本事者，亦有别有寄託者，細審實不易分别。苟所解於通體不甚融洽，固不如仍舊説之為愈矣。（《會箋》）

【黄侃曰】程以三詩皆刺貴主之為女冠者，以備勸懲，是也。七八句皆用《飛燕外傳》事，知以趙氏比貴主；五六句即第三首末二句意，言其蹤跡雖秘，而物議已滋，所以戒驕淫、止佚蕩，此與陳鄭變《風》何異？其二，二句即承『可憐』之意。『憐』『蓮』音同，吴聲歌曲，皆以『蓮』為『憐』也。紫鳳、赤鱗，皆喻狂佼。『鄂君』以喻未見洪崖以前所遇之人。其三，三四句當如程説。七八句諷刺之意至顯。韓退之《華山女》詩篇末云：『豪家少年豈知道，來繞百匝脚不停。雲窗霧閣事慌忽，重重翠幔深金屏。仙梯難攀俗緣重，浪憑青鳥通丁寧。』與義山此詩意同，而退之蘊藉矣。

【按】胡震亨、程夢星、馮浩等謂詠女冠戀情，且箋解已大致融洽，他説可勿論矣。題稱『碧城』，以為摘首二字為題固可，解作女道觀或更直接。首章起聯狀道觀之華美、潔浄、温煦。道觀每以幽寂為言，此曰『玉辟寒』，自是暗示其為歡愛温暖之所。然如馮氏謂『入道為辟塵，尋歡為辟寒』，則似過於拘泥，詩乃描繪其境界、氣氛，而非直接設喻也。次聯謂此仙宫閬苑，幽期密約，多傳鶴書；女牀山上，男歡女愛，無不雙棲。『女牀』雙關，『鸞』指男性。曰『多』、曰『無不』，可見所指非一，『碧城』中皆如是也。後幅頗不易解，五六似承『女牀棲鸞』，寫幽歡既畢，天將破曉，分手前彼此當窗隔座相對情狀。碧城天上宫闕，故曉星沉海，當窗可見；雨過河源，隔座可望。『雨』取『雲雨』之意，歡會既罷，又將别離，故當窗隔座，嘿然相對，見星沉海底，良時已逝，不免悵然有觸。明日詩前幅『天上參旗過，人間燭燄銷。誰言整雙履，便是隔三橋？』意可互參。馮謂『夜合明離』，極是。七八即因夜合曉離，不能朝夕相伴而生幻想，謂彼姝若能化為『明』而『又定』之寶珠，則可將其貯之水精盤中一生永對矣。陳貽焮謂：『露珠易乾，雖明而不（固）定，所以希望它既明又定。』釋『曉珠』亦切當。次章前六句追憶昔日歡會。首聯云睹其身影、聞其聲音已覺可愛，何況親與歡會相接乎？『玉池荷葉正田田』，隱『魚戲蓮葉間』之意，暗寓男女歡愛。次聯係叮囑之詞，謂今後不逢蕭史（男主人公自指）休回顧生情，莫見道侣（洪崖）又生他念也。腹聯描繪歡愛恣情之狀。紫鳳喻女，赤鱗喻男。七八二句收歸目前之獨宿，『悵望舟中夜』，即遥憶當日歡會之意。『繡被焚香獨自眠』者，係鄂君，即詩中男主人公。三章首聯謂雙方如牛女相會，本有期約，然彼洞房之簾箔，至今深垂，何其寂寂而深秘也！次聯明所以然之故，謂對方已有身孕，然猶未産，故簾箔深垂，隔絶不通。腹聯謂檢與神方，令其駐容光而不老；收起鳳紙，且暫停抒寫刻骨之相思。末聯承第六句，謂《武皇内傳》借仙寫艷，其事歷歷分明，此碧城内幕，人間又豈能無知之者，值此『顧兔初生魄』之時，自當有所避隱也。

此三首究係自叙艷情，抑從旁觀角度寫女冠艷情，不易確定。

當句有對①

密邇平陽接上蘭②，秦樓鴛瓦漢宮盤③。池光不定花光亂，日氣初涵露氣乾。但覺遊蜂饒舞蝶，豈知孤鳳憶離鸞〔一〕④。三星自轉三山遠⑤，紫府程遥碧落寬⑥。

〔一〕『憶』，戊籤作『更』。【馮曰】止有冶情，並無離恨。對『饒』字似當作『更』。

①【朱彝尊曰】此格僅見。（錢良擇《唐音審體》云：『此格僅見，録以備體。未詳所本，俟更考之。』）【何曰】每句中有對，所謂當句對格也。此游戲之筆。（《讀書記》）【程曰】題只以詩格為言，蓋即無題之義也。【馮曰】八句皆自為對，創格也。標以為題，猶無題耳。

②【道源注】《三輔黃圖》有平陽封宮。又《漢書》：『平陽侯曹壽尚帝姊，號平陽主。』李適詩：『歌舞平陽第，園亭沁水林。』《西京賦》：『正壘壁乎上蘭。』師古曰：『上蘭，觀名，在上林中。』徐陵詩：『欲知迷下蔡，先將過上蘭。』　【馮注】《三輔黃圖》：『上林苑中有上蘭觀。』

③【朱注】《鄴中記》：『鄴都銅雀臺皆鴛鴦瓦。』梁昭明太子詩：『日麗鴛鴦瓦。』　【馮注】吳均詩：『屋曜鴛鴦瓦。』《白帖》：『鴛鴦甑瓦。』秦樓頂平陽，漢宮頂上蘭。

④【何注】梁元帝《琴曲纂要》云：『西漢時有慶安世者，為成帝侍郎，善為《雙鳳離鸞》之曲。』（《輯評》）　【補】饒，憐也。

⑤【朱注】《詩》：『三星在天。』注：『心星也，昏見東方。』三神山，在海上。　【馮注】《詩傳》曰：『三星，參也；在天，始見東方也。三星在天，可以嫁娶矣。』

⑥【馮注】《十洲記》：『青邱紫府宮，天真仙女遊於此地。』

【蔡啟曰】文章變態固亡窮盡，然高下工拙亦各繫其人才。子美以『盤渦鷺浴底心性，獨樹花發自分明』為吳體，以『家家養烏鬼，頓頓食黃魚』為俳偕體，以『江上誰家桃樹枝，春寒細雨出疎籬』為新句，雖若為戲，然不害其格力。李義山『但覺遊蜂饒舞蝶，豈知孤鳳憶離鸞』，謂之當句有對，固已少貶矣。而唐末有章碣者，乃以八句詩平側各有一韻……自號變體，此尤可怪者也。（郭紹虞《宋詩話輯佚·蔡寬夫詩話》）

【洪邁曰】唐人詩文，或於一句中自成對偶，謂之當句對，蓋起於楚辭『蕙烝蘭藉』『桂酒椒漿』『桂櫂蘭枻』『斲冰積雪』。……李義山一詩，其題曰《當句有對》……。其他詩句中如『青女素娥』對『月中霜裏』，『黃葉風雨」對「青樓管絃」，「骨肉書題」對「蕙蘭蹊徑」，「花鬚柳眼」對「紫蝶黄蜂」，「重吟細把」對「已落猶開」，「急鼓疏鐘」對「休燈滅燭」，「江魚朔雁」對「秦樹嵩雲」，「萬户千門」對「風朝露夜」，如是者甚多。（《容齋詩話》）

【朱彝尊曰】（七八句）自慰語可憐，當與香山「隔牆如隔山」參看。

【何曰】詩不必佳，在三十六體中自齊梁格詩變出。三四覆裝，便不覺累重。〇（首句）反呼「遥」「遠」。〇三四透出傷春。（《輯評》）

【陸曰】此亦刺貴主之事，因每句各自為對，詩中别有此體，故即以之命篇耳。按《漢書》：「平陽侯曹壽，尚帝姊，號平陽主。」起句用之，蓋有所指也。夫主第而密邇上蘭，則鴛瓦露盤，近在咫尺，豈外人所得窺伺乎？三四是寫景，五六是寫情，言當此花露紛披之下，但覺遊蜂舞蝶，共樂春光，而不知孤鳳離鸞，長懷别恨。一詩注意，全在此處。三星在天，會合之時也。三神山在海外，可望不可即之地也。「紫府程遥」句，見其人甚遠，而無可蹤跡也。於第六句陡轉本意，即承此意作結，又是一法。

【徐德泓曰】此亦失意之詩。首二句，寫禁地景象。第三句，喻用人無定鑑而途雜也。第四句，言恩澤之衰，用湛露晞陽語意。第五句，喻求進之人。六句，則自況耳。結意謂三星乃會合之詩，今自轉而無與于人矣。清禁之地，豈能至乎？

【姚曰】此譏恩倖之争進也。咫尺禁近，呼吸可通。「池光」句，見獻媚者之多途；「日氣」句，見邀寵者之無已。中聯承上起下。三星在天，不妨待時；三山隔海，何妨路遠！一切紛紛，真所謂「匪我思存」者也。此七律中遊戲格。

【屈曰】秦樓漢殿，已成故跡。三比其皆空，四比其易敗。今者惟饒蜂蝶，徒憶鳳鸞，晝夜如流，神山甚遠，安能入紫府而騰碧落乎？

【程曰】此寄懷貴遊女冠之作。

【馮曰】此亦刺入道公主無疑。（三句）任其取適，（四句）夜合曉離。（五六）止有冶情，並無離恨。（七八）三星寓好合，三山指學仙。曰遥、曰寬，見遁入此中更無拘束。

【王鳴盛曰】義山《無題》詩極著名，豈知其有題者亦皆無題也。如《當句有對》之類，則無題之尤者矣。廋詞讔語，可解不可解，隨人作解耳。此詩若解作蜂蝶得意，鸞鳳獨居，借慨己之不遇，以寫其怨，亦得也。

【紀曰】西崑下派。

【姜炳璋曰】此刺公主為女冠者。一二，言宫觀之侈。三四，言園池之美。五六，言蜂蝶相依，鸞鳳相憶，男女之情亦猶是也。七八，乃求必不可得之仙胡為乎？唤醒之也。『鳳憶離鸞』，是對面言之，正可知離鸞之必憶鳳矣。

【張曰】此初除博士之寓言也。首二句言復官輦下，密邇禁近。『池光』句，言從前隨黨局流轉，無有定止。『日氣』句，言今日新得沾溉，然已力盡心瘁矣。『但覺』二句，言人但見我遷官，如遊蜂舞蝶之得意，而豈知貌雖合而神則離，我仍望其重諧鸞鳳耶？結言雖得遷除，而顯達尚未可期也。（《會箋》）又曰：此有寓意，豈西崑塗澤所能及！（《辨正》）

【錢鍾書曰】此體創於少陵，而名定於義山。少陵《聞官軍收兩河》云：『即從巴峽穿巫峽，便下襄陽向洛陽。』《曲江對酒》云：『桃花細逐楊花落，黄鳥時兼白鳥飛。』《白帝》云：『戎馬不如歸馬逸，千家今有百家存。』義山《杜工部蜀中離席》云：『座中醉客延醒客，江上晴雲雜雨雲。』《春日寄懷》云：『縱使有花兼有月，可堪無酒又無人。』又七律一首題曰《當句有對》，中一聯云：『池光不定花光亂，日氣初涵露氣乾。』（《談藝録》）

【按】此寫女冠無疑。首句謂其居處（道觀）與平陽第、上蘭觀相鄰接，暗示其貴主身份。次句狀道觀之壯麗，暗示其明為求仙（漢宫盤），實效鴛鴦雙棲（秦樓鴛瓦）。次聯寫道觀景色：池光閃爍，花影繚亂，曉日暉映，露氣初乾，透出春色紛然撩人意緒。腹聯出句承上，謂但感遊蜂憐愛舞蝶，春意正濃；對句啟下，謂豈知此孤鳳（指貴主之為女冠者）之思念離鸞（其意中人）乎？末聯由『憶』字生出，謂時光流轉，而所思遥隔，會合無期。『三山』『紫府』指對方所居道觀。天闊地遥，宜所思者之可望而不可即。『三星自轉』，着一『自』字，好合無期之意可見，馮箋非。

藥轉①

鬱金堂北畫樓東②，換骨神方上藥通③。露氣暗連青桂苑④，風聲偏獵紫蘭叢⑤。長籌未必輸孫皓⑥，香棗何勞問石崇⑦。憶事懷人兼得句，翠衾歸卧繡簾中。

集注

①【朱注】《神仙傳》：『藥之上者有九轉還丹，太乙金液。』僧中寤詩：『爐燒九轉藥新成。』　【馮注】真誥：『仙道有九轉神丹。』

②【朱注】《説文》：『鬱金，香草也。』《魏略》：『大秦國出鬱金。』樂府：『盧家蘭室桂為梁，中有鬱金蘇合香。』沈佺期詩：『盧家少婦鬱金堂。』《文昌雜録》：『唐宮中每行幸，即以鬱金布地。』鬱金堂，或以鬱金然於堂中也。庾信詩云：『然香鬱金屋。』　【馮注】《周禮·春官》：『鬱人。』注：『鬱金，香草。鄭司農云：鬱為草若蘭。』《説文》：『鬱，芳艸也。十葉為貫，百廿貫築以煮之為鬱。一曰：鬱鬯，百草之華，遠方鬱人所貢芳艸。鬱，今鬱林郡也。』戴延之《西征記》：『洛陽城有鬱金屋。』

③【朱注】《漢武内傳》：『王母謂帝曰：「子但愛精握固，閉氣吞液，一年易氣，二年易脈，四年易肉，五年

易髓，六年易筋，七年易骨，八年易髮，九年易形。」杜甫詩：『相哀骨可換。』《文選注》：『《養生經》：上藥養命，五石練形，六芝延年，中藥養性，合歡蠲忿，萱草忘憂。』【補】商隱《上河東公啟》：『換骨惟望于一丸。』

④【朱注】嵇含《南方草木狀》：『桂出合浦，生必以高山之巔，冬夏長青，林無雜樹。』【馮注】《御覽》引《洞冥記》：『武帝使董謁乘琅霞之輦以昇壇，至三更，西王母至。壇之四面列種軟條青桂，風至，桂枝自拂階上遊塵。』按：《洞冥記》刊本作『列種軟棗，條如青桂。』壇則武帝所起壽靈壇也。

⑤【程注】宋玉《風賦》：『獵蕙草。』【朱注】《楚詞》：『秋蘭兮青青，緑葉兮紫莖。』劉次莊《樂府集》：『今沅澧所生花，在春則黄，在秋則紫，然春黄不如秋紫之芬馥。』【馮注】班固《漢武内傳》：『西王母紫蘭宫玉女王子登常為王母傳使命。』按：則『紫蘭』亦可指女冠。

⑥【道源注】長籌，厠籌也。《法苑珠林》：『吴時於建業後園平地獲金像一軀，孫皓素未有信，置於厠處，令執屏籌。至四月八日浴佛時，遂尿頭上，尋即通腫，陰處尤劇，痛楚號叫，忍不可禁。太史占曰：「犯大神聖所致。」宫内伎女有信佛者曰：「佛為大神，陛下前穢之，今急，可請耶？」皓信之，伏枕皈依，懺謝尤懇，以香湯洗像，慙悔殷重，隱痛漸愈。』

⑦【道源注】《白帖》：『石崇厠中嘗令婢數十人曳羅縠，置漆箱，中盛乾棗，奉以塞鼻。大將軍王敦至，取箱棗食，羣婢笑之。』【朱注】按《世説》：『石崇厠常有十餘婢侍列，皆麗服藻飾，置甲煎粉、沉香汁之屬，又與新衣著令出，客多羞不能如厠。王敦往，脱故衣，著新衣，神色傲然。羣婢相謂曰：「此客必能作賊。」』又曰：『王敦初尚舞陽公主，如厠，見漆箱盛乾棗，本以塞鼻，王謂厠上亦下果，食遂至盡。羣婢莫不掩口。』《白帖》合之為一，義山詩亦如此用，豈別有所據耶？【馮注】按《語林》又有劉寔詣石崇家如厠之事，亦見《晉書・傳》。

【王夫之曰】義山詩寓意俱遠，以麗句影出，實自《楚辭》來。宋初諸人得其衣被，遂使西崑與《香奩》並目，當於此篇什了不解其意謂。（《唐詩評選》）

【朱彝尊曰】題與詩俱不可解。

【何曰】此自是登厠詩。（《輯評》）

【陸曰】在《義山集》中，亦是無題一類，觀『憶事懷人』句可見。通篇説得其人身份極高。所居者，金堂畫樓，非寒素之冑；所餌者，神方上藥，自非凡俗之軀。且青桂紫蘭，紛羅交錯，披拂之下，風露皆香，夫豈人間世之所得同耶？以故孫皓長籌，石崇香棗，有見為齷齪而不屑道者，此其人固我所往來於中，以期旦暮遇之者也。乃翠衾獨卧，望見無由，其能已於詠歌嗟歎乎？

【徐德泓曰】此詩大意為被讒而發，有脱然無累意，故因『換骨』句，而以『藥轉』名題也。首二句，自高其地位身分。頸聯，喻小人讒搆君子也。腰聯，喻穢惡不能污己，故兩用登厠事。結有從容自在，悠然不較之意。

【徐夔曰】此言冰山之不可托也。『換骨神仙』謂可生可死、可富可貴、可貧可賤，其權勢直能換人之骨。『露氣』句謂内通宫闈。『風聲』句謂戕害善類。五六極説豪華，却深刺之，言此人必有亡國敗家之禍如孫皓、石崇其人者。一結謂我亦曾過其家，識其人，從此不敢登其堂矣。用『翠衾』『綉簾』，與上始稱。『長籌』『香棗』，言此人穢濁之至。大約其時中官横行，如仇士良輩，義山有鑑於此而作此詩也。（《李義山詩集箋注》。轉引自王欣夫《唐集書録十四種》，載《中國古典文學叢考》第一輯，復旦大學出版社一九八五年版）

【姚曰】玩詩意，必有以女俠如紅線之類隱青衣中為厠婢者，故於其去後思之。處金堂畫樓之地，而獨得移形換骨之方。桂苑蘭叢，往來風露，定從淪謫中來也。長籌香棗間，愈隱晦愈不可測。因憶向者乍見其人，便覺有異，每於翠衾歸臥時賦詩憶念，然紅粉中別具青眼者，世有幾人？

【屈曰】堂北樓東便有換骨神藥。露連青桂，風獵蘭叢，聲可聞，氣可通，而人不可見也。五六往事。七緊承五六，翠衾歸臥，無聊之思也。未必輸，言懺悔之也；何勞問，往來已久也。第七句已説明。

【程曰】此篇為媟嫚之辭無疑。命題『《藥轉》』，向來皆無明注。嘗聞於朱竹垞先生，以為字出道書，如厠之義也。今竹垞往矣，無從質問，而道藏浩衍，未易檢閱。惟以詩意考之，誠為夜起如厠，有所悵望而作。起二句謂其人之所居深邃，非有飛仙之術不易通也。三四謂夜暮之時，接連之地，亦未嘗不可以往。無如風聲獵獵，未免恐人。五六則用如厠事，或其人如厠上紫姑之身世，而義山託意於古之祝詞，以為其夫已出，其姑不在，可以出矣。使執長籌，未必輸孫皓之役金像；使司香棗，不復問石崇之置侍兒矣。七八言其事已往，其人無聞，徒憶之懷之，付諸吟詠，而彼繡簾深垂，翠衾歸臥，曾知此情否也？

【馮曰】此篇舊人未解，而妄談者託之竹垞先生，以為藥轉乃如厠之義，本道書，午橋采以入箋。余曾叩之竹垞文孫稼翁，力辨其誣也。頗似詠閨人之私產者，次句特用換骨，謂飲藥墮之。三四謂棄之後苑。五六借以對襯。結則指其人歸臥養痾也。穢瀆筆墨，乃至此哉！

【紀曰】題與詩俱不可解，即以詞格論之亦不佳。（《詩説》）

【姜炳璋曰】『藥轉』者，猶云換骨金丹也。凡文之拙者，使之工；士之賤者，使之貴，皆取義於此。義山本傳：令狐楚帥河陽，授以章奏之學，其擢進士，由令狐綯薦之。後以善李衛公黨，綯不悦。蓋是詩作於此時，贈綯以自解也。一二，言居於幕府，而授以文訣也。暗通桂苑，謂薦於高鍇；偏獵蘭叢，謂登第得官，獵取微名也，則受恩深矣。況我之長才，豈肯等於厠籌；我之芳名，豈竟同於乾棗？言綯所素知也。內含怨憤之意，故取喻極微，猶云子毋棄我如敝屣耳。結出憶事懷人，歸束全篇，惟有歸臥繡衾以待命而已。此綯居政府，義山頹落已甚，不得已而為此自解之辭。長孺以為媟姬，固非。而或以為當時有女俠為厠婢，或以為夜起如厠有感，皆以五六誤之也。

泥此二語，全詩皆不可通。

【梁紹壬曰】玉谿生《藥轉》詩，向無明解。江都程午橋太史箋注，謂聞之朱竹垞，云是如厠之義，本道書。然亦只五六一聯用如厠故事耳。又有以為男色者，亦苦無據。近之註義山詩者云：此係詠閨人棄私産者，次句『換骨』者謂飲藥墮之；三四謂棄之後苑；五六借以對襯；結則指歸臥養疴也。此説奇闢，然不知何本。（《兩般秋雨盦隨筆》卷一）

【張曰】此蓋詠人之以藥墮胎者耳。當時或有此事，為朋輩所述，義山偶而弄筆，以博笑謔，觀結語『憶事懷人兼得句』可以見矣。此等詩本無意於流傳，後人掇存之，為累不小，此則義山所不及料已。（《會箋》）又曰：余謂若云專賦婦人月事似亦可通。……觀結語可見其詞務極輕薄，必非暗賦所歡之人也。○《碧城》詩……『顧兔生魄』，謂有孕也；『珊瑚未有枝』，謂未産也；『檢與神方』，謂用藥墮胎也。彼是暗詠貴主為女冠者，則此詩其賦貴主事耶？前有《石榴》詩寓多子色衰之歎，似亦可互證。噫！未免太傷輕薄矣。（《辨正》）

【按】馮謂詠閨人私産，以藥墮胎，似之。其人身份似是貴家侍婢，首句『鬱金堂』『畫樓』，顯為貴家府第而非道觀。中二聯不甚可解。頷聯『青桂苑』『紫蘭叢』，即堂北樓東墮胎之地，『露氣暗連』『風聲偏獵』，謂其事於風露之夜秘密進行，惟恐洩之。腹聯用孫皓長籌、石崇香棗典，均與厠有關，蓋暗詠墮胎。曰『未必輪』『何勞問』，示主家豪貴與其人身份。末聯則事畢歸臥困怠之情狀。『憶事懷人』，所懷者當非貴家主人。曰『翠衾歸臥』，則中二聯為墮胎之地可知。

王達津謂此詩諷刺唐代官僚腐朽生活。首聯寫秘服丹藥，次聯寫仙壇地點，三聯寫達官貴人享受，末聯寫其於服藥同時附庸風雅，吟詠詩篇。詳見其《李商隱詩雜考》。陳永正則謂是服丹藥，見《李商隱研究論集》六五八至六六〇頁。

聖女祠①

杳藹逢仙跡②，蒼茫滯客途③。何年歸碧落④？此路向皇都。消息期青雀⑤，逢迎異紫姑⑥。腸迴楚國夢⑦，心斷漢宮巫⑧。從騎裁寒竹⑨，行車蔭白榆⑩。星娥一去後⑪，月姊更來無⑫？寡鵠迷蒼壑〔一〕⑬，羈凰怨翠梧〔二〕⑭。惟應碧桃下〔三〕，方朔是狂夫⑮。

校記

〔一〕『寡鵠』，英華作『遼鶴』。

〔二〕『凰』，英華作『鸞』。

〔三〕『惟』，英華作『祇』。

集注

① 詳《重過聖女祠》注①。

②【馮注】梁元帝《陶弘景碑》：『嶕嶢高棟，窅靄修櫳。』按：窅與窈同，杳亦相類。【補】杳藹，幽暗深遠、雲氣籠罩貌。仙跡，指聖女祠。

③【補】謂於暮色蒼茫中留滯客途於此祠。

④【馮注】《度人經》：『始青天中碧落空歌《大浮黎土》。』按：碧落猶青霄也。《記事珠》云：『老子授沈羲官為碧落侍郎。』偽書不可據。

⑤【馮注】《山海經・大荒西經》曰：『西有王母之山，有三青鳥，赤首黑目，一名曰大鵹，一名少鵹，一名青鳥。』注曰：『皆西王母所使也。』餘詳《漢宮詞》。

⑥【朱注】《荆楚歲時記》：『正月望日，其夕迎紫姑神以卜。』【馮注】《異苑》：『紫姑是人妾，為大婦所嫉，每以穢事相次役。正月十五日感槩而死。故世人作形，夜於厠間或猪欄邊迎之。祝曰：「子胥不在，曹姑亦歸去，小姑可出。」子胥，壻名也；曹姑，大婦也。戲捉者覺重，便是神來。奠設菜菓，亦覺貌輝輝有色，即跳躞不住。占衆事，卜行年蠶桑，又善射鉤。好則大儛，惡便仰眠。』按《歲時記》亦引《異苑》作注而字有小誤者。又引《洞覽》曰：『帝嚳女將死，云生平好樂，至正月可以見迎。』又曰：『《雜五行書》：「厠神名後帝。」將後帝之靈憑此姑而言乎？他書則云：「壽陽李景之妾。」』【按】《顯異録》謂其名何媚，武后時人。

⑦【朱注】用神女事。【馮注】宋玉《高唐賦》：『迴腸傷氣。』

⑧【朱注】《漢書・郊祀志》：『上郡有巫，病，而鬼神下之。上召置，祠之甘泉。』【馮注】《漢書・郊祀志》：『高祖於長安置祠祀官。女巫有梁巫、晉巫、秦巫、荆巫、九天巫，各有所祠，皆以歲時祠宮中。』【按】心斷，念念不忘。

⑨【朱注】《後漢書・方術傳》：『壺公以竹杖與長房曰：「乘此任所之。」長房乘杖，須臾歸來。投杖葛陂中，視之則龍也。』王績詩：『鴨桃聞已種，龍竹未輕騎。』【馮注】《禮記・喪服小記》：『苴，杖竹也。』問喪：『為父苴杖。』

⑩【朱注】《古詩》：『天上何所有？歷歷種白榆。』　【馮注】《檀弓》：『諸侯輴而設幬，為榆沈故設撥。』注曰：『輴，殯車也。撥，可撥引輴車。所謂紼，以水澆榆白皮之汁，有急，以播地，於引輴車滑。』按：用意之曲若此，何可驟解。　【按】馮氏穿鑿，所解誤，詳箋。

⑪【朱曰】星娥謂織女。

⑫【朱曰】《春秋感應符》：『人君父天，母地，兄日，姊月。』宋均注：『兄日於東郊，姊月于西郊。』　【馮曰】嫦娥。

⑬【朱注】《列女傳》：『陶嬰夫死守義，作歌曰：「悲夫！黃鵠早孤兮，七年不雙；（夜半悲鳴兮，想其故雄。）」』　【程注】白居易詩：『哀絃留寡鵠。』

⑭【朱注】《瑞應圖》：『雄曰鳳，雌曰凰。』鸞凰即鸞雌也。　【馮注】《爾雅》：『鶠鳳其雌皇。』

⑮【馮注】《博物志》：『王母降于九華殿，王母索七桃，以五枚與帝，母食二枚。唯母與帝對坐，從者皆不得進。時東方朔竊從殿南廂朱鳥牖中窺母；母顧之，謂帝曰：「此窺牖小兒常三來盜吾此桃。」』《史記·東方朔傳》：『取少婦於長安中好女，率一歲即棄去。更取婦，所賜錢財盡索之於女子。人主左右諸郎半呼之狂人。』按：古婦人稱夫謙言狂夫。如《列女傳》『楚野辯女，昭氏之妻也，其對鄭大夫曰「既有狂夫昭氏在內矣」』之類。　【程注】《詩·國風》：『折柳樊圃，狂夫瞿瞿。』

箋評

【朱彝尊曰】集中《聖女祠》三首。第一首尚咏神廟，次首已似寄託，此首竟似言情矣。人雖好色，未有瀆及鬼神者。疑其有所悼而託以此題；或止因『聖女』二字，故借以比所思之人耳。

【何曰】通篇皆寓留滯周南之感。集中有《重過聖女祠》詩，則落句已三過也。（《輯評》）

【吴喬曰】兼興比者，如義山《聖女祠》云（略）。首句出題也，次句自述也。三句言聖女也，四句又自述也。『消息』二句，讚聖女也。『腸迴』句，異于襄王之媟侮；『心斷』句，言不同巫蠱之狂邪，尊聖女也。『從騎』二句，又自述行蹤，興也。星娥、月姊，比聖女之不可得見也。寡鵠，言想念之切也。結用方朔，以王母比聖女也。此本虛題，不可全用賦義，故雜出比興以成篇，其間架亦不得如前二詩（按指杜審言《和李嗣真奉使存撫河東》及杜甫《上韋左丞》）之截然也。

【李重華曰】義山如《聖女祠》等作，顯然是寄寓言情。若致堯《香奩》，別無解説，知《香奩》决非致堯所作。（《貞一齋詩説》）

【徐曰】此益知為令狐作無疑。楚卒於山南鎮，義山往赴之，此北歸途中作。（馮箋引）

【姚曰】首四句，言客路經祠下。『消息』四句，言其冷落。『從騎』四句，言其無伴侣。結聯含自寓意。

【屈曰】一段祠在皇都路旁，故往來逢之。二段聖女之神靈。三段聖女之威儀、仙侣。四段聖女之孤獨，當念我之顛狂也。

【程曰】此亦為女道士之顯著者作，但與前二首不同。前猶想象其院中，此則彰著於院外。首二句明見有女懷春，秉蕑洧上矣。次聯謂其上清所不受，都邑所易知也。『消息』一聯，正叙其自通消息，有同王母之遣青禽以致逢迎，却非紫姑之徒問卜。『腸迴』四句，謂其縱情雲雨，盤迴神女之巫峰；穢亂清規，雅負甘泉之祠宇。歸期速駕，得杖長房；時利宵行，戴星天漢。『星娥』一聯，非謂其去而不來，正勘其歸將復往。星娥、月姊，能獨處於天邊；寡鵠羈凰，難孤棲於人世，故下接云：『寡鵠迷蒼壑，羈凰怨翠梧。』結語分明嘲其華如桃李，貴重王姬，一出瑤池，任人窺竊矣。

【紀曰】合《聖女祠》三詩觀之，確是刺女道士之淫佚。但結句太露，有傷大雅。（《輯評》）此題凡三首，『白石巖扉』一首最佳，『松篁臺殿』一首最下，此首差可，然亦非高作也。（《詩説》）

【姜炳璋曰】舊説《聖女祠》三詩，刺當時公主為女冠，大類寄猳，甚污玉牒。愚謂當時公主原有此事，乃過聖女之祠即謂聖女淫媟，以比公主，義山病應不至此。或又謂喻仕途托足之難，亦似是而非。○諸説之誤，以此詩末二句致之。不知義山贅於王氏未一年而茂元卒，府罷，越四年而後，應鄭亞之辟，則鄭亞未辟之前，必有辟義山而非其知己，義山却之者，故再過聖女祠而作詩也。言聖女當居碧落，我逢聖女滯於客途，何年歸去？而此路則向皇都，非碧落也。既非碧落，則信期青鳥，迎異紫姑；楚夢既消，漢巫亦絶，景況殊凄凉矣。若偕從騎行車，同歸上界，則星娥一去，豈與月姊更來乎？計不出此，而若寡鵠羈凰，孤棲滯迹，何為也？語語自況。而末則云，應歸碧桃之下，與王母同游，彼方朔者，雖謬稱知己，然終是世上肉眼人，不過詭譎之狂夫耳，烏足視為仙侶哉！唐詩人多以朔喻反復邪人，不知何意。

【馮曰】余既悟出，證之徐而益信。今細箋之曰：起四句點歸途經過也。以下多比令狐。『消息』四句，謂我望其入秉國鈞，而今不可再遇，夢醒高唐，心斷漢宫矣。『從騎』二句，謂奉其喪而歸。『星娥』二句，謂令狐既化，更得知己否？『寡鵠』二句，謂己之哀情。結謂惟有其子可以相守，借用『小兒』字也。一字不可移易，而義山初心不背，於此可見。其後《重過》一章，真有隔生之痛矣。

【張曰】馮説精湛極矣……，此類詩，解者當沉思眇慮以領之。（《會箋》）

【按】本篇懷想一位昔曾居此現已離去之女冠。起二句謂於杳靄蒼茫之客途中經過此聖女祠而有所停留。三四謂對方何年回歸天上（與下句皇都對文同義），眼前此路正通向皇都，暗示對方目前正在長安。『消息』二句，謂對方雖已離此，仍望有青鳥使者時通消息，可惜不能似迎候紫姑神得以定期迎到對方。『腸回』二句謂回想當年與對方之歡會，宛如不可追尋之舊夢，不禁為之腸回，雖想像想望漢宫神巫（女巫）那樣見到對方，却不可得見，故曰『心斷』。『從騎』二句，想像『聖女』歸皇都時從騎車馬儀仗之盛，謂其隨從騎着龍馬，行車於榆蔭之下的道路上（白榆本指天上列星，此用其本義）。此『聖女』當係貴主。『星娥』即織女星，傳為天孫，此指聖女，亦即入道之公主。月姊，即嫦娥，當為陪侍入道公主之宫女，亦即詩人所思念之女冠。『星娥』二句謂天孫聖女回歸天上（皇都）

後，月中嫦娥般之對方尚能回到此聖女祠否？『寡鵠』二句，似是想像將來對方回到此處後，當意淒神迷於此青蒼山谷之間，怨恨翠梧之無鳳與自己結為伴侶。結聯謂對方恐只能在碧桃樹下覓東方朔（喻男道士）為狂夫，以慰自己之寂寞。詩雖寫得較為隱晦，但其大意尚可揣知。『星娥』一聯實為全篇點眼。本篇與重過聖女祠所寫情事頗多相似處，然寄託詩人身世遭遇之跡則不如《重過》明顯。作年不詳，故與《聖女祠》七律均列未編年詩。

聖女祠

松篁臺殿蕙香幃〔一〕，龍護瑶窗鳳掩扉①。無質易迷三里霧②，不寒長著五銖衣〔二〕③。人間定有崔羅什④，天上應無劉武威⑤。寄問釵頭雙白燕，每朝珠館幾時歸⑥？

〔一〕『香幃』，英華作『花圍』，季抄一作『花闈』。
〔二〕『五』，英華作『六』。

①【補】二句寫聖女祠之壯麗，謂臺殿四周，有青松翠竹，殿内則以蕙香帷帳置放神像，華美之窗扉均刻鏤為龍鳳之形。

②見《鏡檻》。

③【馮注】《博異志》：『貞觀中，岑文本於山亭避暑，有叩門云：「上清童子元寶參。」衣淺青衣。文本問冠帔之異，曰：「僕外服圓而心方正，此是上清五銖衣。」又曰：「天衣六銖，尤細者五銖也。」出門數步，牆下不見。文本掘之，一古墓，惟得古錢一枚。自是錢帛日盛，至中書令。』《阿含經》：『忉利天衣重六銖。』《載酒園詩話》：『可望不可親，有「是耶非耶」之致。』　【補】《漢書·曆律志上》：『二十四銖為兩，十六兩為斤。』銖衣，衣之至輕者，多指舞衫。二句形容聖女神像服飾之輕華。意謂聖女應不畏寒冷，故終年常服極輕之五銖衣，望之如輕紗霧縠，宛若無質。

④【道源注】《酉陽雜俎》：『長白山有夫人墓。魏孝昭之世，清河崔羅什被徵夜過此。忽見朱門粉壁，一青衣出，遇什曰：「女郎須見崔郎。」什怳然下馬，入兩重門，青衣引前曰：「女郎乃平陵劉府君之妻，侍中吴質之女。府君先行，故欲相見。」什遂前入就牀坐，其女在户東立，與什叙温凉。女曰：「比見崔郎息駕庭樹，嘉君吟嘯，故欲一叙玉顏。」什與論漢魏時事，悉與《魏史》符合。什曰：「貴夫劉氏，願告其名。」女曰：「狂夫劉孔才之第二子，名瑶，字仲璋。比有罪，被攝，乃去不返。」什下牀辭出，女曰：「從此十年，當更相逢。」什留玳瑁簪，女以指上玉環贈什。什上馬行數十步，回顧乃一大塚。後十年，什在園中食杏，忽云：「報女郎信」，俄即去。食一杏未盡而卒。』

⑤【道源注】《神仙感應録》：『漢武威太守劉子南從道士尹公，授務成子螢火丸。佩之隱形，辟疫鬼及五兵、白刃、盜賊、凶害。永平間，與虜戰，矢下如雨。未至子南馬數尺，輒墮地，終不能傷。』劉禹錫詩：『不逐張公子，應隨劉武威。』【馮曰】按：《後漢書》：『武威將軍劉尚。』屢見紀傳。後没於討武陵蠻，固非此所用。當有別事，未及詳也。【按】崔、劉泛指風流才俊之士，『人間定有』『天上應無』，言外有仙界不如人間之意，調其宜向人間覓佳偶也。

⑥【馮注】《洞冥記》：『元鼎元年，起招靈閣，有神女留玉釵與帝，帝以賜趙婕妤。至元鳳中，宫人猶見此釵，共謀欲碎之。明旦發匣，唯見白燕飛天上。後宫人學作此釵，因名玉燕釵，言吉祥也。』【補】末聯謂試問神像釵頭上之白燕，聖女每日何時自天上珠館歸返於此耶？係想望之辭。

【金聖嘆曰】知他聖女定是何物，我亦借題自言我所欲言即已耳。松篁、蕙花，言身所居處，既高且清而又芳香也；龍護、鳳掩，言深自藏匿，不令他人容易得窺也。無質易恐迷霧，言時切戒懼，不敢自失也；不寒常著銖衣，言致其恭敬，永以自持也。夫士誠如此，則亦可稱天姿既良，人功又深者也。（一二喻其天姿之良，三四喻其人功之深）。前解寫詣，必以純；此解寫遇，必以正也。羅什，言自有婚媾之舊期；武威，言不得隱形以相就也。而又不免寄問雙燕者，猶《離騷》所云『託蹇修以為理』也。（《貫華堂選批唐才子詩》）

【朱彝尊曰】此首全是寄託，不然何慢神乃爾？（馮注引此作錢評）

【何曰】前二聯分明如畫。（《讀書記》）

【《唐詩鼓吹評注》】此美聖女之有靈術也。首以祠言，謂松竹鎖其臺殿，蕙香繞其簾幙，窗扉則畫龍鳳於其上，蓋言祠之肅穆也。至無形而興三里之霧，不寒而著五銖之衣，則宜其神靈炫奇矣。乃羅什難逢，誰拜玉環之贈；武威無繼，孰矜螢火之奇？然則人間天上，亦止有聖女之昭昭耳。不知釵頭白燕，往來貝闕珠宮……其幾時一歸也？吾將就聖女而問之。

【胡以梅曰】必祠在山巖間，故其臺殿皆松篁，而蘭蕙為幃幔，龍鳳雖由雕鏤，亦山野間物，曰護曰掩，總之夾寫幽怪意。霧與寒，因形在露天而言；『無質』猶言無像，有霧則三里望而失之矣。耐寒故所服薄，五銖只重二錢一分半，其為薄也，在依稀有無間耳。人間想有崔羅什，是以住世，天上必竟無劉武威，所以不昇天。二句是歇後語，『定』字『應』字，猜疑之辭，最靈而意最直。結因頭上原無首飾，故借飛去之燕釵問幾時歸來，……意更深一層。

【陸曰】此詩宜上下篇分看。上半是寫祠，寫聖女，下半是寫己意。起處着松篁、蕙香、龍鳳等字，見得祠宇莊嚴，令人入廟思敬。三四言聖女之飄然輕舉，無迹可尋，直有是耶非耶、翩何姍姍之妙。視老杜『冕旒秀發，旌旆飛揚』句更為靈空。五六句，神仙感應，自昔而然。逢吴質之女者，崔羅什也；授務成子之術者，劉子南也。天上人間，嘗有此等遇合。我身雖無仙骨，獨不在一物之數耶？夫神女玉釵，不碎凡人之手，特化燕歸來，未卜何日，此我所亟欲搴幃而問之者也。

【姚曰】此喻仕途託足之難也。夫女辭家而事人，臣出身而事主，一而已矣。首聯喻自處之清嚴。次聯喻貞姿之不染。然既曰聖女，則必有所託身。若在人間，定應有崔羅什；若論天上，未必有劉武威。且釵頭白燕，尚必成雙，豈珠館往來，而此身竟全無附麗耶？此亦義山自喻託足之難，非漫然之作。

【屈曰】一二祠。三四聖女。五六開。七八總結。一二臺殿窗扉如此。三聖女之神雲霧迷離。四聖女之像常著銖衣。五六聖女應在天上，今在人間者，人間定有羅什，而天上應無劉郎耶？自喻也。故寄問釵頭雙燕，每朝珠館何時可歸而一會也？後五言長律（按指『杳藹逢仙跡』首）與此意同。劉夢得《和白樂天失婢》：『不逐張公子，定隨劉武威』，義山蓋用此。

【程曰】此亦爲女道士作。道院清華，居然仙窟，故云『松篁臺殿蕙香幃，龍護瑶窗鳳掩扉』也。有此深宫，如隱烟霧，道家妝束，偏稱輕盈，故云『無質易迷三里霧，不寒長著五銖衣』也。然而去來無定，有類幽期，戢影藏形，終無仙術，故云『人間定有崔羅什，天上應無劉武威』也。結句問其釵頭雙燕墮落之由，珠館九天難歸之故，蓋曲終奏雅，正言以詰之也。

【馮曰】此與前所編二首迥不相似，必非途次經過作也。程氏謂爲女冠作，似之，但無可細詳。

【紀曰】『松篁』二句有其人在焉，呼之欲出之，妙。五六太骨露，有失雅道，七八亦佻薄。

【姜炳璋曰】此義山第一次過聖女祠而作也。首二，言祠之赫奕。然聖女觸霧輕衣，往來周歷，豈以天上無能物色，而人間尚有知音乎？然亦太勞苦矣。試問其朝上帝於珠館也，幾時復歸此祠以自安逸耶？義山欲應茂元之聘，故借聖女以自喻。『香幃』『龍護』，喻己之才華絢爛；『無質』『不寒』，喻依傍無人，弘農作尉。『人間』喻外藩，『天上』喻朝廷；外藩可覓知己，不比朝廷竟無人過問。既而思之，我之屢至京師，沉抑卑秩，不知何時得盡我才華耶？蓋就王茂元之聘，原出不得已也。

【史歷亭曰】七八，言聖女應朝珠館，何以久居於此？若未便唐突聖女者。第問其釵頭雙燕，每朝珠館，却幾時歸來乎？故作猜疑之辭，正惜其不留珠館耳。用筆靈妙，神外無窮。（姜炳璋《選玉谿生詩補説》附録）

【方東樹曰】起二句祠。三四聖女。五六及收輕薄，不爲佳。

【曾國藩曰】此亦刺女道士之詩。（《十八家詩鈔》）

【王闓運曰】義山詩專取音調字面，自成一家。（『不寒』句）蓋塑像單衣也。（《手批唐詩選》）

【張曰】實詠聖女，是馳赴興元時作。時義山未娶，故觸緒致感。謂有寄托者，失之，與後一首（按指『杳藹逢仙跡』首）不同也。

【黄侃曰】此首合《重過》一篇觀之，諷刺愈顯。五句言上真所戀，乃在凡夫；六句言神實無靈，令女仙得以自恣。每朝珠館，謂常入禁中也。

【按】《聖女祠》詩三首，情況各不相同。《重過》一首當有寄托，五言排律則詠對某一女冠之懷想。此首又不同於前二首。詩之前二聯，一寫聖女祠之壯麗，一寫聖女像之服飾，實寫色彩殊為顯著，後二聯謂天上不如人間，寄問釵頭雙燕，盼其珠館歸來，似亦從矚望神像生出，謂之『瀆神』雖係貶詞，然極合義山所流露之感情。故諸説中，張説最近情理。此詩之作，頗似神話劇《寶蓮燈》中劉彥昌之題詩於華山聖母廟。蓋義山風流才士，入聖女祠，見神幃中聖女像輕紗霧縠，宛若人間佳麗，遂生神人戀愛一類非非之想，而有人間勝於天上，珠館何時歸來之調謔。如將此詩作聖女祠題壁詩讀，則豁然可通。

嫦娥

雲母屏風燭影深，長河漸落曉星沉〔一〕。嫦娥應悔偷靈藥①，碧海青天夜夜心②。

校記

〔一〕『落曉』原一作『覺落』，非。

①【補】《淮南子・覽冥訓》：『羿請不死之藥於西王母，姮娥竊以奔月。』高誘注：『姮娥，羿妻。羿請不死之藥於西王母，未及服之，姮娥盜食之，得仙，奔入月中，為月精。』

②【馮注】《十洲記》：『東有碧海，與東海等，水不鹹苦，正作碧色。』【按】明月歷青天而入碧海，夜夜皆然，故云。【章燮曰】先寫燭影，次寫長河，再寫曉星，然後引出嫦娥。層次。

【呂本中曰】楊道孚深愛義山『嫦娥應悔偷靈藥，碧海青天夜夜心』，以為作詩當如此學。（《東萊呂紫薇詩話》）

【謝枋得曰】嫦娥貪長生之福，無夫妻之樂，豈不自悔？前人未道破。

【敖英曰】此詩翻空斷意，從杜詩『斟酌嫦娥寡，天寒奈九秋』變化出來。

【鍾惺曰】（『夜夜心』下評）語、想俱刻，此三字却下得深渾。（《唐詩歸》）

【胡次焱曰】羿妻竊藥奔月中，自視夢出塵世之表，而入海昇天，夜夜奔馳，曾無片暇時，然而何取乎身居月宮哉？此所以悔也。按商隱擢進士第，久中拔萃科，亦既得靈藥入宮矣。既而以忤旨罷，以牛李黨斥，令狐綯以忘恩謝不通，偃蹇蹭蹬，河落星沉，夜夜此心，寧無悔耶？此詩蓋自道也。上二句紀發思之時，下二句志凝想之意。

（《唐詩選脈箋釋會通評林》）

【唐汝詢曰】此疑有桑中之思，借嫦娥以指其人，與錦瑟同意。蓋義山此類作甚多，如《月夕》《西亭》《有感》《昨夜》等什，俱與《嫦娥》篇情思相左右，但不若此沉含更妙耳。

【陸時雍曰】其詩多以意勝。（《唐詩鏡》）

【周容曰】李義山云：『嫦娥應悔偷靈藥，碧海青天夜夜心。』傷風雅極矣，何以人盡誦之？至又云：『兔寒蟾冷桂花白，此夜嫦娥應斷腸。』差覺蘊藉，似亦悔其初作而為此。（《春酒堂詩話》）

【何曰】自比有才調，翻致流落不遇也。（輯《評》）

【黄生曰】義山詩中多屬意婦人，觀《月夕》一首云：『草下陰蟲葉上霜，朱欄迢遞壓湖光。兔寒蟾冷桂花白，此夜嫦娥應斷腸。』玩次句語景，嫦娥字似暗有所指。此作亦然。朱欄迢遞，燭影屏風，皆所思之地之景耳。（《唐詩摘鈔》）

【賀裳曰】義山『雲母屏風燭影深，長河漸落曉星沉。嫦娥應悔偷靈藥，碧海青天夜夜心。』已為靈妙。陸（魯望）更云：『古往天高事渺茫，争知靈媛不凄凉。月娥如有相思淚，祇待方諸寄兩行。』此可謂吹波助瀾。（《載酒園詩話又編》）

【陸鳴皋曰】覺少陵『斟酌嫦娥寡，天寒奈九秋』尚徑露無味。

【沈德潛曰】孤寂之況，以『夜夜心』三字盡之。士有争先得路而自悔者，亦作如是觀。（《唐詩别裁》）

【姚曰】此非詠嫦娥也。從來美人名士，最難持者末路，末二語警醒不少。

【屈曰】嫦娥指所思之人也。作真指嫦娥，癡人説夢。

【程曰】此亦刺女道士。首句言其洞房曲室之景。次句言其夜會曉離之情。下二句言其不為女冠，儘堪求偶，無端入道，何日上昇也。蓋孤處既所不能，而放誕又恐獲謗，然則心如懸旌，未免悔恨於天長海闊矣。

【馮曰】或為入道而不耐孤孑者致誚也。

【紀曰】意思藏在上二句，却從嫦娥對面寫來，十分藴藉。非詠嫦娥也。（《詩説》）此悼亡之詩。

（《輯評》）

【姜炳璋曰】此傷己之不遇也。一二，喻韶光易逝；三四，喻不如無此才華，免費夜夜心耳。

【俞陛雲曰】嫦娥偷藥，本屬寓言，更懸揣其有悔心，且萬古悠悠，此心不變，更屬幽玄之思，詞人之戲筆耳。

【張曰】義山依違黨局，放利偷合，此自懺之詞，作他解者非。（《會箋》）又曰：寫永夜不眠，悵望無聊之景況，亦託意遇合之作。嫦娥偷藥比一婚王氏，結怨於人，空使我一生懸望，好合無期耳，所謂『悔』也。蓋亦為子直陳情不省而發。若解作悼亡詩，味反淺矣。馮氏謂刺詩，似誤。（《辨正》）

【按】自傷、懷人、悼亡、詠女冠諸説中，悼亡説最不可通。蓋嫦娥竊藥飛昇，反致孑處月宫，清冷索寞，故曰『應悔』；而亡妻之棄人間，誠非所願，若作悼亡，則『應悔』二字全無着落。而自傷、懷人與詠女冠三説，雖似不相涉，實可相通。按義山《和韓録事送宫人入道》詩曾以『月娥孀獨』喻女冠之孤孑，《月夜重寄宋華陽姊妹》詩又以『竊藥』喻修道之女冠，故謂此詩係借詠女冠之孤孑，或謂嫦娥係作者所懷之女冠，均非無根之談。然此詩與《月夕》之單純懷想『嫦娥』、同情其清冷境遇者固有别，蓋『嫦娥應悔偷靈藥，碧海青天夜夜心』二句，設身處地，推想嫦娥心理，實已暗透作者自身處境與心境。嫦娥竊藥奔月，遠離塵囂，高居瓊樓玉宇，雖極高潔清浄，然夜夜碧海青天，清冷寂寥之情固難排遣；此與女冠之學道慕仙、追求清真而又不耐孤孑，與詩人之蔑棄庸俗、嚮往高潔而陷於身心孤寂之境均極相似，連類而及，原頗自然。故嫦娥、女冠、詩人，實三位而一體，境類而心通。詠嫦娥即所以詠女冠，亦即所以寄寓詩人因追求高潔而陷於孤孑之複雜矛盾心理。義山優秀抒情詩特點之一，即在歌詠某一題材時，融入身世遭遇與人生感受，故感情内容往往渾淪虚括，似此似彼，亦此亦彼，解者亦往往各取一端，歧見雜出，實則原可相通，不必執著一端。如本篇，女冠之生活、心情，可視為其生活基礎之一方面，亦不妨視為作品内容之一方面，然不必局限於此，因詩人已在此基礎上融入更豐富之生活内容，詩意亦獲得進一步昇華。解詩者當知人論世，發掘體會藝術形象所概括之豐富内容，而不應將高度概括之藝術形象還原為局部之生活依據。

月夕

草下陰蟲葉上霜〔一〕，朱闌迢遞壓湖光①。兔寒蟾冷桂花白，此夜姮娥應斷腸。

〔一〕「上」，英華作「下」，非。

集注

①【補】謂所居臨湖。或謂以「湖光」指似水之月光，恐非。迢遞，高貌。

箋評

【何曰】姮娥猶應斷腸，則悲秋之士可知也。（《輯評》）

【黄生曰】義山詩中多屬意婦人，……玩次句語景，嫦娥字似暗有所指。……朱欄迢遞，……所思之地之景耳。

【姚曰】何況人間。

【屈曰】嫦娥指所思者。

【程曰】此亦相思之詞。不言己之悵望，轉憶人之寂寥，最得用筆之妙。不可與杜詩『斟酌姮娥寡，天寒耐九秋』同日而語也。

【紀曰】對面寫法。○廉衣曰：『三句拙湊。』

【張曰】三句寫景何等渾闊。『壓』字亦練得新穎，真佳句也。而以為拙湊，豈謂天下讀詩者皆無目耶？蟾、兔、桂花，月中本有此三種，非疊牀架屋之比。（《辨正》）

【按】此詩當與《嫦娥》參讀。首句秋夜之景，次句遥望其人所居，朱欄高峻，下臨湖面。三四以姮娥喻其人，謂值此秋夜淒寒，其人孤寂無伴，當為之斷腸也。姮娥自指所思者，如係自況，則次句不可通。『朱欄迢遞壓湖光』，需自遠處觀之，方能有此感覺。此詩内容與《嫦娥》有相似處，但不似《嫦娥》之歧解紛紛。因其意境較實，故不易産生多種聯想。

襪

嘗聞宓妃襪〔一〕，渡水欲生塵①。好借嫦娥著，清秋踏月輪。

〔一〕『嘗』，舊本均同，獨馮注本作『常』，且未出異文，恐是字誤。

①見《病中早訪招國李十將軍》『全家羅襪起秋塵』句注。

【詩事曰】李義山《襪》詩云：（略）。荆公作《月夕》詩云：『蹋月看流水，水明摇蕩月。草木已華滋，山川復清發。褰裳伏檻處，緑净數毛髪。誰能挽姮娥，俯濯凌波襪？』因舊而語意俱新矣。（何汶《竹莊詩話》引）

【姚曰】憑他渡水生塵，不如圓滿一夜。

【程曰】此與秦韜玉『為他人作嫁衣裳』同意，蓋歎有才而為人役也。

【馮曰】唐人每以桂枝喻得第，此亦泛洛應舉之作。嫦娥自喻。

【紀曰】偶然弄筆，不以正論。（《説詩》）

【按】詩謂聞道宓妃之襪，凌波渡水，如履平地（欲生塵），何不借與嫦娥一著，使彼得以於清秋之夜踏月輪而渡水前來相會乎？此必艷情。所思睽隔，故因宓妃襪而發此奇想。嫦娥，或指女冠，參《嫦娥》詩箋。此箋參陳貽焮先生説（詳見《李商隱戀愛事跡考辨》注④）。

曼倩辭①

十八年來墮世間②，瑤池歸夢碧桃閒。如何漢殿穿針夜③，又向窗中覷阿環〔一〕④？

校記

〔一〕『中』原一作『前』，朱本、季抄同。

集注

①【朱注】《漢書》：『東方朔，字曼倩，平原厭次人。』

②【朱注】《東方朔別傳》：『朔謂同舍郎曰：「天下人無能知朔，知朔者惟太王公耳。」朔卒後，武帝召太王公問之曰：「爾知東方朔乎？」公曰：「不知。」「公何所能？」曰：「頗善星歷。」帝問諸星具在否，曰：「具在，獨

不見歲星十八年，今復見耳。」帝嘆曰：「東方朔在朕旁十八年，而不知是歲星哉！」慘然不樂。」

③【馮注】《西京雜記》：『漢彩女常以七月七日穿七孔針於開襟樓。』【按】七夕穿針事已見《辛未七夕》注。

④【朱注】《博物志》：『七月七日夜七刻，王母降於九華殿。王母索七桃，以五枚與帝，母食二枚。惟母與帝對坐，其從者皆不得進。時東方朔竊從殿南厢朱鳥牖中窺母，母顧之，謂帝曰：「此窺牖小兒，嘗三來盜我桃。」』【馮注】《漢武内傳》：『七月七日，西王母降於宮中，遣侍女郭密香與上元夫人相問，上元夫人又遣一侍女答問，曰：「阿環再拜上問起居。」俄而夫人至，年可二十餘，天姿精耀，靈眸絶朗，向王母拜，王母呼同坐北向。母勅帝曰：「此真元之母，尊貴之神，女當起拜。」帝拜問寒温。』覷阿環未知所本，方朔既窺王母，則亦覷阿環矣。【姚曰】阿環，上元夫人小字。

【朱彝尊曰】此詩直是詠史。

【姚曰】神仙亦有習氣耶？

【屈曰】碧桃之夢，久已斷絶，不意七夕復得一見也。

【程曰】此似為當時黨人營謀内援者而發。考文宗時女學士宋若憲司秘書，善屬詞。文宗尚學，因深禮之。大和末，李訓、鄭注惡宰相李宗閔，因言其藉駙馬沈𥠖，厚賂若憲以求執政。此或為宗閔發耶？題借曼倩為辭者，當以漢武本傳稱其為人多端，故後之譏刺詭譎者多借曼倩。韓昌黎有《書東方朔事》五古一首，亦明指朝士之儇薄者，此詩可例推也。

【馮曰】以仙境比清資，而歎久遭淪謫。上元為尊貴之神，窗外偶窺，不得深款，當借指朝貴，其亦寓言子直歟？然或直是艷情。【紀曰】自感之作，寓慨不盡。【按】曼倩自指，阿環當指往昔學道時相識之女冠。首二謂已離仙境而墮世間，為時已久，夢想瑶池仙境，碧桃依舊，意態閑閑。如何七夕之夜，又復窺此阿環乎？蓋與往昔道觀中所戀者久別後，意外邂逅，不免舊情復起，中心悵然也。此女冠與宋華陽姊妹之一或是同一人。陳貽焮謂此詩記載義山『對玉陽靈都觀某女冠一見傾心的情事』，見其所著《唐詩論叢》第二八五至二八七頁。

銀河吹笙①

悵望銀河吹玉笙②，樓寒院冷接平明。重衾幽夢他年斷，別樹羇雌昨夜驚③。月榭故香因雨發，風簾殘燭隔霜清。不須浪作緱山意④，湘瑟秦簫自有情⑤。

集注

①【朱彝尊曰】疑此詩是詠吹笙，『銀河』二字，乃因詩而誤入耳。【馮曰】取首四字為題，非有誤。

②【程注】畢曜《玉清歌》：『珠為裙，玉為纓，臨春風，吹玉笙。』

③【馮注】枚乘《七發》：『暮則羇雌迷鳥宿焉。』

④【朱注】《列仙傳》：『王子晉善吹笙，七月七日乘白鶴於緱氏山頭，舉手謝時人而去。』

⑤【姚注】《楚辭・遠遊》：『使湘靈鼓瑟兮。』　【按】秦簫用簫史弄玉事，屢見前。湘靈，湘夫人，傳為舜妃。湘瑟，指女冠；秦簫，指男道士。

箋評

【吴喬曰】此必悼亡王氏之作。

【朱彝尊曰】（首句）吹笙人之態。（次句）地、時。（三句）方夢他年事，因笙驚斷而歎易曉。（腹聯）此聯從第二句來。（末聯）吹笙者為王子，簫瑟，則皆仙姬，意自可想。（按：錢良擇《唐音審體》本篇題下注及句下箋與此略同。『別樹』句下箋云：宿鳥亦驚而起。）

【馮班曰】未詳。（《讀書記》評同）

【輯評朱批】自歎有仙才而其遇不如人也，猶言王好竽而君致瑟耳。○『接平明』，言徒然徹夜不寐也。○悼亡。○頷聯承『悵望』，腹聯承『寒』『冷』。○第四言不唯難於感動，并已預遠也。第五未解。

【胡以梅曰】銀河是兩星隔河難相接之謂。徒聞其吹笙而悵望，以致樓寒院冷，直至天明。重衾之夢，昔年久斷；別樹之雌，昨夜聞驚。雨發故香，動舊日之思，霜前殘燭，歎今宵之寂。爾吹笙者，不須猛浪作意登仙，遠離憐愛，如湘靈之瑟，弄玉之簫，皆成匹耦，另有一種情思，笙豈獨無心乎？此詩全似艷情，謂所歡之辭，然曰重衾，曰羈雌，曰湘瑟秦簫，其意太洩，反是托言謂當路者不接引，空羨其聲聞耳。幽夢他年，言從前原有交契。羈雌，自比謙辭。發故香，欲仍全舊好；隔清霜，言冷淡相阻。緱山，言莫為仙凡之遠；湘瑟秦簫，求其好合也。

【陸曰】此義山言情之作也。聞聲相思，徹夜不寐，遂使生平久斷之夢，復為喚起，而悵望無窮焉。五六言月樹故香，猶未盡熄；風簾殘燭，尚有餘光。人孰無情，其能堪此孤獨耶？此承上意而淫泆詠歎之也。結言湘瑟秦簫，各有其匹，何須作子晉吹笙，獨自仙去，與起句遥相照應。

【徐德泓曰】此假吹笙以寫悼亡之意。第二句，言時將曉，故接以斷夢、驚禽兩句，『他年』字開，『昨夜』字合也。第五六句，寫蕭瑟之景，而出句虚寫，亦是開；對句實寫，亦是合。結聯收轉首句，言遊仙虚寂，豈若舜妃之瑟、秦樓之簫，自有夫婦之情乎！此與《促漏》篇意可相混。『報章』句，亦可影附『七襄』，但玩其『香換夕熏』及『南塘蒲結』語氣，則非矣。又與當句有對篇可混，但彼起承句意，則又不合矣。惟此當作悼亡解，而詞氣渾雅，非俗調所能為也。

【姚曰】此悼亡之詞，故以銀河吹笙託意。樓高院冷，悵望銀河，斷幽夢於他年，驚羈雌於昨夜，吹笙亦聊以寄愁耳。乃幽夢雖斷，而月樹之故香如在；羈雌已散，而風簾之殘燭猶明。吾知湘瑟秦簫，自當應和，豈必以緱山跨鶴為樂哉！

【屈曰】一二悵望至曉，三四相思，五六樓寒院冷景況，七八決絶之詞，即『子不思我，豈無他人』意。

【程曰】此亦為女冠而作。銀河為織女聚會之期，吹笙為子晉得仙之事，故以銀河吹笙命題。起句揣其情也，次句思其地也。三四承起句叙其悵望之事也。五六承次句叙其寒冷之景也。七八謂其入道，不如適人，浪作緱山駕鶴之想，何似湘靈之為虞妃，秦樓之嫁蕭史耶？

【馮曰】上四句言重衾幽夢，徒隔他年，羈緒離情，難禁昨夜，是以未及平明而起，望銀河吹笙遣悶也。總因不肯直叙，易令人迷。緱山專言仙境，湘瑟秦簫則兼有夫妻之緣者，與銀河應。此必詠女冠，非悼亡矣。

【紀曰】題小家氣。若仿製此題以為韻致，則下劣詩魔矣。中二聯平頭。（《説詩》）

【姜炳璋曰】首句言女冠初入道之時也，次言其所居之地。三四，交互句法，『重衾幽夢』，夫婦之樂，而他年亦斷，不止今日也；『別樹羈雌』，怨女之事，而昨夜已驚，不比他年也。春心未已，則故香仍發；風簾悄然，則殘燭霜清，其憂郁凄冷之況，有難以告人者。然則以予觀之，閨房琴瑟，自有深情，何須浪作求仙之意乎？末二句是亟唤醒他。

【杭世駿曰】吳興章進士有大，嘗注玉谿生詩，每能鑽味於愚菴之外。在棘院中，曾以草藁示余，余亦獻疑一二，嘗致札云：『……《銀河吹笙》篇，首句明言「悵望銀河吹玉笙」，蓋秋夜聞笙作也。馮定遠謂題不可解，則吾又不解定遠之不解者矣。昔賢制題，未妨錯舉，深意苛求，失之愈遠。』（《榕城詩話》）

【張曰】此在京聞女冠吹笙而棖觸黃門之感也。首句破題。次句點在京中。二聯正意，兼寫徹夜無眠之景。結言伉儷情深，不須浪作仙情艷想也。取首句標題，亦無題之類。紀氏譏其纖俗，太苛。（《會箋》） 又曰：此種詩語淺意深，全在神味。……中聯平頭，是唐人舊法。（《辨正》）

【黃侃曰】取首句中四字為題，實無題之體也。程以為亦刺女冠，未諦。細審其意，蓋干求不遂而自慰之詞。首二句言自處岑寂，雖遥聞笙響，惟有悵望而已；三句言往好不可復尋，四句言旅況益為無俚；五句言舊游依稀可記，六句言它夜凄獨堪悲；七八句言攀援不得，則亦別求所以自慰之道。湘瑟秦簫，動心娱耳，不必嵩高仙樂，始可樂魂也。

【按】『嫦娥應悔偷靈藥，碧海青天夜夜心』，二句可移作此詩注脚。前四倒叙。謂重衾幽夢之歡，早斷絶於昔年而無可追尋，昨夜别樹羈雌，悲鳴驚夢，夢醒之後，益感此身之孤孑凄清，故悵望銀河，吹玉笙以寄情也。牛女猶有年年一度，已則永世羈雌，故曰『悵望銀河』。接平明，謂吹笙直至平明。腹聯謂夢醒後，惟聞月榭中之殘花，因經雨而發故香；惟見風簾中之殘燭，隔清霜而餘光凄寒。『故香』『殘燭』，寓身世之感，分承『幽夢』與『羈雌』。末聯揭出正意，謂與其浪作緱山仙去之想，不如湘瑟秦簫，遂匹耦之歡為得也。詩中用語及意境，頗似悼亡，故自吳喬以下，頗多主此説者。然四句明言『羈雌』，詩中主人公顯係單棲之女性，復參末聯『緱山意』等語，詩詠女冠無疑矣。解作悼亡，第四句與末聯均難以自圓。李璟《山花子》『細雨夢回雞塞遠，小樓吹徹玉笙寒』之句，頗似從本篇前幅化出。

中元作①

絳節飄飄宮國來〔一〕②，中元朝拜上清迴③。羊權雖得金條脱〔二〕④，温嶠終虛玉鏡臺⑤。曾省驚眠聞雨過，不知迷路為花開⑥。有娀未抵瀛洲遠⑦，青雀如何鴆鳥媒⑧？

〔一〕「宮」，戊籤、席本作「空」，原一作「空」。

〔二〕「雖」，朱本、季抄作「須」，字通。

①【馮注】《歲時記》：「《盂蘭盆經》云：「目蓮即鉢盛飯，餉其亡母，食未入口，化成火炭，遂不得食。佛言汝母罪重，當須十方衆僧威神之力，七月十五日，當具百味五果著盆中，供養十方大德佛。」是時，目蓮母得脱一切餓鬼之苦。故後人因此廣為華飾，乃至刻木、割竹、飴蠟、剪綵、模花葉之形，極工妙之巧。』《唐六典》：『中尚署七月十五日進盂蘭盆。」按：唐時中元日大設道場，並有京城張燈之事。《舊書》言王縉好佛，屢啟奏代宗，代宗

設内道場，七月望日，造盂蘭盆，飾以金翠，所費百萬。又設高祖以下七聖神座，幡節、龍傘、衣裳之制，排儀仗，百寮序立迎呼，出陳於寺觀，歲以為常。蓋自是而故事相沿矣，傾城出遊，冶容盈路。頻見唐詩中。《萬花谷》：『梵云盂蘭，此云救倒懸盆，則此方器也。華梵雙舉，自目蓮救母始也。出《要覽》。』

②【朱注】梁邵陵王《祀魯山神文》：『絳節陳竽，滿堂繁會。』杜甫詩：『上帝高居絳節朝。』

③【朱注】道經：『七月十五，中元之日，地官校勾，搜選人間，分別善惡，諸天聖衆，普詣宫中。』

④【朱注】《真誥》：『萼緑華以晉升平二年十一月十日夜降羊權家。權字道學，簡文帝黄門郎羊欣祖也。緑華贈以詩一篇，並致火澣布手巾一條，金玉跳脱各一枚。』【姚注】條，同跳。跳脱，臂飾也。【馮注】《盧氏新記》：『唐文宗謂宰臣曰：古詩「輕衫襯條脱」，《真誥》言安妃有金條脱，即今之腕釧也。』一作『跳脱』，亦作『挑脱』。【按】吴景旭《歷代詩話》庚集七玉條脱條云：『周處《風土記》作條達：「仲夏造百索繫臂，又有條達等組織雜物相贈遺。」繁欽《定情篇》又作跳脱，云：「何以致契闊？繞腕雙跳脱。」蓋一物而三名，傳寫之誤也。』

⑤【馮注】《世説》：『温公喪婦，從姑劉氏家值亂離散，唯一女甚有姿慧，屬公覓婚。公密有自婚意，答曰：「佳壻難得，但如嶠比云何？」姑云：「喪敗之餘，乞粗存活，何敢希汝比？」却後少日，公報姑云：「已覓得壻處。」因下玉鏡臺一枚，姑大喜。既婚，交禮，女以手披紗扇，撫掌大笑，曰：「我固疑是老奴，果如所卜。」玉鏡臺，公為劉越石長史北征劉聰所得。』劉孝標注曰：『嶠初取李暅女，中取王詡女，後取何邃女，都不聞取劉氏，便為虚謬。』按：今考前妻王氏，後妻何氏，見《嶠傳》，而此事無可互證。

⑥【徐曰】暗用高唐、天台二事。【按】傳東漢永平中，剡縣劉晨阮肇入天台山採藥迷路，遇二仙女，被邀至家。半年後回鄉，子孫已過七代。後重入天台山訪女，蹤跡渺然。事見劉義慶《幽明録》及《神仙傳》。

⑦【朱注】《離騷》：『望瑶臺之偃蹇兮，見有娀之佚女。』《吕氏春秋》：『有娀氏有二佚女，為九成臺，飲食必以鼓。』

⑧【朱注】青雀注見《漢宫詞》。《離騷》：『吾令鴆（鳥）為媒兮，鴆告余以不好。』注：『鴆，惡鳥也，有毒

殺人，以喻讒賊。』

【胡震亨曰】言瀛洲之遠，必有青雀為媒，何可如有娀之媒鴆，鴆告余不好也。通篇皆不得親近之意。（《唐音戊籤》）

【朱曰】此為女道士作，言仙質之不可以凡侶求也。（《李義山詩集補注》）

【何曰】五六承上『金條脱』句，結句承上『玉鏡臺』句。（《讀書記》）○有娀非遠，雖青雀可飛而至。如何二字一頓，乃商略之詞，鴆鳥為媒，則真出意外也。（《輯評》）

【胡以梅曰】此託言也。詳繹詩境，或者當日鄭亞柳仲郢輩請為判官而作。一二言其受節使，陛辭而行，遂有辟請之事。但幕佐偏員，非華要之職，止如羊權之得金條脱而遇仙相識，不似温嶠之下玉鏡臺而有室有家，念世事艱難，曾省驚眠之雨業已過去，不謂迷失之路，今日為花而開，兹亦可喜也。從此以進，覺有娀不遠，但恐鴆鳥為媒，終亦不能助我耳。當知以前驚眠之雨，迷失之路，皆鴆鳥為之也。中元為上天校勾分别善惡之期，今有此徵辟，似喻朝中之有定論，故用以為題，或事適在中元時也。有娀，依《離騷》指君，青雀謂己，鴆鳥或指令狐綯輩耶？……按此詩若作私暱，三四太露，結亦無此怒張。

【陸曰】義山嘗有五言一篇，中云：『新知遭薄俗，舊好隔良緣。』知其生平阨塞當塗，必有從而讒間之者。此詩不便斥言，而託於鴆鳥為媒，以見遇人之不淑也。詩作於中元日，因引諸天聖衆朝禮上清之事，以喻同朝共主，亦復如之之意。乃羊權條脱，雖得定情；而温嶠鏡臺，終虚諧好，此誰為之乎？由是雨過驚眠，屢斷陽臺之夢；花開迷路，不逢南指之車，而良緣永隔矣。結言有娀佚女本在人間，未抵蓬瀛之遠也，亦惟是鴆鳥為媒，致使事不諧耳。

【姚曰】此必為女道士作，言仙質之不可以凡侶求也。絳節飄飆，空國艷仰，正當上清朝拜而迴。容艷如此，絛脱之贈，苟非仙骨如羊權，鏡臺之聘，豈易成婚如温嶠？蓋既非塵俗之人，定不作塵俗之想。或者雨過之時，曾省驚眠；若非花開之時，豈知迷路？吾知佚女之身，縱未託瀛洲之遠，乃既無青雀，而漫欲使鴆鳥為媒，亦太不自量矣。詩蓋為非分妄求者發歟？

【屈曰】中元絳節，空國朝回。三姻事可成，四何以為聘。五六恐難必也。然有娀不遠，青雀方便，如何得有鴆鳥之讒媒乎？言必可成也。此蓋王茂元許妻以女，適當中元，喜而成詩，故題曰『《中元作》』。

【程曰】此中元悼亡之作。自道經有七月十五日地官校勾善惡之説，世俗之懺悔生前，求利冥福者往往而然。即如代宗七月望日於内道場造盂蘭盤，設高祖以下七聖神座，各書尊號於幡上以識之，此當時薦亡之證也。義山此時因而傷逝。起二句言舉國皆作中元，已亦朝拜上清而迴。三句言茂元之女已亡，空如萼緑華之別羊權，惟餘金跳脱矣。四句言喪偶之傷無已，不似温嶠之聘劉氏，豈納玉鏡臺耶？五句言其致感於孤栖，六句言其無心於窈窕。七八用離騷語意，以見嘉耦難逢，不復望青鳥之為蹇修矣。

【馮曰】此亦為入道公主作。起二句點題。三句暗有所歡，四句終無下嫁。下半言雨過而曾令眠驚，花開而偏嗟迷路，雖非遠不可即，乃青雀不逢，而鴆鳥為媒，豈佳偶之相合歟？此種殊傷詩品。

【紀曰】通首筆意渾勁，自是佳作，然求其語意，類乎有所見而求之不得之作，題曰《中元作》，知確有本事，非寓言之比也，措語雖工，衡以風雅之正，固無取焉。（《詩説》） 此借中元所見，而借以託遇合之感。措語特沉著。（《輯評》）

【龔自珍曰】唐之道家，最近劉向所録房中家。唐世武曌、楊玉環皆為女道士。……一代妃主，凡為女道士，可考於傳記者四十餘人。其無考者，雜見於詩人風刺之作，……韓愈所謂『雲窗霧閣事窈窕』，李商隱又有『絳節飄飆空國來』一首，尤為妖冶，皆有唐一代道家支流之不可問者也。（《龔自珍全集·上清真人碑書後》）

【張曰】刺女道士之淫泆也。唐時風俗如此，不必穿鑿他解。（《會箋》）

【黄侃曰】程以為中元悼亡之作，蓋誤。此詩所刺，與《碧城》《聖女》諸首同，特因中元而造耑耳。三四譏誚至顯。五句言惜其雨夜之無眠，六句謔其如狂香之引路。七八言有娀雖遠，却在人間，青鳥為媒，適同毒鴆。疾之之詞，可謂峭厲矣。（《李義山詩偶評》）

【按】此詠與女冠之艷情。此女冠或係入道宫人，故中元節回宫參加法會。首聯叙其參加法會後自宫内返回道觀。『絳節』為使者所持之絳色符節，『宫國』即宫中，『宫』字不誤。次聯謂昔日雖得與女冠定情並得其所贈之信物，然終不能如人間夫婦之明媒正娶，結為佳偶。腹聯追憶昔日情事。『曾省』，曾記也，二字貫兩句，言昔曾於雲收雨過之時見其驚眠之情態，又曾如劉阮之入天台，因被『花』迷而入彼所居之洞府仙宫。曰『不知迷路』，正寫其不自覺而迷情狀。末聯以有娀氏居瑶臺之佚女借指女冠，謂彼之所居，未若瀛洲之遥遠，青鳥傳書，情愫可通，奈何令鴆鳥為媒哉！言外似有所託非人，致使好合難再之歎。此蓋因中元節適見往昔所戀之女冠『朝拜上清迴』，觸動舊情，有感而作。

李郢《中元夜》：『江南水寺中元夜，金粟欄邊見月娥。紅燭影回仙態近，翠鬟先動看人多。香飄彩殿凝蘭麝，露繞輕衣雜綺羅。湘水夜空巫峽遠，不知歸路欲如何？』所寫亦與女冠（月娥）之戀情，可與商隱此詩互參。

寓懷①

綵鸞餐顥氣②，威鳳食卿雲〔一〕③。長養三清境④，追隨五帝君⑤。煙波遺汲汲⑥，矰繳任云云⑦。下界圍黄道⑧，前程合紫氛⑨。《金書》唯是見⑩，玉管不勝聞⑪。草為迴生種⑫，香緣却死熏⑬。海明三島見⑭，天迴九江分⑮。鶱樹無勞援〔二〕⑯，神禾豈用耘⑰？鬬龍風結陣，惱鶴露成文⑱。漢殿霜何早〔三〕⑲，秦宮日易曛。
星機抛密緒⑳，月杵散靈氳〔四〕㉑。陽烏西南下㉒，相思不及羣。

校記

〔一〕「食」，季抄、朱本作「入」。

〔二〕「鶱」，諸本均作「搴」。【朱曰】當作「鶱」。茲據改。季抄一作「鶱」。

〔三〕「殿」，戊籤、季抄、朱本作「嶺」。馮曰：「似謂秦嶺。」【按】未可定。馮氏附會令狐楚之卒，故云。

〔四〕「氳」，席本、錢本、影宋抄作「氛」。蔣本、姜本、悟抄作「芬」。

集注

①【馮注】原編集外詩。

②【朱注】《西都賦》：「鮮顥氣之清英。」【馮注】《楚詞》：「飡六氣而飲沆瀣兮。」【按】顥，白也。顥氣，天邊氣。

③【馮注】《漢書·宣帝紀》：「威鳳為寶。」注曰：「鳳之有威儀者。與《尚書》「鳳凰來儀」同意。」《史記·天官書》：「若烟非烟，若雲非雲，郁郁紛紛，蕭索輪囷，是謂卿雲。」【程注】《關尹子》：「威鳳以難見為神。」謝朓詩：「威鳳來參差。」《廣絶交論》：「淵海卿雲，黼黻河漢。」【按】卿雲，猶景雲。「卿」通「慶」。卿雲，

彩雲，古以為祥瑞之氣。

④【朱注】《靈寶本元經》：『四人天外曰三清境：玉清、太清、上清。亦名三天。』《太真經》：『三清之間各有正位，聖登玉清，真登上清，仙登太清。』【馮注】《三洞宗玄》：『三清：玉清、上清、太清也。亦名三天：清微天、禹餘天、大赤天也。太清境有九仙，上清境有九真，玉清境有九聖。』

⑤【朱注】《漢郊祀志》：『秦襄公作西畤，祠白帝。宣公作密畤，祠青帝。靈公作上畤，祠黄帝，下畤祠炎帝。高祖問：「天有五帝，而四，何也？」莫知其説。高祖曰：「是待我而具五也。」乃立黑帝祠，名曰北畤。』【程注】《史記》：『天帝貴者泰一，泰一佐曰五帝。』注：『五帝，五天帝也。』【補】《周禮·春官·小宗伯》：『兆五帝於四郊。』注：『以太昊、炎帝、黄帝、少昊、顓頊為五天帝。』緯書《春秋文耀鈎》以東方蒼帝、南方赤帝、中央黄帝、西方白帝、北方黑帝為天上五方之帝。

⑥【馮注】《家語》：『蘧伯玉汲汲於仁。』《公羊傳》：『及猶汲汲也。』【程注】《禮記》：『汲汲然如有追而弗及也。』

⑦【朱注】《增韻》：『云云，衆語也。』《汲黯傳》：『我欲云云。』注：『猶言如此如此也。』【馮注】《戰國策》：『射者方將修其碆盧，治其矰繳。』《史記·留侯世家》：『羽翮已就，横絶四海，雖有矰繳，尚安所施？』

【補】矰，以絲繩繫矢以射鳥雀之具。繳，繫矢之絲繩。

⑧【馮注】《漢書·天文志》：『日有中道。中道者，黄道，一曰光道。』《晉書·志》：『黄道，日之所行也，半在赤道外，半在赤道内。』（句）即環拱之意。

⑨見《海客》。

⑩【朱注】《集仙傳》：『大茅君南至句曲山，天帝賜以黄金刻書九錫之文。』【馮注】《武帝内傳》：『尊母欲得《金書秘字》授劉徹。』《黄庭内景經序》：『《黄庭内景經》一名《太上琴心文》，一名《太帝金書》，一名《東華玉篇》。』《登真隱訣》：『謹讀《金書玉經》。』

⑪見題鄭大有隱居。

⑫【道源注】《博物志》：『禹戮房風，房風二臣恐，以刃自貫其心而死。禹哀之，乃拔其刃，療以不死之草。』《述異記》：『漢武時日支國獻活人草三莖，有人死者，將草覆面，即活之矣。』　【程注】《十洲記》：『祖洲有不死之草，人死三日者，以草覆之，皆活。秦始皇時有鳥銜此來，遣使齎問北郭鬼谷先生，云是東海祖洲上不死之草，生瓊田中，叢生一株，可活一人。始皇乃使徐福發童男童女入海求之。』

⑬【朱注】《述異記》：『聚窟洲有返魂樹，伐其根心，于玉釜中煮取汁，又熬之令可丸，名曰驚精香，又名震靈丸，或名返生香，或名却死香。尸在地，聞氣即活。』

⑭【馮注】即三神山，見《海上謡》。

⑮【馮注】《禹貢》：『荊州九江孔殷。』餘見《哭劉司户》。

⑯【道源注】《雲笈七籤》：『月中樹名騫樹，一名藥王，凡有八樹，在月中也。』《空洞靈章經》：『紫薇煥七臺，騫樹秀玉霞。』　【馮注】《三洞宗玄》：『最上一天名曰大羅，在玄都玉京之上，紫微金闕，七寶騫樹，麒麟師子化生其中，三世天尊治在其內。』

⑰【朱注】《真誥》：『酆都山稻名重思，米如石榴子，粒異大，色味如菱，亦以上獻，仙官杜瓊作《重思賦》曰：「神禾鬱乎浩京，巨穗横我玄臺。」』　【馮注】嘉禾之為瑞者，亦曰神禾。如《玉海》引《述異記》：『堯時十瑞，有神禾生。』與宫中芻化為禾，是二事也。』《尚書中候》：『堯時嘉禾滋連。』《詩含神霧》：『堯時嘉禾莖三十五穗。』梁簡文帝《謝長生米啟》：『堯禾五尺，未足稱珍。』皆此神禾也。別本《述異記》作『神木生蓮』者，誤。柳子厚《請復尊號表》『神禾嘉瓜』，亦用此也。朱氏引《真誥》……非所用也。

⑱【馮注】江淹《別賦》：『露下地而騰文。』餘見《酬別令狐》。

⑲【馮注】（漢嶺）似謂秦嶺。　【按】漢殿秦宫泛指宫觀。

⑳【道源注】張衡《周天大象賦》：『疇遂睇于漢陽，乃攸窺于織女。引寶毓囿，摇機弄杼。』　【程注】楊衡

詩：『荆臺別路長，密緒分離狀。』【按】星機，指織女機。

㉑【朱注】傅玄《擬天問》：『月中何有？白兔擣藥。』月杵，擣藥杵也。

㉒【朱注】陽鳥，隨陽之鳥，鴻雁屬。【程注】張載詩：『陽鳥收和響，寒蟬無餘音。』

【朱曰】此自傷不遇之作，通首是比體。（《李義山詩集補注》）

【朱彝尊曰】與《戊辰靜中作》同意。

【何曰】義山有極似庚子山處，不可以白公之清流繩之。（《讀書記》）義山長律，隸事太多，往往不能自展筆力，遠不逮杜白之整暇有餘力也。○義山太為詞所使，要亦不可學也。○小馮云：整麗穩切，讀此則不能保其展禽。（《輯評》）

【姚曰】此自傷不遇之作。通首是比體。『綵鸞』以下十二句，極言神仙之樂。『海明』以下八句，乃從天上下視人間。『星機』四句，言織女嫦娥亦不免離羣之苦。故因陽鳥而發孤飛之歎也。

【屈曰】鸞鳳既餐顥氣，入卿雲，言已仙去也，自然長養仙境，追隨神明。已遺烟波，矰繳何施？我之下界，空闉黃道；彼之前程，合在紫氛。賜天帝之《金書》，聞仙人之玉管，無意人間矣。即種回生之草，薰返魂之香，三島可見，九江易分，其如樹無勞援，禾不用耘，何哉？目前龍雲結陣，鶴露成文，故寒霜下早，白日易曛，言時已秋晚也。遥知此時，空抛星機，歇月杵以待我，而陽鳥西下，我不及羣，可傷也。○鬬龍風結陣，『風』當作『雲』。《左傳》：『鄭大水，龍鬬於時門。』《易》：『雲從龍。』惱鶴即警鶴，言天陰夜長也。○一段仙去。二段無術可留。三段有術亦無用。四段點時。五段合結。的是悼亡之作。

【程曰】寓懷者，寓言以寄懷也。義山生於貴族，夙以文章自負，故借鸞鳳為起，喻己不同於流俗也。通篇即以鸞鳳為主。『長養』二句，喻系本天潢，志承先聖也。『烟波』二句，喻不為世網所羅也。『下界』二句，喻所行皆正路，所企悉善圖也。『金書』二句，喻己學問迥異也。『草為』二句，喻己遠害全身也。『海明』二句，喻己數為幕職，閱歷山川也。『騫樹』二句，喻己獨處孤高，不煩攀引也。『鬬龍』二句，喻節使驕横，目無君上也。『漢嶺』二句，喻朋黨難除，將有黨錮之殃，焚阬之禍也。『星機』二句，喻朝政廢弛，賢士罷斥也。結句仍與首句相應，喻己實鸞鳳之儔，豈凡鳥之可匹哉！其時舍世交令狐綯之外，當國者豈無一二好文之人，以義山之才，肯一見之，未必不為刮目，乃甘為幕佐，沉滯下僚，殆亦非無見也。

【馮曰】此明為子直作也。首二兩聯，美其羽儀，以名家子而早為朝貴也。三四五聯由吴興内擢，遂居禁近。烟波指湖州，矰繳比忌之者，謂速離水鄉，人不能阻也。六聯指己之冀修舊好。七聯言蓬山望而難親，交情恐分而難合也。『騫樹』句逆遡助之得第，『神禾』句比為其所棄，言昔者豈無藉爾之援，今日反同非種之鋤乎？『鬬龍』比黨局，『惱鶴』比見怒也，言惟朋黨相争，遷怒及我也。『漢嶺』句似歎令狐楚之卒，『秦宫』句傷己宦於京之不久。『星機』二句承上，喻己之外遊也。結曰陽鳥西南，而歎相思之阻。其為自桂管歸來無疑。所以不屬之東川時者，以中多翰苑之語，尚未及秉鈞也。

【紀曰】近乎鋪排，特格調不失耳。（《詩説》）又曰：句法尚健。（《輯評》）

【張曰】篇中皆假學仙致慨，與《會静》一首疑同時所作，蓋暗指令狐也。句法老健，乃玉谿本色，雖涉鋪排，而皆以氣機運之，不同塗附，無庸强為分辨也。（《辨正》）又曰：詩多用道書語，寓意未詳。馮氏謂為子直作，解多穿鑿。大約此類詩愈解愈使人迷，祇宜闕疑，所謂『不食馬肝，未為不知味』也。（《會箋》）

【按】馮氏以鸞鳳指子直，張氏已謂其穿鑿。屈氏以為悼亡，所據者亦僅『迴生』『却死』二語，然既『已仙去』，即無所謂『迴生』『却死』。且『星機』二句，顯見其人尚在，僅深情無路可通而已。姚、程二氏自寓之説似較上二説合理，然前段極狀『長養三清境』之樂，已與義山身世不符，末句『相思不及羣』，又明言己有所思念，可見所寓者非身世之感。

此詩所「寓」之「懷」，蓋風懷也。對象為女冠。「綵鸞」四句，即以「長養三清境」點明對方所居者為道觀。「煙波」四句，謂其遠離人間，已脱世網，合當永駐紫霄。「《金書》」四句，描繪三清仙境情景：惟見金書，但聞玉管，有迴生之草，却死之香。以上十二句為一大段，均想像鸞鳳居三清仙境情景。以下十二句即轉入己之懷想。「三島」即指對方所居之仙境，二句謂可望而不可即。「騫樹」二句，謂月中騫樹，無勞援植之力；神禾自長，亦不用耕耘，蓋狀仙家之清閒。「鬬龍」四句，以風、露、霜、日想像對方長居仙觀之寂寥日月，「霜何早」「日易曛」，更顯示年華之易逝。「星機」四句，以彼此相思作結。「星機」「月杵」之語，亦即所謂「嫦娥應悔偷靈藥，碧海青天夜夜心」也。

碧瓦

碧瓦銜珠樹①，紅綸結綺寮〔一〕②。無雙漢殿鬢③，第一楚宫腰④。霧唾香難盡⑤，珠啼冷易銷。歌從雍門學⑥，酒是蜀城燒⑦。柳暗將翻巷，荷欹正抱橋。鈿轅開道入⑧，金管隔鄰調⑨。夢到飛魂急⑩。書成即席遥〔二〕。河流衝柱轉〔三〕⑪，海沫近槎飄⑫。吴市蠙蛦甲〔四〕⑬，巴賨翡翠翹⑭。他時未知意，重疊贈嬌饒〔五〕⑮。

〔一〕『綸』原一作『輪』，蔣本、姜本、戊籤、悟抄、席本、影宋抄、朱本并作『輪』。按：『綸』『輪』通，詳注。

〔二〕『遥』原一作『招』，朱本、季抄同。

〔三〕『柱』原作『樹』，一作『柱』，據蔣本、姜本、戊籤、悟抄、席本、影宋抄改。

〔四〕『蠀蛦』原作『囗（一作蝢）蹺』，據蔣本、姜本、戊籤、錢本、影宋抄補正。馮注本作『觜蠵』。朱注本作『蛸蛦』。

〔五〕『饒』，蔣本作『嬈』。

集注

①【朱注】劉騊駼詩：『縹碧以為瓦。』《山海經》：『三珠樹在厭火國北，生赤水上，樹如柏，葉皆為珠。』

【按】碧瓦，指青碧色琉璃瓦。

②【朱注】按沈約詩：『紅輪映早寒，畫扇迎初暑。』庾肩吾詩：『粉白映輪紅。』庾信詩：『紅輪帔角斜。』紅輪不知是何物。楊用修云：『想是婦女所執如暖扇之類。』又唐太宗《白日半西山》詩：『紅輪不暫駐。』此則謂紅日也。左思《魏都賦》：『皎日籠光於綺寮。』注：『寮，窗也。』　【程注】扇、日皆非也。覩下『結』字，當是絲

綸之綸。徐君蒨詩：『樹斜牽錦帔，風横入紅綸。』紅綸二字原有本。【馮注】按：徐君蒨詩、庾信詩，皆非此所用。此當是窗網紅簾之類。沈約（詩）……似相同也。綸、輪通用，頻見晚唐詩。徐君蒨詩紅綸當謂巾飾。此句紅綸綺寮，謂窗格紅色，又以綵綺結之。【按】紅綸（輪同），即紅綸巾，婦女所用之披巾。句意謂綺窗之上結以紅綸巾。

③【朱注】《太平御覽》：《史記》曰：『衛皇后字子夫，武帝侍衣，得幸，頭解，上見其髮鬢，悦之，因立為后。』按：今本《史記》無此語。【程注】《西京賦》：『衛后興於鬒髮。』李善注：《漢武故事》：『子夫得幸，頭解，上見其美髮，悦之。』【馮注】《東觀漢記》：『孝明馬皇后美髮，為四起大髻，尚有餘，繞髻三匝，復出諸髮。』

④見《夢澤》詩注。

⑤【馮注】《莊子·秋水篇》：『子不見夫唾者乎？噴則大者如珠，小者如霧。』

⑥【馮注】《列子》：『韓娥東之齊，過雍門，鬻歌假食。既去，而餘音繞梁欐，三日不絶。』又：『韓娥曼聲哀哭，一里老幼悲愁，垂涕相對，三日不食。娥復為曼聲長歌，一里老幼喜躍抃舞，忘向之悲也。故雍門之人至今善歌哭，效娥之遺聲。』

⑦【朱注】蕭子顯詩：『朝酤成都酒，暮數河間錢。』《唐國史補》：『酒則劍南之燒春。』【何曰】『燒』字押得奇。（《讀書記》）

⑧【朱注】《搜神記》：『杜蘭香數詣張碩，有婢子二人，大者萱支，小者松支，鈿車青牛上，飲食皆備。』白居易詩：『曲江碾草鈿車行。』【補】鈿車，古時貴族婦女所乘以金寶裝飾之車。

⑨【朱注】沈約詩：『金管玉柱響洞房。』李白詩：『玉簫金管坐兩頭。』

⑩【朱彝尊曰】險語。

⑪【朱注】《書傳》：『河水分流，包山而過，山見水中如柱然，故曰砥柱。』

⑫【馮注】《後漢書·杜篤傳》：『海波沫血。』注曰：『水沫如血。』餘詳《海客》。

⑬【道源注】《嶺表録異》：『蟕蠵俗謂之兹夷，乃山龜之巨者。潮、循人採之，取殼以貨。要全其殼，須以木楔出肉，龜吼如牛，聲響山谷。廣州有巧匠，取其甲黄明無日脚者煮而拍之，陷黑玳瑁花，以為梳篦盃器之屬，狀甚明媚。』注：『甲上有散黑暈為日脚。』《埤雅》：『蟦蛦謂之蟦。自關而東謂之蝤蠐。』舊曰蠐螬化而復育，轉而為蟬類。吴女以蟬蜕和鳳仙搗之，染指甲，極紅媚可愛。魚玄機詩：『偏憐愛數蟣蛦掌，每憶光抽玳瑁簪。』【朱曰】蟕蠵，大龜，其甲即玳瑁之類，故吴市有之，作蟦蛦非是。【馮注】《山海經·東山經》：『深澤其中多蠵龜。』注曰：『觜蠵，大龜也。甲有文彩。』《爾雅》：『十龜，二曰靈龜。』注曰：『文似瑇瑁，即今觜蠵龜，一名靈蠵，能鳴。』《後漢書·杜篤傳》：『甲瑇瑁，戕觜觿。』《漢書·揚雄傳》：《羽獵賦》：『抾靈蠵。』注曰：『雄曰毒冒，雌曰觜蠵。』【按】馮注本作『觜蠵』，朱注本作『蟕蛦』，然不言所據何本。舊本多作『蟦蛦』『蟦蛦』，無有作『觜蠵』者。疑詩中『蟦蛦』即『蟕（觜）蠵』之俗寫。『兹夷』『蟦蛦』同音，即指一物，非《埤雅》所謂蝤蠐也。故校字仍從舊本，釋義則從道源及朱、馮二氏。

⑭【朱注】《説文》：『賨，南蠻賦。』《晉書·食貨志》：『巴人輸賨布，户一匹。』《晉中興書》：『巴人謂賦為賨，因名巴賨。』《招魂》：『砥室翠翹，絓曲瓊些。』注：『翠，鳥名；翹，羽也。』《炙轂子》：『高髻名鳳髻，上有珠翠翹。』【馮注】揚雄《蜀都賦》：『東有巴賨，綿亘百濮。』應劭《風俗通》：『巴有賨人。高祖募取賨人定三秦。』《後漢書·南蠻板楯蠻夷傳》：『高祖定巴中夷人租賦，户歲入賨錢口四十。』【按】賨音從，此處與上句『市』對文，用如貢賦之意。

⑮【程注】《玉臺新詠》有漢宋子侯《董嬌饒》詩。【按】嬌饒指美女。

【朱彝尊曰】艷語是義山本色，而錯互其詞，似亦諱之之意。（「無雙」二句眉批）

【徐德泓曰】此賦歌妓也。純是虛擬之詞。首二句，寫畫閣曉妝景象，殿鬢、宮腰，言其美也。「霧唾」二句，狀其能歌，故下接歌筵以足意。「柳暗」四句，正寫其年芳情麗，如柳之將舞，荷之正欹，乘繡車而入席調聲也。下即從「隔鄰」二字轉落，言已不得與會，徒魂夢赴之，雖欲寄書而仍遠。然此心急不自持，不啻河海之衝柱飄槎矣。其庶幾致好物以將愛慕，縱未知其意若何，而我不可不多為贈耳。就詩而言，猶未失秣馬秣駒之意。

【姚曰】此應是賦即席中所見，如《天平座中》詩之類。首四句，寫居處深邃。「霧唾」四句，寫色藝絕人。「柳暗」四句，無由得出。「夢到」四句，無由得近。末四句，恐此意之竟無由自通也。

【屈曰】一段宮殿之宏麗，佳人之秀色。二段佳人之才情。三段荷葉時往尋不能一見。四段歎其咫尺千里。五段欲以甲、翹相贈，永以為好之意。

【程曰】此詩情旨有類於杜牧之《秋娘詩》，似為宮女流落而作。「碧瓦」一聯，言其久處華屋也。「無雙」一聯，謂其鬭妍禁中也。「霧唾」一聯，謂其淪落失所也。「歌從」一聯，謂相逢之情事也。「柳暗」一聯，謂棲託之幽寂也。「鈿轅」一聯，謂其徵逐從人也。「夢到」一聯，謂其追憶往事也。「河流」一聯，謂其飄流無定也。「吴市」一聯，謂雜佩南珍也。結聯則歎其異日東西，不知何極，唯惜其嬌嬈而重疊其詞以贈之也。

【馮曰】此在令狐子直家賦也。首韻言內相之府。次聯言其貴重。三四兩聯似從彼之姿態，合到我之陳情，大有悲歌修好之跡，但夾寫難分，統會其意可也。或次聯即義山自負美才，三四聯亦自寫陳情姿態也。五六兩聯謂令狐歸第，「隔鄰」句蓋屬其代筆送入小齋。七聯即「夢為遠別」「書被催成」之情事。八聯以柱石仙槎比令狐，以河流海沫自比，銜而轉，近而飄，接近而仍不合也。九十則謂自桂海巴蜀而回，屢有投贈之物，初不知其中心之永睽矣。若徒作艷體讀，能無使詩魂飲恨哉！　又曰：『歌從』句喻己之陳情，可歌可泣。○『歌從』二句謂詞哀心熱。又似從巴蜀來，有為之致書修好者。○『鈿轅』句（令狐）辟人開道而歸。

【紀曰】此是爾時風氣所染，琱琢繁碎，格意俱卑，於集中為下下。（《詩説》）　楊、劉專學此種，遂使人集矢於義山。（《輯評》）

【張曰】《碧瓦》諸詩雖為『西崑』所祖，然玉谿詩體，全係託寓，『西崑』不過獵其辭藻耳。後人不能詳義山之本事，因『西崑』而集矢義山，此閱詩者之過，非作詩者之過也。『琱琢繁碎，意格俱下』，衹可施之『西崑』，與義山何與哉！（《辨正》）　又曰：起聯狀其居之高華，次聯寫其人之尊貴。『霧唾』二句，一嚬一笑，皆耐人思。『歌從』二句，一樂一哀，令人難測。『柳暗』句彼之疏我，『荷欹』句我之戀彼。『鈿轅』句忽似有意，『金管』句翻又無情。『夢到』『書成』，望之欲穿；『河流』『海沫』，引之將近。『吴市』四句，言從前屢有投贈，初不知其中心究何屬也。義山是年（按指大中三年）選尉，京兆尹留假參軍，此京兆尹不詳何人，觀其稱牛僧孺曰『吾太尉』，必牛氏宗黨無疑。參軍一辟，或亦子直情不可恝，聊以此推薦，酬其陳情也歟？時必偶假以辭色，義山喜懼過望，故有此等詩也。（《會箋》）

【按】馮、張附會令狐，解多支離穿鑿。謂作於大中三年，亦想當然。此與《錦檻》同屬艷詩。詩中所詠對象，當為貴家姬妾。首聯碧瓦綺寮，狀所居之華麗，亦點明其貴家女子身份。次聯贊其絶色，且示其為貴家寵姬者流。『霧唾』二句，謂其吹氣若蘭，香風馥鬱，珠淚闌干，玉容寂寞，蓋既贊其外形之美艷，又寫其內心之苦悶，此正貴家姬妾之特點。『歌從』二句，寫其行歌侑酒，技藝超絶。以上八句均就對方角度着筆。以下轉寫己之相思。『柳暗』二句，寫其所居深巷院落，柳暗荷欹，環境幽静。『鈿轅』二句，謂但見對方乘鈿車開道而入，但聞調奏金管之聲隔鄰而傳，而咫尺天涯，竟無由一見。『夢到』二句，謂夢魂雖有時而飛到對方之前，然書成竟無人可傳，雖即席亦如遥隔。『河流』二句，似暗喻己雖如『銜柱轉』之河水，『近槎飄』之海沫，徘徊流連於前後左右，然終未能好合。蘇雪林謂『河流』句乃暗用尾生抱柱故事，則此句解作追求之執着，亦可通。末四句謂己雖欲贈以玳瑁甲、翡翠翹，然彼則未知我之癡情，惟重疊為詩以寄意而已。

擬意①

悵望逢張女②，遲迴送阿侯③。空看小垂手④，忍問大刀頭⑤？妙選茱萸帳⑥，平居翡翠樓⑦。雲衣不取暖〔一〕⑧，月扇未障羞〔二〕⑨。上掌真何有⑩？傾城豈自由！楚妃交薦枕⑪，漢后共藏鬮〔三〕⑫。夫向羊車覓⑬，男從鳳穴求⑭。書成祓禊帖⑮，唱殺畔牢愁⑯。

夜杵鳴江練⑰，春刀解石榴〔四〕⑱。象牀穿幰網⑲，犀帖釘窗油⑳。仁壽遺明鏡㉑，陳倉拂綵毬㉒。真防舞如意㉓，佯蓋卧箜篌㉔。濯錦桃花水㉕，濺裙杜若洲㉖。魚兒懸寶劍㉗，燕子合金甌㉘。銀箭催摇落〔五〕，華筵慘去留。幾時銷薄怒㉙？從此抱離憂。

帆落啼猿峽，尊開畫鷁舟。急絃腸對斷㉚，剪蠟淚争流。璧馬誰能帶㉛？金蟲不復收㉜。銀河撲醉眼，珠串咽歌喉㉝。去夢隨川后㉞，來風貯石郵㉟。蘭叢銜露重，榆莢點星稠㊱。解佩無遺跡㊲，凌波有舊游㊳。曾來十九首，私識詠牽牛㊴。

校記

〔一〕『衣』，蔣本、姜本、戊籤、錢本、影宋抄、悟抄、席本、朱本均作『屏』。

〔二〕『障』，朱本、季抄作『遮』。

〔三〕『鬮』，朱本、季抄一作『鈎』。

〔四〕『石』，影宋抄、錢本、席本、朱本作『若』。

〔五〕『催』原作『摧』，非，據悟抄，席本、朱本改。

①【馮注】原編集外詩。

②【朱注】潘岳《笙賦》：『輟《張女》之哀彈。』吴均詩：『掩抑摧藏《張女》彈。』　【馮注】《文選》潘岳《笙賦注》：『閔洪《琴賦》曰：「汝南《鹿鳴》，《張女》羣彈。」』江總《雜曲》：『曲中惟聞《張女》調，定有同姓可憐人。』　【補】《文選》張銑注：『《張女》，彈曲名也，其聲哀。』此用作歌舞女子代稱。

③已見前《無題》（近知名阿侯）注。

④【朱注】吴均詩：『且復小垂手。』　【姚注】《樂府解題》：『大垂手、小垂手，皆言舞而垂其手也。』【程注】梁簡文帝詩：『摇曳小垂手。』

⑤【朱注】《樂府》：『何當大刀頭？』　【馮注】吴兢《樂府古題要解》：『古詞「藁砧今何在」，藁砧，鈇也，問夫何處也。「山上復有山」，重山為「出」字，言夫不在也。「何當大刀頭」，刀頭有環，問夫何時當還也。「破鏡飛上天」，言月半當還也。』按：《漢書·李陵傳》：『陵故人任立政等至匈奴，見陵，未得私語，即目視陵，而數數自循其刀環，握其足，陰諭之，言可還歸漢也。』環之喻還始此矣。四句領起別意。　又補注曰：《荀子》：『絶人以玦，反絶以環。』

⑥【朱注】梁簡文帝《燭賦》：『茱萸幔裏鋪錦筵。』張正見《艷歌》：『并捲茱萸帳，争移翡翠牀。』

⑦【朱注】崔湜詩：『草緑鴛鴦殿，花明翡翠樓。』

⑧【朱注】《語林》：『滿奮體羸畏風，侍坐武帝，屢顧雲母幌，帝笑之，奮曰：「北窗琉璃屏風，似密實疎。」』　【按】作『雲衣』亦通。雲衣，猶霧縠。

⑨【馮注】古雜詩：『舉袖欲障羞。』　【按】月扇注見《無題》（鳳尾香羅）。

⑩【馮注】《御覽》引《漢書》：『趙飛燕能掌上舞。』《南史》：『羊侃儛人張净琬，腰圍一尺六寸，時人咸推能掌上儛。』

⑪【朱注】《樂府雜録》：『張永《元嘉技録》有吟歎四曲，一曰《楚妃歎》。』《高唐賦》：『聞君遊高唐，願薦枕席。』　【程注】《笙賦》：『荆王喟其長吟，楚妃歎而增悲。』

⑫【程注】《采蘭雜志》：『九為陽數，古人以二十九日為上九，初九日為中九，十九日為下九。每月下九，置酒為婦女之歡。女子以是夜為藏鈎之戲以待月明，至有忘寢而達曙者。』　【按】餘詳《無題》（昨夜星辰）注。

⑬【馮注】《晉書》：『潘岳總角，乘羊車入市，見者皆以為玉人，觀之者傾都。』　【按】朱注引《晉書》武帝掖庭並寵者衆，常乘羊車恣其所適事（見《宫中曲注》）。視下『男從鳳穴求』句，似馮注為是。詳箋。

⑭【朱注】杜甫詩：『二毛生鳳穴。』　【程注】杜甫詩：『鳳穴雛皆好，龍門客又新。』　【馮注】《山海經》：『丹穴之山，有鳥狀如雞，五彩而文，名曰鳳凰。』　【補】《北史·文苑傳序》：『潘陸張左，擅侈麗之才，

飾羽儀於鳳穴。』鳳穴，喻文才薈萃之地。

⑮【朱注】即右軍《蘭亭帖》。　【姚注】《法書要録》：『王右軍與親友修禊於蘭亭，揮毫製序，興樂而書，謂有神助，醒後再書，終不能及。右軍自珍愛之，秘藏於家。七傳而至智永，子徽之派也，舍俗為僧，居越之永欣寺。後授弟子辨才。唐太宗遣御史蕭翼以計賺取。太宗不豫，命太子以此本從葬昭陵。』　【按】餘參見《送裴十四》。

⑯【朱注】《漢書》：『揚雄作《廣騷》。又旁《惜誦》至《懷沙》一卷，名曰《畔牢愁》。』注：『畔，離也；牢，聊也。與君相離，愁而無聊也。』

以上為第一段。總叙與對方一夜相會離別，並追叙其人身份處境。

⑰【朱注】夜杵，擣衣杵也。

⑱【朱注】《廣雅》：『若榴，石榴也。』　【馮注】梁元帝《烏棲曲》：『芙蓉為帶石榴裙。』謂製衣也。

⑲【朱注】幰網，言牀幔為網户紋。　【馮注】《周書》：『紂為象牀。』《戰國策》：『孟嘗君至楚，獻象牀，象牀之直千金，孟嘗君勿受。』《説文》：『幰，車幔也。』此則言牀幔為網户紋。

⑳【道源注】《集韻》：『帖，牀前帷也。』以薄犀為帖，釘於窗櫳。　【馮注】《釋名》：『牀前帷曰帖，言帖之而垂也。』此則言帖於窗櫳。

㉑【道源注】陸機《與弟雲書》：『洛陽仁壽殿前有大方鏡。高五尺餘，廣三尺二寸，暗著庭中，向之，便寫人形體。』

㉒【朱注】武平一詩：『令節重遨遊，分鑣戲綵毬。』按：打毬即蹴鞠，本寒食事。又唐時清明有鬬雞之戲。陳倉乃暗用寶雞事也。　【程注】陳倉綵毬，疑用雞毬事。《唐書·禮樂志》：『天寶二年，始以九月朔薦衣於諸陵。又嘗以寒食薦餳粥、雞毬。』王建《宮詞》：『走馬犢車當御路，漢陽公主進雞毬。』　【馮注】劉向《别録》：『寒食蹴鞠，黄帝所造，本兵勢也。或云起於戰國。』鞠與毬同，古人蹋蹴以為戲。《玉燭寶典》：『此節城市尤多鬬雞之

戲。』《左傳》：『季、郈鬬雞。』其來遠矣。《荆楚歲時記》：『寒食鬬雞打毬。』

㉓【馮注】《拾遺記》：『孫和悦鄧夫人，嘗著膝上。和月下舞水精如意，誤傷夫人頰，血流污袴，嬌姹彌苦。』

㉔【道源注】《洛陽伽藍記》：『魏高陽王雍美人徐月華，能彈卧箜篌，為《明妃出塞》之曲。後為將軍原士康側室，徐鼓箜篌而歌，其聲入雲，行者俄而成市。』【馮注】箜篌有竪有卧。《舊書·志》曰：『箜篌形似瑟而小，七絃，用撥彈之如琵琶。』此蓋謂卧箜篌也。又曰：『竪箜篌，胡樂也，漢靈帝好之。體曲而長，二十三絃，竪抱於懷，用兩手齊奏，俗謂之擘。』《三才圖會》曰：『箜篌首尾翹上，虚其中，以兩架承之為卧箜篌。』此聯用意殊褻，蓋隱語也。

㉕【馮注】《後漢書》：『三月上巳，官民皆絜於東流水上，曰洗濯祓除，去宿垢疢為大絜。』注曰：『謂之禊也。』《周禮》：『女巫掌歲時以祓除疾病。』《韓詩》曰：『鄭國之俗，三月上巳之溱、洧兩水之上，招魂續魄，秉蘭草，祓除不祥。』一説云：『後漢有郭虞者，三月上巳産二女，二日中並不育。俗以為忌，至此月日，諱止家，皆於東流水上為祈禳，自潔濯，謂之禊祠。』《漢書·溝洫志》：『來春桃花水盛。』注曰：『《韓詩傳》云：三月桃花水。』【朱注】張正見詩：『影間蓮花出，光涵濯錦流。漾色隨桃水，飄香入桂舟。』

㉖【朱注】《北史》：『竇泰母夢風雷，有娠，朞而不産，甚懼，有巫者曰：「度河湔裙，産子必易。」便向水所，忽見一人曰：「當生貴子，可徙而南。」母從之，俄而生泰。及長，為御史中尉。』《楚辭》：『采芳洲兮杜若，將以遺兮下女。』【馮注】《玉燭寶典》：『元日至月晦，人並度水，士女悉湔裳，酹酒水湄，以為度厄。今惟晦日臨河解除，婦人或湔裙。』此句則指上巳事。

㉗【朱注】《唐書·車服志》：『一品至六品以玉金飾劍，給隨身魚。』【姚注】《水經注》：『范文，本日南西捲縣奴也。牧羊澗中，得兩鮔（按《水經注》作「鱧」）魚，欲私食之。郎知，詰文，文云：「將礪石還，非魚也。」郎至魚所，果見兩石。文異之。石有鐵，文因入山中，就石冶鐵，作兩刀，舉刀向鄣，呪曰：「鮔（鱧）魚變化，冶石成刀。斫石鄣破者，是有靈神，文當治此。」因斫石鄣，如龍淵、干將之斬蘆蒭，遂君其地。』【按】此

似謂劍端以魚墜為飾。

㉘【朱注】《西京雜記》：『漢元后在家，嘗有白燕銜石，大如指，墮后績筐中。后取之，石自剖為二，其中有文曰：「母天后地。」后乃合之，遂復還合。及為后，嘗置璽笥中。』【馮注】按：簡狄有玄鳥墜卵，覆以玉筐，吞之生契之事。見《吕氏春秋》《宋書·符瑞志》諸書。而金甌如《南史·朱異傳》：『梁武言：「國家猶金甌，無一傷缺。」』合之燕子，固不符也。朱氏引《車服志》佩魚佩劍，姚氏又引《水經注》日南范文得兩鮔（鯉）魚，冶作兩刀，以解『魚兒』句，亦誤。且當闕疑。

㉙【朱注】《神女賦》：『頩薄怒以自持兮。』

㉚【道源注】李季蘭詩：『彈得相思曲，絃腸一時斷。』

以上為第二段。叙歡會之情景，并過渡到餞别。

㉛【朱注】《甘泉賦》：『璧馬犀之璘瑞。』注：『作馬及犀牛為璧飾也。』【馮注】《文選》作『璧』，《漢書》作『壁』。【徐注】《渚宮故事》：『宋沈攸之厩中羣馬每夜騰擲驚嘶。令人伺之，見一白駒，以綆縛腹，超軼如飛，掩之不及。視厩猶闔，縱入閤内。問内人，惟愛妾馮月華臂上玉馬以緑繩穿之，卧輒置枕下，夜或失所在，旦則如故，視其蹄果有泥跡。攸之亡，不知所在。』句用此事。

㉜【朱注】吴均《古意》：『蓮花銜青雀，寶粟鈿金蟲。』李賀詩：『坡陀簪碧鳳，腰裊帶金蟲。』或曰：金蟲，簪飾也。【徐注】宋祁《益部方物志》：『金蟲出利州山中，蜂體緑色，光若金星，里婦取佐釵鐶之飾。』

㉝【馮班注】《禮記》：『纍纍乎端如貫珠。』《毛詩》：『串夷載路。』串、貫通，古今字也。【馮注】按：《爾雅》：『閑、狎、串、貫，習也。』義本相同，故互用。周伯琦《六書正譌》以為『貫』俗作『串』者，非也；亦非古今字之異。【朱注】白居易詩：『何郎小妓歌喉好，嚴老呼為一串珠。』自注：『嚴尚書《與于駙馬》詩云：莫損歌喉一串珠。』

㉞【朱注】《洛神賦》：『於是屏翳收風，川后静波。』注：『川后，河伯也。』

㉟【朱注】《樂府·丁都護歌》：『願作石尤風，四面斷行旅。』【程注】《江湖紀聞》：『石尤風者，傳為石氏女嫁為尤郎婦，情好甚篤。尤出不歸，妻臨亡歎曰：「吾恨不能阻其行以至此，今凡有商賈遠行，吾當作大風，為天下婦人阻之。」自後商旅發船，值打頭風，則曰：「此石尤風也。」婦人以夫姓為名，故曰石尤。』【馮注】《容齋五筆》：『石尤風，不知其義，意其為打頭逆風也。唐人詩好用之。陳子昂、戴叔倫、司空文明云云。計南朝篇詠必多用之，未暇憶也。』《困學紀聞》：『石尤，李義山作石郵，楊文公亦作石郵。』按：郵與尤同，見《漢書注》。《江湖紀聞》『傳聞石氏女嫁為尤郎婦』云云，此後人妄談，不可信也。

㊱見《聖女祠》五排。

㊲【朱注】《列仙傳》：『江妃二女，出遊漢江湄，逢鄭交甫，挑之，不知其神人也。女遂解佩與之，交甫悅，受佩而去。數十步，空懷無佩，女亦不見。』

㊳【朱注】《洛神賦》：『凌波微步。』

㊴【道源注】《古詩十九首》其九首云：『迢迢牽牛星，皎皎河漢女。』《洛神賦》：『詠牽牛之獨處。』

以上為第三段。叙離別情景，并總束全篇。

【姚曰】首四句，從別意總挈全篇。此下二十四句，皆歡會之樂。『銀箭』下十二句，乃所擬別意也。○『幾時』二語妙。上句，合時不輕合也；下句，別時難為別也。是全首關鍵處。

【屈曰】一段總起別情。二段往日相親。三段往日嬉遊。四段別時情況。五段今日不能忘也。

【程曰】此詩不知其所指，以事推之，乃宫掖之放還者。考《新書》：宣宗大中元年二月癸未，以旱避正殿，減膳，罷太常教坊習樂，出宮女五百人。義山殆於此時有所感遇而發歟？

【馮曰】艷體不待言矣。首二聯點明相別。『妙選』四聯追敘幼時，富麗中已含尖毒。『夫向』四聯謂于歸之事。『真防』三聯已詳句下（見下引）。『銀箭』二聯正謂將別。『落帆』二聯交寫別情。『璧馬』以下則統言從此離情難訴，追昔撫今，而私願不可遂也。此種筆墨，重傷忠厚矣。○又句下箋曰：（『妙選』八句）追叙未婚時居處之事。（『夫向』）以下五聯謂擇對成婚。（『夜杵』二句）謂製衣也。（『陳倉』句）此句似謂采飾耳。以上三聯（指『夜杵』三聯），謂衣服房闥器飾。（『濯錦』二句）此聯隱謂浣濯與生子。（『魚兒』二句）其意則謂生男女也。（『幾時』四句）一篇轉捩處。『摇落』指傷逝。（『急絃』二句）兩情傷别之景。（『璧馬』二句）固言不事粧飾，亦寓兩人不得再合也。（按：以上句下箋，原附注中，因頗多謬誤，故酌移此。）

【紀曰】此是艷詞，更無寓意。（《詩説》）　起四句總提。『銀箭』四句上下轉關。後四句總收。局亦清整。（《輯評》）

【張曰】此益知為柳枝作。『悵望』四句總起，張女指柳枝，阿侯自喻。『妙選』二句，從其居處叙起。『雲屏』二句，言其婉媚。『上掌』四句，言其淪落樂籍，供人歡謔。『夫向』四句，言其求人而事，良時久稽，即《序》所謂『聞十年尚相與，疑其醉眠夢物斷不娉』之意。『夜杵』十二句，叙與其歡會之迹，『濯錦』一聯，亦《序》中『鄰當去濺裙水上，以博山香待與郎俱過』也。『銀箭』四句，實叙離别，為一篇之轉捩。『急絃』二句，不忍分手之態。『璧馬』二句，為人取去之恨。『銀河』二句，預想其相思。『去夢』二句，分寫彼此離情。『蘭叢』二句，借點時景。『解佩』四句，總結在洛歡蹤。詩中全用洛神故實作點染，以柳枝洛中里孃也。又案《柳枝序》述柳枝相約俱過，即云：『余諾之，會所友有偕當詣京師者，戲盜余卧裝以先，不果留。』是柳枝與義山兩情相慕，實未交歡也。然據此詩中段所叙，則實有歡會之迹，蓋序文不無迴護耳。（《會箋》）　又曰：豈有一面之緣，即繾綣戀戀如是耶？當以此詩為憑。○此篇多假洛神寄慨，確為柳枝而發，中數聯寫得最旖旎動人。（《辨正》）

【按】此詩體之《游仙窟》也。全篇叙與女子歡會别離始末。『悵望』四句，總起全篇。張女、阿侯，同指其人，並借點其身份（貴家姬妾、歌伎）。幽期密約，延頸而望其來，故曰『悵望逢張女』；歡畢而別，遲迴不忍其離去，故曰『遲迴送阿侯』。『逢』『送』二字，概括一夜情事。三四則謂今日雖得睹其舞姿，未知何時得再逢也。『妙選』四句，謂其人為貴家選取，居於翡翠樓中，茱萸帳裏，雲裳月扇，嬌羞婉媚。『上掌』四句，謂其人雖色藝殊絶，然充貴家後房，實乏真實情愛與自由，蓋貴家姬妾成羣，供貴顯取樂調謔者固不乏人。『夫向』四句，謂其人苦悶寂寥，不得不求外遇，覓『夫』於羊車，求『男』於鳳穴，欲得貌美才高之文士，而其願難遂，終日惟臨帖學書，百無聊賴而已。以上十二句，總言其人之色藝絶佳而處境苦悶。『夜杵』十二句，正面描寫二人歡會情事，其中頗多猥褻之隱語，不獨『真防』一聯為然也。設喻之辭意，均與《游仙窟》相近。春刀，似是喻女子纖手；石榴指裙；明鏡指牀上之鏡。『銀箭』四句，叙歡畢設宴餞别。『帆落』四句，寫舟中餞别情景，味『帆落』『鷁舟』語，似對方係乘舟離去，故下有『川后』『石郵』語。『腸對斷』『淚争流』，謂雙方各腸斷而淚流也。『璧馬』四句，謂因傷别，故對方不事妝飾，歌喉凝咽，惟抬醉眼以望牛女相隔之銀河而已。『去夢』四句，謂一别之後，重逢無期，惟夢隨川后，追蹤伊人；而重來之望，殊屬渺茫，猶舟行之遇石尤風也。『蘭叢露重』『榆莢星稠』，是欲曉未曉景象，正點别時。末四句總結全篇。追溯前事，猶鄭交甫之遇江濱神女，遺跡杳然，惟記憶中有此一段情緣而已。今日惟如牛女之相望，故作此詩以寄意也。此詩除中段多隱語外，辭意尚稱顯豁。馮氏句下箋多誤。張氏附會柳枝事，亦非。蓋詩中女主角是已為貴家姬妾而有外遇，與柳枝先與義山有情復被東諸侯取去迥異。題為『擬意』，或為代言之作。

日高

鍍鐶故錦縻輕拖〔一〕①，玉筦不動便門鎖②。水精眠夢是何人③？闌藥日高紅髲鬌〔二〕④。飛香上雲春訴哀〔三〕⑤，雲梯十二門九開〔四〕⑥。輕身滅影何可望？粉蛾帖死屏風上⑦。

〔一〕『拖』原一作『袘』。

〔二〕『闌』，他本多作『欄』，字通。

〔三〕『哀』，蔣本、姜本、戊籤、悟抄、席本、錢本、影宋抄、朱本作『天』。

〔四〕『開』，蔣本、姜本、戊籤、席本、朱本作『關』。

①【朱注】《廣韻》：『鐶，指鐶也。』以金鍍之曰鍍鐶。《真誥》：『欲聞起居，金為盟書。』注：『謂受此宜用

金鐶二雙。』《黃庭經》：『黃庭為不死之道，受者盟以玄雲之錦九十尺。』《韻會》：『縻，繫也。』『袘，衣裾也。』【馮注】《史記·上林賦》：『宛虹拖於楯軒。』又曰：『拖蜺旌。』一音徒我反，一音徒可反。袉與拖通。《說文》引《論語》『朝服袉紳』，唐左切。此句用韻皆合。若袘字，雖《玉篇》曰：『袉，俗作袘。』然其本音非此韻也。徐曰：『鍍鐶謂門鐶。以故錦繫鐶，便於引曳，宮禁之制如是。』【按】下云便門鎖，鐶自指門鐶。徐解是。

②【道源注】《黃庭內景經》：『玉筦金籥長完堅。』注：『道經云：「善閉者無關揵不可開。」』按筦字字書不載，或謂即匙也。【程注】按《字彙補》即『匙』字。【按】句意謂便門上鎖鑰堅固，玉匙未動，暗示人尚高卧未起。

③【朱注】水精眠夢，謂眠夢於水精宮也。【朱彝尊曰】此指簾間未起之人。【按】水精，即水精簾，朱彝尊解是。

④【朱注】欄藥即藥欄。《說文》：『髲，鬄也。』按『䯨』字字書亦不載。《甘泉賦》：『崇丘陵之駊騀兮。』注：『駊騀，高大貌。』髲䯨當亦此意。【馮注】藥，芍藥也。《詩》：『不屑髢也。』箋曰：『髢，髲也。』《說文》：『髲，益髮也。平義切。』按：『䯨』字舊字書皆無，今見《字彙補》，即據此詩耳。髲䯨如曰矮墮也。朱長孺謂當作駊騀解。余考《廣韻》『駊䯨，馬搖頭貌』，而韓偓《香奩集》『酒蕩襟懷微駊騀，春牽情緒更融怡』，又《世說》『嵇叔夜醉，傀俄若玉山將頹』，或作嵬峨，皆假借通用。此則以紅藥髲䯨狀內人睡態也。若朱氏引《甘泉賦》『崇邱駊騀』，則是高大貌，義不同矣。【按】駊䯨、駊騀，均叠韻聯緜字，不可分解。《說文》解駊騀為馬搖頭，韓偓詩『酒蕩襟懷微駊騀』之駊騀亦搖蕩之意。義山此句『髲䯨』正形容紅艷之芍藥在春風中微微搖蕩之情狀。此句雖似寫實，然象徵暗示色彩極濃，蓋以欄中嬌艷婀娜之芍藥暗示『水精眠夢』之人情態。馮釋髲䯨為矮墮，無據。

⑤【補】此承『欄藥』句，謂芍藥之香氣，飛上雲天，而已之不可遏止之哀情亦欲隨之而上訴於天。

⑥【朱注】《招魂》：『君無上天些，虎豹九關，啄害下人些。』【馮注】雲梯十二，用十二樓，詳《九成

宫》。《離騷》：『吾令帝閽開關兮，倚閶闔而望予。』【錢良擇曰】二句極言其不可即。【按】句謂天梯高不可援，天門九開而使人迷。

⑦【朱曰】言雲天之高，門闕之邃，非輕身滅影者不能到，徒如粉蛾之帖死於屏風耳。【朱彝尊曰】（『粉蛾』句）狀門外竊窺之人。【馮注】《儀禮·覲禮》：『天子設斧依於户牖之間。』注曰：『依，如今綈素屏風也，有繡斧文。』《史記》：『孟嘗君待客坐語，而屏風後常有侍史主記所語。』【按】朱注是。馮氏為證成其諷敬宗之説（見箋）而引《儀禮》。然屏風何必天子？

【朱彝尊曰】語僻而意自可解。（『欄藥』句）句佳。

【姚曰】此歎兩情之不易通也。上半首是賦，下半首是比。水精眠夢人，豈俗子所能親近？徒如粉蛾之帖死於屏風耳。

【屈曰】美人日高尚眠於水晶之宫，而天高門邃，我既不能輕身滅影，將如粉蛾之帖死屏風，終身不得相見也。

【程曰】李德裕獻敬宗《丹扆六箴》，其一曰『《宵衣》』，以諷視朝希晚。按史：『上視朝每晏，日絶高，尚未坐。百官班於紫宸門外，老病者幾至僵踣。諫議大夫李渤白宰相，請出閤待罪。左拾遺劉栖楚至叩額進言，見血不已。』此當時大事也。義山故有此詩。起二句言宫殿晏開。次二句言荒於内寵。次二句言朝士難於候扇。末二句言敬宗以此喪身。其所謂粉蛾者，以蛾眉喻郭才人也。《后妃傳》言『帝寵異之，即位踰年，即為貴妃』，故云。

【馮曰】人君勵精圖治，首重臨朝，故李德裕獻《丹扆六箴》，其一曰《宵衣》，以諷視朝稀晚。裴度亦以為言。其時諫議大夫李渤出次白宰相，請出閣待罪。既坐，班退。左拾遺劉栖楚極諫，叩頭流血，帝為之動容。事皆見

《舊書·紀傳》。『飛香』句謂此也。『粉蛾帖死』，所謂老病者幾僵仆也。此本程氏徐氏之説而參定之。

【紀曰】亦長吉體。『欄藥日高紅髲鬤』自是佳句，長吉一派大抵有句無篇耳。（《詩説》）

【姜炳璋曰】此諷求仙也。敬宗晏起，耽於酒色，原不專是惑趙歸真。而義山作詩之時，已非敬宗之世。蓋目擊武宗建道場、築望仙臺，宣宗受法籙，皆蹈前人故轍，因舉求仙而享國二年之敬宗以為炯鑒。首言鍍金為鐶，舊錦為衣，輕裾是繫，是老宫人守便門者。其所以日高未起，以水晶宫中夜與道士作籙事故也。飛香上升，訴之於天，云『春訴』者，春主發生，言訴天以祈長生也。豈知九關高懸，飛香不入，然則方士所言輕身滅影以成神仙，正如粉蛾帖死屏風，可冀望乎？末二極言神仙不可求，非以粉蛾必敬宗也。其後武宗以服長生藥而死，宣宗以服李玄伯、虞紫芝藥，疽發背死。義山諄諄為言，豈非先見之明歟？

【張曰】此假艷情寓可近而不可親之意。篇中皆從想望着筆。結即『宓妃愁坐芝田館，用盡陳王八斗才』意，或亦暗指令狐陳情不省歟？馮氏謂刺敬宗，説太迂晦。（《會箋》）

【按】程、徐、馮氏附會敬宗視朝稀晚事，迂鑿而不可通。此詩内容，不過寫一嬌艷貴家女子，日高尚酣卧未起，而水精簾外竊觀之人，則徒懷想望而不能親近。此艷體詩常有之内容。概言之，則正所謂『偷看吴王苑内花』也。『水精眠夢』者，或為貴家姬妾一流。『欄藥』句對『水精眠夢是何人』之設問，不作正面回答，宕開寫景，推出欄中芍藥於麗日春風中融怡摇蕩之特寫鏡頭，象徵手法運用絶妙。陳貽焮先生謂『飛香』『粉蛾』象徵『無法抑制的春情』和『絶望的相思』，亦善於妙悟。借李白詩句言之，則前幅即所謂『一枝紅艷露凝香』，後幅則『雲雨巫山枉斷腸』是也。

可嘆

幸會東城宴未迴，年華憂共水相催。梁家宅裏秦宮入①，趙后樓中赤鳳來〔一〕②。冰簟且眠金鏤枕③，瓊筵不醉玉交杯④。宓妃愁坐芝田館⑤，用盡陳王八斗才⑥。

校記

〔一〕『后』，才調作『氏』。『樓』，悟抄作『宮』。

集注

①【朱注】《後漢書·梁冀傳》：『冀愛監奴秦宮，官至太倉令，得出入妻孫壽所。壽見宮，輒屏御者，託以言事，因與私焉。』

②【馮注】《飛燕外傳》：『后所通宮奴燕赤鳳，雄捷能超觀閣，兼通昭儀。時十月十五日，宮中故事，上靈女廟，吹塤擊鼓，連臂踏地，歌《赤鳳來曲》。后謂昭儀曰：「赤鳳為誰來？」昭儀曰：「赤鳳自為姊來，寧為他人

乎？」』按：十月十五日共入靈女廟，歌《上靈之曲》，既而踏地為節，歌『赤鳳來兮赤鳳凰來兮』，詳見《西京雜記》。因曲名與燕赤鳳同，故以相詰怒。

③【朱注】杜甫詩：『恩分夏簟冰。』《洛神賦注》：『東阿王入朝，帝示甄后玉鏤金帶枕。』【按】金鏤枕事，詳見《無題四首》（其二）『宓妃留枕』注。

④【朱注】李白序：『開瓊筵以坐花。』【馮舒曰】（『梁家』四句）可嘆。【馮曰】何暇醉乎？【按】馮注非，詳箋。

⑤【朱注】《拾遺記》：『崑崙山第九層，山形漸狹小，下有芝田蕙圃，皆數百頃，羣仙種耨焉。』【程注】《東京賦》：『宓妃攸館。』崔融《賀芝草表》：『靈草成田，聊比宓妃之館。』【馮注】《洛神賦》：『余從京師，言歸東藩，背伊闕，越轘轅，經通谷，陵景山。日既西傾，車殆馬煩，爾乃稅駕乎蘅皋，秣駟乎芝田，容與乎陽林，流眄乎洛川。』

⑥【馮注】宋人《釋常談》：『文章多，謂之八斗之才。』謝靈運嘗曰：『天下才有一石，曹子建獨占八斗，我得一斗，天下共分一斗。』按：所本未詳，或標《南史》云云，檢尋亦未見。《萬花谷才德類》：『謝靈運云：天下才共一石，曹子建獨得八斗，我得一斗，自古及今共用一斗。奇才博說，安足繼之！』出《魏志》。按：今檢《魏志・陳思王傳》無此語，而《萬花谷》可據。雖已引《釋常談》，采以互證。

【朱曰】秦宮、赤鳳，以刺當時之事也。陳思之于宓妃，情通而不及亂，作者殆以自況歟？

【馮舒曰】（三四）可歎。

【朱彝尊曰】所刺不可得而知，玩第三句，豈當時有貴人年邁，而少姬恣行放誕者乎？（按馮引作錢曰）

【賀裳曰】義山好作艷詞，多入褻昵之態。如可嘆一詩，……通篇皆鶉奔鵲彊之旨，此則刺淫，非導欲也。（《載酒園詩話又編》）

【吳喬曰】此詩似與綯宴歸而作。（『幸會』二句）得會為幸，未別而憂，情意可知。（『梁家』二句）此與賈氏、宓妃二語同意，皆非艷詩也。（『冰簟』句）述別後獨處情事。（『瓊筵』句）在席已不能醉。（『宓妃』二句）宓妃似比綯，陳王似自比。『愁』字，倒句也。順之則在『宓』字上，乃自謂耳。綯之恨義山亦淺。夫常事既恨而不絶交，宴接殷勤以侮弄之，有送鉤射覆等事，則城府深阻為可畏矣。是以君子惡之也。（《西崑發微》）

【胡以梅曰】雖刺當時貴家之亂而動其幽情憶意中人也。起是代為之語，言主人幸已宴會東城未返。人生憂年華如流水之相催，遂為秦宮、赤鳳之事，冰簟可眠，瓊筵可醉，其為荒淫穢亂真可嘆也。豈比宓妃之愁坐仙館，另有一種幽情静致，可動陳王之思而費才作賦者哉！宓妃必意中另有其人，朱箋謂作者自况誠有之，不然何必為古人之遠想耶？按詩法宜遠峰斷岫，欲接不接方是佳境。義山艷情諸什，尤為玄之又玄，必三覆體認，撥草尋蛇，方有悟機，然通章神情原自朗然，未曾走失，蓋中四句盡是重濁魔境，七八忽然清虚，豈有曲終奏雅，倫類駁雜，故知是轉語，但其中必令人襯講方得。是在讀者識力到與不到耳。不醉言其沉湎不已。

【何曰】未詳所指何人。○（『宓妃』）二句，言宓妃之事猶較此為未甚，所以深嘆之也。○詩固工妙，但一首五人名，未免獺祭之病。（《讀書記》）○秦宮、赤鳳，奴隸下才，得近天子；陳王、宓妃，止於贈枕。年華似水，可堪不遇，所以歎也。○（『冰簟』句）得枕為幸，交接豈可期乎？（《輯評》）

【陸曰】此刺淫之詩。曰『幸會東城』，即『邂逅相遇』意。曰『宴未回』，即『不見復關』意。『年華憂共水相催』，即感甄所云『怨盛年之莫當』也。『秦宮』『赤鳳』一聯，言彼皆人奴，得通貴主，引之以自嘆不如也。冰簟且眠，瓊筵不醉，言相望之殷，至於寢食俱廢也。以上皆鶉奔鵲彊之辭。末用陳王事點醒，所謂發乎情，止乎禮義者也。不然幾為導淫之作矣。

【姚曰】此歎躁進之徒自失也。宴席易過，年華如水，苟非貞質，其不能自持者多矣。古人云『國風好色而不淫』，知及於淫者之非能真好色也。若如中聯所云，豈不笑其迂，豈不疑其矯，不知遇合之難，雖智勇亦有所不可强。以陳王八斗之才幽通冥感，只傳《洛神》一賦，豈屑效秦宫、赤鳳之穢跡者哉！仕進者亦可以深省矣。

【屈曰】此首亦寓言。若作刺當時之事，何事乎？以秦宫為刺貴人，則赤鳳又刺天子乎？似歎其所交非人，遇佳人而不識也。止言刺時事，淺近之甚，恐玉溪不如此淺近也。〇一二言佳會難再。中四邪淫之會偏易。結言正人之會難而又難，方應起句。〇詩家死典活用，豈如近人死用哉？坡仙云：『解詩定此詩，必非知詩人』，可想。

【程曰】此謂彼姝非耦而歎也。當時女冠，如魚玄機輩者，有為勢力下材所持。起句自謂其嘗有會合也。次句則慨其日月易逝也，三四言其所耦皆監奴、宫奴之輩。五句歎其失身，六句意其不樂。七句『愁』字頂上四語來。比之宓妃者，言妃意在陳王而不在五官中郎將，猶此女意在義山而不在若輩；比之芝田館，明用仙家事，以言其為女冠。八句則自謂作詩之旨也。

【馮曰】題已顯然，結句乃别有所指，非承三四也。義山詩軼者多矣，而此種大傷忠厚之篇，其不幸而傳者乎？

【紀曰】三四太罵，殊無詩品。（《詩説》）

【姜炳璋曰】此刺公主為女道士而有淫媟之行也。會宴東城，相與往來宴會也。年華益壯，則憂思彌長，不克自持。正如孫壽之失身於秦宫，飛燕之失身於赤鳳，縱有枕席之歡，終非夫婦之樂。斯時公主，亦嘗自悔，然已坐芝田之館，則如宓妃之費盡陳王心力，亦無益矣，二句一氣説下。末句就對面説，陳王用盡才力，則宓妃不待言，重宓妃不重陳王也。蓋請入女冠，築觀京邑，自難再請歸宗、下令擇婿，惟有愁怨而已，亦何苦為此哉！可嘆也。或云義山以陳思自比，痴矣。

【曾國藩曰】此詩亦刺戚里之為女道士者。（《十八家詩鈔》）

【張曰】此亦假艷情寓慨之作。首句機會可乘。次句光陰虚度。三四借古人幽期密約之事，以況今之不然。『冰簟』句偏教獨處。『瓊筵』句未能交歡。結慨費盡才華，而兩情依然睽阻也。故以《可嘆》命篇。通體皆是自傷遇合之無成，豈刺他人淫佚哉？頗似為子直作。馮氏謂大傷忠厚，非也。（《會箋》。又，《辨正》謂是艷情。）

【按】此詩寫兩種不同性質、不同遭遇之男女私情，胡氏曰『刺當時貴家之亂而動其幽情憶意中人也』，已揭示出其前後意脈上之聯繫。詩之前四句蓋謂貴家婦女之私通監奴一流者，皆得如愿（趙后不必泥，統指貴家）。下四言如陳王、甄后之有真摯愛情者，反不能遂願。『冰簟』句謂獨處清冷；『瓊筵』句謂意緒不佳，皆形容宓妃。曰『且眠』，曰『不醉』，均暗示遇合無緣、相思寂寥。『宓妃』二句謂宓妃因遇合無由而終日愁坐芝田之館，陳王亦因此而用盡文思，徒賦《洛神》也。『愁』字正頂上五、六兩句。前後對照，蓋言無真情而苟合者遂願甚易，有真情者反而分隔相思，不得遂願，故曰『可歎』也。

至於此詩是否有寓托，則不易定論。《無題四首》（其二『颯颯東南』）後幅內容與此首有相類處，兩相對照，似不能排斥此首亦有所托寓。

曲池①

日下繁香不自持②，月中流艷與誰期？迎憂急鼓疎鐘斷，分隔休燈滅燭時③。張蓋欲判江灩灩④，迴頭更望柳絲絲。從來此地黃昏散，未信河梁是別離⑤。

①【馮注】按：即曲江也。《漢書·宣帝紀注》：『立廟於曲池之北。』後人謂在曲江之北也。又名曲水。《唐書》及詩文中曲池、曲水習見，如本集《曲水閑話》是也。《長安志》：『街東第四街之最南名曲池坊，坊南街抵京城之南面，以近曲江園，故名。』

②【馮注】按《爾雅》：『觚竹、北户、西王母、日下，謂之四荒。』『日下』字本此。而日為君象，後人以之稱京師。【按】日下指京師見《世説新語》排調『日下荀鳴鶴』。而此聯『日下』『月中』對文，當兼指日光下。二句蓋以麗日照耀下之繁花與月中流艷之嫦娥暗喻曲池宴席上之某一美麗女性。『不自持』，指己；『與誰期』，想像對方。

③【馮注】《史記·滑稽淳于髡傳》：『日暮酒闌，合尊促坐，男女同席，履舄交錯，杯盤狼藉，堂上燭滅，主人留髡而送客，羅襦襟解，微聞薌澤，當此之時，髡心最歡，能飲一石。』

④【馮注】判，同拚，言登舟張蓋而歸。朱氏乃引《搜神記》『趙昞臨水求渡，船人不許，乃張帷蓋坐其中，長嘯呼風，亂流而濟』之事，非所用也。昞，《後漢書·方術傳》作『炳』。【按】判，通拚，係『舍棄』『不顧惜』之意，雖亦可通，然此處以直接解作『分别』為宜（判袂之判）。灎灎，水波動盪閃光貌。

⑤【馮注】李陵《别蘇武詩》：『攜手上河梁，遊子暮何之？』

【金聖嘆曰】此是先生觀無常詩，而特指曲池以寄意也。言日下繁香，我或不得自持；若月中流豔，則復與誰為期乎？甚欲言別，即可竟別，初無尚須不別之故者也。然而終亦不忍其遽別者，誠預憂急鼓疏鐘，此時一至，即以後休燈滅燭，與汝永違。為是而臨期回惑，不知所措，是則誠有之也。〇某嘗憶七歲時，眼窺深井，手持片瓦，竟欲擲下，則念其永無出理，欲且已之，則又笑便無此事。既而循環摩挲，久而久之，瞥地投入，歸而大哭，此豈宿生亦嘗讀此詩之故耶？至今思之，尚為惘然。因附識於此。〇張蓋欲判，眼前便真有此一輩粗率可笑人。回頭更望，某嘗告諸同學，學道人須是世間第一情種始得，今只看先生此語，便大信也。蓋千古人流浪生死，止為生生世世，張蓋便判，一切諸佛大師得成正覺，亦止為時時刻刻回頭更望故也。末又言河梁未抵此別者，從來此事下愚之夫以為聊爾，上智之士無不大驚極痛也。（下愚之夫亦能大驚極痛，只是為期稍遲耳，言百年既盡，臨死之日也。）

【吴喬曰】此詩似與絢遊觀時作。首二句謂白日猶不可知，黑夜更何能料。次二句在未別時預憂分隔。張蓋，別時也。判者，捨之而去也。迴頭，別後也。望者，去而不忘也。即此大是不堪，何必蘇、李胡漢之別乃足悲乎？

【朱彝尊曰】（曲池）必當時讌集之地。

【何曰】一往深情。（《輯評》）

【陸曰】此必狹邪之家，居傍曲池，義山偶至其地，而遂託之命篇耳。曰『不自持』，未免有情也。曰『與誰期』，又未嘗定情也。未免有情，則當急鼓疎鐘之斷，能無憂乎？未嘗定情，即至燈休燭滅之時，亦終隔耳。暨乎張蓋欲行，迴頭更望，而我之繫戀深矣。豈知此中人視聚散為故常，而絕不知有河梁攜手之事乎？結語寫出同牀各夢，直可喚醒癡呆。

【徐德泓曰】此借題傷別而寓去國之思也。前半，言花于日下不克自持，尚為誰而夜開乎？以比不能自固于君，則無屬矣。是以將晚而愁，既夜而別，猶云恩衰則憂，恩絶則去也。後半，言既不得不去，而尚不能忘情，昔謂河梁惜別，豈能抵此地之慘乎？讀此，可想見欵段出都之情況矣。（曲池）當是讌集之所。

【姚曰】曲池，乃所懷之地，故以命題，日下繁香，本來易落；月中流艷，却與誰期？此間有頃刻不忍別之意。而無如急鼓疎鐘斷處，輒復迎憂，休燈滅燭之時，便成間隔也。此即第七句所謂『從來此地黄昏散』者，豈知尚是短別，未是長別。忽而張蓋中流，迴頭舊地，不覺視此雖近，邈若河山矣。然則昨夜黄昏，草草作別時，曲池已便是河梁也。分手即天涯，豈不信然！

【屈曰】起二句思無日夜。三正當好會時，四又不能會。五欲去，六又不忍遽去。故結言此地之別更慘於河梁也。

【程曰】詩似於長安有所不足於同年故人者。按唐人有責同年不與曲江遊宴者云：『紫陌尋春，便隔同年之面；青雲得路，懸知異日之心。』此詩即此義也。起二句言風光香艷，晝夜可遊，我乃不能自持，人則誰與期集？三句言即使可期，不過片時，急鼓疎鐘，憂愁引去矣。四句言終難契合，豈有長期滅燭休燈，隔離情分矣，五句言獨坐無聊，已亦將去，江波灩灩，欲張蓋而渡之。六句言當此好景，未免有情，柳線絲絲，更回頭而騁望。七八句從『更望』二字生出感慨，言來游此地，率多輕薄之徒，飲酒言歡，情如膠漆，而黄昏散去，輒已相忘。彼固謂從來交情不過如此，直不信古有蘇、李河梁之事矣，豈不深可歎哉！

【葉矯然曰】金聖嘆謂義山指曲池以見意，似亦得解。第細註多以己意附會，未見明確。此詩看末二語，知曲池為古迎送餞別之地，如灞上、勞勞亭之類。早日花香，夜月光影，皆日夜中自然景況。『急鼓斷鐘』，夜已盡也；『休燈滅燭』，天將曙也。曙而復旦，所見張蓋映江，回頭折柳，景色不殊，往來如故。即子美所云『歌泣如昨日，聞見同一聲』之妙。蓋此地日暮人散，夜去朝來，紛紛攘攘，總無已時。然天地蘧廬，人生逆旅，愚者不知，智者不免，能信為別離者乎？結語無限感慨。（《龍性堂詩話》）

【馮曰】此宴飲既罷，有所不能忘情之作，與上章（指《鏡檻》）略同，非義山將行役也。

【紀曰】此與『一歲林花』一首同一意調，但彼氣脈較深厚，一結亦不似此之盡言盡意，故舍此取彼。凡詩無情致則粗浮不文，然但有姿媚而乏筋節，其弊亦有不可勝言者，遷流所至，不得不預為防也。（《詩説》）『迎憂』字太造，『休燈滅燭』四字複，結亦太盡。（《輯評》）

【張曰】首句情不自禁。次句竟不見答。三四侵晨而往，涉暮始歸。『張蓋』二句，留連不忍去之意。結言從前何嘗有此，今則距人千里，無異生離死別矣。必非艷情，蓋亦寓意令狐之作。晉昌里面曲池，頗可與上篇（指《即日》『小鼎煎茶』）同參。（《會箋》）又曰：晚唐詩派，多有此種看似姿媚無骨，實則潛氣內轉，迥非後世滑調所能假託。紀氏一概詆之，此未能致力於唐賢詩律，所以語不中肯也。○曲池，即曲江也。余疑義山在京曾攜家居此，此其別閨人作乎？後有《曲水閒話》《暮秋獨遊曲江》二詩，似可互證。○《思歸》詩：『舊居連上苑。』更可互證。余謂義山在京居曲池，固非臆説也。（《辨正》）

【黄侃曰】此詩為宴集惜別之作。首句言驟遇繁香，難於自禁；次句想其夜來更當何往？三句慮其將行，『迎憂』猶言豫愁爾；四句言其果去，與次句相應；七八句言惜別之情，過於河梁也。『分』字亦當時方語，猶今言『料定』爾。

【按】曲池係遊宴之地。席中有詩人屬意之女性。起二句『日下繁香』『月中流艷』均指自己所屬意之女子。『不自持』，謂己情之難以自禁；『與誰期』，進而寫出己之想望。頷聯寫宴席行將結束時情景：急鼓疏鐘之聲一斷，酒闌宴罷，主人送客，彼此分隔，將不勝其憂思矣。腹聯續寫與對方分別時悵然若失、依依不舍之情，『張蓋欲判』似指己張車蓋欲別，非指登船而去。尾聯謂從來曲江黄昏之別，即遠悲於蘇李河梁也。視『分隔休燈滅燭時』之句，所屬意之對象似為官僚家妓。作者《暮秋獨遊曲江》『荷葉生時春恨生』之『春恨』，或與本篇所謂『黄昏散』有關。詩叙艷情無疑。程、張謂『不足於同年故人』『寓意令狐』，均不可從。按唐制：日暮，鼓八百聲而門閉。急鼓響則將禁夜行，故酒席須隨即散去，因而聞鼓聲而憂。

向晚

當風横去幰①，臨水卷空帷。北土鞦韆罷〔一〕②。南朝祓禊歸③。花情羞脈脈，柳意悵微微。莫歎佳期晚，佳期自古稀。

〔一〕『土』，悟抄一作『里』，席本作『上』，蔣本、姜本、影宋抄、錢本作『去』，均非。

①【補】幰，車幔。此指有帷幔之車。潘岳《藉田賦》：『微風生於輕幰。』

②【朱注】《古今藝術圖》：『鞦韆，繩戲，北方山戎以習輕趫。』

③【程注】《博雅》：『禊臘，祓禊祭也。』庾信《馬射賦》：『雖行祓禊之飲，即同春蒐之儀。』【補】祓禊，古代消除災邪不祥之儀式，常在春秋二季於水濱舉行。三月初三日上巳修禊，尤為流行。王羲之《蘭亭詩序》：『暮春之初，會於會稽山陰之蘭亭，修禊事也。』

【姚曰】鞦韆袚禊，水散風銷，正佳期向晚之景況也。縱花情柳意，含蘊無窮，然天下豈有不散之佳期耶？

【馮曰】五六俗甚。

【紀曰】格意卑靡。（《詩說》）

【張曰】此是義山少作，故骨格尚未大成，然詆為卑靡，則不切也。（《辨正》）

【按】此似春日郊遊有所遇，向晚分別而悵然若失也。起寫去幰當風而橫，臨水而卷，正向晚時其人將歸未歸情景。次聯以『罷』『歸』二字點醒春遊之結束。『鞦韆』『袚禊』，均指春遊情事，『北土』『南朝』，就南北習俗言。頸聯借花、柳寫雙方悵別情景。結言莫歎佳期已晚，當知佳期自古即稀，有此佳期已自不易。此聊自慰藉語。所遇者或貴家姬妾歌伎。

擬沈下賢①

千二百輕鸞②，春衫瘦著寬。倚風行稍急③，含雪語應寒④。帶火遺金斗⑤，兼珠碎玉盤⑥。河陽看花過，曾不問潘安⑦？

①【馮注】《舊書·栢耆傳》：『李同捷叛，窮蹙求降。耆既宣諭訖，與節度使李祐謀，耆乃帥數百騎入滄州，取同捷赴京。滄、德平，諸將害耆邀功，上表論列，文宗不獲已，貶循州司户，判官沈亞之貶虔州南康尉。』《晁氏讀書志》：『《沈亞之集》八卷。字下賢，元和十年進士，累進殿中丞、御史、内供奉。太和三年，栢耆宣慰德州，取為判官。耆罷，亞之貶南康尉。後終郢州掾。亞之以文詞得名，常遊韓愈門。李賀、杜牧、李商隱俱有《擬沈下賢》詩，亦當時名輩所稱許云。』按：下賢吴興人，昌谷所云『吴興才人怨春風』也。晁氏作長安人，似誤。昌谷、樊川之詩非擬也。亞之詩，《宋志》云十二卷，今存者不及三十首。《太平廣記》引《異聞集》：『大和初，亞之出長安，客橐泉邸舍。春時晝夢入秦，公主弄玉壻蕭史先死，拜亞之左庶長，尚公主，侍女分列左右者數百人。亞之居翠微宫，宫人呼為沈郎苑。復一年，公主卒，公使亞之作墓志銘云云。』

②【何注】《千金方·房中補益論》：『彭祖曰：昔黄帝御女一千二百而登仙，俗人以一女伐命，知與不知，相去遠矣。』事出《鬻子》，亦見《抱朴子》。（《輯評》）　【馮注】《漢書·王莽傳》：『黄帝以百二十女致神僊。』按：飛卿《答柯古詩》『一千二百逃飛鳥』，即此句事。若更有典，俟考。

③【朱注】稍，上聲。　【何曰】舞。（《輯評》）　【按】行，音杭，指舞行。

④【何曰】歌。三四即下『不問潘安』也。（《輯評》）　【按】『含雪』即『紅綻櫻桃含白雪』，指齒之潔白，兼用歌郢雪典。

⑤【道源注】金斗，熨斗也。《隋書》：『李穆奉熨斗於高祖曰：「願以此熨安天下。」』梁簡文帝詩：『熨斗金塗色。』【馮注】《淮南子》：『炮烙始於熨斗。』《帝王世紀》：『紂欲重刑，乃先為大熨斗，以火爇之，使人舉不

能勝，輒爛手。』《晉東宮舊事》：『皇太子納妃，有金塗熨斗。』

⑥【程注】《三輔黃圖》：『董偃嘗卧延清之室，以紫玉為盤，又以水晶為盤，貯冰於膝前。侍者謂冰無盤必融濕席，乃拂玉盤落，冰玉俱碎。』張衡詩：『美人贈我青琅玕，何以報之雙玉盤。』【朱注】白居易詩：『大珠小珠落玉盤。』【馮曰】極寫嬌憨。【按】此句疑承四句寫歌聲，如珠與玉盤皆碎，極形其清脆。

⑦【程注】《白帖》：『晉潘岳為河陽令，遍樹桃李，號河陽一縣花。』庾信《春賦》：『若非金谷滿園樹，即是河陽一縣花。』杜甫詩：『恐是潘安縣，堪留衛玠軍。』

【姚曰】此於衆中驚艷之詞。千二百輕鸞，皆花材妙選也。顧於其中尤為秀絶，倚風含雪，真天上人矣。五六極寫其嬌貴，金斗玉盤，視同糞土。神仙遊戲，雖潘安尚不在眼，何況其他！

【屈曰】此首亦無題詩。前四皆想像近時情況。五六思往事。金斗帶火，熱也；碎珠而兼碎玉盤，嬌嗔也。往日之情如此。花為潘安所栽，乃今日看花已過而不問潘安，往日之情何在？

【程曰】擬沈下賢，即惋惜沈之貶也。前四句惜其孤立單寒，為衆所擠，如受風雪侵凌，勢難自遂。五六言衆嫉栢者並中傷之。七八言今人咸稱誅同捷功而不復念奏績何人，為可深惜也。

【馮曰】艷體也。云擬沈則未詳。《異聞集》云：……亞之尚弄玉公主，居翠微宮，侍女數百人，疑此亦暗詠主家事與？

【紀曰】一字不解，然不解處即是不佳處，未有大家名篇而僻澀其字句者也。（《詩説》）

【張曰】刻鏤處略似沈，寓感則未詳也。（《會箋》）又曰：不解所指，何以知其不佳？觀『不解處即是不佳

處』語，可知紀氏動以不佳詆古人者，實由於己不能解耳。古人詩句，何嘗僻澀哉！（《辨正》）

【汪辟疆曰】馮浩《玉谿生詩詳注》引《異聞集》此文（按：指沈亞之《秦夢記》），疑義山亦暗詠主家事，殊無左證，姑備一説可耳。（《唐人小説秦夢記》）

【按】此擬沈下賢戲作艷體也。首二總寫衆艷，謂紛然在目，如千二百輕鸞，體態輕盈，故春衫雖瘦而著之猶寬也。三四用飛燕、郢雪，分寫衆艷之輕歌曼舞。五六謂其遺帶火之金斗，碎盛珠之玉盤，狀其嬌憨得寵，與『鈿頭銀篦擊節碎，血色羅裙翻酒污』意致相近。末謂其人竟莫肯我顧。『看花』者與潘安實即一人，指作者自己，不必拘泥於原典。『花』即首句所謂『千二百輕鸞』也。此詩或為戲詠營妓歌舞之作。

俳諧①

短顧何由遂？遲光且莫驚。鸎能歌子夜，蛺解舞宮城②。柳訝眉傷淺〔一〕，桃猜粉太輕。年華有情狀，吾敢恡生平〔二〕③！

〔一〕『傷』，朱本作『雙』。

〔二〕『敢恡』，朱本、季抄作『豈怯』。『生平』，原作『平生』，據蔣本、悟抄、朱本改。

集注

①【朱注】杜詩有俳諧體。【程注】《隋書・經籍志》：『《俳諧文》十卷，袁淑撰。梁有《續俳諧文集》十卷。』【馮注】史游《急就篇》：『倡優俳笑。』摯虞《文章流別論》：『五言於俳諧倡樂多用之。』按：《後漢書》：『蔡邕曰：「作者鼎沸，下則連偶俗語，有類俳優。」』而古散樂有俳樂辭，是其始也。【按】俳諧，戲謔取笑之言辭。《北史・李文博傳》：『好為俳諧雜説，人多愛狎之。』杜甫《戲作俳諧體遣悶二首》，其一云：『異俗吁可怪，斯人難並居。家家養烏鬼，頓頓食黃魚。舊識能為態，新知已暗疏。治生且耕鑿，只有不關渠。』此自指語言通俗、帶有諧謔情趣之詩體。

②【道源注】《唐六典》：『都城三重：外一重名京城；內一重名重城；又內一重名宮城。』【馮注】《唐六典》：『宮城在皇城之北。』句是泛言城闕。

③【馮注】《廣韻》：『吝，良刃切。悔吝，又惜也，恨也。俗作恡。鄙悋，本亦作吝。』【按】恡，惜。

箋評

【《輯評》墨批】以俳諧命題，自表其語纖而意淺也。後人自以此語意為能事者，豈不可嗤！

【何曰】中四句年華情狀。（《輯評》）

【陸鳴皋曰】此言遇合有時，蓋謂急則難遂，而遲亦無妨。彼鶯蝶之類，時至亦能歌舞，而況人乎？或謂不能如桃柳之顔以工媚，故難以悦人，而不知期候早晚，自有定數，安可不自堅其志意也！

【姚曰】俳諧，通俗語也。此亦隨俗應酬之語，不經研鍊而成。篇中鶯蝶柳桃等，句法犯疊。既欲通俗，便不必細檢也。

【程曰】杜子美《戲為俳諧》七律一首，所言亦就景物寓意，大抵輕薄之詞，而近於俳優之詼諧也。此詩分明邂逅調笑之情，故亦以俳諧名篇。

【馮曰】寓言我雖有才，人未心許。

【紀曰】太纖。（《詩説》）　俳體亦有分寸，此嫌太纖。（《輯評》）

【張曰】俳體不嫌太纖，然筆力老健，是玉谿本色，則非後來所及。（《辨正》）

【按】詩寫女子希冀顧盼賞識之急切心情。首句一篇之主。次句謂時光雖晚，然且莫驚心，係自慰語。中二聯謂己能歌解舞，眉淺粉輕，即所謂『年華情狀』。末聯則謂年華易逝，情狀易變，豈能惜此平生而不急求遇合乎？頗似有託而言。

效徐陵體贈更衣①

密帳真珠絡〔一〕②，温幃翡翠裝③。楚腰知便寵，宫眉正鬭强④。結帶懸梔子⑤，繡領刺鴛鴦⑥。輕寒衣省夜，金斗熨沉香⑦。

校記

〔一〕『真』，朱本一作『珍』，同。

集注

①【馮注】《史記》：『衛子夫為平陽主謳者。武帝過平陽主，既飲，謳者進，上獨説子夫。是日武帝起更衣，子夫侍尚衣軒中，得幸。』《樂府詩集》有《更衣曲》。　【按】更衣，换衣。此指侍更衣者。

②【道源注】《杜陽雜編》：『同昌公主堂中設連珠之帳。』《外國傳》：『斯條國王作白珠交結帳。』　【程注】古詩：『醉後佳人脱錦袍，美人扶入真珠帳。』　【馮注】《魏略》：『大秦國明月夜光珠帳。』此謂帳中絡以真珠也。

③【朱注】《招魂》：『翡幬翠幬，飾高堂些。』　【按】此謂牀幃以翡翠羽作飾。

④【姚注】《古今注》：『魏宫人好畫長眉，今多作翠眉驚鶴髻。』

⑤【朱注】《本草》：『梔子花六出，甚芬香，俗説即西域薝蔔花也。』梁徐悱妻劉氏詩：『同心何處恨？梔子最關人。』　【姚注】庾信詩：『不如山梔子，猶解結同心。』

⑥【朱注】《漢書》：『廣川王去姬為去刺方領繡。』晉灼曰：『今之婦人直領也。繡為方領，上刺作黼黻文。』費昶《擣衣》詩：『方繡領間斜。』　【馮注】《沈約集》有《領邊繡》詩。　【按】梔子、鴛鴦，象徵『同心』。

⑦【姚注】梁簡文帝詩：『熨斗金塗色。』

【姚曰】此為希寵未遇者發。

【屈曰】一二閨房幃帳。三四美人佳麗。五六美人妝束。七春宵，八比也。

【馮曰】上六句皆為更衣作勢，結乃點明。首尾兩聯律句也，中四句皆不粘，與上章（指《齊梁晴雲》）同，即齊梁體也。

【按】贈『更衣』者，贈歌伎也。視『楚腰』『宮眉』『繡領刺鴛鴦』等語可知。末聯謂其當輕寒衣減之夜，正以金斗熨衣而待『更衣』也。屈箋是。此效齊梁體之艷詩。

又效江南曲〔一〕①

郎船安兩槳②，儂舸動雙橈③。掃黛開宮額〔二〕④，裁裙約楚腰。乖期方積思，臨醉欲拌嬌〔三〕⑤。莫以《采菱》唱〔四〕，欲羡秦臺簫⑥。

校記

〔一〕戊籤題無『又效』二字，非。

〔二〕『開』，悟抄作『鬪』。

〔三〕『醉』，朱本作『酒』。『拌』，姜本作『判』，朱本一作『拚』，並同。

〔四〕『唱』，朱本一作『曲』。

集注

①【朱注】《古今樂録》：『梁武帝改《西曲》，製《江南上雲樂》十四曲，《江南弄》七曲。』【馮注】又曰：『《江南弄》有《江南曲》。』按：『又效』者，承上章也。《戊籤》無『又效』字，編冠五律，誤矣，末聯仍不粘也。

②【朱注】樂府《莫愁樂》：『艇子打兩槳。』

③【朱注】《方言》：『南楚江湘，船大謂之舸，楫謂之橈。』

④【朱注】《飛燕外傳》：『為薄眉，號遠山黛。』《烟花記》：『煬帝日給宫人螺子黛五斛。』

⑤【陳帆曰】拚嬌如諺云放嬌也。（馮注引）【姚注】《方言》：『楚人凡揮棄物謂之拚。』

⑥【朱注】《江南弄》七曲，五曰《採菱》。

【姚曰】此即《碧玉歌》「感郎千金意，迴身就郎抱」之意，而又惟恐其不得當也。大指亦與上篇同。

【屈曰】結言莫厭貧賤而慕富貴也。

【程曰】《齊梁晴雲》一首、《效徐陵體贈更衣》一首、《又效江南曲》一首，皆艷詩也，其間情事却有不同。《齊梁晴雲》結句云：「更奈天南位，牛渚宿殘宵」，目成之景也；《效徐陵體》起聯云：「密帳珍珠絡，温幃翡翠衾」，定情之景也；《效江南曲》中聯云：「乖期方積思，臨酒欲拚嬌」，悵別之景也。

【馮曰】此章可與《河内詩湖中曲》相證。

【紀曰】以上三首皆酷擬齊梁，非惟貌似，神亦似之。然齊梁此種原非高唱。（《輯評》）

【張佩綸曰】余評義山詩，增出刺鄭顥之説，頗自覺其精當，已詳考，墨諸書眉矣。更有未盡者，如《又效江南曲》云：「莫以《采菱》唱，欲羨秦臺簫。」意尤分明顯淺。《無題》云：「東家老女嫁不售，白日當天三月半。溧陽公主年十四，清明暖後同牆看。」老女自喻，公主以刺戚畹。《蝶》詩云：「重傅秦臺粉，輕塗漢殿金。」《銀河吹笙》云：「不須浪作緱山意，湘瑟秦簫自有情。」喻己以宗室流落，令狐、鄭以戚黨翩翔。《無題二首》一七律云：「身無彩鳳雙飛翼，心有靈犀一點通。」一七絶云：「豈知一夜秦樓客，偷看吴王苑内花。」亦言己雖疏遠，而一心事主；彼雖貴近，而籍勢干權。秦樓雙鳳，互相發明。馮孟亭乃謂次首乃竊窺王茂元姬人，太傷輕薄，何其目光如豆乎？不獨此也，《韓碑》一首，亦是自喻。碑因唐安公主而仆，亦況令狐與鄭顥以公主之勢排陷異己，扶植私人，而己在擯斥之列耳。要之，宣宗一朝，專任元和子孫，固有成見。而倚任令狐，實因與鄭氏姻婭之故；寵愛鄭顥，實因公主下降之故。《新舊書》雖言之不詳，其迹實不能掩，而讀史者略之，甚至注義山之詩者亦略之。於是《無題》

各篇，沉鬱頓挫之懷，千古莫喻。强作解人，則以為刺入道公主而作。求之史，既于情事不合；且公主入道，即間有放恣，亦于國事何涉，而煩義山為之揚垢播污，談及中冓乎？惟其目擊權奸戚黨，蔽日滔天，為國為身，情難自已，故不免反覆長言，託于香草美人之旨。而注家轉以盜臟，誣及古人，執此吹求，勢一以《離騷》為屈子之有遺行矣。不亦哀哉！（《潤于日記》）

【張曰】齊梁此種詩不為高唱，何等詩方為高唱？以此論詩，噫，難矣！（《辨正》）

【按】起叙相約會合。次寫其人姿容、體態。三聯謂因愆期而相思之情方殷，故相會將醉之時故欲放嬌，與『悵別』無涉。末則謂莫以此菱歌互唱之合，遂望夫婦唱隨也。屈箋亦非。

石城①

石城誇窈窕②，花縣更風流③。簟水將飄枕〔一〕④，簾烘不隱鈎⑤。玉童收夜鑰⑥，金狄守更籌⑦。共笑鴛鴦綺⑧，鴛鴦兩白頭。

校記

〔一〕『水』原一作『冰』，注去聲。蔣本、姜本、戊籤、悟抄、席本、錢本、影宋抄、朱本均作『冰』，去聲。非。詳注。

集注

①【馮注】《元和郡縣志》：「郢州郭下長壽縣，即古之石城。」按：《通典》：「晉分南郡、江夏郡地置竟陵郡。後周以其地置郢、復二州。郢即先置之石城郡也，唐亦為郢州、復州。晉又分江夏置安陸郡，唐為安州，雲夢之澤在焉。」義山所云南遊郢澤，合之此時諸篇，必無疑矣。【按】石城用莫愁典，與作詩地點無涉。詩取首二字為題。

②【朱注】《樂府・莫愁樂》：「莫愁在何處？莫愁石城西。」《唐書・樂志》：「石城在竟陵，有女子名莫愁，善歌謠。」【馮注】《舊書・樂志》：「《石城樂》，宋臧質所作也。石城在竟陵。《莫愁樂》者，出於《石城樂》。」《樂府詩集》：「此為《清商西曲歌》也。」《容齋隨筆》：「莫愁，石城人。盧家莫愁，洛陽人。近世誤以金陵石頭城為石城。」

③見《縣中惱飲席》注。

④【朱注】冰，卑病切。《唐・韋思謙傳》：「涕泗冰須。」冰謂涕着須而凝也，讀去聲。包佶詩：「曉漱瓊漿冰齒寒。」【程注】冰，《集韻》讀去聲。【馮注】《樂府・華山畿》：「啼著曙，淚落枕將浮，身沉被流去。」此意相類。【按】朱、馮注非。「冰」如為「凝涕」，則與「飄枕」不合；如指流淚，則不得謂之冰。作「冰」者顯誤。「簟水」指簟上之水紋。燈光明亮，簟紋似水，如將飄枕，故云。《燈》：「影隨簾押轉，光信簟文流。」《失題》：「瀟湘浪上有煙景。」均可參。此因下句「烘」字而妄改（水、冰形近）。屈復云：「簟紋如水，正與飄字相應。」是也。

⑤【朱注】蕭詮詩：「珠簾半上珊瑚鈎。」【程注】《爾雅・釋言》：「烘，燎也。」《詩》：「卬烘于煁。」【馮注】隱約間如見之。【按】烘，照映。簾烘，係形容簾內燈燭明亮照映，故「不隱鈎」。

⑥【朱注】李白詩：『雙鬟白玉童。』　【馮注】小童主啟閉者。

⑦【朱注】陸倕《新漏刻銘》：『銅史司刻，金徒抱箭。』《西京賦》：『列坐金狄。』善曰：『金狄，金人也。』　【道源注】籌即漏箭也。王褒《洛都賦》：『挈壺司刻，漏樽瀉流，指日命分，應則唱籌。』　【馮注】《初學記》：『《殷虁漏刻法》：蓋上鑄金為司辰，具衣冠，以兩手執箭。』張衡《漏水轉渾天儀制》：『兩壺，右為夜，左為晝。蓋上鑄金銅仙人居左壺，為金胥徒居右壺，皆以左手把箭，右手指刻，以別天時蚤晚。』按：《尚書·顧命傳》曰：『狄，下士。』金狄謂金胥徒司夜者。

⑧見《奉使江陵》注。

【姚曰】此為兩美不得合之詞，亦寓言也。『石城』句，屬女；『花縣』句，屬男。『簟冰』句，夏之日也；『簾烘』句，冬之夜也。五六，言通宵寂寞之況。如此鴛鴦兩地，反不如綺被上之鴛鴦常得成雙也。

【屈曰】前二言兩美相合。中四永夜之歎。結言今已俱老矣。

【程曰】題以地名，詩實艷體。首句明點楚人，次句當是潘姓。三四言可望之景。五六言不可即之情。結則莫能匹耦之歎也。

【馮曰】此下多篇（除本篇外，尚有《代贈》《莫愁》《贈柳》《謔柳》《代贈二首》《楚吟》《柳（動春）》《韓翃舍人即事》《代越公房妓嘲徐公主》《代貴公主》《代應二首》《楚宮》《送崔珏往西川》《夢澤》《即日》《失猿》《鴛鴦》《人日即事》《柳（江南）》《無題（白道）》《春雨》《丹邱》《到秋》《夜思》等多篇，不一一羅列）皆開成會昌之際楚遊所作，其時又似曾轉至吳地。因其艷情為多，而細跡尚難詳指，故不入編年。　又曰：（『玉童』）二句防閑隔絶。

【紀曰】此是艷詞，格調亦靡靡之甚。（《詩説》）

【張曰】此義山赴湘過郢時作。首句點地。次句『花縣』比調尉。『窈窕』『風流』，皆狀己之文采。『簟冰』謂已絶望，『簾烘』謂牛黨尚肯援手。『玉童』『金狄』，牢鎖深藏，佳期永矢。結言白頭相守，人羡鴛鴦耶？直鴛鴦笑人耳。寓意與《代越公房妓》二首或可互參。（《會箋》）

【按】姚、程、馮、張諸箋均誤，惟屈箋為近，然末聯箋語仍誤。首聯謂女窈窕而男風流，正所謂『兩美相合』。次聯寫室内情景：簾内燈光明亮，簾鈎不隱；席上水紋如波，光逐影流，正春意融怡境界。腹聯借室外漏移更深、門户深閉景象襯出室内『永夜之歡』。末聯則寫男女『共笑』綺被上之鴛鴦，何兩皆白頭耶？言外見鴛鴦之白頭相守，不如我等之青春妙齡，逢時好合也。是自詡得意口吻。

莫愁

雪中梅下與誰期？梅雪相兼一萬枝。若是石城無艇子，莫愁還自有愁時①。

①【朱注】樂府：『莫愁在何處？莫愁石城西。艇子打兩槳，催送莫愁來。』

箋評

【陸鳴皋曰】輕翻小致。

【姚曰】此懷所思而不得見也。只就『莫愁』二字翻得妙。

【屈曰】梅雪萬枝，誰與相期？石城無艇，莫愁亦愁，己安能不愁乎？

【程曰】此亦《閒情賦》意也。

【田曰】其意明淺，好處正在其中。（馮浩引）

【紀曰】戲筆弄姿，頗有風韻，但淺弱耳。（《詩説》）　此首本事偶借莫愁為比，非詠莫愁也。詞殊佻薄。（《輯評》）

【張曰】並不覺其佻薄，紀氏殊謬。（《辨正》）　又曰：義山自娶王氏，去牛就李，無如茂元庸才，不能藉力，不得已，又轉冀牛黨。結言若無嗣復輩為之援手，何能長此無愁哉！而豈知嗣復之又遽貶也。此《河陽》《河內》諸詩以幽憶怨斷之音，而寄其不忍明言之痛歟？消息極微，粗心人殆難領之。（《會箋》）

【按】此寫女子佇候與意中人相會之情景。首二句以梅雪相兼渲染環境氣氛，且以梅雪之芬芳晶瑩襯托其美好情愫。三四寫期待之焦急、憂慮，從『莫愁』字面翻出『有愁』。『艇子』本為『催送莫愁』者，此處則似催送意中人之小舟。全篇均從旁觀角度寫，作者自己不在內。

昨日

昨日紫姑神去也〔一〕①，今朝青鳥使來賒②。未容言語還分散，少得團圓足怨嗟③。二八月輪蟾影破④，十三絃柱雁行斜⑤。平明鐘後更何事？笑倚牆匡梅樹花〔二〕。

〔一〕『也』，悟抄作『了』。

〔二〕『匡』，蔣本、姜本、戊籤、席本、朱本、影宋抄作『邊』，悟抄作『匩』。【按】牆匡，圍牆、牆垣、牆邊也。匡係框之古字。韋莊《長安舊里》：『滿目牆匡春草深，傷時傷事更傷心。』鄭谷《再經南陽》：『寥落牆匡春欲暮，燒殘宮樹有花開。』可證牆匡係晚唐詩人習用語。作『邊』者係避宋太祖、宋太宗諱改。作『匩』者係『匡』之誤字，然亦可證字本作『匡』。

①紫姑神，見《正月十五夜聞京有燈恨不得觀》注。

②青鳥，見《漢宮詞》注。賒，遲也。一説『賒』係語辭，與上句『也』字相對，『來賒』，猶來思或來兮。二句即紫姑昨去，青鳥今來之意（參張相《詩詞曲語辭匯釋》卷五）。然細按全詩，似青鳥使並未來，故仍以解作『遲』為佳。首聯即對起，『也』『賒（遲義）』亦屬對文。

③【馮注】梁簡文帝《當壚曲》：『十五正團圓，流光滿上蘭。』

④【朱注】鮑照《玩月》詩：『三五二八時，千里與君同。』【馮注】謝靈運《怨曉月賦》：『照三五兮既滿，今二八兮將缺。』《春秋演孔圖》：『蟾蜍，月精也。』

⑤【朱注】《急就篇注》：『筝，瑟類也。本十二絃，今則十三。』【馮注】《通典》：『絃柱擬十二月，清樂筝並十二，他樂皆十三。』梁王臺卿《筝》詩：『促調移輕柱。』【《輯評》墨筆批注】雁行斜，言筝柱斜列如雁飛也。古詩：『刻成筝柱雁相參。』鮑溶《風筝》詩：『雁柱虚連勢，鸞歌且墜空。』【何曰】（二句）團圓少，分散長。（《輯評》）

【朱曰】此感人心之判合不可必也。（《李義山詩集補注》）

【何曰】落句亦用趙師雄事，非始於《龍城録》也。（《輯評》）

【徐德泓曰】此去職之詩，亦比體也。首聯，喻己失而不得也。三四句，言其不久。第五句，即從上『團圓』字内鉤出，月至十六則缺矣。第六句，乃離絃别意。結謂景闌人散而無聊也。

【陸鳴皋曰】人知睽隔之足怨嗟，而不知少得團圓之怨嗟更深也。結有哭不得而笑意。

【陸曰】篇中無限顛倒思量，結處一齊掃却，有如天空雲滅，此最得立言之體者。上半言紫姑神去，問卜無從，青鳥不來，音書斷絶，何分散易而團圓之難得乎？下半曰『蟾影破』，憂容輝之漸減也；曰『雁行斜』，悲蹤跡之不齊也。一夜之間，百端交集，及至平明，自覺無謂。笑倚牆邊梅樹花，淡語意味却自深長，與老杜『雞蟲得失無了時，注目寒江倚山閣』同一杼軸。

【姚曰】此感人心判合不可必也。昨日輕離，今朝無信，去不知其何以去，來不知其何時來。大抵蟾影一破，必無重圓之理；雁柱本單，那有復雙之時？平明鐘後，惟有梅樹無心，笑倚牆邊而已。浪蕊浮花，其足戀耶？此即衛詩《終風》之意。

【屈曰】古詩：『刻成箏柱雁相參』，言箏柱斜列如雁飛也。二八十六，夜月缺時也；十三絃，不成雙也。笑倚梅花，望其來也，與『去』字相映。

【程曰】此亦惜別之詞，別無寄託。

【馮曰】『更』字慘極，味乃不窮。詩為元夕次日作。三句憶匆匆往還，四句歎歡聚甚少。五取破鏡之義，六指哀箏之調，皆互見為令狐所賦諸詩中。結則極狀無聊也。考其元宵在京之跡，則大中四年。

【紀曰】亦無題之類，起二句拙，三四句鄙，結亦鄙。（《詩説》）

【曾國藩曰】此冶游惜別之詞。（《十八家詩鈔》）

【張曰】昨日者，由明日而追溯昨日也。首句形神雖接，次句好音不來。『未容』句，水去雲迴之恨；『少得』句，言能見一面，足慰相思，然已不可多得矣。後半極狀癡情悵望景況。『二八月輪』，團圓時少；『十三絃柱』，分散時多。與上三篇（按指《無題》『紫府仙人』首、《明日》）同參，真字字血淚矣。紫姑，正月十五故事，詩蓋作於大中三年元夕後一日也。馮編四年，誤。（《會箋》）又曰：此篇寄意令狐屢啟陳情不省，故託艷體以寓慨。宛轉情深，字字血淚，真玉谿生平極用意之作。措辭淒痛入神，絶無一點塵俗氣。紀氏必目以語多近鄙，甚非通人論議也。（《辨正》）

【錢鍾書曰】杜少陵《題鄭縣亭子》首句：『鄭縣亭子澗之濱』，《白帝城最高樓》頷句：『獨立縹緲之飛樓』，……皆以健筆拗調，自拔於惰茶。李義山《昨日》首句：『昨日紫姑神去也』，摇曳之筆，尤為絶唱。（《談藝録》）又曰：西方情詩每恨以相思而失眠，却不恨以失眠而失去夢中相會，此異於吾國篇什者也；顧又每嘆夢中相見之促轉增醒後相思之劇，則與吾國篇什應和矣……夢見不真而又匆促，故怏怏有虚願未酬之恨；真相見矣，而匆促板障，未得遂心所欲，則復怏怏起脱空如夢之嗟……是以怨暫見與怨夢見之什，幾若笙磬同音焉……李商隱《昨日》：『未容言語還分散，少得團圓足怨嗟。』（《管錐編》）

【按】此離别相思之作。題為『昨日』，係取篇首二字，内容則記昨日小會遽别，兼寫今日相思。『紫姑神』即喻所愛之女子，兼點『昨日』之為元宵佳節。首二謂昨日對方離去，今日音書遲遲不來。方别而嫌音書之遲，正見相思之殷。三四追叙昨日小會遽别情景。『未容言語』，謂未容細訴衷腸，與下『少得團圓』相應，不可泥解。五六以月輪之破、絃柱之單喻分離，皆即景興感。七八當是遥想對方明日清晨笑倚梅樹情景。一結悠然神往，益見相思之深，亦襯出伊人清麗風神，淡語有致，極富韻味。

明日

天上參旗過①，人間燭燄銷。誰言整雙履②，便是隔三橋③？知處黄金鏁④，曾來碧綺寮⑤。憑闌明日意，池闊雨蕭蕭。

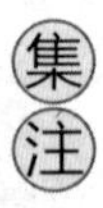

①【朱注】《史記·天官書》：『參為白虎。其西有句曲九星，一曰天旗。』《正義》曰：『參旗九星，在參西，天旗也。』過，即所謂『參横』。【按】曹植《善哉行》：『月没參横，北斗闌干。』參星已落，形容夜盡，故下云『人間燭燄銷。』

②【馮注】《述異記》：『公主山在華山中。漢末，王莽秉政，南陽公主避亂入此峰學道，後升仙。至今嶺上有一雙朱履。』【按】『整雙履』，暗示歡會既畢，起身分手。馮注引非所用。

③【朱注】三橋，三渭橋也。《三輔黄圖》：『渭水貫都以象天漢，横橋南渡以法牽牛。』《史記·索隱》：『今渭橋有三所：一在城西北咸陽路，曰西渭橋；一在東北高陵邑，曰東渭橋；其中渭橋在故城之北。』《唐書》：『德宗至自興元，李晟戎服謁見於三橋。』【馮注】《兩京雜記》：『西京外郭城朱雀街東有第三橋。』『三橋』取銀河之義。

④【朱注】鏁，門鏁也。

⑤【朱注】左思《魏都賦》：『皎日籠光於綺寮。』注：『寮，窗也。』【馮曰】上句是今去，下句是昨來。

【按】黄金鏁，碧綺寮，同指一地，即女子居所。二句追叙昨夕對方曾從碧窗鎖閣之居處前來歡會。

【徐德泓曰】此亦失職而作。起聯，謂天將曉也。次聯，一開一合，乃不得趨朝意。五六句，言清禁之地，知之

亦曾至之，而今不能，所對惟淒然之景而已。結得幽遠，耐人思味。

【姚曰】參橫燭灺，夜盡明來時也。一經分手，便隔天涯。所恨金鏁綺寮，其室甚邇；而雨深池闊，其人甚遥。憑欄瞠目，豈非無可奈何時耶？

【屈曰】一二夜已深。三四方整雙履，便成遠别。孰知金鏁之住處，曾來獨居之綺寮，明日之意必當如此，其如今夜憑欄，風雨蕭蕭，難乎為情矣。

【程曰】此亦無題之類怊悵詞也。然詩中景物，非西陵松柏之地，豈亦富貴女冠耶？

【田曰】細看其詩，多不肯作一直語，所以成家。（馮箋引）

【馮曰】言外是追憶昨宵，故題曰『明日』也。姚云『參橫燭灺，夜盡明來時矣。一經分手，便隔天涯。』此解得之。程氏疑指富貴女冠，余亦疑詠貴主事也。

【紀曰】此艷詩也，格卑詞靡，後四句可云千回百折，細意體貼，然愈工愈下，不足取也。温李齊名，正坐此等耳。（《詩説》）

【張曰】詩而不作艷體則已，詩而作艷體，未有能舍此别趨者。紀氏謂其詞靡格卑，吾不知艷詩之詞格何等方為不靡不卑也。若謂艷詩為下品，則《離騷》之香草美人亦皆下品矣。有是理邪？〇此篇馮氏謂是艷情，余疑亦寓意令狐之作，當與《謁山》一首參觀。『誰言』二句，緣纔一面，便隔三生。『知處』句，想其今日之居；『曾來』句，記其昨日之來。首二句，即安得繫日長繩之恨。結言回憶昨宵，惟有憑欄聽雨，獨自無聊而已。假怨女私會，以寓身世交際之感，集中此例極多。末語用健筆出之，沉著之至，若實係艷情，措詞必不如此莊重也。（《辨正》）

【按】此艷情無疑。題曰『明日』，指昨夜之明日，實即今日，馮謂『追憶昨宵，故題曰「明日」也。』極是。前四追憶昨夜幽會叙别，『隔三橋』，猶言相隔銀漢。五六追叙昨夜對方從碧窗鎖閣前來相會。末聯謂己今日憑欄對雨，池闊而雨聲蕭蕭，不勝悵惘寂寥。

如有①

如有瑤臺客②，相難復索歸③。芭蕉開緑扇，菡萏薦紅衣。浦外傳光遠④，煙中結響微⑤。良宵一寸焰〔一〕，回首是重幃。

校記

〔一〕『焰』，蔣本、席本作『艷』。【馮曰】『艷』，光彩也，不必定作『焰』。【按】《燈》詩云：『固應留半焰，迴照下幃羞。』此處自當作『焰』。

集注

①【馮曰】原編集外詩。

②【姚注】《離騷》：『望瑤臺之偃蹇兮，見有娀之佚女。』

③【馮注】舊本皆作『相難』。梁費昶《陽春發和氣》詩：『拂袖當留客，相逢莫相難。』難，去聲，而平聲亦

可通也。初疑當作歡，非也。【按】難，詰責。索，求。句謂瑶臺客責難我且求歸也。

④【姚注】曹植《洛神賦》：『神光離合，乍陰乍陽。』

⑤【姚注】《漢書》：『上思李夫人不已，方士齊人少翁，言能致其神，乃夜張燈燭，設帷帳，陳酒肉，而令上居他帳，遥望見好女如李夫人之貌，還幄坐而步。又不得就視，上愈益相思悲戚。』【程注】《文心雕龍》：『林籟結響，調如竽瑟。』

【朱曰】此憶夢中所遇也。（《李義山詩集補注》）

【何曰】第三記却扇。（《輯評》）

【姚曰】此憶夢中所遇也。上四句，從《楚詞》『若有人兮山之阿，被薜荔兮帶女蘿』翻出。浦外，用洛妃事；煙中，用李夫人事。良夜重幃，覺來惟有浩歎而已。

【屈曰】本無其人，意中如有紅衣緑扇之人索歸難我。浦外光遠，煙中響微，實無其人，惟良宵燭下，獨坐重幃而已。

【程曰】此亦艷詩也。

【馮曰】三四夏景，五六言來而相語也。用事不必泥，蓋又借艷情寓慨。

【紀曰】不甚可解，格亦卑下。（《詩説》）

【張曰】『瑶臺』指子直。『相難復索歸』，與《謁山》一首同感（按張箋《謁山》云：『我方欲就彼陳情，而不料其匆匆竟去……』）。三四點景。『浦外』句所求更遠，『煙中』句所許太微。結即『歸來展轉到五更，梁間燕子聞

長歎」之意，極寫怊悵失偶之狀也。（《會箋》）

【按】朱氏謂憶夢中所遇，是也。起聯謂夢中恍惚，似有瑶臺仙姝責難於己且求歸去。次聯描繪其人妝束儀態，謂其持芭蕉之緑扇，着菡萏之紅衣，美艷非凡。腹聯寫其漸去漸遠，神光隱微，聲息已杳。末聯則覺來惟有空幃殘燭，其人已逝。『浦外』一聯，寫夢境恍惚，生動真切。此篇與《無題》『紫府仙人號寶燈』頗相似，可參讀。

即目〔一〕

地寬樓已迥，人更迥於樓①。細意經春物〔二〕②，傷酲屬暮愁③。望賒殊易斷，恨久欲難收。大執真無利，多情豈自由〔三〕④！空園兼樹廢〔四〕，敗港擁花流。書去青楓驛⑤，鴻歸杜若洲〔五〕⑥。單棲應分定⑦，辭疾索誰憂〔六〕⑧？更替林鴉恨，驚頻去不休。

〔一〕『目』，蔣本、姜本、席本、錢本、影宋抄作『日』。按詩意是即目所見所感，作『目』是。

〔二〕『經』，姜本、戊籤作『輕』。原『細意經』一作『抽思輕』，季抄、朱本一作『抽意輕』，馮引一作『細意輕』。

〔三〕『多』，影宋抄作『名』，非。

〔四〕『園』，才調作『垣』。

〔五〕『歸』，悟抄作『來』。

〔六〕『誰』，悟抄作『難』，非。

集注

①【補】樓當是即目所見之樓，非己所登眺之樓。所思之人原居此樓，人去樓空，故云『人更迥於樓』。

②【馮注】即《夜思》所謂『往事經春物』也，指雙璫尺素。【按】細意，疑即微情、隱情之意，指己之相思。春物，指三春芳時之景物。句意謂抱相思之情而度景物韶麗之春時。馮注非。

③【馮注】《毛詩傳》：『病酒曰酲。』

④【朱注】埶，勢同。【馮曰】四聯言勢難圖利，情不能忘。【按】似謂此段情緣論其總趨勢確係思之無益（即下之『單棲應分定』之意），然情之所鍾，不能割舍何！無利，猶無益。

⑤【朱注】《方輿勝覽》：『青楓浦在潭州瀏陽縣。』杜甫有《青楓驛》詩。【馮注】杜工部《雙楓浦詩》，注家引《方輿勝覽》：『青楓浦在潭州瀏陽縣。』乃朱氏引以證此句，改云『杜有《青楓驛》詩』，真令人一字不可信矣。此固不必指地以實之也。【按】馮注是。青楓驛與下杜若洲均泛指。前者暗用《招魂》：『湛湛江水兮上有楓，目極千里兮傷春心。』

⑥【朱注】《楚詞》：『採芳洲兮杜若。』【程注】徐堅《櫂歌行》：『香飄杜若洲。』【按】『鴻歸』指來書。

⑦【程注】《禽經》：『鸝必匹飛，鵙必單棲。』【馮注】《易通卦驗》：『夏至小暑伯勞鳴。博勞性好單棲，其

飛[犭發]，其聲嗅嗅。』按：此據《淵鑑類函》所引。

⑧【程注】《魏志·管寧傳》：『徵命屢下，每輒辭疾。』　【馮注】《後漢書·周燮傳》：『遂辭疾而歸。』此類事甚多也。言以疾為辭，而意中之人已遠，誰復憂之？　【補】索，須，應也。

【馮班曰】懷人意微露『單棲』二字。『書去』『鴻歸』，則非悼亡矣。『空園』『敗港』，只言寂寞耳。

【朱彝尊曰】（『單棲』句）哀怨語。下句（『辭疾』句）更深。

【姚曰】此望遠懷人之作。前八句，自叙索寞；後八句，想所懷之人、所懷之地而不得到，孤身病客，正如林鴉之驚飛，而未有休止也。

【屈曰】一段當暮愁時登樓。二段即目之情。三段即目之景。四段自傷。

【程曰】此怊悵詞也。觀詩中『青楓驛』句，當是奉使江陵時作。結句『更替林鴉恨，驚頻去不休』，則指李德裕貶潮州司馬、崖州司户耳。

【馮曰】此在湘中歎所思之人又遠去也。四聯言勢難圖利，情不能忘；五聯寫景而兼寓事；六聯謂書札往還；結以林鴉比其人屢驚而屢去也。

【紀曰】此詩只『地寬』二句起得斗峭，『更替』二句對面寫照，結得有致，餘俱平衍，且多率筆。（《詩説》）　起句峭拔，結亦妙不犯實。餘亦平平。『細意』句、『大勢』句尤拙鄙。（《輯評》）

【張曰】此亦湖湘所賦（《會箋》，繫會昌元年春）。　又曰：此詩與《燕臺》第三、四篇情事正同。蓋尺素雙璫，本約湘川相見。及義山來遊江鄉，而所思之人又遠去矣。此為義山留滯潭州寄懷之作。語淺意深，沉痛入骨。

然不得其本事，何從領其妙哉！『細意』『大勢』句正以拙致見巧思，大方家數，勝於後人處在此。紀氏徒泥後世琱琢字句之法而詆諆玉谿，過矣。（《辨正》）

【按】首四謂登高矚目，所思遠去，惟餘空樓。懷相思而度春日，方病酒而值暮愁。『望賒』四句言望斷恨長，勢雖無益，而情不能舍，其中『望賒』句含義雙關（『望』既指望遠，又關合『希望』）。『空園』四句謂眼前所見，惟空園枯樹，敗港流花，雖書去鴻歸，而不得一面。末四謂單棲已定，誰復憂念己之辭疾病身乎？林鴉驚飛不休，亦正如己之漂泊不定，曰『更替林鴉恨』者，自傷之婉辭也，馮箋殊誤。本事不可考，與《春雨》一篇似可參讀。

春雨①

悵卧新春白袷衣〔一〕②，白門寥落意多違③。紅樓隔雨相望冷④，珠箔飄燈獨自歸⑤。遠路應悲春晼晚⑥，殘宵猶得夢依稀⑦。玉璫緘札何由達⑧，萬里雲羅一雁飛⑨。

校記

〔一〕『悵』，蔣本、姜本、戊籤、影宋抄、才調均作『帳』。

集注

①【紀曰】此因春雨而感懷，非詠春雨也。

②【補】白袷衣，白夾衣。唐人未仕時著白衣，故白袷亦用作閒居便服。

③【馮注】按：《淮南子》：『八極之西南方曰編駒之山，曰白門。』必非所用。《魏志・呂布傳》：『彭城有白門樓。』《南史》：『建康宣陽門謂之白門。』《水經注》：『鄴城有七門，西曰白門。』亦非所用。此似取『白門楊柳』之意。【按】南朝民歌《楊叛兒》：『暫出白門前，楊柳可藏烏。歡作沉水香，儂作博山爐。』歌中『白門』指男女郊游歡會之所。義山詩或兼用此意。『白門寥落』，謂重尋舊地，其人已去，不堪寂寥冷落。

④【補】紅樓，係所思者之舊居。人去樓空，隔雨相望，倍感凄清，故曰『冷』。【孫洙曰】（紅樓）二句十層。

⑤【補】珠箔，珠簾。此處亦可喻指雨簾。義山常以飄蕩之簾帷形容飄灑之細雨，如『帷飄白玉堂，簟卷碧牙牀』（《細雨》），『前閣雨簾愁不卷』（《燕臺夏》）。句意謂獨歸途中，細雨飄灑於提燈之前，宛如珠簾飄蕩。

⑥【馮注】其人遠去。【補】宋玉《九辯》：『白日晼晚其將入兮。』此句設想遠去之伊人值此春晚日暮之時亦當觸動傷春傷別之情。

⑦【馮注】惟夢中可尋。【按】謂長夜難眠，惟凌晨之短夢中得以與對方相見。陳永正曰：『兩句回應「悵卧」一句，結構嚴謹。』

⑧【朱注】《風俗通》：『耳珠曰璫。』張正見詩：『誰論白玉璫？』玉璫緘札，猶今所云侑緘。【按】古代常以玉璫為男女間定情信物，寄書時每以之作為禮物附寄，稱侑緘。義山《夜思云》：『寄恨一尺素，含情雙玉璫。』

《燕臺秋》：『雙璫丁丁聯尺素。』

⑨【程注】鮑照《舞鶴賦》：『掩雲羅而見羈。』　【按】雲羅，陰雲彌漫如張網羅。雁飛即景，兼寓雁書。二句謂萬里雲羅，彼此遠隔，音書難達。

【何曰】腹連奥妙。（《輯評》）

【陸曰】此懷人之作也。上半言悵卧新春，不如意事，什常八九。況伊人既去，紅樓珠箔之間，閴其無人，不且倍增寥落耶？『遠路』句，言在途者之感别而傷春也。『殘宵』句，言獨居者之相思而託夢也。結言愛而不見，庶幾音問時通，乃一雁孤飛，雲羅萬里，雖有明璫之贈，尺素之投，又何由得達也哉！

【徐德泓曰】此即景而感懷也。首聯，先叙當春寥落之況。第三句始點入『雨』字，後俱有雨意在内，最得遠神。玉璫緘札，謂以璫伴緘也。雁被雲羅，不得達矣。

【姚曰】此借春雨懷人，而寓君門萬里之感也。白袷，則非青紫之客；白門，則非争逐之場。紅樓隔雨，擁蔽已深也；珠箔飄燈，丹心自照也。春晼晚，則慮年歲之不我與；夢依稀，則憂疎遠之不易通。玉璫緘札，喻言始猶冀一達君聽，今既無由，則雲路蒼茫，網羅密佈，一雁孤飛，不但寥落堪悲，抑亦損傷可慮矣，哀哉！此等詩，字字有意，概以閨幃之語讀之，負義山極矣。

【屈曰】中四是白門悵卧時憶往多違事。末二句是悵卧時所思後事。

【程曰】此亦應辟無聊，望人汲引之作，蓋將入藩幕未出長安之時也。前四句言在長安之景，後四句言就辟聘之情。起句言章服無分，次句言朝籍不通。三句望先達如在天半，四句歎一身如入迷途。五句正言其將有遠役，六句猶冀其戀戀故人。七句傷其陳情不省，八句感其惟入網羅已耳。

【馮曰】末聯記私札傳情之事。

【紀曰】宛轉有味。平山箋以為此有寓意，亦屬有見，然如此詩，即無寓意，亦自佳。景州李露園嘗曰：『詩令人解得寓意見其佳，即不解所寓意亦見其佳，乃為好詩。蓋必如是乃藴藉渾厚耳。』（《詩説》）亦宛轉有致，但格未高耳。（《輯評》）又曰：（『白門』句）下六句從此句生出。（『紅樓』句）四句所謂寥落。（『玉璫』句）此所謂意多違。（《删正二馮評閲才調集》）

【張文蓀曰】以麗句寫慘懷，一字一淚。（《唐賢清雅集》）

【張曰】此與《燕臺》二章相合。首二句想其流轉金陵寥落之態。三四句經過舊居，室邇人遠，惟籠燈獨歸耳。五句道遠難親，六句夢中相見。結即『欲織相思花寄遠』之意，非義山在江鄉所作者也。（《辨正》）

【黄侃曰】此為滯居長安憶家之作。『白門』即《街西池館》詩所謂『白閣他年别』者也。岑參有《歸白閣草堂》詩，杜甫《渼陂西南臺》詩『錯磨終南翠，顛倒白閣影』，皆謂終南支峰，近瞰長安，故因以號帝里，非建康之白門也。『紅樓』二句，正寫寥落之狀。（《李義山詩偶評》）

【按】此重尋所愛女子不遇，惆悵感懷之作。詩中借助飄灑迷濛之春雨烘托别離之寥落與悵惘，渲染傷春懷遠、音書難寄之苦悶，創造出情景渾融之藝術境界。『紅樓』一聯，純用白描，於色彩與感覺之對照（紅與冷），雨簾與珠箔之聯想中暗寓今昔之鮮明對比。『相望冷』『獨自歸』之現境愈益觸動對往日紅樓高閣、珠簾燈影間旖旎風光之追憶，而現境之淒冷寥落亦愈加不堪。末句以萬里雲天一雁孤飛作結，暗透希望之渺茫，亦富餘味。

夜思①

銀箭耿寒漏②，金釭凝夜光〔一〕。綵鸞空自舞，别燕不相將〔二〕③。寄恨一尺素，含情雙玉璫④。會前猶月在⑤，去後始宵長。往事經春物⑥，前期託報章⑦。永令虚粲枕⑧，長不掩蘭房⑨。覺動迎猜影，疑來浪認香⑩。鶴應聞露警⑪，蜂亦為花忙。古有陽臺夢，今多下蔡倡。何為薄冰雪，消瘦滯非鄉〔三〕⑫？

校記

〔一〕釭，他本作『釭』。按：釭用同釭。

〔二〕『燕』，朱本作『雁』。

〔三〕『非鄉』，【何曰】『非』當作『他』。（《讀書記》）【按】何説無據，『非鄉』可通，詳注。

集注

①【馮注】原編集外詩。按：或入正集。

②【姚注】《續漢書》：『孔壺為漏，浮箭為刻，下漏數刻，以考中星昏明星焉。』【補】耿，明也。

③【馮注】諸篇每曰西風，當作燕。燕以秋去，雁以秋來。【補】相將，相與，相隨。

④見《春雨》注。

⑤【補】此句意晦。猶，獨也。似謂舊日相會時所見之明月至今獨在，言外見人之蹤跡杳然。温庭筠詩：『唯向舊山留月色。』姜夔詞：『舊時月色，算幾番照我，梅邊吹笛。』

⑥【馮注】此遡舊情。【補】經春物，已歷春天之物華。句意似謂往日情事如經春之物，空餘美好記憶。

⑦【馮注】《詩》：『雖則七襄，不成報章。』《傳》曰：『不能反報成章也。』此則借言書札，謂更訂後期。

⑧【朱注】《詩》：『角枕粲兮。』【補】粲，鮮艷貌。

⑨【馮注】宋玉《諷賦》：『主人之女，乃更於蘭房芝室止臣其中。』何承天《芳樹篇》：『蘭房掩綺幌。』【朱注】阮籍詩：『萱草樹蘭房。』

⑩【馮注】（永令）四句承上『前期』，言癡心揣摹。【按】『覺動』二句描寫己之癡心等待、恍惚其來之狀，即所謂『隔簾花影動，疑是玉人來』者是也。

⑪見《酬別令狐補闕》注。

⑫【馮注】（古有四句）謂夢境無憑，美人不乏，何為久戀於此？聊為自解之詞也。【按】『陽臺夢』『下蔡倡』屢見。非鄉，即異鄉（非故鄉）。薄，迫近。

【朱彝尊曰】凡集外詩，確是義山手筆而稍覺平常，豈曾為有識者所選訂與？

【何曰】不得志於時之作。（《輯評》）

【徐德泓曰】首二句，破『夜』意。『綵鸞』以下十四句，寫別離寄緘，孤寂相思之況。『經春物』，時光倏過也；『托報章』，遥訂會期也。『虚枕』二語，言長守而相待也。猜影認香，思之至而成疑境也。鶴警蜂忙，關心而時怦動也。『陽臺』以下，言樂地甚多，何為損此冰雪之軀于異地乎？此亦自傷羈滯而托喻之詞，非真閨意也，味結語自見。

【姚曰】此客中悼往之作。首四句，『夜』字起。『寄恨』四句，接『思』字。『往事』四句，傷往日而思將來。『覺動』四句，則思之切如見之也。末四句，又自悼自解之詞。

【屈曰】一二夜，三四別離。『寄恨』二句思，『會前』二句夜。『往事』二句久不相見，惟有空書。『永令』四句，凄凉之況。『鶴應』二句比。『古有』二句非無美麗。結自怨。〇一段夜思，二段別後之情，三段夜思景況，四段非無美麗，何自苦乃爾！

【程曰】此託詞閨怨，寄恨交疎，分明道出流滯之感。

【紀曰】西崑下派。（《詩説》） 此乃艷辭。雖琱琢而不工。（《輯評》）

【張曰】義山已就李黨，而又從嗣復，是為背黨，故以私書幽約為言。『古有陽臺夢，今多下蔡倡。何為薄冰雪，消瘦滯他鄉？』微露悔意，蓋倦遊亦將歸矣。（《會箋》） 又曰：此詩雖用典，極自然。中多艷詞，則《香奩》體宜然也，無所謂雕琢而不工處，豈西崑所能及耶？紀評未公。（《辨正》）

【按】此傷別懷遠之辭。『夜思』，男思女。『覺動迎猜影，疑來浪認香』，『古有陽臺夢，今多下蔡倡』，均明為男子口吻，故所謂『託辭閨怨，寄恨交疎』之説顯非。張氏附會依違黨局之跡，更覺穿鑿。詩顯詠艷情。首四長夜傷別。『寄恨』四句，別後尺素雙璫之寄與永夜孤寂不寐之情。『往事』二句，謂往事如經春之物，空留美好記憶，唯藉書信預訂後期。『永令』四句，謂己癡心等待，恍忽其來情狀。『鶴應』四句，因等待落空而心生疑慮，謂己應有所警惕，防他人之亦求取彼姝，古雖有多情之神女，今則唯多輕佻之倡女而已。末二句則自怨自艾之詞。

鴛鴦

雌去雄飛萬里天，雲羅滿眼淚潸然①。不須長結風波願，鎖向金籠始兩全②。

①【馮注】嵇康詩：『雲網塞四區，高羅正參差。』梁元帝賦：『秋雲似羅。』鮑明遠《舞鶴賦》：『掩雲羅而見羈。』

②【馮注】水鳥在水，風波自不能免，必得鎖向金籠，庶相保也。

【姚曰】意謂除非鎖向金籠，否則人間處處有風波耳。

【屈曰】鎖向金籠本所不願，然與其結願於風波之中，不如兩全金籠耳。無可奈何之詞。

【程曰】此失偶後復出之作。追悔其平生之不恒處也。

【馮曰】此亦湖湘傷別之作，非寄内詩。

【紀曰】淺直。（《詩説》）　亦鄙俗。（《輯評》）

【姜炳璋曰】此亦寄令狐綯之作。言爾去我來，相隔萬里，故小人得以讒問其間，如網羅之密布也。若相聚一處，時時相見，則彼此兩全，豈有風波之慮哉！亦《詩·王風·采葛》之意。

【張曰】此詩措語雖淺，尚不至鄙俗，若邵康節《擊壤集》，方可謂之鄙俗也。○此即『更替林鴉恨，驚頻去不休』意，與《燕臺》四章『雌鳳孤飛女龍寡』相合，蓋開成五年在江鄉歎所思之人又遠去也。結言安得鎖之金籠，可以稍慰風波之志願哉？『雲羅滿眼』即『楚管蠻絃愁一概』之旨，言無地可以再相聚合也。若楊嗣復則九月出鎮湖南，會昌元年三月貶潮，倘使燕臺之人真為嗣復取去，則義山九月赴湘，嗣復亦初到任所，安有雌去雄飛之情事耶？馮氏臆測可笑也。（《辨正》）　又曰：詩意顯明，寓感與上（指《楚宫》『複壁交青瑣』首）同。（《會箋》）

【按】此情人傷別之詞。雌去雄飛，天各一方，別情本已不堪。況雲羅滿眼，世路風波，一別之後，能否重逢，殊難逆料，故臨別之際中心慘怛，潸然淚下也。三四謂與其長結渺茫之重逢之願於世路風波之中，翻不如雙雙被鎖向金籠為兩全也。此蓋以鎖向金籠，失却自由，反襯雌雄分離之苦與世路風波之險，謂此更甚於囚籠之鎖也。

寄遠

常娥擣藥無時已〔一〕①，玉女投壺未肯休②。何日桑田俱變了③，不教伊水更東流〔二〕④？

〔一〕『常』，蔣本、姜本、錢本、朱本作『姮』。

〔二〕『更』，朱本作『向』。

①常娥竊藥、白兔搗藥見前《重有戲》及《鏡檻》注。

②【馮注】《御覽》引《神異經》：『東王公與玉女投壺，脱誤不接，天為之笑。開口流光，今電是也。』按：本文云：『每投千二百矯，矯出而脱誤不接者，天為之笑。』矯一作梟。『開口』二句是注中語。

③桑田見《海上》注。

④【馮注】《水經》：『伊水出南陽縣西蔓渠山，皆東北流，過伊闕中至洛陽縣南，北入於洛。』

【姚曰】只恐情根不斷耳。

【屈曰】桑田俱變，水不東流，此時尚能擣藥投壺否？偷閑一晤，能無情乎？

【田曰】結頗澹曲。（馮注引）

【馮曰】上二句皆女仙，下二句謂何日得免别離也。淺言之則為艷情，如古體《子夜》《讀曲》之類，多以隱語寄情，伊水借言伊人也。深言之則為令狐而作，首句喻我之誠求，次句喻彼之冷笑，三四則『欲就麻姑買滄海』之意也。二説中以寓令狐較警。

【紀曰】言安得天地消沉，使情根一净也，情思殊深，而吐屬間直而乏韻。（《詩説》）

【張曰】語意沉痛，何至不工？此亦暗指令狐之作。（《辨正》）

【按】題曰『寄遠』，似是寄相思之情於遠方之意，猶《燕臺》詩『欲織相思花寄遠』，《夜思》『寄恨一尺素』之謂。常娥、玉女指所思者，其人或系女冠，故以『擣藥無時已』『投壺未肯休』喻仙家生活之寂寥單調。二句亦即『莫羡仙家有上真，仙家暫謫亦千春』之意。三四則亟盼桑田俱變，伊水不再東流，庶幾悠悠之情思可斷，常娥擣藥、玉女投壺之事亦可以已。盼『變』之情正由『無時已』『未肯休』生出。

與同年李定言曲水閒話戲作①

海燕參差溝水流②，同君身世屬離憂③。相攜花下非秦贅④，對泣春天類楚囚〔一〕⑤。碧草暗侵穿苑路⑥，珠簾不捲枕江樓⑦。莫驚五勝埋香骨〔二〕⑧，地下傷春亦白頭⑨。

〔一〕「春天」原作「風天」，一作「春天」。姜本作「春風」。季抄、朱本一作「風前」。據蔣本、戊籤、席本、錢本、影宋抄及朱本改。

〔二〕「勝」，姜本作「塍」。戊籤「五勝」作「玉塍」，均誤。【馮曰】舊本作「五勝」，戊籤作「玉塍」，或云南宋本作「五塍」，又聞他本有作「玉媵」，豈戊籤訛「媵」為「塍」耶？玩曲水之意當作「五勝」。【按】馮校是。詳箋。「塍」，田畦，田間小路，「五塍」「玉塍」均無義，顯係誤字，「媵」亦「勝」或「塍」之誤。

①【朱曰】許渾集有《李定言殿院銜命歸闕拜員外郎遷右史》詩，當即其人（馮注引。朱本本篇無此注）【馮曰】《鼓吹》選本作《送李宣殿院歸闕》，而《許集》先有《送定言南遊》詩，似定言名宣，抑誤刊歟？

②【馮注】卓文君《白頭吟》：「今日斗酒會，明旦溝水頭。躞蹀御溝上，溝水東西流。」　【何曰】比。（《輯評》）　【按】此以燕之分飛，水之分流興男女之別離（視下「埋香骨」，當是死別）。

③【何曰】承上生出。（《輯評》）　【按】謂與李身世既似，離憂復同也。

④【朱注】《賈誼傳》：「秦人家貧子壯則出贅。」師古曰：「言其不出妻家，如人身之有贅疣也。」　【馮曰】贅婿古所賤。始皇發贅壻、賈人遣戍。漢文帝時賈人、贅壻及吏坐贓者，禁錮不得為吏。　【何曰】承「離憂」。（《輯評》）

⑤【馮注】《左傳》：『晉侯見鍾儀，問曰：「南冠而縶者，誰也？」有司對曰：「鄭人所獻楚囚也。」』《晉書·王導傳》：『過江人士，每至暇日，相要出新亭飲宴。周顗中坐而嘆曰：「風景不殊，舉目有江山之異。」皆相視流涕。惟導愀然變色曰：「當共戮力王室，尅復神州，何至作楚囚相對泣耶？」』【朱彝尊曰】此必二人同有悼亡之事，故云。

⑥【何曰】始看曲水。（《輯評》）

⑦【馮注】《西京雜記》：『昭陽殿織珠為簾，風至則鳴，如珩珮之聲。』【何曰】碧草暗侵，則路斷矣；珠簾不捲，則樓空矣。（《輯評》）

⑧【馮注】《史記·秦始皇本紀》：『推終始五德之傳，周得火德。秦代周，從所不勝，以為水德之始。』《漢書·律曆志》：『秦兼天下，亦頗推五勝。自以為獲水德。』【何曰】五勝未詳。舊注（按指朱注）以為五行相勝，或未必然也。南宋本作五塍，塍音繩，疑誤。（《輯評》）【按】馮注是。五勝指水。

⑨【馮曰】初解只以五勝代水字，猶《老子》云：『上善若水』，而唐人賦水，直以上善稱之也。言莫驚香骨竟棄水中，即得葬地下，悲苦均耳，又何擇焉。似與《曲江》一首同意。然水中不可言埋，『白頭』字亦無着。且必不可云『閒』與『戲』也。若云作玉塍，追悼亡妾，戲其地下傷春亦有白頭之歎，然意義大減，故究難定其孰是也。白頭似即用《白頭吟》：『聞君有兩意，故來相決絕。』又曰：『五勝』本取相勝代興之義，此句不僅寓『水』字，兼寓新故之感，似與《曲江》一首必同意。

【《唐詩鼓吹評注》】此疑同有遊冶之事，因追憶而賦此也。首言海燕參差而飛，溝水東西而流，則睽離已久，

我與君身世相同，則憂思亦大略相等已。憶昔與君共攜手於花下，本非秦贅，今與君相對泣於風前，有類楚囚。因思舊遊之地，徑荒草緑，樓静簾垂，而其人已為五行所制，香骨長埋，亦應傷春於九原之下而髮早添絲也。豈止余與君同抱離憂哉！

【陸曰】此必義山與李同有冶遊之事，因其人早逝，而感賦是詩也。言當此春天，得來曲水，彼下上其羽者海燕耶？東西流者溝水耶？爾我身世，不同抱此離憂耶？當日相攜花下，本非秦贅之不出妻家，今日對泣風前，竟類楚囚之被拘異地。回憶舊遊，徑荒草緑，樓冷簾垂，而其人之埋骨久矣。死而有知，亦應傷春地下，而頭且為之白也，豈獨我與君抱離憂而已哉！〇按《秦本紀》：『二世葬始皇驪山，后宫無子者，皆令從死。』此曲水疑即曲江，因去驪山不遠，故結處借用埋香事。

【徐德泓曰】通首以『離憂』二字作骨。首聯，借物象點出。次聯，正寫爾我離憂，『相攜』『對泣』，即承『同君身世』句來。腰聯，叙曲水光景，而曰『暗侵』『不捲』，仍寓黯然之色。末則推其窮盡，而總言情之不死也。按結語亦非漫及，題云『閒話戲作』，似因感事而發者。『五勝』只代一『秦』字，亦因『埋香骨』而及，其意不在此，故第七句只算得一個『死』字耳。義山用事，都如是觀。

【陸鳴皋曰】結句嘔血追魂，此種盡頭語，惟此君獨擅。

【姚曰】李必嘗有悼亡之戚，故言同病相憐之意。燕出巢，必分背而飛。《白頭吟》：『溝水東西流。』觀上半首，定言與義山同有悼亡之戚無疑也。穿苑之路，碧草暗侵；枕江之樓，珠簾不捲，即『曾經滄海難為水，除却巫山不是雲』之意。然五勝埋香，徒增憔悴；地下有知，未必不成白髮也。不得已而故為排遣之詞，故曰『戲作』。

【屈曰】一時地。二情。三四承二。五六承一。七八言香骨傷春地下，亦當白頭，何況我輩尚在人間乎？

【程曰】前有《及第東歸次灞上却寄同年》一首，皆由校書郎出補弘農尉時所作，深感其不得立朝也。上六語意自明。結二句不甚可解。如長孺説，則似借宫人之埋没，以況己之沉滯也。存之再考。第四句『春』字與結句相犯，不若風前對花下尤工。

【馮曰】諸家疑李定言亦王茂元壻，似也；更以為同悼亡則非。蓋別有所感耳。三四謂原非秦贅，何至不得居官而相對泣耶？蓋以婚於茂元致累，故云然也。五六正詠曲水境地，恰緊接出埋香。玩起聯，是兩人皆將出遊也。

【姜炳璋曰】此與同年李定言閒話曲江，因過妓家有感而戲作也。首句，指曲江之景。二，言與定言同不得志也，此句是綱。三，同過妓家也。四，有感而悲也。蓋從前苑路，徒有碧草之侵；昔日江樓，已無珠簾之卷，迭經喪亂，歌管美人盡歸黄土矣，然不足驚也。五行相勝，有盛有衰，長埋香骨亦自然之理。特恐我輩才人傷春而鬢髮漸斑，彼地下香魂得毋傷春而亦白其頭乎？所謂戲之也。蓋因現見美人而想起地下香骨，因傷春對泣而想到地下白頭，總是懷才不遇，觸處悲生，功名益熱，年華益衰，而不知涕之何以流落也。

【紀曰】入手得勢得法。（《輯評》） 四家曰：首句比也。後二句正閒話所及，「亦」字暗抱前半，「戲」字即含句内。亦沉鬱頓挫，亦清楚分明，題中無一字不到也。（《詩説》）

【張曰】此篇甚難索解，細玩結語，似為悼亡而發，疑李亦抱黄門之痛者。「海燕參差溝水流」，暗喻失偶。次句同病相憐。「相攜」而非「秦贅」，則無妻明矣；「對泣」而類「楚囚」，則兩人俱有羈客之感矣。「碧草」兩聯言從前寓此，今則樓苑依然，其人已埋香五勝，地下傷春，能不白頭也耶？蓋義山在京攜家，曾居曲江，後有《秋暮》（按指《暮秋獨遊曲江》）一首可證。詩意倍極沉痛，必非徒感閒情。因贈友人，故製題託之戲作耳。又案桂林《思歸》詩有「舊居連上苑，時節正遷鶯」句，又有詩云：「新春定有將雛樂，阿閣華池兩處棲」，合之他詩「家近紅蕖曲水濱」（【按】此指李十將軍家，非義山自指），則義山在京，攜家居曲江無疑，可為此詩一證也。（《會箋》）

【按】首聯以「海燕參差溝水流」興起「同君身世屬離憂」，末聯云「傷春」，已明言己與李定言同有「傷春」之痛。而此「傷春」之情，與《曲江》中傷時感亂之「傷春」顯然不同，自屬男女之情而無關乎政治。惟諸家多以為「同悼亡」，恐係誤解「非秦贅」一語所致。「非秦贅」，非謂已賦悼亡，乃謂彼此雖曾入其門然非贅壻（秦贅對楚囚，不必泥「秦」字），暗示係狹邪艷情。「相攜」句追溯從前，「花下」喻指狹邪之家。「對泣」句方寫目前追思而不勝凄凉。「碧草」二句即寫人亡樓空，草侵荒苑之慨。末聯謂所懷者已埋骨曲水之湄，舊地重遊，固不免觸目而心驚，然埋骨地下者，恐亦因傷春而白頭也。昔日同遊花下，今日同弔香骨，不勝地老天荒之恨，題曰『戲』，以其事屬艷情也。作者《暮秋獨遊曲江》或亦與此有關。

暮秋獨游曲江

荷葉生時春恨起〔一〕，荷葉枯時秋恨成。深知身在情常在，悵望江頭江水聲。

〔一〕『起』，蔣本、姜本、戊籤、錢本、影宋抄、席本、萬絶作『生』。

【陸時雍曰】三四的是情語。（《唐詩鏡》）

【輯評墨批】已似《花間》。

【徐德泓曰】此亦身世之感，而氣格雄渾，非元和以後之音也。

【姚曰】有情不若無情也。

【屈曰】江郎云：『僕本恨人。』青蓮云：『古之傷心人。』與此同意。

【程曰】『身在情長在』一語最為悽惋，蓋謂此身一日不死，則此情一日不斷也。曲江之地，釋褐舊遊，轉徙幕僚，君門萬里，今雖復重遊其地，寧有援引朝列者耶？此題之書『獨遊』，而詩之所以歎『悵望』也。

【馮曰】調古情深。又曰：前有《荷花》《贈荷花》二詩，蓋意中人也，此則傷其已逝矣。

【紀曰】不深不淺，恰到好處。（《詩説》）廉衣曰：『漸近潑調。』亦是。（《輯評》）

【張曰】此亦追悼之作，與《贈荷花》等篇不同，作艷情者誤。（《會箋》）又曰：措語生峭可喜，亦復宛轉有味，巧思拙致，異於甜熟一流，所謂恰到好處者也。『潑調』二字，杜撰可笑。○亦是感逝而作，集中《曲江》《曲池》題頗多，疑義山在京曾攜家寓此也。然詩意多不細符。若此篇則悼亡之意顯然，謂艷情者恐誤也。（《辨正》）

【按】『春恨』『秋恨』，作者雖不明言所指，然細繹上下文意，似非指國運衰頹、身世沉淪之恨。蓋家國身世之恨，似不得謂何時而起，何時而成，且『春恨』『秋恨』分言，亦無所取義。然則所謂『情』當指男女之情。『春恨』謂相思之恨，『秋恨』謂傷逝之恨。此當是詩人於曲江『荷葉生時』遇意中人而種下相思之恨，於曲江『荷葉枯時』而伊人云逝，鑄成傷逝之恨。重遊舊地，悵望江頭江水，遂覺此恨緜緜，永無絕期。曰『獨遊』，正所以明往昔之同遊也。此詩情深語摯，第三句固驚心動魄之至情語，然若無末句畫出茫然悵然情態，全篇韻味將大為減色。『江頭江水聲』不曰『聽』而曰『望』，似無理，而特具神味。

和鄭愚贈汝陽王孫家筝妓二十韻①

冰霧怨何窮〔一〕②，秦絲嬌未已③。寒空煙霞高，白日一萬里④。碧嶂愁不行，濃翠遥相倚⑤。茜袖捧瓊姿，皎日丹霞起⑥。孤猿耿幽寂，西風吹白芷⑦。迴首蒼梧深，女蘿閉山鬼⑧。荒郊白鱗斷，别浦晴霞委⑨。長彴壓河心⑩，白道聯地尾⑪。

秦人昔富家〔二〕，緑窗聞妙旨〔三〕⑫。鴻驚雁背飛〔四〕⑬，象牀殊故里⑭。因令五十絃⑮，中道分宮徵。斗粟配新聲⑯，娣姪徒纖指⑰。風流大堤上⑱，悵望白門裏⑲。蠹粉實雌絃⑳，燈光冷如水。羌管促蠻柱〔五〕㉑，從醉吴宫耳。滿内不掃眉，君王對西子〔六〕㉒。

初花慘朝露，冷臂凄愁髓㉓。一曲送連錢㉔，遠别長於死㉕。玉砌銜紅蘭，妝窗結碧綺。九門十二關㉖，清晨禁桃李㉗。

校記

〔一〕『冰』原作『水』，非，據戊籤、席本、朱本、季抄改。

〔二〕『家』，戊籤作『貴』。

〔三〕『旨』原一作『比』，非。影宋抄、錢本、席本作『此』，亦非。

〔四〕『背』，影宋抄、錢本、席本作『皆』。

〔五〕『促』原作『足』，非，據蔣本、戊籤、姜本、悟抄、席本、影宋抄、錢本改。

〔六〕『君』原作『吳』，據蔣本、戊籤、悟抄、朱本及季抄改。

集注

①【錢龍惕注】《北夢瑣言》：唐鄭愚尚書，廣州人。雄才博學，擢進士第，敭歷清顯，聲稱赫然。而性本好華，以錦為半臂。崔魏公鉉鎮荊南，滎陽除廣南節制，經過，魏公以常禮延遇。滎陽舉進士時，未嘗以文章及魏公門，此日於客次換麻衣，先贄所業，魏公覽其卷首，尋已，賞嘆至三四，不覺曰：『真銷得錦半臂也。』○《新書》：讓皇帝子璡，眉宇秀整，謹絜善射。帝愛之，封汝陽王。【程注】《通鑑》：『咸通三年八月，嶺南西道節度使蔡京貶崖州司户，賜自盡，以桂管觀察使鄭愚為嶺南西道節度使。』【馮注】《新書·藝文志》：『《棲賢法雋》一卷，僧惠明與西川節度判官鄭愚、漢州刺史趙璘論佛書。』是先曾在西蜀使下矣。《摭言》『設奇沽譽』一條，亦有鄭愚事。王孫無考。《舊書·紀》：『咸通三年，以邕管經略使鄭愚充嶺南東道節度觀察使。』【按】《舊書》與《通鑑》所記鄭愚咸通三年任官不同，《通鑑》是。愚任嶺南東道節度使在咸通九至十二年。

②【徐注】吳均《行路難》『冰羅霧縠象牙席』，即此冰霧之義。（馮注引）【馮曰】似之而未可定。【按】『冰霧』疑即《蜀桐》『上含霏霧下含冰』之意，指箏聲之凄清，故曰『怨何窮』，與下『秦絲』（箏之代稱）相對，亦可證其指箏，不指彈箏者之衣飾。

③ 秦絲見《河内詩樓上》注。

④【胡震亨曰】突兀得箏理。【程注】杜甫詩：『蕭瑟浸寒空。』【馮曰】已逗下遠別意。

⑤【何曰】用『遏雲』意。（《讀書記》）　【馮曰】猶『遏雲』之意，而造語詭異。或取眉如遠山，與下二句皆狀其貌美。

⑥【程注】陸機詩：『淑貌耀皎日，惠心清且閑。』　【馮曰】白日、皎日固不妨複，或疑『皎若』之訛。【按】『皎若丹霞』不詞。皎日丹霞起，謂箏妓之容顔如朝日起於丹霞也。

⑦【朱注】《九歌》：『辛夷楣兮葯房。』注：『葯，白芷也。』　【程注】《楚詞》：『緑蘋齊葉兮白芷生。』錢起詩：『怨慕白芷動，芳馨流水傳。』　【馮注】《九歌》：『沅有芷兮澧有蘭。』《廣韻》：『白芷葉謂之葯。』

⑧【朱注】《九歌·山鬼》：『被薜荔兮帶女蘿。』杜甫詩：『山鬼閉門中。』　【程注】李頎詩：『落日弔山鬼，臨風吹女蘿。』

⑨【朱曰】魚書難寄。

⑩【朱注】彴，職略切。《説文》：『彴，水上横木，所以渡者。』　【馮注】《廣韻》：『彴，横木渡水。之若切。』

⑪【朱注】地尾，地盡處。

以上為第一段，寫箏妓之色藝與音樂之意境。

⑫【程注】《雜録》：『隋文帝為蔡容華作瀟湘緑綺窗。』韓愈詩：『緑窗磨遍青銅鏡。』《梁書》：『沈約撰《四聲譜》，以為在昔詞人，累千載而不寤，獨得胸襟，窮其妙旨，自謂入神之作。』

⑬【馮注】劉孝綽詩：『持此連枝樹，暫作背飛鴻。』　【按】鴻雁背飛，喻兄弟背離，《奉和太原公送前楊秀才戴兼招楊正字戎》『萬里高飛雁與鴻』句可參證。

⑭【馮曰】謂兄弟分背。　《孟子·萬章》：『象往入舜宫，舜在牀琴。』『象日以殺舜為事。……象至不仁，封之有庳。』

⑮【朱注】《集韻》：『秦人薄義，有父子争瑟者，各入其半，故當時名為箏。古以竹為之。』　【馮注】五十

絲，瑟也。謂夫婦分離。

⑯【朱注】《漢書》：「淮南王長死，民作歌曰：一尺布，尚可縫；一斗粟，尚可舂，兄弟二人不相容。」

⑰【朱注】《説文》：「娣，女弟也。」又：「娣姒，妯娌也。」「姪，兄之女也。」○按箏本父子争瑟而起，此詩上云「鴻驚雁背飛」，下云「斗粟配新聲」，似作兄弟事用，豈所傳有不同耶？【程注】《後漢書・劉瑜傳》：「古者天子一娶九女，娣姪有序。」【馮注】《玉篇》：「長婦曰姒，幼婦曰娣。」《公羊傳》：「諸侯一娶九女，二國往媵之以姪娣。」此只取弟婦用。朱氏誤解「五十絃」句也。自秦人以下，蓋謂富盛之時，常理妙音於緑窗；自兄弟二人分散，其一流離異地，弟之妻徒有纖指而無能自活矣。尚未説到藉彈箏以餬口。此必有弟緣罪遠徙，而兄不恤弟婦者。

【按】馮説是。

⑱【朱注】《清商曲・襄陽樂》：「朝發襄陽城，暮至大堤宿。大堤諸女兒，花艷驚郎目。」【馮曰】又有《大堤曲》。

⑲【姚注】建康宣陽門，謂之白門。文帝以白門為不祥，諱之。」【馮注】二句謂漂蕩之蹟，蓋不得已而為妓矣。【按】「白門」用樂府《楊叛兒曲》：「暫出白門前，楊柳可藏烏；歡作沉水香，儂作博山爐。」蓋指男女歡會之所。

⑳【朱注】《説文》：「蠹，木中蟲也。」又，衣書中蟲，俗呼蠹魚，其粉鱗手觸則落，碎之如銀。《漢書》：「黄帝制十二筩，其雄鳴為六，雌鳴亦六。」○此句之義未詳。【姚注】言衆絃絶響，致粉蠹也。【馮曰】雌絃取獨居之義，律固有雌雄。

㉑【朱注】羌管，笛也。馬融《長笛賦》：「近世雙笛從羌起。」按：《晉書》：「桓伊令奴吹笛，伊撫箏而歌怨詩。」促鸞柱，竹與絲合也。【馮注】鸞柱為箏，謂以笛佐箏。

㉒【道源注】西子擅寵，故宮内不復掃眉。言箏妓同之。【馮注】内人皆若不掃眉者，惟西子一人擅美。此四句方謂入王孫家，擅名一時。

以上為第二段，叙箏妓之出身遭遇始末。

㉓【馮注】顏之慘，臂之冷，為彈箏時愁態。【程注】陳後主《獨酌謡》：『初花發春朝。』

㉔【馮注】《爾雅》：『青驪驎，驒。』注曰：『色有深淺，斑駁隱粼，今之連錢驄。』梁元帝《紫騮馬》：『長安美少年，金絡錦連錢。』

㉕【朱注】言彈入送遠别離之曲，益增慘凄。【馮注】鄭愚或於將遠遊時在王孫家聞箏，故有詩贈之。此四句歸到鄭聞箏時。

㉖【程注】《禮記》：『命國儺九門磔攘以畢春氣。』沈佺期詩：『九門開洛邑，雙闕對河橋。』【馮注】《周禮疏》：『王城四面，各三門，是十二門。王畿千里界，面置三關，亦十二關。』【按】九門指皇宫。十二關即十二門，舊長安城一面三門，四面共十二門。

㉗【道源注】言箏妓所處華邃，桃李之容不可得窺。

以上為第三段，抒寫彈箏送别之情。

【朱曰】『碧嶂』四句言箏妓之麗。『孤猿』四句言箏聲之哀。『荒郊』四句言所思之人不可即。

【朱彝尊曰】入手奇絶，可以意會，不可以言傳。

【錢曰】（『孤猿』）八句，俱言箏聲之哀。（馮注引）（『秦人』句）以下叙事之始。（『蠹粉』句）此下叙彈箏舊事。（『玉砌』句）此下復收到箏妓。（後三條係《輯評》墨批，然非朱彝尊評，故暫附於此。）

【何曰】注説語多難解。然妓與箏或分或合，或多或少，或述往或念今，錯落詳略，妙意髣髴可領。

（《輯評》）

【姚曰】首八句，從秦箏起筆，而言寒空白日之中，有此皎皎盈盈之箏妓也。『孤猿』下八句，言聽箏之客，無非望鄉愁別之人。『秦人』下八句，叙秦箏緣起。『風流』下八句，言大堤白門有秦箏之聲，而音樂俱寂。且彈箏之人，不啻如西子之專寵。『初花』下八句，言別筵之上，聞彈箏一曲，而心為之死。奈但聞其聲，不得親近其人也。

【屈曰】題是和鄭贈詩，未見妓也。一段八句，箏、妓合起。二段，四句箏聲；四句有路難通。三段，箏之妙，他人不能奏，笙、羌笛皆不及，故箏妓能如西子擅寵。四段，箏曲之妙。五段，已不得窺也。『寒空』二句，言不見妓也。○『徒纖指』，言徒有纖指，不能按箏也。故大堤、白門，皆美女之藪，皆不能奏此器，故絃實蠹粉，久不御也。

【程曰】汝陽王孫，蓋璡之後，第不知為何人。考《宗室世系表序》云：『世遠親盡，遂與異姓雜而仕宦，至或流落於民間，甚可歎也。』詩中有『一曲送連錢，遠別長於死』之句，豈時遭遠謫耶？此詩之旨大抵是哀王孫，非為箏妓，然其詞則以箏妓為始末。詩之段落自『冰霧怨何窮』至『白道連地尾』是一段，言箏之怨聲能窮幽以極遠。自『秦人昔富家』至『君王對西子』是一段，言妓之出處，自淪落而承恩。自『初花慘朝露』至末是一段，言箏妓與王孫之情有不堪遠別而獨處長安也。首段『冰霧』二句寫箏妓哀怨，為一篇綱領。『寒空』四句，寫彈箏時光景。『茜袖』句寫妓之美艷。『皎日』句與『寒空』二句相應，言箏音中景色一變，即『撫節悲歌，響遏行雲』之意。『孤猿』二句，喻獨處無人。『回首』二句，喻不忘舊君。『荒郊』二句，喻音書斷絶，後會無期。『長彴』二句，喻道路難通，即天長地久，此恨無窮之意。次段『秦人』二句，借始造箏者而言，妓本良家而善於音律也。『鴻驚』六句，言其去家流落之故。舉鴻雁、斗粟而言，疑妓為兄弟所賣，而遂以箏名過於流輩也。『風流』四句，言其飄零靡定，門庭冷落也。『羌管』四句，言其受王孫之恩遇也。三段『初花』四句，言王孫不得已與之遠別。『玉砌』句至末則言其獨處長安而能自守也。哀王孫之意即在語外。

【馮曰】篇中所叙地理情景，究有未能明曉者。（『孤猿』）八句，錢曰：『言箏聲之哀。』似也，蓋皆望遠馳思之景。

【紀曰】刻意為之，墨痕不化，澀處、廓處，不一而足。（《輯評》）

【張曰】此王孫家箏妓，必有本事，今無可考，故詩亦難解，姑從蓋闕可也。（《會箋》）又曰：此乃長吉體極派，正以生峭見姿趣，勝人處全在此，何謂墨痕不化耶？且篇中造語澀麗處則有之，亦未見有廓落處也。紀氏不曉長吉派，乃故作此夢語耳。（《辨正》）

【按】程箋甚詳（馮箋大體本之），惜謂『此詩大旨是哀王孫』及疑王孫『時遭遠謫』，不免失之揣測；馮箋糾正，已大體得之。此篇蓋以長吉筆法賦箏妓傳奇，以抒情之筆寫叙事性題材。起二句總點箏聲之凄怨嬌柔。『寒空』二句，彈奏時正值秋空雲高，白日萬里之時。『碧嶂』二句，謂樂聲遏雲，忽而有碧嶂不行，濃翠相倚之感。以上六句，即李賀《李凭箜篌引》『吴絲蜀桐張高秋，空山凝雲頽不流』之意境。『茜袖』二句，謂箏妓茜袖瓊姿，若皎日升起於丹霞。『孤猿』四句，狀箏聲所傳出之幽寂凄深意境。『荒郊』四句，狀箏聲所傳出之荒遠難達境界與離情别恨，逗下『遠别』。次段『秦人』八句，叙箏妓之出身，謂其本在富家，妙解音律，因夫家兄弟不和，其夫遠離故里，故令其夫婦恩愛中道而絶，雖纖指善彈，而生計無着。『風流』四句，暗寫其流落為妓，處境凄凉，不復重理箏絃，唯獨對幽冷之燈光。『羌管』四句，叙其轉入王孫家為樂妓，專寵後房。『吴宫』指王孫家。此段約略相當於白居易《琵琶行》中『沉吟放撥插絃中』以下一大段，而一則叙事明白曉暢，一則多用比喻暗示，跳躍斷續，顯然澀滑二境。末段『初花』二句，形容箏妓彈奏時花容慘淡，臂冷心愁之情狀。『一曲』二句，暗寫所彈奏者係送别之曲，點出鄭愚將有遠行。『玉砌』四句，謂箏妓處此玉砌綺窗、重門華屋之中，今日一别，將無從再睹此桃李之芳顔矣。此蓋鄭將遠行，王孫餞别，命箏妓彈奏，故鄭作詩以贈，義山從而和之。箏妓與鄭愚，即相當於琵琶女與白傳也。

判春①

一桃復一李，井上占年芳〔一〕②。笑處如臨鏡③，窺時不隱牆④。敢言西子短，誰覺宓妃長⑤？珠玉終相類，同名作夜光⑥。

校記

〔一〕『井』原作『并』（一作井），非，據蔣本、姜本、戊籤、悟抄、席本、錢本、影宋抄、朱本改。

集注

①【徐曰】《羯鼓録》：『明皇遊別殿，柳、杏將吐，嘆曰：「對此好景，不可不與判斷之。」』此『判』字義同。

②【朱注】古樂府：『桃生露井上，李樹生桃旁。』江總《李花》詩：『當知露井上，復與夭桃鄰。』

③【補】笑處，笑時。如臨鏡，如美人對鏡自笑。

④【朱注】《登徒子好色賦》：『此女子登牆窺臣三年。』　【馮注】亦兼取鑽穴相窺之意。　【按】窺不隱牆，言其無羞赧之態。

⑤【朱注】《神女賦》：『穠不短，纖不長。』　【姚注】宓妃，宓犧氏之女，溺死洛水為神。

⑥【朱注】《搜神記》：『隋珠盈徑寸，夜有光明，可以燭室。』《十洲記》：『周穆王時，西胡獻玉盃，是百玉之精，明夜照夕。』　【程注】《文選・西都賦》李善注：『夜光為珠玉之通稱，不專繫之於珠，繫之於璧，故鄒陽有曰：「夜光之璧。」劉琨又曰：「夜光之珠。」』　【馮注】此極形兩美如一。

【胡震亨曰】為二美判同價也。晦其旨，故題云。（《唐音戊籤》）

【朱彝尊曰】言二人之美同也。

【姚曰】表雙艷也。題曰判春，判，分也，言各不相讓也。邢尹殊看，終是未逢對敵耳。

【屈曰】李桃之無高下，猶珠玉之同光。

【程曰】此煙花月旦也。隋帝所謂『春蘭秋菊，各一時之秀。』即此義。詳題與詩易知也。

【馮曰】讀此知桃葉、桃根，實指二美。『井上』者，以屈在使府後房也。詩不佳。

【紀曰】偶爾弄筆，不以詩論，亦是所謂下劣詩魔也。（《詩説》）　題目太纖，詩自不能有格。（《輯評》）

【張曰】余疑或假艷情評隲牛李二黨作歟？（《會箋》）

【錢鍾書曰】隋唐而還，『花笑』久成詞頭……而李商隱尤反復於此，如《判春》：『一桃復一李，井上佔年芳。笑處如臨鏡，窺時不隱牆。』《早起》：『鶯花啼又笑，畢竟是誰春？』《李花》：『自明無月夜，强笑欲風天。』《槿

花》：『殷鮮一相雜，啼笑兩難分。』數見不鮮。桃花源再過，便成聚落。（《管錐編》）

【按】馮、張箋無據。雙美何必即義山之情人？解『井上』為使府後房亦極牽强。親受黨争之害者，豈能以雙美視牛李二黨？此逢場作戲之煙花月旦評，程箋甚是。

贈歌妓二首①

水精如意玉連環②，下蔡城危莫破顏③。紅綻櫻桃含白雪④，斷腸聲裏唱陽關⑤。

其二

白日相思可奈何〔一〕，嚴城清夜斷經過⑥。只知解道春來瘦，不道春來獨自多⑦。

校記

〔一〕『可』原一作『不』，蔣本、姜本、戊籤、悟抄、席本、錢本、影宋抄及萬絶均作『不』。【按】可奈何，即不可奈何之意，『不』字疑後改，義雖同而情味稍遜。

集注

①【馮注】《舊書·職官志》：『凡三品以上，得備女樂。五品女樂不得過三人。』

②【馮注】《戰國策·齊策》：『秦始皇使使者遺君王后玉連環，曰：「齊多智，而解此環不？」君王后以示羣臣，羣臣不知解。君王后引椎椎破之，謝秦使曰：「謹以解矣。」』水精如意見《擬意》。

③【朱注】《登徒子好色賦》：『嫣然一笑，惑陽城，迷下蔡。』注：『陽城、下蔡，二縣名。』《水經注》：『蔡成公自新蔡遷於州來，謂之下蔡。』　【馮注】破顔，笑也。　【朱彝尊曰】二句妓。　【何曰】（下蔡句）雋妙。（《讀書記》）

④【馮注】櫻桃，喻口。　【程注】白居易詩：『櫻桃樊素口。』宋玉《對楚王問》：『其為《陽春白雪》，國中屬而和者數十人。』陳琳《答東阿王牋》：『聽《白雪》之音，觀《緑水》之節。』　【按】『白雪』兼喻潔白之齒牙。

⑤【朱彝尊曰】二句歌。　【按】《陽關》見《飲席戲贈同舍》注。

⑥【程注】古辭《華山畿》曲：『願君如行雲，時時見經過。』王維詩：『日夜經過趙李家。』　【按】此言静夜絶斷行人之際，相思之情愈不能已。

⑦【馮注】謂爾只解道我春來消瘦，何不解道我春來獨自歎？如此解方妙。　【朱彝尊曰】此首見贈意。

【補】不道，不知。

箋評

【吴曾曰】豫章《題陽關圖》絶句：『斷腸聲裏無聲畫，畫出陽關更斷腸。』按：李義山《贈歌妓》詩云：『紅綻櫻桃含白雪，斷腸聲裏唱《陽關》。』豫章所用也。（《能改齋漫録》）

【陸鳴皋曰】（首章）上二句言人，下二句言歌。（次章）承上『陽關』『腸斷』意來，謂别後日夜相思而不得會，必然彼此俱瘦。殊不知彼之春意偏饒，故曰『獨自』，言外有唤醒情癡之意。

【姚曰】（首章）首句比其絶無瑕玷。以如此絶世之色，而更發絶世之音，能使聽者消魂也。（次章）一二是無可奈何情事，即末句所謂『獨自』也，猶云『坐中泣下誰最多？江州司馬青衫濕』耳。

【屈曰】（首章）一歌舞之具，二妓之美。三四歌舞，三眼中，四耳中也。（次章）白日相思猶可經過，清夜相思嚴城隔斷，故春瘦獨多。

【紀曰】率然寄興之作，毫無佳處。（《詩説》）

【張曰】（次章）結言只知道我春來消瘦，不知道我春來獨自一人之時常多乎？蓋代妓自解也。（《辨正》）

【按】首章贊其色藝。首句興而比，不特比其絶無瑕玷，亦以擬其歌聲圓潤婉轉。『白雪』似兼喻皓齒。味末句『唱《陽關》』語，似是離席贈妓。次章戲寫相隔相思之情。一二謂白日相思，情已難堪；嚴城清夜，斷絶經過，更徒唤奈何。三四乃言爾只知我春來如此瘦損，殊不知我春來獨自之日苦多也。語含戲謔，非代妓自解。

失題二首〔一〕

長眉畫了繡簾開，碧玉行收白玉臺①。為問翠釵釵上鳳②，不知香頸為誰迴！

壽陽公主嫁時妝③，八字宮眉捧額黄④。見我佯羞頻照影⑤，不知身屬冶遊郎⑥。

〔一〕題原作《蜨三首》其二、其三，戊籤此二首作「無題」。【紀曰】此二首乃遊冶之詞，誤入於此。【按】此二首原當另有題，因與五律《蝶》（初來小苑中）相連，後原題脱去，遂與五律《蝶》合為三首，後人更於五律《蝶》之題下加「三首」二字。今改題「失題二首」。

集注

①【馮注】《樂府詩集》：「《碧玉歌》，宋汝南王所作也。碧玉，汝南王妾。」梅禹金曰：「《古今樂録》：孫綽在晉，已有《情人碧玉歌》；謂汝南王妾，亦未有確據。」按：此以「碧玉小家女」謂侍婢也。【朱注】梁簡文帝《對燭賦》：「碧玉舞罷羅衣單。」【按】白玉臺，即玉鏡臺。二句謂女子晨起對鏡梳妝，畫眉已畢，侍婢開繡簾而

收鏡臺。

②【朱注】《拾遺記》：『石崇愛婢翾風紫金為鳳冠之釵。』　【程注】《幽怪録》：『竟陵掾劉諷夜投空館，有三女郎，至明旦拾得翠釵數隻。』

③即梅花妝，見《對雪二首》注。

④【朱注】《海録》：『唐明皇令畫工畫《十眉圖》，一曰鴛鴦眉，又名八字眉。』張蕭遠詩：『玉指休匀八字眉。』梁簡文帝詩：『同安鬟裏撥，異作額間黄。』庾信詩：『額角輕黄細安。』楊慎曰：『温飛卿詩：「豹尾車前趙飛燕，柳風吹散蛾間黄。」王荊公詩亦云：「漢宫嬌額半塗黄。」其制已起於漢，特未見所出耳。』【按】額黄，六朝時婦女額上之塗飾，唐時仍有。

⑤【馮注】古詞《捉搦歌》：『可憐女子能照影，不見其餘但斜領。』

⑥【程注】晉《子夜春歌》：『冶遊步春露，艷覓同心郎。』　【馮注】《丹陽孟珠歌》：『道逢遊冶郎，恨不早相識。』

箋評

【陸鳴皋曰】三首皆刺狎客之詩，賦中比也。（次章）此承上章飛燕之入而言。燕入櫳而蝶尋香，俱近粧臺之物，故又以閨閤言之。上二句，謂畫眉收鏡，曉粧已罷。下則言佳人顧盼之情尚不知在彼在此，意蓋云主人之愛，亦未必專屬于爾也。（三章）上二句，寫蝶之色，喻其修飾媚容也。下言見我而假作羞慚檢飭之狀，而不知此身已不能自主，徒供輕薄少年之玩弄而已。是蝶是人，總雙關寫法也。照影，猶顧影。

【徐德泓曰】（次章）簾開，則物飛入而皆見矣，故下意可接。不問人而問釵上之鳳，筆尤玄妙。（三章）嫁時粧，八字眉，俱非隨手下者，蓋此乃合歡字様，喻其只在迎合人耳，即伏末句身不自主意。

【姚曰】（『長眉』首）為情人乎？抑為蝶乎？不問之人，而問之釵上鳳，妙絶。（『壽陽』首）就無情中翻出有情，實則非真有情也。義山詩往往作此想。（按姚箋仍題《蝶》）

【屈曰】（『長眉』首）一二寫美人妝畢。三四寫顧影自憐之意。（『壽陽』首）寫女郎初嫁時情態。然玩『見我』字，『不知』字，『冶遊』字，有所嫁非偶之歎。

【程曰】（『長眉』首）歎不知適從也。以令狐之舊客，而入茂元之幕，何嫌何疑？遂成讎怨，人生去就，審擇難之。起句言既已釋褐，得授秘書，不啻美人之妝成者，繡簾方開也。次句言無端而出，竟若情人之失意者，旋收奩具也。三句自問之詞，言妝飾未嘗不工。四句自疑之詞，言有情莫知所向，即風人『豈無膏沐，誰適為容』之義也。（『壽陽』首）謂從事幕府也。起言士之釋褐，如女之初嫁。次言秘書内秩，如宫禁艶妝。三句言時無知己，惟有顧影自憐。四句言朝士不收，然後為人辟聘矣。

【馮曰】此必當別作《無題》也。語易解而尖薄已甚，宜其名位不達矣。　又曰：（《蝶》）三首皆是比體。

【紀曰】此二首乃遊冶之詞。誤入於此。（《輯評》）

【姜炳璋曰】三章俱以蝶自況也。次章，人視蝶也。繡簾已開，鏡臺收去。佳人此時忽見簾外粉蝶雙雙，長眉回顧，而蝶佯若不知也，問釵上之鳳，畢竟汝之香頸為誰而回乎？篇中一字不黏蝶，而蝶之精神栩栩欲動，斯為絶唱。〇三章，蝶視人也。『嫁時妝』，新妝也，又加宫眉捧額，則香豔甚矣，而蝶飛飛不去。『我』，蝶自我也。佳人見我，佯若羞然，又頻頻然顧形影，以為妝飾。工豔蘭澤，芬芳之甚，足以致我之相隨也。豈知我身本是冶游之郎，隨地飛翔，原無心隨汝乎？第二章，喻顧我之人，非即有情之人也。第三章，喻相遇之人，非即吾意中依托之人也。

【張曰】冶遊之作，無別寄託。（《會箋》）

【按】二首明為賦體。曰『見我佯羞』，作者已為詩中另一人物，豈得復以『佯羞頻照影』之女子自況？所詠對象，似為妓女，視『不知身屬冶遊郎』句及口吻之輕薄可知。『長眉』首寫其人晨妝既畢，顧影自憐，茫然無屬之情態。『為問』『不知』，正寫出身不由己者之心理。次首屈氏泥於『嫁時妝』而謂寫女郎初嫁時情態，非是。一二不過狀其妝束艷麗入時。三四寫其佯羞弄姿，正與其『身屬冶遊郎』之身份相稱，亦戲語也。二首疑即贈妓之詞。

妓席

樂府聞桃葉①，人前道得無？勸君書小字，慎莫喚官奴〔一〕②。

校記

〔一〕『慎』，萬絶作『切』，避孝宗諱改。

集注

①【朱注】《古今樂録》：『《桃葉歌》，晉王子敬所作也。桃葉，子敬妾，緣於篤愛，所以歌之。』

②【朱注】《海録》：『右軍書《樂毅論》與子敬，《論》後題云：「書賜官奴。」官奴，子敬小字也。』按右軍有

《官奴帖》。

【姚曰】此為狎昵之詞。桃葉是子敬妾名，官奴是子敬小字，言惟兩心相照也。

【屈曰】古有桃葉，定是能歌此曲；若書小字，慎莫喚作官奴，遂令人流傳無已。見妓之能歌且書也。

【馮曰】徐氏謂借官奴字以戲官妓，似矣。詩若言流落之蹟，不願直呼，不必從子敬小字泥看也。然此種詩固無定詮。

【紀曰】遊戲之作，不為輕重。（《詩説》）

【按】此妓席逢場作戲，隨意調侃之作。比同遊者為子敬，比其所愛之官妓為桃葉，『君』指同遊者。一二謂樂府《桃葉歌》中曾聞桃葉之名，今日席上親見其芳姿，却緣其為君之愛寵而不得道其芳名。三四謂君若書題已之小字，慎莫喚作『官奴』，以觸所愛者之忌也，此純從『官奴』生意。

偶題二首

小亭閒眠微醉消，山榴海栢枝相交〔一〕①。水文簟上琥珀枕〔二〕②，傍有墮釵雙翠翹③。

其二

清月依微香露輕〔三〕，曲房小院多逢迎④。春叢定是饒棲夜〔四〕，飲罷莫持紅燭行⑤。

校記

〔一〕「山」，蔣本、悟抄、席本、錢本、影宋抄作「小」，非。馮引一本作「石」，亦非。

〔二〕「文」，萬絶作「紋」，通。「琥珀」，萬絶作「珊瑚」。

〔三〕「清」，悟抄作「初」。

〔四〕「是」，季抄作「見」。「饒棲夜」，朱本、季抄作「饒棲鳥」。【何曰】統籤作「雙棲夜」。【馮曰】「夜」字是贅説，然「雙棲鳥」直致乏味。【按】「饒棲夜」，多夜宿雙棲之意，可通。

集注

①【馮注】山榴即石榴，唐人詩題每曰山石榴。【程注】《本草》：「山躑躅，一名山石榴。」【按】馮注是。

②【朱注】《東宮舊事》有烏韜赤花雙文簟。琥珀枕注見《詠史》（歷覽前賢）。【馮注】《西京雜記》：「會稽歲時獻竹簟供御，世號為流黃簟。」又：「以竹為簾，簾皆水文。」《楊妃外傳》：「妃進見初，帝授以玉竹水紋簟。」

此即所云『瀟湘浪上』之意。《萬首絶句》作『珊瑚枕』，似誤刊耳。

③【朱注】《七啟》：『揚翠羽之雙翹。』【按】翠翹，婦女頭飾，形狀如翠鳥尾上之長羽。韋應物《長安道》詩：『麗人綺閣情飄颻，頭上鴛釵雙翠翹。』

④【程注】《七發》：『往來遊讌，縱恣於曲房隱閒之中。』王僧孺詩：『曲房褰錦帳，迴廊步珠屣。』

⑤【何曰】落句諷刺隱秀。（《讀書記》）【按】謂恐驚春叢中雙棲夜宿者也。

【吴聿曰】李義山『小亭閒眠微醉消，山榴海柏枝相交』……微詞也。（《觀林詩話》）

【王楙曰】歐公詞曰：『柳外輕雷池上雨，雨聲滴碎荷聲。』云云。末曰：『水晶雙枕，旁有墮釵横。』此詞甚膾炙人口。舊説謂歐公為郡幕曰，因郡宴，與一官妓荏苒。郡守得知，令妓求歐詞以免過，公遂賦此詞。僕觀此詞，正祖李商隱《偶題》詩云：『小亭閒眠微醉消，石榴海柏枝相交。水紋簟上琥珀枕，旁有墮釵雙翠翹。』又『柳外輕雷』亦用商隱『芙蓉塘外有輕雷』之語。……（《野客叢書》）

【何曰】幽景閒情，寫出便成物色。（《輯評》）

【姚曰】（首章）好事易過。　（次章）好事正多。

【屈曰】（首章）此時憶往時同宿情景。　（次章）此時憶往時飲後情景。總見今日之不然也。

【馮曰】上章晝景，下章夜景。語含尖刺，當與《可歎》同參。此較婉約。

【紀曰】（首章）艷而能逸。第二句有意無意，絶佳。　（次章）對面寫來，極有情致。雍陶『自起開籠放白鷴』亦是如此用意，而其語不工。（《詩説》）

【許昂霄曰】歐陽修《臨江仙》『涼波不動簟紋平。水精雙枕，傍有墮釵橫。』不假雕飾，自成絶唱。按義山《偶題》云：『水文簟上琥珀枕，傍有墮釵雙翠翹。』結語本此。（《詞綜偶評》）

【張曰】此是艷情。（《會箋》）

【錢鍾書曰】蔡邕《協和婚賦》『釵脱』景象，尤成後世綺豔詩詞常套，兼以形容睡美人，如……李商隱《偶題》：『水紋簟上琥珀枕，旁有墮釵雙翠翹。』（《管錐編》）

【按】此必艷情，視次章，似為狹邪冶遊之作。首章寫晝眠醉消，枕欹釵横情景，次句係借景寫艷，筆意在有意無意之間。次章寫夜飲既罷，月微露輕，曲房小院之間多雙棲雙宿者，的是狹邪情景。

蠅蝀雞麝鸞凰等成篇①

韓蝀翻羅幕②，曹蠅拂綺窗③。鬭雞迴玉勒④，融麝暖金釭⑤。瑇瑁明書閣⑥，琉璃冰酒缸⑦。畫樓多有主，鸞鳳各雙雙⑧。

集注

① 【朱彝尊曰】題怪極，不可解。（馮注引作錢評）

② 見《青陵臺》注。

③【馮注】《吴志・趙達傳》注引《吴録》：『孫權使曹不興畫屏風，誤落筆點素，因就以作蠅，權以為生蠅，舉手彈之。』

④【朱注】《説文》：『勒，馬頭絡銜也。有銜曰勒，無銜曰羈。』　【程注】庾信《馬射賦》：『控玉勒而摇星。』

⑤【徐注】融麝，以香練膏也。（馮注引）　【朱注】《漢書》：『趙昭儀居昭陽舍，壁帶往往為黄金釭。』注：『壁帶，壁之横木，露出如帶者，以金為釭，若車釭之形。』《博雅》：『釭，車軸中鐵。』《西都賦》：『金釭銜壁，是為列錢。』又，《説文》：『俗謂燈為釭。』江淹賦：『冬釭凝兮夜何長。』李白《夜坐吟》：『金釭清凝照悲啼。』【馮注】《説文》：『釭，車轂中鐵也，古雙切。』按：句意以言燈火之光。

⑥【姚注】《漢書注》：『瑇瑁如龜，其甲相覆而生若甲然，甲上有斑文。』

⑦【朱注】冰，去聲。　【馮注】《晉書・崔洪傳》：『汝南王醼公卿，以琉璃鍾行酒，洪不執。』列異傳：『濟北神女來遊，車上有壺榼青白琉璃五具。』

⑧【馮注】《公羊傳》：『為其雙雙而俱至者與？』

【范晞文曰】商隱詩：『鬭雞迴玉勒，融麝暖金釭。玳瑁明珠閣，琉璃冰酒缸。』七言云：『不收金彈拋林外，却惜銀牀在井頭。綵樹轉燈珠錯落，繡檀迴枕玉雕鎪。』金玉綵繡，排比成句，乃知號至寶丹者，不獨王禹玉也。（《對牀夜語》）

【姚曰】聊備一體。不但蠅蝶等字，即羅幕綺窗等皆用一色字様成篇。此義山遊戲之筆。

【屈曰】一二閨中。三四春遊。五六閨中之樂。七八總結，言外見飄泊之孤單也。

【程曰】此平康北里之志也。一物當屬一妓，故末以雙雙有主結之。但玩命題，足知其意。

【馮曰】似亦以艷體寓令狐，故詭其題也。韓蜨比己貞魂不變，曹蠅比被人彈擊。次聯謂來而留宿。三聯謂只為索書，聊爾命盞。結則羨他人之各有所主，而我情無著也。或隱有所刺，如《偶題》《可歎》之類，無從定解矣。按：《白香山詩後集·閒園獨賞》自注：『因夢得所寄鸞鶴之詠，因成此篇以和之。』篇中雜排仙禽芳樹蟻蝸蝶鸞等物，以鵬鷃相去為結。義山此篇格相似。又曰：直是刺淫之作。首二句謂變貞被污，中四句歡會之景地，結則慨此類之多也。

【紀曰】此是偶然遊戲，不得以詩格繩之，然效而為之，則墮諸惡道矣。（《詩説》）　蘅齋謂山谷雅從此濫觴，未是。山谷乃彷彿蔚宗和香方也。（《輯評》）

【張曰】題詭詩纖，此偶而戲筆耳，未必有所寄託也。（《會箋》）　又曰：當時自有此一體，《白香山集》中可證。雖非正格，亦不至便墮惡趣。古人偶而弄筆，原無傷雅，特不宜專效此種也。（《辨正》）

【按】雖屬戲筆，亦自『成篇』，非僅堆砌辭藻者。此蓋寫狹邪之遊。首聯妓樓景物：蜨翻羅幕，蠅拂綺窗。次聯貴游公子鬬雞方罷，遂迴玉勒而至娼家，添燈融麝，為長夜之歡。腹聯室內陳設之華麗。末聯謂此妓樓中處處雙飛雙宿，各有其主，《偶題》『春叢定是饒棲夜』，即此意。程氏已揣知詩意，然謂一物當一妓則非。蓋此詩前六皆賦，末二方是比體。若一物一妓，則前六全不成文，且末句『鸞鳳』亦明指男女好合，非指二妓也。

代贈

楊柳路盡處，芙蓉湖上頭。雖同錦步障①，獨映鈿箜篌〔一〕②。鴛鴦可羨頭俱白，飛去飛來煙雨秋。

〔一〕「映」，朱本、季抄一作「應」。

①錦步障，見《朱槿花二首》注。

②【朱注】《風俗通》：「箜篌，一名坎侯。漢武帝令樂人侯調作坎侯。言其坎坎應節。侯，以姓冠章也。或曰：箜篌，取其空中。」以鈿飾之，曰鈿箜篌。【姚注】《說文》：「鈿，金華也。」【馮注】《漢書》：「孝武皇帝塞南越，禱祠太一、后土，始用樂人侯調，依琴作坎坎之樂，言其坎坎應節奏也。」《舊書·志》：「或云侯輝所作，謂之坎侯，聲訛為箜篌。或謂師延靡靡樂，非也。」【按】箜篌有豎、臥兩種，傳為侯調所造者係臥箜篌。此處曰「獨映」，似為豎箜篌。《舊唐書·音樂志》：「豎箜篌，……體曲而長，二十有二絃，豎抱於懷，用兩手齊奏，

俗謂之擘箜篌。』　【何曰】嫠也。（《輯評》）

【徐德泓曰】此豔情也。首二句，狀佳麗地。三四句，言相聚而不亂，故曰『雖』、曰『獨』也。末二句，即『縞衣綦巾』之意。不羨芳華，而羨白頭烟雨，是謂悦乎情，止乎禮義者。

【姚曰】此為同處而不同心者諷也。

【屈曰】起四句言咫尺萬里，故下致羨鴛鴦之白頭雙飛也。

【馮曰】是在湘中相見而不相親也，安得如鴛鴦之長相守乎？

【紀曰】小詩之最有情致者，結亦可味，但格意俱靡，不免詩餘之誚耳。（《詩説》）　格意未高。末二句喜其波峭。○微近小詞，以善於用少，故尚存古意；若衍為長篇，則靡矣。（《輯評》）

【張曰】此亦《河内》詩意。『雖同錦步障』，寫昔之烜赫；『獨映鈿箜篌』，狀今之寂寥。結歎不如鴛鴦尚可來去自由也。起用『楊柳』『湖上』是雙關法。（按：謂寓楊嗣復姓及湖州貶所）（《會箋》）

【錢鍾書曰】（元遺山）《鴛鴦扇頭》：『雙宿雙飛百自由，人間無物比風流。若教解語終須問，有底愁來也白頭。』……義山則另出心裁，《代贈》……以白頭為偕老之象而非多愁所致矣。（《談藝録補訂》）

【按】首二女主人公所居之所。三四寫其處境，言雖處富貴之家而形單影隻，獨映箜篌，寂寥自守。五六寫其欣羨鴛鴦白頭相伴，來去自由。此當為貴家姬妾空房獨守者賦。《石城》末聯曰『共笑』，此則曰『可羡』，處境不同，故笑、羡有别。『雖同錦步障』，謂其所居雖等同於施錦步障之豪奢富貴之家，姚箋『為同處而不同心者諷』，似誤解『同』為『同處』。

代贈二首

樓上黄昏欲望休〔一〕①，玉梯横絶月如鉤〔二〕②。芭蕉不展丁香結，同向春風各自愁③。

其二

東南日出照高樓④，樓上離人唱《石州》⑤。總把春山掃眉黛⑥，不知供得幾多愁⑦？

〔一〕『欲望』，才調作『望欲』。

〔二〕『月如鉤』，它本均作『月中鉤』，萬絶、才調亦同。【按】『月中鉤』無徵，且連上文謂玉梯横絶月中之鉤，亦屬不詞。

①【補】欲望休，欲遠望而還休。

②【朱注】畢耀詩：『玉梯不得踏。』枚乘《月賦》：『隱圓嵒而似鉤。』　【馮注】梁簡文帝《烏棲曲》：『浮雲似帳月如鉤。』　【按】横絶，横度。玉梯横絶，寫樓梯連接層樓之情狀。月如鉤，係登樓所見。

③【程注】《本草》：『丁香一名丁子香，生東海及崑崙國。杜甫詩：『丁香體柔弱，亂結枝猶墊。』　【補】丁香結，本指丁香之花蕾，蓋其叢生如結，故云。唐宋人詩多用之，以喻固結不解之意，此處則以之象征固結不解之愁緒。　【馮曰】彼此含愁，不言自喻。

④【程注】古詩：『日出東南隅，照我秦氏樓。』

⑤【朱注】樂府：『《石州詞》，角調曲也。』又有《舞石州》。《唐書》：『石州昌化郡，本離石郡，天寶元年更名。』　【馮注】《樂苑》：『《石州》，商調曲也。』有曰：『終日羅幃獨自眠。』　【紀曰】樂府載其詞，乃戍婦思夫之作。　【按】胡震亨《唐音癸籤》卷十三云：『中宗景龍初，知太史事迦葉志忠表稱：「受命之初，天下先歌英王《石州》。」《石州》，商調曲也。』

⑥【朱注】《西京雜記》：『文君姣好，眉色如望遠山，臉際常若芙蓉。』　【程注】《事文類聚》：『漢明帝宫人掃青黛眉。』（引自《炙轂子》）　【馮注】《東觀記》：『明德馬皇后眉不施黛。』　【補】總把，縱把。

⑦【馮曰】兼用愁眉（參《無題》『照梁初有情』）。

【楊萬里曰】五七字絶句，最少而最難工，雖作者亦難得四句全好者。晚唐人與介甫最工於此。如李義山……『芭蕉不展丁香結，同向春風各自愁。』……（《誠齋詩話》）

【陳模曰】（首章）芭蕉丁香本無〔所〕謂愁，蓋是以物為人，此皆以無為有而好者也。（《懷古録》）

【許學夷曰】商隱七言絶如《代贈》云：『芭蕉不展丁香結，同向春風各自愁。』《鴛鴦》云：『不須長結風波願，鎖向金籠始兩全。』《春日》云：『蝶銜花蕊蜂銜粉，共助青樓一日忙。』全篇較古律艷情尤麗。（《詩源辯體》）

【陸鳴臯曰】（首章）妙在『同』，又妙在『各自』，他人累言不能盡者，此以一語蔽之。（次章）結語偶然拈到，遂為詞家作俑。

【姚曰】（第一首）此即古詩人『入門各自媚，誰肯相為言』之意。（第二首）不知心大小，容得許多愁。一寸眉尖，乃載得爾許愁起，遏雲繞梁，不足言矣。

【屈曰】（第一首）望而不見，不如且休。兩地含愁，安用望為！

【紀曰】艷詩之有情致者，第二首更勝。（《詩説》）

【俞陛雲曰】（首章）前二句樓上玉梯之意，與李白之『暝色入高樓，有人樓上愁。玉梯空佇立，望斷歸飛翼（按：原詞此句作「宿鳥歸飛急」）』詞意相似，乃述望遠之愁懷。後二句，即借物寫愁，丁香之結未舒，蕉葉之心不展，春風縱好，難破愁痕。物猶如此，人何以堪，可謂善怨矣。（《詩境淺説續編》）

【張曰】二詩疑會昌元年江鄉所作。義山開成五年冬作江鄉之遊，赴燕臺湘中之約。至則其人遠去，故集中多以此事寄慨。明年會昌元年正月，始北歸，有春雪黄陵，送别劉司户之跡。此詩蓋同時所作。其人已去，而義山亦作歸計矣。前首代其人寫彼此含愁之況，後首寫己將行之悵，故曰『離人唱《石州》』也。與柳枝情事必不合矣。（《會箋》）

又曰：詩意無可顯徵，味『東南日出』語，蓋亦為嗣復貶湖致慨耳。（《辨正》）

【按】二首均寫離愁。前首寫離别前夕，不惟無心遠望賞景，且眼前之未展芭蕉與含苞丁香亦皆似含愁不解，益增離人愁緒。後首寫翌晨分别情景：日照高樓，而人唱離歌，春山眉黛，含愁正不知幾許也。前首寫雙方各自含愁，後首則專從女子着筆。詩題為『代贈』，所代者為離别中之男子，代贈之對象，則為離别中之女子。味其意致，此女子當是平康北里中人。

前首三四句移情入景，比興而兼象徵。『各自愁』之上加『同向春風』四字，愈覺音情摇曳，且將彼此脈脈含愁而相對無言情景和盤托出。

代應二首

溝水分流西復東①，九秋霜月五更風②。離鸞別鳳今何在③？十二玉樓空更空〔一〕。

其二

昨夜雙鉤敗④，今朝百草輸⑤。關西狂小吏〔二〕⑥，唯喝遶牀盧⑦。

〔一〕『更』，席本、萬絶作『復』。

〔二〕『吏』，馮引一本作『史』。

①【朱注】卓文君《白頭吟》：『今日斗酒會，明旦溝水頭。蹀躞御溝上，溝水東西流。』【程注】王褒詩：『東西御溝水。』

②【馮注】遠行之候。

③【朱注】《西京雜記》：『慶安世年十五，為成帝侍中，善鼓琴，能為《雙鳳離鸞曲》。』陶潛詩：『上絃驚別鶴，下絃操孤鸞。』【程注】李賀詩：『離鸞別鳳煙梧中。』

④【朱注】周處《風土記》：『義陽臘日飲祭之後，叟嫗兒童為藏鉤之戲，分為二曹以校勝負。』庾闡賦：『歎近夜之藏鉤，賞一時之戲望。』【馮注】雙鉤即藏鉤，詳《無題二首》（《昨夜星辰》首）。

⑤【朱注】《初學記》：『《荊楚歲時記》：「五月五日，四民並蹋百草。今人又有鬭百草之戲。」』【程注】《歲華紀麗》：『端午結廬鬬百草。』劉禹錫詩：『若共吳王鬬百草，不如應是欠西施。』

⑥【馮注】《史記·李斯傳》：『年少時為郡小吏。』按：小史，官府之役。《晉書·潘岳傳》：『孫秀嘗為小史。』此句用事未詳，皆與下句不符。

⑦【朱注】《晉書》：『劉毅於東堂聚樗蒱大擲，餘人並黑犢以還，惟劉裕及毅在後。毅次擲得雉，大喜，遶牀叫曰：「非不能盧，不事此耳。」裕因挼五木久之，曰：「老兄試為卿答。」既而四木俱黑，一子轉躍未定，裕厲聲喝之，即成盧。』【馮注】《南史·鄭鮮之傳》亦載此事，曰：『武帝得盧，毅舅鮮之大喜，徒跣遶牀大叫，聲聲相續。毅甚不平，謂之曰：「此鄭君何為者？」』按：似取盧姓，而意不可曉。【按】與『盧姓』無涉。

【姚曰】（首章）此言情人一去不來之憾。十二樓中，始猶望其不空，今則更無望矣，所謂『空更空』也。（次章）此首承前意來，言其無復念己也。

【屈曰】有詩寄人而不能答，自作代之，故曰『代應』。應即答也。（首章）從昔別起。二別後時、景。離別之後，今在何處？故末言空復空也。（次章）藏鈎既敗，鬬草又輸，已是難堪。但聞他人呼盧，何以為情！此答之意也。

【程曰】此詩前首似罷秘書為尉時作。溝水三語喻己去職眷念之情，末句喻朝無人也。次首則忤觀察將罷時作。『雙鈎敗』，喻罷秘書也；『百草輸』，喻尉又將罷也。後二語有終必求伸意。

【馮曰】舊本不分體者，皆以此（指《昨夜雙鈎敗》一首）連上首作《代應二首》也。《戊籤》則分體而互易之。今思此與上章，意雖不相同，而於《代盧家人嘲堂内》亦絶不相應（按：《戊籤》以《昨夜雙鈎敗》一首次於《代盧家人嘲堂内》之後），無可妄解，則何如仍舊本之為得歟？又曰：《代應二首》，舊本與《代贈二首》相隔各編，初不連接，即明刊分體本亦然，乃《戊籤》則緊接《代贈》之下。今詳玩詩意，殊不相對，故仍離之為是。

【紀曰】艷詞也。第一首太淺，第二首又不可解。（《詩説》）

【張曰】此亦與上詩（《楚宫》『複壁交青瑣』首）同意。『鬬西狂小吏』二句，不可解，意殆謂當時幸災樂禍者，豈指李黨中人歟？（《會箋》）又曰：前首宛轉關生，豈淺近一派耶？次首則紀氏自不能解耳。（《辨正》）

【按】代贈、代答（應）之作，為贈答詩之變體。此二首題曰《代應》，而集内無與之相應之《代贈》，二首本身亦似了不相關，遂使意緒埋没不可索解。首章似是傷離之作。一二由眼前景追憶昔日之別，三四謂離鸞別鳳，天各一方，即今十二玉樓（似指道觀）之中，惟一片空虛而已。此蓋寫與昔日相戀之女冠星離雨散後，樓空人去之慨。次章一二謂『雙鈎』『鬭草』之戲皆輸，見未得好兆，心情煩悶。三四更以關西小吏，無事喝盧之聲反托孑處閨中之無憀意緒。此『關西小吏』即女子之狂夫也。終日賭場厮混，故閨人心情煩悶無憀耳。

追代盧家人嘲堂内

道却横波字，人前莫謾羞①。只應同楚水，長短入淮流②。

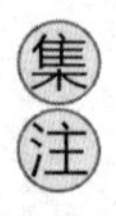

①【朱注】傅毅《舞賦》：『目流睇而横波。』【按】二句託盧家人之口吻謂其既已眉目傳情，自不必人前謾作羞澀之態。

②【胡震亨注】淮，懷也。【道源注】横波同楚水，欲其情之長也。以『淮』代『懷』，乃隱語，如古樂府『石闕銜碑』之類。【馮曰】『楚』字或寓悽楚之意。

【姚曰】『淮』字隱『懷』字。長短入淮流，豈但『渡江不用楫』哉！

【紀曰】與《魏宫私贈》二首同一小家數而更無意旨。（《詩説》）

【管世銘曰】詩中諧隱，始於古《稾砧》詩，唐賢絶句，間師此意。劉夢得『東邊日出西邊雨，道是無晴却有晴』，温飛卿『玲瓏骰子安紅豆，入骨相思知不知』，古趣盎然，勿病其俚與纖也。李商隱『只應同楚水，長短入淮流』，亦是一家風味。（《讀雪山房唐詩序例》）

【張曰】此徐幕自嘲之作。盧家，切府主姓也。……楚水，只取綯父之名。入淮流，暗點徐方。……意謂何不迴希望令狐之心，終身依恃府主乎？所謂嘲也。

【按】貴家於宴會間常出姬妾娱客，此詩似是代人（盧家人，蓋貴顯）嘲其姬妾（即堂内）之作。詩意謂既已眉目傳情，便莫在人前矜持而謾羞，只應如楚水之入淮（懷），無須顧忌也。此戲作。

代應〔一〕

本來銀漢是紅牆，隔得盧家白玉堂。誰與王昌報消息①，盡知三十六鴛鴦②？

〔一〕戊籤與『溝水分流西復東』首合題為『代應二首』。

集注

①【朱注】《襄陽耆舊傳》：『王昌，字公伯，為東平相、散騎常侍，早卒，婦任城王曹子文女也。』【馮注】梁武帝《河中之水歌》：『人生富貴何所望？恨不早嫁東家王。』洪容齋《隨筆》：『所云「不早嫁東家王」，莫詳其義。』錢希言《桐薪》：『意其人身為貴戚，出相東平，則姿儀儁美，為世所共賞可知。』按：王昌，唐人習用，崔顥云『十五嫁王昌』，上官儀云：『東家復是憶王昌』，必有事實，今無可考耳。再檢《襄陽耆舊傳》云：『昌弟式，字公儀，婦是尚書令桓階女。昌母有典教，二婦入門，皆令變服下車，不得踰侈。後階子嘉尚魏主，欲金縷衣見式婦，嘉止之，曰：「其嫗嚴，不須持往犯人家法。」』則詩之王昌必非用此，舊注引之，謬也。又互詳《水天閑話》。又按：《隋書・誠節・劉子翊傳》：『昔長沙人王毖，漢末，為上計詣京師。既而吳、魏隔絶，毖於内國更娶，生子昌。毖死後，為東平相，始知吳之母亡，便情繫居重，不攝職事。』當即東平相之王昌也，與所云昌母有典教，二婦入門之事又不相合，而總必非唐人艷體所用之王昌矣。【按】此當是別一王昌，馮説是。疑為傳説人物，不必泥。

②【道源注】古樂府《相逢行》：『入門時左顧，但見雙鴛鴦。鴛鴦七十二，羅列自成行。』此云『三十六』，純

舉雌言之。【馮注】《雞鳴》古辭：『舍後有方池，池中雙鴛鴦。鴛鴦七十二，羅列自成行。』徐曰：『《酉陽廣支》：「霍光園中鑿大池，植五色睡蓮，養鴛鴦三十六對，望之爛若披錦。」』按：徐氏所引恐未足信。李郢《戲贈詩》『聞道彩鸞三十六，一雙雙對碧池蓮』，正與此句同。朱氏謂純舉雌言之，似非也。【按】三十六、七十二，習用語，固不必深求。然此處『三十六鴛鴦』自指雌者言，連上文以意求之可也。

【王灼曰】古書亡逸固多，存於世者，亦恨不盡見。李義山絶句云：『本來銀漢是紅牆，隔得盧家白玉堂。誰與王昌報消息，盡知三十六鴛鴦。』而唐人使王昌事尤數，世多不曉，古樂府中可互見，然亦不詳也。一曰：『相逢狹路間，道隘不容車。如何兩少年，挾轂問君家。君家誠易知，易知復難忘。黄金為君門，白玉為君堂。堂上置樽酒，使作邯鄲倡。中庭生桂樹，華燈何煌煌。兄弟兩三人，中子為侍郎。五日一來歸，道上自生光。黄金絡馬頭，觀者滿路傍。入門時左顧，但見雙鴛鴦。鴛鴦七十二，羅列自成行。』一曰：『河中之水向東流，洛陽女兒名莫愁。莫愁十三能織綺，十四採桑南陌頭。十五嫁為盧家婦，十六生兒字阿侯。盧家蘭室桂為梁，中有鬱金蘇合香。頭上金釵十二行，足下絲履五文章。珊瑚桂鏡爛生光。平頭奴子提履箱。人生富貴何所望，恨不嫁與東家王。』以三章互考之，即知樂府前篇所謂白玉堂與鴛鴦七十二，乃盧家。然義山稱三十六者，三十六雙，即七十二也。又知樂府後篇所謂東家王，即王昌也。余少年時戲作《清平樂》曲，贈妓盧姓者云：『盧家白玉為堂。于飛多少鴛鴦。縱使東牆隔斷，莫愁應念王昌。』黄載萬亦有《更漏子》曲云：『憐宋玉，許王昌，東西鄰短牆。』予每戲謂人曰：『載萬似曾經界兩家來。』蓋宋玉《好色賦》，稱東鄰之子，即宋玉為西鄰也。東家王即東鄰也。載萬用事如此之工。世徒知石城有莫愁，不知洛陽亦有之，前輩言樂府兩莫愁，正謂此也。又韓致光詩：『何必苦勞魂與夢，王昌祇在此牆東。」業唱歌者，沈亞之目為聲家，又曰聲黨，又曰貢聲中禁。案：業唱歌者至此二十一字與上下文無涉，似當析出別為一條。李義山云：『王昌且在牆東住，未必金堂得免嫌。』又云：『欲入盧家白玉堂，新春催破舞衣裳。』《對雪》云：『又入盧家妒玉堂。』（《碧雞漫志》卷二）

【姚曰】有情人不得遂心，縱盡知，亦何益。

【屈曰】紅牆便是銀漢，所以隔斷玉堂，如何盡知堂内鴛鴦事哉？定當有報消息者。

【程曰】釋道源真妙解文章之味，如注前首『入淮流』、及此首『三十六鴛鴦』，皆開人穎思。此詩用意與前月夕同，特此題《代應》，明作女郎之詞，較《月夕》為稍淺耳。

【馮曰】舊本不分體者，皆以此首編上首之下。《戊籤》則因五言、七言分體，乃與《代應》二首中『昨夜雙鉤敗』互易。余初從之，今思集中一題數首，頗有異體者，況互易而意義仍不聯對，則必非也，何如仍舊之為愈乎？此與上題『家人堂内』四字頗有針鋒對答，細味自見。

【張曰】王昌消息，指子直，屢啟陳情，故盼望好音也。『本來銀漢』，喻己夙在門館也。……此章則以己本令狐舊人答之，言不能不盼其消息耳。子強見拔於衛公，本非牛黨，故所言如是。（《會箋》）

【按】此代貴家姬妾作答。謂我在盧家白玉堂中，彼王昌則居牆東，一牆之隔，便如銀漢，誰與彼王昌者報此堂内消息，以致彼『盡知三十六鴛鴦』乎？蓋前來赴宴之客，對此女子情況殊為熟悉，且頗致殷勤之意，故而女子問其『誰與王昌報消息』也。

又，李郢《贈李商隱贈佳人》（見童養年輯《全唐詩續補遺》）云：『金珠約臂近笄年，秋月嫦娥漢浦仙。雲髮膩垂香裊妥，黛眉愁入翠連娟。花庭避客鳴環珮，鳳閣持杯泥管絃。聞道彩鸞三十六，一雙雙映碧池蓮。』題内所云義山《贈佳人》詩，似與《代應》有關。録以備考。

代魏宫私贈黄初三年，已隔存殁，追代其意，何必同時，亦廣子夜吴歌之流變〔一〕①

來時西館阻佳期②，去後漳河隔夢思③。知有宓妃無限意④，春松秋菊可同時〔二〕⑤？

校記

〔一〕題下自注：『黄初三年，已隔存殁，追代其意，何必同時。亦廣《子夜》吴歌之流變。』悟抄無題注。『吴歌』，蔣本、姜本、戊籤、席本、影宋抄作『鬼歌』。『流變』，原缺『變』字，據姜本、戊籤補。

〔二〕『春松』，才調集注云：『松一作蘭。』　戊籤校曰：『用賦語「榮曜秋菊，華茂春松」，引《迷樓記》作「春蘭」者非。』季抄一作『蘭』。　【馮班曰】改『蘭』字便不通矣。

集注

①【姚寬曰】按此詩當是四年作。甄后，黄初二年，郭后有寵，后失意，帝大怒，六月，遣使賜死，葬於鄴。《洛神賦》云：『黄初三年，朝京師，還濟洛川。』李善云：『三年，立植為鄄城王。四年，徙封雍邱。其年朝京師。』又文紹云：『三年，行幸許。』又曰：『四年三月，還雒陽。』並云四年朝，此云三年，誤矣。（《西谿叢

語》）【馮注】按：《洛神賦》之為甄后事，詳《文選注》也。《魏志》：『后於黃初二年賜死。』《洛神賦序》：『黃初三年，余朝京師，還濟洛川。古人有言，斯水之神名曰宓妃。感宋玉對楚王神女之事，遂作斯賦。』自注『已隔存殁』云云，蓋以有託而言，原非實録，不足拘存殁之迹也。《樂府》有《子夜變歌》，故云流變。【按】曹植《贈白馬王彪詩序》云：『黃初四年五月，白馬王、任城王與余俱朝京師。』亦云四年朝京師，然李善注又曰：『一云《魏志》三年不言植朝，蓋《魏志》略也。』故亦有以為三年不誤者。代魏宮私贈者，代甄后宮人私贈鄄城王曹植，以明甄后之心跡也。

②【朱注】《魏志·陳思王傳》：『黃初二年，植貶爵安鄉侯，改封鄄城侯。四年來朝，帝責之，置西館，未許朝，上《責躬》詩。』

③【朱注】《水經注》：『魏武引漳流自城西東入，逕銅雀臺下。』

④【馮注】《史記索隱》：『如淳曰：宓妃，伏羲女，溺死洛水，遂為洛水之神。宓音伏。』

⑤【朱注】《洛神賦》：『榮曜秋菊，華茂春松。』

【賀裳曰】末二語意已見于序中，不必復見于篇中。且贈詩只四句，又以兩句説作詩之意，詩意不盡，且註解又蛇足可厭。雖名家，吾不能緘口。（《載酒園詩話又編》）

【姚曰】果係有情人，何必同時！生生世世當相值耳。

【屈曰】來阻佳期，去隔夢思，今已無時矣。然如果有意，春松秋菊猶可同時，尚未晚也。

【馮曰】義山自有艷情誣恨，而重疊託意之作。代贈代答，如《代盧家人》之類。宓妃取洛中之地。曰『來時』，曰『去後』，明有往來之跡，而兩情不得合也。曰『已隔存歿』『何必同時』，謂一死一生，情不滅而境永隔也。

【鄧廷楨曰】况《洛神賦》作於黄初三年，時丕即位已久，安得如詩所云耶？史稱李商隱博聞彊記，豈不知此？蓋詩人緣情綺靡，有託而言，政不必實事求是也。（《雙硯齋筆記》）

【潘德輿曰】子桓日夜欲殺其弟，而子建乃敢為《感甄賦》乎？甄死，子桓乃又以枕賜其弟乎？揆之情事，斷無此理。義山則云：『宓妃留枕魏王才。』又曰：『來時西館阻佳期，去後漳河隔夢思。』又曰：『宓妃漫結無窮恨，不為君王殺灌均。』又曰：『宓妃愁坐芝田館，用盡陳王八斗才。』又曰：『君王不得為天子，半為當時賦《洛神》。』文人輕薄，不顧事之有無，作此讕語，而又喋喋不已，真可痛恨；作詩者所當力戒也。（《養一齋詩話》）

【張曰】此二首（連下《代元城吴令暗為答》）皆為柳枝而作。『來時』句叙洛中之别，即《柳枝序》所謂『不果留』，故曰『阻佳期』也。『去後』句叙為東諸侯取去之恨。漳河在洛東，所謂東諸侯者，其指河北乎？題曰『魏宫』，蓋亦有寓意也。『春松』比其人之貴，『秋菊』比己之賤，一炎一凉，安可同時而語？此二句問之之詞。

（《辨正》）

【按】詩代魏宫人私贈曹植，以明甄后之情意，亦慰曹植之傷感。前二句謂君王來朝京師，因受責處於西館，致阻佳期；君王去後，漳河阻隔，夢魂亦復難越。皆極言阻隔之恨。後二句謂君王果知宓妃（甄后）無限情意，則雖一為春松，一為秋菊，不並時而生（暗切題注『已隔存殁』），亦何礙情愫之相通乎？可同時，即『何必同時』之意。蓋言雙方果有真摯愛情，自可越時空、超生死，不必同時。《洛神賦》中有『恨人神之道殊』之語，故以春松秋菊何必同時慰之。餘詳下首箋。

代元城吳令暗為答①

背闕歸藩路欲分②，水邊風日半西曛〔一〕③。荊王枕上元無夢，莫枉陽臺一片雲④。

〔一〕「日」，才調作「物」。「曛」原作「醺」，據蔣本、朱本、萬絶改。

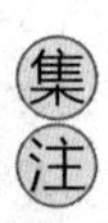

①【朱注】《魏志》：「吳質，字季重，濟陰人，以文才為文帝所善。出為朝歌長，遷元城令，封列侯。」

②【朱注】《洛神賦》：「余從京城，言歸東藩。背伊闕，越轘轅。」

③【朱注】《洛神賦》：「日既西傾，車殆馬煩。」

④【朱注】《寰宇記》：「巫山縣西有陽臺古城，即襄王所遊之地，亦曰陽雲臺，高一百二十丈，南枕長江。」《西谿叢語》：「楚襄王與宋玉遊高唐之上，見雲氣之異，問宋玉，玉曰：「昔先王夢遊高唐，與神女遇，玉為《高唐賦》。」先王謂懷王也。玉是夜夢見神女，寤而白王，王使為《神女賦》。後人遂言襄王夢神女，非也。」愚按：宋

玉作賦，本假夢為詞，即懷王亦豈真有夢乎？西谿此辨尚是囈語。【程注】沈佺期《巫山高曲》：『徘徊作行雨，婉孌逐荆王。』王維詩：『願作陽臺一段雲。』【馮注】宋玉《高唐賦序》：『楚襄王與宋玉遊雲夢之臺，望高唐之觀，其上雲氣變化無窮。王問玉，玉曰：「所謂朝雲者也。先王嘗遊高唐，怠而晝寢，夢見一婦人，曰：妾巫山之女也，為高唐之客，聞君遊高唐，願薦枕席。王因幸之，去而辭曰：妾在巫山之陽，高邱之岨，旦為朝雲，莫為行雨，朝朝莫莫，陽臺之下。旦朝視之，如言，故為立廟，號曰朝雲。」』《神女賦序》：『襄王使玉賦高唐之事。其夜王寢，果夢與神女遇，其狀甚麗。明日，以白玉，玉曰：「其夢若何？」王曰：「見一婦人，狀甚奇異，寐而夢之，寤不自識，於是撫心定氣，復見所夢。」玉曰：「狀何如也？」王曰「茂矣，美矣」，云云。王曰：「若此盛矣，誠為寡人賦之。」玉曰：「唯唯。」』按：《高唐賦》先追賦懷王事，末云『王將欲見之，必先齋戒』，是謂襄王欲見之也。《神女賦》『王果與神女遇』，『將』字『果』字，上下鉤通。玉先問『其夢若何』者，問王所夢為何事也。王告以見一婦人，而怳若復見所夢，玉乃重問『狀何如』也，而王重答之，既畢，王又曰：『若此盛矣，試為賦之。』其又加『王曰』二字者，正以見色之盛，而命其極意形容也。經書中頗多此例，乃沈存中《筆談》、姚寬《西溪叢語》謂是宋玉夢神女，『玉』與『王』字當互易。至張鳳翼刊《文選》，遂刻為玉夢，妄刪去『果』字。今汲古閣初刊本尚有『果』字，而評者又堅守沈、姚之謬説，總以又加『王曰』為疑，恐後來刊本皆仍其誤矣。因朱氏采之以疏『元無夢』句，故詳引而辨正之。惟朱曰：『宋玉假夢為辭，即懷王亦豈真有夢乎？』斯言則圓通矣。程氏又疑夢皆是懷王，而自古誤作襄王，亦疏也。

【胡震亨曰】宋姚寬云：『詳詩意，甄之贈有情，吳代答無情。豈以質史稱其善處渠家兄弟間，故託之為子桓解

嘲歟？』愚謂甄贈恨阻隔不得同，宓妃意似妬之，故是情語；吴代答實其非夢宓妃，有不必妬也者，尤深於情之辭，可第云無情哉？必須為子桓解嘲，子桓當日亦自無贈枕事矣，説得無稍迂乎？《高唐賦》古本元是玉夢神女，非襄王夢，故用之。

【錢龍惕曰】《洛神賦注》：《記》曰：魏東阿王，漢末求甄逸女，既不遂，太祖回，與五官中郎將，植殊不平，晝思夜想，寢食俱廢。黄初中入朝，帝示植甄后玉鏤金帶枕，植見之，不覺泣，時已為郭后讒死，帝意亦尋悟，因令太子留宴飲，仍以枕賚植。植還度轘轅，少許，時將息洛水上，思甄后，忽見女來，自云：『我本託心君王，其心不遂，此枕是我在家時從嫁，前與五官中郎將，今與君王。』遂用薦枕席，懽情交集。（又云：）『豈常辭能具，為郭后以糠塞口，今被髮，羞將此形貌重睹君王爾。』言訖，遂不復見所在。遣人獻珠於王，王答以玉珮，悲喜不能自勝，遂作《感甄賦》。○王銍《默記》：裴鉶《傳奇》曰：陳思王《洛神賦》，乃思甄后作也，然無可疑。李商隱詩曰『君王不得為天子，半為當時賦《洛神》』是也。賦曰：『怨盛年之莫當，抗羅袂以掩涕兮，淚流襟之浪浪。』李善注曰：『盛年，謂少壯之時不能當君王之意。此言感甄后之情善已。』言感甄后之情，則此事益明，然謂少壯之時不能當君王之意則誤。按甄后自為袁熙妻，而魏文帝為五官中郎將，平袁氏，納甄后，至即位之二年黄初二年，而甄后被殺，時年二十餘。而甄后死之年，文帝已三十六矣。文帝在位七年，年四十，於黄初七年乃崩，即黄初二年年三十六可驗。故賦謂『恨人神之道殊，怨盛年之莫當』者，意非文帝匹敵，及年齡之相遠絶故也。此有深旨。僕考之舊事，知其明甚。《世説》云：甄慧而有色，先為袁熙妻，甚獲寵。曹公之屠鄴也，疾召甄，左右白五官中郎將已將去，公曰：『今年破賊，正為此奴。』云云。故孔融聞五官將納熙妻也，以書與曹公曰：『武王伐紂，以妲己賜周公。』太祖以融博學，謂書傳所記。後見問，對曰：『以今度古，想其然也。』繇是觀之，不獨兄弟之嫌，而父子之争，亦可醜也。又按《洛神賦序》云：黄初三年，予朝京師，還濟洛川。古人有言，斯水之神，名曰宓妃。感宋玉對楚王神女之事，遂作斯賦。而《魏志》曰：黄初二年，甄夫人卒。乃甄后死後一年作賦也。故此賦託之鬼神，有曰『洛靈感焉』，又曰『悼良會之永絶，哀一逝而異鄉』，又曰『忽不悟其所舍，悵神霄而蔽光』，又曰『冀靈體之復形，御輕舟而上遡』，皆鬼神死生之語也。《魏志》曰：植幾為太子數矣，而任性而行，不自雕勵。又黄初二年，監國謁者灌均希旨奏植醉酒悖慢，劫脅使者，有司請治罪。帝以太后故，貶爵安鄉侯。詔曰：『朕于天下，無所不容，况植乎？』按此皆甄后死之年也。惟李商隱詩再三言之，有《涉洛川》詩：『通谷陽林不見人，我來遺恨古時春。宓妃漫結無窮恨，不為君王殺灌均。』注曰：灌均，陳王之典籤，譖王于文帝者。又有《代魏宫私贈》詩云云。李義山最號知書，必有據耳。○《魏略》曰：吴質，字季重，以才學通博，為五官將及諸侯所禮愛，質亦善處其兄弟之間，若前世樓君卿之游五侯矣。及河北大定，以大將軍為世子，質與劉楨等並在坐席，楨坐譴之際，質出為朝歌長，後遷元城令。

【朱曰】此詩為《洛神》辨誣，明思王感甄之説未足深信。

【陸鳴皋曰】此假吴質答詞，以明陳思宓妃之事為虚，並《高唐》之賦亦誕，而且為己詩作注脚也。

【姚曰】贈意言不必同時，答意言未嘗入夢。詞愈淡，情愈深矣。

【屈曰】此玉谿自答所知，借古事發今意。舊解為陳思辨誣，亦夢中説夢。

【紀曰】此詩（按包括上首及本篇）辨感甄之誣，立意最為正大，然何不自為絶句一章，乃代為贈答，落小家窠臼也。曹唐《遊仙》之作正濫觴于此種耳。問代為問答為小家數矣，若淵明之《形》《影》《神》三首非設為問答乎？曰彼是懸空寄意，其源出于《楚詞》之設為問答，故不失大方，此則黏著實事，代古人措詞矣。羅隱《謁文宣王廟》詩至于《代文宣王答》一首，千奇萬狀，流弊亦何所不有乎？故論詩宜防其漸，不得動以古人藉口也。（《詩説》）　『背闕』二字割裂。（《輯評》）

【姜炳璋曰】魏宫者，魏宫人也。托為甄后既死，宫人知其事者以詩贈植，言能知宓妃之意，不必相見，亦甚相親。次章托為吴令知其事，暗為子建答宫人云：我本無夢，莫枉作陽臺雲雨，以亂人意。蓋拒之之詞。自古詩人論甄后者，此得其正。○甄氏，甄逸女，有殊色，初適袁紹子熙，為操所虜，丕納之，生子叡，是謂魏明帝。夫丕既納甄生子，植何為思之？甄既譖死，丕知植意，以枕賜之，甄復見夢，懷八斗才者遂為《感甄》之賦，明帝更名為

《洛神》。嗚呼！兄弟夫婦間可謂不知廉耻事矣。從古詩人，津津豔稱之，殆以菉資為香草乎？予嘗有一絶云：『小苑殘花度遠津，玉昆相對醉芳春。蕭郎絶代風流客，底事尋香及《感甄》？』

【張曰】《柳枝詩序》：『為東諸侯取去。』唐時洛陽以東，魏鎮諸地也。此二詩（連上首）為柳枝作。『背闕歸藩』，義山自喻。時赴桂管，先至洛下，追感舊歡，假以寫怨。《偶成轉韻》所謂『東郊慟哭辭兄弟』，正此時矣。自注云云，蓋有託而言，不足拘存殁之迹也。（《會箋》）　又曰：代贈、代答，唐人集中極多，未必便為小家。且此二首玉谿借古以寓慨，非實為『感甄』辨誣也，更不得以代贈、代答、戲作體例之。『背闕』只取違背闕廷意，不必附會伊闕，病其割裂也。紀氏貌作解人，實則無一語中肯綮，讀者不可不辨。○『背闕歸藩』即《洛神賦》『余從京城，言歸東藩』二句意，注家兼引『背伊闕』句，紀氏亦誤詆之，可發一笑。○『背闕歸藩』指柳枝為東諸侯取去，自洛京赴任所亦可。『路欲分』謂彼此分阻也。『水邊』句想其冷落道途之態，非自謂也。若解作自謂，則與前首犯複矣。○『背闕歸藩』，謂已由洛京入朝。『水邊風日』，正日暮相思之詞。『荆王』二句，言其人本不知重色，勸其莫枉用情也，妬情可想。以洛神寄意，切柳枝洛中里娘耳。○義山大中元年隨鄭亞赴桂，曾先至洛中，詩中『背闕歸藩』正指其事。仍係義山自謂，與前首不複也。（《辨正》）

【沈祖棻曰】細看李商隱這兩首詩，就可以發現無論在立意、用典、措詞各方面，都有許多與事實和傳説矛盾的地方。關于甄后與曹植之間有曖昧關係的傳説本來就純屬臆造，但詩人却又把這個傳説加以改動，將男女雙方互愛，變為女方單戀，這就與《洛神賦》的主題全然無關了，雖然詩中還是沿用了賦中一些語言和形象。同様，他也把《高唐》《神女賦》中楚懷王與巫山神女故事説成是女方一厢情願。其次，魏代漢後，魏都已由鄴遷洛陽，甄后當然也住在洛陽，而詩却説『漳河隔夢思』，既與事實不符，也與上句『西館阻佳期』對不上號。再如賦以春松秋菊形容洛神，意在説明她無時不美艷動人，而詩則側重於兩者之『可同時』。賦中伊闕，本是山名，而詩則同時用作宫闕、城闕之意。背闕，即曹植《贈白馬王彪》中『顧瞻戀城闕』。這都只用其字面，而没有用其本意。凡此種種，都説明了這兩首詩，并非如某些注家所説，是為了批駁那個荒誕的傳説，而是借題發揮，來記録自己生活中一段不適宜於十分公開的經歷。因此，詩人對於史實、傳説、地理以及原作中的形象和語言都任意加以靈活運用，不甚顧到它們的真實性和準確性了。（《唐人七絶詩淺釋》）

【按】此首代擬元城令吴質對魏宫人贈詩之回答，詩意與贈詩針鋒相對。一二句用《洛神賦》語叙述曹植離京歸國途中情景，係承贈詩『去後』而言。三四針對贈詩中『隔夢思』『無限意』，謂君王（曹植）枕上原無雲雨巫山式之歡夢，宓妃且莫枉作陽臺一片雲也。要言之，贈詩極表宓妃阻隔相思之情意，答詩則明言君王之無意。沈氏自立意、用典、措詞諸方面證明此二首係借題發揮之作，頗可信。贈詩題注明言『黄初三年，已隔存殁（甄后已殁，曹植猶存）』，然追代其意，雖男女雙方不同時並世，亦屬無妨，已將借端寄寓之微意透出。然所托之具體情事，則無從考證。吴質與曹丕之關係遠較與植親密，答詩係代吴質，亦不可解。二詩所反映之生活，似為貴家姬妾與風流文士間之某種情緣，是否作者親身經歷，亦頗難臆測。

東阿王①

國事分明屬灌均②，西陵魂斷夜來人〔一〕③。君王不得為天子④，半為當時賦《洛神》⑤。

校記

〔一〕『夜』原作『斷』，據姜本、席本、朱本改。

①【朱注】《魏志》：『明帝太和二年，植復還雍邱。三年，徙封東阿。』【馮注】又：『（太和）六年，以陳四縣封為陳王，遂發疾薨。』

②【朱注】《魏志》：『（文帝即王位）植與諸侯並就國。黄初二年，監國謁者灌均希旨，奏植醉酒悖慢，劫脅使者。有司請治罪。帝以太后故，貶爵安鄉侯。』

③【朱注】《鄴都故事》：『魏武帝遺命諸子曰：「吾死之後，葬於鄴之西崗。婕妤美人，皆著銅雀臺上，施六尺牀，下繐帳。朝晡上酒脯粻糒之屬。每月朔、十五，輒向帳前作伎樂。汝等時登臺，望吾西陵墓田。」』【馮注】江淹《恨賦》：『一旦魂斷，宫車晚出。』【補】《三國志·魏志·陳思王傳》：『善屬文，……時鄴銅雀臺新成，太祖悉將諸子登臺，使各為賦。植援筆立成，可觀，太祖甚異之。……每進見難問，應聲而對，特見寵愛。』句意謂植受讒被廢，使魏武魂斷心傷也。『夜來人』即指魏武，猶李賀《金銅仙人辭漢歌》『茂陵劉郎秋風客，夜聞馬嘶曉無迹』也。

④【朱注】《魏志》：『植既以才見異，丁儀、丁廙、楊修等為之羽翼，太祖狐疑，幾為太子者數矣。而植任性而行，不自雕勵。文帝御之以術，矯情自飾，宫人左右並為之説，遂定為嗣。』

⑤【補】《洛神賦序》：『黄初三年，余朝京師，歸濟洛川。古人有言，斯水之神，名曰宓妃。感宋玉對楚王説神女之事，遂作斯賦。』

【陳模曰】此詩若言子建不合為麗美之詠，其實有以誅子建之心也。蓋賦《洛神》者，乃託意詠其嫂甄氏也，即袁尚之妻，曹操索之，而已為五官中郎將持去者，魏文帝甄后也。以嫂氏而子建屬意之，則其為人可知。曹操初焉不以天下與之，雖未必如此。然以此觀之，則不得為天子者，亦未為過也。故但言『半為賦《洛神》』，半之為言託辭也。此皆冷語打隔諢而好者也。（《懷古録》）

【吴喬曰】後二語似有悔婚王氏之意。夫婦不及十年，甥舅不滿一年（按此説誤，詳年表），而竟致一生顛躓，此種情事，出於口則薄德，而意中不無輾轉，故以不倫之語誌之乎？若論故實，丕為世子，在建安一十二年，子建賦《洛神》，在黄初三年，相去十五年也。唐人作詩，意自有在，或論故實，或不論故實。宋人不解詩，便以薛王、壽王同用譏刺義山，何異農夫以菽麥眼辨朱草紫芝乎？（《西崑發微》）

【姚曰】王之被廢，固以讒人媒孽，然如感甄一賦，筆墨不檢，亦有以致之。此首當與《涉洛川》一首參看。

【屈曰】東阿被灌均之讒，魏武泉下應悔不立子建也。後二句言多才之累遂至此耳。○魂斷夜來人乃用卞后罵曹丕『狗彘不食其餘』事。

【程曰】此詩必非無為而作。稽之時事，又與當世之諸王無關。以意逆之，仍自喻耳。己善屬詞，陳思亦善屬詞；己好為《無題》之詩，陳思王亦曾為《洛神》之賦，故借端以寫本懷。唐人如元微之、白香山嘗為艷冶之語，杜牧之尚且病其淫哇，以為恨在下位，不能治之以法。然則義山之近於淫哇者殆有甚焉，當世豈無謗之者耶？考唐末李涪著《刊誤》一書中有《釋怪》一篇，專譏義山，以為無一言經國，無纖意奬善。即此觀之，必多詬詈，官之不進，當由於此。故以陳思之受讒於灌均，猶己之被譏於時流；陳思之不能為嗣，或由於《洛神》一賦，猶己之不得服官，或根於《無題》諸詩，乃此篇之微旨也，與前詩（指《涉洛川》）『不為君王殺灌均』同也。或曰：以洛神為比者，自喻其娶王茂元之女，以見惡於黨人。其説亦有思致。

【徐曰】《東阿王》作，謂文宗疑安王與賢妃有私而不得立也。……若論故實，則丕為世子在建安一十二年，植賦《洛神》相去十五年矣，歲月懸殊，謂之詠史可乎？

【馮曰】《東阿王》一首，或以西陵指文宗，夜來人指楊賢妃，謂文宗崩後，賢妃尋被害，故云魂斷也。東阿王似指安王，謂其親於賢妃，致斯讒害也。此視徐氏之解較近理，然只解一章，餘難全通，總未可定。

【紀曰】自寓之作，小有意致耳，亦無大佳處。（《詩説》）

【丁晏曰】義山此詩，殆以感甄為真有其事耶？然當時媒孽之辭、讒誣之語，《洛神》自仿楚《騷》，于甄何與？辨見本賦篇下。義山又有詩云：『宓妃留枕魏王才。』亦用甄后賚枕事，何義門已辨之矣。（《曹集銓評》）

【張佩綸曰】玉溪生《東阿王》詩：『國事分明屬灌均，西陵魂斷夜來人。君王不得為天子，半為當時賦《洛神》。』又，《涉洛川》詩意亦同此，以宓妃比楊妃，以東阿比陳王，以灌均比中人，意甚明白。徐注誣賢妃有私，已傷忠厚。馮浩謂別有豔情，尤屬支離。似此穿鑿，詩之魔障更多，可謂玉溪罪人矣。（《澗于日記》）

【張曰】此二篇（連下《涉洛川》）馮氏均斷為艷情，然宓妃、洛神以比所思可也，安有顯以君王天子自喻者？且柳枝為東諸侯取去，不聞有讒之者，則灌均何所指？近閲張穆《閻百詩年譜》載百詩《毛朱詩説》曰：『近日吴喬先生共余讀李商隱《東阿王》詩，説曰……此解可謂妙絶千古，發端一語，已道令狐之當國矣。』……此條解詩，似較馮説警策；然以君王天子自比，愚意終覺未安，且以灌均比令狐，亦不妥。惟徐湛園云：『《東阿王》作，謂文宗疑安王與賢妃有私，而不得立也。《涉洛川》作，謂楊賢妃不勸文宗殺仇士良，而反受其害也。』似為近之。但安王之不立，發自李珏，史傳於安王母事賢妃外，固未嘗有他語也，安可千載後加古人以莫須有之事哉！竊謂不如闕疑，或直作詠古看，無庸深解也。（《會箋》）

【按】首句言曹植受曹丕之猜忌，藩國之事分明操縱於監國謁者灌均之手，處境極為狼狽，形同纍囚。次句想像魏武亡靈，夜來亦為之『魂斷』，二字中兼包傷感、憐惜、追悔等複雜情緒。三四乃就曹植之遭遇抒發感慨，謂其政治上之失敗，半緣其賦《洛神》之故。《洛神》一賦，最見植之多才與浪漫，而封建社會中，此類人物例多招忌見讒，被認為輕薄不堪重任。作者對曹植失敗原因之解釋，雖不符史實，然並不悖事理。

義山非不諳故實者。以時間先後顯然錯訛之事發抒議論，必非泛泛詠古，而當另有寓慨。諸家歧見雜出，或牽合安王溶、楊賢妃事以實之，固與『賦《洛神》』之語全然無涉；即謂義山有悔婚王氏之意，亦與『賦《洛神》』未能切合。蓋《洛神》一賦，實借人神相遇慕悅而不能交接，寄寓作者政治上有所追求而不能遂願之感慨，其性質最近於義山託艷語以寄寓身世之感之《無題》詩。程氏據李涪譏義山『無一言經國，無纖意奬善』之語，謂此詩係借慨『己之不得服官，或根於《無題》諸詩』。參以義山『南國妖姬，叢臺妙伎，雖有涉於篇什，實不接於風流』（《上河東公啟》）之聲明，與應宏博試時中書長者『此人不堪』之譏訶，程説不為無見。義山坎壈失職，沉淪廢棄，自有更深刻之社會政治原因，然其託艷情寄慨之作，或遭誤解，或成為毀謗者攻擊其人品之口實，或因其怨嗟不遇而益遭當權者之忌，均屬可能。才命相妨之慨，遂借『君王不得為天子，半為當時賦《洛神》』此種恍若不經之議論發之。諸家多以義山不至以君王天子自喻而疑其非自寓之作，然借端寄慨，本無取於形跡之比附，義山非以陳思自喻，乃借陳思抒慨，以意逆志，得意忘言，何必泥於『君王』『天子』之言辭乎？

涉洛川

通谷陽林不見人①，我來遺恨古時春。宓妃漫結無窮恨②，不為君王殺灌均③。

①【朱注】《洛陽記》：『城南五十里有大谷，舊名通谷。』《洛神賦》：『經通谷，陵景山。』又曰：『容與乎楊林，流眄乎洛川。』善曰：『楊林，地名，多生楊，因名。』五臣本作陽。

②【朱注】《洛神賦》：『恨人神之道殊，怨盛年之莫當。』

③【原注】灌均，陳王之典籤，譖諸王於文帝者。【按】灌均譖曹植事已見上首注。

【《輯評》墨批】甄后何能殺灌均，而以此望之，其意必有所指。

【姚曰】甄以讒死，植以讒廢，故云。

【屈曰】自寫被讒之恨也。

【程曰】此亦為自己身世而發。當時見憾於綯，必有萋菲之徒使之，故以灌均為喻。玩『我來遺恨』四字可見。

【徐曰】《涉洛川》作，為楊賢妃不勸文宗殺仇士良，而反受其害也。（馮箋引）

【馮曰】以上四章（指《代魏宮私贈》《代元城吳令暗為答》《東阿王》《涉洛川》），命意未曉。余初因徐氏之説而徵之《舊新書・紀、傳》、《通鑑》，曰文宗多疾無嗣，楊賢妃嘗請以安王為嗣。及仇士良立武宗，欲歸功於己，乃發安王舊事，故二王與賢妃俱死。餘詳《曲江》詩箋。《新書・安王傳》云亡其母之氏位，《舊傳》云母楊賢妃，蓋妃欲以為太子，故安王以母事妃，傳文疏略耳。陳王成美，敬宗第六子，開成四年十月以為皇太子。五年正月，宰相李玨、知樞密劉弘逸欲奉太子監國；中尉仇士良、魚弘志矯詔迎潁王為皇太弟，言太子幼冲，復為陳王。文宗崩，仇士良說太弟賜賢妃與二王死。徐氏之意，謂發安王舊事者，不僅欲為太子之事，而更有被誣也。夫安王為文宗弟，而妃請以為嗣，固易招謗議矣。觀武宗曰：『楊嗣復勸妃：姑姑何不效則天臨朝？』崔珙等曰：『此事曖昧，真虛難辨。』帝又曰：『向使安王得志，我豈有今日？』則其時讒口波騰，可以想見。故以詩之《代魏宫》《代元城吴令》，謂以文帝寓文宗，而諸篇句皆為之辨冤訴恨，不能為厲鬼殺中官也。所解頗似深切，及今反覆玩味，而决其必不然矣。夫安王之不立，由謀於李玨，非文宗有疑於賢妃也。當甘露變後，宦官勢益盛，猜忌益深，妃安能勸文宗殺士良也？閹寺擅權，肆口誣衊，寧復有所隱忍？而史文於安王母事賢妃之外，一無他語也。文宗恭儉之主，雖寵賢妃，仍謀宰輔，其内政克修，毫不聞有倖恣，何可於數千載下妄加揣誣，大傷忠厚哉！況當現有陳王成美之時，而反引古之陳王以比今之安王，亦太淆混，皆必非也。蓋義山自有艷情誣恨，而重疊託意之作，代贈代答，如《代盧家人》之類。宓妃取洛中之地，曰『來時』，曰『去後』，明有往來之跡，而兩情不得合也。曰『已隔存歿』，『何必同時』，謂一死一生，情不滅而境永隔也。曰『我來遺恨古時春』，是重經洛中，追恨舊事也。『灌均』必指府中用事之人而被其指摘者。陳思王則以才華自比，《可嘆篇》云『宓妃愁坐芝田館，用盡陳王八斗才』，可以取證也。此解方得其情，與《曲江》《景陽井》絶不可同。前説似是而實謬，特贅列而明辨之，後人無再滋疑焉。又曰：四章必非一時作，但本無可編，彙列於此。

【紀曰】傷讒之作，第二句露骨，遂并後二句亦微病于直。（《詩説》）『恨』字複。（《輯評》）

【按】此詩用賦體，與前三首託為代贈、代答、詠古者不同，蓋涉洛川而憶陳思、宓妃之事，有感而作也。『我來遺恨古時春』一句，已將作者弔古傷今，託古寓慨之意點出。而『遺恨』之具體内容，即所謂『宓妃漫結無窮恨，不為君王殺灌均』是也。《東阿王》猶將讒人之陷害與『賦《洛神》』並提，此則專就被讒一端抒發感慨。姚、屈、程、紀四家，所見略同，可從。此類但託古事而深致疾讒之意，不必即以曹植自喻，更不必已亦有曹植、甄后之事也。灌均亦讒人之泛指，不必求其人以實之。作者身世沉淪，遭讒被毁之事不止一端，故深疾讒譖之徒焉。

代董秀才却扇①

莫將畫扇出帷來，遮掩春山滯上才②。若道團圓是明月〔一〕③，此中須放桂花開④。

校記

〔一〕『是』，朱本作『似』。

集注

①【朱注】《通鑑》：『中宗戲竇從一，以老乳母王氏嫁之，令從一誦《却扇》詩數首。』注：『唐人成婚之夕，有《催粧》詩、《却扇》詩。』【馮注】唐封演《聞見録》：『近代婚嫁，有障車、下壻、却扇及觀花燭之事。』【按】古代婚禮，新婦行禮時以扇障面，交拜後去扇，稱『却扇』。庾信為梁上黄侯世子與婦書：『分杯帳裏，却扇牀前。』

②【朱注】何遜《看伏郎新婚》詩：『何如花燭夜，輕扇掩紅妝？』【馮注】春山謂眉，屢見。沈約《詠月》：『西園遊上才。』【按】滯上才，謂使上才（指董秀才）詩思滯澀，不得為《却扇》詩。此二句極稱新婦

之美。

③【馮注】班婕妤《怨歌行》：「裁為合歡扇，團圓似明月。」

④【補】傳説月中有桂，故云。

【姚曰】説意話脱。

【屈曰】就明月生意，趁水和泥，敏妙。

【紀曰】太巧便是小品。（《詩説》）

【張曰】此種詩唐人頗多，集中偶一為之，亦自可喜。（《辨正》）

【按】本屬戲作，小巧弄筆，亦自不妨。「明月」指扇，「桂花」從「明月」生出，「放桂花開」，謂却扇而使新婦露面，而新婦之香潔美艷自見。似亦兼寓桂花高第之祝願。

促漏

促漏遥鐘動靜聞，報章重疊杳難分〔一〕①。舞鸞鏡匣收殘黛②，睡鴨香鑪換夕熏③。歸去定知還向月〔二〕，夢來何處更為雲④？南塘漸暖蒲堪結⑤，兩兩鴛鴦護水紋。

〔一〕『杳』，季抄、朱本一作『字』。

〔二〕『定』，蔣本作『豈』。

①【朱注】《唐書》：『内宮有掌書三人，掌符契經籍，宣傳啟奏。』杜甫詩『宮女開函近御筵』是也。【陸曰】不必定指章奏。【紀曰】報章自用《毛詩》語。【按】陸紀説是。《詩·小雅·大東》：『雖則七襄，不成報章。』報，往來；章，織錦成文。韋迢《早發湘潭寄杜員外院長》詩：『相憶無南雁，何時有報章？』此報章即指酬答之書信或詩文。朱注所引非此詩『報章』之意。

②【馮注】黛，《説文》作『黱』，畫眉也。《楚詞·大招》：『粉白黛黑。』又『青色直眉。』餘屢見。

③【朱注】李賀詩：『深幃金鴨冷。』【馮注】《香譜》：『塗金為狻猊麒麟鳧鴨之狀，空其中以然香。』【何曰】二句自朝至夕。（《輯評》）

④【朱注】《淮南子》：『羿請不死之藥于西王母，姮娥竊之奔月。』【何曰】王金枝《子夜歌》：『懷情入夜月，含笑出朝雲。』（朱）注非是。（《輯評》）【按】『夢來』句用巫山神女事，屢見。『歸去』句非用嫦娥奔月事，還向月，指對月懷想。

⑤【朱注】樂府《西洲曲》：『採蓮南塘秋。』李賀《樂詞》：『官街柳帶不堪折，早晚菖蒲勝綰結。』【馮注】《說文》：『蒲，水草，可以作席。』《續述征記》：『烏常沉湖中，有九十臺，皆生結蒲，云秦始皇遊此臺，結蒲繫馬。自此蒲生則結。』

【郝天挺曰】此篇擬深宮怨女，恨不如禽鳥猶有匹也。（《唐詩鼓吹注》）

【高棅曰】此詩擬深宮怨女而作。（《唐詩品彙》）

【顧璘曰】此篇中聯，轉不堆積。蓋初聯夕景，次聯言人事，不曉何故作一結如此。（《唐詩選脈箋釋會通評林引》）

【陸時雍曰】濃郁，結語佳。（《唐詩鏡》）

【道源曰】（後四句）言縱如姮娥入月，終是獨居；神女為雲，徒成幻夢。豈若南塘之鴛鴦長匹不離哉？

【賀裳曰】末句郝所言得之。第三聯解亦未是，『向月』『為雲』，言不可蹤跡。合前後觀之，總一傷離惜別之詞。非義山集中之勝。（《載酒園詩話》卷一）

【朱彝尊曰】作閨思解何其明了，而必曰宮怨也？

【錢良擇曰】高棅謂此詩擬宮怨而作，其說甚迂。（末句）言姮娥、神女皆不如水鳥之長匹不離也。

【程湘衡曰】此與《深宮》詩同意，故用向月、為雲事，謂只宜向月，更不得為雲也。落句似暗用甄后『蒲生我池中』詩語。（殷元勳《才調集補注》引）

【胡以梅曰】代宮人吟怨曠也。促漏，言漏之易過，漏刻投籤，宮中之事，遙鐘外來，已見宮殿深沉，上四字便有宮中神情，難移別處。『動静聞』者，言其相續不斷。而報章重疊，至尊一時難即裁决，所以久侍御筵，夜深方退。收殘黛而改妝，换爐香以薰夕。鸞鏡傷孤也，睡鴨欲眠也。歸去，是從侍御初罷時動念；夢來，從將睡時作想。如嫦娥之獨處，無襄王之入夢。『豈知』『何處』皆怨之辭，深宮之苦有如是，以視人間南塘遊玩、各有匹耦之樂為何如哉？

【《唐詩鼓吹評注》】此言宮女之怨。當漏促鐘遥之際，動静皆聞。君起視朝，奏章重疊，不暇來幸矣。前此收殘黛而加新飾，换夕熏而炷新香，皆望君王之幸也。至此則歸去不如羿妻之奔月，夢來難同巫女之行雲。而且南塘漸暖，兩兩鴛鴦，行當戲水，我曾不如此鳥之得偶也，其能免深宮之怨耶？又曰：此詩之為深宮怨女，本於郝注。郝之此論，則以首句《百官志》之條耳。不知促漏遥鐘，何處不聞，而必深宮？亦何人不聞，而必宮女？且報章重疊，盡可比之私書欲報之列。而『舞鸞』『睡鴨』，亦猶之『雲髻罷梳還對鏡，羅衣欲换更添香』，深致其寂寞之思也。至『向月』『為雲』，郝謂不能如羿妻巫娥者，亦正以深宮之中不能遠去，君王之夢不能相接，所見無非宮怨，故拘拘此解。不知此亦可以泛説也。『歸去豈知』，集作『歸去定知』。反郝之意，縱如姮娥竄月，終是獨居，神女為雲，亦成夢幻，不如南塘之鴛鳥，長匹不離耳。二説並列，以俟知者擇焉。

【陸鳴臯曰】此宮怨也。『報章』句，言無心分理箋奏也。五六句，用姮娥、神女事，輕點入化，可為使事者之法。結是羡物雙棲意。

【陸曰】此亦義山悼亡詩也。有疑為深宮怨女作者，以『報章重疊』句耳。不知一往一來，相報成章，原屬通用之辭，不必定指章奏，而引老杜『宮女開函』句為解也。夫鐘漏而曰動静聞，是獨居有懷，而卧不安席也。報章而曰杳難分，是手迹雖存，而歲月之後先莫辨也。由是追念生平，感深存殁，而見夫殘黛早收，夕熏已换，有不禁予美亡此之歎矣。下半言死者不知所歸，生者無復夢見，豈能若南塘鴛鴦鳥長匹不離也哉！一往情深，讀之使人增伉儷之重。

【姚曰】此亦是悼亡之作。首句展轉不睡也。次句檢生前往來酬唱之詞也。報章雖在，鏡匣徒收殘黛，香爐已换夕熏，死者有知，竟不知何處託寄。因又自解曰：死則死矣，何所託寄哉！歸去而漫云向月，夢來而猶託為雲，徒虛語耳，竟不知南浦鴛鴦，暖波同宿之猶可據也。真是情癡腸斷語。

【屈曰】此題與《碧城》《玉山》同。促漏遥鐘，夜深也；動静聞，寂寥也。所歎之報章意欲分之，而重疊難分，心煩意亂也。三四加倍寫無聊之甚也。五六終是獨居，究非實境。

【程曰】高棅謂此詩擬深宫怨女而作，長孺取之，非也。通篇情景何與宫禁？不過為促漏報章數字誤耳。愚見乃託於閨情以寄幽怨，蓋屢啟陳情、綯不見省之時也。起句憶其高居禁苑。次句謂己屢次上書。三句喻幕府初罷之時。四句喻待命望恩之久。五句自悲又將入幕。六句自歎無可結歡。七句言得地可以自遂。八句言終身願共相依也。露書知論高棅所見之非，是矣；然以為人間情事，則視為艷詩，又非。

【馮曰】徐氏以寄意令狐，則次句指屢啟陳情，或屢為屬草也。三四夜宿，五謂歸惟獨處，六謂更何他求。結則望其終能歡好也。或作摹繪艷情看，亦得。高棅以為宫怨，似而非矣。

【王鳴盛曰】羡他人之得意，傷己之孤獨。

【紀曰】對面作結，妙有興象，前六句體不高耳。高廷禮説長孺取之，然定為宫詞亦只據第二句，其實所注牽合也。午橋從姚旅露書定為悼亡，然第二句究竟説不去，蓋此詩摘首二字為題，亦是無題之類耳。（《詩説》）只作有懷不遂詩解之，詞意為順。五六跌宕。（《删正二馮評才調集》）

【張曰】徐氏謂寄意令狐，是也。首句音信常聞。次句書函屢啟。三言我之摧殘如故。四言彼之名位又升，暗用荀令事也。五即『華星相送』之意。六即『何處哀筝』之意。結盼好合當或不遠也。蓋屢啟陳情，漸有轉圜之望，其後博士之除，當於此中消息之。（《會箋》）

【按】蓋寫深閨之離情。『報章』指書信，非指章奏，通篇情景亦終不似宫禁之深邃。『舞鸞』一聯，係寫女子長日永夜、孤居無聊之情景，非自男方言之，且亦無傷悼之情；末聯羡鴛鴦之雙宿，更無悼亡氣氛。此詩意致頗似《無題》（來是空言），然彼為男思女，此則女思男也。起聯謂深夜不寐，促漏遥鐘，動静皆聞，寂寥相思之中，翻檢對方來書，然書信重疊，杳然難分。次聯則極寫孤寂無聊之情景，『舞鸞鏡匣收殘黛』，點明女子身份。腹聯謂對方歸去之後，想必仍向月懷想不已（『情人怨遥夜，竟夕起相思』），而已不明對方所在，雖願夢中化為巫山神女之行雲，亦不知應去何處也。末聯則以鴛鴦之雙棲，反襯己獨居之孤寂作結。如解作男思女，則次聯係想像女方情景。此艷詩，程、馮、張三家附會令狐，不足信。

日射

日射紗窗風撼扉，香羅拭手春事違〔一〕①。迴廊四合掩寂寞，碧鸚鵡對紅薔薇②。

〔一〕『拭』原作『掩』，非，據戊籤、季抄改。

①【馮注】《禮記·內則》：『盥卒授巾。』注曰：『巾以帨手。』《釋文》曰：『帨，拭手也。』本又作

『挩』，同。

②【朱曰】碧鸜鵒即青鸜鵒也。

【程曰】此為思婦詠也。獨居寂寞，怨而不怒，頗有貞静自守之意，與他艷語不同，蓋亦以之自喻也。意其在移家永樂時乎？

【屈曰】一二寂寞景況。三四愈覺寂寞。『春事違』三字有意。次句袖手空過一春也。下『掩』字有誤。

【姚曰】末句妙，不能强無情作有情也。

【陸鳴皋曰】此閨詞也。花鳥相對間，有傷情人在内。

【何曰】古體。（《輯評》）

【紀曰】佳在竟住，情景可思。（《詩説》）複『掩』字。（《輯評》）

【張曰】『掩手』當從馮本作『拭手』，不但不複，文義亦順矣。（《辨正》）

【錢鍾書曰】（樂雷發《秋日行村路》三四句）『一路稻花誰是主？紅蜻蛉伴緑螳螂。』古人詩裏常有這種句法和顔色的對照，例如白居易《寄答周協律》：『最憶後庭杯酒散，紅屏風掩緑窗眠』；李商隱《日射》：『迴廊四合掩寂寞，碧鸚鵡對紅薔薇』；韓偓《深院》：『深院下簾人晝寢，紅薔薇映碧芭蕉』；陸游《水亭》：『一片風光誰畫得？紅蜻蜓點緑荷心。』（《宋詩選注》）

【按】此尋常閨怨詩，可與劉禹錫《和樂天春詞》同參。二詩均借風和日麗之時，朱門深院，閉鎖春光之情景，曲傳春光虚度之幽怨。所不同者，一則以『行到中庭數花朵，蜻蜓飛上玉搔頭』之典型細節暗透幽寂無聊之況，一則以『碧鸚鵡對紅薔薇』之鮮艷景物反襯朱門深院之寂寥，皆於言外見意。陸、紀評殊妙。

為有

為有雲屏無限嬌①，鳳城寒盡怕春宵②。無端嫁得金龜壻③，辜負香衾事早朝。

①【朱注】《西京雜記》：『趙飛燕為皇后，女弟昭儀遺雲母屏風、琉璃屏風。』【馮注】《後漢書·鄭弘傳》：『遂置雲母屏風。』張協《七命》：『雲屏爛汗。』

②【朱注】梁戴暠詩：『丹鳳俯臨城。』趙次公《杜注》：『秦繆公女吹簫，鳳降其城，因號丹鳳城。其後言京都之盛曰鳳城。』

③【朱注】《唐書》：『天授二年，改佩魚皆為龜。三品以上龜袋飾以金。』【補】無端，不料。

【何曰】此與『悔教夫壻覓封侯』同意，而用意較尖刻。（《輯評》）

【陸鳴臯曰】『無端』二字，帶喜帶恨，描寫入神。

【姚曰】此作細意體貼之詞。『無端』二字下得妙，其不言之意應如此。

【屈曰】玉谿以絶世香艷之才，終老幕職，晨入昏出，簿書無暇，與嫁貴壻、負香衾者何異？其怨宜也。

【馮曰】言外有刺。

【紀曰】弄筆戲作，不足為佳。

【俞陛雲曰】『寒盡怕春宵』句，殆有『春色惱人眠不得』之意。夫婿方金龜貴顯，辨色趨朝，古樂府所謂『東方千餘騎，夫婿居上頭』，正閨人滿志之時，乃轉怨金闕之曉鐘，破錦幃之同夢，人生欲望，安有滿足之期。以詩而論，綺思妙筆，固香屑集中佳選也。（《詩境淺説續編》）

【錢鍾書曰】（《詩·鷄鳴》）以『朝既盈』『朝既昌』促起，正李商隱《為有》所云：『無端嫁得金龜婿，辜負香衾事早朝。』（《管錐編》）

【按】何、馮評均是。王詩於閨中少婦之『悔教夫壻覓封侯』，筆端幽默中透露同情；李作則對嫁金龜壻者不無諷意。『無端』二字，揭示貴家少婦事出意料、自怨自艾心理，最宜玩味。蓋嫁貴壻，本彼竭力追求之人生目標；乃既嫁之後，反畏春宵之孤而日有『辜負香衾』之憾。『無端』云者，正諷其事與願違，託青春於富貴反為富貴所誤也。

閨情

紅露花房白蜜脾〔一〕①，黃蜂紫蝶兩參差。春窗一覺風流夢②，却是同袍不得知〔二〕③。

〔一〕『露』原一作『霧』，非。

〔二〕『袍』，戊籤作『衾』。【按】《古詩》：『錦衾遺洛浦，同袍與我違。』此用其語、意。戊籤改『衾』，非。同袍，即同衾之意。

集注

①【朱注】鄭谷《蝶》詩：『微雨宿花房。』王元之《蜂記》：『蜂釀蜜如脾，謂之蜜脾。』《本草》：『蠟是蜜脾底也。』

②【朱注】覺，古效切。（按：今讀叫）。

③【馮注】阮籍《詠懷》詩：『夙昔同衾裳。』【何注】《十九首》：『同袍與我違。』【按】馮注本作

『衾』，故引阮詩。

【陳模曰】蓋蜂則在蜜脾，蝶則在花房，故春窗風流之時，意各有屬。雖同袍迹若情而月〔疑有脱誤〕，則安有所謂惆悵者！（《懷古録》）

【陸鳴皋曰】幽艷自喜。

【姚曰】所謂同牀不同夢者，人心豈易知耶？

【屈曰】蝶宿花房，蜂釀蜜脾，故云『兩參差』，比所歡之離别。不意春窗一夢，得其風流，雖親如同袍，亦不得知也。心中自喜，無可告語，即『夢中無限風流事』意。

【程曰】此紫陌尋春，同年隔面之言也。

【馮曰】尖薄而率。

【紀曰】亦纖小。（《詩説》）

【張曰】此詩以詞求之，尚可了了；以意求之，終難强解。謂為纖語，真皮相耳。（《辨正》）

【錢鍾書曰】《易林·屯》：『殊類異路，心不相慕；牝牛牡猳，獨無室家。』……李商隱《柳枝詞》：『花房與密脾，蜂雄蛺蝶雌，同時不同類，那復更相思？』又《閨情》：『紅露花房白蜜脾，黄蜂紫蝶兩參差』；……於『風馬牛』『魚入鳥飛』等古喻，皆可謂脱胎换骨者。（《管錐編》）

【按】《柳枝五首》其一云：『花房與蜜脾，蜂雄蛺蝶雌，同時不同類，那復更相思？』內容、語意與此相近，可作此篇注脚。詩意蓋謂花房（蕊）之與蜜脾，黄蜂之與紫蝶，雖為同時出現之物，實非同類，以喻男女之非同類同心。故雖同衾而作風流夢，猶彼此相隔而不相知，所謂同牀異夢也。一二兩句分喻，『兩參差』總『花房』與『蜜脾』『黄蜂』與『紫蝶』而言之，即『不同類』之意。三四即『那復更相思』。屈氏合首二句而解之，遂扞格難通。詩言男女匪類，故同牀而異夢。是否另有寄託（如喻朋友貴賤殊異，跡密心異），未可定。

效長吉①

長長漢殿眉②，窄窄楚宫衣③。鏡好鸞空舞④，簾疎燕誤飛。君王不可問，昨夜約黄歸⑤。

集注

①【馮注】《新書·傳》：『李賀字長吉，辭尚奇詭，所得皆驚邁，絶去翰墨畦逕，當時無能效者。』餘詳文集《李賀小傳》。

②【朱注】《後漢書·馬廖傳》：『長安語曰：「城中好廣眉，四方且半額。」』

③【朱注】庾肩吾詩：『細腰宜窄衣。』

④鸞鏡，已見《陳後宫》（茂苑城如畫）注。

⑤【朱注】黄，額黄也。梁簡文帝詩：『約黄能效月，裁金巧作星。』【按】約黄，即在鬢角塗飾微黄，為六朝時婦女額上之塗飾，唐時仍有。

【賀裳曰】義山綺才艷骨，作古詩乃學少陵，如《井泥》《驕兒》《行次西郊》《戲題樞言草閣》《李肱所遺畫松》，頗能質朴。然已有『鏡好鸞空舞，簾踈誤燕飛』，『十五泣春風，背面鞦韆下』諸篇，正如木蘭雖兜牟裲襠，馳逐金戈鐵馬間，神魂固猶在鉛黛也，一離沙場，即視尚書郎不顧，重複理鬢貼花矣。（《載酒園詩話》又編）

【馮曰】傷罷歸也。

【紀曰】只『簾疏燕誤飛』句巧甚，然巧處正是大病痛也。（《詩説》） 他作往往似長吉，獨此云效長吉，乃竟不似，未喻其説。○四句小巧。（《輯評》）

【張曰】此係唐人小律，《長吉集》中五律極多，與此峭艷正相同。紀氏乃以為不似，豈昌谷歌詩亦未寓目耶？此雖云效長吉，實是宮詞，無庸深解。大抵玉谿一集有確有寄託者，有實係風懷者，亦有戲作艷體詠物或代作宮怨者，讀者均宜分別觀。若首首穿鑿，則反失詩中妙趣矣。余於篇中確有寄託者，無不悉按行年，潛探心曲，發明極多。至風懷諸什，如《柳枝》《燕臺》，亦無不考求畫一，不敢儱侗。惟詠物、宮怨等，則一切不加附會。詩中細味，任人自領可耳。注家紛紛曲説，余皆未敢悉從也，學者辨之。（《辨正》）

【按】此戲效長吉宮體小詩，如《追賦畫江潭苑四首》《馮小憐》之類，本無深義。首聯寫其妝飾，次聯傷其怨曠。簾踈燕誤飛，正寫其孤寂無人。末聯謂君王之恩寵已不可問，昨夜又空自約黄而歸也。

宮中曲

雲母濾宮月〔一〕，夜夜白於水①。賺得羊車來②，低扇遮黃子③。水精不覺冷④，自刻鴛鴦翅。蠶縷茜香濃⑤，正朝纏左臂〔二〕。巴牋兩三幅，滿寫承恩字⑥。欲得識青天⑦，昨夜蒼龍是⑧。

〔一〕『雲母』，悟抄作『海雲』，非。

〔二〕『左』，悟抄作『在』，非。

①【朱曰】宮月逗出雲母窗，如濾漉然。【補】雲母，指飾以雲母之窗櫺。【何曰】二句中藏『欲得』二字。（《輯評》）

②【馮注】《晉書·后妃傳》：『武帝掖庭殆將萬人，而並寵者甚多，莫知所適。常乘羊車，恣其所之，至便宴寢。宮人取竹葉插户，以鹽汁灑地引帝車。』《南史》潘妃事同。【補】羊車有兩種，一為製作精美之輦車。《宋

史·輿服志一》：『羊車，古輦車也。亦為畫輪車。駕以牛，隋駕以果下馬；今亦駕以二小馬，……絡帶門簾，皆繡瑞羊。』一為羊拉之小車，本篇指後者。

③【朱注】《南都賦》：『中黃穀玉。』善引《博物志》：『石中黃子，黃石脂也。』額黃想用之，故曰『遮黃子』。【何曰】頓挫。○第四有品。（《輯評》）【按】此『黃子』當指額黃。

④【何曰】水精，梳也；鴛鴦翅，鬢也。（《輯評》）

⑤【朱注】《說文》：『茜，茅蒐也，可染絳色。』【道源注】茜草染絳絲，如長命縷以繫臂也。【馮注】《爾雅》：『茹藘茅蒐。』注曰：『今之蒨也，可以染絳。』蒨即茜。《晉書·后妃傳》：『武帝多簡良家子女以充內職，自擇其美者，以絳紗繫臂。』【何曰】四句中言一身無所不修飾也。○茜香濃，丹砂守宮也。守禮如此，斯足以承恩矣。（《輯評》）

⑥【何曰】『巴箋』二句追述望幸之誠，足上『賺得』二字。（《輯評》）

⑦【馮注】《東觀漢記》：『和熹鄧皇后夢捫天，體蕩蕩，正青，滑如礑磃，有若鐘乳狀。乃仰嗽之。以訊占夢，言堯夢攀天而上，湯及天舐之。皆聖王之夢。』

⑧【姚注】《史記》：『薄姬曰：「昨暮夜，妾夢蒼龍據我腹。」高帝曰：「此貴徵也。吾為女遂成之。」一幸生男，是為代王。』【何曰】『昨夜』與『夜夜』呼應。○兩事合用，此三十六體使事之法，且有三事合用者。（《輯評》）

【《輯評》墨批】諸詩（按指本篇及《射魚曲》《日高》《海上謠》《李夫人三首》《景陽宮井雙桐》等）多類長

吉作。

【姚曰】首四句言望恩既久，幸得遂願。『水精』四句言恩寵之深。末四句言一識君顔，更無妒寵專恩之念也。

【屈曰】此借宫中之榮寵者以刺小人也。當雲窗月白時，寂寥之甚，乃千方百計以賺羊車。既來則又低扇佯羞若貞静者。究之不以水晶為冷而自刻鴛鴦，茜縷香濃而纏左臂，百端逢迎。及昨夜蒙幸，即數幅巴箋滿寫承恩。小人之諂媚以求富貴，猶是也。結四句倒叙法。

【程曰】此謂武宗寵王才人也。按：《后妃傳》稱：『武宗賢妃王氏，邯鄲人，善歌舞。進號才人，遂有寵。帝欲立為后，以李德裕言而止。起二句言掖庭之情深。次二句言宫闈之邀寵。次二句言溺情温柔之鄉。次二句言荒廢視朝之事。次二句言早進才人，且幾立后。末二句言終於無子，徒欲夢龍也。

【馮曰】首二長夜清冷之態。三四定情羞澀之容。『水精』四句，綢繆繾綣，正寫承恩也。結句『昨夜』二字，轉應羊車之來。宫中如曰宫廷。此乍為祕省，得趨朝瞻天之寓言也。

【紀曰】此於長吉體中為極則。然終是外道，愈工愈遠，虞山所謂西域《婆羅門》也。（《詩説》）『水晶』二句，『巴牋』二句，寫兒女癡情入微。（《輯評》）

【張佩綸曰】義山詩須深於唐事始得其用意之所在。《馮注》惟以牛李黨横據胸中，連篇累牘，無非為令狐而發，何其淺陋也！《宫中曲》：『欲得識青天，昨夜蒼龍是。』此以漢薄后事喻大中鄭太后本李錡妾也。視《杜秋詩》尤雋雅不露。與『英靈殊未已，丁傅漸華軒』參觀，寄慨無窮矣。（《澗于日記》）

【張曰】玉谿古體雖多學長吉，然長吉語意峭艷，至於命篇，尚不脱樂府本色；義山宗其體而變其意，託寓隱約，恍惚迷幻，尤駕昌谷而上之，真《騷》之苗裔也。視錦囊中語，青出於藍，後人不得相提并論也。〇此亦戲作宫怨，别無深意。馮氏謂初官秘書寓言，解太迂晦，吾無取焉。義山一集，寄託雖多，然豈必篇篇皆如是也。豈不許詩人偶而戲筆耶？此類均宜分别觀之。（《辨正》）

【按】張氏此箋甚通達。自寓初官祕省及刺小人之説均穿鑿不可從，程謂指武宗寵王才人亦非。以男女寓君臣雖常見，然如此篇之具體描寫宮妃望幸、邀寵、『承恩』情事，極兒女繾綣之態，恐難有所託寓，宜從張氏入不編年類。

燒香曲①

鈿雲蟠蟠牙比魚〔一〕②，孔雀翅尾蛟龍鬚。漳宮舊樣博山鑪③，楚嬌捧笑開芙蕖〔二〕。八蠶繭緜小分炷〔三〕④，獸餤微紅隔雲母〔四〕⑤。白天月澤寒未冰⑥，金虎含秋向東吐⑦。玉珮呵光銅照昏⑧，簾波日暮衝斜門〔五〕⑨。西來欲上茂陵樹〔六〕，栢梁已失栽桃魂〔七〕⑩。露庭月井大紅氣⑪，輕衫薄細當君意〔八〕⑫。蜀殿瓊人伴夜深⑬，金鑾不問殘燈事〔九〕⑭。何當巧吹君懷度⑮，襟灰為土填清露⑯。

〔一〕『牙』，戊籤作『互』。【朱曰】𠀋，古『互』字。【馮曰】《周禮》：『牛人共其牛牲之互。』徐音牙。《廣韻》曰：『互，俗作「𠀋」。今詳考之，蓋昔人以𠀋為『互』，後人又混作『牙』，其實『互』當作『𠀋』，不當作『牙』。此句是用魚牙，與下句同為爐上形狀，不可改。【按】牙可通互。《舊唐書・食貨志》：『市牙各給印紙，人有買賣，隨自署記，翌日合算之，有自貿易不用市牙者，給其私簿。』（『互』指買賣介紹人）

〔二〕『楚嬌』，馮曰：『嬌一作姬。』

〔三〕『緜』，馮曰：『作絲作錦皆誤。』『小分』，朱本作『分小』。

〔四〕『錟』，馮曰：『一作炭，非。』

〔五〕『銜』原一作『依』。

〔六〕『欲』原闕（一作欲），據蔣本、姜本、戊籤、悟抄、席本、錢本、影宋抄、朱本補。

〔七〕『栽』，錢本、蔣本、姜本作『裁』，非。蔣本一作『哉』，非。

〔八〕『細』，悟抄作『袖』。

〔九〕『鑾』，季抄、朱本一作『鸞』。

①【馮注】原編集外詩。

②【朱注】（《初學記》引）王琰《冥祥記》：『費崇先嘗以雀尾香爐置膝前。』齊劉繪《詠博山爐詩》：『下刻蟠龍勢，矯首半銜蓮。』【補】鈿雲，以金、銀鑲嵌繪成雲狀圖案。蟠蟠，盤曲迴繞貌。牙比魚，疑是指爐蓋上繪成魚牙形狀。

③【道源注】《西京雜記》：『丁諼作九層博山香爐，鏤以奇禽怪獸，自然運動。』【朱注】《鄴中記》：『石季龍冬月為複帳，四角安純金銀鑿鏤香爐。』【姚注】《考古圖》：『博山鑪，象海中博山，下盤貯湯，潤氣蒸香，象海之四環。』【程注】《晉東宮舊事》：『皇太子初拜，有銅博山香爐一枚。』【馮注】《西京雜記》：『趙昭儀上皇后襚，中有五層金博山香爐。』漳宮謂魏宮，暗用魏武遺令分香事也。《樂府詩集》作章宮，用章臺宮，與『楚嬌』合，亦通。【按】當作『漳宮』，詳箋。

④【姚寬曰】左太冲《吴都賦》云：『鄉貢八蠶之綿。』注云：『有蠶一歲八育。』《雲南志》云：『風土多暖，至有八蠶。』言蠶（一歲）養至第八次，不中為絲，只可作綿，故云八蠶之綿。（《西谿叢語》）【道源注】以八蠶綿繩分炷爐火，取其易燃也。　【馮注】《文選·吴都賦》：『鄉貢八蠶之綿。』善曰：『劉欣期《交州記》曰：「一歲八蠶繭出日南。」』按：八蠶繭綿，包裹香者也，就中小分而將燒之。

⑤【馮注】《語林》：『洛下少林木，炭止如栗狀。羊琇驕豪，乃擣小炭為屑，以物和之，作獸形，用以温酒。火熱既猛，獸皆開口，向人赫然。』按《洞天香録》云：『銀錢雲母片、玉片、砂片俱可為隔火。』隔火者，用以承香，使隔而燒之也。句即此意，蓋如今所云煎香。　【賀裳曰】論詩雖不可以理拘執，然太背理，則亦不堪……若如義山所云『獸焰微紅隔雲母』，安有是事？

⑥【程注】《淮南子》：『弱土之氣，御乎白天。』

⑦【朱注】陸機詩：『望舒離金虎。』善曰：『《漢書》：西方，金也。』《尚書·考靈曜》：『西方秋虎。』《孔傳》：『昴，白虎中星，然西方七宿畢、昴之屬俱白虎也。』○言爐烟之暖，金虎亦迴其秋令。　【馮注】《漢書》曰：『參為白虎，三星。』又曰：『觜觿為虎首。』按：先賦夜景也。秋夜已凉而未寒，月星之光昏見西方，則所向為東；或謂金虎指太白，即《詩》『西有長庚』之義。舊解謂爐烟之暖，回其秋令；或謂金虎是爐蓋，皆非也。

【按】金虎指參、昴諸星。

⑧【朱曰】銅照，謂鏡也。

⑨【道源注】《西京雜記》：『漢陵寢皆以竹為簾，簾皆水紋及龍鳳之像。』簾波，水文也。或曰：香烟拂簾如波。斜門，宫中角門也。　【馮注】參之《燕臺》詩中句，不必定竹簾也。二句謂美人捧爐而出。

⑩【朱注】《王母傳》：『帝食桃，輒收其核。母問帝，帝曰：「欲種之。」母曰：「中夏地薄，種之不生。」帝乃止。』　【馮注】取天子與女仙事，蓋以宫人奉命入道，且寓故君之感。　【姚曰】武帝起栢梁臺。

⑪【道源注】殿前廣庭曰露庭。四周有屋，中空曰月井。

⑫【馮注】上句謂爐火通紅，香氣盛也；此句燒香時之服。

⑬【馮注】《拾遺記》：『蜀先主甘后玉質柔肌，先主召入綃帳中，於户外望者如月下聚雪。河南獻玉人高三尺，置后側，夕則擁后而玩玉人，后與玉人潔白齊潤，殆將亂惑，嬖寵者非惟嫉后，亦妒玉人。』

⑭【馮注】用唐太宗問蕭后事。《紀聞》：『貞觀時除夜，太宗延蕭后同觀燈，問曰：「隋主何如？」答曰：「隋主每除夜，殿前諸院設火山數十，盡沉香木根，每一山焚沉香數車，火光暗，則以甲煎沃之，燄起數丈，香聞數十里。一夜之間，用沉香二百餘車，甲煎過二百餘石。」』作伴者惟有瓊人，而宫中舊事不得再問矣。

⑮【程注】古詩：『順風入君懷。』

⑯【馮注】何得有人吹入君懷，以衣襟盛灰為土而填清露乎？似從『畏行多露』化出。【按】馮注非，詳箋。

【何曰】長吉詩雖奇，然旨趣故自分明，義山則循誦而莫諭其賦何事耳。（《讀書記》）

【徐德泓曰】此詠香而寓失寵之思，乃宫中曲也。前四句，先言爐，螺文、魚牙、雀尾、龍鬚，皆爐之鏤文，而美人笑而捧之，開芙蕖，形容笑意也。『八蠶』四句，正焚香事。繭綿，所以燃火者，薄則易燃也。由是炭紅烟暖，而秋氣回春矣。『玉佩』四句，言香氣之盛，直使佩暗鏡昏。栢梁本香臺，又武帝構造以為焚香之地，是帝實主夫香者。今衝門上樹，人已不見，則香失所主矣，内已含此身無着意。『露庭』以下，言香氣本重而紅，而君偏愛輕而白，故自有伴夜之人，而豈復問及香事乎？安得巧度君懷，即至襟成灰土，亦當相依以入地，意謂若得承恩，願從死耳。『紅』字對針『玉』『瓊』字。庭井，謂遠于君身，又對針『殿』字也。『襟』字，根『懷』字來，『露』字，根『土』字來。

【姚曰】起四句，寫香爐之形製。『八蠶』四句寫燒香之時候。『玉珮』四句，寫香氣隨風飄散。『露井』下四句，言入夏非燒香時。結言一點心香，定不隨風飄散也。

【屈曰】『牙比魚』言魚龍孔雀如牙之排比，形鏤錯成文鑪樣，故下句云『舊樣』。『楚嬌』二句，燒也。『白天』二句言烟之暖。『玉珮』二句言烟之大。『西來』二句，言烟之久。『露庭』四句，燒香後事。結二句即生生世世願為夫婦意。『西來』二句，言香烟西來欲上茂陵之樹，可以返栽桃之魂。無如武帝亡久，其魂已失，遂不能返也。『大紅氣』，日已出也。美人既當君意，則晝夜相伴，故不問殘燈事，猶云無晝無夜也。

【程曰】朱長孺注漳宮舊樣句下引《鄴中記》云：『石虎金銀鏤鑿香爐。』其意蓋謂漳水在鄴耳。然與前後文無所關涉。此詩似亦為杜秋娘作。漳宮者，漳王之宮也。楚嬌者，杜秋娘也。起二句鈿雲牙魚雀尾龍鬚，皆寫博山香爐雕鏤形狀，故下緊接云『漳宮舊樣』也。次二句寫秋娘阿保漳王情事。博山燒香，舉服御最近者以為言也。次二句寫宮中燒香之事。初燒小炷，獸焰徐紅，燒香之景象也。次二句言漳王被讒之事。白天月澤，光明之心；金虎含秋，摧殘之口也。次二句言秋娘出宮，明鏡塵昏，斜門簾閉也。次二句言憲宗久崩，秋娘無主，有如漢武之入陵寢，空餘王母之種桃花也。次二句言秋娘初入掖庭之時，宮中露井，淑氣澄鮮，約束輕盈，能動君上也。次二句言承寵憲宗之日，比之蜀后，同是玉人，供奉深宮，燈殘漏盡也。末二句言飄零之情，恨不早以身殉，春秋霜露，不堪腸斷。陵園紅粉成灰，惟望因風吹度也。詩語全學長吉。

【馮曰】此詠宮人之入道者。漳宮、蜀殿、金鑾，皆言宮也。『茂陵』似指文宗。蓋開成中出宮女寺觀安置，詩作於開成之後。末二句則俗情未消，猶冀有憐之者。語皆易解，不必他求也。又曰：程箋泥『漳宮』二字，以為歎杜秋娘之流落，説似可通，而解之未細。余聊為演證曰：杜秋娘為漳王傅姆，王被罪，廢，秋歸故鄉，時為大和五年。以鄭注之誣告，貶漳王為巢縣公，宰相宋申錫為開州司馬也。秋為金陵人，故曰『楚嬌』。秋寵於憲宗，而穆宗即位，乃命傅皇子。果如程箋，則『茂陵』當謂穆宗。『栽桃』取結子之義，比撫養皇子也。『蜀殿』二句，當指舊寵於憲宗也。且《舊書·漳王傳》：鄭注誣構時，言十六宅宮市典晏敬則將出漳王吴綾汗衫一領，熟線綾一匹，以答宋申錫。『輕衫』句或指此。『大紅氣』指赤眚。《新書·五行志》：元和元、二年皆有赤氣之異，其元年八月，見於京師滿天。是則上文『金虎』謂秋八月，『向東吐』謂京師在西方也。《鄭注傳》中亦歸咎於一時之沴氣矣。此箋亦可附會，然終未能字字皆符，愚故以前一解較優，或竟闕疑尤得。又曰：《通鑑》：『大和九年初，李德裕為浙西觀察使，漳王傅母杜仲陽坐宋申錫事放歸金陵，詔德裕存處之。會德裕已離浙西，牒留後李蟾，使如詔旨。至是王璠、李漢奏德裕厚賂仲陽，陰結漳王，圖為不軌。上怒甚，召宰相及璠、漢、鄭注等面質之，璠、漢等極口誣之。路隋曰：『德裕不至有此。果如所言，臣亦應得罪。』言者稍息，以德裕為賓客分司。按：事在甘露之變前。今以『漳宮舊爐』句疑此解為近，故又詳補之。然通篇極寫燒香之情景，謂詠女冠，更易解耳。

【紀曰】此長吉體之不佳者，句句僻澀。（《輯評》）

【姜炳璋曰】此宫辭也。洴江以為送杜秋娘。如果杜秋，義山有何避忌，而每撩匿其名乎？此必不然。一二，如雲之蟠，如魚之貫，如孔雀尾、蛟龍鬚，皆香之形質也。三，香爐也。四，美人捧爐而笑也。五，分香作小炷，如綿之細也。六，燒香也。『白天』『金虎』，燒香之候也。『玉珮』，美人之飾也。（獸焰）微紅，故用氣呵之，其烟光騰起，鏡為之昏也。『簾波』，簾紋如波也；斜烟冲門，香氣織也。因思王母西來，不見武帝，良辰易逝也。當此香炷大紅，香烟繚繞，凉夜回春，細衫薄袖，足當君意，及時行樂，不亦可乎？『大紅』與『微紅』相承。何以瓊人伴夜，不問殘燈？以落寞置之也。吾願香烟則因風吹入君懷，以動君之情緒；香灰則以襟裹之，為填清露，毋使得侵君之衣裳：忠厚之至也。通體規模長吉，而針綫最密，一氣蟠旋，魄力直逼少陵。

【張曰】此篇祇可闕疑。馮氏謂詠入道宮人，固非。即程氏謂歎杜秋娘之流落，雖有『漳宮』二字可以綰合，而按之通篇，實亦難通。金鑾密記，遺佚多矣，我輩生千載後，僅憑一二書册，搜剔叢殘，又安能强合也哉！（《會箋》）又曰：長吉體正以僻艷峭澀見長，其源出於《騷》《辯》。紀氏不喜長吉一派，因以不佳抹殺之，然則屈宋之《騷》《辯》亦當付之一炬耶？甚矣！門户腐見，不足以論定古人也。〇此篇語太迷離，寓意未詳，亦非艷體詩之

比。程午橋謂指杜秋娘事，馮氏申之，説近穿鑿，似未然也。杜秋娘事，杜牧之已張之篇章，何必作此謎語哉？（《辨正》）

【按】諸説之中，徐、姜二説較優。然泛解為詠宮妃失寵或宮辭者，不如解為詠陵園宮女更為恰當。《通鑑》大中十二年二月甲子條胡注：『宋白曰：「凡諸帝升遐，宮人無子者悉遣詣山陵供奉朝夕，具盥櫛，治衾枕，事死如事生。」』又韓愈《豐陵行》：『設官置衛鎖嬪妓，供養朝夕象平居。』白居易《陵園妾》則專詠其事。此詩亦然，惟專就燒香一事加以描寫，以反映守陵宮女之生活耳。首二寫香爐之形製。三四謂此香爐是宮中舊物，今則守陵宮女捧而燒香。漳宮舊樣，暗點其人之宮女身份，亦暗示其曾侍奉之君主業已升遐。『八蠶』二句正寫燒香。謂從八蠶繭綿包裹中分出香炷，以雲母承香，隔而燒之，火焰微紅。『白天』二句寫燒香之時。謂天宇月光一色，秋夜已凉而未寒，參昴之光見於西方。『玉珮』二句，馮謂寫宮女捧爐而出，亦可通。然似與四句『楚嬌捧笑』重複，疑是寫宮女之冷落寂寥處境，言宮女身上之玉珮雖迎月泛光而銅鏡已昏，守陵之歲已深矣，陵園幽閉，日暮時唯簾波映於斜門而已。『西來』二句，謂孤寂之中欲上陵園尋故君遺迹，惜乎栢梁臺中往昔欲栽仙桃者之魂魄亦久已失之矣。『露庭』四句，轉而想像當前皇宮中歡樂情景。言殿前廣庭月井之間，喜氣充溢，殿内則輕衫薄細者新承恩寵，如花似玉者與君主深夜相伴，彼等豈復念及此獨對殘燈之陵園妾乎？末二句則謂何時得與故君神靈會合，即化為灰土以填清露亦甘心也。實乃自問何時得以了結此生之婉言耳。詩中『漳宮』『茂陵』均已明點出女主人公身份係已故君主之宮嬪，亦同時點出女主人公所居之處——君主陵墓。而全篇又毫無道觀迹象，故可斷定係詠守陵宮女。白氏《陵園妾》云：『山宮一閉無開日，未死此身不令出。松門到曉月徘徊，栢城盡日風蕭瑟。』『遥想六宮奉至尊，宣徽雪夜浴堂春。雨露之恩不及者，猶聞不啻三千人。』頗可與此篇後幅參讀。

景陽宮井雙桐〔一〕①

秋港菱花乾②，玉盤明月蝕。血滲兩枯心，情多去未得。徒經白門伴③，不見丹山客④。未待刻作人⑤，愁多有魂魄⑥。誰將玉盤與⑦，不死翻相誤。天更闊於江，孫枝覓郎主⑧。昔妒鄰宮槐⑨，道類雙眉斂⑩。今日繁紅櫻〔二〕，拋人占長簟⑪。翠襦不禁綻，留淚啼天眼⑫。寒灰劫盡問方知，石羊不去誰相絆〔三〕⑬？

〔一〕『宮』，錢本作『古』。

〔二〕『繁』原作『繫』（一作繁），非，據蔣本、戊籤、錢本、影宋抄、席本、朱本改。『櫻』原一作『桃』，朱本、季抄同。

〔三〕『絆』原一作『伴』，朱本、季抄同。

①【朱注】《南史》：『隋軍克臺城，張貴妃與後主俱入井，隋軍出之。晉王廣命斬之於青溪。』《金陵志》：『景

陽井在臺城内，陳後主與張麗華、孔貴嬪投其中以避隋兵。舊傳欄有石脈，以帛拭之，作臙脂痕，名臙脂井，一名辱井，在法華寺。」魏文帝詩：『雙桐生空井，枝葉自相加。』【馮注】王僧虔《技録》曰：「《荀録》所載明帝《雙桐》一篇，今不傳。」又：梁簡文帝有《雙桐生空井》詩。【程注】李白詩亦有『井上二梧桐』句，古人言井往往及桐。

②【朱注】（菱花），菱花鏡。李白詩：『小時不識月，呼作白玉盤。』【馮注】比井之已堙。

③【馮注】謂建康之白門。【按】白門伴用樂府《楊叛兒》『暫出白門前，楊柳可藏烏』，指烏鴉。

④【朱注】丹山客，鳳也。言桐枯而鳳亦不來。

⑤【朱注】《漢書》：『武帝以江充治巫蠱，遂掘蠱於太子宫，得桐木人。』【何曰】妙切『雙』字。○點化桐偶人奇絶。（《輯評》）【馮注】此則兼取刻石像李夫人事。【按】刻作人，刻作桐木偶（係殉葬品）。

⑥【馮注】不必雕刻，固已魂魄如人，直以雙桐作張、孔二美人看。

⑦【馮注】《南史紀》：『隋兵入，僕射袁憲勸後主端坐殿上，正色以待之。後主曰：「鋒刃之下，未可交當，吾自有計。」乃逃於井。』是則入井非他人所勸，故曰『誰將玉盤與』。

⑧【道源注】《風俗通》：『梧桐生嶧陽山巖石上，採東南孫枝為琴，聲甚雅。』祖台之《志怪》：『騫保至壇邱塢上北樓宿，暮鼓二中，有人著黄練單衣白袷，將人持炬火上樓。保懼，止壁中。須臾，有二婢迎一女子上，與白袷人入帳中宿。未明，白袷人輒先去。如是四五宿後，向晨，白袷人纔去，保因入帳中，持女子，問向去者誰，答曰：「桐郎。即道東廟樹是。」至暮鼓二中，桐郎來，保乃斫取之，縛著樓柱。明日視之，形如人，長三尺餘。檻送詣丞相。渡江未半，風浪起，桐郎得投入水，風浪乃息。』【馮注】《通鑑注》：『門生家奴呼其主為郎，今俗猶謂之郎主。』徐曰：『唐人尚稱天子為郎，如明皇稱三郎也。』按：謂後主不死，而入長安，遠在一方，豈止一江之限南北？桐枝永抱無主之悲，反不如後主亦死於此，魂魄相依也。源師乃引祖台之《志怪》白袷桐郎之事，誤矣。故田氏駁之，曰：『注引桐郎，泥一「郎」字也，詩實不如是用。依注思之，迷不可通，須知集之難解，詩與注分為

之也。』旨哉言乎！

⑨【朱注】《爾雅》：『守宮槐，葉晝聶宵炕。』注：『槐葉晝日聶合而夜炕布者，名曰守宮槐。』王筠《寓直詩》：『霜被守宮槐，風驚護門草。』【馮注】《西京雜記》：『守宮槐十株。』

⑩【馮注】（『昔妒』二句）言槐葉之合如眉之斂，故妒之。即《陳書》所謂諸姬並不得進，惟貴妃侍焉也。陳後主《長相思》：『帷中看隻影，對鏡斂雙眉。』

⑪【馮注】（『今日』二句）今則讓櫻桃獨占長簟矣。

⑫【徐曰】翠襦喻桐葉，言雨中桐葉破，如向天啼淚。（馮注引）【程注】蔡琰歌：『為天有眼兮，何不見我獨漂流！』

⑬【朱注】《列仙傳》：『修羊公化石羊，漢景帝置之靈臺上，後去不知所在。』【馮注】《隋書·五行志》與《南史·陳紀》：『羊，國姓也。隋氏姓楊。楊，羊也。』此言時逢浩劫，後主為楊氏所絆，不得復歸南土矣。石羊必有事在，未及檢也。舊注引《列仙傳》修羊公化石羊事，與詩意絶無干。

【朱曰】言此桐生於宮井，故鄰宮之槐猶以類顰眉也而妒之，今惟見紅櫻之繁，任人攜簟其下焉。當日深宮之綻衣啼淚者竟安往哉！灰劫之餘，石羊誰絆？亦可以極今古興亡之痛也已。

【姚曰】起四句，言張、孔二美人死此。『白門』四句，言但可藏鴉，不堪集鳳，然魂魄猶應戀此，不待刻作人形也。下更承魂言之。玉盤，月也。言桐身不死，化作人形，猶桐郎之猶能悮人也。想此樹昔日應為宮槐所妬，今日空伴紅櫻之繁。『翠襦』二句，雨中葉綻也。茫茫塵劫，豈石羊猶能相伴耶？此詩解者多誤。

【屈曰】一段言井水已乾，血痕猶在。二段言我經白門，止見雙桐，其人惟有魂魄耳。三段言誰能與此玉盤，假使不死，終亦何益，桐當另覓主人，猶云『天之所廢，誰能興之？』四段昔日斂眉而妬鄰槐，今日露桃繁紅，遊人賞玩，而此桐翠葉零落，露如啼眼而已。五段言江山已去，石羊誰絆哉！同歸於盡也。

【程曰】景陽宫井為陳後主事，地在金陵，又為張麗華、孔貴嬪避難處，此詩亦為杜秋娘歸金陵作也。題又云『雙桐』者，桐為棲鳳之樹，杜秋娘經事憲宗，又傅姆子湊，故云。前詩所謂『桐衰鳳不棲』，與此義同。『秋港菱花乾』，謂憲宗往而鸞鏡已空。『玉盤明月蝕』，謂湊有罪而珠襦亦缺。『血滲兩枯心』，承上兩事。『情多去未得』，起下南歸。『徒經白門伴』，正謂歸金陵。『不見丹山客』，乃專謂子湊。『未待刻作人，愁多有魂魄』，即杜牧之『一尺桐偶人，江充知自欺』之義。『誰將玉盤與，不死翻相誤』，即牧之『歸來四鄰改，茂苑草菲菲』之義。『天更闊於江，孫枝覓郎主』，即牧之『觚稜拂斗極，回首尚遲遲』之義。『昔妒鄰宫槐，道類雙眉斂』，即牧之『低鬟認新寵，窈窕復融怡』之義。『今日繁紅櫻，抛人占長簟』，即牧之『雷音後車遠，事往落花時』之義。『翠襦不禁綻，留淚啼天眼』，即牧之『清血灑不盡，仰天知向誰』之義。至於結語『寒灰劫盡問方知，石羊不去誰相絆』，乃謂其歷盡劫灰，何心人世，行將化石，不可絆留矣。

【馮曰】此直詠張、孔二美人，詞意顯豁，然別有所寄也。《燕臺詩》云『桃葉桃根雙姊妹』，又曰『《玉樹》未憐亡國人』，與此引雙桐意合。《春雨》詩云：『白門寥落意多違。』其他又有《嘲櫻桃》《越公房妓嘲公主》諸篇，與此白門、紅櫻、石羊等字一一相通，艷情所寄，確有二美矣。題曰『宫井』，與《判春》之『井上占年芳』合。末二句言劫盡方知天數，設當時無楊氏之行，則誰能絆之哉？天實為之也。是為二美皆逝後作明矣。又曰：風懷詩最難徵實，必為細箋，固愚且妄也。中有歧出之見，不耐更求畫一矣。

【紀曰】（《射魚曲》至《景陽宫井雙桐》）五首皆長吉派，了無可取。（《輯評》）

【張曰】因孝明而追感杜秋事也。《新書·后妃傳》：『憲宗孝明皇后鄭氏，丹陽人。元和初，李錡反，有相者言，后當生天子；錡聞，納為侍人。錡誅，没入掖庭，侍懿安后。憲宗幸之，生宣宗。及即位，尊為皇太后。太后不肯別處，故帝奉養大明宮，朝夕躬省候焉。』杜樊川《杜秋娘詩序》：『杜秋，金陵女也，年十五，為李錡妾。後錡叛滅，籍之入宮，有寵於景陵。穆宗即位，命秋為皇子傅姆。皇子壯，封漳王。鄭注用事，誣丞相欲去已者，指王為根，王被罪廢削，秋因賜歸故鄉。』鄭與杜初皆李錡侍兒，其始同有寵於憲宗，而其後乃大異，故題曰『雙桐』。起四句一篇總冒。『菱花乾』喻色衰。『明月蝕』比帝崩。『情多去未得』者，謂二人同為憲宗所寵，竟不能隨之以殉也。『徒經白門伴』，謂秋放歸金陵。『不見丹山客』，則以鳳雛比漳王。鄭后能生貴子，而漳王乃以罪廢，故曰『未待刻作人，愁多有魂魄』也。『誰將』四句，謂穆宗命傅皇子，不料反為皇子所誤，欲求似宣宗之忽承大統，真天遠之不可期矣。敬、文、武三帝，皆憲宗孫，而宣宗則以子繼之，所謂『孫枝覓郎主』者，唐人稱天子為郎，而漳王又憲宗之孫也，借喻精切不磨。『昔妬』四句，則言當日與鄭入宮見妬，豈知今日獨讓他人母儀天下乎？『紅櫻』，以鄭櫻桃喻孝明也。『翠襦』二句，『抱衾與裯，實命不同』之恨。『寒灰』二句，又推開一層，謂世人升沉，末後乃見，秋倘不死，安知無奇遇如孝明者？富貴逼人，又誰能牽絆也耶？石羊，墓上物，出典雖未詳，然宋姜堯章有『他日石羊芳草路』句可證，疑是時杜秋已前卒矣。通篇雖為仲陽不平，而言外則大有諷刺鄭后出身微賤之意。必懿安薨後，鄭后專貴時作也。午橋箋已見及此，惟句下所釋，皮附寡當，余為通之。（《會箋》）又曰：此篇無一語切題，必非客遊江東時詠古之作，知其別有寄託矣。然使事太晦，不易索解。馮氏謂傷二美逝後作，固是。余考《燕臺》篇屢言石城景物，石城當指金陵，故又用《玉樹》亡國事。後《河內》篇復言閶門，豈其人自金陵赴湘，又流轉吴地而歿耶？後有《送李郢蘇州》詩『紫蘭招魂』，似可參悟。若柳枝則多言郢路，其後蹤跡不能詳矣。此『雙桐』或即指《燕臺詩》所謂『桃葉桃根雙姊妹』者乎？至馮氏謂『石羊』暗喻楊嗣復，則臆測矣。要之此等詩，苦無確解，但知其為風懷足已，必一一詮釋，未免愚妄。當日已難顯言，何煩臆揣哉！○長吉派亦天地間一種不可少之文，源出靈均，何謂了無可取？此言太不公允矣。紀氏不取長吉派，由於不知長吉詩佳處耳。○義山長吉體古詩數首，皆哀感沈綿，迷離惝怳，讀之使人哀樂循環無端而不忍釋手。文字感人如是，真可奴僕命《騷》也。紀氏乃以為了無可取，豈非妄談！（《辨正》）

【按】此詩與《景陽井》之泛泛詠史者不同，語晦意僻，又不甚切題，必有所託。程氏因景陽宫井在金陵，事又與嬪妃有關，故疑為杜秋作，然顯與題稱「雙桐」者不合，其以杜秋「經事憲宗，又傅姆子湊」解「雙桐」，固曲説也。張氏《會箋》復益以鄭后以成「雙桐」之數，而句下箋實仍就杜秋遭遇解之；且題曰「雙桐」，詩中並無任何暗示此雙桐遭遇不同之跡，則張氏所謂「其始同有寵於憲宗，而其後乃大異」者，實於詩無徵。又謂「紅樓」喻鄭后，亦與「雙桐」之一喻鄭后之説自相矛盾。馮箋斷為艷情，亦無顯證，將此與《嘲櫻桃》《代越公房妓嘲徐公主》及《判春》諸篇皆牽合為一事，則又泛而失當。詳味詩意，「雙桐」確喻雙美（詩有「兩枯心」語，明指兩人），而題曰「《景陽宫井雙桐》」，則暗示此雙美與宫闈有關，或即宫嬪之屬。起二句，以「菱花」「明月」喻井面，謂井已乾枯。「血滲」二句，謂桐雖枯而情則長在。「兩枯心」，正點雙桐已枯；「血滲」，極言其情之殷而至於血滲於心也。「情多去未得」，即「身在情長在」之意。「徒經」二句，謂此雙桐，惟過棲烏，不見棲鳳，言外有傷其淪落意。「未待」二句，謂雙桐雖未待刻作桐人，然視其脈脈含愁之狀，固似有魂魄者矣。「誰將」二句，謂誰持玉盤明鏡之井水以救此雙桐乎？當日未死，今日心枯血滲，是翻相誤也。蓋雙桐既因宫井而植，又因井廢而枯，故云。「天更」二句，謂雙桐之孫枝蜿蜒伸展，似欲尋覓往昔之君主，然天宇空闊，已茫茫無覓處矣。「昔妒」四句，謂雙桐昔曾妒宫槐之斂眉邀寵，今則任憑繁花競發之紅櫻獨占春光。「翠襦」二句，言其翠葉凋殘，露水霑其上有似向天啼淚。「不禁綻」，謂葉之凋殘若衣之不禁綻裂。此六句總言其枯老凋殘之狀。末二句即「天長地久有時盡，此恨綿綿無絶期」之意。石羊，墓前之物。「石羊不去誰相絆」，疑即何不從故君於地下，復有誰絆之之意。

題曰「《景陽宫井雙桐》」，似是借詠宫嬪年衰出居於民間者。詩中「丹山客」「郎主」，皆喻故君。全篇似寫其枯老凋衰之狀與懷念故君之情。「昔妒」四句，含無限今昔之感。此與《燒香曲》為同類之作。

聞歌

斂笑凝眸意欲歌，高雲不動碧嵯峨①。銅臺罷望歸何處②，玉輦忘還事幾多③？青塚路邊南雁盡④，細腰宮裏北人過⑤。此聲腸斷非今日，香灺燈光奈爾何〔一〕⑥！

〔一〕『光』，馮引一本作『殘』。

①【姚注】《列子》：『秦青撫節悲歌，聲振林木，響遏行雲。』

②魏武西陵事見《東阿王》注。

③【朱注】《拾遺記》：『穆王御黄金碧玉之車，跡轂遍於四海；西王母乘翠鳳之輦，而來與穆王歡歌。』【馮注】《穆天子傳》備叙巡遊，而終以盛姬之喪，故云。

④【朱注】《歸州圖經》：『胡地多白草，昭君冢獨青，鄉人思之，為立廟香溪。』《一統志》：『昭君墓在古豐州

西六十里。」

⑤【朱注】細腰注見《夢澤》。杜牧詩：『細腰宮裏露桃新。』【馮注】巫山楚宮，古謂之細腰宮。然可泛稱。陸游《入蜀記》：『巫山縣楚故離宮，俗謂之細腰宮。』

⑥【朱注】灺，斜上聲。《説文》：『灺，燭燼也。』【馮注】《集韻》又有待可切，音舵，燭餘也。《世説》：『桓子野聞清歌，輒唤奈何，謝公聞之，曰：「子野可謂一往有深情。」』【黄生曰】（香灺燈光）四字硬裝。

【朱彝尊曰】此詩與《詠淚》作相類。

【何曰】第二言甫欲歌而雲已遏也。（《輯評》）

【錢曰】此詩作法與後《詠淚》詩相類。（題下總評）『銅臺』句：西陵已無所聞。『玉輦』句：瑶池更不知。『青塚』句：故國寂無消息。『細腰』句：臺榭已易其主。皆寫斷腸聲也。

【黄生曰】首句寫歌態如見。次句用遏雲事活甚。中四句言昔時歌舞之地，聲銷影滅，不堪回首想。七八承明之，云此際香銷燭盡之後，亦堪腸斷，其如此嬌眸笑靨何哉！（《唐詩摘抄》）

【胡以梅曰】通篇是聞歌而悲傷。起四字歌者含悲意。二言歌之遏雲。碧嵯峨，注其不動之貌有致。三言歌中可悲之事，如銅臺歌後，曹瞞已没，則歌伎安歸？四言王母與穆王宴歌之後，畢竟穆王仍是别離，其忘還之事能有幾多。言無有也。句法活潑。此歌於生死别離之苦者。五六因樂府有《昭君怨》《楚妃怨》等曲，言昭君已為泉下之人，當日南望思鄉，今南雁并不至其冢，千古沉冤，而楚宮亦鞠為茂草，北人於此經過矣，又安論楚妃乎？此所聞歌聲堪以腸斷已非今日，對此香灺燈光，欲唤奈爾何！

【陸曰】此疑開元《法曲》流落人間，義山聞之而愴然感賦也。『斂笑凝眸』二句，言歌者鄭重出之，有響遏行雲之妙。以下借古形今，總不脱一『歌』字。『銅臺』句，以西陵喻泰陵。『玉輦』句，以巡行喻幸蜀。『青冢路邊南雁盡』，悲貴妃之埋玉馬嵬。『細腰宫裏北人過』，譏禄山之出入宫禁。後遂總上作結云：此聲之令人腸斷，已非一日，而我得聞於香灺燈光之下，能不輒唤奈何也哉！

【陸鳴皋曰】次句，用響遏行雲意。中四句，狀歌之哀慘，傳出死别、生離、絶域、永巷之悲，皆斷腸聲也。自古聞者皆然，故曰『非今日』，清宵殘焰時聞此，情不能堪矣。

【徐德泓曰】李有《湖中曲》，句曰：『此曲腸斷惟北聲。』言北音悲凉也。今深宫本怨，而聞北人之音，焉有不腸斷者？故曰『北人過』。詩意如是。若但云楚宫在南，而北人過此，便成鈍漢語矣。

【姚曰】題是『聞歌』，却説此歌更聞不得，此即『每聞清歌輒唤奈何』之意。斂笑凝眸，未歌也。只此歌意，碧雲為之遏住矣。銅臺玉輦、青冢細腰，皆所謂腸斷聲也。香灺燈光之下，我今已無魂可消，奈何！

【屈曰】一將歌時美人情態，二即遏雲。三四歌之妙絶，五六歌之悲感，故腸斷而唤奈何也。

【程曰】秦青之歌，令人泣下，故凡聞歌聲而賦詩寫悲者，常情也。此詩言悲則又不同，當是有唐中葉以後屢遭吐蕃、回紇、藩鎮之亂，而宫伎多流落在人間者。三句用銅臺，則魏武身後之事也。四句用玉輦，則周穆王在外之事也。五句用青冢路，則言其遠入沙漠也。六句用細腰宫，則言其近流楚荆也。結句言所以一聞此聲，撫今思昔，不堪腸斷，欲唤奈何矣。考唐德宗嘗命陸贄草詔，使渾瑊訪求奉天所失裏頭内人，其事可證。當時宫人流落，為詩人所感歎者，如杜牧之《杜秋娘詩》，蓋不知凡幾也。其堪悲痛，豈特子美之遇樂工李龜年而已哉！

【馮曰】此聞怨女之歌而作也。中四句皆引宫闈事。程氏謂指宫人之流落者，如杜秋娘之類。余謂宫人出居寺觀者甚多，不必流轉他鄉也。或以孟才人為言，尤誤矣。

【紀曰】首二句點明，中四句擲筆宕開，而以七句承明，八句拍合，極有畫龍點睛之妙，但情韻深而意格靡，第一句鄙，第二句是長吉歌行一派，入七律亦澁，終非佳篇，存看筆法耳。（《詩説》）

【曾國藩曰】觀『細腰』句，似在江陵時作。（《十八家詩鈔》）

【張曰】此詩在晚唐少有媲，無所謂格調靡靡也。首句不鄙。『碧雲』句比喻極佳。（《辨正》）

【黄侃曰】此詩制格最奇。聞歌正面，首二句已寫出，以下皆襯托之筆，七八句乃收到本意。程泥中四句為實事，而傅會於宫人之流落者，則蹇礙孔多矣。『高雲不動』，朱長孺以為用秦青響遏行雲事，是也。孟德西陵之恨，周王《黄竹》之謡，與夫漢女入胡、息嬀歸楚，此皆自古可悲之事，而今之歌聲，令人斷腸，亦與往昔同科，此於燭明香暗之時，欲唤奈何也。

【按】起聯謂響未發而已遏行雲，極言歌者技藝之高妙。此『聞歌』前之情景。頷腹二聯即所聞之歌之藝術意境，亦聽者由歌所引發之聯想。四句皆與宫闈事有關，暗示歌者之身份為往昔之宫人。君王逝世而身無所歸，君王佚游而身無所遇；或遠赴絶域，埋骨青塚；或禁錮楚宫，以淚洗面，此皆古來宫嬪之悲劇命運。故末聯總承，謂宫嬪長恨，自古而然，今日香殘燈光之際聞此腸斷之聲，能不輒唤奈何哉！

宫妓①

珠箔輕明拂玉墀②，披香新殿鬭腰支③。不須看盡魚龍戲④，終遣君王怒偃師⑤。

①【朱注】宫妓，内妓也。《教坊記》：『西京右教坊在光宅坊，左教坊在延政坊，右多善歌，左多工舞。妓女入宜春院，謂之内人，亦曰前頭人，嘗在上前也。』【馮注】《新書·志》：『武德後，置内教坊于禁中。武后如意元年改曰雲韶府，以中官為使。開元二年，又置内教坊于蓬萊宫側，有音聲博士；京都置左右教坊，掌俳優雜技。自是不隸太常，以中官為教坊使。』按：《舊書·順宗紀》『出掖庭教坊女樂六百人』，即宫妓也，頻見《唐書》。

②【朱注】《三秦記》：『明光殿皆金玉珠璣為簾箔，晝夜光明。』【程注】劉孝威詩：『虬檐掛珠箔。』【唐汝詢注】沈約詩：『大婦掃玉墀。』

③【朱注】《三輔黄圖》：『武帝時，後宫八區，中有披香殿。』《雍録》：『唐慶善宫有披香殿。』王諲詩：『披香殿裏薦蛾眉。』【唐汝詢注】梁邵陵王綸詩：『軟媚著腰肢。』【馮注】《舊書·蘇世長傳》：『高祖嘗引之於披香殿。』

④魚龍戲見《謝往桂林至彤庭竊詠》詩注。

⑤【朱注】《列子》：『周穆王西巡狩，道有獻工人名偃師。偃師所造能倡者，趣步俯仰，頷其頤則歌合律，捧其手則舞應節，千變萬化，惟意所適。王以為實人也，與盛姬内御並觀之。技將終，倡者瞬其目而招王之左右侍妾。王大怒，欲誅偃師。偃師立剖散倡者以示王，皆傅會革木膠漆白黑丹青之所為，内外肝膽支節等，皆假物也。合會復如初。王歎曰：「人之巧乃可與造化同功乎？」』

【楊億曰】余知制誥日，與陳恕同考試。……因出義山詩共讀，酷愛一絶云：『珠箔輕明拂玉墀，披香新殿鬭腰支。不須看盡魚龍戲，終遣君王怒偃師。』擊節稱歎曰：『古人措辭，寓意如此之深妙，令人感慨不已。』（《談苑》。據《詩話總龜》引）

【葛立方曰】傀儡之戲舊矣。自周穆王與盛姬造倡於崑崙之道，其藝已能奪造化，通神明矣。……李義山作宫妓一絶，……是以觀倡不如觀舞也。（《韻語陽秋》）

【唐汝詢曰】此以女寵之難長，為仕宦者戒也。居綺麗之宫，競纖腰之態，自謂得意矣。然歡不敝席，嘗起君王偃師之怒。噫！駑馬戀棧豆，止足者幾人！鮮有能舍魚龍之戲而去者，此黄犬之所以興悲，唳鶴所以發歎也。（《唐詩解》。按：吴昌祺評定《删訂唐詩解》評此首云：此言其美麗足動偃師倡者之招。唐解過求而反失之。『終遣』二字未佳。）

【胡震亨曰】楊文公《談苑》以此為寓意深妙，酷愛之。宋人崇尚西崑，無别白概如此。（《唐音戊籤》）

【孫緒曰】李義山《宫詞》曰：『不須看盡魚龍戲，終遣君王怒偃師。』夫偃師以木人瞬目招美人而楚王猶怒，妬癡一至此哉！蜀甘后寵幸專房，先主嘗得一玉人，長數寸，朝夕把玩，或寘之衽席中，后甚忿恚，伺先主出，碎之以自快。然則楚王之怒未足深訝也。（《沙溪集》）

【何曰】不可謂之無别白。楊、劉所自為詩，號《西崑酬唱集》，取玉山策府之意。胡氏即以温、李為西崑，亦沿流之誤。（見《輯評》）

【馮班曰】此詩是刺也。唐時宫禁不嚴，託意偃師之假人，刺其相招，不忍斥言，真微詞也。（朱箋引）

【賀裳曰】此詩只形容女子慧心，男子一妬字耳。（《載酒園詩話》卷一）

【徐德泓曰】人有佚情，雖假物亦來引誘。曰『不須看盡』，曰『終遣』，詞旨微妙。

【姚曰】字字有意，愈味愈佳，於此可悟立言之體。小犬隔花空吠影，終未免媒禍也。

【屈曰】小人之伎倆，終至於敗，不過暫時戲弄耳。

【程曰】馮定遠之論極是。但有『不須看盡』字，有『終遣怒』字，則著其非假，詞亦微而顯矣。

【馮曰】此諷宮禁近者不須日逞機變，致九重悟而罪之也，託意微婉。楊文公《談苑》云……蓋以同朝有不相得者，故託以為言也。後人乃謂刺宮禁不嚴，淺哉！

【紀曰】託諷甚深，妙於蘊藉。

【張曰】《宮辭》與《宮妓》詩意同。唐自中葉，漸開朋黨傾軋之風，而義山實身受其害。此等詩或者為若輩效忠告歟？千載讀之，有餘喟焉。（《會箋》）

【按】詩中用典，當據具體詞語以求作者意之所注。偃師之典，或取『倡者瞬其目而招王之左右侍妾』以諷宮禁不嚴，或取偃師之競奇鬬巧反招穆王之怒，自均無不可。然就此詩觀之，作者用偃師典時並未突出『倡者瞬其目而招王之左右侍妾』之情節，而着重强調偃師雖巧奪造化終不免遭君王之怒，故所諷者係偃師一流人物，而非宮妓甚明。況按《列子》所叙情事，『倡者』顯係男性，而此詩中鬬腰支之宮妓則為女性。若謂『君王』之所以『怒偃師』，係宮妓『招王之左右侍妾』，則近乎笑談；若謂宮妓相當於典故中之『左右侍妾』，則顯與典故原意不合（『歌合律』『舞應節』之倡者與『鬬腰支』之宮妓明為同類）。然則託諷宮禁不嚴之説，既乏詩歌本身之依據，亦與典故未能合拍，而難以成立。此詩一二句寫宮妓翩翩起舞，競鬬腰支。三四蓋謂君王不待看盡新奇變幻之魚龍百戲，即將怒及競奇弄巧之偃師矣。詩之深意，在借宮廷生活以諷刺逞機變於君前，弄權術於幕後之巧佞者，預言其好景不常，終將因玩弄機巧自召其禍也，『不須看盡』『終遣』云云，意固微而顯矣。措語遣辭，與『未知歌舞能多少，虚減宮厨為細腰』，『莫向尊前奏《花落》，凉風只在殿西頭』極為神似。相互參較，託寓愈顯。

宮辭

君恩如水向東流，得寵憂移失寵愁。莫向尊前奏《花落》①，涼風只在殿西頭②。

①【朱注】樂府有《梅花落》。【馮注】《樂府詩集》：『《横吹曲梅花落》本笛中曲也。唐有《大梅花》《小梅花》曲。』

②【程注】《三體詩法》注：『江淹《擬班婕妤詠扇》云：「竊愁涼風至，吹我玉階樹。君子恩未畢，零落在中路。」蓋以涼風喻寵衰而冷落。此詩用之『殿西頭』者，是近而易至也。』【按】秋天多西風，故云『涼風只在殿西頭』。

箋評

【周敬曰】『得寵憂移失寵愁』，事出無奈；『涼風只在殿西頭』，說得怕人。（《唐詩選脈箋釋會通評林》。下三條同。）

【吴山氏曰】懇懇囑囑，以見寵不可留，實境苦情，道無餘藴。

【至天隱曰】以凉風喻寵衰而冷落。殿西頭者，言近而易至也。

【敖子發曰】末二句，託喻君恩不可恃者，由君側有讒人也。人臣以寵利居成功者，觀此亦可省哉！然則女寵仕路，均多不測榮辱，此曰『莫向樽前奏《花落》』，分明示人慎守供職，以聽自然，毋徒戚戚，以得失攖心也。

【吴喬曰】有警絢意。（《西崑發微》）

【何曰】用意最深，人人可解，故妙。（《輯評》）

【徐增曰】君恩如水，一去不留，誰保得終始？未得寵時憂不得寵，既得寵矣，又恐失寵。患得患失，蓋無日不憂愁者也。樽前相向，曲意承歡，莫道春日遲遲，不去點檢，恃恩嬌妬，以為凉風未必即到。凉風，喻失寵也。奏《花落》，是笑得寵之人，勸其且顧自己。夫女子以色事君，能得幾時？君稍不得意，便入長門。春風在君處，凉風亦在君處，只於頃刻間轉换。得寵甚難，失寵甚易，寵豈可恃者哉？（《而庵説唐詩》）

【陸鳴皋曰】榮華難保，豈獨宫女然乎？情致極其藴藉。

【姚曰】慨榮寵之無常也。『昨日芙蓉花，今朝斷腸草』，不足歎矣。

【屈曰】恩情中道絶如此之速，被寵者自當猛省。

【程曰】詩語水易東流，風偏西殿，花開花落，莫保紅顔，寵盛寵衰，等閒得失，此女子之憂愁也。雖然，女子辭家而適人，人臣出身而事主，寧二致哉！蓋亦自寓之辭也。

【馮曰】次句謂得寵者以其昔憂移付失寵人矣。下二句却唤醒得寵人，莫恃新寵，工為排斥，凉風近而易至，爾亦未可長保也。與上章（指《宫妓》）寓意同。

【紀曰】怨之至矣，而不失優柔之意，一唱三嘆，餘音未寂，後二句仿佛『黄河遠上』一章也。廉衣曰：『末二句妙矣，緣「西」字與首句「東」字相應，轉成纖仄。』此論入微。又曰：『次句欠雅。』亦是。（《詩説》）

【俞陛雲曰】唐人賦宫詞者，鴉過昭陽，階生春草，防瓊軒之鸚語，盼月夜之羊車，各寫其怨悱之懷。此詩獨深進一層寫法，謂不待花枝零落，預料涼風將起，墮粉飄紅，彈指間事，猶妾貌未衰，而君恩已斷，其語殊悲。推其第二句移寵之意，士大夫之患得患失，因之喪志辱身者多矣，豈獨宫人之回皇却顧耶？（《詩境淺説續編》）

【張曰】與《宫妓》詩意同。唐自中葉，漸開朋黨傾軋之風，而義山實身受其害。此等詩或為若輩效忠告歟？千載讀之，有餘喟焉。（《會箋》） 又曰：「東」「西」二字偶不檢點，非有意相應也。且亦不礙格，何得責以纖仄？次句極為自然，但未加修飾耳。集中此種頗多，轉覺有致，豈欠渾雅哉！（《辨正》）

【按】此有託而言，當與《宫妓》《夢澤》《槿花》等同參。首言君恩如水不常，籠起全篇。次謂得寵者憂寵移愛衰，失寵者則君恩永遠銷歇，惟有滿腹愁怨矣，馮解非。三四乃從失寵者眼中看得寵者之志滿意盛，而以君恩轉瞬即逝婉諷之。「莫向」「只在」，諷意顯然，今日之得寵者，焉知明日不為失寵者乎？「尊前奏《花落》」，含意雙關，既狀得寵者於君前妙舞清歌，曲意逢迎，又暗示其志滿意得，幸災樂禍（奏《花落》），故末句以涼風不遠，暗諷其今日所奏，正明日自身遭遇之預兆。「花落」「涼風」，關合自然巧妙。張氏聯繫晚唐朋黨傾軋之政治環境以發明其託寓，較泛言「慨榮寵之無常」「唤醒得寵人」，有見多矣。

歌舞

遏雲歌響清①，迴雪舞腰輕②。只要君流盼〔一〕，君傾國自傾③。

〔一〕「流」，悟抄作「王」。「盼」，姜本作「眄」。

①【朱注】《列子》：「薛譚學謳於秦青。一日辭歸，青餞於郊衢，撫節悲歌，聲振林木，響遏行雲。」

②【補】曹植《洛神賦》：「髣髴兮若輕雲之蔽月，飄颻兮若流風之迴雪。」

③【補】流盼，猶流眄。陶潛《閑情賦》：「瞬美目以流眄，含言笑而不分。」「傾國」見《馬嵬》注。

【徐德泓曰】又從「傾」字翻新，似淺而實深也。

【姚曰】此亦是輕薄語。

【屈曰】好歌舞而傾國者多矣，賢賢者何少也！

【馮曰】其如不流盼何？所慨多矣。

【紀曰】淺直。（《詩説》）　殊乏蘊藉。（《輯評》）

【張曰】正面説來，深戒色荒，意最警策。蘊藉在神骨，不在外面詞句也。（《辨正》）

【按】戒色荒之作，末句意顯然。馮箋非。

訪隱

路到層峰斷，門依老樹開。月從平楚轉①，泉自上方來②。薤白羅朝饌③，松黄暖夜杯④。相留笑孫綽，空解賦《天台》⑤。

①【朱注】謝脁詩：『平楚正蒼然。』注：『平楚，叢木廣遠也。』

②【朱注】《維摩經》：『汝往上方界，分度四十二恒河沙佛土。』【馮注】佛舍僧居每稱上方。【程注】郎士元詩：『月在上方諸品静，心持半偈萬緣空。』

③【朱注】潘岳《閒居賦》：『緑葵含露，白薤負霜。』《唐本草》：『薤是韭類，有赤白二種，白者補而美。』【馮注】《本草圖經》：『薤似韭而葉闊，多白，無實，有赤白二種，白者冷補。』【程注】杜甫詩：『甚聞霜薤白，重惠意如何？』

④【朱注】《本草》：『松花曰松黄。』裴硎傳奇：『酒有松醪春。』【馮注】《本草圖經》：『松花上黄粉曰松

黃，山人及時拂取，作湯點之甚佳。』

⑤【朱注】《文選注》：『孫綽聞天台山神秀，可以長往，因使圖其狀，遥為之賦。』【馮注】《文選》孫綽《天台山賦》序：『天台山者，山岳之神秀者也。事絶於常編，名標於奇紀，然圖像之興，豈虚也哉！若夫遠寄冥搜，篤信通神者，何肯遥想而存之？余馳情運思，不任吟想之至，聊奮藻以散懷。』此言親至其地，笑古之對圖畫而遥賦。

【朱彝尊曰】（前）四句同一句法，又是一格。

【何曰】（前）四語渾壯清切，難以時代局之。○落句反醒『訪』字。與公蓋卧遊而不至者也。（《輯評》。馮箋引楊曰：『前半渾壯清切，絶似少陵。』）

【陸鳴皋曰】前半寫所居之幽勝。三聯，寫飲饌之清潔。末則笑彼之不得親見而遥賦也。

【姚曰】上四句，見託境之斗絶。三句，眼界之闊，四句，地位之高。隱居處此，疑不與人世相接，乃薙白松黃，賓主不妨款洽。總之，非住山人，雖善賦如孫綽，不知山中實受用也。

【屈曰】前四訪隱。五六隱者享客。結言孫綽但能作賦，而不能如隱者之受用，以自嘲也。『相留』字承五六。

【馮曰】山境未測何地。

【紀曰】首四句句法不變，用在起處，如四峰矗起，不分低昂，彌見樸老，然不免捧心之病。末二句反襯出『訪』字，亦小家數。（《詩説》）　捧心雖病，亦謂之佳可也。若中四句平頭切脚，初唐多有之，不可以訓。（《輯評》）

【按】前四隱者所居之高峻幽静，由路斷門前而門前即景，而遥望平楚，而仰觀上方，次第井然。五六隱者待客之殷。七八謂蒙隱者留宿而共笑孫綽之空解作賦未睹神秀也。義山《訪隱》《幽人》等篇，内容意致略似，疑是同一時期所作，或大中三年為京兆掾曹時賦。

北青蘿①

殘陽西入崦②，茅屋訪孤僧。落葉人何在，寒雲路幾層？獨敲初夜磬③，閒倚一枝藤。世界微塵裏④，吾寧愛與憎？

集注

①北青蘿，在濟源縣王屋山中，義山早年曾在王屋山分支玉陽山學道。岑參《南池夜宿思王屋青蘿舊齋》：『早年家王屋，五别青蘿春。』

②【朱注】崦，於檢切。《山海經》：『崦嵫山下有虞泉，日所入。』【馮注】《山海經·西山經》：『崦嵫之山。』傳曰：『日没所入山也。』此泛言夕陽在山。

③【程注】常建詩：『松陰澄初夜，曙色分遠目。』

④【程注】《楞嚴經》：『由是引起塵勞煩惱起為世界。』《法華經》：『譬如有經卷，書寫三千大千世界事，全在

微塵中，時有智人破彼微塵，出此經卷。』【馮注】《金剛經》：『若以三千大千世界碎為微塵。』此種語極多。

【何曰】『獨敲初夜磬』，寫『孤』字。『初夜』頂『殘陽』來，而『路幾層』亦透落句，不惟迴顧『孤』字，兼使初夜深山迷離如睹。（《讀書記》） 又曰：三四澹妙。（《輯評》）

【徐德泓曰】第二句即題也，下皆從此生情，清腴無比。

【姚曰】結茅西崦，在落葉寒雲之外，可謂孤絶矣。清磬深宵，老藤方丈，静中是何等境界。而一微塵中，吾猶以愛憎自擾耶？

【紀曰】三四格高。末句『吾』字乃『君』字之訛。（《輯評》）。（按：作『吾』不誤，此訪孤僧而有感）。 芥舟曰：五六嫌弱，結句尤湊。（《詩説》）

【姜炳璋曰】『北青蘿』，庵名也。訪僧而挹其清趣，覺愛憎之意至此而平。

【孫洙曰】『茅屋訪孤僧』，初不見故訪。『落葉人何在？寒雲路幾重』，路遠。『獨敲初夜磬，閒倚一枝藤』，初聞磬，後見杖。（《唐詩三百首》）

【王文濡曰】『落葉』二句：聞落葉之聲，而不聞人行；見寒雲之路，而不見僧歸，是方入其境也。 『獨敲』句：未見其寺，先聞其磬。初夜，黄昏也。獨敲，應『孤僧』二字。○僧既不在，何以言敲磬？蓋設想之詞耳。『閒倚』句：藤，杖也。既見其寺，吾且倚杖以閒觀。『世界』二句：世界不殊微塵，一切皆空，何憎何愛？此悟道之言也。寫訪孤僧不遇。以落葉、寒雲、敲磬、倚藤等字襯出之，便覺清净之極，萬慮皆空。所以能悟澈佛旨。借此作結，毫不費力。（《唐詩評注讀本》）

【章燮曰】（首句）叙其時。（二句）叙事。（三句）聞。（四句）見。叙一路之景。意謂只聞落葉之聲，不聞行人；只見寒雲幾層，不見孤僧。方入其境也。（五句）未見其寺，先聞其磬，剛近初夜之時。『獨敲』，應『孤僧』二字。（六句）既見其寺，門外藤蘿蒼古，吾且閑倚其間，以賞幽雋，何其清浄如斯，令人萬慮俱空也。（七、八）因想大千世界，俱在微塵之中，物我一切皆空，有何憎愛？此悟道之言也。（《唐詩三百首注疏》）

【張曰】此非贈人詩，『君』字何指？……五六極健，結亦自然。（《辨正》）

【按】北青蘿當是老僧結廬之地。首聯日暮訪僧。頷聯訪而不遇，但見落葉遍地，寒雲路遠，意境頗似韋應物『落葉滿空山，何處尋行跡？』腹聯不遇夜宿，『獨敲』『閒倚』，均指己，故末聯因『獨敲』『閒倚』之清浄境界生出世界微塵之慨。

幽人

丹竈三年火①，蒼崖萬歲藤。樵歸説逢虎，碁罷正留僧。星斗同秦分②，人煙接漢陵③。東流清渭苦，不盡照衰興④。

集注

①【朱注】《别賦》：『守丹竈而不顧。』

②【朱注】《晉書・天文志》：『自（東）井十六度至柳八度，爲鶉首之次，秦分野。』【程注】《漢書》：『五星聚東井。東井者，秦分也。』【姚注】秦地，天文井、鬼分野。【馮注】《史記・天官書》：『二十八舍主十二州，斗秉兼之。』《漢書・志》：『東井輿鬼雍州。』

③【朱注】漢帝十一陵在長安。【程注】李華《含元殿賦》：『靡迤秦山，陂陀漢陵。』白居易詩：『渭水細不見，漢陵小於拳。』【馮注】按：《漢書》：『徙郡國民以奉園陵。』又如車千秋爲丞相徙長陵，黄霸爲丞相徙平陵之類。《西都賦》所云三選七遷，充奉陵邑也。此言所居之遠京城。

④【程注】鮑照《代白頭吟》：『人情賤恩舊，世議逐衰興。』

【何曰】『樵歸』句：正見塵跡隔絶。『星斗』二句：秦分漢陵，含下衰興。『東流』二句：言恒人屢閲興亡，幽人不知代謝。秦分漢陵，不以密邇而妨其獨善，斯真高尚其事者也。（《讀書記》。《輯評》『恒人』作『清渭』，馮箋引『代謝』作『時代』。）

【姚曰】蒼崖丹竈，處人虎雜居之地，幾疑世外矣，然不必與人世隔絶也。秦關漢時，近接顧盼之間，衰興之苦，有誰冷眼相看者耶？

【屈曰】一二人。三四幽。五六地。七八清渭照興衰於無盡，幽人亦然，結上『萬歲』意。

【馮曰】用意似甘露變後作。

【紀曰】後四句言世界忙忙，反襯『幽』字，絶可味。尤妙不更找一字，低徊唱嘆，使人言外得之。廉衣評曰：『項聯滯相，遂使通首兩橛。』（《詩説》）然極寫『幽』字，似乎無礙。（《輯評》）

【張曰】詩意不知何指，馮氏謂似甘露變後作，亦不類。（《會箋》）

【按】極寫幽人之離羣索居，不問世事。五六謂地雖鄰接秦中漢陵，心則遠隔塵世。末聯以東流清渭照不盡歷代興衰，反襯幽人之不關世事，曰『清渭苦』，正透幽人之樂。然作者意中，自有無限興衰之慨。

訪隱者不遇成二絶〔一〕

秋水悠悠浸野扉〔二〕，夢中來數覺來稀。玄蟬去盡葉黄落〔三〕①，一樹冬青人未歸②。

其二

城郭休過識者稀③，哀猿啼處有柴扉。滄江白石樵漁路〔四〕④，日暮歸來雨滿衣〔五〕。

〔一〕戊籤無『成』字。

〔二〕『野』原一作『墅』。席本、影宋抄、季抄、朱本、萬絶作『墅』。

〔三〕『去』原一作『脱』，萬絶、錢本作『聲』。影宋抄作『落』。『葉黄』，蔣本作『黄葉』，非。

〔四〕『石』，朱本作『日』。『樵漁』，席本作『漁樵』。《鶴林玉露》引此作『漁家』。

〔五〕『滿』，《鶴林玉露》引此作『濕』。

①【朱注】杜甫詩：『玄蟬無停號。』【馮注】《月令》：『季秋之月，草木黄落。』

②【程注】《本草》：『女貞，一名冬青，其樹以冬生，可愛，仙方亦服食之。』【馮注】《本草圖經》：『女貞凌冬不凋，即今冬青木也，江東人呼為凍生。』《羣芳譜》：『冬青一名萬年枝，女貞别種。』

③【馮注】暗用《後漢書》龐德公未嘗入城府事。

④【程注】范雲詩：『滄江路窮此。』

【羅大經曰】農圃家風，漁樵樂事，唐人絶句模寫精矣。余摘十餘首題壁間，每菜羹豆飯後，啜苦茗一杯，偃卧松窗竹榻間，令兒童吟誦數過，自謂勝如吹竹彈絲，今記於此。……李商隱云：『城郭休過識者稀，哀猿啼處有柴扉。滄江白石漁樵路，薄暮歸來雨濕衣。』（《鶴林玉露》）

【何曰】（次章）末三字信有流連不忍去之意。（《輯評》）

【陸鳴皋曰】（首章）幽韻宜人。

【姚曰】（首章）秋水浸扉，夢中數來境也。蟬盡葉黄，一樹冬青，此番來時境也。（次章）此去自應不到城中，恨漁樵歸處，暮雨柴扉，不能共此清味耳。

【屈曰】一首隱者未歸，二首自己冒雨暮歸，寫不遇最有遠神。

【馮曰】（首章）此章正賦未歸。（次章）此章想其歸途也。既不入城郭，則當從樵漁之路而歸矣，非義山自歸也。滄江白石，時聽猿啼，當是遊江鄉時作。或在後之東川時作也。

【紀曰】（首章）落句有神。廉衣評曰：『夢中』句累。（次章）蒙泉評曰：此想象其所往也，寫不遇亦別。蘅齋評曰：二絶風格又別。（《詩説》）『休』字作『不』字解，不作『莫』字解。（《輯評》）

【張曰】此類詩總難定編。（《會箋》）

【按】首章隱者未歸。一二謂隱者所居，秋水悠悠而浸扉，此境夢中曾屢過而醒後則稀見，今日到此，宛似重歷往日夢境。以實境為夢境，最有神味。次句正點想念之殷，訪隱之切。三四寫秋景，清疏中有生意，襯出未歸主人風神。次章馮箋頗新巧，大體可從。然次句明寫隱者居處（『柴扉』即首章之『野扉』），似不得以『想其歸途』解之。一二蓋謂隱者生平不入城郭，遠離塵囂，識者自稀，長年惟處此『哀猿啼處有柴扉』之幽寂境界。三四方是想像隱者歸途情景，『樵漁路』對上『城郭』；『日暮歸來』應前章『人未歸』。無論寫眼前實景或想像中情景，均富遠神。『滄江白石』『猿啼』，自非北地景物，然究屬何地，則頗難確指。

訪人不遇留别館〔一〕

卿卿不惜瑣窗春①，去作長楸走馬身②。閒倚繡簾吹柳絮③，日高深院斷無人。

校記

〔一〕才調集題作『留題別館』。

集注

①【馮注】《世説》：『王安豐婦常卿安豐，安豐曰：「於禮為不敬，後勿復爾。」婦曰：「親卿愛卿，是以卿卿；我不卿卿，誰復卿卿？」遂恒聽之。』《晉書·庾敳傳》：『王衍不與敳交，敳卿之不置，衍曰：「君不得為耳。」敳曰：「卿自君我，我自卿卿；我自用我家法，卿自用卿家法。」衍甚奇之。』此兼用之，微以艷體托意。

【程注】鮑照詩：『玉鈎隔瑣窗。』

②【朱注】曹植詩：『走馬長楸間。』

③【何曰】思作柳絮因風起也。（《輯評》）

箋評

【姚曰】明解大紳『隔簾閒殺一團花』從此出。

【屈曰】閒吹柳絮，深院無人，畫出可惜情景。

【程曰】別館，疑其人蓄妓處也，故義山留此戲之。

【馮曰】此必至令狐家未得見而留待也。『卿卿』惟可施於令狐，他人不得有此情款。解者謂友人貯嬌之處，非矣。下二句以怨女自比，極寫久候無聊，蓋左右使令之人亦冷落之耳。

【紀曰】太纖。首句尤鄙，蓋題妓館也。（《詩説》） 前二句鄙，後二句卑。（《輯評》）

【張曰】情深意苦，頗難指其事以實之。馮氏謂至令狐家未得見留待而作，似之。……寓感與《九日》詩同。（《會箋》） 又曰：沉痛即在平易中見，紀氏未能虚心領略耳。以為卑鄙，古人抱恨不淺矣。（《辨正》）

【按】題與詩均極顯豁，無求深解。別館，即《少年》詩中『別館覺來雲雨夢』之別館，當是友人蓄妓或貯嬌之處。訪友不遇，其人外出走馬長楸，留其所私暱者於別館深院之中，永日無聊，惟倚繡簾而吹柳絮以自遣耳。詩作女子口吻，戲之也。程箋良是。馮、張附會令狐，謂以怨女自比，不知何以與題相合。『閒倚繡簾』二句，意境頗似『行到中庭數花朵，蜻蜓飛上玉搔頭。』

十字水期韋潘侍御同年不至時韋寓居水次故郭邠寧宅〔一〕①

伊水濺濺相背流，朱闌畫閣幾人遊〔二〕②？漆燈夜照真無數③，蠟炬晨炊竟未休④。顧我有懷同大夢⑤，期君不至更沉憂。西園碧樹今誰主？與近高牕卧聽秋⑥。

〔一〕『邠』，各本均作『汾』；『寧』，朱注本、季抄一作『陽』，均非。今據徐校改，詳注。

〔二〕『晝』原作『書』，非，據錢本、席本、戊籤、朱本改。

①【道源注】王庭珪詩：『十字水中分島嶼，數重花外見樓臺。』　【朱彝尊曰】（十字水）在東都。【馮注】白香山分司東都，有《二月二日》詩云：『十字津頭一字行』；又劉夢得詩云：『三花秀色通春幌，十字清波遶宅牆。』，即此十字水也。徐曰：『舊作「郭汾寧」，又一作「汾陽」，皆誤。張籍《法雄寺東樓》詩：「汾陽舊宅今為寺，猶有當時歌舞樓。四十年來車馬散，古槐深巷暮蟬愁。」是久為禪客居矣。此當作「邠寧」。蓋郭行餘為邠寧節度，而與甘露之難，故有第三句。行餘當有故宅在東都，而韋寓居其中也。』按：徐氏以為當作『邠寧』，似也，余更核之：郭汾陽，華州鄭縣人，別墅在京城南，見本傳；居宅在親仁里，見《盧羣》《李石傳》，固未聞有宅在河南也。《封氏聞見記》與《譚賓録》：『郭令宅居親仁地四分之一，諸院往來乘車馬，僮客於大門出入，各不相識。』何可以法雄一處該之哉！李訓在東都，與行餘親善，或有宅在東都，然族誅何可復道！且詩之三句僅言其死，無他慘禍也。豈『無數』二字中暗傷被難多人歟？題中舊作『汾寧』者，似諱言之故訛其字歟？余初據《舊書·紀》：『開成三年十月，以郭旼為邠寧節度使，四年五月卒』，而疑或為郭旼，旼為尚父從子，亦必非也。本集《夜泊池

州》稱「韋潘前輩」，此云「同年」，又不可合，不如皆闕疑之為愈乎？【按】徐氏疑指郭行餘，似可從。三句「漆燈夜照真無數」，意境與《曲江》「空聞子夜鬼悲歌」相近，未見其不可指罹甘露之禍者。「族誅何可復道」，尤不足為據。

②【朱注】《水經》：「伊水出南陽縣蔓渠山，東北至洛陽縣南入洛。」【馮注】《水經》：「洛水東過洛陽縣南，伊水從西來注之。」【朱彝尊曰】（首句）十字水。（次句）期待御。【何曰】（「相背流」）十字。（《輯評》）

③【姚注】《述異記》：「闔閭夫人墓，周迴八里，漆燈照爛如日月焉。」【馮注】《史記正義》：「帝王用漆燈冢中，則火不滅。」【朱注】李賀詩：「鬼燈如漆點松花。」【何曰】死者。（《輯評》）【錢鍾書曰】李賀詩非言漆燭之燦明，乃言鬼火之昏昧，……其事與「爛如日月」大異。【補】《煬帝開河記》：「漆燈晶煌，照耀如晝。」句中「漆燈」則指鬼火。

④【朱注】《晉書》：「石崇以蠟代薪。」【馮注】《世説》：「石季倫用蠟燭作炊。」【何曰】生者迷於富貴。（《輯評》）

⑤【姚注】《莊子》：「且有大覺，而後知此其大夢也。」

⑥【朱注】曹植詩：「清夜遊西園。」鮑照《蕪城賦》：「璇淵碧樹。」注：「玉樹也。」【馮注】按《淮南子·地形訓》：「珠樹、玉樹、璇樹、絳樹、碧樹皆在崑崙增城之旁。」魏文帝《芙蓉池作》：「乘輦夜行遊，逍遥步西園。」末二句郭之故宅。【朱彝尊曰】（「西園」句）汾寧宅。

【朱曰】此感世間夢幻之不可長也。（《李義山詩集補注》）

【陸曰】首句寫伊水，次句寫故宅，叙韋所寓之地也。水曰『相背流』，有逝者如斯之歎；宅曰『幾人遊』，有門前冷落之悲。此作者心靈手敏，於叙次中即插入此數字也。有此數字，下便接汾寧言之：漆燈夜照，悲其死後之寂寞；蠟燭晨炊，溯其生前之豪華。五六言榮盛幾何，歲月不與，天壤間安往非夢境耶？夫死生，夢也；聚散，亦夢也。明知為夢，而不能無離索之憂者，念君寓此故宅，卧聽秋聲，而無與為主也。通篇蟬聯而下，無限深情。

【姚曰】此感世間夢幻之不可長也。伊水蒼茫，朱欄映射，誠遊人勝覽之地，然纍纍之塚相繼，而炎炎之家又興，榮枯真如一夢耳。且不但彼人之在夢中也，即我與君亦俱在大夢中，有懷欲訴，而期君不至，轉眄又屬前塵，亦夢也。況西園故宅，正憑弔傷心之地，我不知兩君（按韋潘為一人）此際，竟與誰人同夢也。

【屈曰】前四句因舊宅而言富貴無常，有如大夢。五收上文，六同年不至。七八言主人已往，與君共聽秋聲，宜悟此理。侍御必深戀宦途，詩有諷意。

【馮曰】在洛中作，而未定何年也。故宅之稱雖不拘久近，然感嘆當在喪之未久耳。所慨未可細測，徐説近之。

【紀曰】支離牽引，毫無道理，亦毫無意趣。（《詩説》）

【張曰】此詩雖端緒紛繁，叙來皆有次第，何謂牽合無理？彼紀氏宋頭巾之理，豈所論於唐賢詩法哉！〇徐氏謂郭汾寧當作邠寧，指郭行餘也。行餘除邠寧節度使，即預甘露之變。當有宅在洛，為韋所栖托，詩中『漆燈』句疑暗比甘露變事，『無數』言死者多也。不然措辭何得乃爾？此不過藉寫題『故郭汾寧宅』字，非專為甘露事發，故隱約其辭，與有感二首明賦者不同，蓋賦詩體例宜然耳。馮氏疑之而不敢斷定，誤矣。（《辨正》）

【按】『十字水』當為洛郊遊賞之地，距韋所寓居之舊宅不遠，『水次』蓋指伊水也。首句點十字水，『相背流』，即『十字水』，謂伊水由此而分流也。次句點故郭邠寧宅，『朱欄畫閣』，昔日之繁盛華美；『幾人遊』，今日之冷落荒凉。次聯承『朱欄』句，謂死者已化為異物，生者猶貪享富貴，競逐豪奢，『真』字、『竟』字，是痛下針砭語。五句謂念及富貴榮華不常，則己之壯懷抱負亦同大夢，六句謂期韋不至，無可晤言以抒此人生感慨，故中心更覺深憂。七八謂韋寓居舊宅，對西園之碧樹，想當日此地之繁華，聽今日之蕭瑟秋聲，當不勝感慨也。此詩三四兩句為一篇眼目，蓋深感世人之競逐豪奢，而不知皆過眼煙雲。屈謂有諷韋意，雖未必然，但以富貴無常相警之意確見於言外。郭如指行餘，則作者或因甘露之變而生消極之人生感慨。然詩之作必在距事變稍遠之時，據題稱『韋潘侍御同年』亦可約略推見。

裴明府居止①

愛君茅屋下，向晚水溶溶。試墨書新竹，張琴和古松。坐來聞好鳥，歸去度疏鐘②。明日還相見，橋南貰酒醲③。

集注

①【馮注】《賓退録》：『明府，漢人以稱太守，唐人以稱縣令。』按：許渾有《晨至南亭呈裴明府》詩，時代既

同，南亭在京郊，似即此裴明府。　【補】居止，居處。

②【補】度，送，動詞。句意謂歸去時附近廟宇傳來鐘聲。

③【馮注】《史記》：『高祖常從王媼武負貰酒。』注：『貰，賒也，音世，又時夜反。』

【姚曰】裴蓋去官家居者。『向晚』句，嘆其無心。『試墨』句，藝之精。『張琴』句，調之逸。五句，言清晨已至；六句，言深夜方歸。貰酒橋南，更期明日，義山之傾倒於裴至矣。

【紀曰】首尾一氣相生，清楚如話，但清而薄耳。（《詩説》）

【姜炳璋曰】此表微之意。稱『明府』，則必曾為刺史或縣令者。休官家居，一椽茅屋，貰酒橋頭，蓋廉吏也。

【按】詩寫裴明府居處之清雅，主人意態之閒逸。『坐來』句泛言坐聞啼鳥好音，非謂清晨已至；『歸去』句謂傍晚疏鐘動時方歸，與上『向晚』相應，非謂深夜方歸。曰『明日相見』，則義山居處當離此不遠，殆居樊南時所作，第未詳何年耳。

復至裴明府所居

伊人卜築自幽深①，桂巷杉籬不可尋。柱上雕蟲對書字②，槽中瘦馬仰聽琴〔一〕③。求之流輩豈易得？行矣關山方獨吟。賒取松醪一斗酒〔二〕，與君相伴灑煩襟。

校記

〔一〕『瘦』，朱本作『秣』。

〔二〕『醪』，悟抄、錢本作『膠』。

集注

①【程注】李白詩：『東谿卜築歲將淹。』

②【朱注】《揚子》：『雕蟲篆刻，壯夫不為。』《説文序》：『六曰鳥蟲書，所以書旛信也。』《白帖》：『蟲書，即蝌蚪書。』【按】謂柱上書字以蟲書為對也。蟲書，篆書變體。雕蟲，雕琢蟲書。

③【朱注】《荀子》：『伯牙鼓琴，而六馬仰秣。』【馮注】《淮南子》（『六馬』）作『駟馬』。注曰：『仰秣，仰頭吹吐，謂馬笑也。』《御覽》引《琴書》：『師涓，紂樂官，善鼓琴，感四馬噓天仰秣。』或曰師曠，傳雖二，疑即是一。

【朱彝尊曰】工部之靡，宋人之俑。（馮箋引作錢評，『靡』作『魔』。）

【何曰】（『求之』二句）此等要非佳處。（《讀書記》）又曰：前四句都與一『煩』字反對。○腹連兩路夾出『復至』緣由。（《輯評》）

【陸曰】以明府而卜築幽深，便非流輩所及，宜義山切伊人之慕，而每過所居，輒生戀戀也。桂巷杉籬，是野人之居，曰『不可尋』，正見幽深處。三四言明府居此，何所事事，亦惟樂琴書以銷憂耳。山谷云：『如蟲蝕葉，偶爾成文』，言書法之若不經意也，『雕蟲』句即此意。《荀子》云：『伯牙鼓瑟，六馬仰秣。』見琴聲之能感異類也。『秣馬』句用其事。下半言明府其人，求之流輩，豈易多得，惜我有事行役，不獲常與君作伴耳。今獨幸未去，能不思賒取斗酒以灑我煩襟也哉！

【徐德泓曰】首二句，寫地之幽深。三四句，狀居之清雅。雕蟲，言對聯。客至，故有馬也。五句謂裴，六句自謂。因『獨吟』，故又引出結意。此種格調，已踞宋元首座，然不從絢爛中來，亦不能到此境。

【姚曰】此見俗士之無可與語也。幽深至不可尋處，人跡絶矣。雕蟲如對書字，秣馬猶解聽琴，甚言人世之無可與語也。我今茫茫流輩，閱歷已多；落落關山，獨吟無侶。松醪一斗，不攜至此處談心，而更欲何往耶？

【屈曰】一二明府所居之幽，『不可尋』者，復至歎賞之詞。三居之幽，四物之幽。五贊明府，六自歎飄流。七八賓主合結。○『不可尋』是『幽深』注脚，三四宜發揮此意，而『柱上』二句泛寫非法，盛唐必不如此。

【馮曰】是將行役叙别之作。

【紀曰】問『求之流輩豈易得，行矣關山方獨吟』，香泉以為要非佳處如何？曰江西詩派矯拔處亦自可喜，然生硬粗俚亦有一種傖父面目絶可厭處，此曲防流弊之言，最為有旨，學者不可不知也，予亦以為只可偶一為之耳。

（《詩説》）

【按】首聯居處之幽深。次聯興趣之高雅。柱上蟲書，見不同流俗；槽馬聽琴，見主人雅致。故五句承上總之曰『求之流輩豈易得』。六句轉寫已將有行役，揭出『復至』之由。七八斗酒除煩，君我雙收。義山開成五年移家關中後，同年十月、大中元年、三年、五年，皆有行役，未審此作於何年。揆之情理，大中三年赴徐幕前作可能性較大，裴明府或即京兆府畿縣同僚。此篇已開宋調。

子初郊墅①

看山對酒君思我〔一〕，聽鼓離城我訪君。臘雪已添牆下水〔二〕，齋鐘不散檻前雲。陰移竹栢濃還淡，歌雜漁樵斷更聞。亦擬村南買煙舍〔三〕②，子孫相約事耕耘。

〔一〕『對』，馮曰：『范梈《詩學禁臠》作酌。』

〔二〕『牆』，馮曰：『《禁臠》作檣，非。』

〔三〕『村』，馮引一本作『城』。【何曰】作『城南』方是郊外。【按】舊本均作『村南』。此就子初郊墅言，『村南』方切。『煙』，悟抄作『田』。

①【馮注】《子初墓誌》云：『僑居雲陽，時以閒情比興疏導心術，志之所之，輒詣絶境。間以羇旅遊京師，卿大夫聆其風者，以聲韻屬和不暇。』按：似即此人，而年時不可符。【按】子初係令狐緒字，詳下首箋。

②【馮曰】城南韋曲之類，詩家每云村舍也。又補注曰：《史記·魏其武安侯列傳》：『丞相嘗使籍福請魏其城南田。』《通鑑》：『開元時，太子太師蕭嵩嘗賂内謁者監以城南良田數頃。』則城南固美田。然此切指郊墅之村南，乃結鄰同井之意，非泛言耳。

【范梈曰】一句造意格（以《子初郊墅》為例）初聯上句以興下句，而下句乃第一句之主意。第二聯、第三聯皆言郊野之景。末聯結句羡郊墅之美，亦欲卜鄰於其間，有悠然源泉之意，此乃詩家最妙之機也。（《詩學禁臠》）

【金聖嘆曰】寫自訪子初，却先寫子初見憶，乃見兩人相歡之深，本如磁鐵相吸，何況又有好郊墅耶！看他『看山對酒』，妙，『聽鼓離城』，又妙！寫一個思之深，一個去之早，總是意思都在尋常往還之外，固不可以賓主二字淺律之也。三，臘雪，是紀此日相訪是初春。四，齋鐘，是表此日到墅是晌午。二句只承『我訪君』之三字也。（下四句）此方寫郊墅之佳。看他訪人郊墅，却欲自買郊墅，乃至欲合兩家子孫世世同有郊墅，真乃心醉子初郊墅不淺也。（《貫華堂選批唐才子詩》）

【朱曰】此言村居之樂也。（《李義山詩集補注》）

【何曰】起聯中便籠罩得子孫世世相好在，買舍耕耘，恰從腹連生下，更無起承轉合之迹。第五所以息機，第六所以發興，曲盡郊居之樂。中四句一片烟波，孟德所謂以泥水自蔽也。（《讀書記》） 又曰：腹連的是郊墅，讀之覺耳目間都無塵雜，却又不至流（疏？）净寂寞。曾流連淮海先生碧山莊三日，時維初夏，頗有此意。（『臘雪』句）至墅。（『齋鐘』句）同飲。當午。（『陰移』句）漸晡。（『歌雜』句）將歸。（『亦擬』二句）反結。暗『歸』字。收繳對起。（《輯評》）

【趙臣瑗曰】此詩格極平淡，情極濃至。看他一出手欲寫我訪君，却先寫君思我，便見得兩人投分非泛然也。三四只承二，臘雪消其序已春，齋鐘動其時已午，此不過紀其相訪之日，而牆邊水滿，檻外雲凝，其地之佳勝亦略可見矣。五六再細寫。五寫墅中，六寫墅外，但舉竹栢而花木之羅列可知，但舉漁樵而山水之環繞可知。一結更有別致，因子初之郊墅，我亦欲置郊墅，因我與子初相好，而欲訂兩家子孫世世相好，此其投分為何如乎？

【《唐詩鼓吹評注》】首言君方思我，而我適來訪君至此別墅。見臘雪已消，新添牆下之水；鐘聲未散，猶停檻前之雲。且竹栢之影，或淡或濃；漁樵之歌，時斷時續，此皆別墅之景物也。子初於此誠為嘉遯，我亦擬買煙舍同居，使子孫相約以耕耘為事，將焉取富貴為哉？

【陸鳴皋曰】中四句，承『訪』字而寫郊墅之景也，一下一上，一近一遠。

【陸曰】惟子初思我，故出郊訪之。起二句，乃對舉中之互文也。『臘雪』句，言歲將暮，記一年之節序也。『齋鐘』句，言時近午，記一日之晷刻也。五句是郊墅所見，六句是郊墅所聞。

【姚曰】看山對酒，郊外也；聽鼓離城，出郊也。中二聯，極寫郊外之景物。身羈城內，不知郊墅間如許受用，焉得不思卜居鄰並，舍塵鞅而樂耕耘耶？

【屈曰】因君思我而訪君，遂至郊墅。中四皆郊墅之景。如此佳勝，欲結鄰終老也。

【馮曰】筆趣殊異義山，結聯情態亦不類，但未敢直斥其非本集耳。餘詳《子初全溪作》。 又曰：《禁臠》以此篇為一句造意格，謂起聯一意領下也；以《寫意》篇為兩句立意格，謂起聯分領次聯三聯也；又以《月姊曾逢》篇為想像高唐格。其説拘滯支離，皆不可從。詩本坦途，何强尋障礙耶？

【紀曰】直寫樸老，風格殊高。　芥舟曰：『君思我』『我訪君』二句調用在起聯，故只覺脱灑，不嫌油俗，亦以其襯貼字面雅净。若吴梅村偷用於頷聯，云『青山憔悴卿憐我，紅粉飄零我憶卿』，則俗不可耐矣。（《詩説》）

【姜炳璋曰】首句，先補一筆。次句，主筆。三四，承『訪』字來，上句序已春，下句時已午也。五，墅中景；六，墅外景。以陪意作結。

【方東樹曰】此詩佳。開放翁、東坡。起句子初，以下郊墅。收佳，似白。（《昭昧詹言》）

【吴仰賢曰】李義山云：『看山對酒君思我，聽鼓離城我訪君。』李羣玉云：『正穿屈曲崎嶇路，又聽鉤輈格磔聲。』金地藏云：『愛向竹欄騎竹馬，懶於金地聚金沙。』陸放翁云：『唤船野渡逢迎雪，擕酒溪頭領略梅。』楊誠齋云：『鷗邊野水水邊屋，城外平林林外山。』……此種句法，皆由獨造。（《小匏庵詩話》）

【張曰】馮説甚是。此必他人和作而誤入者。與《全溪》一首皆可疑也。（《會箋》）

【按】首句因『我思君』而想像得之，若作事後追想紀實，便無意味。『臘雪』句春來冰化雪消之景，陸解為歲暮，殆非。『齋鐘』句見地之静，雲之深。五六竹栢陰移，時濃時淡，漁樵歌雜，或斷或聞，於閒静蕭散中見時間之推移，末聯將歸時所想所言，贊美之意見於言外。馮、張均以為非義山手筆，然義山七律中自有此自然流易一類。從首、尾二聯，可見義山與令狐緒交誼之篤。

子初全溪作

全溪不可到①，況復盡餘醅。漢苑生春水，昆池換劫灰②。戰蒲知雁唼③，皺月覺魚來④。清興恭聞命，言詩未敢迴⑤。

集注

①【朱彝尊曰】子初必全溪主人字也。【馮注】全溪，山中小地名，當在京郊。子初未知何人。【張曰】子初，不詳何人。後又有《子初郊墅》詩。此則似子初和義山者，故其題如是。因義山原詩佚去，獨存此首，遂誤為義山作耳。古人詩集，和詩往往居前，且提行書，與自作一例，《杜工部集》可考。（《會箋》）【王達津曰】子直是令狐綯的字……令狐緒是令狐綯之兄。古人名字相因，綯訓繩，直如繩，所以字子直。而『緒』字呢？《説文》：『緒，端緒也。』引申就是『初』的意思……可以推知令狐緒字子初。（《李商隱詩雜考》，載《古典文學論叢》第一輯，陝西人民出版社一九八〇年出版）【按】王説甚是。

② 劫灰注已見《寄惱韓同年》。

③【馮注】《玉篇》：『唼，子合切。』《楚辭》：『鳧雁皆唼夫粱藻兮。』

④【何曰】（『皺月』句）佳。（《輯評》）【錢鍾書曰】月印水面，魚唼水而月亦隨皺也。（《管錐編》八〇八頁）【田曰】『戰』『皺』太纖。（馮引）

⑤【馮注】主人留飲索詩而作。

【賀裳曰】義山之詩，妙於纖細。如《全溪作》『戰蒲知雁唼，皺月覺魚來。』《晚晴》：『並添高閣迥，微注小窗明。』《細雨》：『氣凉先動竹，點細未開萍。』

【徐德泓曰】首聯未醒，其病在第二句也。次聯寫溪。三聯寫溪中景，刻露盡致，宋人所不逮者。末嫌衰竭。

【姚曰】此豈作於甘露之禍後耶？春生劫换，驚魂乍定之餘，雁唼魚來，荒凉之狀可想。銜杯有作，聊副主人清興云耳。

【屈曰】不可到，言勝地不可輕易得到，故緊接『況復』字，以見今日宴飲之樂也。中四全溪之佳景。故見招而來，不敢遽歸也。

【程曰】文宗太和九年，因鄭注言秦地有災，宜興役以禳之，發左右神策軍千五百浚曲江及昆明池。詩有『漢苑生春水，昆池换劫灰』二語，或作於其時，故及時事。末二語無味。

【徐曰】《全唐詩》有《張衆甫》，字子初，清河人，河南府壽安縣尉，僑居雲陽，後拜監察御史，為淮南軍從事。義山同時人，疑即其人也。（馮箋引）

【馮曰】程説據《舊書·紀》，然不可拘也。若張衆甫者，其詩高仲武登之《中興間氣集》，《文苑英華》有權德輿撰《子初墓誌》，云建中三年三月終於家，是安得與義山同時哉？徐説誤矣。若以詩格論，《贈宗魯筇竹杖》，確是義山意趣。若此章五六之刻鏤，與本集相近而大不同，結聯意調亦不類。其後《子初郊墅》篇，輕婉之態，亦異本集也。余初斥在卷末，然與其過疑，毋寧過慎，故仍收之。又曰：《子初墓誌》云：『僑居雲陽，時以閒情比興疏導心術，志之所之，輒詣絶境。間以羈旅遊京師，卿大夫聆其風者，以聲韻屬和不暇。』按：似即此人，而年時不可符。豈他人之作而夾入者乎？

【紀曰】起二句跳脱有筆力，三四亦承得起，五六取巧致纖，有乖雅道，七八更不成語。（《詩説》） 前四句不失風格。五六太纖，七八太鄙。（《輯評》）

【按】首聯點全溪遊宴。次聯泛言春來節换，以襯全溪水盈緑漲，『漢苑』『昆池』或略寓時事。五六正寫全溪景物，句琢而纖俗。七八點和詩，拙鄙不文。馮、張謂非義山手筆，雖無據，然此詩確非佳構。

題李上謩壁

舊著《思玄賦》①，新編雜擬詩②。江庭猶近别，山舍得幽期。嫩割周顒韭③，肥烹鮑照葵④。飽聞南燭酒〔一〕⑤，仍及撥醅時⑥。

校記

〔一〕『聞』，悟抄作『開』。

①【朱注】《文選注》：『張衡為侍中，諸常侍皆惡直醜正，危衡，故作《思玄賦》以非時俗。』【姚注】《後漢書·張衡傳》：『衡常思圖身之事，以為吉凶倚伏，幽微難明，乃作《思玄賦》以宣寄情思。』

②【朱注】《文選》有雜擬詩。【馮注】江淹有三十首。【按】如義山集中《韓翃舍人即事》《杜工部蜀中離席》之類即雜擬詩。然此聯自指李上謩之舊著、新編。

③【朱注】《南史》：『文惠太子問周顒：「菜食何味最勝？」顒曰：「春初早韭，秋末晚菘。」』

④【道源注】鮑照《園葵賦》：『乃羹乃瀹，堆鼎盈筐。甘旨蒨脆，柔滑芬芳。』

⑤【朱注】《本草》：『南燭草木葉煮汁浸米，蒸作飯，謂之青飢。』或云：亦可釀酒，飲之延年。【馮注】《神仙服食經》：『採南燭草，煮其汁為酒，碧映五色，服之通神。』

⑥【朱注】《韻會》：『醅，酒未熟者。』庾信《春賦》：『石榴聊泛，蒲桃醱醅。』【馮注】《廣韻》：『醱醅，酘酒。』又：『醅，酒未漉也。』按：醱讀若撥，或遂作『撥』，或作『潑』，以酒之新釀者言之。【程注】《韻會》：『酘，謂之醱，酒再釀也。』白居易《醉吟先生傳》云：『吟罷自哂，揭甕醱醅。』醱醅二字必另有出。

【姚曰】李本詞客，山舍幽期，必論文佳會也。此時剪韭烹葵，一尊相對，人生樂事，何以加兹？

【馮曰】此留飲題壁之作。

【紀曰】平正之篇，無甚出色，但格韻不失耳。『江庭』當是『江亭』之誤。（《詩説》）『周顒韭』猶可，因《園葵賦》而稱『鮑照葵』，未見。湊泊。（《輯評》）

【按】李工賦能詩，不久前方與其在江庭作别，今又得在其山居相約期會。腹聯正山舍宴飲風味，末聯則盡醉新醿之意。

戲題友人壁

花逕逶迤柳巷深，小闌亭午囀春禽①。相如解作《長門賦》，却用文君取酒金②。

集注

①【程注】孫綽《天台山賦》：『羲和亭午。』注：『亭，至也；午，日中也。』

②【朱注】《長門賦序》：『武帝陳皇后得幸，頗妒。别居長門宫，愁悶悲思。聞司馬相如工為文，奉黄金百斤，為相如、文君取酒。相如為文以悟主上，皇后復得幸。』

【黄徹曰】舉人過失難於當，其尤者，臧孫之犯門斬關，惟孟椒能數之，臧紇謂國有人焉，必椒也，其難如此。司馬相如竊妻滌器開巴蜀，以困苦鄉邦，其過已多；至為《封禪書》，則諂諛蓋天性，不復自新矣。子美猶云：『竟無宣室召，徒有茂陵求。』李白亦云：『果得相如草，仍餘《封禪》文。』和靖獨不然，曰：『茂陵他日求遺藁，猶喜曾無《封禪書》。』言雖不迫，責之深矣。李商隱云：『相如解草《長門賦》，却用文君取酒金。』亦舍其大，論其細也。舉其大者，自西湖始，其後有譏其諂諛之態，死而未已。正如捕逐寇盜，先為有力者所獲，搤其吭而騎其項矣，餘人從旁助捶縛耳。（《碧溪詩話》）

【《輯評》墨批】豈主人不在而主婦留客，故以此戲之耶？

【姚曰】戲其不能無藉於妻貲也。

【屈曰】言有相如之才而不遇知音也。

【紀曰】戲筆不以正論。　平山以為戲其藉妻之貲，理或然也。（《詩説》）

【按】元微之《遺悲懷》云：『泥他沽酒拔金釵。』友人想亦有類似之舉，故義山作詩戲之，其中亦微寓才而不遇之慨。

寄羅劭輿〔一〕①

棠棣黄花發②，忘憂碧葉齊③。人間微病酒，燕重遠嗛泥〔二〕④。混沌何由鑿⑤？青冥未有梯⑥。高陽舊徒侶⑦，時復一相攜。

〔一〕『輿』，蔣本、戊籤、悟抄、席本、影宋抄、朱本均作『興』，非。

〔二〕『嗛』原作『兼』，非，據姜本、戊籤改。

①【馮注】《舊書·孝友·羅讓傳》：『讓子劭京，讓再從弟子劭權，並歷清貫。』《北夢瑣言》：『劭權，咸通時使相也。』此劭輿（按馮本作『興』）當與為昆季。按《爾雅》：『權輿，始也。』疑作『輿』，然不足校。【張曰】劭興當作劭輿。《唐語林》載『封侍郎知舉，首訪能賦人，盧駢詣羅劭輿』云云可證。又云：『劭輿居宣平。』

其後歷官無考。【按】與劭權為昆季，則自當作『劭輿』。權、輿常連用。

②【朱注】棠棣疑即唐棣，《本草》不言花黃，俟考。【屈注】逸詩：『棠棣之華，偏其反而；豈不爾思？室是遠而。』【程注】《爾雅》唐棣、移郭注：『似白楊，江東呼為夫移。』又棠棣、棣注：『今關西有棣樹，子如櫻桃，可食。』沈括辨夫移即白楊，陸璣《本草疏》以棣為郁李。嚴氏《詩緝》云：『《召南》唐棣之華與維常之華，《爾雅》所謂棣也。今人常棣多混作唐，先儒於此亦無定說。戴侗則以《爾雅》為誤分。』愚謂唐棣、常棣當如《爾雅》分別，郭注亦甚明。因唐、常音近，後譌。移自是白楊，棣自是郁李。然今人家園圃中有名棣棠者，花繁，黃色。常棣花白，棣棠花黃，義山所指其即此耶？【馮注】按《爾雅》分列唐棣、移、常棣、棣，而疏以《召南・唐棣之華》《小雅・常棣之華》分屬之。《本草》合引於郁李下。今且未細剖，而其花或白或赤，皆不言黃。故程氏謂今人園圃中有名棣棠者，花繁黃色，義山其指此耶？所揣頗似之矣。《說文》：『移，棠棣也；棣，白棣也。』宋景文《筆記》：『常棣，棣也；唐棣，移也，移開而反合者也。此兩物不相親。』【按】《詩・小雅・常棣》：『常棣之華，鄂不韡韡。凡今之人，莫如兄弟。』《詩序》稱召公燕兄弟所作，後因以棣華喻兄弟。《漢書・杜鄴傳》引作『棠棣』。即郁李。棣棠亦木名，春暮開花，金黃色。宋孟元老《東京夢華録》卷七：『是月季春，萬花爛漫。牡丹、芍藥、棣棠、木香種種上市。』或義山誤以棣棠即棠棣，故謂『黃花發』。

③【馮注】《詩》：『焉得諼草，言樹之背。』傳曰：『諼草令人忘憂。』《說文》：『藼，詩曰：「安得藼草？」或從煖，蕿；或從宣，萱。』《博物志》：『《神農經》曰：「中藥養性，合歡蠲忿，萱草忘憂。」』【按】忘憂即萱草。舊以萱堂指母之居室，亦指母。二句『棠棣』『忘憂』對舉，似有隱喻兄弟友于，老母健在之意。

④【馮注】『嗛』有與『銜』同之音義，然『兼』字是。【按】兼有加倍之義，如兼程、兼味，謂燕加倍銜泥故『重』雖亦可通，然終不若解作『銜』直捷妥帖。《史記・大宛傳》：『烏嗛肉，蜚其上。』正此句『嗛泥』之嗛。

⑤【馮注】《莊子》：『南海帝儵、北海帝忽謀報中央帝混沌之德，曰：「人皆有七竅，此獨無有，嘗試鑿之。」日鑿一竅，七日而混沌死。』

⑥【朱注】《楚詞》：『據青冥而攄虹兮。』注：『青冥，雲也。』【馮注】謝靈運詩：『共登青雲梯。』

⑦【朱注】《史記》：『酈生叱使者曰：「入言沛公，吾高陽酒徒也。」』

【姚曰】一二，草木皆有暢遂之時；三四，無事可做，反不如燕之能營巢也；五句，言鑽穴無能；六句，言引進無路，只得從高陽徒侶，以一醉消之耳。

【屈曰】一，思劭也；二，不能忘也；三，總承一二；四，所見惟此而已；五六，不遇於時；七八，寄劭也。○五，世界何時清明；六，一時致身無路。

【馮曰】語意似未第時。

【紀曰】三四小有致，五六太激。（《詩説》）　三四對法活變，五六微嫌徑直。（《輯評》）

【張曰】五六暗寓未第之感，不徑直也。（《辨正》）

【按】首聯描繪園圃中花草繁茂景象，『棠棣』『忘憂』，或暗寓兄弟友于，高堂健在之意。次聯謂人閒無所事事，借酒消遣，故微病於酒，而燕則忙於遠飛銜泥築巢。人閒與燕忙適成鮮明對照，透出閒居索寞無聊意緒。腹聯謂己鑽營無術，攀附無梯，正點明所以『人閒』之故，自慨中亦含牢騷。末聯揭出『寄羅』正意，希與羅時復攜手同遊也。

寄華嶽孫逸人〔一〕

靈嶽幾千仞，老松逾百尋。攀崖仍躡壁，噉葉復眠陰①。海上呼三鳥〔二〕②，齋中戲五禽③。唯應逢阮籍，長嘯作鸞音④。

校記

〔一〕『逸』，朱本、季抄一作『山』。

〔二〕『鳥』原作『島』，一作『鳥』。【馮曰】然必三青鳥，故曰『呼』。【按】馮説是。兹據姜本及馮校改。

集注

①【馮注】《異苑》：『毛女食松栢葉。』《御覽》引《博物志》：『荒亂不得食，可細切松栢葉，水送令下，以不飢為度。栢葉五合，松葉三合，不可過。』《舊書·隱逸·王希夷傳》：『嘗餌松栢葉及雜花散，年七十餘，氣力益

壯。』薛居正《五代史·晉·鄭雲叟傳》：『西嶽有五粒松，淪脂千年，能去三尸，因居於華陰。』

②【馮注】劉向《九歎》：『三鳥飛飛以自南兮，覽其志而欲北。願寄言於三鳥兮，去飄疾而不可得。』劉峻《山居營室》詩：『將馭六龍輿，行從三鳥食。』此句取招仙人之意。

③【朱注】《魏志·方伎傳》：『華陀曉養性術，名五禽之戲，謂虎、鹿、熊、猿、鳥也。體中不快，起作一禽之戲。』薛道衡詩：『盤蹦五禽戲。』【馮注】《後漢書·方術傳》：『華陀謂吴普曰：「人體欲得勞動，但不當使極耳。動摇則穀氣得銷，血脈流通，病不得生，譬如户樞，終不朽也。吾有一術，名五禽之戲：虎、鹿、熊、猿、鳥。亦以除疾，兼利蹏足。體有不快，起作一禽之戲，怡而汗出。」』

④【朱注】《晉書》：『阮籍嘗於蘇門山遇孫登，與商略終古及棲神導氣之術，登皆不應，籍因長嘯而退。至半嶺，聞有聲若鸞鳳之音，響動巖谷，乃登之嘯也。』【何曰】切孫，應轉起句。（《輯評》）

【何曰】清曠。（《輯評》）

【姚曰】靈嶽一往，名可得而聞而身不可得而見。遠呼三島之仙，暇作五禽之戲，恨我不能如阮籍相訪，一發君之長嘯耳。

【屈曰】一二華嶽。三登嶽，四餐松。五得道。前六句皆逸人。七以阮自比，八結逸人，典切極。

【程曰】結有阮籍語，乃用窮途意，當是去弘農尉時所作。

【馮曰】賈島有《送孫逸人》詩：『衣屨原同俗，妻兒亦宛然。』時代不甚遠，疑同此人。

【紀曰】三四不成語，餘亦淺率。

【張曰】此詩佳在後幅，前四句微傷平易，然氣韻自別。（《辨正》）

【按】程箋非，末聯以孫登比逸人，以阮籍自比，致想望意。詩意態閒逸，殊不類罷尉時之憤惋。孫逸人不可考，馮謂即賈島詩之孫逸人，殊難必。

寄裴衡①

別地蕭條極，如何更獨來〔一〕？秋應為黄葉〔二〕，雨不厭青苔。沈約只能瘦②，潘仁豈是才③。離情堪底寄，惟有冷於灰。

校記

〔一〕『更』，席本作『笑』。

〔二〕『黄』，蔣本、戊籤、錢本、席本作『紅』。

集注

①【馮注】《宰相世系表》：『裴衡字無私，系出東眷房。』文集有《代裴（懿）無私祭文》，疑即此人。祭文云『綬黄鬚白』，疑後之《與裴明府》詩亦即此人。若《與陶進士書》中之裴生，似非也。【按】裴衡即商隱之懿親字無私者。詩有悼亡意，疑是大中五年秋赴東川幕前所寄。

②【姚注】《南史》：『沈約有志台司，梁武帝不用，以書陳於徐勉，言己老病，革帶常應移孔。』【按】餘見《奉使江陵》『沈約瘦愔愔』句注。

③【朱注】《晉書》：『潘岳少以才穎見稱。』【馮曰】沈、潘自比，又自謙也。徐武源曰：『潘仁句用悼亡，裴或其親亞歟？』按：親亞之猜似之，餘解未是。

箋評

【徐德泓曰】此亦悼傷意。故次句有『獨來』字。三四句，寫蕭條之景，却一順一倒，言秋只為凋葉，而惟苔不厭雨也。『潘仁』句，仍用悼亡語而未亮。末纔點題。裴或其親亞耳。

【姚曰】前時惜別之地，豈堪此日獨來。三四，極言蕭條之景。五六是獨來情況。結出寄裴意。

【屈曰】一二悔自己不當重來昔日別離之地。三四搖落之景，五六飄零之人，所以致有此冷灰也。

【馮曰】前之相別，已覺蕭條，況今獨經此耶？秋風秋雨，蕭條更何如也！結言有何可寄，惟有冷於灰耳。蓋情之蕭條，較地尤甚矣。逐層剥進，不堪多讀。

【袁枚曰】此因裴之來訪而寄之以詩。首二叙裴過訪，三四秋景，五六言情，末寄詩而望其始終不落寞也。

【紀曰】不成語。起二句太突，後四句太率。（《詩説》）　三四自好。（《輯評》）

【許印芳曰】義山五律佳句，如『秋應為紅葉，雨不厭蒼苔』，『晚晴風過竹，深夜月當花』，『黄葉仍風雨，青樓自管絃』，『石梁高瀉月，樵路細侵雲』，此等雖不及杜，亦晚唐之高唱。（《瀛奎律髓彙評》引）

【張曰】起句倒裝最得勢，杜集中往往有此法，不嫌鶻突。結句迴應，章法極完密，非率筆可擬也。紀評太苛。（《辨正》）

【按】别地蕭條而更獨來，思念之情不能自已耳。頷聯補足『蕭條』，亦傳出重來别地時凄冷心境。秋風秋雨之中，黄葉遍地，青苔緣徑。曰『應為』，曰『不厭』，暗示自然界之風雨無情，人則情不能堪。末聯謂己别無所寄，惟有情冷如灰耳。『潘仁豈是才』，猶言『潘仁只是哀』，似作於王氏新亡後。裴衡與商隱為親婭。商隱仲姊適裴氏，衡或係裴氏姊夫族中人亦未可知。

寄蜀客

君到臨邛問酒壚，近來還有長卿無①？金徽却是無情物②，不許文君憶故夫③。

集注

①【程注】《史記·司馬相如傳》：『卓王孫有女文君新寡，好音，故相如繆與令相重，而以琴心挑之。相如至臨邛，從車騎，雍容閒雅，甚都。及飲卓氏，弄琴，文君竊從户窺之，心悦而好之，恐不得當也。』【馮注】《史記》：『司馬相如，蜀郡成都人，字長卿。相如與文君俱之臨邛，盡賣車騎，買酒舍，酤酒，而令文君當壚，相如自着犢鼻褌，滌器於市中。』

②【程注】《國史補》：『蜀中雷氏斲琴，常自品第，第一者以玉徽，次者以琴瑟徽，又次者以金徽。』梁元帝詩：『金徽調玉軫，兹夜撫離鴻。』【補】徽，繫絃之繩。《漢書·揚雄傳下》：『高張急徽。』後以為琴面識點之稱。此即指琴面定宫商高下之識點。却是，正是。

③【程注】古詩：『上山採蘼蕪，下山逢故夫。』

【鍾惺曰】極刻之語，極正之意。

【譚元春曰】讀此使人不敢言才子佳人四字。

【唐汝詢曰】在詠史中亦是一種議論。

【周珽曰】奇藻異想，令人可思。

【何曰】第二聯翻案。以無情誚金徽，殊妙。若説文君無情，便同嚼蠟。（《讀書記》）○必有託而云。（《輯評》）

【黄生曰】長卿死於好色，故以此諷之。本意言女子無情，遊其地者，勿為所惑耳。唐時蜀中極盛，蓋佳麗之藪也。（三四）反言見意。（《唐詩摘鈔》）

【陸鳴皋曰】慧心巧舌。

【姚曰】不言文君之越禮，而轉歸咎金徽，此立言微妙處。

【屈曰】此譏蜀客之不念故人也。

【程曰】此當作於嶺表歸朝之後，因寄蜀客而致慨也。鄭亞已遷，綯怒未解，陳情不省，金徽太卲矣。

【朱荆之曰】長卿死於好色，故以此諷之，本意言女子無情，遊其地者勿為所惑耳。唐時蜀中極盛，蓋佳麗之藪也。如張喬詩曰：『行歌風月好，莫老錦城間。』又云：『相如曾醉地，莫滯少年遊。』意蓋可見。（《增訂唐詩摘抄》）

【紀曰】隱其名曰蜀客，風之以不憶故夫，此必新舊之間友朋相怨之詩也，亦殊婉而多風。香泉評曰：以無情誚金徽，殊妙，若説文君無情，便同嚼蠟矣。（《詩説》）

【俞陛雲曰】此詩意有所諷。相如、文君，仍假託之詞，否則遠道寄詩懷友，而泛論千載上臨邛事，於義無取。詩人詠文君者，每有微辭，此則歸咎金徽，意謂文君若無絲桐吟詠之才，則相如無緣接近，蓋深惜為多才所誤。猶之《西第》頌成，致損馬融之望；《美新》論就，終嗟投閣之才。文人失足，豈獨才媛。題標蜀客者，本屬無是公，藉以寓諷耳。（《詩境淺説續編》）

【張曰】此亦為座主李回致慨也。李回大中二年由西川貶湖南時，義山正桂州府罷，遠赴巴蜀，希冀遇合。及回畏讒，不能攜以入幕，而義山於是復向令狐陳情，去李黨而入牛黨，豈其初心哉！此篇當是李回又貶撫州後作。末言我非不欲專報故主，而無如時勢反覆何？借金徽言之，便不直致。語雖似嘲似諷，實則倍極沉痛，與『玉壘高桐』一首皆一時所賦，亦可以見義山之心始終李黨矣。朱氏所謂『擇木之智，涣邱之公』，誠玉谿一生定論也。（《辨正》） 又曰：與《妓席暗記送獨孤雲之武昌》同意，似一時作。金徽無情，故夫不憶，義山之屢啟陳情，豈得已哉！此所以大鳴積恨也。首句當亦指獨孤。（《會箋》）

【沈祖棻曰】此因蜀客而及臨邛之地，因臨邛而及相如文君之事也。不言文君無情，不憶故夫，但言琴上金徽，乃相如挑文君之媒介，其物無情，不許文君更憶故夫，此詩人之忠厚也。

【按】舊時注家囿於封建禮教，難得確解。作者以詠嘆筆調寫相如以琴挑文君之事，於長卿、文君及其愛情似均持肯定態度。曰『金徽無情』，蓋謂琴音之魅力不可抗拒，足以動文君之心，而令其難以寡居也。託言金徽無情，致文君不得不有當日之舉，實謂故夫（確已亡故）非新夫之比，人間之真情難以抗拒也。作者顯有所託寓。蓋以文君自比，且借以自解也。集中《海客》詩似可與此篇參讀。詩似作於『去牛就李』之初，或其後與友人議及此事，慨然而借文君之事發為此作歟？

贈孫綺新及第

長樂遥聽上苑鐘①，綵衣稱慶桂香濃②。陸機始擬誇《文賦》③，不覺雲間有士龍④。

集注

①【朱注】《漢書》：『高祖五年後九月，徙諸侯於關中，治長樂宫。』《漢舊儀》：『上林苑離宫七十所，皆容千乘萬騎。』《兩京賦》：『上林禁苑，跨谷彌阜，東至鼎湖，斜界細柳。』【馮注】《元和郡縣志》：『長樂坡在萬年縣東北一十五里。』《長安志》：『長樂驛在長樂坡下。』【按】馮注非。《三輔黄圖》：『長樂宫本秦之興樂宫也。高皇帝始居櫟陽，七年長樂宫成，徙居長安城。』徐陵《玉臺新詠序》：『猒長樂之疏鐘。』錢起《贈闕下裴舍人》：『二月黄鸝飛上林，春城紫禁曉陰陰。長樂鐘聲花外盡，龍池柳色雨中深。』鍾振振謂此句『非謂在長樂坡、長樂驛聽鐘』，『實是「遥聽上苑長樂鐘」之倒文，蓋七言絶句格律甚嚴，本詩首句仄起，……故不得不變動辭序爾。』所解甚是。（鍾文載《文學遺産》一九八二年第四期）

②【馮注】《韻語陽秋》：『唐人與親别而復歸，謂之拜家慶。』按：本顔延年《秋胡》詩『上堂拜嘉慶』也。【程注】《儀禮》：『將冠者采衣紒在房中南面。』注：『采衣，未冠者之服。』杜甫詩：『遠傳冬筍味，更覺采衣香。』

③【朱注】臧榮緒《晉書》：『陸機妙解情理，心識文體，故作《文賦》。』杜甫詩：『陸機二十作《文賦》。』【馮注】按：《晉書》謂機少為牙門將，年二十而吴滅，退臨舊里，與弟雲勤學，積十一年，俱入洛。故前輩謂《文賦》當為入洛之前所作。杜詩『二十作文賦』，未知何據。此亦同杜意。

④【朱注】《世説》：『陸雲與荀隱會於張華坐。雲抗手曰：「雲間陸士龍。」』【張相曰】始擬，衹擬。不覺，不意。

【何曰】想綺之兄先已及第。（《輯評》）

【姚曰】必兄弟俱有文名者。

【屈曰】一新第，二得禄養。三自己，四孫綺。我方欲自誇能文，不知有君，而君已及第，則能文可知，我何敢復自誇哉？

【程曰】詩後二語，當是孫綺之兄有先及第者。第二句乃綺歸拜慶也。

【馮曰】此必兄弟能文而綺方少年。詩則酬應率筆。

【紀曰】淺俗。（《輯評》）

【按】一二美其新及第。遥聽長樂鐘，言其從此得近宫禁。次句『綵衣』似兼用『娱親』意，『桂香』謂登第。時綺歸省，故有此句。『陸機』自指綺兄能文者，屈箋非。士龍方指孫綺。

贈從兄閬之

悵望人間萬事違，私書幽夢約忘機。荻花村里魚標在①，石蘚庭中鹿跡微。幽境定攜僧共入，寒塘好與月相依。城中猘犬憎蘭珮，莫損幽芳久不歸②。

①【道源注】魚標，以白木板為之，插於水際，投餌其下，魚争聚焉，漁人以籠罩罩之。【馮注】或釣魚，或賣魚，用以標識者。（道源所云）不可云『標』也。

②【朱注】《左傳》：『國狗之瘈，無不噬也。』杜預注：『瘈，狂狗也，今名猘犬。』猘，吉器切。李賀詩：『嗾犬唁唁相索索，舐掌偏宜佩蘭客。』【馮注】《左傳》：『國人逐瘈狗。』《説文》：『狾，狂犬也。征例切。』《楚辭·懷沙》：『邑犬羣吠兮，吠所怪也。』《離騷》：『謂幽蘭其不可佩。』【按】猘，亦作『狾』『瘈』。

【金聖嘆曰】悵望人間者，言望久之，而悵悵久之，而仍望，然而終不免於萬事遲違，則是今日之人間，真已不堪其又往也。私書者，不敢明説，則託之於書；幽夢者，不敢明來，則託之於夢；約忘機者，言此間滿地皆機，才脱一機，却又入一機，則不如共去無機之處為樂也。三四魚標、鹿跡，即寫忘機之處可知。只攜僧人者，僧受律，不似在俗多欲；好與月依者，月清涼，不似人間煩熱也。城中云云者，昔言國狗之瘈，無不遭噬，而近今又聞獨噬蘭佩，然則力疾早歸，勉圖瓦全，毋再遲回，致遭玉碎，足更不可不加之意也。（《貫華堂選批唐才子詩》）

【朱曰】此言事難遂意，不如歸隱也。（《李義山詩集補注》）

【朱彝尊曰】下六句俱是『約』字。

【何曰】招隱詩也。○私書幽夢，都約忘機，始是真隱。所攜者僧，則俗人不復往還；與月相依，則並人事頓絶矣。○中四句畫出絶人逃世。○（『城中』句）人間事違。○落句未詳所指。（『中四句』一條見《讀書記》，它皆見《輯評》）又曰：落句一『歸』字收盡，歸者，歸於荻花村裏、石蘚庭中及幽徑寒塘内也。（《讀書記》）

【趙臣瑗曰】此是憤世嫉俗之詞。萬事違，無一事之合於情理也。……於是庶幾約一二忘機之人，放浪於山間水間，以自保其天良。……只二句已寫盡世情惡薄。三四重在上半句忘機之處也。五六重在下半句忘機之伴也。八不過是望兄早歸，而七仍不覺衝口無忌。夫猘犬無所不噬，而兹則獨憎蘭珮，此所以為城中之猘犬乎？雖然，先生之罵人亦太甚矣。

【陸曰】屈子曰：『户服艾以盈腰兮，謂幽蘭其不可佩。』又云：『邑犬羣吠，吠所怪也。』舉世服艾，而忽有佩蘭者出其間，能免於怪且憎乎？此義山所以勸閬之賦歸去來也。首句即『世與我而相違，復駕言兮焉求』之意。『私書幽夢約忘機』，猶云念兹在兹也。三四釣船無恙，麋鹿與遊，言忘機之事；五六幽徑攜僧，寒塘依月，忘機之人與忘機之境。見歸時自有樂地，不必與狺狺者久處，而徒自損其幽芳也。

【陸鳴皋曰】中二聯，從『約忘機』寫出，皆幽人景色也。第七句應轉首句意。此乃招隱之詞，觀結語自見。

【袁枚曰】首二言與世違，欲歸於從兄偕隱。中四寫從兄隱居之景與物。末二戒其勿出也。（《詩學全書》）

【姚曰】人間既無稱意事，只有歸隱一途。私書幽夢，未可為機心人道也。不見荻花村裏，亦插魚標，石蘚庭中，杳無鹿跡，機心所伏，到處皆然。從今以往，幽徑則攜僧共入，庶幾麋鹿同遊；寒塘則與月相依，庶幾魚蝦雜處。若使城中久處，必致猘犬狺狺，豈不自愛其蘭佩而久不歸也。

【屈曰】人事多違，相約忘機。中四忘機之樂。狂犬不可與處，惟當歸隱耳。

【馮曰】中四句皆約言也。三『幽』字當有訛。

【紀曰】七句太露骨，便乏詩味。（《輯評》）又曰：招隱之作，前六句平平，末二句太激，少詩致。（《詩説》）

【曾國藩曰】魚標鹿跡，言處處有機事機心也。（《十八家詩鈔》）

【張曰】嘗見紀氏評蘇詩，凡傷時、憤世、不平之語，必以露骨抹之。充是説也，則《小弁》怨父，《離騷》怨君，皆將在紀氏削汰之列矣。況義山詩品與東坡又自不同，集中只有憂生之嘆，絶無憤俗之談，此等語不過偶然流露，何礙於詩味也哉！（《辨正》）

【按】『約忘機』一篇之主。中四句均想像中鄉間忘機境界，『定』『好』二字尤為明顯。末聯招其歸隱。非己已在鄉間而招其歸，乃己同在『城中』招其偕隱也。姚箋中四句甚迂謬。曰『悵望人間萬事違』，曰『城中猘犬憎蘭珮』，似歷經挫折後憤世語，『城中』顯指長安，頗似大中三年自桂歸後任職京兆掾曹時作。《偶成轉韻》詩云：『歸來寂寞靈臺下，著破藍衫出無馬。天官補吏府中趨，玉骨瘦來無一把。……舊山萬仞青霞外，望見扶桑出東海。愛國憂君去未能，白道青松了然在。此時聞有燕昭臺，挺身東望心眼開。且吟王粲《從軍樂》，不賦淵明《歸去來》。』可見入盧幕前，義山確曾有歸隱舊山之想，其時處境亦正可謂『萬事違』，相互參證，情事顯然。『幽芳』，即『玉骨』，喻高潔品格。

贈宗魯筇竹杖〔一〕①

大夏資輕策②，全溪贈所思〔二〕③。靜憐穿樹遠〔三〕，滑想過苔遲。鶴怨朝還望④，僧閒暮有期⑤。風流真底事，常欲傍清羸⑥。

〔一〕『筇』，蔣本、戊籤作『卭』。

〔二〕『贈』，朱本作『問』。

〔三〕『樹』，悟抄作『逕』。

集注

①【馮注】宗魯未知何人。詩亦云全溪，疑其人名宗魯，字子初，或是兩人，未可定也。其年當長於義山。【程注】晉戴凱之《竹譜》：『竹之堪杖，莫尚於筇。磈砢不凡，狀若人功。』【按】宗魯，不詳。馮氏疑子初，非。子初係令狐緒字，見《子初全溪作》注①。《蜀都賦》：『筇杖傳節於大夏之邑。』顧凱之《竹譜》：『筇竹，高節實中，狀若人，剖為杖，出南廣邛都縣。』陸游《老學庵筆記》：『筇竹杖蜀中無之，乃出徼外蠻洞，蠻人持至瀘溆間賣之。』此篇不詳何年。或東川歸後作。

②【朱注】《漢書》：『張騫至大夏，見筇竹杖，問之，云：「賈人市之身毒國。」』【朱彝尊曰】筇竹杖。【馮注】經、史中『資』字有貨也、取也、蓄也之義，又『資』與『齎』同。此『資』字未定何解。【按】當為『貨』義。

③【朱彝尊曰】贈宗魯。【馮注】《曲禮》：『凡以弓劍苞苴簞笥問人者。』注：『問，猶遺也。』《國語》：

『楚王使工尹襄問郤至以弓。』（按馮注本作『問所思』）

④【朱注】孔稚珪《北山移文》：『蕙帳空兮夜鶴怨。』　【朱彝尊曰】望其策杖而來也。　【何曰】第五言思作故山之遊耳。點化前人語，何其新活。（《輯評》）　【按】何解是。

⑤【馮注】（五六句）皆言必藉於杖。

⑥【補】底，何。清羸，指宗魯。

【姚曰】寶劍贈烈士，此杖豈肯傍俗人，必形神相副者，始足堪之耳。中四句不説人不可無杖，乃説杖不可無此人也。

【屈曰】（中四）倒叙法，言與僧暮期拄杖而去，樹遠苔滑，至朝不返，故鶴怨而望還也。

【紀曰】此純是唐末小家數矣，三四句極力刻畫，愈見卑瑣。末二句亦不甚成語。（《詩説》）

【張曰】三四雖刻畫而筆力老健異常，結亦樸率有姿趣。此玉谿本色，非纖小家數也。何至『尤不成語』哉？（《辨正》）

【按】起點題。次聯想像其拄杖穿樹、過苔情景。頸聯謂其拄杖可作故山之游，可與老僧期約閒話，末聯謂杖得其主，常欲與宗魯相伴也。笻竹杖售於蜀，或東川歸後以此贈人歟？

送王十三校書分司①

多少分曹掌祕文，洛陽花雪夢隨君②。定知何遜緣聯句，每到城東憶范雲③。

集注

①【馮注】集有王十二兄，此王十三似亦茂元子。【按】文集《補編·上許昌李尚書狀》：『王十二郎、十三郎扶引靈筵……至東洛訖。』王十三係茂元季子。

②【何曰】（二句）校書分司。（《輯評》）【馮曰】爾獨分司東都。

③何范聯句，洛陽花雪事見《漫成三首》。

箋評

【姚曰】夢隨君，君憶我，相賞非世俗所知。

【屈曰】校書知音，若范雲之賞何遜，所以憶也。

【紀曰】純從對面用筆，此躲閃法也。然自後來言之，又為躲閃之通套矣。神奇臭腐，轉易何常，故變而出之一

言，為善學古人之金鍼也。（《詩説》）

【按】何遜喻王，范雲自喻，屈箋因范雲之賞何遜而以為范指王，非是。一二謂君以校書分司東都，得賞洛陽花雪之美景，我今送君，自不免夢隨君往也。三四謂我亦定知君到洛陽，每睹城東佳勝，必因往日賦詩聯句而憶我也。

雨中長樂水館送趙十五滂不及①

碧雲東去雨雲西，苑路高高驛路低。秋水緑蕪終盡分，夫君太騁錦障泥②。

①【馮注】《長安志》：『外郭城東面三門，北曰通化門，門東七里長樂坡，上有長樂驛，下臨滻水。』《宰相世系表》：『趙滂字思齊。』疑即其人。【張曰】（滂字）一作思濟，見《新書世系表》。據崔嘏《授蔡京趙滂等御史制》，滂嘗為忠武軍節度副使，必與義山舊稔者。

②【補】夫君，稱友人。『障泥』已見《隋宫》七絶注。

【何曰】上二句自解不及之故。（《輯評》）

【姚曰】言秋水緑蕪，馬上景色易盡，何苦如此行得快也。

【屈曰】何必冲雨而去，終有晴時。首句有比意，次長樂館送。

【紀曰】無味。（《詩説》）　趙十五當是得意疾行，故此詩刺之。碧雲苑路以比趙，雨雲驛路以自比。末言榮華終有盡日，不須如此得意也。（《輯評》）

【張曰】趙滂蓋朋友中最相厚者，故以此戲之，非刺其得意急行也。（《辨正》。《會箋》改從紀箋）

【按】一二雨中長樂水館即景。碧雲東去，雨雲西駐，暗示趙去己留；『苑路』當指來路，『驛路』即友人東去之路。言外有故人不見之空寂感。三四謂長樂水館秋水緑蕪之美景，本當共同盡情欣賞，殷勤話別，友人何急於馳馬東去乎？長樂館臨滻水，故有『秋水緑蕪』之句。詩不過寫送行不及之遺憾，紀箋求深，反失詩意。

送豐都李尉①

萬古商於地，憑君泣路歧。固難尋綺季，可得信張儀②？雨氣燕先覺③，葉陰蟬遽知④。望鄉尤忌晚，山晚更參差。

①【朱注】《唐書》：『豐都縣屬忠州，義寧二年析臨江置。』　【馮注】《舊書・志》：『山南東道忠州豐都縣，後漢平都縣。』《水經》：『江水逕東望峽，東歷平都。』注曰：『峽對豐民洲。舊巴子雖都江州，又治平都，即此處也。平都縣有天師治，兼建佛寺，甚清靈。』

② 綺季見《四皓廟》，張儀見《商於》。

③【馮注】暗用石燕事，見《武侯廟》。

④【馮注】暗用蟬得美蔭事，見《北禽》。　【按】未必用典，馮注可疑。

【《輯評》墨批】全詠商於景物，於第二句點『送』意，亦變體。

【何曰】『固難尋綺季』一連，頂『路歧』。二句用筆之妙，百讀乃知。　『山晚更參差』，『參差』二字收『歧』字足。（《讀書記》）　又曰：次連言商山之深遠阻長。　千巖萬壑，風雨晦冥，僕痡馬瘏，進退維谷，去鄉失路之感何由不劇！細讀真使人欲泣。（《輯評》）

【姚曰】從來世情險阻，到處商於，綺季難尋，張儀莫信，宜乎下路歧之泣也。五六正寫望鄉情緒。蓋雨來則燕不出，葉陰則蟬噪停，寫客愁感動處極微。當此之時，豈宜於亂山斜照間更寓望鄉之目乎？

【屈曰】『泣路歧』，言飄泊無定。三四承一二，言欲隱不得，欲仕不能。五六別景。七八欲歸不得也。（《玉溪生詩意》）一別地，二飄流不定……（《唐詩成法》）

【馮曰】商於相遇相送，李必出尉豐都者。疑為巴蜀歸後借以發慨也。（三四句）借古發慨，正堪泣之情事也。上句用留侯令太子請四皓來則一助也，謂求助無門也。下句謂人之虛言殊不足恃。（六句）暗用蟬得美蔭事，見《北禽》。（五六）二句借寫景以歎人之我先。（七八句）喻年漸老，則遭逢尤難。

【紀曰】三四即商於發世途之感，偶然粘著，點綴有神，自不黏皮帶骨。若搜求故事，務求貼合比附以為工，大雅君子殆不尚焉。（《詩說》）上卷《商於》詩亦用此二事，工拙懸矣，此有寓意，彼砌故實也。（《輯評》）

【張曰】豐都縣屬山南東道，李出尉必經商於，故假以寄慨。馮氏疑巴蜀歸後作，似之，非在商於相遇相送也。（《會箋》）

【按】此商於路遇李某出尉豐都而有送別之作。起聯點晤別之地及雙方心境。李出尉僻遠，蓋亦不得志於時，故云『泣路歧』。次聯承『泣路歧』，言善於謀身之綺季固已難尋，而長於欺詐之張儀式人物又豈能信任？蓋言既不能隱逸避世而全身，又不能應付現實生活中之種種虛偽欺詐，進退失據，所以不免泣歧也。腹聯送行時景，兼寓望鄉之情，姚謂『寫客愁感動處極微』，甚是。蓋陰雨則燕覺蟬知，而失意泣歧者仍不免僕僕道塗間。末則謂當此薄暮時分，亂山叢中，更覺歧路茫茫，不堪望鄉之愁也。就詩中所表現之感情而言，頗似大中元年及二年赴桂返京途中作。然赴桂經商於在三月末，返京經商於在九月，與此詩所寫時令（有蟬）均未合。疑是另一次行程。故置未編年詩中。

送阿龜歸華〔一〕①

草堂歸意背烟蘿〔二〕，黄綬垂腰不奈何②。因汝華陽求藥物，碧松根下茯苓多③。

〔一〕萬絶『華』下有『陽』字。錢校本原有『陽』字，後圈去。

〔二〕蘿，萬絶作『霞』。

①【馮注】香山弟行簡，行簡子龜郎，史傳中亦呼阿龜，而白公詩集尤詳之。此必白公送姪歸家之作。

【按】未可定，詳編著者按。

②【道源注】《初學記》：『四百、三百、二百石，皆黄綬一采純黄圭，長丈五尺六十首。《漢官儀》云：黄綬緣八十首，長丈七尺。』　【馮注】《漢書·百官公卿表》：『比二百石以上皆銅印黄綬。』《後漢書·輿服志》：『四百石、三百石、二百石黄綬淳黄。』

③【朱注】《别録》：茯苓生大松下，二月八月採，陰乾。《唐本草》：茯苓第一出華山，形極粗大。雍州南山亦有，不如華山。【馮注】見《題僧壁》。《新書・志》：『華州土貢茯苓、茯神。』

【何曰】茯苓自比老於黄綬。（《輯評》）

【紀曰】語淺而有神韻，然次句甚鄙。（《玉谿生詩説補録》）又曰：風格自老。（《輯評》）

【馮曰】意境不似玉谿，蓄疑者久矣，今而知為香山詩也。香山，下邽人，華州之屬縣也。香山弟行簡，行簡子龜郎，史傳中亦呼阿龜，而白公詩集尤詳之。此必白公送姪歸家之作，乃《香山集》漏收，而反入斯集，可怪已。

【按】《義山集》舊本正編中均有此詩，馮氏僅因白居易弟行簡子名龜郎，史傳中亦呼阿龜，而遽定為白作，似嫌證據不足。陶敏《全唐詩人名考證》云：『（馮）説殊武斷，詩云「草堂歸意背烟蘿，黄綬垂腰不奈何」，言已「黄綬垂腰」，不得歸田。白居易《弄龜羅》：「有侄始六歲，字之為阿龜。」詩元和十三年作，待阿龜能自行歸華，白居易何至仍「黄綬垂腰」，為簿尉之屬，詩斷非白居易作。』所考甚是。今仍編本集，俟進一步考定。

寄永道士

共上雲山獨下遲，陽臺白道細如絲①。君今併倚三珠樹②，不記人間落葉時〔一〕。

〔一〕『落葉』，戊籤作『葉落』。

①【朱注】《真誥》：『王屋山，仙之別天，所謂陽臺是也。始得道者，皆詣陽臺，是清虛之宮也。』【馮注】按：《登真隱訣》：『立冬日，陽臺真人會集列仙，定新得道人，始入名仙録。』故用為科第之喻。《舊書·隱逸·道士司馬承禎傳》：『明皇以承禎王屋所居為陽臺觀，上自題額，遣使送之。』陽臺觀最為學仙者所尚，屢見唐碑文。【按】陽臺白道與陽臺真人無涉，此句亦無喻科第意。

②【馮注】昔我分倚，今爾併倚。【按】三珠樹見《碧瓦》注。本神話中樹名。此曰『併倚』，則以『三』為數目。唐初王勔王勃王勮兄弟三人有才名，杜易簡稱其為三珠樹，亦借為數目（事見《新唐書·王勃傳》）。

【何曰】藏過人皆先下半面。（次句眉批）。〇第二言當年獨往已可望不可即。（均《輯評》）

【姚曰】神仙豈免有情，但恐記存亦無益耳。

【馮曰】落葉，喻下第。

【紀曰】淡語而寄慨殊深。（《輯評》）

【按】永道士當為義山學仙玉陽之道友。首句謂昔日共上雲山學道而君獨遲遲未下。次句想像王屋山情景。『陽臺白道』即王屋山上之細徑，亦即《偶成轉韻》所謂『舊山萬仞青霞外，……白道青松了然在』。三句『三珠樹』當有所指。《月夜重寄宋華陽姊妹》云：『偷桃竊藥事難兼，十二城中鎖彩蟾。應共三英同夜賞，玉樓仍是水精簾。』三英即三珠樹，亦即宋華陽姊妹與另一女冠。此云『併倚三珠樹』，暗示永道士與『三英』之親密關係。『人間落葉時』虛解為宜，蓋言己之冷落孤寂，沉淪不遇。此離玉陽道觀後，迴寄道友，謔戲其併倚三英之作。末句略有寄慨。

贈華陽宋真人兼寄清都劉先生〔一〕①

淪謫千年別帝宸②，至今猶謝蕊珠人〔二〕③。但驚茅許同仙籍〔三〕④，不道劉盧是世親〔四〕⑤。玉檢賜書迷鳳篆〔五〕⑥，金華歸駕冷龍鱗⑦。不因杖屨逢周史〔六〕⑧，徐甲何曾有此身⑨。

校記

〔一〕悟抄無『宋』字。

〔二〕『謝』，戊籤、英華作『識』。

〔三〕『同仙籍』，戊籤、英華作『多玄分』。

〔四〕『道』，英華作『記』。　『劉盧』，英華作『盧劉』。

〔五〕『篆』，英華作『籙』。

〔六〕『屨』，戊籤作『履』。

集注

①【朱注】《列子》：『清都紫微，鈞天廣樂，上帝之所居。』又補注云：後有《月夜重寄宋華陽姊妹》詩，此真人乃女道士。【馮注】按：《白香山集·春題華陽觀》注云：『觀即華陽公主故宅，有舊内人存焉。』所謂『頭白宮人掃影堂』者也。後又有《重到華陽舊居》詩，蓋白公應舉時曾居華陽也。真人是女冠，故下題有姊妹。劉賓客詩『東嶽真人張錬師』，與此同稱也。《文粹》有歐陽詹《玩月於永崇里華陽觀》之詩序，可為《月夜重寄》作切證也。又《南部新書》云：『新進士翌日排建福門候謁宰相，時有詩曰「華陽觀裏鐘聲起，建福門前鼓動時」』，則應試者多居觀中可見矣。清都見《李肱所遺畫松》詩。《舊書敬宗紀》：『道士劉從政號昇玄先生。』《文粹》馮宿撰《劉先生碑銘》云：『先生棲於王屋不啻一紀，其後遷居都下，又至京師，竟遂東還。』此卒於太和四年，一作七年者，未知是此人否？而題曰『清都』，必指居王屋者，劉賓客有《送家兄歸王屋山隱居》詩，似可取證。若《舊紀》會昌元年衡山道士劉玄靖，則非也。【按】清都劉先生殆一般道流，馮引《舊紀》劉從政號昇玄先生者，恐非。謂指劉賓客家兄隱於王屋者，亦無據。

②【馮注】義山自謂墮落也。【按】此指宋，馮注非。詳箋。

③【道源注】《黄庭内景經》：『太上大道玉宸君，閒居蕊珠作七言。』《秘要經》：『仙宫中有寥陽之殿，蕊珠之闕。』李白詩：『傳詩蕊珠宫。』【馮注】《黄庭内景經注》：『蕊珠，上清境宫闕名。』按：蕊珠人統指劉、宋。

【按】此指上清宫闕中仙人，馮注非。謝，辭也。

④見《鄭州獻從叔》。

⑤【朱注】劉盧，劉琨盧諶也。《文選·琨答諶詩》：『郁穆舊恩，嬿婉新婚。』善曰：『臧榮緒《晉書》：琨妻即諶之從母。』《諶贈琨詩》：『申以婚姻，著以累世。』向曰：『婚姻謂諶妹嫁琨弟。』【馮曰】宋與劉必本親串。

【補】不道，不知。

⑥【朱注】《漢書注》：『封禪有金泥玉檢。謂以玉為檢束也。』《御覽》：『《三元玉檢經》：「三玄臺，玉檢紫文九天真書在其内。」《真誥》：「二侍女持錦囊，囊盛書十餘卷，以白玉檢檢囊口。」《古今篆隸文體》：「鳳篆，白帝朱宣氏有鳳鳥之瑞，文字取以為象。」《三洞經》：「道家字曰雲篆，曰天書，曰龍章，曰鳳文。」』又補注曰：《太平御覽》引《三元玉檢經》云：『庚寅九月九日，元始天尊於上清宫告明授《三元玉檢》，使付學有玄名應為上清真人者，度為女道士。』【馮注】道經中書體有八顯一條：其二曰神書，雲篆是也；其三曰地書，龍鳳之象也。謂由於倉頡傍龍鳳之勢，採為古文。

⑦【朱注】《神仙傳》：『皇初平，丹溪人，年十五，家使牧羊。有道士見其良謹，將至金華山石室中四十餘年。兄初起尋索不得，後見一道士，求得之，問羊何在，曰：「近在山東。」初起往視，但見白石。初平叱曰：「羊起！」於是白石皆變為羊。初起便棄妻子就初平學，修功德二十七年。忽見虎駕龍車，二人執節下庭中，顧謂友曰：「此迎我也。」道士即鄧紫陽。』又補注曰：《雲笈七籤》：『六玄宫主會元真帝君於靈臺觀，龍車鶴騎，仙仗森列，金華玉女浮遊至於帝前，為帝陳金丹之道。語訖，金華復位，衆真冉冉而隱。』金華歸駕疑用此。【馮注】舊注引皇初平金華石室事。然玉檢、金華、鳳篆、龍鱗皆道家習見語。如《茅盈内傳》：『曾祖蒙於華山之中乘雲駕龍，白日升天。』《神仙傳》：『王方平乘羽車駕五龍。』蓬萊四真人中石慶安詩『乘飆駕白龍』，葛仙公詩亦曰『龍駕

翳空迎』。庾子山《入道士館》詩『金華開八館，玉洞上三危』之類，未可悉數。上句指宋之入道，賜書年久，故曰迷；下句指劉已歸，故曰冷，正分醒贈、寄二字。【按】朱氏補注是。此聯均贈宋，承首句『淪謫千年』來，詳箋。

⑧【朱注】《神仙傳》：『老子姓李名耳，字伯陽，楚國苦縣賴鄉人，周文王時為守藏史，至武王時為柱下史。』

⑨【馮注】《神仙傳》：『老子有客徐甲，少賃於老子，約日雇百錢，計欠甲七百二十萬錢。甲見老子出關，乃倩人作辭，詣關令尹喜，以言老子。而為作辭者亦不知甲已隨老子二百餘年矣，惟計甲所應得直之多，許以女嫁甲。甲見女美，尤喜，遂通辭於尹喜，乃見老子。老子問甲曰：「汝久應死，吾昔賃汝，為官卑家貧，無有使役，故以《太玄清生符》與汝。吾語汝，到安息國固當以黃金計直還汝，汝何以不能忍？」乃使甲張口向地，《太玄真符》立出於地，甲成一具枯骨矣。喜知老子神人，能復使甲生，乃為甲叩頭請命，乞為老子出錢還之；老子復以符投之，甲立更生，喜即以錢二百萬與甲，遣之而去。』周史謂劉，徐甲自喻。

【胡以梅曰】詳結處，原從自己説起，自傷天上淪謫已久，至今還謝遠天宮中人，蓋指宋劉二君，是夙生仙侶，而不能相從也。……三以茅許比二人，切於茅山華陽洞也。四必已有親道。五言二君有天書，我塵眼已迷，不能識認。六言欲學皇初起之復證仙班，終不可得。『冷』字言此事已作冷局，不可問矣。結言幸遇兩君，如徐甲之逢老子，不然此身何能有乎？文人才士，夙根自有來歷，入世不能飛騰，冷落蹭蹬，自省傷感，亦可憐也。然宋劉二君，必非常人，所以此詩結句甚尊之。

【陸曰】詩言宋、劉直是蕊珠宮人，其別帝宸而來塵世也，不過偶遭淪謫耳。所難得者，兩公名登仙籍，誼屬世親，華陽、清都之間，同道有人，可云不孤矣。迷鳳篆者，言鳳文之書，人間莫識也；冷龍鱗者，言龍車之駕，天上久待也。結言我本薄植，得奉兩公杖履，或可冀其長年，又何敢效徐甲之求去也哉！

【姚曰】此乞宋、劉二君指示之意。言二君偶然淪謫，久別帝宸，論夙根則同茅許之仙籍，論世緣則又劉盧之世親。我得追隨杖屨，真所謂三生之大幸矣。無如根器下下，玉檢賜書，徒懷鳳篆；金華歸駕，空睨龍鱗。藉非邀周史之一盼，度凡骨以知歸，不幾覿面失之也耶？

【屈曰】一宋，二劉。三四宋、劉合，但知二公同是仙品，不謂二公又早相識。五劉在清都，六宋歸華陽。結言我不逢周史，已久為徐甲之白骨矣，深感真人之相濟也。

【程曰】朱長孺補注云：『後有《月夜重寄宋華陽姊妹》詩，此真人乃女道士。』愚見未然。題有『兼寄清都劉先生』，豈亦女道士乎？況詩結句以周史比劉先生，以徐甲自比，至謂因劉而有此身，則義山好道，或從事於熊伸鳥經却病延年之術，故於劉先生有此語，而宋真人自其倫也。考之《義山文集》，有云：『志在玄門。』是為明證。若以為女道士，而詩又兼寄於劉，則朋比狎邪，不顧行檢，名教中自有樂地，何至乃爾耶？後寄宋華陽姊妹者，當是另一情事，不可拘牽。玩兩詩語氣，彼則情致，此則道心也。

【紀曰】太應酬氣，全無詩味。『謝』字當從《英華》作『識』。（《詩説》）

【按】宋真人當即宋華陽姊妹之一。華陽指華陽觀，在長安；清都則指玉陽山道觀，即義山昔日學道之所。宋、劉必昔日與義山同在玉陽學道者，劉則或與義山有師弟之分，故末聯以周史比劉，以徐甲自喻，且尊稱為『先生』。起聯謂宋本天上蕊珠宮中仙女，淪謫塵世千年，至今未返帝居。『猶謝蕊珠人』，謂與蕊珠舊侶仍然別離也，緊承『淪謫千年』，亦即《重過聖女祠》『上清淪謫得歸遲』意。別本改『謝』為『識』，不特誤解首句『淪謫千年』者為義山，且將次句主語亦屬之義山。然作者與宋舊日道侶，關係密切，固無所謂『至今猶識』也。次聯謂宋、劉同登仙籍、原為道友，乃更不知二人誼屬世親也。味此二句，當是義山昔日學仙時雖分別與宋、劉結識，然並不知其原為道友、親串，至贈詩之日方知，故曰『但驚』『不道』，皆始料未及之詞。腹聯承『淪謫千年』謂宋淪謫歸遲，故昔日天上所授之《三元玉檢》，今或迷而不識其鳳篆矣，迎金華玉女歸駕之龍車亦已久待而鱗車皆冷。末聯正出『兼寄』之意。

同學彭道士參寥①

莫羡仙家有上真②，仙家暫謫亦千春③。月中桂樹高多少？試問西河斫樹人④。

①【馮注】『參寥』字見《莊子》，故道流多以為名。

②【朱注】《真誥》：『列羽服之上真。』【馮注】仙有太上、上真、中真、下真之别，屢見道經。【按】道教稱修鍊得道者為真人。上真即上仙。《雲笈七籤》有上仙、高仙、大仙、玄仙、天仙、真仙、神仙、靈仙、至仙等九仙。

③【馮注】江淹《别賦》：『駕鶴上漢，驂鸞騰天，暫遊萬里，少别千年。』此託意恨未第也。【按】未可定，詳箋。

④【嚴有翼《藝苑雌黄》曰】按《酉陽雜俎》云：『舊傳月中有桂，有蟾蜍，故異書言月桂高五百丈，下有一人，常斫之，樹創隨合。人姓吴，名剛，西河人，學道有過，謫令伐樹。』（魏慶之《詩人玉屑》引）

【何曰】亦寓自傷之意。（《讀書記》）

【姚曰】此即昌黎『我能屈曲自世間，安能從汝巢神山』之意。

【屈曰】學仙有過，謫令伐樹，樹高無限，勞苦不已，仙家有何好處，而君羨而學也？玉谿不喜仙道，集中皆是譏刺。

【程曰】此非嘲神仙，乃自喻也。道士之學仙，猶文士之釋褐，釋褐之後，乃似升真。無如淪落失所者，竟有如仙家譴謫，且而一斥不復，似仙家之暫謫亦千春也。吴剛斫桂，謫滿何時？撫躬自思，正恐勞勞於書記者無已時也。

【馮曰】亦未第之感。

【紀曰】調笑小品，不以正論。

【按】題曰『《同學彭道士參寥》』，詩必與求仙學道有關。起二句明言仙家之上真亦不必羡，蓋仙家暫謫亦達千年，甚矣其歲月之寂寞難度也。『仙家暫謫』指宫觀學道，《贈華陽宋真人兼寄清都劉先生》『淪謫千年别帝宸，至今猶謝蕊珠人』之句可證。三四即就『暫謫亦千春』而言之，月桂既高，樹創隨合，斫樹永無已時，如此仙家，又何樂趣可言？詩蓋抒寫學道求仙生活之寂寞無聊，與『嫦娥應悔偷靈藥，碧海青天夜夜心』之意趨相類，特一直一曲，一借嫦娥喻女道士，一借吴剛喻男道士而已。

月夜重寄宋華陽姊妹

偷桃竊藥事難兼①，十二城中鎖彩蟾②。應共三英同夜賞③，玉樓仍是水晶簾〔一〕④。

〔一〕『晶』，蔣本、姜本、戊籤、錢本、朱本作『精』。

①【朱注】偷桃，方朔事；竊藥，嫦娥事。【按】已見《茂陵》及《嫦娥》注。

②【補】彩蟾，傳月中有蟾蜍，此指宋華陽姊妹。十二城已見《碧城》《九成宫》注，借指道觀。

③【朱注】王勃啟：『葉契三英，尚隔黄衣之夢。』（按：馮注引朱注作：『唐人多用三英，如王勃啟「葉契三英，尚隔黄衣之夢」，未詳何出；或曰即三珠樹也，珠樹曰三英，猶芝草曰三秀。《經籍志》有《三教珠英》。』與今見朱本不同，疑是朱氏補注。）【馮注】按：《鄭風》『三英粲兮』，後人每假用之，以三珠樹為三英，固通，本集『君今併倚三珠樹』，便可互證。詩意以比三人。唐人每以三英稱三人，如《李氏三墳記》用三英比兄弟三人，元微

之《長慶集追封宋若華制》：『若華等伯姊季妹，三英粲兮。』則女人也。此以指宋華陽姊妹。《後漢書》馮衍《顯志賦》：『採三秀之華英。』注曰：『《楚詞》「采三秀於山間」，王逸曰：「謂芝草也。」衍集「秀」字作「奇」，「英」字作「靈」，下云：「食五芝之茂英。」此不宜重説，但不知三奇何草也。范改「奇」為「秀」，恐失之矣。』按：章懷雖駁正之，然若後人據之而以三秀為三英，亦何妨乎？【按】三英，三珠樹，均取華美之義。此指三女子。

④【朱注】宋之問《明河篇》：『水精簾外轉逶迤。』

【何曰】發端自擬東方生也。（《輯評》）

【姚曰】謂情愫之難達也。暗用方朔朱鳥牕窺王母事。

【屈曰】偷桃喻求仙，竊藥謂夫婦也。月夜同賞有姊妹，而玉樓簾隔無異孤眠也。

【程曰】前有《寄華陽宋真人兼清都劉先生》詩，朱長孺以華陽宋真人為女道士，即以此詩為證。愚已辨前篇非是，此則誠女道士也。前有華師詩，竊意即為其人，故此詩為重寄云。（按：華師非女冠，見該詩箋。）

【馮曰】『偷桃』是男，『竊藥』是女。昔同賞月，今則相離。

【紀曰】觀詩意，宋華陽乃女冠也，殊無風旨可採，詩亦不佳。（《詩説》）宋華陽應是女冠，故皆用道家語。首句言宋等能如姮娥竊藥，而已不能如方朔偷桃也，然是底語！（《輯評》）

【張曰】偷桃竊藥，道家常語。此必有借諷，不須如紀氏所解也。（《辨正》）

【按】『偷桃』，猶偷玉桃之東方朔，係男道士之代稱。『竊藥』，猶竊仙藥之嫦娥，係女道士之代稱。首句蓋謂求仙學道之事，男女不得同觀也。或謂『偷桃』指『竊玉偷香』，恐非。『事難兼』，故有不得同賞之憾。次句謂宋華陽姊妹深鎖道觀。三四謂值此月夜良宵，本當與宋氏姊妹同賞，奈玉樓深鎖，水晶簾隔，徒勞思念而不得相見也。華陽觀在長安朱雀門街東第三街永崇坊，大曆十二年，為華陽公主追福，立為觀。白居易有《春題華陽觀》詩，題下注云：『觀即華陽公主故宅，有舊内人存焉。』又有《華陽觀八月十五日夜招友玩月》詩，可見此觀為玩月之所。

玄微先生①

仙翁無定數，時入一壺藏②。夜夜桂露濕，村村桃水香③。醉中抛浩劫④，宿處起神光〔一〕⑤。藥裹丹山鳳⑥，碁函白石郎⑦。弄河移砥柱⑧，吞日倚扶桑⑨。龍竹裁輕策⑩，鮫絲熨下裳〔二〕⑪。樹栽嗤漢帝⑫，橋板笑秦皇〔三〕⑬。徑欲隨關令，龍沙萬里强⑭。

〔一〕『起』，悟抄作『有』。萬花谷引同。

〔二〕『絲』，朱本、季抄作『綃』。

〔三〕『皇』，朱本、季抄作『王』。

集注

①【馮注】文、武、宣三朝，道流頗多，未詳何人。

②見《題道靖院》。

③【徐曰】暗用桃源事。　【程注】張正見詩：『漾色隨桃水。』　【馮注】庾信詩：『流水桃花香。』

④【朱注】《度人經》：『惟有元始浩劫之家，部制我界。』《廣異記》：『儒謂之世，釋謂之劫，道謂之塵。』

⑤【朱注】《漢書·禮樂志》：『用事甘泉圜丘，昏祠至明，夜常有神光集於祠壇。』　【馮注】《後漢書·安帝紀》：『帝自在邸第，數有神光照室。』

⑥【朱注】《漢武内傳》：『仙藥有蒙山白鳳之脯。』杜甫詩：『藥裹關心詩總廢。』

⑦【道源注】碁函，碁筒也。《樂府·白石郎曲》：『積石如玉，列松如翠，郎艷獨絶，世無其二。』李賀詩：『沙浦走魚白石郎。』　【朱注】《列仙傳》：『白石先生常煮白石為糧，因就白石山居，故名。』又《述異記》：『晋王質入山，見二童子石室中圍碁，坐觀之，及起，斧柯已爛矣。』此句似合用二事。　【馮注】《萬花谷别集》引《搜神記》：『昔人入南谷山中，見一小池，横石橋，遂驟馬過橋，見二少年臨池奕碁，置白玉碁局，見騎馬者，拍手負局而走。』亦皆未符。　【按】白石郎即指白石。

⑧【朱注】《西京雜記》：『鞠道龍説淮南王：「方士能畫地為江河。」』

⑨【朱注】《真誥》：『欲得延年，日出二丈，正面向之，口吐死氣，鼻噏日精。』又曰：『太虚真人以月五日夜半時，存日象在心中。日從口入，使照一心之内。』《十洲記》：『扶桑在碧海中，樹長數千里，一千餘圍，兩兩同根，更相依倚，故曰扶桑。』　【程注】《楚詞》：『暾將出兮東方，照吾檻兮扶桑。』　【馮注】《真誥》：『霍山鄧

伯元受服青精石飯吞日丹景之法。」《太平經》：「青童君採飛根，吞日景。」

⑩【朱注】《後漢書·方術傳》：「壺公以竹杖與長房曰：『乘此任所之。』長房乘杖，須臾來歸，投杖葛陂中，視之，則龍也。」王績詩：「鴨桃聞已種，龍竹未經騎。」

⑪【朱注】《韻會》：「熨，火展布。」《南史》：「何敬容衣裳不整，伏牀熨之。」【按】鮫綃屢見。

⑫【朱注】《漢武故事》：「王母以桃食帝，帝留核欲種之，王母笑曰：『此桃三千年一着子，非下土所植也。』」

⑬見《海上》注。

⑭【馮注】《史記·老子傳》：「見周之衰，迺遂去。至關，關令（原無『令』字，據《史記·老子韓非列傳》補）尹喜曰：『子將隱矣，彊為我著書。』老子乃著上下篇，言道德之旨五千餘言而去，莫知其所終。」注引《列仙傳》曰：「老子西遊，關令尹喜先見其氣，候物色而接之，果得老子，與俱之流沙之西，服具勝實，莫知其所終。」《列異傳》：「尹喜望見有紫氣浮關，老子果乘青牛而過也。」《正義》曰：「《抱朴子》云：『老子西遊，遇關令尹喜於散關。』或以為函谷關。」【朱注】《漢書·班超傳贊》：「咫尺龍沙。」注：「龍沙，沙漠也。」

【馮班曰】説道家事俱鮮健。（何焯引，見《輯評》）

【姚曰】壺中天地，本即在塵界中。下十句，皆壺中境界也。秦皇漢武，乃欲於世外遇之。龍沙萬里，關令其可徑隨耶？

【屈曰】一段有妙術。二段所居仙境。三段仙家情事。四段必能隨關令仙去，不似秦皇漢武之求而無成也。

【程曰】義山《上河東公啟》云：『兼之早歲，志在玄門；及到此都，更敦夙契。』蓋好講導引之術也。故其贈道士詩如此。

【紀曰】應酬之作，毫無佳處。『弄河』及『樹栽』二句尤拙。（《詩説》）又曰：句多拙俚。（《輯評》）

【張曰】此篇細讀之，祇覺其用典雅切，無所謂拙俚者，不知紀氏何所見而云然。（《辨正》）

【按】此贈道流，無深義，亦不詳作詩年代，程箋無據。首二以壺公比玄微。三四即壺中之天地。次段謂其居於仙境，故一醉而累劫，宿處有神光，藥囊裏丹山之鳳，碁筒藏白石之子，實則不過言其採藥奕碁飲食起居耳。三段謂其道行法術，可移河中砥柱，可倚扶桑而噏日精，可以龍竹為策而飛行，可取鮫綃作下裳。末段謂其學仙必成而西出流沙，彼秦皇漢武則徒為嗤笑之對象耳。

贈白道者〔一〕①

十二樓前再拜辭②，靈風正滿碧桃枝③。壺中若是有天地④，又向壺中傷別離。

〔一〕原題作《詠史二首》之二（列於《詠史二首》，題『又』），一作『贈白道者』；戊籤作『送白道者』；蔣本、朱本、萬絶作『贈白道者』，是，茲據改。

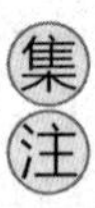

①【馮注】即白道士也，當為京師中道流。

②【程注】《漢書・郊祀志》：『方士有言：黄帝時為五城十二樓以候神人。』《莊子》：『廣成子在於崆峒之山，黄帝往見之。廣成南首而卧，黄帝從下膝行而進，再拜稽首。』

③【程注】《集仙録》：『金母降，謝自然將桃一枝懸背上，有三十顆，碧色，大如椀。』【按】碧桃猶言仙家之桃樹。《石榴》詩有『瑶池碧桃樹』之語。

④【程注】《雲笈七籤》：『施存，魯人，學大丹之道。遇張申為雲臺治官，常懸一壺，如五升器大，化為天地，中有日月，夜宿其中，自號壺天，謂曰壺公，因之得道。』【按】參見《題道靖院》注。

【朱彝尊曰】奇想。

【陸鳴皋曰】地老天荒，此情不死，難寫得如此幽奇靈雋。

【姚曰】人天俱在欲界中，故應爾爾。

【屈曰】神仙亦不能無別離之情，而况我輩情之所鍾乎？

【馮曰】叙別工於造語。

【紀曰】進一步寫，自有情致，然格調畢竟淺薄。（《詩説》）

【姜炳璋曰】義山善用進一步語。長吉詩『天若有情天應老』，是此詩藍本。

【按】此留贈白道者之作，非送別之辭，作『送』者非。十二樓指白道者所居之道觀，別此而去，故云『再拜辭』。次句點時、景，渲染『仙家洞府』景象，為下仙家傷別伏根。三四句因白道者而聯想及壺公及壺天傳説，又因壺天而生壺中傷別之奇想，意謂壺中若別有天地，則不免又在壺中傷別，蓋極言彼此離情之無可排遣，亦見別情無處不在也。

華師

孤鶴不睡雲無心，衲衣筇杖來西林①。院門晝鎖迴廊静，秋日當階柿葉陰。

集注

①【朱注】《高僧傳》：『沙門慧永居在西林，與慧遠同門遊好，遂邀同止。刺史桓伊以學徒日衆，更為遠建東林寺。』【馮注】《蓮社高賢傳》：『西林法師慧永，太元初至尋陽，乃築廬山舍宅為西林。』

【姚曰】竟似無此人也者，方是真善知識。

【屈曰】有心事者孤眠不睡，常人之情。乃院鎖廊静，柿陰當階，策杖西林，無寐無心，其有道可知。

【程曰】後有《月夜重寄宋華陽姊妹》，則此華師當即其人，此詩即初寄之詩，蓋女道士，而訪之不遇也。若前《贈華陽宋真人》詩，則華陽或觀或地，不可以為華師也。

【紀曰】落落穆穆，静氣在字句之外。（《詩説》）　殊有静意，然尚是着力寫出，非自然流露。（《輯評》）

【張曰】王、韋詩派，遠宗彭澤，專標自然為宗；與玉谿家數，異曲同工，不得以彼病此也。（《辨正》）

【按】閒静無心，正華師之環境與心境。『孤鶴不睡』，『雲無心』，景物亦帶禪院入定悠閒意味，引出下句華師衲衣笻杖容與往來寺内情景。三四着力刻畫一『静』字。此華師乃有道高僧，程氏謂指女冠宋華陽，誤。

房君珊瑚散①

不見常娥影〔一〕，清秋守月輪。月中閒杵臼，桂子擣成塵②。

校記

〔一〕「常」，蔣本、錢本、朱本作「姮」。

集注

①【道源注】《本草》：陳藏器云：「珊瑚生石巖下，刺刻之，汁流如血。以金投之為丸，名金漿；以玉投之為玉髓，久服長生。」《篋中方》：「治七八歲小兒眼有数瞖未堅，不可妄傅藥，宜點珊瑚散，細研如粉，每日少少點之，三日立愈。」

②【朱注】《南部新書》：「杭州靈隱山多桂，寺僧云是月中種也，至今中秋夜往往有子墜。」【程注】韓愈《月蝕》詩：「依前使兔操杵臼，玉階桂樹閒婆娑。」【補】傅咸《擬天問》：「月中何有？玉兔搗藥。」

箋評

【姚曰】言有名無實也。

【屈曰】杵臼閒搗，桂子成塵，可以已矣，刺房君之散無益，徒勞苦美人耳。

【徐曰】段成式《哭房處士》詩：「獨上黃壇幾度盟？印開龍渥喜丹成。豈同叔夜終無分，空向人間著《養生》？』李羣玉亦有《送房處士閒遊》詩：『注藥陶貞白，尋山許遠遊。刀圭藏妙用，岩洞契冥搜。』皆即此人，蓋方技之流耳。（馮箋引）

【馮曰】徐箋是矣。但信義山於東川讀《天眼偈》之事，而謂其時所作，則必非也。　又曰：四句皆比體。

【紀曰】毫無意味。（《詩説》）

【張曰】讀《天眼偈》事，據贊寧《高僧傳》。義山時居西京永崇里，考其蹤跡，乃東川歸後，當在是年（指大中十年）。詩雖泛詠方藥，然房君得名大中末，徐説亦殊巧合也。今編於此，不必致疑。（《會箋》）

【按】據宋贊寧《高僧傳》，義山自梓幕歸後居長安永崇里期間『苦眼疾，慮嬰昏瞽』。此詩蓋美房君所制之眼藥。首二謂因眼疾而不見月中嫦娥。三四謂房君之珊瑚散係用月中桂子擣碾而成，無異仙藥也。此詩或大中十年秋所賦。

憶匡一師〔一〕

無事經年别遠公①，帝城鐘曉憶西峰。鑪煙消盡寒燈晦〔二〕，童了開門雪滿松〔三〕②。

〔一〕『匡』，蔣本、姜本、戊籤、席本、錢本、影宋抄、萬絶均作『住』。　【程曰】題中『住』一作『匡』，從

『匡』為是；『一』字且當作『大』。考安國寺悟達國師知玄有匡宗大德之號，於義山為方外交，已有詩見前矣。但此詩云『帝城鐘曉見西峰』，當是不住安國而入九龍山之後也。【馮曰】《北夢瑣言》一云『王屋匡一上人』，一云『王屋山僧匡一』，疑此即其人，當作『匡一』歟？【按】馮校是。字本作『匡』，宋本避太祖諱，缺末筆作『匡』，又訛為『住』。

〔二〕『鑪烟』，蔣本、悟抄、席本作『烟鑪』。【按】烟鑪不可能『消盡』。『消』，萬絶作『銷』，非。

〔三〕『雪』原一作『雲』。

①【姚注】（無事）猶無端也。【朱注】《高僧傳》：『慧遠本姓賈氏，雁門樓煩人。因秦亂來遊於晉，居廬阜三十餘年，化兼道俗。』

②【馮曰】下二句憶西峰也。

【黃徹曰】杜《尋范十隱居》云：『侍立小童清。』義山憶匡一云：『鑪烟銷盡寒燈晦，童子開門雪滿松。』子厚：『日午獨覺無餘聲，山童隔竹敲茶臼。』秀老云：『夜深童子喚不起，猛虎一聲山月高。』閒棄山間累年，頗得此數詩氣味。（䂬溪詩話）

【徐禎卿曰】詞、意俱足。（《唐詩選脈箋釋會通評林》引）

【周珽曰】人情趨炎，鮮不以山僧對爐燈松雪不勝寒冷，不若京都鐘漏之地切近繁華，故有别經年而不知時日之長也。此後二句，正形容西峰岑寂之景。義山之憶住一師，垂想及此，感念耶？羨慕耶？（同上）

【姚曰】經年帝城，軟塵十丈，豈知西峰别一境界哉？

【屈曰】三四西峰之景如此。無事而别，能不相憶？

【田曰】不近不遠，得意未可言盡。（馮注引）

【紀曰】格韻俱高。○香泉曰：只寫住師所處之境清絶如此，而其人益可思矣。所憶之情，言外縹緲。（《詩説》）

【俞陛雲曰】第三、四句之寫景，皆從二句之『憶』字而來。香盡燈昏，松林雪滿，在城居夜坐時，懸想山寺清寒之境，與韋應物《寄璨師》詩『凍雪封松竹，懸燈燭自宿』等句，意境極相似，皆遥寫山僧静趣也。（《詩境淺説續編》）

【按】一二句由别及憶，平平道出。然『無事』『帝城』，已暗中將己羈旅長安之生活、境遇托出，亦為三四相憶伏根。三四承上『帝城鐘曉』，畫出一與紫陌紅塵截然相反之境界，不僅『所憶之情，言外縹緲』，且亦嚮往之情，溢於言表。全詩除首句『别遠公』外，無一語及于匡一。然『鑪烟』『寒松』『童子』『松雪』中無處不有其人在。

别智玄法師①

雲鬢無端怨别離，十年移易住山期〔一〕。東西南北皆垂淚，却是楊朱真本師②。

〔一〕『易』，悟抄作『錫』。

集注

①【道源注】智玄當作知玄。《佛祖通紀》：『太和元年，詔沙門知玄入殿問道，賜號悟達國師。玄五歲能吟詩，出家為沙彌，十四講經。李商隱贈以詩云：「十四沙彌解講經，似師年紀止攜餅。沙彌説法沙門聽，不在年高在性靈。」』《佛祖通載》：『文宗癸丑十月，帝召法師知玄與道士於麟德殿論道。』《稽古略》：『匡宗大德諱知玄，姓陳氏，咸通四年制署，號悟達國師，總教門事。帝幸安國寺，賜師沉香寶座。僖宗中和二年幸蜀，召師赴行在。後辭還九龍山。師三學洞真，名蓋一時，世稱陳菩薩。』【馮注】異哉源師之為此注也，其所兩引已有舛異。余檢《佛祖統紀》，既於武宗、宣宗下至僖宗敘知玄事，而源師所引太和元年云云，本文作憲宗元和元年，其舛尤不足論也。咸通十二年僧重謙、僧澈事，已詳《五月六日夜憶澈師》題下。《北夢瑣言》云：『韋太尉昭度輩結沙彌僧澈，得大拜。諸相在西川行在謁僧澈之師悟達國師，皆申跪禮。』其事在義山歿後久矣。『十四沙彌』之詞，淺俚已極，即曰戲占，亦安得更有本師之致敬耶？《唐六典》云：『道士有三事號，其一法師，其二威儀師，其三律師。其德高思精者謂之錬師。』故女冠之稱法師錬師，唐人詩文中習見。首曰『雲鬢』，自古有『鬢髮如雲』之衲子否乎？……《集古録·唐孟法師碑》：『少而好道，誓志不嫁，居京師至德宫。』即此可徵女冠之稱法師，而衲子亦稱

法師，此二氏之通稱也。又按：《晉書·單道開傳》：『一日行七百里，其一沙彌年十四，行亦及之。』可為『十四沙彌』之據。【按】智玄當即悟達國師知玄，詳按語。

②【程注】《後漢書·桓榮傳》：『豫章何湯以《尚書》授太子。世祖問湯：「本師為誰？」對曰：「沛國桓榮。」』【馮注】《史記·樂毅傳》：『樂臣公本師號曰河上丈人。』【按】楊朱泣歧事屢見。佛教稱釋迦如來為本師，白居易《畫西方幀記》：『我本師釋迦如來言，從是西方過十萬億佛土，有世界號極樂。』亦稱剃度授戒之師為本師，釋齊己《勉道林謙光鴻蘊詩》：『舊林諸侄在，還住本師房。』

【錢謙益曰】此禪語也。東西南北，言歧路之多。楊朱泣歧，意以自比。然所謂真本師，非指知玄也。淺言之，謂所適皆窮，庶可以入道；深言之，謂思維路絕，庶可以悟真，禪家所謂絕後再甦也。若誤以知玄為本師，則[illegible]是』二字如何接下？（《唐詩合選箋注》）（按：錢良擇評與此略同。）

【朱彝尊曰】此禪語也，讀者參之。中有二義，淺深俱可通。東西南北，雖從『別』字生出，然所謂本師，非指智玄也。誤會則絕無意義，并『却是』二字亦接不下。

【何曰】言不能隨智玄住山，反致所向泣歧，學楊朱之道也。（《讀書記》）

【姚曰】義山深於禪，此是禪家本色語。問：東西南北皆垂淚，如何却是本師？答：不到大死時，不得大活。

【屈曰】人生未有不戀室家者，今雲鬟別離之怨，不得已也。僧教以傳法者為本師，十年住山，原欲智公傳[illegible]乃移易而去，歧路之悲，反以楊朱為真本師矣，其不得已之情為何如哉？

【程曰】慧業文人，喜談禪悅，加之四顧途窮，尤覺一切有為法皆是空花幻影，故於別僧發之。起句『雲[illegible]字即青鬟意，與狀女子者不同。言年少求名，無端四出，有山不住，忽忽十年，豈知無非路歧，徒然下淚。然而即此迷途，轉成悟境，故曰『却是楊朱真本師』也。按文集中有云：『願打鐘掃地，為清凉山行者。』與此正同，蓋有激乎其言之也。『本師』二字屬楊朱，乃内典『即心是佛』之解，不屬智玄法師。錢序以為本師即指智玄，殊與本文『却是』字『真』字未得理會，誤矣。

【馮曰】其人（指智玄）必無清範，故不得已移居而垂淚也。楊朱，義山自比，不可為本師而却是本師，慨歎中亦含狎昵。若禪家以移居垂淚，無理亦無味矣，自來為其所誤，而下二句晦澀難通，强以為當作禪語參之，亦可笑哉！附録：曹學佺《蜀中高僧知玄傳》：『時李商隱方從事河東梓潼幕，以弟子禮事玄。偶苦眼疾，慮嬰昏瞽，玄寄《天眼偈》三章，讀終疾愈。迨後卧病，語僧録僧徹曰：「某志願削染，為玄弟子。」臨終又寄書偈與之訣别。後鳳翔府寫玄真像，作義山執拂侍立焉。』按：為朱氏序者據此也。釋道者流每託文人以增聲望，故有此種流傳之事，絶不足信。温飛卿有《訪知玄上人》詩云：『惠能未肯傳心法，張湛徒勞作眼方。』則其人能治眼疾，或因此附會耳。

【紀曰】起句不似别詩。

【張曰】石林以為當作知玄，不知『智』與『知』，『元』與『玄』，字固别也（按字本作『玄』，馮注本避清聖祖諱改『元』，張氏殊誤）。首云『雲鬟』，豈有鬢髮如雲衲子乎？馮説殊妙。此智元蓋女冠之流，故詩語亦略含狎昵。（《會箋》）　又曰：唐時女冠例稱法師。……首句語兼戲謔，不言己之將别，反謂彼之怨别，文人弄筆狡獪處也。楊朱亦係用道家典。（《辨正》）

【按】據《宋高僧傳·唐彭州丹景山知玄傳》，玄大中初自桂林歸長安，住寶應寺，署為三教首座，又移居法乾寺玉虚亭。大中八年，上章請歸故山，旋歸蜀住彭州丹景山。李商隱時從事梓州柳仲郢幕，久慕玄之道學，後以弟子禮事玄。居長安永崇里時，因苦眼疾，玄曾寄《天眼偈》三章，讀終疾愈。可證義山在梓幕後期及歸長安後均與知玄有交往。二人年亦相仿（知玄年長義山三歲）。此詩之智玄當即知玄。馮、張以為女冠，係誤解首句『雲鬟』所指而致。

首句『雲鬟』非指智玄而係指商隱自己之妻王氏。一二句謂己長期寄幕，到處漂泊，致使雲鬟佳人無端怨別，己則十餘年來屢次移易住山皈依佛門之期。三四句言己十年奔走東西南北，遭逢不偶，窮途垂淚，有甚於當年泣歧之楊朱，幾疑楊朱之真本師矣。全篇皆自我抒慨，『別』情即寓於其中。

送臻師二首〔一〕

昔去靈山非拂席〔二〕①，今來滄海欲求珠②。楞伽頂上清涼地③，善眼僊人憶我無④？

其二

苦海迷途去未因⑤，東方過此幾微塵〔三〕⑥？何當百億蓮華上，一一蓮華見佛身⑦？

〔一〕『送』，戊籤作『別』。【馮曰】二首皆自言，惟以善眼仙人謂臻師。玩其用意，是叙別，非送彼也。

【按】未可定。諸本均作『送』。

〔二〕『拂』原作『佛』，非。據蔣本、姜本、戊籤、影宋抄、錢本、悟抄、席本及萬絶改。

〔三〕『方』，英華作『遊』。

①【朱注】《水經注》：『靈鷲山，胡語云耆闍窟山。山是青石，遠望似鷲鳥形，故曰靈鷲。法顯親宿其山，誦《首楞嚴》，香華供養。』【道源注】《法華科注》：『靈山，靈鷲山也，又名狼跡山，前佛、今佛皆居此地。既是靈聖所居，故呼為靈山。』《法華經》：『爾時世尊告舍利佛：「汝今諦聽，吾當為汝分別解說。爾時會中有比邱比邱尼優婆塞優婆夷五千人等即從座起，禮佛而退。所以者何？此輩罪根深重，及增上慢，未得為得，未證為證，有如此失，是以不住，拂席而起。」』【馮注】佛書云：『世尊在靈山會上拈花示衆，衆皆默然，惟迦葉尊者破顔微笑。世尊曰：「吾有正法眼藏付囑摩訶迦葉。」』又，『世尊至多子塔前，命迦葉分座，令坐以金縷，僧伽黎衣傳付靈山一會，或云一席。』禪家習見，句似用此。道源引《法華經方便品》比邱等五千人禮佛而退諸句，於『是以不住』下偽增『拂席而起』四字以注此句，大可怪哉！　又按《戰國策》：『燕太子丹見田光，跪而拂席。』《晉書·王彌傳》：『彌兵敗，乃渡河歸劉元海。元海大悦，致書曰：「輒拂席敬待將軍。」』《舊書·文苑·王維傳》『凡諸王駙馬豪右貴勢之門，無不拂席迎之』之類，則『拂席』乃敬客留居之義。此謂昔日未及留待也。

②【朱注】《譬喻經》：『王舍國人欲作寺，錢不足，入海得名寶珠。』杜甫詩：『僧寶人人滄海珠。』【馮注】《宋書·王微傳》：『傾海求珠。』《維摩經》：『不下巨海，不能得無價寶珠。』《報恩經》：『善友太子入海乞得龍王左耳中如意摩尼寶珠。』此以求珠喻得道升進。【按】今來，猶今日、今時，與上『昔去』均就臻師而言。

③【朱注】《翻譯名義集》：『《西域記》云：「僧伽羅國東南隅有駿迦山，嵒谷幽峻，神鬼遊舍，昔佛於此説《遊迦經》。」』舊曰《楞伽》。訛也。』【道源注】《閣筆記》：『梵云楞伽，此云不可往。惟神通者能至其上，峰頂有夜叉城，佛於此説《楞伽經》。』【馮注】《楞伽經》：『佛住南海濱楞伽山頂，種種寶華以為莊嚴。』《魏書·釋老

志》：『漢明帝令畫工圖佛像，置清涼臺。』《真誥》：『洛陽南宮清涼臺作佛形像。』按：清涼寂靜，佛家常語。

④【朱注】《楞伽經》：『大慧菩薩白佛言：世尊於大衆中唱如是言，我是過去一切佛，及種種受生，（我）爾時作曼陀轉輪聖王、六牙大象及鸚鵡鳥、釋提桓因、善眼仙人，如是等百千生經説。』【道源注】善眼仙人，以比臻師也。【馮注】《維摩經》亦作『善眼菩薩』。

⑤【朱注】《楞嚴經》：『引諸沈冥，出於苦海。』《莊子》：『七聖皆迷，無所問途。』去未因，過去未來之因。【馮注】《涅槃經》：『法眼明了，能度衆生於大苦海。』

⑥【朱注】《法華經》：『假使有人磨以為墨，過於東方千國土，乃下一點，大如微塵；又過千國土，復下一點。如是展轉，盡地種墨，楚諸佛王若算師，知其數否？』【馮注】《涅槃經》：『爾時東方去此無量無數阿僧祇恒河沙微塵等世界，彼有佛土名意樂美音，佛號虛空等如來，彼佛告大弟子：「汝今宜往西方，彼土有佛號釋迦牟尼如來，汝可持此世界香飯奉獻彼佛世尊。」』按：所引取東方來此之義。

⑦【朱注】《傳燈録》：『釋迦佛生刹利王家，放大智光明，照十方世界，涌金蓮花。』《梵網經》：『一華百億國，一國一釋迦，各坐菩提樹，一時成佛道。』【馮注】《大般涅槃經》：『世尊放大光明，身上一一毛孔出一蓮華，其華微妙，各具千葉。是諸蓮華各出種種雜色光明，是一一華各有一佛，圓光一尋，金色晃耀，微妙端嚴，爾時所有衆生多所利益。』《法華經》：『我等願欲見此佛身。』《翻譯名義集》：『《摭華》云：釋迦牟尼，此云能仁寂默，能仁是慈悲利物，寂默是智慧冥理。』又引《摩訶衍》云：『釋迦牟尼，屬應身也，而此應身周帀千華上復現千釋迦，一華百億國，一國一釋迦，故名千百億化身也。』此以喻人人如願，如《摭言》所載，稱《登科記》為千佛名經者。【按】馮解非，詳箋。

【姚曰】（首章）善眼仙人，比臻師。詩望臻師之不我棄也。（次章）言非師不能為我指迷耳。

【屈曰】一首言臻師此去，定當思我。二首言臻師定當成道。

【紀曰】不見佳處。（《詩説》）

【按】首章一、二叙臻師『昔去』、今離之跡，滄海求珠喻深求佛理。三、四言臻師此去，未知憶我也否？『楞伽頂上』喻臻師所往之佛寺。次章一、二言人世如苦海迷途，種種過去未來之因亟須指點迷津，而佛國遥遠，不知此去尚須過幾許千國也。三、四祈望臻師此去，得成正果，超度所有陷于苦海者皆成佛也。

閒遊

危亭題竹粉，曲沼嗅荷花。數日同攜酒，平明不在家。尋幽殊未極，得句總堪誇〔一〕。强下西樓去，西樓倚暮霞。

〔一〕『總』，悟抄作『已』。

【何曰】次連倒裝，體勢變，上下俱緊。（《輯評》）

【姚曰】竹粉荷花，夏景清絶。聯牀分榻，累日閒遊，故平明而已不在家也。顧尋幽之心，猶未饜足；吟詠之樂，又極堪誇也。至言歸之際，强下西樓，而回首暮霞，更復清絶，其忍輕於別去耶？

【馮曰】似少作。

【紀曰】蘅齋曰：『荷風送香氣，竹露滴清響』，『澗影見藤竹，水香聞芰荷』，每誦孟公佳句，覺題竹嗅荷殊為不韻。

【張曰】王孟詩派，與玉谿異趣，各有姿韻，豈得並論。此語殊誤。（《辨正》）

【按】姚箋是。數日攜酒同遊之後，更晨出遊賞。題竹嗅荷，尋幽得句，自旦至暮，興猶未極，仍倚西樓而望暮霞，流連忘返。極寫『閒』字。

清河①

舟小迴仍數，樓危凭亦頻。燕來從及社，蝶舞太侵晨。絳雪除煩後〔一〕②，霜梅取味新。年華無一事，只是自傷春！

校記

〔一〕『後』原作『俊』，一作『後』。據一作及蔣本、姜本、戊籤、悟抄、席本、朱本、錢本、影宋抄改。

集注

①【馮注】清河，洛水也。自商洛以東，從洛水至河南。薛能《清河泛舟》詩：『都人層立似山邱，坐嘯將軍擁棹遊。』

②【朱注】《漢武內傳》：『上藥有玄霜絳雪。』【馮注】柳子厚《李赤傳》：『豈狂易病惑耶？取絳雪餌之。』可以證此句之意。霜梅亦含酸苦。【按】絳雪，道家丹藥。

【姚曰】清河，紀地也。燕來蝶舞，風光如昔，獨傷春意味，雖絳雪霜梅，有不能蠲其煩渴者。此亦似悼亡之作。

【馮曰】義山入京應舉，屢出此途。此章則未第而迴也。又曰：唐人喻下第，每云傷春。

【紀曰】淺薄。（《詩説》）前四句小有致，後四句淺。（《輯評》）

【張曰】後四句亦極有情趣，小題祇能如此着筆，不嫌其淺也。（《辨正》）

【按】京洛往返，例經函潼大道，不經洛水。馮謂『義山入京應舉，屢出此途』，不知何據。且此詩所寫亦必非未第而迴情景。首聯謂舟小而蕩舟往返之次數更為頻繁，樓雖高而凭欄閒眺之次數亦甚頻頻，二句畫出『無一事』之無聊意緒。次聯謂燕雖任其趁春社而來，然蝶侵晨而舞則未免撩動傷春情懷，三句反託四句。腹、尾二聯則謂因心情煩躁，故以絳雪除煩，霜梅取味，而年華虚度，傷春意緒固難排遣。此不過蕩舟清河，觸緒傷春之作，與『未第』未必有涉。姚謂悼亡更謬。

樂遊原〔一〕①

春夢亂不記，春原登已重。青門弄煙柳②，紫閣舞雲松③。拂硯輕冰散，開尊綠酎濃〔二〕④。無悰託詩遣，吟罷更無悰⑤。

校記

〔一〕蔣本、姜本、戊籤、悟抄、席本、錢本、影宋抄題内均無「原」字。

〔二〕「酎」，蔣本、姜本、戊籤作「酒」。

集注

①【姚注】《兩京新記》：「漢宣帝樂遊廟，一名樂遊苑，亦名樂遊原，基地最高，四望寬敞。」【馮注】《長安志》：「樂遊原居京城之最高，四望寬敞，京城之内，俯視指掌。每正月晦日、三月三日、九月九日，士女咸就此登賞祓禊。」潘岳《關中記》：「宣帝少依許氏，長於杜縣，之後葬於南原，立廟於曲池之北亭，曰樂遊原。」

②青門已見《和友人戲贈》注。

③【朱注】張禮《遊城南記》：「圭峰、紫閣在終南山四皓廟之西，圭峰下有草堂寺，紫閣之陰即渼陂。」

④【馮注】《月令》：「孟夏，天子飲酎。」注曰：「酎之言醇也，謂重釀之酒也。」《正義》曰：「酎，音近稠。」《説文》：「漢制：酎，三重醇酒也。」

⑤【朱注】《漢書》：「廣陵王歌曰：出入無悰為樂亟。」韋昭曰：「悰，樂也。」

箋評

【陸鳴皋曰】此自寫情，非懷古也。起句先有愁緒棼如之意。青門紫閣，乃眺望之景，承『登原』句來。『拂硯』句，預伏吟詩，不然，結便無根矣。『輕冰散』，不脱『春』字意也。春夢之想，嘗存胸臆，而寫不能盡，始嘆古人縮字之妙。

【姚曰】夢想無聊，只得託行遊消遣。青門紫閣，景物如故也。當此之時，非無筆墨杯觴可以寄興，其奈衷曲之無可相訴何！開口五字，便寫無悰之甚。

【屈曰】起甚佳，下皆套話。

【馮曰】與下《向晚》《俳諧》，皆似少作。

【紀曰】起有筆意，餘不佳。

【按】題當作『樂遊原』，次句起全篇。『青門』『紫閣』，皆登原望遠所想見。『拂硯』一聯寫登原之際以詩酒遣懷。末聯即『舉杯銷愁愁更愁』之意。姚謂『開口五字，便寫無悰之甚』，極是。『春原登已重』，即緣心緒繚亂無悰之故。以無悰始，以無悰終，而謂之『樂遊』，可乎？

樂遊原

萬樹鳴蟬隔斷虹〔一〕，樂遊原上有西風。羲和自趁虞泉宿〔二〕①，不放斜陽更向東。

〔一〕『斷』，朱本作『岸』。

〔二〕『趁』，季抄作『是』。

集注

①【朱注】《廣雅》：『日御曰羲和。』【馮注】《淮南子》：『日至於悲泉，爰止其女，爰息其馬，是謂懸車；至於虞淵，是謂黄昏。』【補】趁，尋也。（見王鍈《詩詞曲語辭例釋》）

箋評

【姚曰】此感恩寵之不可恃也。

【屈曰】時不再來之歎。

【程曰】是詩當為文宗而作。文宗起自外藩，入繼大統，故以起自民間之宣帝比之。史稱文宗勵精圖治，去奢從儉，即位時中外相賀，以為太平可冀，蓋其時賢君也。義山又為其開成二年進士，不及立朝，遂有鼎湖之痛，故作詩哀之。上二句即山陵之景象而言之，下二句追在位之情事而惜之。日為君象，以比文宗；羲和日御，以比奴僕。

文宗嘗恨見制於家奴，而宦官自甘露後亦深怨於文宗，故下二句語意以為宦官自利其祚盡，而天意獨不能少延其年數耶？其詞甚隱，其情蓋甚痛矣。

【馮曰】與五絶（《樂遊原》）同慨。

【紀曰】遲暮自感之作，格韻殊不脱晚唐習氣。（《詩説》）　又曰：首句太湊。（《輯評》）

【姜炳璋曰】此當與《樂游原》五絶一時之作。『夕陽無限好，只是近黄昏』，今并無夕陽矣。末句即《初起》詩『不為行人照屋梁』意，歸咎日馭。『不放』者，罪近君左右之人。

【張曰】首句當從馮本作『隔斷虹』，若從今本（作『隔岸虹』），豈但太湊而已，直不通也！（《辨正》）

【按】屈、紀箋是，三四於時不再來之慨中寓有遲暮之感。『自趁』『不放』，無可奈何之情與五絶正同，而無五絶對夕陽之深情讚美。古原西風，斷虹斜陽，意境頗近無名氏《憶秦娥》詞『西風殘照，漢家陵闕』。然是否必有時世衰頽之慨，則未可定。程、姜二箋穿鑿比附，不可從。此與五絶內容相近，而不如五絶之渾融概括，觸緒多端。不妨將此詩視為五絶之初稿或典型化過程中之一環。

樂遊原〔一〕①

向晚意不適，驅車登古原。夕陽無限好，只是近黄昏。

〔一〕蔣本、悟抄、席本、錢本、影宋抄、萬絶題内無『原』字；戊籤題作『登樂遊原』。蔣本題下注云：『品彙作「登遊原」。』【按】據詩意，以作『登樂遊原』較合。然戊籤似以意添字，未必有版本依據。

集注

①【程注】《漢書》顔師古注：『《三輔黄圖》云：「在杜陵西北。」又《關中記》云：「宣帝立廟於曲池之北，今所呼樂遊廟者是也。」』考杜甫詩又作樂遊園，不知何時又轉為原，大抵園陵原廟之義，皆可通也。【按】參五律《樂遊原》《鄠杜馬上念漢書》注。

箋評

【許顗曰】洪覺範……作《冷齋夜話》，有曰：『詩至李義山，為文章一厄。』僕讀至此，蹙額無語。渠再三窮詰，僕不得已曰：『夕陽無限好，只是近黄昏。』覺範曰：『我解子意矣。』即時删去。今印本猶存之，蓋已前傳出者。（《許彦周詩話》）

【楊萬里曰】五七字絶句最少，而最難工，雖作者亦難得四句全好者。晚唐人與介甫最工於此。如李義山憂唐之衰云：『夕陽無限好，其奈近黄昏。』如：『青女素娥俱耐冷，月中霜裏鬬嬋娟。』如：『芭蕉不展丁香結，同向春風各自愁。』（《誠齋詩話》）

【吴喬曰】宋之最著者蘇黄，全失唐人一唱三歎之致，況陸放翁輩乎？但有偶然撞著者，如明道云：『未須愁日暮，天際是輕陰。』忠厚和平，不減義山之『夕陽無限好，只是近黄昏』矣。（《答萬季埜詩問》）又曰：問曰：『唐詩六義如何？』答曰：『《風》《雅》《頌》各别，比興賦雜出乎其中。……「忽見陌頭楊柳色，悔教夫婿覓封侯」，興也；「夕陽無限好，只是近黄昏」，比也；「海日生殘夜，江春入舊年」，賦也。……宋人不知比興，小則為害於唐體，大則為害於《三百》。』（《圍爐詩話》）

【朱彝尊曰】言值唐家衰晚也。

【吴昌祺曰】（三四）二句似詩餘，然亦宜選。宋人謂喻唐祚，亦不必也。（《删訂唐詩解》）

【楊曰】遲暮之感，沉淪之痛，觸緒紛來。（馮箋引。按：《輯評》朱筆批引此『觸緒紛來』下有『悲凉無限』四字。此條下又有朱批云：『歎時無宣帝，可致中興，唐祚將淪也。』與上一條似非出一手，姑附此。）

【陸鳴臯曰】有日不暇足，流連荒亡之悲。但以為懷古，便索然。

【姚曰】銷魂之語，不堪多誦。

【屈曰】時事遇合，俱在箇中，抑揚盡致。

【程曰】此詩當作於會昌四、五年間，時義山去河陽退居太原，往來京師，過樂遊原而作是詩，蓋為武宗憂也。武宗英敏特達，略似漢宣，其任德裕為相，克澤潞，取太原，在唐季世，可謂有為，故曰『夕陽無限好』也。而内寵王才人，外築望仙臺，封道士劉玄静為學士，用其術以致身病不復自惜。識者知其不永，故義山憂之，以為『近黄昏』也。

【紀曰】百感茫茫，一時交集，謂之悲身世可，謂之憂時事亦可。　下二句向來所賞，然得力處在以『向晚意不適』句倒裝而入，下二句已含言下。（《詩説》）　問首二句聲調。曰上句五仄，下句第三字必平，此唐人定例也。問或謂『夕陽』二句近于小詞何也？曰誠有之，賴上二句蒼老有力，振得起耳。然推勘至盡，究竟是病，亦不可不知也。（《詩説》） 第一句倒裝而入，此二句（三四）乃字字有根。（《輯評》）

【管世銘曰】李義山《樂遊原》詩，消息甚大，為絶句中所未有。（《讀雪山房唐詩序例》）

【宋宗元曰】（三四句）愛惜景光，仍收到『不適』。（《網師園唐詩箋》）

【姜炳璋曰】此憂年華之遲暮也。名利場中，多少征逐，回頭一想，黯然銷魂，天下事大抵如此。『向晚』二字，領起全神。

【施補華曰】戴叔倫《三閭廟》：『沅湘流不盡，屈子怨何深！日暮秋風起，蕭蕭楓樹林。』並不用意，而言外自有一種悲涼感慨之氣，五絶中此格最高。義山『向晚意不適，驅車登古原。夕陽無限好，只是近黄昏』，歎老之意極矣，然祇説夕陽，並不説自己，所以為妙。五絶七絶，均須如此，此亦比興也。（《峴傭説詩》）

【吴仰賢曰】李義山詩：『夕陽無限好，只是近黄昏。』宋程伯子詩：『未須愁日暮，天際是輕陰。』兩人身世所遭不同，故其詠懷寄託亦異。義山以會昌二年釋褐（按：當是開成四年），在甘露之變後，歷武宣二主，僅稱小康，而大勢已去矣。伯子生神宗全盛之日，使無荆舒之蒙蔽，則政教昌明未可量也。寥寥十字，兩朝興廢之跡寓焉。此與范文正、高青邱之賦卓筆峰同。孰謂詩人吟風嘲月，無當於輶軒之采乎？（《小匏庵詩話》）

【章燮曰】（三句）『夕陽』承『晚』字。（四句）結到『意不適』。此李公傷老之詞也。夕陽之時，霞光返照，無限好景也。『近』，不多時也。以晚景雖好，不能久留也。（《唐詩三百首注疏》）

【俞陛雲曰】詩言薄暮無聊，藉登眺以舒懷抱，烟樹人家，在微明夕照中，如天開圖畫，方吟賞不置，而無情暮景，已逐步逼人而來，一入黄昏，萬象都滅，玉溪生若有深感者。鶯花樓閣，石季倫金谷之園；錦繡江山，陳後主《瓊枝》之曲。彈指興亡，等斜陽之一瞥。夫陰陽昏曉，乃造物循例催人，無可避免，不若趁夕陽餘煖，少駐吟筇。彼趙孟之視蔭，徒自傷懷，且詠『人間重晚晴』句，較有詩興耳。（《詩境淺説續編》）

【張曰】楊氏……可謂善狀此詩妙處。謂憂唐之衰者，只一義耳。（《會箋》）

【按】此篇抒寫登古原遥望夕陽時所觸發之好景不常之感。詩人既激賞極讚晚景之美好，又因其『近黄昏』而無限低徊流連、悵惘惋惜。唯其『無限好』，悵惘惋惜之情便愈濃重，三句之極贊正所以反跌末句之浩歎。義山身處唐之季世，國運衰頽，身世沉淪，蹉跎歲月，志業無成，於好景之不常感受特深。此種感受，平日即鬱積於胸（首句所謂『意不適』，即與此有關），登原縱望，忽見夕陽沉西之景象，乃悵然有觸，發為『夕陽無限好，只是近黄昏』之感喟。詩人騁望之際，握筆之時，均未必對此種感觸有明晰之意識與理智之分析，更未必有意以夕陽比喻象徵國運或身世，不過情與境合，渾淪書感而已。以為近黄昏之夕陽必指唐之衰晚、身之沉淪或時之將逝，則近乎鑿，失之拘，然不主一意，正緣其包涵豐富。楊、紀二氏之評，似泛實切，最為通達。此詩最近興體，妙在有意無意之間，若作比體，便全失語妙。

同一夕陽，盛世之詩人則於贊賞其壯美之同時激發『更上一層樓』之展望；衰世之作者則雖贊賞其美好而深慨其消逝沉淪。時代消息，固極明顯。故此詩作為衰頽時世帶有病態之社會心理之反映，自有其典型意義。而自然界與人類社會中，美好而又行將消逝之事物固不乏其例，對於此類事物之惋惜流連，實亦人類共同之感情。詩中所流露之無可奈何情緒，雖帶有衰頽時世之特徵，然特殊之中亦自寓有某種普遍性。

和人題真娘墓①

虎丘山下劍池邊②，長遺遊人歎逝川。罥樹斷絲悲舞席，出雲清梵想歌筵③。柳眉空吐效顰葉④，榆莢還飛買笑錢⑤。一自香魂招不得，秖應江上獨嬋娟。

集注

①【原注】真娘，吳中樂妓，墓在虎丘山下寺中。（按：姜本題下無此注。）【程注】《吳地記》：『虎丘山有真娘墓，吳國之佳麗也，行客才子多題詩墓上。』貞，一作真。白居易《真娘墓》詩：『真娘墓，虎邱道，不識真娘鏡中面，唯見真娘墓頭草。』【馮注】鄭氏《通志·藝文略》：『《題真娘墓詩》一卷，唐劉禹錫等二十三人。』

②【朱注】《吳越春秋》：『闔閭死，葬於國西北，名曰虎邱。』《方輿勝覽》：『劍池在虎丘寺，盤郢、魚腸之劍在焉，故曰劍池。』【馮注】《越絕書》：『闔閭冢在閶門外，名虎邱。山下池廣六十步，水深丈五尺，銅槨三重，墳池六尺，玉鳧之流扁諸之劍三千，方圓之口三千，時耗、魚腸之劍在焉。千萬人築治之，築三日而白虎居上，故號虎邱。』

③【補】清梵，佛寺誦經聲。《高僧傳》：『每清梵一舉，輒道俗傾心。』王僧孺《初夜文》：『清梵含吐，一唱三歎。』

④【馮注】《莊子》：『西子病心而矉其里，其里之醜人見而美之，歸亦捧心而矉其里。』注曰：『蹙頞曰矉，矉與顰同。』　【程注】李白詩：『蛾眉不可妬，況乃效其顰。』駱賓王詩：『愁眉柳葉顰。』

⑤【馮注】崔駰《七依》：『迴眸百萬，一笑千金。』　【朱注】鮑照詩：『千金顧笑買芳年。』

【金聖嘆曰】起句七字，即真娘墓。次句七字，即『人題』也。罥樹掛絲，出雲清梵，即起句七字；悲舞席，想

歌筵，即次句七字也。易解。柳眉效顰，榆莢買笑，言人來虎丘，至今徘徊不盡，然而真娘化去，乃更無有踪影也。前解自欲題真娘，則云斷絲舞席，清梵歌筵，便謂如或睹之；後解笑人不必題真娘，則又云柳空效顰，榆能買笑，便又謂更没交涉。真乃筆隨手轉，理逐言成，只許州官放火，不許老百姓點燈矣。（《貫華堂選批唐才子詩》）

【何曰】（次句）領起『和人』。三勝四，然非四則發端無呼應。五六俗體。（《輯評》）

【胡以梅曰】原注云：『墓在寺中。』按：劍池在寺内千人石之旁，故云『劍池邊』，言墓也。而第二即承之以歎逝川，上下通氣妙。絲飄如舞，梵響似歌，故想及於向日歌舞之筵席。柳眉效顰，新葉未舒，有縐促之意，然人已不見，不過是草木，故曰『空』。榆莢飛來，似滿地金錢，豈真還欲買笑乎？全在虚字生情。只因李文肅少虚字便遜遠，然效顰妙在多一層，『效』字尤精，『買』字更切於錢。落想秀極。結言香魂不可招，止有江上月中之嬋娟耳。

【趙臣瑗曰】前半寫遊人無不弔真娘，後半寫遊人并不必弔真娘。一是墳，二是題。三四承上，上四字承一，下三字承二。惟其歎之，所以悲之、想之也。五六轉下，『空吐』『還飛』，真娘果安在哉？七總繳，明告之以香魂不可招，以見遊人之弔之也殊覺無謂，而八乃又輕帶一筆，戲寫其香魂之在江上，應與生前無異，只是與遊人無與耳，饒有餘波。

【陸曰】此詩中四句皆用夾寫，又別是一法。起言山下池邊，遊人來此，每興逝川之歎，亦以真娘墓在故耳。舞席歌筵一聯，感繁華之不再也。柳眉榆莢一聯，見風韻之猶存也。皆以情景夾寫，而不犯重複者，一是悲其殁後，一是擬其生前，用意固各别也。結言香魂江上，獨自嬋娟，千古來孰是招之使出者乎？

【陸鳴皋曰】清韻移人，晚唐中佳構也。

【姚曰】此為好色者作點化語也。虎邱為遊人集聚之地，而真娘墓常深感歎，甚矣世人之好色也。於是摇曳斷絲，猶悲舞態；悠揚清梵，猶想歌喉，意中不啻若真娘之尚在者。豈知柳眉不解效顰，榆莢非能買笑，即使真娘之魂未散，猶在煙波縹緲之間，何與人事！而感歎若是，夫亦可以悟矣。

【屈曰】一二虚破墓。三四即景想昔日之妙舞清歌，今皆何在？五六想見顏色。結言惟江上明月獨存耳。

【馮曰】和詩結歸原唱，唐人常例。玩此結句，豈原唱為女冠之流耶？余初疑借真娘以悼從事吴中者，非也。

【紀曰】俗體。（《詩説》）

【張曰】此等詩何等雅切，雖非義山極品，然晚唐中自不易多得，以為俗格，真所不解。○義山《燕臺》所思之人，自湘川遠去後，疑流轉吴地而殁。細玩《河内詩閶門》一篇可悟。故《送李郢之蘇州》有『蘇小小墳今在否？紫蘭香徑與招魂』之句。此篇其假真娘以暗悼所歡耶？晦其意，故曰『和人』耳。否則詩中並不及和意，豈名手賦詩而疏於法律如是哉？至馮氏疑原唱為女冠，則更憑虚臆測矣。（《辨正》）

【按】此類和詩，不必作者親至其地，固不妨想像得之。《汴上送李郢之蘇州》頷腹二聯，即全出遥想，本篇亦似之。末聯『秖應』云云，更顯係推想之詞。故此詩或為追和之作，不得據此謂義山曾至吴地也。末聯諸家解歧異，玩『一自』『秖應』語，所謂『江上獨嬋娟』者，斷非指原唱者。趙、陸、姚氏謂指真娘香魂，似之。蓋謂一自真娘殁後，其香魂當長在煙波飄渺之江上獨呈其美好容態也。末句即承『招不得』而揣想『香魂』之所在。沈亞之、張祜皆有題詠真娘墓之作，然均五律。

武夷山①

只得流霞酒一杯②，空中簫鼓當時迴〔一〕③。武夷洞裏生毛竹④，老盡曾孫更不來。

〔一〕「當」，朱本、季抄作「幾」。

①【馮注】《史記·封禪書》：「祠武夷君用乾魚。」《索隱》曰：「顧氏案：《地理志》云建安有武夷山，溪有仙人葬處，即《漢書》所謂武夷君。是時既用越巫勇之，疑即此神。」蕭子開《建安記》：「武夷山高五百仞，岩石悉紅紫二色，望若朝霞。其石間有水碓，礱、簸箕、籮、箸、竹器等物，靡不有之，顧野王謂之地仙之宅。半岩有懸棺數千。傳云昔有神人武夷君居此，故名。」【朱注】《方輿勝覽》：「武夷山，道書謂第十六洞天，舊有神降此，自稱武夷君。」又《列仙傳》云：「籛鏗鍊丹之所也。鏗二子，長曰武、次曰夷，因以名山。」朱文公序曰：「武夷之名，著於漢世，祀以乾魚，不知果何神也。」《一統志》：「山在建寧府崇安縣南三十里。」【程注】（武夷山）《唐地理志》為江南東道。屬建州建陽縣。

②【馮注】《論衡》：「河東蒲坂項曼卿好道學仙，去三年而反，自言欲飲食，仙人輒飲我以流霞，每飲一盃，數日不飢。」

③【馮注】當，去聲。陸羽《武夷山記》：「武夷君於八月十五日置幔亭，化虹橋，通山下村人。是日，太極玉皇太姥、魏真人、武夷君三座空中，告呼村人為曾孫，令男女分坐，會酒餚。須臾樂作，乃命行酒，令彭令昭唱《人間可哀》之曲。」

④【馮注】《武夷山記》：『武夷君因少年慢之，一夕山心悉生毛竹如刺，中者成疾，人莫敢犯，遂不與村俗往來，蹊徑俱絶。』　【朱注】《方輿勝覽》：『毛竹洞在西溪上流，去武夷山百餘里，徧生毛竹，每節出一幹，其巨細與根等。』

【姚曰】此歎遇合之不可期也。

【屈曰】流霞只一杯，簫鼓復回，如何洞生毛竹，曾孫老盡，一去不來也？安得有仙人乎？

【程曰】嘗見《武夷山志》，題詠之詩以義山為始。考義山生平蹤跡，未至建州，不知何為而有是作，蓋亦借山詠事也。武夷之山，不著上古，至漢武帝始列祀典，《史記·封禪書》所謂以乾魚祀武夷君是也。漢武蓋好仙者，豈詩為武宗建九天道場，築望仙臺觀而發耶？空中簫鼓，一去不回，老盡曾孫，無緣重見，仙之不足信也明矣，與『穆王何事不重來』略同。若作題武夷山，則失詩意。

【馮曰】江東春遊之時，或者曾自越而衢而建，無可追尋矣。曰諷武宗，則太迂遠，必非也。

【紀曰】辨神仙之妄也。吞吐出之，語殊藴藉。『幾時迴』是問詞，『更不來』是答詞。別本嫌二句犯複，改『幾』為『當』，其實語意相生，本自不複也。（《詩説》）　改為『當時迴』，併末句亦成死句，未諭其本不複也。（《輯評》）

【張曰】江東之遊，或者自越而衢，自衢而建歟？有龍邱道中詩，似可參證。（《會箋》）　又曰：『當時』猶言當年，當字去聲，然作『幾時』亦通。（《辨正》）

【按】詩意謂武夷仙山，惟餘天上流霞，不聞空中簫鼓，洞生毛竹，曾孫老盡，而武夷君則杳如黃鶴，永不再來矣。『當時迴』，謂空中簫鼓之聲當時即返回天上，倏然而逝，與末句『更不來』相應，謂去之何速，來之何遲也。後人因不解『當時迴』之『迴』為回歸天上，誤以為指返回人間，故改『當』為『幾』，與原意相左矣。詩諷神仙之虛妄，意旨顯然，三四用事，尤有諧趣，當與『雲孫帖帖卧秋煙，上元細字如蠶眠』（《海上謠》）相參。程氏聯繫武宗好仙事，謂借諷時主，不為無見。馮氏斥為迂遠，未妥。

張氏繫此詩於大中十一年遊江東時，可疑。《新唐書・食貨志》載劉晏上鹽法，置巡院十三，有揚州、甬橋、浙西、嶺南，而無今福建地區，義山為鹽鐵推官，似不可能有建州之遊。《龍邱道中》又見杜牧集，本極可疑，更不得援以為證。然細味此詩，又非想像之詞，而似親至其地所作，不然，何以突然詠及武夷山，又何以有『只得流霞』『洞生毛竹』之句乎？存疑待考。

謁山①

從來繫日乏長繩②，水去雲迴恨不勝③。欲就麻姑買滄海④，一杯春露冷如冰⑤。

①【馮曰】謁山者，謁令狐也。　【張曰】山即義山自謂。此暗記令狐來謁事也。　【按】馮、張説皆迂曲不可通。此為登山興感之作。詳箋。

②【馮注】傅休奕《九曲歌》：『歲暮景邁羣光絶，安得長繩繫白日？』【按】句意謂白日西馳，流光易逝，雖惜光陰而無法阻止其流逝。作者《樂遊原》云：『羲和自趁虞泉（淵）宿，不放斜陽更向東。』與此意略同。

③【補】水去，水流逝而去，喻時間之流逝。《論語・子罕》：『子在川上曰：「逝者如斯夫，不舍晝夜。」』雲迴，雲飄蕩而去。迴非迴合之迴，係迴歸之意。句意謂見此水去雲歸之景象，益觸動時光流逝，不可留繫之悵恨。

④【補】麻姑自言『接侍以來，見東海三為桑田』，故作者以滄海屬之麻姑，而云『欲就麻姑買滄海』。麻姑事已見《海上》詩注。

⑤【補】緊承上句，謂方欲就麻姑而買滄海，乃忽見浩淼之滄海已變為一杯冰冷之春露，言外見世事滄桑，時間無法留駐。（以上注釋略采陳貽焮先生說。陳文《談李商隱的詠史詩和詠物詩》，載《文學評論》一九六二年第六期。）

【朱彝尊曰】想奇極矣，不知何所指。

【何曰】『一杯春露』，指武帝承露盤。言千年之樂尚不能得，安能買滄海乎？（《輯評》）

【姚曰】此即『上林多少樹，不借一枝栖』之意。

【屈曰】杯露之微，其冷如冰，不能迴春，況滄海之大乎？不能買也。

【馮曰】當與《玉山》七律同味。謁山者，謁令狐也。次句身世之流轉無常，三句陳情，四句相遇冷澹也。唐時翰林學士不接賓客，義山雖舊交，中心已暌，遂以體格疏之耳。

【紀曰】未解其旨。

【張曰】山即義山自謂。此暗記令狐來謁事也。言我方欲就彼陳情，而不料其匆匆竟去，徒令杯酒成冰，所以有『水去雲迴』之恨也。首句則言安得長繩繫日，使之多留片刻乎？通篇融洽矣。馮氏謂義山往謁令狐，語妙全失。（《會箋》）

【按】謁山，蓋指登山而望景光流駛也。古人登高而望落日，每觸發時不我待之慨，且常見之於詩。李白《登高丘而望遠海》云：『扶桑半摧折，白日流光彩。』杜牧《九日齊山登高》云：『不用登臨恨落暉。』義山《樂遊原》云：『夕陽無限好，只是近黄昏。』『羲和自趁虞泉宿，不放斜陽更向東。』均其例。陳貽焮謂此詩『當是登山見日落、水流、雲生，因傷流逝、悲遲暮而生出的非非之想。題名「謁山」，可能指朝謁名山。』所論極是。

此詩一二慨時光流逝如水去雲歸日落，不能留駐，意本明白，難以索解者為三四句。然不論三四抒寫何種情感，其不能完全撇開時光流逝之恨亦屬無疑。視『欲就』二字，上下承接之迹顯然。自時間流逝之恨而轉生欲買滄海之想，則『買滄海』亦必與解決時間流逝之恨有關。細推之，『滄海』實從『水去』生出。水東流入海，逝者如斯，不舍晝夜，不可阻遏，欲遂長繩繫日之願，惟有使流逝不舍之時間無所歸宿，故有『買滄海』之奇想。陳貽焮引李賀《苦晝短》『吾將斬龍足，嚼龍肉，使之朝不得迴，夜不得伏，自然老者不死，少者不哭』以證『買滄海』之目的在『永絶時光流逝的悲哀』，洵為確解。又謂第四句係點化李賀《夢天》『一泓海水杯中瀉』句，亦極確切。此詩前二句提出時間不能留駐之矛盾，第三句乃企圖以幻想形式（買滄海）解決矛盾，末句則幻想終歸破滅，因滄海之變杯露益歎時間之不可留也。與《贈勾芒神》詩構思同中有異，蓋後者只言主觀願望，而此則歸結到願望之無法實現。《一片》末聯『人間桑海朝朝變，莫遣佳期更後期』，似可為此詩下一注脚。

贈勾芒神①

佳期不定春期賒②，春物夭閼興咨嗟③。願得勾芒索青女④，不教容易損年華。

①【姚注】《月令》：『孟春之月，其神勾芒。』注：『少皞氏之子曰重，為木官。』【馮注】《月令疏》曰：『木初生之時，句屈而有芒角。』【按】古代傳説中主木之官與木神均為勾芒。此指春神。

②【補】賒，短。

③【程注】《莊子》：『背負青天而莫之夭閼者，而後乃今將圖南。』【馮注】嵇康《答難養生論》：『五穀易殖，農而可久，所以濟百姓而繼夭閼也。』【補】夭閼，亦作『夭遏』，受阻折而中斷。陸德明《經典釋文》引司馬彪云：『夭，折也；閼，止也。』興，起。句謂因春物受阻折而生慨歎。

④【馮注】《三國志》：『袁術欲為子索呂布女。』《淮南子》：『秋三月，青女乃出，以降霜雪。』注曰：『青霄玉女，主霜雪也。』【補】索，求娶。

【姚曰】傷晚達也。

【馮曰】徐曰：『《新書·五行志》：「大中三年春，隕霜殺桑。」詩當作於是時。』按：更有借喻。

【紀曰】題纖而詩淺，此種題皆有小説氣，其去燕剪鶯梳、花魂鳥夢無幾也，大雅君子當知所別裁焉。（《詩説》）

【張曰】寓意令狐，託為贈答，亦無題之類。詳味詩意，與『莫遣佳期更後期』正同，情趣則尤酸楚也。（《辨正》） 又曰：此類詩總是牢落之歎，空看尤佳。（《會箋》）

【張相曰】春期賒，猶云春期短也。句芒主春，青女主霜雪。詩意言春物夭閼，正因春期短促，故願句芒索青女，使之不降霜雪，不致夭閼，不促春期，不損年華也，意欲將春期放長也。……『索女』字與『佳期』相應。（《詩詞曲語辭匯釋》）

【按】張相箋解甚確。一二蓋謂春期短促、春物摧折，故興年華易隕之慨。三四轉生奇想，願春神勾芒娶霜神青女，則青女不再施威，而人間春天永駐，春色常在矣。作慨歎年華易衰，希冀青春長駐解固可，作希望世間美好事物長在解亦佳。張氏《會箋》謂『空看尤佳』，得之。徐氏因大中三年隕霜殺桑而繫於是年，殊不足據。

河清與趙氏昆季讌集得擬杜工部①

勝概殊江右，佳名逼渭川②。虹收青嶂雨③。鳥没夕陽天。客鬢行如此，滄波坐渺然〔一〕④。此中真得地，漂蕩釣魚船⑤。

校記

〔一〕「客鬢」二句，戊籤：「五六一作『歲月行如此，江湖坐渺然』。朱弁云：真是老杜語也。」「渺」，蔣本作「眇」。

集注

①【朱注】《舊唐書》：「河清縣屬河南府。咸亨四年置大基縣，先天元年改為河清。」【馮注】《通典》：「河南府河清縣，南臨黄河。」《左傳》云晉陰即此。《新書志》：「會昌三年隸孟州，尋還屬河南府。」又曰：讌席當是餞别，故只點行役而言外含之。劉夢得《送趙司直轉官參山南令狐僕射幕》云：「趙氏兄弟皆僕射門客。」當即此趙氏

昆季，本集中趙祝、趙晳之輩也。『得擬杜工部』當爲席上分擬者耳。【按】趙祝當作趙柷，參《南山趙行軍》題注。

②【馮曰】取清江、清渭以點河清。【按】勝概，謂風景佳勝。《舊唐書·裴度傳》：『立第于崇賢里，築山穿地，竹木叢萃，有風景水榭梯橋架閣，島嶼迴環，極都城之勝概。』首二句分點河、清。

③【按】雨後初晴，彩虹高懸于青嶂之上，似雨即爲彩虹所收，故云『虹收青嶂雨』。【宋宗元曰】晚晴入畫。

④【按】二句謂已久客他鄉，髩髮行將華白，而俯視身世，正如滄波浩渺，一葉漂蕩，了無着落。【馮曰】眇，微也，亦遠也。杳眇，遠視貌，於義自通，不必定作渺。

⑤【按】此中：指河清。末聯以贊河清，即景作結。謂久倦行役，得此勝概，能乘釣船漂蕩於此，以終老此生，亦人生樂事也。

【朱弁曰】李義山擬老杜詩云：『歲月行如此，江湖坐渺然。』真是老杜語也。其他句『蒼梧應露下，白閣自雲深』，『天意憐幽草，人間重晚晴』之類，置杜集中亦無愧矣，然未似老杜沈涵汪洋，筆力有餘也。義山亦自覺，故別立門户成一家。後人挹其餘波，號西崑體，句律太嚴，無自然態度。黄魯直深悟此理，乃獨用崑體工夫，而造老杜渾成之地，今之詩人少有及者。此禪家所謂更高一著也。（《風月堂詩話》卷下）

【胡仔曰】《古今詩話》云：『南方浮屠能詩者多，士大夫鮮有汲引，多汨没不顯。福州僧有詩百餘篇，其中佳句如「虹收千嶂雨，潮展半江天」，不减古人也。』《苕溪漁隱》曰：此一聯乃躰李義山『虹收青嶂雨，鳥没夕陽天」。所謂屋下架屋者，非不經人道語，不足貴也。

【范晞文曰】『虹收青嶂雨，鳥没夕陽天。』『月澄新漲水，星見欲銷雲。』『池光不受月，野氣欲沉山。』『城窄山將壓，江寬地共浮。』『秋應為紅葉，雨不厭蒼苔。』皆商隱詩也，何以事為哉？（《對牀夜語》）

【何曰】三四清而麗，五六渾而安。詩中一字不及讌集，必有隱意未喻。統籤五六一作『歲月行如此，江湖坐渺然。』朱云：真是老杜語也。此等看法，皆為荆公所誤。（《輯評》）

【陸鳴皋曰】總寫境地之佳。第五句，將己身襯入，亦開句也。通體老成，少陵亦不過此。

【沈德潛曰】能以格勝。（《唐詩别裁》）

【姚曰】上半首，席間勝概。下半首，自叙情懷。第五句轉接得力，是杜法。

【屈曰】甚似少陵。

【楊曰】譬之臨摹書畫，得其神解。（馮注引。《輯評》引此作『四家評曰』。）

【馮曰】頗疑大中三年從商洛歸至東都，而旋就水程由江漢以詣巴蜀，故以杜工部入蜀寄意。雖所揣太鑿，然後之《杜工部蜀中離席》似相應。

【許印芳曰】三、四已佳。五、六尤得神解。風格之高，又不待言。（《瀛奎律髓彙評》引）

【王壽昌曰】擬古貴得其神，而後求之氣韻……李義山之『勝概殊江右，佳名逼渭川（略）』……神情雖不能全肖，然已得其八九矣。（《小清華園詩談》）

【潘德輿曰】李義山『虹收青嶂雨，鳥没夕陽天』『池光不受月，野氣欲沉山』，真類老杜。『江海三年客，乾坤百戰場』，范晞文以此為杜，不知乃得老杜之皮也。『黄葉仍風雨，青樓自管絃』亦有杜意。然從『古牆猶竹色，虚閣自松聲』『江山有巴蜀，棟宇自齊梁』脱换而出，識者謂終是食而不化，若『求之流輩豈易得，行矣關山方獨吟』學杜而得其粗率者，又開宋一派矣。

【紀曰】四家評曰：譬以摹書畫，得其神解。　又曰：三四清而麗，五六渾而妥。

【張曰】不詳何年，馮氏……謂此即趙氏昆季（趙祝、趙晳）亦未敢定。

【按】此詩頸聯頗寓人生勞倦，欲求歸宿之慨，篇末意尤顯，謂此中即可為歸釣之地。味其意致，似是遠幕歸來後所作。然題内趙氏昆季如指趙祝、趙晳，則義山與其交往蓋在大和、開成年間。河清縣屬河南府，與河陽、濟源鄰近。李執方（商隱妻王氏之舅）開成二年至會昌三年在河陽節度使任，或趙氏兄弟曾在其幕或曾遊其地，適義山亦至此，故有此宴集賦詩之事。

諸家多以學杜得其神為言。此詩三四之清新明麗，五六之骨格老健，固酷似杜律，然刻意摹畫，反汩作者個性，與《曲江》《籌筆驛》等篇之學杜而自具機杼者顯有高下之分。

涼思

客去波平檻，蟬休露滿枝。永懷當此節〔一〕，倚立自移時。北斗兼春遠，南陵寓使遲①。天涯占夢數②，疑誤有新知③。

〔一〕『節』，戊籤作『際』。

①【朱注】《舊唐書》：「梁置南陵縣。武德七年屬池州。後屬宣州。」

②【馮注】《詩》：「訊之占夢。」【按】即所謂圓夢，據夢中所見預測人事吉凶。數，頻。

③【馮注】《後漢書·公孫瓚傳》：「疑誤社稷。」《蔡邕傳》：「疑誤後學。」此言身在天涯，頻訊占夢，誤意有新相知者竟不得也。【按】天涯占夢者非指詩人自己，詳箋。

【朱彝尊曰】首二句「涼」，下六句「思」。（末聯）妄想遇合之意。

【何曰】起聯寫水亭秋夜，讀之亦覺涼氣侵肌。（《讀書記》）又曰：（「倚立」句）「思」字入神。○落句襯出「思」字意足。（輯評）

【姚曰】人當匏繫之時，鬧時猶可消遣，静時最難為懷，此客去蟬休，不覺獨自銷魂也。顧南北相違，音書難達，遥想天涯占夢人，必誤疑有所係戀而未歸耳。

【馮曰】或宣州別有機緣，故寓使而希遇合也。當與《懷求古翁》同參。

【紀曰】前四妙在倒轉説。若換起二句作三四句，直平鈍語耳。五六亦深穩。（《詩説》）起四句一氣湧出，氣格殊高。五句在可解不可解之間，然其妙可思。○結句承「寓使遲」來，言家在天涯，不知留滯之故，幾疑別有

新知也。（《輯評》）

【孫洙曰】『客去波平檻』，『涼』字分四層。『永懷當此節，倚立自移時』，足『思』字意。（《唐詩三百首》）

【章燮曰】（三四）對起格，以不對承之，詩法稱『偷春蜂腰格』，如梅花偷春色而先開也。（《唐詩三百首注疏》）

【張曰】義山（大中元年）十月如南郡，而《為滎陽公上宣州裴尚書啟》云：『李處士云：於江沔要有淹留。便假以節巡，託之好幣，十一月初離此訖。』此李處士必與義山同行，十一月初離此，謂離江沔也。不然，安得代為此啟？此詩似別處士作。『南陵寓使遲』者，義山在南郡，或俟處士使畢同歸。結恐府主因其淹留，疑有他遇，故不覺作過慮之言耳。此與譜中所説雖微異而較長。惟義山使南郡在十月，處士使宣州在十一月，而詩寫景頗不類冬令，豈南疆氣候有殊歟？（《會箋》）

【岑仲勉曰】（張）箋三系（裴休為宣歙觀察）會昌六年誤，應依《方鎮年表考證》作大中元年。《為滎陽公上宣州裴尚書啟》作於元年之初，所云『李處士十一月離此訖』，係追述六年底事，其時休當在湘任。『託之好幣』者，託致湖南，非託致宣州也。如此説法，情事便通。若張氏所據『《唐語林》載裴相為宣州觀察，朝謝後行曲江遇廣德令事，下云宣宗在藩邸聞之，常與諸王為笑樂』，則説部不經之談。蓋休從湖南調宣歙，安得有朝謝閒行曲江之事？如謂追赴闕而後外除，亦與《啟》『辜負明時，優遊外地』，及『託之好幣，十一月初離此訖』，情節不相合也。（《平質》）

【按】張氏以此詩為大中元年冬江沔別李處士作，岑氏駁之，以為《為滎陽公上宣州裴尚書啟》作於元年初，『李處士十一月初離此訖』係追述會昌六年事。張説固不切詩意（十一月不可能有『蟬休露滿枝』之景象，『南陵寓使』者亦非『客去』之『客』，而係作者自己，詳下），然岑説亦顯有疏誤。會昌六年鄭亞尚未廉察桂管，安得於桂管任上派遣李處士？《上裴尚書啟》有『留歡湘浦，暫復清狂。思如昨辰，又已改歲』之語，『留歡湘浦』，指大中元年四至五月鄭亞赴桂途中經潭州時曾在裴休處逗留（時休尚在湘任），而據『又已改歲』，則此啟明作於大中二年初，『李處士十一月初離此訖』係追述元年十一月事。然肯定李處士元年十一月有宣州之行，與肯定張説自是二事。詳味此詩，當是作者寓使南陵，寂寥思歸之作。首聯寫夜深客去，波平露盈，蟬休人静之清寥境界。季候當在秋初，與十一月之景物絶不符。頷聯正寫思念之悠長。腹聯出句謂己春天離家，時下已届凉秋，身處南方，遥望北斗，心念家室，因感雙方之間存在空間、時間之遠隔。對句補足上意，點明自己寓使南陵，猶遲遲未歸。故末聯接云遠在天涯之妻子將頻頻占夢，誤疑己在外之有新知也。意此詩當是義山婚於王氏之後，任幕職時寓使南陵之作。據詩中所寫，必所居之幕與妻子所在之地相同或相近，始有此語。然則居涇原幕時寓使南陵之可能性或較大。

早起

風露澹清晨①，簾間獨起人。鶯花啼又笑〔一〕②，畢竟是誰春〔二〕？

〔一〕『鶯花啼又笑』，戊籤作『鳥啼花又笑』，馮注本作『鶯啼花又笑』。

〔二〕『春』，蔣本、姜本、錢本、影宋抄作『親』。

集注

①【補】澹，恬静安閒。

②【補】意即『鶯啼花又笑』。

【何曰】眼前語，乃爾翻新。（《輯評》）

【徐增曰】人言義山詩是艷體，此作何等平澹，豈絢爛之極耶？『風露澹清晨』，清晨是旭日未升之際，此時但有風露，殊為冷清，故云清晨。日未出時天地光彩尚未焕發，意味甚澹，見不妨去睡。『簾間獨起人』承上來，簾外既是風露，簾間之人為何獨要早起身？『獨』是祇一人。『鶯花啼又笑』，其早起想欲攬取鶯花耶？鶯啼花笑，為簾間早起之人而然耶？『畢竟為誰春』，却像春是我的一般。兜底算來，還不知是為那一個也。謂是鶯之春，鶯只好去啼而已，鶯擔不去。謂是花之春，花只好去開而已，花攔不住。謂是人之春，人只好早起而已，人攬亦不來。總之，鳥也，花也，人也，同在此天地之中，豈分得個爾我？鳥之啼也，花之笑也，人之早起也。皆乘此春氣鼓動而有為耳。花不為鳥而笑，鳥不為花而啼，而人乃為花鳥早起，作此念頭，豈不澹煞？只當放下念頭，鳥由他去啼，花由他去笑，人亦由人去早起而已。大家團圞頭，共説無生話。此題作此詩，在義山為出色，若落右丞手中，畢竟不如是作，另有雋永之意趣在也。（《説唐詩》）

【陸鳴皋曰】次語已盡幽恨，覺文通一篇小賦，尚刺刺不休。末句非謂不能判也，總由情思模糊故耳。

【王堯衢曰】風露澹清晨：旭日未升之際，凄風冷露，澹然清晨，正是群動未起。簾間獨起人：簾外尚多風露，簾間之人，獨自早起，豈為領略春光而然耶？鶯花啼又笑：起看簾外，則有鶯花、而風露徐收矣。啼者是鶯，而笑者是花。似為此早晨獨起之人而獻趣者。畢竟是誰春：然我細思之，鶯吾知其能啼，不專為獨起人而啼；花吾知其能笑，亦不專為獨起人而笑。鶯啼花笑，畢竟是誰之春耶？大地春光，當與大地共之，若非簾間獨起人，一為拈示大衆，只恐終日昏昏者，抹殺春光無限矣。（《古唐詩合解》）

【姚曰】畢竟是誰春？參學人請下一轉語，答曰：大家扯淡。

【屈曰】言如此鶯、花非我之春，其困厄可不言而喻。

【馮曰】神味正長。

【紀曰】偶然之作，無大意致。（《詩説》）刺名場之擾擾也。氣體太薄，便近於佻。（《輯評》）

【許昂霄曰】周密《少年游》『一樣春風，燕梁鶯户，那處得春多』，即『梨花雪，桃花雨，畢竟春誰主』之意。然俱從義山『鶯啼花又笑，畢竟是誰春』脱出。（《詞綜偶評》）

【張曰】小詩自有體裁，佻薄之評，未免擬於不倫。（《辨正》）

【按】謂『鶯花啼又笑』之春不屬『簾間獨起人』也。妙在早起風輕露淡，心境恬澹之際，聞見鶯啼花笑，忽然觸著。語澹而神傷，言外凄然。屈箋是。

曉起

擬杯當曉起〔一〕①，呵鏡可微寒〔二〕②。隔箔山櫻熟〔三〕③，褰帷桂燭殘④。書長為報晚〔四〕⑤，夢好更尋難。影響輸雙蝶⑥，偏過舊畹蘭⑦。

〔一〕「起」，才調作「氣」。

〔二〕「可」，才調作「有」。

〔三〕「熟」，才調作「發」。

〔四〕「書」，才調作「晝」。「晚」，才調作「曉」。

①【馮注】「擬杯」二字可疑。　【按】擬有傳、度之意，擬杯或即傳杯之意。參蔣禮鴻《敦煌變文字義通釋》。

②【補】可，當也。恰值也。

③【程注】《本草》：『山櫻桃樹如朱櫻，子小而尖，生青熟黄赤。』沈約詩：『野棠開未落，山櫻發欲然。』

④【朱注】庾信《對燭賦》：『刺取燈花持桂燭。』【姚注】《拾遺記》：『王母取緑桂之膏，然以照夜。』

⑤【馮班曰】語多書長，所以唯報。故曰『唯報晚』也。【朱彝尊曰】書長則語多，所以報晚。

⑥【補】《書・大禹謨》：『惠迪吉，從逆凶，惟影響。』影響，如影隨形，如響應聲，形容關係之密切。

⑦【姚注】《離騷》：『余既滋蘭之九畹兮。』注：『十二畝為畹。』

【徐德泓曰】腰聯，一虚一實法也。結即承『夢好』句來，言不如蝶能尋耳。

【姚曰】黄昏清旦，物在人遐，不如雙蝶之過畹蘭，親切不同影響也。『影響』二字，融上六句在内。

【屈曰】前四往事，五六今事，結情。

【程曰】此訪舊不遇，無聊繾綣之詞，亦綺語也。

【馮曰】似以艷體寓懷，當與蝀詩互參。

【紀曰】纖小一派。（《詩説》）　晚唐纖體。（《輯評》）

【張曰】玉谿此種詩皆艷體正宗，假閨襜瑣屑，男女媟褻之詞，以寓賢人君子不得志於世之隱痛，聞者足戒，言者無罪。正得屈、宋《騷》《辯》之遺而變而出之，不獨晚唐為然也。紀氏竟敢以晚唐纖體目之，彼晚唐之體格豈不通迂腐如紀氏者所能領其妙處耶？（《辨正》）

【按】此曉起孤寂無聊而懷舊傷離也。曉起微寒，寂寥無伴。室外隔簾山櫻已熟，室内褰帷桂燭方殘，均極寫寂寞懷思情景。五謂書長語多而報之甚晚，六謂夢雖好而欲重尋已不可得。七八謂翩翩雙蝶，如影之隨形，響之應聲，飛舞而過舊日之蘭畹，己與伊人則彼此相隔，不如雙蝶多矣。是否别有寓託，頗難臆測。

曉坐〔一〕

後閤罷朝眠①，前墀思黯然②。梅應未假雪，柳自不勝煙。淚續淺深綆③，腸危高下絃④。紅顏無定所，得失在當年。

〔一〕原題下注：一云『後閤』。諸本同。

①【馮注】閤，音各，觀也，樓也。閤，音合，門旁户，又内中小門也。自古或分為二，或音義相通。

②【何曰】生下六句。（《輯評》）

③【朱注】《廣韻》：『綆，井索。』【馮注】《莊子》：『綆短者不可以汲深。』

④【道源注】絃急則絶，以比愁腸易斷。

【朱曰】此悼亡也。（《李義山詩集補注》）

【吴喬曰】第三聯，苦心奇險句也。

【何曰】結語似指令狐交誼不終，微有悔意。（《輯評》）

【徐德泓曰】次聯，承『思黯然』來，出句開，對句合，『不勝烟』，正黯然處。五六寫愁。結言榮悴存乎時也。

【姚曰】此悼亡詩也。後閤前墀，梅柳之春意如故。若紅顏在世，則旦暮不可保也。一失不可復得，能無腸斷！

【屈曰】苦思苦調。壯不如人，老大傷悲，言得失只在此時耳。

【程曰】此嘆老嗟卑之感。玩結二語通體明豁。應茂元之辟，致令狐之怨，莫保紅顔，有自來矣。

【馮曰】三句似自負，四句似妒他人也。通體悽惋。

【紀曰】情真而格卑。（《詩説》）有悔從茂元之意。（《輯評》）

【張曰】詩係自傷，不定何年也。（《會箋》）又曰：此亦寓意令狐交誼始合終離，非為悔從茂元致慨也。紀氏乃謂意真格弱，既不能知此詩之意，又安能辨其體格哉？此真所謂似是而非者矣。○義山初為令狐所知，及婚於王氏，子直遷怒，遂終於李黨。其後鄭亞、李回疊貶，莫肯援手，始轉向令狐告哀，詩所謂『紅顔無定所，得失在當年』也。此篇蓋感傷遇合之作，其情亦可悲已！（《辨正》）

【按】此曉坐寂寥，追憶當年，自傷身世之作。首聯曉坐黯然而思。『黯然』二字，直貫下六句。次聯謂梅花素艷，當未藉雪之助，而柳條柔弱，本不勝煙之籠。言外似含昔日之名，非由假借；今日之遇，實緣弱質之意。腹聯謂己之淚長流而腸欲斷。末聯則總結一生際遇，言紅顏薄命，漂泊不定，在當年之未能斟酌於得失之間也，所指顯然。

池邊

玉管葭灰細細吹①，流鶯上下燕參差。日西千遶池邊樹〔一〕，憶把枯條撼雪時。

〔一〕『西』，季抄一作『高』。

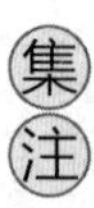

①【程注】《後漢書・律曆志注》：『章帝時，零陵奚景於泠道舜祠下得白玉琯。』古以玉作，不但竹也。庾信《春賦》：『玉管初調。』《續仙傳》：『王母獻白玉管，云吹之以和天風。』《後漢書・律曆志》：『候氣之法，為室三

重，户閉，塗釁必周，密布緹縵室中，以木為案，每律各一，内庳外高，從其方位，加律其上。以葭莩灰抑其内端，案曆而候之，氣至者灰去。其為氣所動者灰散，人及風所動者其灰聚。』

【錢謙益曰】初無深意，而婉切至此，猶畫家所謂寫神不寫形也。

【朱彝尊曰】無限低徊，只在『千遶』二字中寫出。（馮引錢評：『無限低徊，於千遶二字傳出。』）

【姚曰】從得意時追想未得意時，莫草草看得容易。

【屈曰】『枯條撼雪時』有無限情事。一二昔日事，三四今日意。

【田曰】感歎流光，出言蘊藉。（馮箋引）

【馮曰】意其亦指令狐家，末句憶追隨楚之時也。

【紀曰】感嘆時光，多就眼下繁華逆憂零落，或就眼前零落追感繁華，此偏于春光駘宕之時折轉，從過去一層見意，運掉甚別，但格韻不高耳。（《詩説》） 此寫時光迅速之感。起二句俗，後二句小有意。（《輯評》）

【張曰】感歎流光之作，未必寓意令狐。（《會箋》） 又曰：起二句未至俗格，紀評非是。（《辨正》）

【按】歷盡『枯條撼雪時』之蕭瑟凄冷，方知『流鶯上下燕參差』時之彌足流連也，『千遶池邊樹』者蓋為此。姚箋雖求之過深，然其意可取。似非單純感歎流光之作。

春風

春風雖自好，春物太昌昌①。若教春有意，唯遣一枝芳〔一〕。我意殊春意〔二〕②，先春已斷腸。

〔一〕『遣』，英華一作『遺』，非。

〔二〕『殊』，蔣本、姜本一作『如』，非。

①【補】昌昌，繁盛貌。

②【補】殊，異也。

箋評

【馮班曰】只恐愛博而情不專也。（何焯引，見《輯評》）

【何曰】昌昌，羣小也。不言春意殊我意，語妙。

【徐德泓曰】此喻愛博而情不專者，意在賓主間也。末聯言我意在專及，而春不然，故不待其發見，而早無冀望矣。

【姚曰】此喻仕途相傾軋也。

【屈曰】春風泛愛，我則腸斷唯一枝芳耳。

【馮曰】滿目繁華，我獨懷恨，不待春來，腸先斷矣。寓意未詳。

【紀曰】全不成詩。

【張曰】詩意寓盛滿之戒，不詳指何人也。（《會箋》）

【按】春風和煦，能發春芳，故曰『自好』；然春風起處，萬芳競發，則春物轉瞬即逝，故又翻嫌『春物太昌昌』而望春風『唯遣一枝芳』。是『春意』普及萬芳而使春物昌昌，『我意』則望春芳次第開放而使春光常駐。然春意固不以我意為轉移，故我不免於春光未到之時即預憂春芳之消逝而為之斷腸矣。全篇極寫惜春心理，杜詩『繁枝容易紛紛落，嫩蕊商量細細開』，與此詩意蘊近似。

春日

欲入盧家白玉堂①，新春催破舞衣裳②。蝶銜花蕊蜂銜粉〔一〕，共助青樓一日忙。

〔一〕『銜』原一作『含』。『花』，季抄、朱本作『紅』。

①【朱注】古樂府：『黄金為君門，白玉為君堂。』【補】梁武帝《河中之水歌》：『河中之水向東流，洛陽女兒名莫愁。十五嫁作盧家婦，十六生兒字阿侯。盧家蘭室桂為梁，中有鬱金蘇合香。』『盧家白玉堂』，疑合用古樂府與《河中之水歌》。

②【張相曰】破，安排也。言促其從速安排舞衣也。

箋評

【陸鳴皐曰】意指奔走豪家者，而善謔不露。

【姚曰】主恩所向，羶附隨之，自然如此。

【屈曰】欲入玉堂，一會所歡，春日方新，歌舞已無間時，而蜂蝶共助，其忙愈甚，又安得一見乎？身居要路，政事已多，況槐柳齊列，何異蜂蝶青樓之助乎？

【程曰】此近於艷詞而非者，大抵將入幕府供職牋奏，苦於奔忙之寓言也。

【馮曰】酷寫女郎春遊情態，其寓意則與下章（按指《柳下暗記》）寓代柳璧作啟事）同。首句借喻玉堂；蝶蜂共助，比代為詩啟也。

【紀曰】此詩却不似艷詞，莫解所謂，自可置之。（《詩説》）此似刺急於邀求新寵之人，非艷詩也。（《輯評》）

【姜炳璋曰】『欲入』者，貴公子欲入也。而春風催舞，蜂蝶銜花，共助青樓如此。世途宦境，何獨不然？

【張曰】午橋謂將入幕府供職牋奏，苦於奔忙之寓言，所解近之。蓋義山為人憑倩作文，當未入幕之先，必先代作表狀，集中頗多，此詩所詠是也。『盧家玉堂』，其暗點徐幕歟？惟寫景與奏辟之時不符。若馮氏謂指代柳璧諸啟而作，則必非也。（《會箋》）

【按】詩無諷意，姚、紀説恐非。《越燕二首》云：『盧家文杏好，試近莫愁飛。』《對雪二首》云：『又入盧家妒玉堂。』似均以『入盧家』喻入幕。此詩『欲入盧家白玉堂』亦似之。程、張説大體近是。詩似寫一欲入朱門歌舞之少女，春日趕製舞衣，目睹蜂蝶銜蕊含粉，春光爛熳，似亦均為『青樓』歌舞而忙碌不已，以寓入幕文士『苦于奔忙』，為他人作嫁衣裳之心理狀態。

春光〔一〕

日日春光鬭日光①，山城斜路杏花香。幾時心緒渾無事〔二〕，得及遊絲百尺長②？

〔一〕他本均作『日日』，朱本一作『春日』。萬絶作『春光』。

〔二〕『渾』原作『曾』，一作『渾』，據一作及蔣本、姜本、戊籤、錢本、影宋抄、朱本及席本改。萬絶亦作『渾』。按作『渾』情味較長，與末句『百尺長』亦相應。

集注

①【何曰】驚心動魄之句。（《讀書記》）【按】春光爛漫，麗日當空，似彼此争艷鬭妍，故云。《霜月》：『青女素娥俱耐冷，月中霜裏鬭嬋娟。』境界異而寫法同。

②【程注】沈約詩：『游絲映空轉。』杜甫詩：『落花遊絲白日静。』【錢鍾書曰】執著『緒』字，雙關出百尺長絲也。（《談藝録》）又曰：人之情思，連綿相續，故常語逕以類似緜索之物名之，『思緒』『情絲』，是其例

也……李商隱《春光》：『幾時心緒渾無事，得及遊絲百尺長。』（《管錐編》）

【陸時雍曰】可知腸已寸斷。（《唐詩鏡》）

【姚曰】但得心緒無事，不必日隨遊絲去也。茫茫身世，痛喝多少？

【屈曰】言虚度春光也。

【田曰】不知佳在何處，却不得以言語易之。（馮箋引）

【馮曰】客子倦遊，情味渺然。

【紀曰】淺直。（《詩説》）

【按】詩寫春光作用於心靈之微妙感受。首二寫出春光之熱烈爛漫，亦暗透意緒之繚亂不寧，陶醉之中復含無名之悵惘。『幾時心緒渾無事』之企盼，即由上述複雜微妙之意緒生出。而『遊絲百尺長』之悠閒容與意態則正觸著此際詩人『幾時心緒渾無事』之内心要求，故隨手拈來，遂成妙語。

夜半

三更三點萬家眠，露欲為霜月墮煙。鬪鼠上牀蝙蝠出[一]①，玉琴時動倚窗絃②。

〔一〕『牀』，朱本作『堂』。

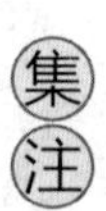

①【馮注】《春秋後語》：『趙奢曰：兩鼠鬭於穴中，將勇者勝。』《爾雅》：『蝙蝠，服翼。』注曰：『齊人呼為蠘蠌，或謂之仙鼠。』

②【朱注】嵇康《琴賦》：『徽以荆山之玉。』杜甫詩：『收書動玉琴。』

【姚曰】此時愁人之不寐可知。

【屈曰】露凝月墜，時暗也。鼠鬭蝠出，小人得志也。玉琴動倚窗之絃，閒居不能安枕也。

【程曰】此亦悼亡之作。通篇歌去，有『未免有情，誰能遣此』之意，而無儇薄氣，所以定為悼亡。讀此若專以為寫景，則負此詩矣。

【田曰】萬家眠，已獨不能眠，愁先景生，非緣境起。（據馮箋引。《輯評》此上有朱批云：『見此愁景，即是愁人。』）

【紀曰】四家曰：『不說人愁而人愁已見，得《三百》法。』又曰：『萬家眠見一人不眠也，是愁已先境生，非緣境起，寓愁更深。』此詩之佳，誠如所云。微病其有做作態耳，蓋意到而神不到之作。夫徑直非詩也，含蓄而有做作之態，亦非其至也，此辨甚微。（《詩說》）

【張曰】此詩神意俱到，且用筆亦極自然，無所謂『做作態』也。詩祇寫景而愁況自見言外。作者之意，本任讀者細領耳。（《辨正》）

【按】此寫愁人不寐之況，屈箋鑿甚，程謂悼亡，亦未有據。稼軒《清平樂》上闋『遶牀飢鼠，蝙蝠翻燈舞。屋上松風吹急雨，破紙窗間自語』，從此翻出。然辛詞下闋轉出『眼前萬里江山』，境界大而感慨深，為義山所不及。紀評有識，『微有做作態』，正見其雖微有愁懷而未至深沉哀傷。宋呂南公有《夜擬李義山四更四點》詩，似義山另有《四更四點》詩。

滯雨

滯雨長安夜①，殘燈獨客愁。故鄉雲水地②，歸夢不宜秋。

①【補】滯雨，為雨所阻，羈留異鄉。

②【補】雲水地，雲水縈迴，風景優美之地。按「故鄉」似指鄭州。

【陸鳴臯曰】有羞見江東之意，非僅悲秋語也。

【姚曰】大抵説愁雨，皆在不寐時，此偏愁到夢裏去。

【紀曰】反筆甚曲。（《詩説》）　運思甚曲，而出以自然，故為高調。（《輯評》）

【俞陛雲曰】首二句不過言獨客長安，孤燈聽雨耳。詩意在後二句，謂故鄉為雲水之地，歸夢迢遥，易為水重雲複所阻。即沈休文詩：『夢中不識路，何以慰相思』之意。況多秋雨，則歸夢更遲。因聽雨而憶故鄉，因故鄉多雨而恐歸夢之不宜，可謂詩心幽渺矣。黄仲則詩：『秣陵天遠不宜秋』，殆本此意。（《詩境淺説續編》）

【按】詩寫羈旅長安，滯雨思歸，當是登第前客長安作。李賀《崇義里滯雨》云：『落漠誰家子，來感長安秋。壯年抱羈恨，夢泣生白頭。瘦馬秣敗草，雨沫飄寒溝。南宫古簾暗，濕景傳籤籌。家山遠千里，雲脚天東頭。憂眠枕劍匣，客帳夢封侯。』本篇内容與賀詩相近；語則渾融含蓄，不加刻畫。不言落漠羈恨，而客中孤寂景況如在目前，客遊失意之情自在言外。因滯雨長安而生獨對殘燈之鄉愁，由思歸不得而轉生夢歸故鄉之想望；然又轉思，值此秋霖霪霪之際，故鄉雲水縈迴，風景優美之地恐亦為淒風苦雨所包圍，即歸夢亦不宜此時也。『運思甚曲，而出以自然』，洵為的評。

花下醉

尋芳不覺醉流霞①，倚樹沉眠日已斜。客散酒醒深夜後，更持紅燭賞殘花②。

①【馮注】揚雄《甘泉賦》：『噏青雲之流瑕兮。』《漢書注》曰：『瑕，日旁赤氣也。』《文選注》善曰：『相如《大人賦》「呼吸沆瀣飧朝霞」。「霞」與「瑕」古字通。』此則謂酒，互詳《武夷山》。

②【馮曰】蘇東坡詩：『更燒高燭照紅妝』從此脫出。【何曰】別有深情。（《輯評》）

【姚曰】方是愛花極致。

【屈曰】人賞我醉，客去獨賞，得無座中有拘忌者乎？

【馮曰】最有韻，亦復最無聊。

【紀曰】情致有餘，格律未足。

【馬位曰】李義山詩『客散酒醒深夜後，更持紅燭賞殘花』，有雅人深致。蘇子瞻『只恐夜深花睡去，故燒高燭照紅妝』，有富貴氣象。二子愛花興復不淺。或謂兩詩孰佳？余曰：李勝。蘇微有小疵，既『香霧空濛月轉廊』矣，何必『更燒紅燭』？此就詩之全體言也。（《秋窗隨筆》）

【林昌彝曰】天下多愛才慕色之人，而真能愛才慕色者實無其人。譬之於花，愛花者多，而可稱花之知己者則少矣。義山《花下醉》詩云……此方是愛花極致，能從寂寞中識之也。天下愛才慕色者果能如是耶？（《射鷹樓詩話》）

【張曰】含思婉轉，措語沉著，晚唐七絶，少有媲者，真集中佳唱也。安得以紀氏之格律繩之！（《辨正》）又曰：此等詩何處不可作，馮氏列之永樂，殊無據。（《會箋》）

【錢鍾書曰】東坡《海棠》詩曰：『只恐夜深花睡去，高燒銀燭照紅妝。』馮星實《蘇詩合注》以為本義山之『客散酒醒深夜後，更持紅燭賞殘花』。不知香山《惜牡丹》早云：『明朝風起應吹盡，夜惜衰紅把火看。』（《談藝録》）又曰：義山語意，亦唐人此題中常見者。如王建《惜歡》：『歲去停燈守，花開把燭看。』司空圖《落花》：『五更惆悵迴孤枕，自取殘燈照落花。』（《談藝録補訂》）

【按】馮氏於《過故府中武威公交城舊莊》箋後附記云：『自《和劉評事永樂閒居》以下約四十章，皆將居永樂及以後數年作也。舊來集本顛倒錯亂，惟中、下兩卷中所編永樂時詩頗有連十餘篇尚能彙叙者，余得會其意而通之，不必皆有確據之語也。乃又雜取前後之確有可憑者並列焉。要之皆非武斷。』是馮氏已言『不必皆有確據』，此篇之繫永樂，亦因集本與其他永樂詩相連而列入，可備一説。詩不過寫賞花、愛花情景，别無寓托。一二點題面『花下醉』，十四字中包含自尋至醉之全部過程：因愛花而尋芳，既得而流連稱賞，因稱賞而對花飲酒，因飲而不覺至醉（『醉流霞』雙關，既醉於酒，亦醉於艷若流霞之花）。因微醉而倚樹，由倚樹而不覺沉眠，由沉眠而不覺日已西斜。敘次分明，而又處處緊扣其愛花心理，何嘗有所謂『人賞我醉』『座有拘忌』之情事哉！醉眠花下，已可稱『賞』之極致，三四忽柳暗花明，轉出新境。客散，方可細賞；酒醒，則不至醉眼賞花；深夜後，方能見人所未見之情態。而『持紅燭賞殘花』，更將愛花、惜花之心理推至高潮。情致之曲折，風格之渾成，均義山所獨有。

水齋

多病欣依有道邦①，南塘晏起想秋江②。捲簾飛燕還拂水，開户暗蟲猶打窗③。更閱前題已披卷〔一〕④，仍斟昨夜未開缸〔二〕。誰人為報故交道，莫惜鯉魚時一雙⑤。

〔一〕『題』，蔣本、席本作『頭』。

〔二〕『夜』，影宋抄作『來』。

①【補】《論語·衛靈公》：『邦有道則仕，邦無道則可卷而懷之。』

②【馮注】南塘與前諸詩之南塘異。

③【何曰】簾已捲而飛燕拂水不入，户已開而暗蟲打窗不休，是多病晏起即目事。（《讀書記》）

④【馮注】《釋名》：『書稱題，審諦其名號也；亦言第，因其第次也。』《北史·儒林·李興業傳》：『愛好墳籍，躬加題帖。』【補】題，寫於書籍、碑帖前之文字。段玉裁《說文解字注》：『題者，標其前；跋者，繫其後也。』

⑤【馮注】《古詩》：『客從遠方來，遺我雙鯉魚。呼兒烹鯉魚，中有尺素書。』

【金聖嘆曰】此只是水齋晏起詩。然必須看其特地晏起，却已是起得甚早。如三四之燕還拂水，蟲猶打窗，此俱是侵早景物，而人情又皆已謂為晏起，則真所謂有道之邦者也。沃土之民不材，晏起故也。瘠土之民莫不向義，相戒不許晏起故也。夫多病，斯不得不晏起也；乃今又反以此邦為道而欣依之者，夫居家早起，固實能却一切病也。卷是前頭已披，缸是昨夜未開，想見水齋盤桓已久，然則七八之一雙鯉魚，正是怪其前此之契闊，非是望其後此之殷勤也。（《貫華堂選批唐才子詩》）

【何曰】一病忽忽，疑已入秋。及見飛燕拂水，暗蟲打窗，始覺猶是夏令。寫病後真入神。更閱已披之書，仍斟昨夜之酒，水齋之中，病夫所以遣日者賴此。如此寂寞，不能出户，惟望故交時時書至，以當披寫，亦字字是多病人心情也。○前四句或作多病之後日想秋爽，而恨其猶然夏令，亦復佳。落句或地主病中疏闊相接，故云爾。（《讀書記》） 又曰：故交却要他人為言，豈用依初指哉？（《輯評》）

【陸曰】此詩寫病後情景，字字入神。起言病體煩躁，日想秋凉，豈知飛燕暗蟲，仍然夏令。簾已捲矣，而燕還拂水，是不知入也；户已開矣，而蟲猶打窗，是不知出也。此共見之景，人却寫不到。又病後健忘，故書卷每須再閱；病後量減，故酒缸多有未開。此同具之情，人却説不出。結言水齋中獨自無聊，惟望故人信來，以當晤語，然誰為報知，而使之時時慰我耶？

【陸鳴皋曰】次聯，寫水齋光景如畫。落句雖寄書意，而引用仍不脱題。

【姚曰】此因水齋之寥寂，而想友朋之樂也。多病依人，空齋獨處，常想秋江浩蕩，一洗胸懷。無如捲簾則但見飛燕拂水而去，開户則猶見暗蟲打窗而出，孤寂極矣。於是已披之卷，重複翻閲；未開之缸，聊復細斟。不知讀書飲酒，皆不可無故交作伴也，其如書札尚未能常通何！

【屈曰】前半水齋秋景。五六情事。七八因水齋而念鯉魚之疏也。○此重到水齋之作。

【田曰】五六已開劍南門庭，唐人雖中、晚，餘馥猶沾溉不少。（馮箋引）

【馮曰】集中言病多矣。此章情味，必廢罷還鄭州時方合。詩格亦是老境，故以為編年之末。

【紀曰】了無佳處，且有累句。問『卷簾飛燕還拂水，開户暗蟲猶打窗』二句聲調如何？曰此與『求之流輩豈易得，行矣關山方獨吟』。『撫躬道直誠感激，在墅無賢心自驚』聲調相同，意以下句第五字平聲救之也。憶《中州集》中如此句法亦有二處，古人必有原本，非落調也，然亦不必效為之。（《詩説》）

【張曰】首句言『有道邦』當指洛京，此必會昌五年在洛居憂所作。時義山多病，詳《祭外舅文》。馮氏謂是晚年作，非也。（《辨正》） 又曰：馮編病廢鄭州，與首句不合。鄭本義山故鄉，不得謂『欣依有道』也。而次句南

塘，又與諸詩南塘大異。略似永樂閒居時，而寫景亦不細符，無從懸揣矣。（《會箋》）

【按】詩寫卧病水齋晏起情事，閒適中頗露寂寞無聊情懷。『想秋江』，見卧病水齋之煩悶岑寂。下四『還』『猶』『更』『仍』等字，均着意渲染永日無聊意緒。末謂『誰人為報』，則並報故交之人亦難以尋覓，正透出處境之寂寞。曰『欣依有道邦』，則為寓居而非故里，馮編未合。張謂永樂閒居，近之。

歸來

舊隱無何别①，歸來始更悲。難尋白道士，不見惠禪師②。草徑蟲鳴急，沙渠水下遲③。却將波浪眼，清曉對紅梨。

集注

①【馮注】《漢書·曹參傳》：『蕭何薨，參聞之，趣治行；居無何，使者果召參。』

②【朱注】按：集内有《贈白道者》絶句一首，此詩白道士即其人也。又李洞有《贈三惠師》詩，韓退之有《送惠上人》詩，亦與義山同時人。有引晉釋白遠及惠遠者非是。　【程曰】唐人以時人屬對入詩者，白香山往往有之。此詩白道士、惠禪師自是時人，斷非晉釋白遠、惠遠。且白遠或可稱道人，亦不可稱道士，況晉時只有講師、律師，亦無禪師之稱。朱云：『白道士即集中贈詩之白道者。』此説良是。至惠禪師乃引李洞贈詩之三惠師及退之贈

詩之惠上人，以為與義山同時，愚謂退之、李洞，前後時代遠不相合。考上卷有《酬崔八早梅》詩，自注云：「時予在惠祥上人講下。」則此惠禪師的是惠祥上人無疑也。【馮曰】古稱禪師，例舉下一字，程氏謂即《酬崔八早梅》詩注之惠祥上人，未知是否？【按】惠禪師未可確指。禪師稱惠某者頗多。

③【馮注】《西崑酬唱集》劉子儀《小園秋夕》詩：『枳落莎渠急夜蟲。』似作『莎』亦可。

【姚曰】久客歸來，友朋則聚散不常，景物則荒凉觸目，不過眼中波浪，换得幾樹紅梨相對耳。

【屈曰】歸來之後絶無好處，惟宦海波浪之眼，清曉即對紅梨差强人意耳。

【馮曰】『波浪眼』謂水程，其寫景則秋也。東、西京往來。詳《清河》詩下（馮云：義山入京應舉，屢出此途）。此章蹤跡情味，難定何年，未必謂從江湖歸而以紅梨寓重入秘省之意也。首句云『無何』，此别固未久耳。

【紀曰】三四太率不佳，後四句自可觀也。（《詩説》）

【張曰】首云『舊隱無何别』，則别固未久，詩意似學仙王屋時作。（《會箋》）

【按】此詩作年，馮、張均以為離早歲隱居時不久。然細味之，意興頽唐，决非早期之作。『無何』二字不可泥看，當就全詩情味求之。詩言歸來之後，舊隱之地人事全非，滿目荒凉，昔日之道友禪師杳然不見（『難尋』『不見』，蓋物故之婉詞），蟲聲唧唧，渠水遲遲，聞見之間有足悲者。而一樹紅梨，仍鮮艷奪目，清曉寂寞中對此紅梨，撫今思昔，能不慨然！然則，所謂『無何』者，乃相對於人事變化之迅速而言。頗疑是東川歸後所作。集中《代秘書贈弘文館諸校書》有『崇文館裏丹霜後，無限紅梨憶校書』之句，或此詩末句亦寓此意。

一片

一片瓊英價動天①，連城十二昔虛傳〔一〕②。良工巧費真為累，楮葉成來不直錢③。

〔一〕『二』，朱曰：『當作五。』

①【朱注】《詩》：『尚之以瓊英乎而。』《説文》：『瓊，赤玉。』《禮記》：『玉氣若白虹天也。』

②【朱注】《史記》：『趙得楚和氏璧，秦王請以十五城易之。』【馮注】魏文帝《與鍾繇謝玉玦書》：『不損連城之價。』

③【朱注】《韓非子》：『宋人刻玉為楮葉，三年而成，雜之楮葉，不辨。』《列子》曰：『使天地三年而成一葉，物之有葉者鮮矣。』【馮注】《史記·灌夫傳》：『臨汝侯方與程不識耳語，夫罵臨汝侯曰：「生平毀程不識不直一錢，今日乃效女兒呫囁耳語！」』【按】《韓非子·喻老》：『宋人有為其君以象（按：指象牙）為楮葉者，

三年而成。豐殺莖柯，毫芒繁澤，亂之楮葉之中而不可別也。』《列子·說符》『象』作玉。朱引小誤。楮，木名，即構樹，或稱穀樹，葉似桑，皮可製桑皮紙，因以為紙之代稱。

【朱彝尊曰】言薄物倖售，尺璧非寶，而攻苦揣摩，皆無所用。

【何曰】本是連城光價，況又良工雕琢，乃偏不直錢，豈能無慨於中耶？（《讀書記》）

【陸鳴皋曰】借玉以比才高而人不識也。

【姚曰】瓊英得價，豈但連城，乃楮葉既成，誰識良工心苦。士之不遇識者，何以異此！

【屈曰】絶世奇文，不能見重於時，言識者之難也。【程曰】歎其書記翩翩，枉抛心力也。

【馮曰】自歎之詞，當在未第時。

【紀曰】粗淺。（《詩説》） 亦激亦鄙。（《輯評》）

【張曰】凡詩中一涉自負自豪處，紀氏便以激鄙詆之，然則詩人必須作卑下語方為不激不鄙耶？（《辨正》）

【王達津曰】這首詩實是反映李商隱的創作觀點的，李商隱的詩雖尚對偶、用典，他却主張以自然為基礎，他是説一片完整的美玉，勝過連城玉璧，如果枉費心力去雕琢，製成支離破碎的楮葉，就破壞了玉的完美。李商隱論創作是主張發抒性靈的，……《一片》詩就是要創作保持性靈的完美。（《李商隱詩雜考》）

【按】此即李白『吟詩作賦北窗裏，萬言不值一杯水』之慨。曰『價動天』『昔虛傳』，則早以文名著稱，如《甲集序》所云『以古文出諸公間』矣。《上崔華州書》云：『凡為進士者五年，始為故賈相國所憎，明年病不試，又明年，復為今崔宣州所不取。』《與陶進士書》云：『比有相親者曰：子之書宜貢於某氏某氏，可以為子之依歸矣。即走往貢之。出其書，乃復有置之而不暇讀者，又有默而視之不暇朗讀者，又有始朗讀而中有失字壞句不見本義者。』凡此皆所謂『楮葉成來不直錢』也。詩意蓋謂本已為價超連城之美玉，復加良工之雕琢，宜其為世所賞，不料楮葉既成，反被視為不值一錢，是深慨世之不識奇珍也。『良工』句係憤激之反語。義山論詩，固强調『通性靈』，然亦不廢『綺靡』雕琢。若謂『良工巧費真為累』即其創作觀，似與其創作實踐不甚相符。

一片

一片非煙隔九枝①，蓬巒仙仗儼雲旗。天泉水暖龍吟細②，露畹春多鳳舞遲③。榆莢散來星斗轉④，桂華尋去月輪移⑤。人間桑海朝朝變〔一〕，莫遣佳期更後期〔二〕⑥。

〔一〕『桑』原作『滄』，據蔣本、戊籤、席本、影宋抄、朱本改。
〔二〕原篇末校注：一本無後四句。

①【朱注】《孫氏瑞應圖》：『非氣非烟，五色絪緼，謂之慶雲。』《西京雜記》：『漢高祖入咸陽，有青玉五枝燈。』《漢武内傳》：『七月七日，王母至，帝掃除宫内，燃九光之燈。』王筠《燈檠》詩：『百花燃九枝。』【補】《史記·天官書》：『若煙非煙，若雲非雲。郁郁紛紛，蕭索輪囷，是謂卿雲。卿雲見，喜氣也。』《瑞應圖》：『景雲者，太平之氣也。』九枝燈，一幹九枝之花燈。《藝文類聚》三十四沈約《傷美人賦》：『拂螭雲之高帳，陳九枝之華燭。』盧照鄰《十五夜觀燈》詩：『別有千金笑，來映九枝前。』

②【馮注】《晉書·禮志》：『三月三日，會天泉池賦詩。』陸機云：『天泉池南石溝引御溝水，池西積石為禊堂。』《鄴中記》：『華林園中千金堤上作兩銅龍，相向吐水，以注天泉池，通御溝中。三月三日，石季龍及皇后百官臨水宴賞。』馬融《長笛賦》：『龍鳴水中不見已，截竹吹之聲相似。』【徐文靖《管城碩記》】按《宋書·符瑞志》：『文帝元嘉二十一年，天泉池池蓮並榦。』《南史·劉苞傳》：『受詔詠天泉池荷，下筆即成。』柳子厚《為王京兆賀嘉蓮表》：『香激大王之風，影濯天泉之水。』義山『天泉』當謂此。【補】《史記·天官書》：『以十一月與氏、房、心晨出，曰天泉。』《淮南子·天文訓》：『龍吟而景雲至。』

③【補】遲，緩。舞遲，即所謂曼舞，與上『龍吟細』對文。

④【朱注】《春秋運斗樞》：『玉衡星散為榆。』《元命苞》：『三月榆莢落。』【何曰】第五用『歷歷種白榆。』【按】天上羣星羅列，如榆樹林立，謂之星榆。句意蓋謂斗轉星移。【何曰】伏下『後期』。

⑤【朱彝尊曰】（桂花）謂月中桂樹。

⑥【馮注】『桑海』屢見。《楚詞》：『與佳期兮夕張。』

【胡震亨曰】似爲津要之力能薦士者詠，非情詞也。（《戊籤》）

【朱曰】此恐遭逢之遲暮也。（《李義山詩集補注》）

【王夫之曰】愴時託賦，哀寄不言，既富詩情，亦有英雄之淚。（《唐詩評選》）

【朱彝尊曰】詩中『九枝』『星』『月』俱以夜景言，則『一片』亦泛言夜色。三四言歌舞之久。五六言光陰之速。結言宜及時行樂。（按錢良擇《唐音審體》批語與此略同。）

【何曰】此却似《無題》之屬，緣人間桑海之語，此非陳於津要者也。　又曰：此望援於人，不一引手，而以時來不再之説引動也。『天泉』句，嘆好音之難得。『露畹』句，嘆美質之難親。（《輯評》）　又曰：五六二句，伏下『後期』。（《讀書記》）

【胡以梅曰】九枝，燈也。非烟，慶雲。言雲蔽而高光不能相照，如聖明之世，獨不能親於君上，徒見蓬萊仙境，儼然雲旗，可望而不可即。蓬萊亦以殿名雙用。天泉水暖，露畹春多，皆言明時可樂，但云從龍而龍吟細，君道未隆也。故使鳳凰鳴舞於園尚遲，謂賢不得進，而自負意。五六嘆時不我與，有斗轉月沉之慮，更不可遲耳。

【陸曰】此望援於人，不一引手，而以時乎不再之説感動之也。首言仙仗雲旗，儼然在目，而非烟間隔，遂使凡夫之人，可望而不可即焉。曰龍吟細，嘆好音之難得也。曰鳳舞遲，見妙質之難親也。接言須臾遇疏若此，豈時不可爲，而有待於異日耶？觀星轉月移，即一夕之間，流光迅速乃爾，況人世滄桑，無動不變，而可令佳期之更後耶？

【陸鳴皋曰】首二句，寫夜來華屋氣象。三四句，言歌舞也。五六句，只在『星』『月』兩字，乃夜闌將曉之意，故接以『朝朝』句。言事境日遷，不可不及早為歡也。此行樂之詞，而諷意在言外。

【姚曰】此恐遭逢遲暮也。蓬島烟雲，仙真所託。龍吟鳳舞，俯仰優游，以喻君臣際會之樂，誠非倖致。然遇合雖有時，而遲暮亦不可不慮，況斗轉星移，榆飄桂謝，世事之滄桑屢改，人生之壽命難期，日復一日，豈不虛度一生也耶？楚詞云：『恐鵜鴂之先鳴兮，使夫百草為之不芳』，義山之所感深矣。

【程曰】《楚詞》有云：『與佳期兮夕張』，是此詩注脚。起二句言隔絶佳期，其人儼在。三四言其地之深邃。五六言其時之久遠。七八密約丁寧之意也。

【屈曰】一燈燭輝煌。二旗仗之盛。三四歌舞之妙。五六夜已深矣。七光陰迅速，八當及時行樂也。

【馮曰】總望令狐身居内職，日侍龍光，而肯垂念故知，急為援手，皆屢啟陳情之時。姚曰：『恐遭逢之遲暮』，得之矣。

【紀曰】此感遇之詩，與《錦瑟》同格而意又淺焉，亦無自占身份處。（《詩説》）

【姜炳璋曰】朱云：此恐遭逢遲暮而作。是也。程氏以胡氏《統籤》駁之，謬甚。蓋卿雲一片，遠隔塵寰，蓬山仙仗，儼若雲旗，為學士登瀛洲之喻也。乃水暖矣，宜如龍飛躍，而龍吟反細；春多矣，當如鳳之翔，而鳳舞偏遲。由于無接引者，故蓬戀終隔也。於是星移月落，滄海桑田，人壽幾何，安能長俟佳期，而更日日後期乎？詩意此如。

【曾國藩曰】此當致書友人，求為京朝一官。如陳咸致書於陳湯，得入帝城死不恨也。前四句言帝城風景可望而不可即。後四句言春去秋來，日月易逝，時事變遷，無使我更失望也。（《十八家詩鈔》）

【張曰】此為當軸者效忠告也。前半寫其得君，後半預憂盛滿，而戒其早自為所，非感士不遇也。謂指令狐，恐未確。陳帆云：『非烟、仙仗、龍吟、鳳舞，皆序行樂之事。榆莢二句，言當星移月落時也。末語似勸而實諷，意味深長。』此解得之。（《會箋》）

【汪辟疆曰】此義山有感於朝局，託辭寓慨之詩也。……首二句即極寫夜色朦朧，猶言朝局昏暗。曰隔九枝者，言不見光明也。曰儼雲旗者，僅存空號也。天泉水暖，喻國家基業之可憑。露畹春多，喻在野之人才尚衆，《離騷》『余既滋蘭之九畹兮』可證。但一曰龍吟細者，則號令不出朝門也；一曰鳳舞遲者，則忠正多沉下僚也。朝局若此，則星移月落指顧間事耳。故五六一聯即慨乎言之。七句則直説人間桑海之變，為全篇點睛。末句即早自為計，毋貽後患之意。

【黄侃曰】篇中但以神仙事為喻，則後來以遊仙寓意之濫觴。此詩所刺，與《碧城》三首及後《中元作》一首同，皆為貴主之為女道士者作也。此首程以為艷情，則首二句不可解。

【按】摘首二字為題，顯係無題之屬。末聯歎人間桑海，恐佳期後期，已將全篇大旨揭出。此『佳期』即『良辰未必有佳期』之『佳期』，專指政治遇合之良機。前四句即描寫『佳期』之盛況：一片祥雲瑞氣，繚繞九枝華燈，蓬萊仙境，雲旗仙仗，儼然整肅；天泉水暖，龍吟細細；露畹春濃，鳳舞緩緩。四句中『非煙』『蓬巒』『仙仗』『天泉』『龍吟』等語，均切天上仙境，以暗寓人間宫廷華貴繁盛之景象。參較賈至等《早朝大明宫》詩，灼然可見。『龍吟』『鳳舞』，既寫仙境之管絃歌吹、輕歌曼舞盛況，亦似兼喻朝廷人材之濟濟。『榆莢』二句，即斗轉星移，時光迅速之意，起下『朝朝變』。末聯則因佳期之盛、時光之疾而發抓緊良機，莫失佳期之意願。通觀全詩，前四所描繪之天上『佳期』盛況，殆詩人對某一特定時期朝廷清明昌盛景象之理想化，後四則抒寫時不我待、急求遇合之企望。『人間桑海朝朝變』，正晚唐時期政局更迭頻繁、佳期難遇之反映。推求具體年代，其在會昌國勢稍振之時乎？商隱會昌五年所作《為河南盧尹賀上尊號表》：『頃以臨御，旋致治平……銀甕石碑，非烟浪井，神而告瑞，史不絶書。』可證『一片非烟』云云，乃形容太平祥瑞之世。又，《為滎陽公奏不叙録將士狀》『徒以皇帝陛下非烟結彩』馮浩注：『戰功皆在會昌時，而宣宗初立，猶以為詞，普行慶賞也。』亦以『非烟結彩』為太平祥瑞之象。聯繫商隱會昌五年作《正月十五夜聞京有燈恨不得觀》『身閒不睹中興盛』之句，此詩之作時殆即在會昌五年商隱丁母憂尚未復官時。

有感

中路因循我所長①，古來才命兩相妨。勸君莫强安蛇足，一盞芳醪不得嘗②。

集注

①【程注】《九辯》：『然中路而迷惑兮，自厭按而學誦。』韓愈詩：『多才自勞苦，無用祇因循。』【補】因循，悠游閑散之意，為『争名』『趨競』之反面，為褒義詞（參王鍈《詩詞曲語辭例釋》）

②【朱注】《戰國策》：「（楚）有祠者，賜其舍人酒一卮。舍人相謂曰：「數人飲之不足，一人飲之有餘。請畫地為蛇，蛇先成者飲酒。」一人蛇先成，乃左手持酒，右手畫地，曰：「吾能為之足。」未成，一人蛇成，奪其卮，曰：「蛇故無足，子安能為？」遂飲酒。為蛇足者終亡其酒。」

箋評

【吳喬曰】『中路』句，自嘲自解之辭。因循，似謂受茂元之辟。既交令狐，畫蛇成矣；又婚茂元，乃蛇足也。（《西崑發微》）

【錢良擇曰】此非詠楚事也，題曰『有感』，其事可想。

【姚曰】憤激之詞。從來真色人，必為打乖者所笑。

【屈曰】有才無命，遂至終路無歸。自咎其强安蛇足，以致如此，無聊之極思也。

【程曰】畫蛇安足，原不得畫蛇之道。此詩既明明以才自許，何得蛇足以自比？意者自咎其屢啟陳情之誤耶？起句言因循為我之所長。次句言才與命違，古來皆然，亦不獨我一人。三句則悔陳情之非。四句乃歎利禄之不及矣。

【馮曰】此調尉弘農作也。義山雖赴涇原，未叨薦剡，仍俟拔萃釋褐，則此行為畫蛇足矣。徒以是為令狐輩所怒，鴻（當作宏）博不中選，校書不久居，則終亡其酒矣。秘省乃清資，故曰芳醪。詩言中路少需，何遽非我所長？而乃誤落歧途者，才命相妨，有不自知其然者也。低摧吞吐，字與淚俱。吴氏《發微》，已窺及此。徐氏駁之曰：『義山伉儷情深，何得以此横加？』不知琴瑟之情，功名之感，兩不相礙。玩《祭外舅文》，亦微見不能藉力之意。文人一端不檢，為累終身，良可歎也已！

【紀曰】鄙俚不文。

【張曰】此種詩自有一種拙致可喜，奈何加以鄙俚不文之誚哉！（《辨正》）　又曰：（馮）説甚精，不可易矣。（《會箋》）

【按】詩言悠游閒散，不趨競於中路，本我之所長。所以然者，蓋緣古來才命相妨，才高者往往命薄運厄之故耳。既如此，則凡事但當順其自然，勿為『强安蛇足』之事，試看彼畫蛇足者，並一盞芳醪亦不得嘗矣。『勸君』實即勸己，言但安於才命相妨之理，優游中路，毋事無益之趨競也。語似恬淡曠達，實包藴憤激與牢騷。詳味詩意，似是作者因不信『才命相妨』之説，力圖與命運掙扎，終遭『一盞芳醪不得嘗』之結局，故發此慨。馮氏謂『芳醪』指秘省清資，似之。然此類詩，雖或因某一具體事件觸發，而所抒之人生感慨則具有普遍意義。

附編 詩

失題①

昔帝迴冲眷，維皇惻上仁②。三靈迷赤氣③，萬彙叫蒼旻④。刊木方隆禹⑤，升陑始創殷⑥。夏臺曾圮閉⑦，汜水敢逡巡⑧！拯溺休規步⑨，防虞要徙薪⑩。蒸黎今得請，宇宙昨還淳。纘祖功宜急，貽孫計甚勤。降災雖代有，稔惡不無因⑪。

宫掖方為蠱⑫，邊隅忽遘屯⑬。獻書秦逐客⑭，間諜漢名臣⑮。北伐將誰使？南征決此辰⑯。中原重板蕩⑰，玄象失勾陳⑱。詰旦違清道⑲，銜枚別紫宸⑳。兹行殊厭勝㉑，故老遂分新㉒。

去異封於鞏㉓，來寧避處豳㉔。永嘉幾失墜㉕，宣政遽酸辛㉖。元子當傳啟㉗，皇孫合授詢㉘。時非三揖讓㉙，表請再陶鈞㉚。舊好盟還在，中樞策屢遵㉛。蒼黄傳國璽㉜，違遠屬車塵㉝。貔虎如憑怒㉞，豢龍性漫馴㉟。封崇自何等㊱？流落乃斯民㊲。逗撓官軍亂㊳，優容敗將頻。早朝披草莽㊴，夜縋達絲綸㊵。忘戰追無及㊶，長驅氣益振㊷。婦言終未易㊸，廟略況非神㊹。

日馭難淹蜀，星旄要定秦㊺。人心誠未去，天道亦無親㊻。錦水湔雲浪㊼，黄山掃地春㊽。斯文虚夢鳥㊾，吾道欲悲麟㊿。斷續殊鄉淚，存亡滿席珍[51]。魂銷季羔竇[52]，衣化子張紳[53]。建議庸何所？通班昔濫臻[54]。浮生見開泰，獨得詠汀蘋[55]。

【按】以下《失題》（原作《送從翁東川弘農尚書幕》）、《赤壁》《垂柳》（垂柳碧鬅茸）、《清夜怨》《定子》《游靈伽寺》《龍邱道中二首》《題劍閣》詩疑皆非商隱作品，逕録馮注本注釋及箋語，不作增補。

注

①原編集外詩。胡震亨曰：『舊本題作《送從翁東川弘農尚書幕》，今詳詩意似誤，改標《失題》，俟考。』徐曰：『疑擬少陵作，或疑少陵詩誤收於此。玩末二句，非是矣。詩與題舊不相合，當有脱頁而誤也。』按：徐氏疑『黄山掃地春』之下有脱頁，今詳玩詩意，却未嘗有遺脱。

②《老子》：『上仁為之而有以為。』

③《釋名》：『祲，侵也。赤黑之氣相侵也。』《三輔舊事》：『漢作靈臺觀氣：黄氣為疾病，赤氣為兵，黑氣為水。』按：赤氣為兵亂之徵，史文中屢見。舊注只引《冢墓記》『蚩尤冢在東郡壽張縣闞鄉城中，民嘗十月祀之，有赤氣如一匹絳，名為蚩尤旗』者，近是而泥矣。

④從隋亂唐興叙起。

⑤《禹貢》：『禹敷土，隨山刊木。』

⑥《書序》：『伊尹相湯伐桀，升自陑，遂與桀戰於鳴條之野，作《湯誓》。』

⑦《史記》：『桀囚湯於夏臺，已而釋之。湯率兵伐桀，桀謂人曰：「吾悔不遂殺湯於夏臺，使至此也。」』

⑧《漢書》：『高祖即皇帝位汜水之陽。』注曰：『汜，敷劍反。』《舊書・紀》：『煬帝多猜忌，人懷疑懼。嘗徵高祖，遇疾未謁。時高祖甥王氏在後宮，帝問曰：「汝舅何遲？」王氏以疾對，帝曰：「可得死未？」高祖聞之益懼，因縱酒沉湎，納賄以混其迹。』《新書》：『突厥數犯邊，高祖兵出無功，煬帝遣使者執詣江都，高祖大懼，世民曰：「事急矣，可舉事。」已而傳檄諸郡稱義兵。』詩言少遲當被囚執，故不敢逡巡也。

⑨《抱朴子》：『規行矩步，不可以救水拯溺。』《文選・策秀才文》：『拯溺無待於規行。』

⑩《漢書・霍光傳》：『客有過主人者，見其竈直突，傍有積薪，謂主人更為曲突，遠徙其薪，不者且有火患，主人嘿然不應。後家果失火，鄰里共救之，於是殺牛置酒謝其鄰人，而不録言曲突者。人謂主人曰：「鄉使聽客之言，終亡火患。今論功請賓，曲突徙薪無恩澤，焦頭爛額為上客耶？」主人迺寤而請之。』此言不得不遽即尊位。

⑪謂貽謀甚備，纘緒者不勵精圖治，以至養成亂階，非可諉之氣數也。領起下文。

⑫《左傳》：『女惑男謂之蠱。』指楊貴妃。

⑬謂安禄山將反於漁陽。二句又總挈禍本。

⑭見《哭蕭侍郎》。《通鑑》：『楊國忠為相，臺省官有才行時名不為己用者，皆出之。』唐人出就外職，每即稱逐客。而傳云：『人言禄山反者，明皇必大怒，縛送與之。』則其時貶謫者多矣。舊謂指李林甫斥落試士，不知上聯已直叙禄山之亂，何暇追遡。

⑮《史記》：『陳平縱反間於楚軍，宣言楚諸將欲與為一以滅項氏，項王疑之。』《舊書・楊國忠傳》：『禄山陰圖逆節，動未有名，國忠使門客蹇昂、何盈求禄山陰事，圍捕其宅，殺李超、安岱等，又貶留後吉溫以激怒禄山，幸其摇動，取信於上。禄山惶懼，舉兵以誅國忠為名。』此謂明皇誤任國忠為相，激成變亂。

⑯《詩・六月》箋曰：「美宣王之北伐也。」《國語》：『齊桓公曰：「吾欲北伐，何主？」管仲曰：「以燕為主。」』《易》：『南征吉，志行也。』《左傳》：『昭王南征而不復。』《舊書・紀》：『天寶十五載六月甲午，將謀幸蜀，乃下詔親征。』『將誰使』者，謂無人可使，故決計南幸。

⑰《詩序》：『厲王無道，天下板蕩。』

⑱見《謝往桂林》。

⑲《漢書·丙吉傳》：『出逢清道。』

⑳《周禮》：『羣司馬振鐸，車徒皆作，遂鼓行徒，銜枚而進。』又：『銜枚氏掌司囂，軍旅田役令銜枚。』《舊書·紀》：『六月乙未凌晨，自延秋門出，扈從惟楊國忠、韋見素、內侍高力士及太子，親王、妃主、皇孫已下，多從之不及。』

㉑《漢書·高祖紀》：『始皇曰：「東南有天子氣。」於是東遊以厭當之。』《王莽傳》：『欲以厭勝衆兵。』

㉒『新』字當誤，愚意必作『分軍』。按：若言分立新天子，於義不安，且失叙次。或謂如《左傳》『不食新矣』之意，謂至望賢驛父老獻麨之事，亦不可通。今檢《舊書·紀》與《宦官傳》《通鑑》：『發馬嵬，將行，百姓遮道，請留皇太子，願戮力破賊收京。明皇曰：「此天啟也。」乃留後軍厩馬從太子，令高力士口宣曰：「百姓屬望，慎勿違之。」』時實分麾下兵二千北趨朔方以圖興復，則作分軍正合。下聯一去一來，意正分頂，必無疑也。軍與殷字勤字皆為通叶，不必致疑。《漢書·陳湯傳》：『即日引軍分行。』《晉書·宣帝紀》：『伐蜀，分軍住雍、郿為後勁。』字亦習見。

㉓《史記》：『周考王封其弟桓公於河南，至孫惠公，封少子於鞏，號東周惠公。』《索隱》曰：『封少子於鞏，仍襲父號，曰東周惠公。』此謂肅宗奉命而去。

㉔用太王遷岐事。此謂明皇避亂來蜀，岐為鳳翔，入蜀所經，故曰『來』也，非遽指肅宗駐鳳翔及還京之事。

㉕《晉書》：『懷帝永嘉五年，劉曜、王彌入京師，帝蒙塵於平陽。』句意統指西晉懷、愍之亡。

㉖《唐會要》：『每月朔望御宣政殿，謂之大朝。』《五代史·李琪傳》：『宣政，前殿也，謂之衙，衙有仗；紫宸，便殿也，謂之閤。』此謂上皇已不在朝，而祿山僭偽號矣。

㉗夏啟。

⑱《漢書・宣帝紀》：『名病已，元康二年，更諱詢。』餘見《念漢書》。二句皆謂肅宗，自明皇視之，則為元子；自列祖視之，則統曰皇孫。舊注以皇孫指代宗，誤甚。

⑲《尚書大傳》：『湯以此三讓，三千諸侯莫敢即位，然後湯即位。』《漢書・文帝紀》：『羣臣固請，代王西鄉讓者三，南鄉讓者再。』

⑳《漢書・鄒陽傳》：『聖王制世御俗，獨化於陶鈞之上。』《通鑑》：『太子至靈武，裴冕、杜鴻漸等上太子牋，請遵馬嵬之命，牋五上，乃許之。肅宗即位靈武城南。』言時當危急，非即尊無以固人心，故上表力勸，以重新治道也。

㉛《舊書・紀》：『玄宗謂肅宗曰：「西戎、北狄，吾嘗厚之，今國步艱難，必得其用。」八月，迴紇、吐蕃遣使繼至，請和親，願助國討賊。』中樞只言兵機耳，舊注謂指李輔國，且云以下似雜言肅、代時事，誤甚。

㉜見《行次西郊》。

㉝司馬相如《諫獵書》：『犯屬車之清塵。』餘見《少年》。《舊書・紀》：『肅宗即位靈武，即白奏於上皇，上皇遣左相韋見素、文部尚書房琯奉册書及傳國寶等至靈武。』『屬車塵』謂上皇遠在蜀也。

㉞『鷁』同。《左傳》：『今君奮焉，震電憑怒。』『如』字與『性』字不對，可疑。或『性』字是『信』字之訛。

㉟《史記》：『夏后氏之衰，有二神龍止於帝庭而言曰：「余褒之二君也。」夏帝卜殺與去之與止之，莫吉；卜請其漦而藏之，乃吉。於是龍亡而漦在。自夏至周，莫敢發；至厲王發之，漦流於庭，後宫童妾遭之而孕，生子，弃之。有賣檿弧箕服者，見而收之，奔於褒，是為褒姒。』《安禄山事蹟》：『明皇嘗夜宴禄山，禄山醉卧，化為一黑猪而龍首，左右言之，帝曰：「此猪龍也，無能為者。」』《通鑑》：『至德二載正月，安慶緒使李猪兒斫禄山腹，腸出數斗，遂死，慶緒即帝位。』《舊書・傳》：『慶緒率其餘衆保鄴，旬日之内，賊將各以衆至者六萬餘，凶威復振。』漦龍本褒女事，然義取遺種，儘可不拘。此二句皆言慶緒如得所憑藉，未易馴服也。舊注乃謂指張良娣、李輔

國，試思上文初叙即位靈武，正當接言破賊復京，而忽及張后、李閹，可乎？

㊱《國語》：『伯禹封崇九山。』

㊲以九山比諸道節度身膺崇爵，不力為剿寇，致斯民久流落也。

㊳《漢書·韓安國傳》：『單于入塞，未至馬邑，還去，王恢等皆罷兵。廷尉當恢逗撓，當斬。』

㊴《通鑑》：『靈武文武官不滿三十人，披草萊立朝廷，制度草創。』

㊵《左傳》：『夜縋而出。』《通鑑》：『顏真卿以蠟丸達表於靈武，以真卿為河北招討采訪使，并致赦書，亦以蠟丸達之。真卿頒下河北諸郡及河南江淮諸道，始知上即位靈武。』句是統言，舉一可例。

㊶詳見《行次西郊》。

㊷《通鑑》：『至德元載十二月，肅宗問李泌曰：「今敵强如此，何時可定？」二載正月，史思明自博陵，蔡希德自太行，高秀巖自大同，牛廷介自范陽，引兵共十萬寇太原。思明以為指掌可取，既得之，當遂長驅取朔方、河隴。』而其餘攻戰互為勝負者甚多。故此云賊鋒尚盛也。若指郭、李長驅破賊，則上下全不貫。

㊸此句方指張后也。《通鑑》：『張良娣惡李泌、建寧王倓。肅宗即欲正位中宮，泌言宜待上皇之命。良娣與李輔國相表裏，譖建寧王而賜死。』蓋是時尚未破賊，而肅宗已信婦言，曾不思楊妃之鑒也。舊注謂德宗聽郜國公主之言，欲易太子，公主可直用婦言字哉？

㊹『略』一作『算』。《孫子》：『兵未戰而廟算勝，得算之多者也。』《晉書·羊祜傳》：『外揚王化，内經廟略。』以上皆叙喪亂之事；此下必應叙定亂復京，如《送李千牛》詩之章法，何竟無一語及恢復哉？

㊺《甘泉賦》：『流星旄以電燭。』《史記》：『項王立沛公為漢王，王巴蜀。漢王還定三秦。』《舊書·紀》：『至德二載九月，廣平王收西京。十月，上自鳳翔還京，乃遣使迎上皇。十二月，上皇至自蜀。』此云『難淹』，則猶淹也；曰『要定』，尚未定也。其為未收京時明矣。舊解指德宗欲遷成都，此謀而不果之事，何云淹留哉！

㊻言人心不忘唐，則天亦必眷顧，豈反佑賊哉？尚是頌禱之詞，未遽成功。

㊼見《送從翁東川》。

㊽見《送李千牛》。上皇在蜀，雲浪更為鮮明，故曰『渝』；賊據長安，春光皆為昏濁，故曰『掃』。的是未還京語。

㊾見《上禮部魏公》。以下自叙白鳳事，切寓居蜀中。

㊿《左傳》：『魯哀公十四年，西狩獲麟，仲尼觀之，曰：「麟也。」然後取之。』

(51)《禮記》：『儒有席上之珍以待聘。』二句謂因亂在蜀，而同袍零落也。

(52)《家語》：『季羔為衛士師，刖人之足。蒯聵之亂，季羔逃之，走郭門，刖者守門焉，謂曰：「彼有缺。」羔曰：「君子不踰。」又曰：「彼有竇。」羔曰：「君子不隧。」又曰：「於此有室。」季羔乃入焉，追者罷。』《文選注》：『子羔滅髭鬚，衣婦人衣逃出。』

(53)謂因亂潛逃，流寓他鄉也。

(54)徐陵表：『洪私過誤，寘以通班。』以上數聯，與義山絶不符。

(55)見《酬令狐見寄》。謂若逢開泰，得優游而詠汀蘋，亦所甚幸，不敢復望通班也。曰『獨』者，對上存亡言也。此是虛説，非實境。或以東川柳幕證之，謬極。浩曰：詩格頗類本集，然多叙喪亂，未及平定，自述蹤跡，危苦親嘗，直疑肅宗初避亂蜀中者之所吟，尚非杜公佚篇，況義山乎？或義山在巴蜀間搜得舊人遺篇，録存夾入；或自借詠舊事以抒才藻，皆無可妄測也。

【按】附編詩中除《訪白雲山人》《征步郎》二詩之注係編著者所撰外，其他馮注本已録之詩逕録馮注，不再加補注。但間有編著者所撰之按語。

赤壁①

折戟沉沙鐵未銷②，自將磨洗認前朝。東風不與周郎便③，銅雀春深鎖二喬④。

注

①《荆州記》：「蒲圻縣沿江之一百里，南岸名赤壁。」《一統志》：「赤壁在樊口之上，江之南岸。宋蘇軾指黄州赤鼻山為赤壁，誤也。今江漢間言赤壁者五，惟江夏之説合於史。」此詩見《杜牧集》。馮定遠曰：「《赤壁》至《定子》四首，北宋本不載，南宋本始有之。」按：以下皆非本集而附録者，前明分體刊本有《垂柳》《清夜怨》《定子》，餘無。席氏仿宋刊本《赤壁》以下皆無。《戊籤》無《赤壁》，餘皆有。【按】阮閲《詩話總龜》十一評論門已云「《李義山集》中亦載此詩」。

②《吴志》：「周瑜逆曹公，遇於赤壁。部將黄蓋曰：「操軍方連船艦，首尾相接，可燒而走也。」取鬭艦數十艘，實以薪草，膏油灌其中，裹以帷幕，上建牙旗。先書報曹公，欺以欲降。諸船同時發火，時風甚猛，悉延燒岸上營，死者甚衆，軍遂敗走。」

③《吴志》：「瑜時年二十四，軍中皆呼為周郎。」

④《吴志》：「橋公兩女皆國色，孫策自納大橋，瑜納小橋。」程曰：「爵、雀，橋、喬，並古通。」程曰：

『此詩歸之杜牧為是。杜與李各自成家，李沉着，杜豪邁也。』浩曰：本集未嘗無此種筆法，遊蹤亦曾經歷，然自來多屬之小杜。《道山詩話》云：『石曼卿曾辨正之。』

【按】義山生平宦歷足跡未嘗至黄州，而杜牧會昌二至四年任黄州刺史，集中黄州詩頗多，此『赤壁』非蒲圻之赤壁，乃黄州之赤鼻磯。詩為小杜作無疑。然據《詩話總龜》『李義山集亦載此詩』之記載，其誤入義山集為時甚早，並非如馮班所云『南宋本始有之』。

垂柳①

垂柳碧鬅茸②，樓昏雨帶容③。思量成晝夢④，來去發春慵⑤。梳洗憑張敞⑥，乘騎笑稚恭⑦。碧虛從轉笠⑧，紅燭近高春⑨。怨目明秋水，愁眉淡遠峰⑩。小闌花盡蝶⑪，静院醉醒蛩⑫。舊作琴臺鳳⑬，今為藥店龍⑭。寶奩抛擲久，一任景陽鐘⑮。

注

① 亦見《唐彦謙集》。

② 『鬅』，一作『髯』。《廣韻》：『鬅鬙被髮。』

③ 『雨帶』，一作『帶雨』。

④『晝』，一作『夜』，一作『昨』。

⑤『來去』，一作『未久』。『來去發』，舊作『東久廢』，非，今皆從《唐集》。

⑥見《回中牡丹》。又《漢書》：『張敞為婦畫眉，長安中傳張京兆眉憮。』

⑦《晉書》：『庾翼字稚恭。』《世説》：庾小征西嘗出未還，婦母阮與女上安陵城樓。俄頃翼歸，阮語女：「聞庾郎能騎，我何由得見？」婦告翼，翼便於道盤馬，始兩轉，墜馬墮地，意氣自若。』

⑧『從』，一作『隨』。『轉』，一作『輔』，非。虞昺《穹天論》：『天形穹窿如笠，冒地之表。』

⑨《淮南子》：『日經于泉隅，是謂高春；頓于連石，是謂下春。』

⑩屢見。

⑪『盡』字疑。

⑫朱曰：『醒』字疑作『聞』。按『醉』『醒』皆當有誤。

⑬《益部耆舊傳》：『相如宅在少城中笮橋下，又有琴臺在焉。』相如琴歌：『鳳兮鳳兮歸故鄉，遨遊四海求其凰。』

⑭《樂府・讀曲歌》：『自從別郎後，卧宿頭不舉。飛龍落藥店，骨出只為汝。』胡震亨曰：『別本誤作「藥杏」，今正之。』

⑮屢見。

姚曰：『此借柳詠人也。』浩曰：是客中懷内之作，筆趣略類本集，誤字頗難盡校也。《舊書・傳》：『彥謙少時師温庭筠，故文格類之。』宋楊文公《談苑》曰：『鹿門先生唐彥謙為詩酷慕玉溪，得其清峭感愴之一體。』

【按】趙孟奎《歌詩》七册草類八作唐彥謙詩。

清夜怨

含淚坐春宵，聞君欲度遼[1]。綠池荷葉嫩，紅砌杏花嬌。曙月當窗滿，征雲出塞遥。畫樓終日閉，清管為誰調？

注

①《史記·褚先生補侯者年表》：『范明友，使護西羌，事昭帝，拜為度遼將軍。』

程曰：『擬《征婦怨》，别無寄託。』浩曰：聲調清亮，而用意運筆不似義山。《樂府·陸州歌》皆取舊人五言四句分章，其排遍第四，即此『曙月』以下二十字，惟『征雲』作『征人』耳。其歌不知始何時也。王阮亭云：『唐樂府往往節取當時詩人之作。』【陸鳴臯曰】次聯，承『春』字而寫時景。第五句，根『宵』字；六句，根『度遼』字來。結寫相思，清腴不俗。

定子①

檀槽一抹《廣陵》春②，定子初開睡臉新③。却笑邱墟隋煬帝④，破家亡國為何人⑤？

注

①亦見《杜牧外集》，題作《隋苑》，注曰：定子，牛相小青。《才調集》《萬首絶句》皆編杜牧作。朱曰：『牛僧孺鎮淮南，牧之掌書記，故有此作。西溪叢語以屬義山，謬也。』

②『檀槽』，《杜集》作『紅霞』，《才調集》作『濃檀』。《明皇雜録》：『中官白秀貞自蜀使回，得琵琶以獻，其槽以邏杪檀為之，清潤如玉，光輝可鑒。』

③『初開』，《杜集》作『當筵』。

④『邱墟』，一作『喫虛』，一作『喫虧』。《吕氏春秋》：『國為邱墟。』程曰：『喫虛，唐方言，猶喫虧也。』按：當從《杜集》作『邱墟』。《文選注》：『煬，余亮切。』

⑤『何』，《杜集》作『誰』。

程曰：『格調必牧之。』

【按】《西谿叢語》卷下有《李義山定子詩》條自，可證南宋初已有誤將此詩歸義山名下者，或其時所見《李義山集》中已收此詩。

遊靈伽寺①

碧煙秋寺汎湖②來，水打城根古堞摧③。盡日傷心人不見，石楠花滿舊琴臺④。

注

①見《戊籤》本集，亦見《許渾集》。「靈」，《許集》作「楞」。徐曰：「《吴地記》：靈伽寺在横山北，隋建，今上方寺也。」

②「碧」，《許集》作「晚」。「湖」，一作「潮」。

③「打」，《許集》作「浸」。徐曰：「《吴邑志》：吴王魚城在横山下，今田間多高阜，是其遺迹。又酒城在吴城西南，又越城在石湖北。越伐吴，吴王在姑蘇臺，築此城逼之。又隋文帝十一年，命楊素徙郡横山，唐武德四年，復自横山還故城。蓋吴郡古城遺跡多在横山石湖左右，唐時尚有可考，今知之者鮮矣。」

④「楠」，一作「榴」。「滿」，一作「發」。「琴」，一作「歌」。《吴地記》：「硯石山在縣西門外，亦名石鼓，又有琴臺在上。」徐曰：「《吴邑志》：今靈岩山寺即其地，有琴臺、石室，有硯池，皆故迹。」程曰：「《許集》有《自楞伽寺晨起汎舟》《再遊姑蘇》諸詩可證，義山似無親歷吴郡之跡。」浩曰：義山有無吴、越之遊，未可核斷。《唐詩品彙》選此詩，亦屬之義山也。然論詩格，固應歸之丁卯橋。

【按】許渾所書烏絲欄詩一百七十一首真跡之上卷中收録此詩，題作《游楞伽寺》，宋蜀刻本、書棚本亦收此作。渾集又有《自楞伽寺晨起泛舟道中有懷》七律，中有『萬點水螢秋草中』之句，與『晚煙秋寺泛潮來』（此據渾集）時令相合，可證此篇確為渾作。佟培基《全唐詩重出誤收考》（四一一頁），羅時進《丁卯集箋證》（三二八頁）亦均以此詩為許渾作。《義山集》舊本均不載此詩。《戊籤》當是誤據《唐詩品彙》録入。

龍邱道中二首①

漢苑殘花別，吴江盛夏來。惟看萬樹合，不見一枝開。

水色饒湘浦，灘聲怯建溪②。淚流迴月上，可得更猨啼？

注

①一作『途』。程曰：『見《戊籤》，但合作一首入五律類，誤也。』《舊書·志》：『衢州信安郡龍邱縣，屬江南東道。』按：《後漢書·任延傳》：『延拜會稽都尉，吴有龍邱萇者，隱居太末，志不降辱。延曰：「龍邱先生躬德履義，都尉埽洒其門，猶懼辱焉。」乃遣功曹奉謁，修書記，致醫藥。』注曰：『太末，今婺州龍邱縣。』則縣之得名，當以萇也。

②《寰宇記》：建溪在建州建陽縣東，源從武夷山下西北來。按：建溪所經亦遠。《寰宇記》：『南劍州劍浦縣有

三溪：曰東溪，西溪，南溪，合流南歸於海，自古謂之險灘。』似此句所指。

程曰：『集有《武夷山》詩，觀此二詩，豈義山嘗從衢州而至建州耶？本傳未載，不可考也。』浩曰：建溪似與武夷近，然此與湘浦意皆是比也，程乃誤會矣。詩亦見《戊籤·牧之集》，牧之曾刺睦州，固近衢州矣。玩詩意是春末發京師，五六月至龍邱，合之義山遊蹤，更不可符，恐牧之亦未必是，筆趣皆不類。《萬首絶句》五言牧之二十七首，亦無此。

【按】商隱生平游蹤，未至衢州之龍丘一帶。其三卷本詩集諸舊本亦從未收入此二首，僅見於《戊籤》，不知其據何書録入。明分體刊本蔣本、姜本亦無此二首。第二首提及『建溪』，亦非商隱游蹤所歷。然此二詩亦非杜牧作，張金海《樊川詩真偽補訂》（載《武漢大學學報》一九八二年第二期）對此有詳辨。究係何人之作，待考。

訪白雲山人①

瀑近懸崖屋，陰陰草木清。自言山底住，長向月中畊②。晚雨無多點③，初蟬第一聲。煮茶歸未去，刻竹為題名④。

注

① 此篇本集不載。孫望據《永樂大典》卷三〇〇四收入《全唐詩補逸》卷之十二。白雲山人，不詳。本集中有

《白雲夫舊居》，其『舊居』與本篇築室瀑布懸崖邊者顯然不同，徐逢源謂白雲夫指令狐楚，與此白雲山人殆非一人。

②畊，古文『耕』字。《晏子春秋》：『今齊國大夫畊，女子織。』喻汝礪詩：『晚來懷抱尤清曠，時有幽人帶月耕。』月中畊，蓋即『幽人帶月耕』之類。

③謂晚雨稀疏短暫。

④二句謂山人煮茶留客，已題名刻於竹上。

【按】詩寫山人居處之清幽，頗能從環境氣氛渲染中見其人精神面貌。然出語終較淺直，不類義山手筆。義山另有《白雲夫舊居》七絶，『白雲夫』指令狐楚，與此詩之『白雲山人』未可類證。參《白雲夫舊居》詩按語。

征步郎①

塞外虜塵飛，頻年度磧西。死生隨玉劍，辛苦向金微②。

注

①此詩《永樂大典》七三二九『郎』字韵注明引《李義山集》。童養年《全唐詩補遺》據以輯出。樂府詩集八〇近代曲辭、《全唐詩》二七雜曲歌辭均載此詩，然無作者姓名。

②金微，山名，即今阿爾泰山。《後漢書·耿夔傳》：『（永元）三年，（竇憲）復出河西，以夔為大將軍左校尉。將精騎八百，出居延塞，直奔北單于廷，於金微山斬閼支、名王以下五千餘級，單于與數騎脱亡。』《舊唐書·僕固懷恩傳》：『貞觀二十年，鐵勒九姓大首領率其部落來降，分置瀚海、燕然、金微、幽陵等九都督府於夏州。』張仲素《秋閨思》：『夢裏分明見關塞，不知何路向金微。』

【按】詩述説邊疆士卒冒死生、歷艱苦之征戰生活，而語氣舒緩從容，無哀愁悲苦之辭，頗能反映征人堅韌不拔之精神。惟本集無邊塞詩，此詩亦較單純明朗，與作者樂府諸作如《燒香曲》《射魚曲》等之仿長吉、《離亭賦得折楊柳二首》之曲折含蓄均不相類，似非義山手筆。《樂府詩集》郭震詩《塞下曲》前四句與此略同，唯『磧西』作『武威』。詩與郭震生平較合，頗疑為郭作。陳尚君《全唐詩外編修訂説明》謂『應從《樂府詩集》卷八十、《全唐詩》卷二七作無名氏詩』。

題劍閣詩①

峭壁横空限一隅，劃開元氣建洪樞。梯航百貨通邦計，鍵閉諸蠻屏帝都。西蹙犬戎威北狄，南吞荆郢制東吴。千年管鑰誰鎔範？只自先天造化爐。

注

①《通典》：劍州劍門縣有劍閣，即張載作銘所。餘見《哭蕭侍郎》。

浩曰：此刻劍閣石壁者，詩後一行上《題劍閣詩》，下李商隱。乾隆壬辰歲，余長子應榴視學四川，次子省槐偕行，劍門登眺，搜録得之，喜以呈余，矜為妙蹟。余以辭意平淺，不類義山，棄而弗録。及檢《薛逢集題劍門先寄上西蜀杜司徒》詩，即此篇也，體格於薛極類。但全篇只詠劍門形勝，何嘗有一字旁及，則其『先寄』云云，必為誤贅。因此轉思義山頻經劍州，或有此平易之作，本集舊雖不收，然既有石刻，且徐箋本曾據蜀中名勝收之，而薛又有《送西川杜公赴鎮赴闕》詩，亦有送義山往徐幕詩，似其間錯雜，亦可藉以互考，故聊為附録。又曰：細閱《萬花谷續集》利州路題詠，有此詩，云出李商隱《題劍門》，似更可據。

【按】此當是薛逢詩。薛集又有《送西川杜司空赴鎮》七律，係大中十三年杜悰自東都留守遷劍南西川節度使時所作。咸通初，薛逢由尚書郎分司東都出為成都少尹，為杜悰之下屬，《題劍門先寄上西蜀杜司徒》當為咸通元年由東都赴成都途次所作。劍州已近成都，故作此詩先寄上杜悰。陳尚君《全唐詩外編修訂説明》謂杜悰大中間兩次出鎮西蜀，第二次出鎮時始官司徒，而商隱已於其前一年辭世。

魚龍山在石埭縣西三十里，有魚龍洞，其洞凡二，東西相望，僅里許。

扁鵲得仙處，傳是西南峰。年年山下人，長見騎白龍。洞門黑無底，日夕唯雷風。清齋採入時，戴花兼抱松。石徑陰且寒，磬響如遠鐘。又若山林外，雙屐聲琴琴。低礙更俯身，聲速晝夜同。時時白蝙蝠，飛入茅衣中。行久路轉窄，静聞水淙淙。但願逢人世，自得朝天宫。

此詩童養年據嘉靖《池州府志》卷一《輿地篇》山川輯入《全唐詩續補遺》。【按】據《史記·扁鵲傳》，扁鵲生前主要活動於齊、趙、周、秦地區，足迹似未至南方。《池州府志》關於魚龍山介紹及宋陳宗、富智，明湯顯祖等人題詠均未及扁鵲、白龍等事。詩之内容既與魚龍山諸奇勝無可相合，文字亦不類義山手筆。清康熙五十年重修《池州府志》已將其删汰。此篇《全唐詩》卷三一〇作于鵠。詩題為《秦越人洞中詠》，其寫景亦與于鵠詩編次相鄰之《宿西山修下元齋詠》為近，當屬于鵠詩無疑。秦越人即扁鵲，姓秦，名越人。與詩之首句正合。陳尚君《全唐詩外編修訂説明》謂此詩為于鵠詩，『《文苑英華》卷二二五、席刻本《于鵠詩集》均收入。』

骰子賭酒

骰子逡巡裹手拈，無因得見玉纖纖。但知報道金釵落，髣髴還應露指尖。

此詩童養年《全唐詩外編》題下注曰：《古今詩話》云：『張祜客淮南幕中，赴宴。時杜紫微為支使，座中有屬意處，索骰子賭酒。牧之微吟曰（上二句），祜應聲曰（下二句）。《南部新書》謂此乃義山作。』今按：《全唐詩》七九二以此載入聯句，稱《妓席同詠》。【按】此詩當屬李羣玉之作。佟培基《全唐詩重出誤收考》李羣玉《戲贈姬人》條云：『此詩較早載《摭言》一三敏捷條（文與《古今詩話》所載略同。兹從略）。按杜牧入淮南幕府時，初為節度推官，後轉掌書記，未任過支使……《摭言》所記有誤。《古今詩話》《總龜》前集二三亦引此則，而《南部新書》又謂此詩李義山作。按《才調》九、《絶句》三七、書棚本李（羣玉）集後集俱作羣玉詩，宋蜀刻本《張承吉文集》及馮集梧注《樊川詩集》俱未收，則當依《才調》作羣玉詩。』佟氏所考甚是，當入羣玉集。羣玉字文山，與商隱字義山（乂山）極易相混。《南部新書》謂此詩義山作，當緣於此。

晉元帝廟

青山遺廟與僧鄰，斷鏃殘碑鎖暗塵。紫蓋適符江左運，翠華空憶洛中春。夜臺無月照朱户，秋殿有風開玉扆。弓劍神靈定何處？年年春緑上麒麟。

【馮曰】周密《浩然齋雜談》：『李商隱詩云：「咸陽宫殿鬱嵯峨」一條下，又李商隱《晉元帝廟》云云。』意淺語弱，必非本集軼篇。殿本已於《雜談》内加按語訂其誤矣。

【按】此詩義山詩集諸舊本均不載，惟見於《浩然齋雅談》所録，四庫館臣於此條下加按語云：『此詩李商隱集不載，未詳所據何本，疑姓名有誤。』馮氏以『意淺語弱』斷其『非本集軼篇』，似非確證。唐人詩中亦無與之重出者。究屬何代何人所作，待考。詩之風格頗近許渾懷古諸作。

嘉興社日

消渴天涯寄病身，臨邛知我是何人。今年社日分餘肉，不值陳平又不均。

【馮曰】徐箋本據《歲時雜詠》收《嘉興社日》七絶，而曰亦見《劉言史集》。考《全唐詩》小序，劉言史邯鄲人，初客鎮冀，後客漢南，其集中有潤州、處州之作，則當經嘉興矣。義山雖有江東之遊，未知至嘉興否？且諸集本皆不載也。

【按】《萬首唐人絶句》卷七五收此詩，作劉言史詩。言史集中有《夜泊潤州江口》《登甘露臺》《看山木瓜花》，均潤州作。潤州距嘉興不遠，言史或曾至嘉興。至於《處州月夜穆中丞席和主人》詩題内之『處』字乃『虔』字之誤，不得引以為證。義山生平游蹤未至嘉興，此詩應從《萬首唐人絶句》，作劉言史詩。義山詩集諸舊本亦均不載此詩。

缺題

重午雲陰日正長，佳辰早至浴蘭湯。凉風入座無消扇，彩索靈符映羽觴。（《萬花谷别集》）

【馮曰】不類義山詩趣，以其成首補采之。

詠三學山①

五色玻璃白晝寒②，當年佛脚印旃檀③。萬絲織出三衣妙④，貝葉經傳一偈難⑤。夜看聖燈紅菡萏⑥，曉驚飛石碧琅玕⑦。更無鸜鵒因緣塔⑧，八十山僧試説看。

集注

①【馮注】按：見《萬花谷續集》潼川路懷安軍題詠，云出李義山，在金堂縣。余昔閲此書，忽而不察，今以大兒應榴録得，因加審定，必本集所遺無疑也。補編年詩後，當附《題僧壁》下。《法苑珠林》：『簡州金水縣北三學山，舊屬益州。』《元和郡縣志》：『簡州管縣三：陽安、金水、平泉。金水縣有金堂山。漢州管縣有金堂，以界連金堂山，故名。』《元豐九域志》：『乾德五年，以簡州金水縣置懷安軍，又以漢州金堂縣隸軍。』《明一統志》：『三學山在金堂縣東北一十里，上有法海、普濟、廣濟三寺。』《翻譯名義集》三學法：『世尊立教，法有三焉：一者戒律，二者禪定，三者智慧。』《六朝詩乘》：『隋釋智炫，成都人，入京大弘佛法，兩都歸趨。後還蜀，隱於三學山，年百餘歲。有《遊三學山詩》。』而唐昭宗時兵營三學山，蜀主王衍太后、太妃遊青城山，遂至三學山，皆見史文。《楞嚴經》：『攝心爲戒，因戒生定，因定發慧，是名三無漏學。』

②【馮注】按：『《玉篇》《廣韻》：玻瓈，玉也，西國寶。』《翻譯名義集》：『頗黎，此云水玉，或云水精，然有赤有白。』愚檢《前、後漢書》：『西域罽賓國、大秦國多奇寶，中有流離。』注引《魏略》：『大秦國出赤白黑黄

青緑縹紺紅紫十種流離。蓋自然之物，踰於衆玉，其色不恒。今俗皆銷冶石汁衆藥灌而爲之，虚脆非真。」《魏書》：「大月氏國人商販京師，能鑄石爲五色瑠璃，乃美於西方來者。」是皆云流璃，不云玻瓈。《玄中記》則云大秦國有五色頗黎。《藝文類聚》引《十洲記》：「方丈山上有瑠璃宫。」《太平御覽》引《十洲記》：「崑崙山上有紅碧頗黎色七寶堂。」雖佛書七寶中三者并列，疑古時總爲一類。此謂殿宇高嚴明净。

③【馮注】《法苑珠林》：「漢州三學山寺，唐開皇十二年，寺東壁有佛跡見，長尺八寸，闊七寸。」又旃檀香，竺法真曰：「栴檀出外國。」俞益期箋曰：「衆香共是一木，木根爲栴檀。」《翻譯名義集·華嚴》云：「摩羅那山出栴檀香，山峰狀如牛頭，此峰中生栴檀樹，故曰牛頭栴檀。」《明一統志》：「三學山有佛跡，石理温潤，非世間追琢所能。」按：開皇是隋，似「唐」字誤。

④【馮注】《大方等陀羅尼經》：「佛告阿難，衣有三種：一出家衣，作於三世諸佛法式；二俗服，弟子趣道場時當著一服，常隨逐身，尺寸不離；第三服者，具於俗服，將至道場，常用坐起。其名如是。修諸净行，具於三衣。」《圓覺經》：「一曰僧伽梨，即大衣也；二曰鬱多羅僧，即七條也；三曰安陀會，即五條也。此是三衣。」《法苑珠林》：「天女説偈歌，言若男子女人勝妙衣惠施，施衣因緣，故所生得殊勝。」

⑤【馮注】《傳法正宗記》：「釋迦命迦葉曰：『吾以清净法眼實相無相妙法，今付與汝。』説偈曰：『法本法無法，無法法亦法。今付無法時，法法何曾法。』」又：「二祖阿難曰：『昔如來以正法眼藏付大迦葉，迦葉入定而付於我，用傳汝等。汝受吾教，當聽偈言。』」餘見《安平公》詩。

⑥【馮注】《法苑珠林》：「三學山寺有神燈，自空而現，每夕常爾，齋時則多。初出一燈，流散四空，千有餘現，大風起吹小燈滅，已，大燈還出，小燈流散四空，迄至天明。」又：「山有菩薩寺，迦葉佛正法時，初有歡喜王菩薩造之，寺名法燈。自彼至今，常明空表。」《一統志》：「聖燈山在金堂縣東三十里，一名普賢山，世傳昔有普賢聖燈出現。」

⑦【馮注】《四川通志》：「《三學山飛石記》，邑宰張西撰。」按：志文足據，未得其詳，似亦唐時邑宰。

⑧【馮注】《文苑英華·鸜鵒舍利塔記》：『前歲有獻鸜鵒鳥者，有河東裴氏，以此鳥名載梵經，智殊常類，始告以六齋之禁。比及辰後非時之食，或教以持齋名號者，其後即唱言阿彌陀佛，穆如笙竽，念念相續。今年七月，悴而不懌，馴養者乃鳴磬告曰：「將西歸乎？爲爾擊磬。」每一擊一稱彌陀佛，洎十念成，奄然而絶。命火焚餘，果舍利十餘粒。時高僧慧觀常詣三學山巡禮聖迹，請以舍利於靈山建塔。貞元十九年八月韋臯記。』《翻譯名義集》：『尼陀那，此云因緣。一切佛語緣起事皆名因緣。』

【馮曰】義山《為八戒和尚謝復三學山精舍表》，此老僧必即八戒，詩當同時作也。前後詠本山靈蹟；次聯謂習禪者多，悟法者少；末歎不如禽獸之微，能得正覺。雖皆事屬釋門，而義山沉淪使府，未升朝官，寄慨亦在言外矣。

【按】此詩據陶敏考證，係北宋王雍作，見《宋詩紀事》卷三四。雍係王旦之姪，元祐中，通判濠州。《宋詩紀事》於詩後引《方輿勝覽》：『在蜀金堂縣東北，有佛迹，石理堅潤，瑩白如玉，非世間追琢所能。又有神燈寺，有碧玉佛龕，藕絲袈裟，錦字《多心經》，貝葉金字《涅槃經》。寺前檜柏，皆隋唐故物。又有飛石，乃自雲頂山飛來。又有鸜鵒塔，乃鸜鵒能念佛，死遂瘞于塔。王雍有詩。』陳尚君《全唐詩外編修訂説明》謂《蜀中名勝記》卷八作『宋王雍《題雲頂山》詩。』

馮曰：《戊籤》據《事文類聚》收《金燈花》七言二韻，乃又見宋《晏殊集》者，語意淺甚，必非義山也。徐氏據又《絶句博選》收《齊安郡中》一首，此牧之刺黄時作也，故皆不附録。洪容齋《三筆》曰：『唐李義山詩云：「鏤月為歌扇，裁雲作舞衣。」』此李義府《堂堂詞》，洪氏《萬首絶句》亦載之，必近時刊本訛『府』字為

『山』字也。《戊籤》據《海録碎事》收逸句云：『頭上金爵釵，腰佩翠琅玕。』此出陳思王《美女篇》也。又云：『遥想故園陌，桃李正酣酣。』此崔融《和宋之問寒食題臨江驛詩》，『想』字乃『思』字之訛也。又云：『蘆洲客雁報春來。』此李賀《梁臺古意篇》也。無一為義山矣。徐氏據《合璧事類》補採《詠雪》『郊野鵝毛滿，江湖雁影空』之類，共十句，余偶閲《萬花谷》有《詠桃》『酥胸酣暖日，玉臉笑春風』，而其他説部、韻類諸書，每有引義山句為本集所無者，既未遑一一訂正以分棄取，且原非名句，枝贅何庸？故盡舍之。

【按】馮氏所考甚是。《金燈花》詩又見高麗刻本《李商隱詩集》卷十，詩云：『蘭膏爇處心猶淺，銀燭燒殘焰不馨。好向書生窗畔種，免教辛苦更囊螢。』馮氏謂『語意淺甚，必非義山也』，雖非實證，然大體可信。既又見晏殊集，則當是晏詩。

補遺（以下所録，係馮注本未搜録之佚篇佚句，其中有顯為他人之作誤題者，亦有暫難考明者，併録於下。可考明為他人之作者，略綴數語指出。）

螢

水殿風清玉户開，飛光千點去還來。無風無月長門夜，偏到階前點緑苔。（明楊慎《升菴詩話》卷五李義山螢詩）

【按】此詩見羅鄴集，題為螢二首，此為第一首，另一首為：『裴回無燭冷無烟，秋逕莎庭入夜天。休向書窗來照字，近來紅蠟滿歌筵。』當為羅作。義山詩集舊本均無此詩。

筍

昨夜春霞迸蘚根，亂披烟籜出柴門。稚川龍過應回首，認得青青幾代孫。（宋刻本《全芳備祖》後集卷二十三蔬部筍）

贈茅山高拾遺二首

諫獵歸來綺里歌，大茅峰影薄秋波。山齋留客掃紅葉，野徑送僧披緑莎。長覆舊圖棊勢盡，偏添新品藥名多。雲中黄鵠日千里，自宿自飛無網羅。（其一）

一笛迎風萬葉飛，强攜刀筆换征衣。潮寒水國秋砧早，月暗山城曉漏遲。巖響遠催行客過，蒲深遥送釣船歸。中年未識從軍樂，虛近三茅望少微。（其二）（高麗刻本《李商隱詩集》卷七）

【按】此二首均許渾詩，見影宋寫本《丁卯集》卷上。第一首『諫獵歸來綺里歌』題為《題茅山高拾遺》，第二首『一笛迎風萬葉飛』題為《祗命許昌自郊居移入公館寄茅山高拾遺》。高拾遺為高蟾，《全唐詩》卷五〇六章孝標有《贈茅山高拾遺蟾》。許渾曾在茅山置田，京口賦閑期間出入茅山，有《游茅山》《茅山題徐校書隱居》等詩。

章野人幽居

帶郭茅亭詩興饒，回看一徑倚危橋。門開山色能深淺，壁静湖光自動摇。幽花散落填書帙，戲鳥低飛礙柳條。向此隱來機自息，如今已是□□豪。（高麗刻本《李商隱詩集》卷八）

【按】此詩一作馬戴詩，見清編《全唐詩》卷五五六；一作秦系詩，見清編《全唐詩》卷二六〇。佟培基《全唐詩重出誤收考》：『亦見宋、明本秦集。《統籤》二六八《丁籤》二五秦系中收入。下注：一作馬戴誤。』秦系曾居剡山，詩中所寫『湖光』，當指鏡湖。秦集中文字與高麗刻本所録多有不同，末句作『如今已是漢家朝』。

感興寄友

十年京國總忘憂，詩酒淋漓共貴遊。漢月夜吟鳷鵲觀，苑雲春讓鷫鸘裘。書來慰我臨池上，秋去思君到水頭。為憶晉人張處士，於今江海尚淹留。（高麗刻本《李商隱詩集》卷八）

闕題

慈恩塔上新泥壁，滑膩光華玉不如。何事博陵崔四十，金陵腿上逞歐書。（《説郛》卷十二引孫棨《北里志》王團兒條云：王團兒有假女數人，長曰小潤，字子美，少時頗籍籍者。崔垂休常題記於小潤髀上，為同年李義山所見，贈之詩曰……）

【按】此詩又見清編《全唐詩》卷八七二諧謔四，題為《嘲崔垂休》。題注云：『胤子垂休，變化年（指登第年），惑妓人王小潤，費甚廣，嘗題記於小潤髀上，為為山所見，贈詩云云。為山名就，字袞求，失其姓。』崔胤係乾符二年進士（見徐松《登科記考》卷二三）。涵芬樓一九二七年版《説郛》卷十二引《北里志》王團兒條謂『崔垂休常題記於小潤髀上，為同年李義山所見』，『義山』蓋『為山』之訛。（《古今説海》及《香豔叢書》所收《北里志》即作『為山』。）義山開成二年進士，與崔胤顯非同年。詩非義山作。

缺題

楚王臺上一神仙，眼色相看意已傳。見了又休還似夢，坐來雖近遠如天。隴禽有恨猶能説，江月無情也解圓。更被春風送惆悵，落花飛絮兩翩翩。

【按】唐圭璋編《全宋詞》第一册歐陽修存目詞内，據《草堂詩餘續集》卷下録《瑞鷓鴣》詞一首，調名下注云：『此詞本李商隱詩，公嘗筆於扇，云可入此腔歌之。』所録《瑞鷓鴣》詞即『楚王臺上一神仙』七律。然唐氏已在附注中指出：『（此）唐吴融詩，見《才調集》卷二。』其非義山詩甚明。《才調集》題為《浙東筵上有寄》，按義山幼年後足跡未嘗至浙東，亦可證其非義山之作。

佚句

舉白弈棊兼把釣，不離至教事顛狂。（宋吴聿《觀林詩話》引義山《覽漢史》詩。見丁福保編《歷代詩話續編》）

王莽弄來曾半破，曹公將去便平沉。（魏慶之《詩人玉屑》卷十一詩病引高英秀所引義山詩）

【按】此二句係李山甫七言律詩《讀漢史》之第三聯。見清編《全唐詩》卷六四三。全詩風格亦甚類李山甫之『語不忌俚』（胡震亨《唐音癸籤》），而不似義山詩。《四庫全書總目》卷一九七《解頤新語》按語云：『（此書）引證不確，摇筆即舛。如……「王莽弄來曾半破，曹公將去便平沉」，李山甫詩也，而云李商隱。』二句詩之作者，四庫館臣亦曾辨之。

清羸還對月，遲暮更逢秋。（宋潘自牧編《記纂淵海》卷十引李義山詩）

郊野鵝毛滿，江湖雁影空。（宋謝維新編《古今合璧事類》卷三引李義山詩）

花發多風雨，人生足別離。（宋施元之、顧禧撰《施注蘇詩·潁州初別子由》二首其二『人生無離別』句下引李商隱詩）

【按】此二句又見于《武陵集》，為五絶《勸酒》之後二句，見清編《全唐詩》卷五九五。前二句為『勸君金屈卮，滿酌不須辭』。似當為于武陵詩。

水紋簟滑鋪牙牀（《施注蘇詩·南堂五首》其五『簟紋如水帳如烟』句下引李商隱《惆悵詩》）

【按】施注于此句下又引李商隱《小亭》詩：『水紋簟上琥珀枕。』『水紋』句見《李義山集》卷下，題為《偶題二首》（其一）。則《惆悵詩》『水紋簟滑鋪牙牀』或為義山詩佚句。

又，《永樂大典》卷七三二九載：『唐《李義山集·聖郎曲》：左亦不佯佯，右亦不翼翼。仙人在郎傍，玉女在郎側。酒無沙塘味，為他通顔色。』是否確係李商隱詩，待考。

隨宜教李娟。（程大昌《演繁露續集》卷七引李義山詩）

斜倚緑窗□□□。（李壁《王荆文公詩箋注》卷三五《金陵懷古》注引。陳尚君《全唐詩續拾》卷二九據以録入。）

附録

一　傳記資料

舊唐書文苑傳　〔後晉〕劉昫等

李商隱，字義山，懷州河内人。曾祖叔恒，年十九登進士第，位終安陽令。祖俌，位終邢州録事參軍。父嗣。商隱幼能為文，令狐楚鎮河陽，以所業文干之，年纔及弱冠。楚以其少俊，深禮之，令與諸子遊。楚鎮天平、汴州，從為巡官，歲給資裝，令隨計上都。開成二年，方登進士第，釋褐祕書省校書郎，調補弘農尉。會昌二年，又以書判拔萃。王茂元鎮河陽，辟為掌書記，得侍御史。茂元愛其才，以子妻之。茂元雖讀書為儒，然本將家子，李德裕素厚遇之。時德裕秉政，用為河陽帥。德裕與李宗閔、楊嗣復、令狐楚大相讎怨。商隱既為茂元從事，宗閔黨大薄之。時令狐楚已卒，子綯為員外郎，以商隱背恩，尤惡其無行。俄而茂元卒，來遊京師，久之不調。會給事中鄭亞廉察桂州，請為觀察判官、檢校水部員外郎。大中初，白敏中執政，令狐綯在内署，共排李德裕，逐之。亞坐德裕黨，亦貶循州刺史。商隱隨亞在嶺表累載。三年入朝，京兆尹盧弘正奏署掾曹，令典牋奏。明年，令狐綯作相，商隱屢啟陳情，綯不之省。弘正鎮徐州，又從為掌書記。府罷入朝，復以文章干綯，乃補太學博士。會河南尹柳仲郢鎮東蜀，辟為節度判官、檢校工部郎中。大中末，仲郢坐專殺左遷，商隱廢罷，還鄭州，未幾病卒。

商隱能為古文，不喜偶對，從事令狐楚幕，楚能章奏，遂以其道授商隱，自是始為今體章奏。博學强記，下筆不能自休，尤善為誄奠之辭。與太原温庭筠、南郡段成式齊名，時號「三十六」。文思清麗，庭筠過之，而俱無特操，恃才詭激，為當塗者所薄，名宦不進，坎壈終身。弟羲叟，亦以進士擢第，累為賓佐。商隱有《表狀集》四十卷。（《舊唐書》卷一百九十下）

新唐書文藝傳

〔宋〕歐陽修等

李商隱，字義山，懷州河内人。或言英國公世勣之裔孫。令狐楚帥河陽，奇其文，使與諸子游。楚徙天平、宣武，皆表署巡官，歲具資裝使隨計。開成二年，高鍇知貢舉，令狐綯雅善鍇，獎譽甚力，故擢進士第。調弘農尉，以活獄忤觀察使孫簡，將罷去，會姚合代簡，諭使還官。又試拔萃，中選。

王茂元鎮河陽，愛其才，表掌書記，以子妻之，得侍御史。茂元善李德裕，而牛、李黨人蚩謫商隱，以為詭薄無行，共排笮之。茂元死，來游京師，久不調，更依桂管觀察使鄭亞府為判官。亞謫循州，商隱從之，凡三年乃歸。亞亦德裕所善，綯以為忘家恩，放利偷合，謝不通。京兆尹盧弘止表為府參軍，典箋奏。綯當國，商隱歸窮自解，綯憾不置。弘止鎮徐州，表為掌書記。久之，還朝，復干綯，乃補太學博士。柳仲郢節度劍南東川，辟判官，檢校工部員外郎。府罷，客滎陽，卒。

商隱初為文瑰邁奇古，及在令狐楚府，楚本工章奏，因授其學。商隱儷偶長短，而繁縟過之。時温庭筠、段成式俱用是相夸，號『三十六體』。（《新唐書》卷二百三）

唐才子傳　　〔元〕辛文房

商隱，字義山，懷州人也。令狐楚奇其才，使游門下，授以文法，遇之甚厚。開成二年，高鍇知貢舉，楚善於鍇，奬譽甚力，遂擢進士。又中拔萃，楚又奏為集賢校理。楚出，王茂元鎮河陽，素愛其才，表掌書記，以子妻之。除侍御史。茂元為牛李黨，士流嗤謫商隱，以為詭薄無行，共排擯之。來京都，久不調。更依桂林總管鄭亞府為判官，後隨亞謫循州，三年始回。歸窮於宰相綯，綯惡其忘家恩，放利偷合，從小人之辟，謝絶殊不展分。重陽日，因詣廳事，留題云：『十年泉下無消息，九日樽前有所思。郎君官重施行馬，東閣無因許再窺。』綯見之，惻然，乃補太學博士。柳仲郢節度東川，辟為判官。商隱廉介可畏，出為廣州都督。人或袖金以贈，商隱曰：『吾自性分不可易，非畏人知也。』未幾，入拜檢校吏部員外郎，罷，客滎陽卒。商隱工詩，為文瑰邁奇古，辭隱事難。及從楚學，儷偶長短，而繁縟過之。每屬綴，多檢閲書册，左右鱗次，號『獺祭魚』。而旨能感人，人謂其横絶前後。時温庭筠、段成式各以穠致相夸，號『三十六體』。後評者謂其詩如百寶流蘇，千絲鐵網，綺密瓌妍。要非適用之具。斯言信哉。初得大名，薄游長安，尚希識面，因投逆旅，有衆客方酣飲，賦《木蘭花》詩就，呼與坐，不知為商隱也。後成一篇云：『洞庭波冷曉侵雲，日日征帆送遠人。幾度木蘭船上望，不知元是此花身。』客問姓名，大驚稱罪。時白樂天老退，極喜商隱文章，曰：『我死後，得為爾兒足矣。』白死數年，生子，遂以

『白老』名之；既長，殊鄙鈍。温飛卿戲曰：『以爾為侍郎後身，不亦忝乎？』後更生子，名袞師，聰俊。商隱詩云：『袞師我驕兒，英秀乃無匹。』此或其後身也。商隱文自成一格，後之學重者，謂『西昆體』也。有《樊南甲集》二十卷，《乙集》二十卷，《玉溪生詩》三卷。初，自號『玉溪子』。又賦一卷，文一卷，並傳於世。

同時人贈挽詩

喻鳬　贈李商隱

羽翼恣摶扶，山河使筆驅。月踈吟夜桂，龍失詠春珠。草細盤金勒，花繁倒玉壺。徒嗟好章句，無力致前途。（《全唐詩》卷五百四十三）

薛蓬　重送徐州李從事商隱

曉乘征騎帶犀渠，醉别都門慘袂初。蓮府望高秦御史，柳營官重漢尚書。斬蛇澤畔人煙曉，戲馬臺前樹影疎。尺組挂身何用處，一作『説』。古來名利盡邱墟。（《全唐詩》卷五百四十八）

李郢　送李商隱侍御奉使入關

梁園相遇管絃中，君踏仙梯我轉蓬。白雪詠歌人似玉，青雲頭角馬生風。相逢幾日虚懷待，賓幕連期醉蝶同。如有扁舟棹歌思，題詩時寄五湖東。

李郢　板橋重送

梁苑城西蘸水頭，玉鞭公子醉風流。幾多紅粉低鬟恨，一部清商駐拍留。王事有程須仃仃，客身如夢正悠悠。洛陽津畔逢神女，莫墜金樓醉石榴。

李郢　贈李商隱贈佳人

金珠約臂近笄年，秋月嫦娥漢浦仙。雲髮膩垂香揬妥，黛眉愁入翠連娟。花庭避客鳴環珮，鳳閣持杯泥管絃。聞道彩鸞三十六，一雙雙映碧池蓮。（以上三詩均見童養年輯《全唐詩續補遺》卷十二。）

温庭筠　秋日旅舍寄義山李侍御

一水悠悠隔渭城，渭城風物近柴荆。寒蛩乍響催機杼，旅雁初來憶弟兄。自為林泉牽曉夢，不關砧杵報秋聲。子虚何處堪消渴，試向文園問長卿。（《全唐詩》卷五百八十三）

崔珏　哭李商隱二首

成紀星郎字一作『李』。義山，適歸黄一作『高』。壤抱長嘆。詞林枝葉三春盡，學海波瀾一夜乾。風雨已吹燈燭滅，姓名長在齒牙寒。只應一作『應遊』。物外攀琪樹，便著霓裳上絳壇。一作『蜺衣上玉壇』。

虚負凌雲萬丈才，一生襟抱未曾一作『嘗』。開。鳥啼花落一作『發』。人何在，竹死桐枯鳳不來。良馬足因無主踠，舊交心為絶絃哀。九泉莫嘆三光隔，又送文星入夜臺。（《全唐詩》卷五百九十一）

二　各本序跋凡例

書鄭潛庵李商隱詩選

〔元〕袁桷

李商隱詩號為中唐警麗之作，其源出於杜拾遺。晚自以不及，故别為一體。玩其句律，未嘗不規規然近之也。拾遺愛君憂國，一寓於詩，而深譏矯正，不敢以談笑道。若商隱則直為訕侮，非若為魯諱者，使後數百年，其詩禍之作，當不止流竄嶺海而已也。桷往歲嘗病其用事僻昧，間閲《齊諧》《外傳》諸書，籤于其側，冶容褊心，遂復中止。私以為近世詩學頓廢，風雲月露者，幾於晚唐之悲切；言理析旨者，鄰於禪林之曠達。詩雖小道，若商隱者，未可以遽廢而議也。客京師，潛庵鄭公示以新選一編，去其奇衺俚艷，讀其詩，若截狐為裘，播精為炊，無一可議。去取之當，良盡於此。昔蕭統定《文選》，至淵明詩存者特少，故議之者不置。至王介甫選《唐百家詩》，莫敢異議，而或者又謂筆札傳録之際多所遺落，嗜好不同，固難以一。今此編對偶之工，一語之切，悉附于左。商隱之詩，如是足矣。覽者其何以病？因書其説而歸之。（《清容居士集》卷四十八）

玉谿生詩箋叙

〔清〕錢龍惕

余少好讀李義山詩，往往不得其解。積以歲月。吾鄉為義山之學者，間不乏人，時以隱事僻義，就而正之，乃知其弘深精妙，上薄《風》《騷》，下該沈宋，升少陵之堂，而入其室矣。問嘗論之：宋初諸公，如吾祖思公，及楊劉二宋，西崑酬唱之詩，此嗜炙而嘗其一臠者也。江西宗派，如黄魯直、劉辰翁之徒，詆之為文章一厄，此門外漢妄肆譏評者也。國初楊廉夫、高季迪、楊孟載諸公，如子孫肖像祖宗，年代久遠，猶得其聲音笑貌者也。至如高廷禮、李空同之流，欲為杜詩而黜義山為晚唐卑近，是登山而不繇徑，泛海而斷之港也。然其用意高遠，運詞精奥，讀者未必易曉。

今年春，侍家叔太保公于吴門，謂余曰：『子何不注釋之以貽學者？』余以學問淺陋，兼之家無藏書，難以援據，謝不敢當。歸而訪石林源上人於高林庵。見其取《李集》一編，隨事夾注其下，旁行逼仄，蚓行蚊脚，幾不可辨。迫而讀之，乃知徵引極博，搜羅甚苦，經史諸書，紛然雜陳于左右，而功猶未及半。余扣之曰：『師亦知某詩為某人，某詩為某事乎？』源公曰：『尚未悉也。』余謂：『古人讀其書，論其世，即如注陶淵明、杜子美之詩，必先立年譜，然後其游歷出處，感時論事，皆可考據。師欲注義山，當先事此。』源公謙退，屢以見問。因取《新、舊唐書》並諸家文集小説有關李詩者，或人或事，隨題箋釋于下，疑而無考者闕焉。得上、中、下三卷，以復石林長老。至于全詩之注解，有源公之博識可以任之，非余所敢及也。他日書成，附此于後，可以不朽矣。戊子仲夏望日鱸鄉漁父錢龍惕上。

注李義山詩集序

〔清〕錢謙益

石林長老源公禪誦餘晷，博涉外典，苦愛李義山詩。以其使事奥博，屬辭瑰譎，捃摭羣籍，疏通詮釋。吾家夕公又通考《新舊書》，尚論時事，指見其作為之指意，累年削藁，出以眎余。余問之曰：『公之論詩，何獨取乎義山也？』公曰：『義山之詩，宋初為詞館所宗，優人内燕，至有撏撦商隱之誚。元季作者，懲江西學杜之弊，往往躋義山，祧少陵，流風迨國初未變。然詩人之論少陵，以謂忠君憂國，一飯不忘，兔園村夫子皆能嗟咨吟咀；而義山徒以其綺靡香豔，極《玉臺》《香奩》之致而已。吾以為論義山之世，有唐之國勢視玄、肅時滋削；涓人擅命，人主贅旒，視朝恩、元振滋甚。義山流浪書記，洊受排笮，乙卯之事，忠憤抑塞，至于結怨洪鑪，託言晉石，則其非詭薄無行，放利偷合之徒，亦已明矣。少陵當雜種作逆，藩鎮不庭，疾聲怒號，如人之疾病而呼天呼父母也，其志直，其詞危。義山當南北水火，中外箝結，若喑而欲言也，若魘而求寤也，不得不紆曲其指，誕謾其辭，婉孌託寄，讔謎連比，此亦《風》人之遐思，《小雅》之寄位也。吾以為義山之詩，推原其志義，可以鼓吹少陵。其為人也，激昂奡兀，劉司户、杜司勳之流亞，而無庸以浪子蚩摘，此吾與夕公疏、箋之意，願受成于夫子者也。』余曰：『是則然矣。義山《無題》諸什，春女讀之而哀，秋士讀之而悲。公為真清净僧，何取乎爾也？』公曰：『佛言衆生為有情，此世界，情世界也。欲火不燒然則不乾，愛流不飄鼓則不息。詩至于義山，慧極而流，思深而蕩，流旋蕩復，塵影落謝，則情瀾障而欲薪燼矣。春蠶到死，蠟炬灰乾，香銷夢斷，霜降水涸，斯亦篋蛇樹猴之善喻也。且夫螢火暮鴉，隋宫《水調》之餘悲也；牽牛駐馬，天寶《淋鈴》之流恨也。《籌筆》儲胥，感關、張之無命；昭陵石馬，悼郭、李之不作。富貴空花，英雄陽焰，由是可以影視山河，長挹三界，疑神奏苦集之音，何徒證那含之果，寧公稱杼山能以詩句牽勸令入佛智，吾又何擇于義山乎？』余往嘗箋注杜詩，于義山則未遑。今方繙閱《首楞》，拋棄世間文句，源公來索序，愧未有以應也。為次其言以復之。（《有學集》卷十五）

李義山詩集序

〔清〕錢謙益

往吾友石林源師好義山詩，窮老忔乞，註解不少休。乙酉歲，朱子長孺訂補余《杜詩箋》輟簡，將有事于義山。余取源師遺本以畀長孺，長孺先有成藁，歸而錯綜讎勘，綴集異聞，敷陳隱滯。取源師註，擇其善者為之翦其瑕礫，搴其蕭稂，更數歲而告成。于是義山一家之書粲然矣。長孺既自為其序，復以屬余。余往為源師撰序，推明義山之詩忠憤蟠鬱，鼓吹少陵，以為《風》人之博徒，《小雅》之寄位，其為人詭激歷落，阨塞排笮，不應以浪子嗤點，大略如長孺所云。又謂其綺靡穠豔，傷春悲秋，至于春蠶到死，蠟炬成灰，深情罕儔，可以涸愛河而乾欲火。此蓋為源師言之，而其援據則未有盡者。義山贊佛一偈，馳譽禪林，晚從事河東梓潼幕，師事悟達國師知玄，以目疾遥禮禪宫，明旦得《天眼偈》，讀終疾瘉。卧病語僧録僧徹，誓願多生削染為玄弟子。鳳翔寫玄真，義山執紼侍立。集中《別智玄法師》詩云：『東西南北皆垂淚，却是楊朱真本師。』智玄即知玄，故云『本師』也。又有《寄安國大師》詩。知玄與弟子僧徹皆住上都大安國寺，號安國大師。玄歸老九隴舊山，義山罷歸鄭州，故其卧病與僧徹語云云。又寄書偈與玄訣別。《唐書》載義山終于鄭州，其蹤跡亦略可考見。源師註安國為玄祕塔端甫法師，此失考也。少陵云：『余亦師粲可。』又云：『身許雙峰寺。』謝康樂言：學道必須慧業，未有具慧業而不通于禪者。靈山拂席，滄海求珠，豈可與《香奩》《金縷》裁雲鏤月之流比類而訶之哉！書此貽長孺，聯以補前序之闕。又竊念吾遠祖思公與楊大年諸公仿義山詩刱西昆體，余為耳孫，老耄多忘。《玉臺》風流，邈然異代，徒假手于長孺，以終源師殺青之託，此則為之口沫手胝，撫卷而三嘆者也。（同上）

箋註李義山詩集序

〔清〕朱鶴齡

申酉之歲，予箋杜詩於牧齋先生之紅豆莊。既卒業，先生謂予曰：『玉谿生詩，沈博絶麗，王介甫稱為善學老杜，惜從前未有為之注者。元遺山云：「詩家總愛西崑好，只恨無人作鄭箋。」子何不併成之，以嘉惠來學？』予因繙覈《新、舊唐書》本傳，以及箋、啟、序、狀諸作所載於《英華》《文粹》者，反覆參考，乃喟然嘆曰：『嗟乎！義山蓋負才傲兀，抑塞於鈎黨之禍，而傳所云「放利偷合」、「詭薄無行」者，非其實也。』

夫令狐綯之惡義山，以其就王茂元、鄭亞之辟也；其惡茂元、鄭亞，以其為贊皇所善也。贊皇入相，薦自晉公，功流社稷，史家之論，每曲牛而直李。茂元諸人，皆一時翹楚，綯安得以私恩之故，牢籠義山，使終身不為之用乎？綯特以仇怨贊皇，惡及其黨，因併惡其黨贊皇之黨者，非真有憾於義山也。太牢與正士為讐，綯父楚比太牢而深結李宗閔、楊嗣復。綯之繼父，深險尤甚。會昌中，贊皇擢綯臺閣，一旦失勢，綯與不逞之徒竭力排陷之，此其人可附離為死黨乎？義山之就王、鄭，未必非擇木之智、渙邱之公。此而目為放利偷合、詭薄無行，則必將朋比奸邪，擅朝亂政，如『八關十六子』之所為，而後謂之非偷合、非無行乎？（紀昀批語：詭薄無行，固當時已甚之詞。而以為擇木之智，渙邱之公，亦後人張大其事而涉于袒護者。義山蓋自行其志，而于朝廷黨友無所容心于其間。感王茂元一時知己，故從而依之，不幸值綯之谿刻，遂成莫解之怨，固迫于勢之不得不然耳。倘以為有意去就，則後之屢啓陳情，又何説以處之？）

且吾觀其活獄弘農，則忤廉察；題詩九日，則忤政府；於劉蕡之斥，則抱痛巫咸；於乙卯之變，則銜冤晉石；太和東討，懷『積骸成莽』之悲；党項興師，有『窮兵禍胎』之戒。以至《漢宮》《瑤池》《華清》《馬嵬》諸作，無非諷方士為不經，警色荒之覆國。此其指事懷忠、鬱紆激切，直可與曲江老人相視而笑，斷不得以放利偷合、詭薄無行嗤摘之者也。（紀昀批語：諸詩工拙不一，然自是其身份見地高出晚唐諸家處，所以為杜之苗裔而卓然有以自立。）

或曰：『義山之詩，半及閨闥，讀者與《玉臺》《香奩》例稱，荊公以為善學老杜，何居？』予曰：『男女之情，通於君臣朋友。《國風》之螓首蛾眉，雲髮瓠齒，其辭甚褻，聖人顧有取焉。《離騷》託芳草以怨王孫，借美人以喻君子，遂為漢魏六朝樂府之祖。古人之不得志於君臣朋友者，往往寄遥情於婉孌，結深怨於蹇修，以序其忠憤無聊、纏綿宕往之致。唐至太和以後，閹人暴横，黨禍蔓延，義山阨塞當塗，沈淪記室，其身危，則顯言不可而曲言之；其思苦，則莊語不可而謾語之。計莫若瑶臺璚宇、歌筵舞榭之間，言之者可無罪，而聞之者足以動。其《梓州吟》云：「楚雨含情俱有託。」早已自下箋解矣。（紀昀批語：此段真抉出本原，然此等皆可以意會之，必求其事以實之，則刻舟之見矣。中亦有實是艷詞者，又不得概論。）吾故曰：義山之詩，乃風人之緒音，屈宋之遺響，蓋得子美之深而變出之者也。（紀昀批語：『變出之』三字，為千古揭出正法眼藏。知李之所以學杜，知所以學李矣。若撏撦字句，株守格律，皆屬淺嘗。至于拾一二淺薄語以自快，則下劣詩魔，不可藥救矣。）豈徒以徵事奥博，擷采妍華，與飛卿、柯古争霸一時哉！學者不察本末，類以「才人」「浪子」目義山，即愛其詩者，亦不過以為帷房暱媟之詞而已，此不能論世知人之故也。』（紀昀批語：凡詩皆當如此看。就詩論詩，蓋有不曉為何語者，況定其工拙乎？）予故博考時事，推求至隱，因箋成而發之，以復於先生，且以為世之讀《義山集》者告焉。順治己亥二月朔，朱鶴齡書於猗蘭堂。

箋註李義山詩集凡例

〔清〕朱鶴齡

《西清詩話》載都人劉克嘗註杜子美、李義山詩，又《延州筆記》載張文亮有《義山詩註》，今皆不傳。近海虞釋石林道源鋭意創為之，洵稱罕覯，惜其用就而終未及。牧齋先生授余是正，余因大加翦薙，遴其當者録之，不敢掠美。錢夕公龍惕箋與鄙意多合，並為采入，以公同好。

所引之事，必求其書；所引之書，必求其祖。事之奥僻者詳之，習見者簡之，所傳互異者則備載之，意義之沈晦者疏明之，不可解者則闕之。此余箋註杜詩之例也。今一以是例為準。義山詩《藝文志》止三卷，想後人掇拾于散佚之餘，故詩與題或不相應，又作詩之歲月多不可考，今略于譜中詮次先後，以附於論世之義云。

是集夾註中所云自註及『一作』者，皆徧搜宋刻善本，與《文苑英華》《唐文粹》諸本所收，參互而折衷之。原文闕文，姑仍其舊。較之時刻，迥不侔矣。

余合箋義山詩文，始于丁酉孟冬，成於己亥季春。初意為名山之藏。顧子茂倫有孝慫恿先出詩集授梓，非余志也。婁東錢子梅仙嘏、海虞馮子竇伯武及同邑趙子砥之瀚、沈子留侯自南、張子九臨拱乾、陳子長發啟源皆各疏所聞，助余固陋。校勘點畫則茂倫有專功焉。朱鶴齡長孺氏謹識。

西崑發微序

〔清〕朱鶴齡

義山之詩，原本《離騷》。余向為箋注而序之曰：『男女之情，通于君臣朋友。』夫屈原之時，其君則懷王也，其所與同朝者，子椒、子蘭也。原之耿介，能無怨乎？怨而不忍直致其怨，則其辭不得不詭譎曼衍。而義山一祖其杼軸以為詩，以故瑰采驚人，學者難以逆志。余之箋注，特鱗次羣書，析疑徵事而已。若其指趨之隱伏者，固不能條件指晰，將以待世之曉人深求而自得之焉。今春次耕歸自玉峰，以吴子修齡

《西崑發微》示余。其説以為義山《無題》詩皆為令狐綯作也。義山受知令狐楚，後就王、鄭之辟，綯與黨人排斥之，終其身。義山固功名之士也，能無怨乎？怨則以神仙之境為艷情，巾帨之間作廋語，斯固夫君美人靈修山鬼，屈、宋之家法也，豈徒麗藻云爾乎？往虞山馮子定遠嘗語余：義山《無題》詩皆寄思君臣遇合。其説蓋出于楊孟載。今得修齡解，益可與定遠相證明，足埤益余箋注所未逮。修齡真曉人哉！修齡精律吕之學，妙有神悟，蓋今之異材，兹特吉光片羽爾。敬題首簡歸之，以志余傾倒之意。（《愚菴小集》卷七）

西崑發微序

〔清〕吴喬

詩之比、興、賦，《三百篇》至晚唐未之或失。自歐公改轍，而蘇、黄繼之，往往直致胸懷，不復寄託。自兹以後，日甚一日。明人自矜復古，不過於聲色求唐人，未有及六義者，殊可慨也。蓋賦必意在言中，可因言以求意；比興意在言外，意不可以言求。所以《三百篇》有序，唐詩有紀事，令後世因之以知意，關係非淺小也。六義既泯，遂至解《三百篇》者盡黜舊序，自行己意。使《三百篇》皆賦，意猶可測；既有比興，而執辭以求意，豈非韓盧之逐兔哉？如高駢詩云：『鍊汞燒鉛四十年，至今猶在藥爐邊。不知子晉緣何事，只學吹簫便得仙。』駢意自刺王鐸拜都統，故雋永有味；若味之為賦，謂是學仙之詩，即同嚼蠟。晚唐詩猶不易讀，況《三百篇》乎？

李義山無題詩，陸放翁謂是狹邪之語，後之作《無題》者，莫不同之。余讀而疑焉。夫唐人能自闢宇宙者，惟李、杜、昌黎、義山。義山始雖取法少陵，而晚能規模屈宋，優柔敦厚，為此道之瑶草奇花。凡諸篇什，莫不深遠幽折，不易淺窺。何故於艷情詩諱之為《無題》，而遣辭惟出於賦？梁家秦宫，賈女韓壽，何其凡下？翼德冤魂，阿童高義，何其不倫？又，錦瑟詩蘇、黄謂是適、怨、清、和，果爾，成何著作？懷此疑者數年。甲午春，偶憶《唐詩紀事》云：『錦瑟，令狐丞相青衣也。』恍若有會。取詩繹之，而義山、楚、綯二世恩怨之故，了然在目，併悟無題同此，絶非艷情，七百年來，有如長夜。

蓋唐之末造，贊皇與牛、李分黨。鄭亞、王茂元，贊皇之人；令狐楚，牛、李之人。義山少年受知於楚，而復受王、鄭之辟，綯以為恨。及其作相，惟宴接款洽以侮弄之，不加攜拔。義山心知見疏，而冀幸萬一，故有《無題》諸作。至流落藩府，終不加恩，乃發憤自絶。九日題詩於綯廳事，綯遂大恨，兩世之好決然矣。《無題》詩十六篇，託為男女怨慕之辭，而無一言直陳本意，不亦風騷之極致哉？其故若此，以放翁之學識，猶不深考，況餘人乎？作者之意，如空谷幽蘭，不求賞識，固難與走馬看花者道也。

《無題》詩於六義為比，自有次第。《阿侯》，望綯之速化也；《紫府仙人》，羨之也；《老女》，自傷也；《心有靈犀》，謂綯必相引也；《聞道閶門》，幸綯之不念舊隙也；《白道縈迴》，訝綯舍我而擢人也。然猶未怨。《相見時難》《來是空言》，怨矣，而未絶望；《鳳尾香羅》《重幃深下》，絶望矣，而猶未怒。至《九日》，而怒焉。《無題》自此絶矣。

夫詩以言志，而志由於境遇，少陵元化在手，適當玄、肅播遷之世，其忠君愛國之志，一發於流落奔走之篇，遂為千古絶業。義山於唐人中辭意最為飄緲，適遇令狐之扼，得極其比興《風》《騷》之致，吸霞飲露，遺世獨立，綯誠為他山之石焉。喬敢表而出，世或好學深思有志於風雅者，能諒也。今於本集中抽取《無題》詩一十六篇為上卷，與令狐二世及當時往還者為中卷，疑似之詩為下卷。詳説其意，聊命名曰《西崑發微》。而注釋事實，則全取朱長孺本云。甲午夏日，吴喬序。

李義山詩解凡例

〔清〕陸崑曾

義山古詩，自魏晉至六朝，無體不有，如《井泥》《驕兒》《行次西郊》等篇，意在規橅老杜，但得其質樸，而氣格韻致終遜之。即五言律詩亦稍薄弱，惟七律直可與杜齊驅，其變化處乃神似，非形似也。昔人解杜詩，多以七律專行，余於是編，不及别體，正以表義山所長耳。

義山五律，亦法少陵，至斷句尤為晚唐獨步，似詮解不容偏廢矣。然用意率皆清峭刻露，讀者自能了然心目之間，又無俟余蛇足也。

不讀全唐各家詩，不知義山措辭之妙；不讀一題同賦詩，不知義山用意之高。集中如《籌筆驛》《馬嵬》《送宫人入道》等篇，同時多有作者，今取杜牧、殷潛之、項斯、于鵠諸詩較之，覺其間相去尚隔數塵，余於唐律獨推義山，非阿所好也。

詩自六朝以來，多工賦體，義山猶存比興。讀者每就本句索解，不特意味嚼蠟，且與通篇未免艮限列夤。余遇詩中比興處，特為一一拈出。

余解義山詩，欲使後人知作者用意，并篇法句法所在耳。至於驅使故實，朱長孺先生箋行世久矣，兹不贅採。

詩既引用故實，有故實不明本句之意即不出者，又宜先引故實，後解詩意。集中凡引證處，皆詮解處，與注釋不同，非自亂其例也。

義山詩有自下小注者，如《對雪二首》題下原注『時欲之東』是也。有偶為諸家箋疏者，如楊孟載於《無題》諸篇謂為寓言君臣遇合是也。他若《詠史》一詩為文宗而發，《玉山》四韻因求薦而成，或本之朱氏，或出自《戊籤》，凡此之類，必叙明某某云云，然後附以己意，不敢掠美前人。

是編始於康熙癸巳，成於雍正甲辰，鑒定者大司農王公儼齋，參閱、校讎及雕板行世則明經陳岞嵐、分司張容谷暨吾叔南村先生也。將伯之助，殫心力於兹，工既竣，例得備書焉。陸崑曾圃玉氏謹識。

李義山詩疏序

〔清〕徐德泓　陸鳴皋

嘗考義山生平，歷憲、文、武、宣之朝，時多變故，且黨禍傾軋，仕途委頓，賓主僚友間，亦多不偶。抑鬱之志，發為詩歌，而又不可莊語，故托之于豔詞，閨闥神仙，猶《楚騷》之香草美人，皆寓言耳。《無題》諸作，大半不離此意，若通以他解，便不相聯屬矣。其思深，其詞婉，憤而不仇，譏而不露，怨而不流，確是風人遺旨，非《玉臺》《香奩》偶也。故以為帷房昵媟者固非，又有强作解事，而以為好色不淫者，乃屬夢語。同年友陸子鶴亭，老于詩者也，因李迄今千載尚無定解，志在校讎，偶出所見，與余恰合，迺共為成之。元遺山有曰：『詩家總愛西崑好，只恨無人作鄭箋。』今亦未知有當作者之旨否也。清猷徐德泓識。

余少有詩好，自晉、魏以迄元、明，簡編略備，其間有不盡註者，亦能通解。惟李義山《無題》等製，按之茫然。聞昔有劉、張兩註，早無傳矣。今坊刻所箋，又僅載典故，時家間有别解，然祇一二語可通，仍難首尾貫徹。夫李名重一時，流傳膾炙，豈專以淫褻見稱？王荆公謂唐人得老杜之藩籬者，惟義山一人。欲學少陵，當自此入，又豈指寸聯片語言者？千年疑竇，意未釋然。嘗清夜徘徊，苦思力索，恍有微悟曰：是殆屈、宋之音乎？清猷所見，不謀而合。因欣然出向時選本而增損之，録其詞義之尤精者，相與論定疏釋。始覺荆公之語，非泛云也。其間眉目較然者，亦無事乎臆鑿。而事實，惟删剪坊箋之叢雜

者，以歸于明簡云。雍正甲辰五月鶴亭陸鳴皋識。（《李義山詩疏》卷上）

李義山詩疏跋

〔清〕徐德泓　陸鳴皋

《梓州罷吟寄同舍》　徐曰：李詩之體製，則規摹子美，俊逸則彷彿太白，幽奥則出入長吉，艷麗則凌轢飛卿，薈萃諸家之勝而有之。而其離合轉换處，實又胚胎于《楚詞》，觀其咏《宋玉》句云：『可憐庾信尋荒徑，猶得三朝托後車。』又云：『可憐留着臨江宅，異代應教庾信居。』長言不足，是隱然以子山自謂，而明所從來也。前寄令狐楚詩（按：指《獻寄舊府開封公詩》。然開封公實指鄭亞）有『續《騷》』之語，《轉韻》篇内復云『高唐』『屈宋』，則又顯然言之。介甫謂得老杜藩籬，亦但指其流而未及其源耳。心領神會者自能得之。而世或悦其香澤，或訾其導淫，羣驅而納諸巾幗之中，冤矣。巫雲虚誕，既假代答以為詞（按：商隱《代元城吴令暗為答》云：『荆王枕上原無夢，莫枉陽臺一片雲。』）楚雨荒唐，復以是篇明其託。余故以二首（按：指《代元城吴令暗為答》及《梓州罷吟寄同舍》）分繫上、下卷之末，以明所以註李之意云爾。　陸曰：備觀全集，其求仙之諷，不止《瑶池》《海上》也；好色之規，不止《華清》《北齊》也；窮兵之戒，不止《隋師》《漢南》也；直道之悲，不止《將軍》《司户》也；憂王室而憤奸惡，又别有《明神》《有感》諸什；感恩義而篤伉儷，又别有《安平》《河陽》等編。間有褻狎者，則題帶『戲』字。讀其詩，可想見其人。《傳》謂其『詭激』而『無特操』，似亦未可盡信。即人不可知，而就詩言詩，則固已無遺議矣。

李義山詩集箋註序

〔清〕黄叔琳

古今難事，無過説詩。詩業之昌，自《三百篇》西河氏而下，無定説也。《離騷》亦《詩》之支流餘裔也，王叔師而下，無定説也。以至漢魏六朝三唐之詩，其中有不易解者累累而是，世人率以粗心讀之，則以為無不可解耳。蓋詩者志之所之也，志深者言深。乍而求之，得其淺矣，或未得其深，故曰『以意逆志，是為得之』。讀詩而得其志其難也，昔之君子猶亦病諸？以吾觀於唐人李義山之詩，抑何寓意深而託興遠也！往往一篇之中，猝求其指歸所在而不得，奥隱幽艶，於詩家别開一洞天。前賢摸索，亦有不到處。元裕之已有『無人作鄭箋』之歎矣。自石林禪師朒始為注，而朱長孺氏續成之，馳譽藝林，數十年於茲。顧釋其詞未盡釋其意，間有指稱僅十之二三，則讀者猶不能無遺憾焉。雲間姚平山氏，熟觀朱注，惜其未備也，乃更為之箋注。援引出處，大半仍朱。至於逐首之後，必加梳櫛，脈理分明，精神開發，讀之覺作者之用心湧現楮上，洵乎能補石林、長孺之所未備也。

竊以為平山之為此書，其難有倍甚於前人者焉。用彼證此，來處顯然，此殫見洽聞之事也。非夫可以神會而不可以跡求者也。若乃可以神會而不可以跡求者，其詩人指歸之所在乎？自非虚而委蛇與之，曲折上下，動多窒礙，求其引繩批根，循題銷義，如珠就貫而水赴壑，談何容易！今段解釋，每篇俱有着落。乃至前人所存而不論者，亦已疏通證明，毫無賸義。遇結轖處，動刀甚微，謋然已解。又未嘗以師心臆説，妄寘其間。見所未見者，無不謂適如吾意所欲出，而非平山卒無以發其覆也。斯所謂犂然有當者非耶？

蓋平山此書，本以釋意為主。發軔於七律，而後乃及其全。然於援引出處，亦多糾正。且如『碧文圓頂』之補其闕，『魚兒寶劍』之正其訛，與夫碧城詩之用『曉珠』，元引《飛燕外傳》既不確，補注引《參同契》又錯悞，則寧從刊落。《和韓録事》詩末用『韓公子』，非韓非，俞南史之説已然，兹歸畫一。此類不可枚舉，非夫博雅該通，其孰能至於此乎？平山向有《離騷》《九歌》《招魂解》，又所著經説，於《毛詩》小序，集注之兩歧者，確能定其從違，蓋非直窮年用力於義山詩者也，而於義山詩亦可見其博雅該通之大略焉。乾隆己未秋日北平黄叔琳序。

李義山詩集箋註例言

〔清〕姚培謙

諸體各分，取便檢閲。其中先後仍不欲稍為紊亂，一以朱長孺本為次。

朱注援引極博，兹所用無慮太半。過繁者删之，間遇缺者補之，譌者訂正一二。窾啟小聞，殊不自以為是，猶冀當代宗工教我不逮。

先釋其辭，次釋其意。欲疏通作者之隱奥，不得不然。至如《錦瑟》《藥轉》及《無題》諸什，未知本意云何，前賢亦疑不能明。愚者取而解之，一時興會所至，不自量爾。

字句異同處，朱本為優，今悉仍之。

往有《義山七律會意》一刻，友人惜其未備，因成此書，并取《會意》覆勘，十易二三，期於無遺憾而止，顧未能也。

玉谿生詩意序

〔清〕屈復

玉谿生詩，王荆公謂為善學少陵。西崑師之。或者嫌其香奩輕薄，獺祭之誚，其來甚遠。而元遺山云：『只恨無人作鄭箋。』近毛西河奇齡乃曰：『李商隱本庸下之才，其詩皆在半明半暗之間。』何好惡懸殊如是也！人知美玉之貴，而莫攻其堅，玉人則削之如泥。卞氏之璞，矇者石之，而玉人玉之。鏡中之花，空中之人語，唯影響是求，此五月披裘者之所以致嘆於皮相之士也。今其全集有注無解，予茲勉焉，閲兩旬而畢。其間賓客之過從，衣食之交迫，暇少而愁多，其詳且盡也，愧專功矣。

三閭《楚辭》至漢武始好之，王逸始注之；《史記》至身後數百年始重於世。彼瞽者之論日，如鉦如盤，無真見也。百丈之繩，不能測十丈之淵，長未用也。吾既不敢以無長誣古人，又豈敢以真見誣來者乎？將毋文章之顯晦，亦如人世之升沉遇合，有運會與？

或曰：『詩之典可注，意不可解，解意者鑿也。』夫詩之有典，猶食之品類，而意則味也。略其意而列品類，則土飯塵羹藴以穢惡為君一飽可乎？既無解矣，復何見而好之惡之而輕薄之也？若鄭人之什襲，荆山之抵鵲，藍田之可餐也，豈玉能自言哉？孔子曰：『思無邪。』孟子曰：『以意逆志。』然則孔孟非與？況《六經》皆大聖人之作，皆有解，抑又何也？貴人有千金市鬭牛圖者，開筵宴賞，直尾怒目，若真鬭於堂上者。賓客少長貴賤墻進無異詞，有牧童過而大笑。貴人怒詈將扑焉，牧童跽而泣曰：『虎鬭尾竪，牛鬭尾垂』云。乾隆四年，歲次己未十有二月，金粟老人屈復題於燕市之蒲城會館。

李義山詩集箋註序

〔清〕汪增寧

昔先君子好唐賢詩，尤酷喜玉谿生所作一編，冰雪往往自攜。常謂先兄超寧及不肖增寧輩曰：『有唐詩人，要以子美、退之為極則。然終唐之世無學杜者，獨玉谿之詩胚胎於杜；亦無學韓者，而玉谿詠韓碑，即效其體。蓋其取法崇深，以成自詣。至於歌行得長吉之幽微而險怪務去，近體匹飛卿之明艷而穩重過之，中晚以來諸家罕有敵者。』增寧輩謹誌之勿敢忘。時同里程汧江太史與先子詩場酒社，昕夕往來，嘗出所注玉谿生詩藁本相商榷，先子擊節稱善，即欲參校付梓，不幸下世。今乾隆癸亥秋，太史注適脱藁，增寧烏敢遵遁以辜先子之夙諾，爰命工鏤板開鎸。於是年十一月斷手，於明年七月書成。太史併屬一言弁於端。余齒少識淺，閱古未廣，何足以贊一辭，請就所知者言之。

昔陸務觀常言學者著書易而注書難，玉谿天才博奥，獺祭功深，前人謂其詩無一字無來歷。元裕之曰：『詩家總愛西崑好，獨恨無人作鄭箋。』蓋宋時劉克及張文亮兩家注俱失傳，故遺山為是言。逮明末虞山釋道源始創為箋注，國朝王新城詩所謂『千年毛鄭功臣在，獨有彌天釋道安』是已。松陵朱長孺氏取道源草本增删刊布，幾於家有其書，是真足為玉谿功臣。惟是長孺祇詳徵其隸事來歷，而句釋字疏之；至於作者之精神意旨，不過間有一二發明處。未有若太史之望古遥集，臨風結想，以意逆志，或以彼詩證此詩，或以文集參詩集，兼復博稽史傳，詳考時事，謂某篇為某事而發，某什係某時所抒。千禩而下，覺玉谿之交游出處，襟抱行藏，一一湧現紙上，凡有識者寧得以牽合傅會目之乎？譬諸經傳，長孺注則漢儒之箋疏名物也；太史注則宋儒之闡發理藴也。近日注玉谿詩者，大江南北，迭有新刊，恐無能出太史右矣。獨念此書告成而先子先兄俱不及見，為之撫卷凄斷，不能自已。江都汪增寧序。

李義山詩集箋註凡例

〔清〕程夢星

義山詩集之有箋注，宋元明以來無之。有之，自吴江朱長孺氏始。長孺雖得釋道源開其源，而承流疏瀹之功實為繁多，海内已家有其書矣。顧其間或有擇焉未精者。如《送李千牛赴闕》詩『内竪依憑切』引程元振不引尹元正，『凶門責望輕』引宦官監軍不引李懷光懷貳，『中台終惡直』引盧杞忌張鎰不引張延賞間李晟，『上將更要盟』引朱滔圖要封王之命不引李懷光計并李晟之軍。《行次西郊一百韻》詩『使典作尚書』本顔師古《漢書注》，唐時領使自有使典之稱，乃就别本一作『史典』遂引都護府史典以實之。《迎寄韓魯州》詩『聖朝推衛霍』本承上文武功而言，正用衛霍，乃就别本一作『衛索』遂引衛瓘、索靖兩善書者以當之。《上杜七僕射四十韻》詩『寄辭收的博』本切本事，即謂杜悰，乃遠引李德裕。《昔帝迴冲眷》詩『斯文虚夢鳥』本切蜀事，自用揚雄，乃泛引羅君章。至於『獻書秦逐客』，不引最有關係之張九齡，乃引不足重輕之無名士子，『間諜漢名臣』不引臘丸達表之顔真卿，乃引反間激賊之楊國忠。《武宗挽歌辭》『周王傳叔父』不引北周明宗傳位之事以比武宗繼統，乃無所發明，『漢后重神君』不引漢高白登出圍之事以比武宗武功，乃引漢武祀長陵女子事。《辟工部蜀中離席》詩本為應辟東川之作，乃泥題中誤字以為擬杜工部，詩中『雪嶺未歸天外使，松州猶駐殿前軍』二語，又不引劉潼奉使、王贄弘出兵事，乃引廣德中魚朝恩永泰中屯北苑。《曲江》詩通首皆詠文宗，乃謂前四句詠明皇，後四句詠文宗，以致全詩語脈不通。《渾河中》詩『英雄養馬』本謂渾公部曲，乃引金日磾養馬比渾公本身，遂致二語文字不順。又有語焉未詳者。如《武宗挽歌》只引即位不引初為皇太弟，則於『周王傳叔父』一語難解。《哭蕭侍郎》詩只引初貶遂州刺史，不引再貶遂州司馬以卒，則於哭蕭侍郎一事未詳。《隋宫》詩只引《拾遺記》『春蘭秋菊』，不引後主所嘲今日逸遊諸言，於詩中『豈宜重問』語氣不接。《鄠杜馬上念漢書》只引丁傅家世，不引《外戚傳贊》論列宣帝之言，於詩中『英靈未已』義理不透。《哭劉司户》詩『不待相孫弘』只引對賢良策擢第一，不引初來罷歸，再徵乃擢第，於詩中『不待』二字意味未出。又有得其似不得其真者，如《寄南山趙行軍》及《自南山北歸》詩，以為長安之南山，未考《三國志》蜀中亦有南山。《漢祖廟》詩以為徐州有此廟制，未考《漢書》天下郡國多有此廟。此類甚多，難以盡舉。愚不揣固陋，一一考辨，繫於各詩之下。豈敢違戾前人，蓋欲小補不逮耳。

朱長孺氏專心致力於注，其箋則取諸他人，間有自箋繫於題下繫於句下者，蓋什百之下耳。所採之箋，如陳、如潘，如錢，惟錢夕公最為得之。錢箋尚多，朱取止此，可謂擇其尤雅矣。然舍錢而外頗有未合。如《漢宮》詩、《促漏》詩，皆以為宫怨之類。愚反覆本文，俱為寄託。以意逆志，有見輒箋。敢謂探驪得珠，聊異刻舟求劍。倘有以好新立異繩之者，請以《韓詩外傳》為解。注則多從朱氏，間有改訂增補。譬之《文選》，李善之功居多，加以訓詁，五臣之意别在也。注書於諸家之説有必載其自來者，如吕伯恭《讀詩記》是也；有不必載其自來者，如朱文公《集注》是也。然或載或不載，要當有分别。如未經行世之書，則表彰其人，乃著首功；若家傳户誦之本，則省其標名，亦便流覽。今此集注多從朱，固不煩載朱矣，即道源注為朱所標出者，亦復省之，以朱本行世久矣。其或於引據僻書以及各抒特見，則不但仍存道源，抑且另標朱氏，不敢混為己有，以招攘善割榮之譏焉。年譜與詩相為表裏。義山詩編次失倫，尤以譜為考驗。長孺所輯，於時事多有疏漏，如《贈劉司户》《哭劉司户》諸詩，必在劉司户既貶且卒之後，豈可繫於大和二年方應制舉之初？崇讓宅諸詩，當在義山節次往來之時，豈可繫於方别河陽之日。《過伊僕射舊宅》，未考事實，遂誤訂為楚中所作。《上杜七僕射》二首，未究詩語，遂皆以為東川之詩，今重加考訂，乃有歸宿。

題有重書，《送從翁赴東川》是也。詩有互舛，《槿花》與《晉昌馬上》是也。前人已知其非，今皆悉為釐正。亦有沿訛襲謬未經前人拈出者，如《辟工部蜀中離席》之為誤字，《送李郎中充昭義攻討》之有闕文。愚反覆詳繹，爰考端倪，各求證據。古人云：『思誤書亦是一適。』愚以此自適其適焉。

《無題》諸詩，人多目為《閒情》之賦；詠物諸作，又或視若《爾雅》之詞。之二者交失之矣。愚見《無題》近於怨曠者，皆怨及朋友之寓言；詠物近於幽閒者，乃願入温柔之綺語。逐篇三復，自然得之。《國風》《離騷》是其所本。苟或以為反是，則《無題》媟昵，大是罪人；詠物無情，未為俊物也。詩須有為而作也。義山於風雲月露之外大有事在，故其於本朝之治忽理亂往往三致意焉。其旨易知，其事可考，如《贈李千牛》《哭蕭侍郎》及《昔帝迴冲眷》諸長律皆是也。愚一一求得其實以歸之，使義山憂時愛國之心與杜子美相後先，庶無負荆公玉谿學杜之言，亦可洗李涪『無一言經國，無纖意獎善』之謗也夫！

杜詩云：『轉益多師是汝師。』義山師承蓋亦不一。集中有學漢魏者，有學齊梁者，有學韓者，有學李長吉者。此格調之詭譎善幻也。愚於箋注之外間論及之。豐干饒舌，未免卮言。要使論義山者不得以三十六體為肩隨，不得以西崑一派為祖述焉爾。

長孺注本，前有詩評，雖無關於注疏，亦有益於清言。但寥寥數條，未資博物。愚乙夜消困，丁部縱覽，有涉論義山者，隨筆采録，以為詩話。積有時日，乃得如干。同邑馬半查曰璐復搜羅以增益之。非欲誇多鬬靡，蓋以存尚論之義云。

注書繕本，各有一式。逐段繫注者，《十三經注疏》以來皆然，是以長孺注本從之。然語句間斷，諷誦難之。近世錢虞山注杜，宋商邱注蘇，皆先詩後注。故愚變長孺之例，亦概繫於每篇之後。凡非朱注而新增者，悉加一『補』字以別之。所引之注，必采唐以前事。間取唐人詩賦入注者，亦必斷自開成以前。如朱本舊注《通志》《埤雅》《雲笈七籤》之類，皆宋人所著之書。書雖後出，事則在前，故仍因之。至事有習見而仍采録者，便初學也。注有見前而不更書者，省卷帙也。

年譜横列，史書之表體也，其文往往從簡。然表簡有紀、傳詳明，譜簡則時事闕略，本以資詩柄之考據，何必拘史筆之警嚴？朱氏宗虞山錢氏之《杜譜》，記載寥寥，愚則從五羊王氏之《蘇譜》，采事加廣。王氏已變横列，愚亦從之長編。至於朱氏編年，於太和六年以前多有斷缺，不思事後有詩，前須存案；事若缺漏，詩於何徵？即或無事之年，亦為生長之算。今一一備録，不敢或遺。若夫義山之生，朱氏與崑山徐氏皆未獲有定論。愚從《驕兒詩》按以史事得之。義山之卒未有確據，愚以《過崔兖海宅》詩證之，均可補是譜之遺憾。雖不敢比顔師古之注《漢書》，號為諸家功臣；或者如王子年之著《拾遺》，竊為古人董狐也。

詩論一手易盡，多聞實籍友朋。愚之為此箋注也，瀘州先遇甫著、武陵胡復翁期恒、天門唐赤子建中、吴下何屺嶦倬、顧俠君嗣立、顧南原藹、王梅沜藻、桐城方扶南世舉、錢塘厲樊榭鶚、陳竹町章、同邑尤仲玉璋、黄北屺裕、楊蓮溪濂、許藕生建華、家偕柳元愈、鈞奏章、松喬夢鈞、蒿亭式莊、夔州崟，往復考證校讎之功皆不可泯。而箋則扶南商榷之意居多，注則北垞櫛比之力不少，其功尤不可泯。

愚箋注義山詩，每苦藏書無多，末由考覈，同邑馬嶰谷曰璯夙稱淹雅，蓄書甚富。鄴架取覽，不厭煩瑣。借書一癡，固不免濟翁所誚耳。義山取材極博，當時書籍實繁。降而宋、元，遂已放軼。即如《選注》所引，今多不復存矣。此注補朱之遺，什僅一二，多有疑者，仍然闕之。古人賫三尺油素以廣咨訪，愚尚有望於淹雅之君子。

是書采録始於康熙癸巳。迨乙未放歸田里，益事探討，粗得梗概。本意藏諸篋笥，非敢出而問世。同邑汪澹人從晉一見擊節，商付梓氏。未幾澹人歸道山，遂寢其事。乾隆癸亥冬，澹人仲子友于增寧欲繼先人之志，即為開雕。友于能讀父書，克紹前修，良足多云。

玉谿生詩箋註序

〔清〕錢陳羣

余於乾隆初持服里居，同學伯陽馮翁以司寇予告在籍，居第與余近，朝夕過從。時令孫孟亭侍御未弱冠，每侍坐，間出所為詩示余，余喜而嘆曰：『玉谿生再生矣！』司寇心然余言，乃曰：『初學從玉谿入手，庶不染油滑麤厲之習。今承長者言，當不令改趨也。』又十年，孟亭成進士，為名翰林，擢侍御史。臺館中評隲孟亭詩者，亦與余言券合。壬申夏，余忽遘沉痾，急請假歸。丁丑冬，孟亭以母憂還里，去余所居更近，考業論文，修乃祖洎余故事，獨念余衰白僅存，情誼益篤。既，孟亭服闋，以舊有心疾，時發時止，未得赴補。因素愛玉谿詩文，惜諸家所注，各有踳駮附會，《舊、新唐書》本傳各有歧誤，爰細意鉤核，發詩文之含蘊，以詳譜其行年。年譜定而詩之前後各得其所矣；詩得其所，文之前後亦莫不按部就班，而本傳之同異自見，於是作者之心跡大彰灼於卷帙間。書成，問序於余。余惟昔賢聲詩蹤跡，其顯晦遲早，若默有定數者然。同一《玉谿生集》也，余亦稍涉焉，其膾炙人口詩篇，未嘗不流連而諷詠之，餘有闕疑者，往往弗深考。曩者，尚書高文良公善詩，愛少陵、玉谿兩家，多所箋記，頗有得解處。每於來朝退食之餘，余偶詣之，談論至夜分不倦，曾出以相示，惜未成書。今得孟亭箋本，與二三學子首尾緢閱，浹旬始得終讀。挹其聲光，若更異於昔日者，余亦不能自解焉。是可為玉谿幸，而又多孟亭之深嗜孤詣為難能也。乾隆乙酉秋九月，香樹錢陳羣題於荆合齋。

李義山詩文集箋註序

〔清〕王鳴盛

論古今著述得失者甚多，請以一言決之，曰：讀書與不讀書而已矣。《李義山詩文箋注》，吾師孟亭先生碎金耳，要而論之，斷斷非不讀書人所能辨也。蓋義山為人，史氏所稱與後儒所辨，均為未得其中。注之者倘非貫穿《新、舊唐書》，博觀唐、宋人紀載，參伍其黨局之本末，反覆於當時將相大臣除拜之先後，節鎮叛服不常之情形，年經月緯，了然於胸，則惡能得其要領哉？若先生之所注，信乎其能如是矣！是雖不過一家之言，而已有關於史學。尤奇者，鉤稽所到，能使義山一生蹤跡歷歷呈露，顯顯在目。其眷屬離合，朋儔聚散，弔喪問疾，舟嬉巷飲，瑣屑情事，皆有可指，若親與之游從，而籍記其筆札者。深心好古如是，細心考古如是，平心論古如是，讀之直恨先生不具千手眼，盡舉天下書評閲之然後快也。故曰：斷斷非不讀書人所能辨也。或謂著述家蹈空者固多，若注釋則安能蹈空為？予謂不然。夫躁於求名而懶於考核，俗學之恒態也。彼所甚畏者，史册之繁重，故所引用，每不出於本書，徒襲取人牙後慧，鈔謄了事。如此，縱滿紙爛然，究與蹈空無異。不但虚談義理、馳騁筆鋒者空而無實，即在注釋家亦猶之空而無實矣。若先生此編，則從實學中來，非襲取可得。甚矣，真讀書人可貴也！

予曩昔由詞館教習出先生門下，每蒙招集邸舍，杯酒論文，受益多矣。比來跧伏里閈，竊欲以垂老之年，專力經史，以藥游談不根之病。捧誦此編，爰趣舉膚見，書之簡端，用為勸學之一助。若夫義山詩文家數何如，其出處行事何如，諸家論之詳矣，兹不復贅云。乾隆丁亥九秋，受業東吴王鳴盛拜撰。

玉谿生詩箋註序

〔清〕馮浩

余幼學詩，聞之長老言：『初學乍知詩味，每易墮麤浮輕率之習以自喜，而不知其自畫也。若從晚唐入，殆免是矣，是詩學中之一徑也。』晚唐以李義山為巨擘。余取而誦之，愛其設采繁艷，吐韻鏗鏘，結體森密，而旨趣之遥深者未窺焉。後雖間為披閱，無暇專攻。侵尋三十餘年，學不加進而病已攖心，夙昔願以姓名託文字以傳於世者，當遂付之泡影也。偶復取義山詩，一為諷詠，動有微悟，試詮數章，機不可遏。於是徵之文集，參之史書，不憚悉舉而辨釋之。詩集既定，文集迎刃以解，鮮格而不通者，迺次其生平，改訂年譜，使一無所迷混，余心為之愜焉。

夫箋注義山詩文者既有數家，皆積歲月以尋求，顧作者之用心，明者半，昧者猶半。豈諸家之力有所不逮歟？抑千載而上，千載而下，即雕蟲小技，亦有默操其顯晦之數者歟？然則又安知後之讀斯集者，不更有一往之深情，如覩其面，如接其言論，而嗤余之所得尚有遺憾也哉！余既患心疾，固不能更進於斯也。編纂成，筆之以弁其端。若謂余於詩，惟義山之是尚也，則又余之所不居也。大清乾隆二十八年癸未春日，桐鄉馮浩書。乾隆四十五年庚子秋日重校付梓不更序。

玉谿生詩箋註發凡

〔清〕馮浩

一、諸家箋本皆名《李義山詩集》，今從《唐書·藝文志》《玉谿生詩》三卷之名，以復其舊。

一、自明以前，箋斯集者逸而無存。朱長孺曰：『《西清詩話》載都人劉克嘗注杜子美、李義山詩，又《延州筆記》載張文亮有《義山詩注》，今皆不傳。』按：延州筆記所載唐音諸人詩句張文亮注云者，非專注本集也，且寡陋不足言注。釋石林道源創之，朱長孺鶴齡成之，行世百年矣。近則程午橋夢星、姚平山培謙各有箋本，余合取而存其是，補其闕，正其誤焉；疑而未晰者尚間有之。蓋義山不幸而生於黨人傾軋、宦豎横行之日，且學優奥博，性愛風流，往往有正言之不可，而迷離煩亂、掩抑紆迴，寄其恨而晦其跡者，索解良難，所無如何耳。

一、余初脱稿，聞吴江徐湛園逢源有未刊箋本。徐為虹亭太史子，窮老著述。余因外弟盛百二向其後人借觀，視朱氏、程氏為優。第或疏或鑿，時不能免，而持論多偏。聞其晚歲，改易點竄，反有舍前説之是而遁入岐途者，窮苦之累其神明也。余虚衷研審，擇其善者採之，庶苦心孤詣，不至全泯，亦可以無恨矣。原稿仍歸徐氏。

一、年譜乃箋釋之根幹，非是無可提挈也。義山官秩未高，事跡不著，史傳豈能無訛舛哉？今據詩文證之時事，一生之歷涉稍詳，史筆之遺漏或補，讀者宜細閲之。

一、舊本皆作三卷，而淩亂錯雜，心目交迷，其分體者更不免割裂之病。余定為編年詩二卷，不編年詩一卷。行藏遞考，情味彌長，所不敢全編者，慎之也。

一、朱氏已采錢龍惕、陳帆、潘畊之説，余所見有馮已蒼舒、定遠班、田簣山蘭芳、何義門焯、錢木菴良擇、楊致軒守智、袁虎文彪諸家評本，又陸圃玉崑曾有專解七律刊本，皆為節采附入，庶深情妙緒，尤能引而伸之已。余既采何義門評本，辛卯春日，取吴下所刊《義門讀書記》中兩卷，細為校勘，同異頗多，且有他人評語而誤收者，有意義舛戾斷不出自義門者。蓋屢經傳録，漸滋淆亂，而義門於斯小集，固不比經史諸大集之審慎精當。世之服膺前哲者，宜更決擇焉。

一、箋者，表也；注者，著也。義本同歸。今乃以徵典為注，達意為箋，聊從俗見耳。凡舊説之是者，必標明『某曰』，不敢攘善。顯然誤者，改之而已；若似是而非，或滋後人之疑者，則贅列而辯正之。引據故實，未免繁冗，緣取義隱曲，每易以刪摘失其意指，故不可不詳也。一事屢用，注皆見前。間有見於後者，亦有前後互證者。

一、説詩最忌穿鑿，然獨不曰『以意逆志』乎？今以『知人論世』之法求之，言外隱衷，大堪領悟，似鑿而非鑿也。如《無題》諸什，余深病前人動指令狐，初稿盡為翻駁；及審定行年，細探心曲，乃知屢啟陳情之時，無非借艷情以寄慨。蓋義山初心依恃，惟在彭陽；其後郎君久持政柄，舍此舊好，更何求援？所謂『何處哀箏隨急管』者，已揭其專壹之苦衷矣。今一一詮解，反浮於前人之所指，固非敢稍為附會也。若云通體一無謬戾，則何敢自信。

一、論義山詩，每云善學老杜，固已。然以杜學杜，必不善學杜也。義山遠追漢魏，近仿六朝，而後詣力所成，直於浣花翁可稱具體，細玩全集自見，毋專以七律為言。其終不如杜者，十之三學為之，十之七時為之也。

一、集中雙聲叠韻屬對精細，而押韻每寬。律詩東、冬，蕭、肴之類通用；古詩如支、微、齊、佳、灰五韻通用，真、文、元、寒、删、先六韻通用，唐人常例，不足異也，且所重不在韻，故略之。

一、友朋贈答，傳自當時，評隲抑揚，紛於異代，皆為不可廢者，故附諸譜後。架鮮藏書，恨網羅未備耳。

一、海鹽陳靈茂許廷有箋本，久不傳矣。聞閩中寧化李元仲世熊亦有箋本，未及訪其存否也。數十年來，海寧許蒿廬昂霄曾注其半部，亦無可覓。許蒿廬《校注義山詩》云：『時事年月，職官遷轉，《舊唐書》必詳著之，《新書》則疏漏多矣。』張宗柟云：『蒿廬《箋注玉谿生詩》六卷，又年譜、考證及叢説凡數卷。博考《新舊》兩書、傳記百家，以及近時評注，疏通證明，駁正瑕疊，期與作者譪詞託寄不隔一塵，定藁僅有其半，餘則零丁件繫，塗改勾勒，殊難辨識。』近如如皋史笠亭鳴皋與余先後入翰林，每舉玉谿詩互爲賞析，而凡文士之從事於斯者，應不乏也。夫文有一定之解，詩多博通之趣。兹編也，我自用我法耳。若前輩之精研，同時之濬發，各有會悟，不妨異同。自當並行，以俟後人之審擇。

重校發凡

〔清〕馮浩

一、初恐病廢，急事開雕。既而檢點謬誤，漸次改修，積十五六年，多不可計。既欲重鐫，通爲校改，大半如出兩手矣。然究未全愜意也。初行之本無從收回，祈四方學士，見輒爲我毁之，或郵寄相易，實叨惠好。

一、所引典故，初梓半仍舊本，以爲何煩盡改也。詎意舊本動有疏誤，甚且僞造妄增，以成其説。而後起諸書或不之察，轉相據引，襲謬承訛，久而轉疑古籍之脱落，是誠爲害已。今逐條討核，不目審而心會者，弗以録也，學者庶可見信。桐鄉馮浩孟亭氏識。

嘉慶增刻本發凡補

〔清〕馮浩

西泠徐德泓武源、陸鳴皋士湄（又號鶴亭）選李義山詩二百五十六首而疏之，名曰《徐陸合解》，雍正初年刊。雖非盡善之本，其中有先得我心及可互通者，今特補采，以資印證。

嘉慶增刻本跋

〔清〕馮浩

是集元訂本四卷，正集三卷，卷首一卷，兹版因照庚子重校本付印，其注釋訂誤之處更較箋注本為詳備，故頁數增多。今為便利讀者起見，特酌分卷首為二卷，正集為六卷，以便繙閱，幸識者諒之。謹跋。

校刊玉谿生詩説序

〔清〕朱記榮

紀文達公評李義山詩，自廣州新刊武林沈厚塽輯本外，他未之見。今年夏，余歸自吴門，得鈔本《玉谿生詩説》二册，中多批抹增删之處，朱墨爛然，皆公手蹟。閒取沈輯本對校，頗有不能吻合。有沈所有而此已抹，蓋沈所見僅是評本，而此則别自為編斷，為後定之本無疑也。上卷皆入選之詩，下卷為或問，以明其取裁之義。舉全集諸題，或取或不取，皆有説以處之，非若他選家，但論入選者之佳，而不入選者一切置之不論不議者比，洵可謂獨闢説詩之門徑者矣。然翫公手澤，有既删而復存，亦有已取而終去，於評語亦不憚反覆删改，以衷於至當。潤飾既繁，卷頁蠹損，糾繆紛錯，讎校為難。以商閔君頤生，慨許助成，遂得以付梓。

烏乎！古來論義山者夥矣。自《唐書》本傳有詭薄無行之語，而合之其詩，尤多閨闥之詞，世遂以才人浪子目之。雖使義山復生，殆亦無以自解。豈期千載下，得朱氏長孺一序，特白其冤，而又得文達公此編，一屏其尖新塗澤之作，去瑕取瑜，歸於正聲。風人之旨，悉可探索。是不得謂非義山之知己已。世有歆慕義山者，尚其熟復是編，必知義山之有所諷喻寄託，則雖蒙才人浪子之目，千載下猶得而昭雪之也。

光緒十有四年秋八月古吴朱記榮撰。

玉谿生詩説自序

〔清〕紀昀

世之習義山詩者，類取其一二尖新塗澤之作，轉相仿效；而毀義山者，因之指摘掊擊，以西崑為厲禁。反復聚訟，非一日矣。皆緣不知義山之為義山，而隨聲附和，閧然佐鬬，贊與毀皆無當也。夫深山大澤，有龍虎焉，不見其嘘而成雲，嘯而生風，而執其敗鱗殘革以詑人，以為龍虎如是，人見其敗鱗殘革也，亦以為龍虎不過如是而鄙之，以為不足奇，可謂之知龍虎哉？

獨吴江朱氏《箋注》一序，推見至隱，可謂知言。然其書以箋注為主，例須全收，未暇别擇。余幼而學詩，即喜觀是集，每欲嚴為澄汰，鈔録一編。牽率人事，因循未果也。秋冬以來，居憂多暇，因整理舊業，編纂成書。於流俗傳誦尖新塗澤之作，大半棄置；而當時習氣所漸，流於飛卿長吉一派者，亦概為屏却。去瑕取瑜，寧刻毋濫，覆而閲之，真有所謂曲江老人相視而笑者，何至争妍鬬巧，如世所云云哉！

詩凡若干，具録於左。間採諸家之評，而附以愚意。其所以去取之義，及愚意之有所未盡者，别為或問一卷附之。意主説詩，不專箋注，故題曰『《玉溪生詩説》』。又以朱氏一序冠之篇首，俾讀者知義山之宗旨，亦有以見此書之宗旨焉。乾隆庚午十一月河間紀昀自題。

玉谿生詩説跋語

〔清〕紀昀

鈔玉谿生詩竟，復以去取之意為《或問》一卷附之。詩家舊無此例，以意妄撰也。意主别裁，故詞多吹索，亦復借以説詩，故時時旁及，汗漫不删。末學小子，輕議古人，狂妄之罪，百喙何辭！然一得之愚，不能自已，私憂過計，遂冒天下之不韙而為之。其區區苦心，亦望大雅君子諒于形迹之外也。庚午冬至後一日河間紀昀再題。

其二

撰《玉谿生詩説》二卷畢，芥舟更與商定一過，香泉亦以所評之本見示，皆匡予之不逮。緣抄録已成，不能添入，因撰《補遺》一卷附之，而予有一一續得，亦載焉。俟他日更定重寫，依次入之耳。辛未正月二十六日昀再題。

其三

凡卷中所載之評，曰『四家』者，乃袁虎文、楊致軒、何義門、田簣山所批，鈔時偶忘分署，故題以總名也。曰『平山』者，華亭姚君名培謙也；曰『蒙泉』者，德州宋君名弼也；曰『蘅齋』者，杭州周君名助瀾也：芥舟則同里戈君名濤、香泉則休寧汪君名存寬也。卷中未及備詳，因附識之。是日燈下又題。

選玉谿生詩補説序

〔清〕姜炳璋

予選義山詩，得二百四十篇有奇。編甫就，或問曰，予之論詩也，不徒以語言文字之工，而必取其性情之正，兹何取於義山歟？余曰：予讀義山詩，悠然想見其當日之心，而知夫少陵而後僅一遇焉者也。義山之見惡於令狐綯也，其廢斥幾與少陵同；然而忠君愛國之意、經世獎善之情，時時見於言表。使義山而當少陵之世，其吞聲而哭者，夫亦猶是也。然則豈獨詩之規模少陵哉！其性情則亦與之為一矣。或曰：義山之惡於綯也，謂其交於王、鄭也；王、鄭，文饒之黨也，而綯黨於奇章，是以惡之歟？予曰：不然也。綯何惡於義山哉！微特無惡於義山，亦無惡於文饒。綯之父楚，比牛而未嘗深仇正人。楚卒，文饒當軸，擢綯於台垣，而義山贈答綯詩，殷然以薦剡屬之，蓋欲其致之於文饒耳。故知綯不惡文饒，而且暱之矣。綯之惡文饒，徇白敏中之意也。綯薦于敏中，敏中薦于文饒。敏中之惡文饒，趨宣宗之意也。惡文饒，因而及王、鄭；惡王、鄭不已，遂囂然而集矢於義山。向使昭肅永世，文饒猶復秉鈞，彼二人者方恤恤乎懷知己之恩，安所得而惡之、排之，以至於蔓延如此？而卒至於此者，勢利實使之然，而非盡由鈎黨之禍之烈也。或曰：義山文學優，而才不及。辨論官材，宰相事也，綯安得私義山歟？不知義山功名之士也，國家諸弊政蒿目，思一援手，見於詩者可按也。藩鎮之强，奄豎之横，至以東漢永平為例，他日之禍，何其數計而燭照歟！非才識之過人者歟？且夫綯與義山，豈泛泛者哉？義山受章奏之學於綯父，綯與之同學，其知之深矣。綯與宰相十年，不用之而誰用之歟？就令不用之，而思其才，非忌之已甚，其能已於用歟？則其不用義山之心可知矣。不然茂元之婿，鄭亞之友，未嘗無居於朝列，而何獨於義山之深也哉？然而義山之詩曰：『宓妃漫結無窮恨，不為君王殺灌均。』怨其譖己於綯者而已。又曰：『神女生涯原是夢，小姑居處本無郎。』殆委之於命而已。吾謂不得志於君臣朋友之間，而不失其性情之正者，義山之詩有焉。或曰：義山之詩，以脂粉掩其性情，何也？曰：吾聞之史雪汀丈矣，他人脂粉也，義山天然國（色）也。吾嘗深韙其言。夫以貌取人，恐失之於然明子羽也；而以貌棄人，不更失之太叔乎？故義山之詩，嫣然如婦人好女子者，其貌也。托之怨女曠夫，以自寫其性情，而卒不明暴其事，寧使讀吾詩者以為閑情艷體，而無所恨焉，則厚之至也。其與少陵之詩，固異曲而同工者也。夫襲其貌者，不可以相士，而況讀古人之書乎？世之讀玉溪生詩者，願以吾言質之。（《選玉溪生詩補説》卷首）

四庫全書總目提要

〔清〕紀昀等

李義山詩集三卷内府藏本

唐李商隱撰。商隱字義山，懷州河内人，開成二年進士，釋褐祕書省校書郎，調弘農尉。會昌二年，又以書判拔萃。王茂元鎮河陽，辟為掌書記。歷佐幕府，終於東川節度判官，檢校工部郎中。事迹具唐書文藝傳。商隱詩與温庭筠齊名，詞皆縟麗。然庭筠多綺羅脂粉之詞，而商隱感傷時事，尚頗得風人之旨。故蔡寬夫詩話載王安石之語，以為唐人能學老杜而得其藩籬者，惟商隱一人。自宋楊億、劉子儀等沿其流波，作《西崑酬唱集》，詩家遂有西崑體，致伶官有撏撦之譏，劉攽載之《中山詩話》，以為口實。元祐諸人起而矯之，終宋之世，作詩者不以為宗。胡仔《漁隱叢話》至摘其《馬嵬》詩、《渾河中》詩，詆為淺近。後江西一派漸流於生硬粗鄙，詩家又返而講温李。自釋道源以後，注其詩者凡數家。大抵刻意推求，務為深解，以為一字一句皆屬寓言，而《無題》諸篇，穿鑿尤甚。今考商隱府罷詩中有『楚雨含情皆有託』句，則借夫婦以喻君臣，固嘗自道。然《無題》之中，有確有寄託者，《來是空言去絶蹤》之類是也；有戲為艷體者，《近知名阿侯》之類是也；有實屬狎邪者，《昨夜星辰昨夜風》之類是也；有失去本題者，《萬里風波一葉舟》之類是也；有與《無題》相連悮合為一者，《幽人不倦賞》之類是也；其摘首二字為題，如《碧城》、《錦瑟》諸篇，亦同此例。一概以美人香草解之，殊乖本旨。至於流俗傳誦，多録其綺艷之作，如集中《有感二首》之類，選本從無及之者，取所短而遺所長，益失之矣。

李義山詩注三卷附録一卷通行本

國朝朱鶴齡撰。鶴齡有《尚書埤傳》，已著録。李商隱詩舊有劉克、張文亮二家注本，後俱不傳。故元好問《論詩絶句》有『詩家總愛西崑好，只恨無人作鄭箋』之語。（按：西崑體乃宋楊億等摹擬商隱之詩，好問竟以商隱為西崑，殊為謬誤，謹附訂於此。）明末釋道源始為作注，王士禎《論詩絶句》所謂『獺祭曾驚博奥殫，一篇《錦瑟》解人難。千秋毛鄭功臣在，尚有彌天釋道安』者，即為道源是注作也。然其書徵引雖繁，實冗雜寡要，多不得古人之意。鶴齡删取其什一，補輯其什九，以成此注。後來注商隱集者，如程夢星、姚培謙、馮浩諸家，大抵以鶴齡為藍本，而補正其闕誤。惟商隱以婚於王茂元之故，為令狐綯所擠，淪落終身，特文士輕於去就，苟且目前之常態。鶴齡必以為茂元黨李德裕，綯父子黨牛僧孺，商隱之從茂元，為擇木之智，涣邱之公。然則令狐楚方盛之時，何以從之受學？令狐綯見讎之後，何以又屢啟陳情？《新、舊唐書》班班具在，鶴齡所論，未免為回護之詞。至謂其詩寄託深微，多寓忠憤，不同於温庭筠、段成式綺靡香艷之詞，則所見特深，為從來論者所未及。惟所作年譜，於商隱出處及時事頗有疏漏，故多為馮浩注本所糾。又如《有感二首》，詠文宗甘露之變者，引錢龍惕之箋，以李訓、鄭注為奉天討、死國難，則觸於明末璫禍，有激而言，與詩中『如何本初輩，自取屈氂誅』，『臨危對盧植，始悔用龐萌』諸句，顯為背觸，殊失商隱之本旨。又《重有感》一首，所謂『竇融表已來關右，陶侃軍宜次石頭』者，竟以稱兵犯闕望劉從諫，漢十常侍之已事，獨未聞乎？鶴齡又引龍惕之語，不加駁正，亦未免牽就其詞。然大旨在於通所可知，而闕所不知，絶不牽合《新、舊唐書》，務為穿鑿，其摧陷廓清之功，固超出諸家之上矣。

東澗老人寫校本李商隱詩集跋

〔清〕蔣斧

李義山詩集，《新唐書·藝文志》作《玉谿生詩》三卷。宋以來著録，則或稱《李義山詩》（《崇文總目》），或稱《李義山集》（《遂初堂書目》《直齋書録解題》《文獻通考》），或稱《李商隱詩集》（《宋史·藝文志》）。知李集在宋蓋有數本，其稱名雖與《唐志》不合，而卷數則同。國朝目録家所著録，《絳雲》《述古》并有《李商隱詩集》三卷（《絳雲》不言何本，《述古》云影鈔北宋本）。《愛日精廬》著録二本：一《李義山集》舊鈔校本，有護净居士跋；一《李商隱詩集》毛板校北宋本，有陳鴻跋，并三卷。此為東澗老人手寫，以朱、墨筆一再校勘。其標題初作《李義山詩》，嗣以朱筆改『詩』為『集』，又以墨筆改為《李商隱詩集》。標題之次行，初有『太學博士李商隱義山』款一行，嗣以朱筆抹去，又加墨勒。其朱筆校語所據諸本，曰『原本』，曰『鈔本』，曰『又一舊鈔本』，曰『一本』，曰『陳本』，曰『刻本』，曰『新本』。又據《才調集》《瀛奎律髓》《唐絶句選》《唐詩品彙》諸書所選一一校之，而獨未著原本所自出，其墨校亦不言所據何本。

斧按：此本初署題曰《李義山集》，署名太學博士李商隱義山，與陳氏《解題》本正合，知據以迻録之本亦宋本也。《愛日精廬》所載舊鈔本護净居士跋云：『先用錢副憲春池本寫，有篇次無卷目；後得錢牧齋禮部宋板，始有卷目。』又云：『孫方伯功父以一本見示，凡錢本之可疑者，一朝冰釋。乃知錢本直坊本耳。錢本亦有佳處，併記卷端。云云。』護净居士所詆錢本為坊本者，殆指東澗手寫之原本也。至墨筆校改，殆據北宋本，其署題作《李商隱詩集》，與《宋志》及述古所藏影鈔北宋本、陳鴻所據以校之北宋本（陳鴻本乃借孫孝若家北宋本校毛板，今考毛刻《八唐人集》作《李義山集》，陳校本著《李商隱詩集》者，必據北宋本改）均合，知所據為北宋本殆無可疑，《絳雲》所著録或即此本也。吾友羅叔言參事，曩得此本於南匯沈氏國光社主人，借付影印，斧為董校讎之役，并為考其源流。知此本從宋本迻録，據宋本校改，又據宋以來選本一一比勘，至為精密，為傳世李集第一善本。且出自東澗手寫，尤可珍矣。謹識語於卷末，以質世之言目録學者。宣統改元閏月廿七日吴縣蔣斧跋於宣南之唐韻簃。

三　史志書目著録

舊唐書文苑傳　〔五代〕劉昫

商隱有《表狀集》四十卷。

册府元龜　〔宋〕王欽若　楊億

李商隱與太原温庭筠、南郡段成式齊名，時號三才。商隱至東川判官，檢校工部郎中，有表狀集四十卷。

又：《東觀奏記》曰：義山文學宏博，牋表尤著於人間。（《幕府部·才學類》）

崇文總目　〔宋〕張觀　王堯臣等

《李義山詩》三卷。《玉谿生賦》一卷。《樊南四六甲集》二十卷《乙集》二十卷。

新唐書藝文志

〔宋〕歐陽修等

李商隱《樊南甲集》二十卷，《乙集》二十卷，《玉谿生詩》三卷，又《賦》一卷，《文》一卷。

遂初堂書目

〔宋〕尤袤

小説類　《雜纂》。

別集類　《李義山集》。

郡齋讀書志

〔宋〕晁公武

《樊南甲集》二十卷，《乙集》二十卷。又《文集》八卷。右唐李商隱義山也。隴西人，開成二年進士。令狐楚奏為集賢校理，楚出汴、滑、興元，皆表幕府。補太學博士。初，為文瑰邁奇古，及從楚學，儷偶長短，而繁縟過之。旨能感人，人謂其横絶前後無儔者。今《樊南甲乙集》皆四六為序，即所謂繁縟者。又有古賦及文共三卷，辭旨怪詭。宋景文序傳中云：『譎怪則李商隱。』蓋以此。詩五卷，清新纖豔，故舊史稱其與温庭筠、段成式齊名，時號三十六體云。（別集類中）

馮浩按：晁氏似合《古賦》與《文》三卷，《詩》五卷，統稱《文集》八卷也，與《宋志》異矣。《通志》作《詩》一卷，豈合三卷為一卷耶？馬氏《經籍考·集類》既全引《晁志》矣，別標《玉谿生集》三卷，引陳氏《書録解題》曰：『李商隱自號，此集即前卷中賦及雜著也。』又於《詩集》標《李義山集》三卷，引陳氏曰：『唐太學博士李商隱義山撰。』皆不細符也。

陳氏曰：『商隱所作應用之文，當時以為工；以近世四六較之，未見其工也。』蓋宋人駢體與六朝舊法異，故反嗤點樊南耳。

通志藝文略

〔宋〕鄭樵

李商隱《蜀爾雅》三卷。古文略（不書卷數）。《雜纂》一卷。《玉谿生詩》一卷。《玉谿生賦》一卷。《樊南四六甲集》二十卷，《乙集》二十卷。

直齋書録解題

〔宋〕陳振孫

《李義山集》八卷、《樊南甲乙集》四十卷　唐太學博士李商隱義山撰。商隱，令狐楚客，開成二年進士，書判入等，從王茂元、鄭亞辟。二人皆李德裕所善，坐此為令狐綯所憾，竟坎壈以終。《甲乙集》者，皆表章啟牒四六之文，既不得志于時，歷佐藩府，自茂元、亞之外，又依盧弘正、柳仲郢，故其所作應用若此之多。商隱本為古文，令狐楚長于章奏，遂以授商隱。然以近世四六觀之，當時以為工，今未見其工也。（《直齋書録解題》卷十六別集類上）

《玉溪生集》三卷　李商隱自號。此集即前卷中賦及雜著也。（同上）

《雜纂》一卷　唐李商隱義山撰。俚俗常談鄙事，可資戲笑，以類相從。今世所稱『殺風景』，蓋出於此。又有別本稍多，皆後人附益。（同上小說家類）

玉海　〔宋〕王應麟

《金鑰》二卷　太學博士李商隱分門別類。（藝文類）

宋史藝文志　〔元〕脱脱等

李商隱《賦》一卷，又《雜文》一卷，別集類《文集》八卷，又《四六甲乙集》四十卷，《別集》二十卷，《詩集》三卷。亦別集類

《蜀爾雅》三卷。小學類

《雜纂》一卷，《雜藁》一卷。小説類

《金鑰》二卷。類事類

《桂管集》二十卷。總集類

《使範》一卷，《家範》十卷。儀注類

馮浩按：《宋志》視唐大有增矣，但志文多重複，未可盡據。《桂管集》豈在桂海諸賢之合集歟？志於《雜藁》一卷，書李義山，史志書名不書字，余初疑之，核其上下所引諸書，當即商隱也。《雜藁》似即《象江太守》等五紀之類，後人亦稱雜記。

文獻通考　〔元〕馬端臨

《經籍考·蜀爾雅》下引陳氏曰：『不著撰人名氏。《館閣書目》按李邯鄲云：「唐李商隱採蜀語為

之。」當必有據。』又《雜纂》下引陳氏曰：『俚俗常談鄙事，可資戲笑，以類相從，今世所稱「殺風景」蓋出於此。又有别本稍多，皆後人附益。』巽岩李氏曰：『用諸酒杯流行之際，可謂善謔。其言雖不雅馴，然所訶誚，多中俗病，聞者或足以為戒，不但為笑也。』

又《金鑰》下引陳氏曰：『分四部，曰帝室、職官、歲時、州府。大略為牋啟應用之備。』

馮浩按：《玉海》藝文類：『唐《金鑰》二卷，太學博士李商隱分門編類。』是則宋本多稱學博。

又《經籍考》六。《李義山集》三卷。李商隱《樊南甲集》二十卷，《乙集》二十卷。又《文集》八卷。

明文淵閣書目

〔明〕楊士奇

《李義山文集》一部，十册，闕。塾本十一册。

《李商隱詩集》一部，四册。

馮浩按：《書目》係正統六年大學士楊士奇等編次，《文集》舉字，《詩集》舉名，一也。十册四册，豈較今本為多？惜不能搜校已。崑山葉氏《菉竹堂書目》，《文集》十一册，《詩集》同四册。

菉竹堂書目

〔明〕葉盛

《李義山文集》十一册。《詩集》四册。

國史經籍志　〔明〕焦循

《玉溪生詩》一卷。

李商隱《古字略》一卷。

馮浩按：宋英國公夏竦輯《古文四聲韻》五卷，標列所引諸書，有李商隱《字略》。

世善堂藏書目録　〔明〕陳第

《樊南集》四十八卷。《玉谿生集》三卷。《李義山詩集》三卷。

絳雲樓書目　〔清〕錢謙益

《李商隱詩集》三册，詩三卷。

述古堂藏書目　〔清〕錢曾

李義山《雜纂》三卷抄。

《李商隱詩集》三卷。三本。北宋影抄。

讀書敏求記 〔清〕錢曾

《李商隱詩集》三卷。

季滄葦藏書目 〔清〕季振宜

《李商隱詩》三卷。照宋抄。

天禄琳琅書目 〔清〕于敏中等

《李義山集》，一函四册，唐李商隱著，三卷。陳振孫《書録解題》載《李義山集》八卷、《樊南甲乙集》四十卷，唯《玉谿生集》為三卷，然云即前卷中賦及雜著。且馬端臨《文獻通考》亦祇稱為二卷。此本標《李義山集》，專録其詩，與振孫所載《玉谿生集》卷帙雖同，其書各異，則非宋人所刊無疑，特槧刻清朗，亦明槧之善本也。（明版集部）

四庫全書總目 〔清〕紀昀等

《李義山詩集》三卷（提要已見前）

《李義山文集箋注》十卷 國朝徐樹穀箋、徐炯註。樹穀字藝初，康熙乙丑進士，官至山東道監察御史；炯字章仲，康熙壬戌進士，官至直隸巡道，皆崑山人。考《舊唐書·李商隱傳》稱有《表狀集》四十卷。《新唐書·藝文志》稱李商隱《樊南甲集》二十卷、《乙集》二十卷、《玉溪生詩》三卷、《文》《賦》一卷。《宋史·藝文志》稱李商隱《文集》八卷、《四六甲乙集》四十卷、《别集》二十卷、《詩集》三卷。今惟《詩集》三卷傳，《文集》皆佚。國初吴江朱鶴齡始裒集諸書，編為五卷，而闕其狀之一體。康熙庚午，炯典試福建，得其本於林佶，採摭《文苑英華》所載諸狀補之，又補入《重陽亭銘》一篇，是為今本。鶴齡原本雖略為詮釋，而多所疏漏，蓋猶未竟之稿。樹穀因博考史籍，證驗時事，以為之箋；炯復徵其典故訓詁，以為之註。其中《上崔華州書》一篇，樹穀斷其非商隱作，近時桐鄉馮浩註本，則辨此書為開成二年春初作。崔華州乃崔龜從，非崔戎；故賈相國乃賈餗，非賈耽；崔宣州乃崔鄲，非崔群。引據《唐書·紀傳》，證樹穀之誤疑。又《重陽亭銘》一篇，炯據《全蜀藝文志》採入，馮浩註本則辨其碑末結銜及鄉貫皆可疑，知為舊碑漫漶，楊慎偽補足之。援慎偽補《樊敏》《柳敏》二碑，證炯之誤信。又據《成都文類》採入《為河東公上西川相國京兆公書》一篇，及逸句九條，皆足補正此本之疏漏。然《上京兆公書》乃案牘之文，本無可取，逸句尤無關宏旨，故仍以此本著於録焉。

四庫全書簡明目録

〔清〕紀昀等

《李義山詩集》三卷。其集唐宋以來祇有此本。近刻或分體，或編年，皆非其舊也。

《李義山詩註》三卷補註一卷。國朝朱鶴齡撰。李商隱詩舊有劉克、張文亮二註，久已散佚。明末釋道源始為作註，而冗雜特甚。鶴齡是編，蓋因其舊本，重為補正，然所採不及十之一。雖徵引故實，援據史傳，不及程夢星、馮浩諸本之備；而不以其詩為艷詞，亦不字字句句附會時事，則較諸家為善焉。

稽瑞樓書目　〔清〕陳揆

《李義山詩箋註》三卷。釋道源註，錢龍惕箋。道源時住高林庵，在破山麓。鈔本。六册。（邑中著述）

《李義山詩註》四册。錢木庵閱本。（附記各橱）

《李義山文集》五卷。舊鈔一册。（小橱叢書）

文瑞樓藏書目録　〔清〕金檀

徐註《義山四六》。

《李商隱文集》十卷。

《李商隱義山詩註》三卷。

孫氏祠堂書目　〔清〕孫星衍

《李義山詩集》三卷。《李義山文集箋註》十卷。徐樹穀、徐炯註。《唐詩百名家全集》（四函，席啟寓編，俱仿宋本）《李義山詩集》三卷。

鐵琴銅劍樓藏書目録

〔清〕瞿鏞

《李義山文集》五卷。唐李商隱撰。稽瑞樓精鈔本。馮氏藏本。原分三卷，此五卷本朱長孺得之重編者也。

八千卷樓書目

〔清〕丁立中

《李義山集》三卷。汲古閣本。席氏刊本。
《李義山詩》三卷《補註》一卷，國朝朱鶴齡撰。刊本。
《李義山詩集註》十六卷。國朝姚培謙撰，松桂讀書堂刊本。
《玉谿生詩箋註》三卷、《文箋註》八卷。國朝馮浩撰。刊本。
《李義山文集箋註》十卷，國朝徐樹穀箋、徐炯註。
《樊南文集箋註補編》十二卷《附録》一卷，國朝錢振倫箋、振常註。

郘亭知見傳本書目

〔清〕莫友芝

《李義山集》三卷。明刻。席氏刻。汲古刻佳。嘉慶中揚州汪氏校刻六卷。張目有馮氏護净居士崇禎甲戌鈔以北宋本校成之本，馮有二跋。又有以孫孝若家北宋本校毛本。

又《李義山詩註》三卷《補註》一卷。國朝朱鶴齡撰。朱氏與《杜集》合刻本。姚培謙註《李義山詩》十六卷，乾隆己未刻。

又《李義山文集箋註》十卷。國朝徐樹穀箋、徐炯註。徐氏刻本。宋有《玉溪生集》三卷，乃賦及雜著。馮浩著《李義山詩》四卷、註《樊南文集》八卷，乾隆四十五年刻。歸安錢振倫、錢振常箋註《樊南文集補編》十二卷，取《全唐文》所收義山文在徐、馮二家註本外者二百餘篇，為之箋註，同治五年盱眙吳棠為刻於清河。

藏園羣書經眼録

傅增湘

《李商隱詩集》六卷。明刊本，九行十九字，版心題『義山』二字，審其字體，當為明嘉靖、隆慶時刊本。前李商隱小傳數行，次目録。本書分五言古、七言古、五言律、五言排律、七言律、五言絶句、七言絶句，各為卷。號數通各卷計之。七言律以下，别為號數。（按：義山詩清朝盛行，刻本最多。然求一明刻本，自汲古閣外，殆不可得。前月在蘇州，葉郎園同年許見嘉靖刻二卷。乃毗陵蔣孝《唐人十二家集》本也，雖非單刻，已為罕見。頃來杭州，至述古齋李寶泉處得此書，為之狂喜【略】。）此本五言已標排律，決非宋本所出也。

又《李義山集》三卷。明毛氏汲古閣刊《唐人八家詩》本。介庵據陸貽典校宋本校。有跋録後：『庚申立秋又四日，病中以陸敕先較訂宋本對閲。介庵識。』

又《李義山詩集》不分卷。舊寫本，分體為次第，前有各家詩評。

又《李義山詩集》三卷。清朱鶴齡箋註。朱鶴齡箋本，張佩兼載華點校，并删補註文。眉上行間，粘箋殆滿。于朱註糾正極夥。手録楊致軒評，又傳朱竹垞評點。張跋附後：『陸放翁言註詩誠難，此真善於註詩者也，况奥博如義山詩耶？閲長孺自序及凡例，乃倜然以鄭箋自任，可議者一。註中疏漏紕繆之處不一而足，亟亟付梓，不暇刊正，可議者二。若但以掠美責之，謂如宋齊丘之於譚峭，郭子玄之於向秀，則固不足以服其心矣。《静志居詩話》於長孺《少陵詩註》及《義山詩註》不置褒貶，但云盛行於時而已。敬業堂評語有云：後世箋李詩未必功臣，奈何。兩先生皆非黨附虞山者也，且與長孺相識有素，其言尚如此。今人尊之如善註《文選》，毋乃過歟。陽坡山人。』此跋在序例後，下有『張載華印』『金鳳亭長』二印。

又《李商隱詩集》十卷。朝鮮古刻本，九行十七字，有《補遺》五葉。

增訂四庫簡明目録標注

〔清〕邵懿辰　邵章

《李義山詩集》三卷。席氏刊本。明刊本。嘉慶間揚州汪氏校刊本六卷。汲古閣刊本。〔續録〕孫功甫藏北宋本，分上中下三卷，『構』『桓』諸字不避。錢牧齋藏宋本，實仿宋耳。《天禄目》有明仿宋本，《張目》有馮氏護浄居士崇禎甲戌鈔以北宋本校成之本。馮有二跋。張云：據牧翁宋本校完，見孫本，始知錢本實仿宋。張又有以孫孝若家北宋本校毛本。錢牧齋寫校本，宣統己酉長洲蔣氏印行，稱為李集善本。蔣斧跋稱從宋本寫，以北宋本校改，為傳世李集第一云云。

又《四部叢刊》本。《鏡烟堂十種》刊紀昀評本。

又《李義山詩註》三卷《附録》一卷。清朱鶴齡撰。有刊本，與《杜集》合刻。〔續録〕順治十六年刊本。乾隆八年東柯草堂校刊本。套印本。同治九年廣州刊本。有《詩評》《詩譜》各一卷。

又姚培謙箋註十六卷。乾隆己未刊。〔續録〕民國七年中華書局影印松桂讀書堂初印本。

又《李義山文集箋註》十六卷。乾隆己未刊。清徐樹穀箋、徐炯註。徐氏刊本。馮浩註文八卷、詩四卷。乾隆四十五年刊。〔續録〕宋有《玉溪生集》三卷，乃賦及雜著。歸安錢振倫、錢振常箋註《樊南文集補編》十二卷。取《全唐文》所收義山文在徐、馮二家註本外者二百餘篇為之箋註，同治五年盱眙吴棠望三益齋刊本。嘉慶丁丑儀徵汪全泰刻《義山文集》六卷，蓋其父校理《全唐文》時録存者。刻類編與唐文同，錢振倫竟未之見何也？《四部叢刊》有《李義山文集》五卷。

又總集類　《中唐十二家晚唐十二家詩集》明萬曆壬子金陵朱子蕃刊本。中唐：儲光羲、獨孤及、劉長卿、錢起、盧綸、孫逖、崔峒、劉禹錫、張籍、王建、賈島、李商隱。

北京圖書館善本書目

《李商隱詩集》三卷。清影宋抄本。三册。

又《李商隱詩集》三卷。明悟言堂抄。二册。

又《李義山集》三卷。明末毛氏汲古閣刻《唐人八家詩》本。毛扆校。四册。

又《李義山集》三卷。明末毛氏汲古閣刻《唐人八家詩》本。□介庵校。二册。

又《唐李義山詩集》六卷。明刻本。四册。陳揖。

又《李商隱詩集》十卷《補遺》一卷。朝鮮刻本。二册。邢捐。

又《重訂李義山詩集箋註》三卷《集外詩箋註》一卷。清朱鶴齡撰、程夢星删補。《年譜》一卷、《詩話》一卷。清程夢星輯。清乾隆八年汪增寧今有堂刻本。方世舉批校。四册。

又《李義山文集》五卷。清抄本。一册。

四庫提要辨證　余嘉錫

《李義山文集箋註》十卷。嘉錫案：《新唐書·藝文志》於李商隱《樊南甲乙集》及《玉溪生詩》外，又有《賦》一卷，《文》一卷，非文賦一卷也。《宋史·藝文志》除《提要》所舉外，亦有《李商隱賦》一卷，又《雜文》一卷（在劉鄴、陳黯集之上）。總集類有李商隱《桂管集》二十卷。蓋《樊南集》皆駢儷之文，其《雜文》一卷，則古文也。《崇文總目》僅有《李義山詩》三卷，《玉溪生賦》一卷，《樊南四六甲集》二十卷，《樊南四六乙集》二十卷。其《宋志》著録之《文集》八卷，為《唐志》及《崇文總目》所無，始見於《郡齋讀書志》（卷十八）。略云：『《樊南甲乙集》皆四六；又有《古賦》及《文》共三卷，辭旨恢詭；詩五卷，清新纖艷。』此蓋宋人取其古賦及雜文，分為三卷，（疑為賦一卷，文二卷。）又分詩為五卷，合成此集。故《讀書志》於其文、賦及《玉溪生詩》，不別著於録。若《直齋書録解題》卷十六別集類，既有《李義山集》八卷，又有《玉溪生集》三卷，（《解題》云：此集即前卷中賦及雜著也。）此不知何人所析出，而其卷十九詩集類之《李義山詩》，則仍作三卷，不用五卷之本，驟觀之，第覺紛紜重復耳。《提要》於商隱著作，言之不詳，故為更考之如此。

又案馮浩所註，名《樊南文集詳註》，凡八卷。《重陽亭銘》在卷八，銘末題云：『唐大中八年九月一日，太學博士河内李商隱撰。』馮氏注云：『義山由太學博士出充梓幕，此仍書京職，而宋本詩集亦首標太學博士李商隱義山，不及他銜者，重王朝、尊儒職也。』此正言其自稱博士之故，《提要》乃謂浩辨其碑末結銜為可疑，是未細讀馮註也。注又云：『《金石録》，此碑李商隱撰，正書，無姓名，大中八年也。（案見《金石録》目録卷十，原作大中八年九月。）《全蜀藝文志》，碑在隆慶府東山之陽，石刻今存，亭圮後，宋治平中再建，明正德中又建。《四川通志》，重陽亭，在劍門驛東鳴鶴山上，今圮。』又云：『此文徐氏采之《全蜀藝文志》，而余取原書覆校者也。《金石録》無跋語，亭屢建屢圮，碑文必多剥落矣。今所登者缺字尚少，詞義略見古趣，使果出義山手，何無矯然表異者乎。義山自稱，或曰玉谿，或曰樊南，其郡望則隴西，故他人稱之曰成紀，此書河内，雖合史傳，而準之文翰，則可疑也。徐刊本作河南，豈别有據，抑傳寫之訛歟。余頗疑碑文久漫漶，而楊用修為補全之，恐未可篤信也。』又云：『《全蜀藝文志》，用修所最矜喜者，得《漢太守樊敏碑》於蘆山，《漢孝廉柳莊敏碑》於黔江也。實則《柳碑》僅存其名而未能追補矣。孝廉諱敏，何為加莊字哉。《巴君太守樊君碑》，趙氏《金石録》云首尾完好，至明弘治中，李一本磨洗出之，不可讀者過半。用修何以竟得一字無損之原刻哉？洪氏《隸釋》，《柳敏碑》有闕字，而文本不多，碑在蜀中。《樊敏碑》頗全，惟後共闕七字，碑在黎州。（案碑在雅州蘆川縣，不在黎州，顧氏《隸辨》卷八已言之，此承《隸釋》之誤。碑今雖存，乃重刻本，故只闕四十餘字，與李一本之言不合。）用修據此而補全之，則亦易矣。用修所云，何可盡信哉！』馮氏言楊慎於《柳敏碑》未能追補，而《提要》謂慎偽補《樊敏》《柳敏》二碑，是亦讀書不細之過也。《重陽亭銘》既著於《金石録》，其文為商隱所撰，無可復疑。馮氏疑其原碑剥落，為楊慎所補全，此特意揣之詞，毫無實據。文中尚闕十字，如慎果嘗補全，何不使之完好無闕乎。銘與序俱古雅，甚似漢、魏人文字，何以見其不出義山之手。兩《唐書》均稱商隱懷州河内人，馮氏作年譜，以為義山舊居鄭州，遷居懷州。錢振倫《年譜訂誤》，據商隱所撰

《曾祖妣狀》，知李氏實自懷遷鄭，至義山通籍，始奉其曾祖妣返葬於懷（見《樊南文集補編》附録）。然則懷州實其祖籍，銘中自稱河内，有何可疑耶。是徐炯之採此銘，原非誤信，馮氏之説，反屬誤疑也。惟是馮氏之為詳註，實能貫串史傳，博采羣書，旁參互證，用心至為細密，過於徐氏箋註遠甚。如卷一《為京兆公陝州賀南郊赦表》，徐氏以京兆公為杜悰，而《舊新·傳》悰無出守陝州之事，遂謂史文失此一遷。馮氏考之《通鑑》及《舊書》，知非杜悰而是韋温，韋氏自漢徙京兆杜陵，所謂『城南韋杜』，京兆之稱，不專屬杜也。徐氏本有《為成魏州賀瑞雪慶雲日抱戴表》，馮氏考之《文苑英華》，此表題下本缺人名，（案見《英華》卷五百六十一。）而魏州至文宗時為何進滔父子所據，其地乃節度使治所，不得有他刺史。《英華》别有崔融《為魏州成使君賀白狼表》，（案見卷五百六十六。）知此篇亦融所作。（徐本又有《為柳州鄭郎中謝上表》，馮氏亦以為非商隱文，而未能考定為誰作。）其卷三（此馮注卷數）《獻相國京兆公啟》，徐氏亦以為杜悰，馮氏謂與《述德抒情》詩（獻杜悰）二篇『早歲乖投刺，今晨幸發蒙』，情事迥别，考之《新、舊·紀傳》，知為韋琮，啟為韋分司東都，義山途次相遇所獻。凡此諸條，皆非炯等所及。《提要》之意，亦謂馮註勝於徐氏，然仍用箋注本著録，而於馮氏《詳註》并不存其目者，蓋以《詳註》成於乾隆三十年，（見卷首錢維城序。）馮浩本人至嘉慶六年始卒，（見《三續疑年録》卷九。）故用《文選》不録生存人例，以避標榜之嫌，《玉溪生詩詳註》之不入存目，亦即因此；又不欲没其所長，故於《提要》中委曲示意，而不欲質言之。（《四庫全書》凡例，無不録生存人之例。）此正如其屢引《潛研堂文集》，而錢氏所著書却不著録也。其謂馮氏所補《上京兆公書》乃案牘之文，逸句諸條無關宏旨者，託詞焉耳，其書之著録與否，豈關乎此耶。

四　李商隱年表

唐憲宗元和七年壬辰（八一二）

一歲。商隱自述為凉武昭王李暠之曾孫李承後裔，與唐皇室同宗，然支派已遠。本籍懷州河内（今河南沁陽縣），後遷居鄭州滎陽（今河南滎陽縣），至商隱已三世，高祖涉（字既濟），美原縣令；曾祖叔恒（一作叔洪），安陽縣尉；祖俌（字叔卿），邢州録事參軍。叔恒年二十九卒，俌亦以疾早世。父嗣，時任獲嘉縣令。商隱兄弟姊妹可考者有伯姊、裴氏仲姊、徐氏姊、弟羲叟。此外尚有三弟一妹，或為從弟妹。是年歲末，裴氏仲姊卒于獲嘉，年十九。

韓愈四十五歲。劉禹錫、白居易四十一歲。柳宗元四十歲。元稹三十四歲。李賀二十三歲。杜牧十歲。温庭筠十二歲。　魏博留後田興上表歸附朝廷，詔以其為魏博節度使

元和八年癸巳（八一三）

二歲。隨父在獲嘉。

宰相李吉甫進所撰《元和郡縣圖志》四十卷，《十道州郡圖》五十四卷。

元和九年甲午（八一四）

三歲。父罷獲嘉令，入浙東幕府。此後六年，商隱即隨父在浙東及浙西度過。

閏八月，彰義節度使吴少陽死，子吴元濟匿喪不報，自領軍務。十月，以嚴綬為申、光、蔡招撫使，督諸道兵討吴元濟。是年九月以給事中孟簡為越州刺史、浙東觀察使。

元和十年乙未（八一五）

四歲。隨父在浙東越州。

成德節度使王承宗、淄青節度使李師道助吴元濟。六月，李師道派人刺殺宰相武元衡，傷中丞裴度。旋以裴度同平章事。九月，以宣武節度使韓弘為淮西諸軍行營都統。

元和十一年丙申（八一六）

五歲。隨父在浙東越州。開始誦讀經書。

十月，以京兆尹李翛為潤州刺史、浙西觀察使。十二月，以李愬為隨唐鄧節度使。本年，李賀卒，年二十七。

元和十二年丁酉（八一七）

六歲。本年正月後，隨父在浙西潤州。

諸軍討淮蔡，四年不克。裴度請自往督戰。七月，以度兼彰義節度使、淮西宣慰處置使。十月，李愬雪夜入蔡州，擒吳元濟。淮西亂平。　本年正月，浙東觀察使孟簡追赴闕，入為户部侍郎，薛戎由常州刺史授浙東觀察使。

元和十三年戊戌（八一八）

七歲。隨父在浙西潤州。開始學習撰寫詩文。

淮西既平，餘鎮恐懼。横海節度使程權自請入朝為官。幽州劉總上表請歸順。王承宗質子、納地自贖。七月，令宣武等五鎮討李師道。　憲宗驕奢日甚，户部侍郎判度支皇甫鎛進羨餘以供軍費，又厚賂宦官吐突承璀，九月鎛同平章事。十一月以方士柳泌為台州刺史，合長生藥。十二月，遣宦官率僧衆迎鳳翔法門寺佛指骨。　本年十一月，以華州刺史令狐楚為懷州刺史充河陽三城懷孟節度使。　本年三月，韓愈進平淮西碑。後被指為不實，詔令磨愈文，命翰林學士段文昌重撰。

元和十四年己亥（八一九）

八歲。隨父在浙西潤州。

正月，刑部侍郎韓愈諫迎佛骨，貶為潮州刺史。二月，李師道為部下劉悟所殺，淄青等十二州皆平。四月，詔裴度以門下侍郎、同平章事充河東節度使。七月，令狐楚同平章事。十月，柳宗元卒，年四十七。本年三月，浙西觀察使李翛卒於任，五月，竇易直繼任。

元和十五年庚子（八二〇）

九歲。隨父在浙西潤州。

憲宗服方士金丹，多躁怒。正月，暴卒，時人皆言為宦官陳弘志所殺。右神策中尉梁守謙與宦官王守澄等共立太子李恒，閏正月即位（穆宗）。穆宗好遊宴，賞賜無度。七月，令狐楚罷為宣歙池觀察使；八月，再貶衡州刺史。本年，吐蕃多次侵擾靈武、鹽州、涇州一帶。

穆宗長慶元年辛丑（八二一）

十歲。商隱隨父在浙東西約六年餘。本年父卒，奉喪侍母歸鄭州。自述當時境況為『四海無可歸之地，九族無可倚之親。既祔故邱，便同逋駭』。

春，右補闕楊汝士與禮部侍郎錢徽掌貢舉，李宗閔壻、楊汝士弟皆及第。段文昌、李德裕、元稹、李紳等以為不公。詔王起與白居易復試，黜原及第進士十人。錢徽、李宗閔、楊汝士被遠貶。四月，令狐楚量移郢州刺史；是年，遷太子賓客分司東都。七月，幽州軍亂，擁立原都知兵馬使朱克融。成德鎮都知兵馬使王庭湊殺節度使田弘正，自稱留後。八月，裴度以河東節度使充幽、鎮兩道招討使，討王庭湊。十二月，以朱克融為幽州盧龍節度使。

長慶二年壬寅（八二二）

十一歲。在鄭州居父喪。

正月，魏博牙將史憲誠逼節度使田布自殺。二月，以王庭湊為成德節度使。河北三鎮再度恢復割據。九月，李德裕為浙西觀察使，代竇易直。十月，令狐楚授陝虢觀察使。十一月，復為太子賓客分司東都。三月，徐州節度使崔羣為其副使王智興所逐，王自專軍務；即以其為徐州刺史、充武寧軍節度使。

長慶三年癸卯（八二三）

十二歲。父喪除後，於東甸（鄭州）占籍為民，『傭書販舂』。商隱從叔李某自淮海歸居滎陽，商隱與弟羲叟等於此後數年間由從叔『親授經典，教為文章』。

李逢吉與樞密使王守澄勾結，左右政局。

長慶四年甲辰（八二四）

十三歲。仍居鄭州。

正月，穆宗服方士金石藥，卒。太子湛即位（敬宗），荒淫更甚於穆宗。三月，令狐楚為河南尹。九月，令狐楚為檢校禮部尚書、汴州刺史、宣武軍節度、宋汴亳觀察等使。冬，韓愈卒，年五十七。李逢吉時在相位，用張又新等人。時人惡逢吉者，目之為『八關十六子』。

敬宗寶曆元年乙巳（八二五）

十四歲。仍居鄭州。

五月，敬宗至魚藻宫觀競渡。七月，命王播造競渡船二十隻供進。八月，遣宦官往湖南、江南等道及天台山採藥。十一月，遊驪山温泉。

寶曆二年丙午（八二六）

十五歲。約於此年以後，學仙玉陽。同在玉陽學道者有其從叔祖李某。約在文宗大和初結束學道生活，離家求仕。

三月，横海鎮節度使李全略卒，子同捷擅領留後事，朝廷經年不問。敬宗遊戲無度，五月至魚藻宫觀競渡。九月，大合宴于宣和殿，陳百戲，數日方罷。又好營建宫殿，自春至冬，大興土木。十二月，宦官劉克明等殺敬宗。樞密使王守澄等立江王涵，改名昂（文宗）。即位後屢下詔去奢從儉。

文宗大和元年丁未（八二七）

十六歲。著才論、聖論（二文今佚），以古文為士大夫所知。徐氏姊卒。五月，以李同捷為兖海節度使，同捷抗拒朝命。八月，命諸道兵進討。

大和二年戊申（八二八）

十七歲。

三月，劉蕡應賢良方正能直言極諫科，對策中猛烈抨擊宦官，考官嘆服，因畏懼宦官，不敢取。朝官、士人紛紛為劉蕡抱屈。四月，以邕管經略使王茂元為容管經略使。十月，徵令狐楚為户部尚書。本年，河南北諸軍討李同捷久未成功，江淮為之耗弊。

大和三年己酉（八二九）

十八歲。本年三月後，以所業文拜謁令狐楚於東都，楚奇其才，令與諸子（緒、綯、綸）同遊。參與文會，並曾謁見時任太子賓客分司之白居易，受其禮遇。從叔處士李某卒。歲末，天平軍節度使（駐鄆州）令狐楚聘請商隱入幕為巡官。商隱隨楚至鄆。

四月，唐軍攻佔滄州，斬李同捷。西川節度使杜元穎專務蓄積，減削士卒衣糧。十一月，南詔攻西川，十二月陷成都，擄掠而還。　本年三月，令狐楚檢校兵部尚書、東都留守、東畿汝都防禦使。十一月，進檢校右僕射、天平軍節度、鄆曹濮觀察使。十二月，以吏部郎中宇文鼎為御史中丞。

大和四年庚戌（八三〇）

十九歲。在鄆州令狐楚幕。楚授以駢文章奏之道，始通今體。

七月，宋申錫同平章事。正月，牛僧孺由武昌節度使入朝，由李宗閔推薦，為相。二人相與排擯李德裕之黨。九月，裴度為李宗閔所忌，出為山南東道節度使。十月，李德裕為西川節度使，德裕練士卒、修堡鄣、積糧儲，蜀地粗安。

大和五年辛亥（八三一）

二十歲。在鄆州令狐楚幕。正月，得楚資助，在長安參加進士試，主考官賈餗。不第後仍返鄆州。

正月，盧龍副兵馬使楊志誠逐節度使李載義。文宗召宰相議其事。牛僧孺言：『范陽自安史以來非國所有……不必計其順逆。』四月，以志誠為幽州節度使。文宗與宰相宋申錫謀誅宦官，為王守澄、鄭注所知。鄭注令人誣告宋申錫謀立漳王，文宗信以為真。三月，貶申錫為開州司馬。九月，吐蕃維州守將悉怛謀請降。西川節度使李德裕派兵入據其城。宰相牛僧孺持反對意見。詔德裕以其城歸吐蕃，縛還悉怛謀及其從者。吐蕃將悉怛謀等全部殘酷殺害。　本年，元稹卒。年五十三。

大和六年壬子（八三二）

二十一歲。正月在長安第二次參加進士試，主考官賈餗。下第後曾上令狐楚狀。其後當入楚太原幕。

二月，令狐楚為太原尹、北都留守、河東節度使。七月，以御史中丞宇文鼎為户部侍郎判度支。十一月，牛僧孺罷相，出鎮淮南。十二月，李德裕由西川節度使入為兵部尚書。將為相，李宗閔百計阻之。

大和七年癸丑（八三三）

二十二歲。本年第三次應舉，知舉賈餗不取。太原幕罷，商隱曾回鄭州，謁見鄭州刺史蕭澣，受其禮遇。離鄭州後又至華州，依其重表叔、華州刺史崔戎。受其厚遇，在幕中代擬表奏。

正月，王茂元為嶺南節度使。二月，李德裕同平章事。三月，出楊虞卿為常州刺史、蕭澣為鄭州刺史。六月，李宗閔出為山南西道節度使。令狐楚檢校右僕射、兼吏部尚書。七月，王涯同平章事。閏七月，崔戎出為華州刺史。十二月，文宗患風疾，鄭注由王守澄推薦，為文宗治病，得寵信。

大和八年甲寅（八三四）

二十三歲。因病未應試。正月在華州幕，曾代崔戎草表狀。後戎送其習業南山。四月，隨崔戎自華州赴兖州，掌章奏。五月初抵兖。戎卒後，西歸鄭州。冬赴長安，道經洛陽時與東下宣州赴宣歙王質幕之趙皙晤別。

三月，崔戎為兖海觀察使；六月病卒。李訓由鄭注引薦，八月，任四門助教。十月，李宗閔同平章事。十一月，李德裕出為鎮海節度使。成德節度使王庭湊卒，子元逵改父所為，事朝廷頗恭謹。本年，盧弘止由兵部郎中出宰昭應縣。皮日休約生於此年。

大和九年乙卯（八三五）

二十四歲。春，商隱應舉，知舉崔鄲不取。本年，往來長安、鄭州之間，曾至崔戎舊宅相弔。其首謁昭應縣令盧弘止亦當在此年前後。歲末，在鄭州，有《為鄭州天水公言甘露事表》。

二月，發左右神策軍一千五百人浚曲江及昆明池、重修亭館。鄭注、李訓惡京兆尹楊虞卿及李宗閔等，六月貶李宗閔為明州刺史；七月貶楊虞卿為虔州司馬，貶蕭澣為遂州刺史。時大批朝官被指為『二李（德裕、宗閔）之黨』而遭貶逐。李訓、鄭注為文宗畫策：『先除宦官，次復河湟，次清河北。』九月，杖殺宦官陳弘志。以鄭注為鳳翔節度使；舒元輿、李訓并同平章事。十月，酖殺宦官王守澄。十一月，李訓謀誅宦官，不克。中尉仇士良殺宰相王涯、賈餗、舒元輿及王璠、郭行餘等，李訓於逃亡途中被擒斬首。鄭注為鳳翔監軍張仲清所殺。史稱『甘露之變』。從此文宗更受挾制，朝廷大權進一步歸於宦官。本年十月，令狐楚守尚書左僕射，進封彭陽郡開國公。以前廣州節度使王茂元為涇原節度使。

文宗開成元年丙辰（八三六）

二十五歲。春夏在長安，與令狐綯、李肱等有交往。與洛中里孃柳枝之短暫戀情當在開成二年進士登第之前。

二月，昭義節度使劉從諫表請王涯等罪名。三月，復上表暴揚仇士良等罪惡。士良懼，稍有收歛。三月，以李德裕為滁州刺史。四月，以李宗閔為衡州司馬，『二李之黨』漸被復用。四月，令狐楚為興元尹、山南西道節度使。十二月，崔龜從為華州防禦使。本年，令狐綯為左拾遺，蕭澣卒於遂州。

開成二年丁巳（八三七）

二十六歲。春，商隱應舉，高鍇知貢舉，令狐綯雅善鍇，奬譽甚力，擢進士第。春末，東歸濟源省母。冬，因令狐楚病，由長安馳赴興元，楚囑其代草遺表。十二月，奉楚喪回長安。

六月，成德節度使王元逵尚壽安公主。以左金吾將軍李執方為河陽節度使。十一月，興元尹、山南西道節度使令狐楚卒，年七十二。本年，令狐綯為左補闕。聶夷中生。

開成三年戊午（八三八）

二十七歲。春應吏部博學宏詞科試，先為考官李回所取，並為掌銓選之官吏周墀注擬官職，複審時被某一『中書長者』抹去。落選後赴涇原節度使王茂元幕。茂元愛其才，以女嫁之，商隱因此招致令狐綯之忌，謂其『背家恩』。

正月，仇士良使人暗殺李石未成。石懼，辭相，出為荆南節度使。楊嗣復、李珏并同平章事，二人與鄭覃、陳夷行不協，每議政，是非蜂起，文宗不能決。三月，孫簡為陜虢觀察使。五月，高鍇為鄂岳觀察使。太子永好遊宴，楊賢妃又加譖毁。九月，文宗欲廢太子，殺太子宮人左右數十人。十月，太子暴卒。本年，吐蕃彝泰贊普卒，弟達磨立，荒淫殘暴，吐蕃益衰。

開成四年己未（八三九）

二十八歲。春，以書判拔萃釋褐為秘書省校書郎。不久，調為弘農尉，以活獄觸怒觀察使孫簡，將罷官，適逢姚合代簡，諭使還官。

三月，裴度卒，年七十五。五月，鄭覃罷為右僕射，陳夷行罷為吏部侍郎。七月，崔鄲同平章事。八月，姚合為陜虢觀察使。十月，楊賢妃請立皇弟安王溶為嗣，李珏反對，立敬宗少子陳王成美為皇太子。文宗自甘露之變後常鬱鬱不樂，十一月乙亥，召當值學士周墀談話，以周赧王、漢獻帝自比，且謂：『赧、獻受制於强諸侯，今朕受制於家奴，以此言之，朕殆不如！』泣下沾襟，自此不復視朝。

開成五年庚申（八四〇）

二十九歲。九月初仍在弘農尉任。九月下旬得河陽節度使李執方資助，由濟源移家長安樊南。十月十日抵達長安。旋應王茂元之招，赴陳許節度使幕。約十一月初抵達許州。在幕月餘，為茂元草擬表狀多篇，約在歲末離許州，至華州周墀幕。

正月，文宗卒。仇士良等立潁王瀍（武宗，後改名炎）。陳王成美、安王溶及楊賢妃皆賜死。八月，楊嗣復貶為湖南觀察使，李珏貶為桂管觀察使。九月，李德裕自淮南入朝，拜相。本年春，王茂元自涇原入為朝官，任司農卿、將作監。冬，再調忠武節度使。令狐綯服喪期滿，為左補闕、史館修撰。周墀出為華州刺史鎮國軍潼關防禦等使。韋温為陜虢觀察使。回鶻為其北方黠戛斯部落所破，諸部逃散。可汗兄弟嗢没斯等及其相赤心、僕固、特勒那頡啜各帥其衆於本年秋冬之際至天德塞下。

武宗會昌元年辛酉（八四一）

三十歲。正月在周墀華州幕，曾為華、陝之周墀、韋温草賀表。本年十一月中旬、十二月末，又曾為周墀草賀表。

三月，陳夷行同平章事。再貶楊嗣復為潮州司馬。裴夷直由杭州刺史貶為驩州司户，劉蕡約於同時或稍後被貶為柳州司户。九月，盧龍軍亂。偏將陳行泰殺節度使史元忠自立，次將張絳復殺陳行泰自立。武宗用李德裕策破例不加任命。十月，别任雄武軍使張仲方知盧龍留後，逐張絳。仲武事朝廷較恭順。回鶻内部分化，嗢没斯一部請求内附。天德軍使田牟欲擊回鶻以立功，李德裕約束田牟等不許邀功生事。十二月，遣使撫慰回鶻，賑米兩萬斛。

會昌二年壬戌（八四二）

三十一歲。正月初與四月下旬，曾為周墀草賀表。約在本年春，再以書判拔萃重入秘書省為正字。約在本年冬，因母喪丁憂居家。

回鶻嗢没斯入朝，以為歸義軍使。烏介可汗率所部侵擾天德、振武兩軍邊塞。八月，驅掠河東牛馬數萬。唐朝廷籌備兵力，俟來春驅逐回鶻。九月，詔銀州刺史何清朝、蔚州刺史契苾通領沙陀、吐渾六千騎赴天德。本年，白敏中為翰林學士。令狐綯為户部員外郎。劉禹錫卒，年七十一。達磨贊普死，吐蕃内亂。韓偓生。

會昌三年癸亥（八四三）

三十二歲。在京守母喪。因岳父王茂元卒及裴氏姊遷葬等事，秋冬之際曾至洛陽、河陽、懷州等地。是年，徐氏姊夫卒於浙東。

二月，河東節度使劉沔遣麟州刺史石雄大破回鶻於黑山，烏介可汗遁去，迎太和公主歸。崔珙罷為右僕射。五月，武宗任命崔鉉為同平章事，宰相、樞密皆不預知。六月，仇士良致仕。四月，昭義節度使劉從諫卒，其侄劉稹據鎮自立。朝臣多主張姑息，李德裕以澤潞地近京師，力勸武宗用兵。以忠武節度使王茂元為河陽節度使，邠寧節度使王宰為忠武節度使。五月十三，下制削劉從諫及侄劉稹官爵，命王茂元、劉沔、陳夷行、王元逵、何弘敬等合力攻討。貶李宗閔為湖州刺史。七月，遣户部侍郎兼御史中丞李回宣諭河朔，令盧龍鎮專禦回鶻，令成德、魏博兩鎮攻取昭義所屬邢、洺、磁三州，勿助劉稹。三鎮節度使何弘敬、王元逵、張仲武皆從命。九月，以石雄為晉絳行營節度使。是月中旬，王茂元卒于河陽軍中。十一月，党項侵邠寧，以兖王岐為靈、夏等六道元帥，兼安撫党項大使，以御史中丞李回為安撫党項副使，史館修撰鄭亞為元帥判官。

會昌四年甲子（八四四）

三十三歲。正月，處士叔、裴氏姊、小姪女寄寄遷葬滎陽壇山，商隱作祭文傷悼。楊弁亂平後，於暮春自樊南移家永樂。自述此時『遁迹邱園，前耕後餉』，『渴然有農夫望歲之志』，似曾偶或參加農作。在永樂期間，曾往來於太原、霍山、稷山、介休等地。

正月，河東將楊弁勾結劉稹作亂，逐節度使李石，監軍吕義忠收復太原，擒楊弁。三月，黠戛斯遣使者入貢。朝廷以回鶻衰微、吐蕃内亂，議復河湟四鎮十八州，以給事中劉濛為巡邊使。李德裕以州縣佐官太冗，奏令吏部郎中柳仲郢減裁。七月，邢、洺、磁三州降。八月，遣盧弘止宣慰三州及成德、魏博兩鎮。昭義大將郭誼殺劉稹降。石雄率兵入潞州，執郭誼等送京師。澤潞等五州平。九月，盧鈞節度昭義。此次用兵，以及會昌三年抗擊回鶻，李德裕奏請監軍不得干軍要，將師得以施其謀略，所向有功。七月，杜悰同平章事，兼度支、鹽鐵轉運使。十二月，牛僧孺貶循州長史。本年，令狐綯為右司郎中（從馮譜及張氏《會箋》）。

會昌五年乙丑（八四五）

三十四歲。春，應從叔鄭州刺史李褒之招，赴鄭州。曾為褒作啓及《禱雨文》。夏秋之際，與家人居洛陽，骨肉之間，病恙相繼。十月下旬，母喪服闋，曾入京。後復返洛。

正月，武宗寵信道士趙歸真，敕於南郊築望仙臺，李德裕諫之。二月，柳仲郢為京兆尹。三月，崔鉉罷為陝虢觀察使。五月，杜悰罷為劍南東川節度使。李回同平章事。武宗下令滅佛。本年，毁佛寺四千六百餘區，歸俗僧尼二十六萬五百人。財貨并没官，寺材用以修葺公廨驛舍，銅像、鐘磬用以鑄錢。九月，李德裕請置備邊庫。

會昌六年丙寅（八四六）

三十五歲。約仲春間已在長安。重官秘書省正字。子袞師生。

武宗迷信神仙，服長生藥，自會昌五年秋已患病，本年三月卒。諸宦官立光王怡為皇太叔，即位改名忱（宣宗）。宣宗惡李德裕，四月，罷為荆南節度使。貶工部尚書判鹽鐵轉運使薛元賞為忠州刺史、弟京兆少尹權知府事元龜為崖州司户。以韋正貫權知京兆尹。五月，白敏中同平章事。七月，淮南節度使李紳卒。李讓夷罷為淮南節度使。八月，武宗朝所貶諸相牛僧孺、李宗閔、崔珙、楊嗣復同日北遷。九月以李德裕為東都留守。　本年，白居易卒，年七十五。杜荀鶴生。

宣宗大中元年丁卯（八四七）

三十六歲。二月，桂管觀察使鄭亞辟商隱入幕，為觀察支使，當表記。商隱隨亞赴桂州，三月七日離京，經江陵，閏三月二十八日抵潭州。因漲水在潭逗留月餘。至六月九日抵達桂林。九月，代鄭亞撰擬《太尉衛公會昌一品集序》。鄭亞與荆南節度使鄭肅同宗，冬奉鄭亞之命往使。十月，於舟行途中編定《樊南甲集》。　本年正月，商隱弟羲叟進士及第。商隱赴桂時，羲叟送至藍田縣韓公堆。

宣宗與白敏中等務反會昌之政。正月，大赦，制文稱：『國家與吐蕃甥舅之好，自今後邊上不得受納降人。』（按此係針對大和五年維州事而發）。二月，白敏中使其黨李咸訟德裕罪，德裕由是以太子少保分司。給事中鄭亞出為桂州刺史、桂管防禦觀察使。以馬植為刑部侍郎，充鹽鐵轉運使。崔元式、韋琮并同平章事。閏三月，下令恢復佛教，是以僧尼之弊皆復其舊。六月，盧弘止出為義成軍節度使。八月，李回罷為劍南西川節度使。九月，白敏中等興吴湘之獄，十二月貶李德裕為潮州司馬。吏部奏：會昌四年所減州縣官員内復增三百八十三員。兩稅法施行後，錢重物輕。武宗毁佛像、鐘磬鑄錢，錢重物輕局面稍有扭轉。宣宗即位，新錢以字可辨，復鑄為像。又，史稱『宣宗即位，茶鹽之法益密』。本年三月，令狐綯由右司郎中出為湖州刺史。裴夷直自驩州貶所内徙；劉蕡自柳州貶所内徙澧州員外司户。

大中二年戊辰（八四八）

三十七歲。正月，自江陵歸桂林。途經湘陰黄陵時，與已内徙之劉蕡晤别，作《贈劉司户蕡》詩。回桂林後曾客游昭州。二月鄭亞貶循州，商隱於三、四月間離桂北歸。五月至潭州，在湖南觀察使李回幕逗留。曾至澧州藥山訪融禪師。約六月下旬抵達江陵。曾溯江至夔峽一帶。仲秋自江陵續發，冬初返長安，選為盩厔尉。二月，令狐綯召拜考功郎中，尋知制誥、充翰林學士。李回左遷湖南觀察使，鄭亞貶循州刺史。七月，續畫功臣像於凌烟閣。九月，再貶李德裕為崖州司户，李回為賀州刺史。十月，牛僧孺卒，贈太尉。本年五月，周墀、馬植拜相。二月，楊嗣復由江州刺史内徵為吏部尚書，道岳州卒。裴夷直約於其後接任江州刺史。

大中三年己巳（八四九）

三十八歲。商隱選盩厔尉後，謁見京兆尹鄭涓，涓留其假參軍事，專章奏。十月，武寧節度使盧弘止辟商隱入幕為判官，得侍御銜（當為監察御史）。閏十一月中下旬，啓程赴徐州，臘月途經汴州。歲末抵徐。本年，商隱弟義叟釋褐秘書省校書郎，改授河南府參軍。本年商隱與杜牧同在長安，商隱有詩贈杜牧。

正月，詔司勳員外郎兼史館修撰杜牧撰《故江西觀察使韋丹遺愛碑》。二月，吐蕃秦、原、安樂三州及石門等七關來降，詔靈武、邠寧節度使出兵接應。四月，崔鉉魏扶并同平章事。五月，徐州軍亂，逐節度使李廓。以義成節度使盧弘止為武寧軍節度使。徐州驕兵屢逐主帥。弘止至鎮，都虞侯胡慶方復謀作亂，弘止誅之，撫其餘衆，軍府由是獲安。六月、七月，涇原、靈武、邠寧、鳳翔等節度使收復三州七關。八月，河隴老幼千餘人詣闕，朝見宣宗。九月，西川節度使杜悰收復維州。十一月，幽州軍亂，逐節度副大使張直方，推其牙將周琳為留後。本年二月，令狐綯拜中書舍人。五月，遷御史中丞。九月，充翰林學士承旨，尋權知兵部侍郎知制誥。本年秋，劉蕡客死於楚地（可能在江州）。十二月，李德裕卒於崖州貶所。

大中四年庚午（八五〇）

三十九歲。春夏間在徐州盧弘止幕。約六月隨盧弘止至汴州。抵汴幕後奉使入關，時李郢離汴赴蘇州，二人相遇於汴，盤桓數日後於板橋相互送别，各有詩。

四月，馬植坐與宦官馬元贄交通，罷相，貶常州刺史。約五六月間，盧弘止調宣武節度使。八月，幽州節度使周琳卒，軍中立其牙將張允伸為留後。党項為邊患，發諸道兵進討，連年無功，右補闕孔温裕上疏切諫，貶柳州司馬。十一月，令狐綯同平章事。

大中五年辛未（八五一）

四十歲。盧弘止卒於汴州，商隱罷汴幕歸京。春夏間抵京，時妻王氏已卒。卒前夫婦未及見面。商隱窮蹙無路，復以文章干令狐綯，補太學博士。七月，柳仲郢任東川節度使，辟為節度書記。商隱因料理家事，遲至九月初始啓程赴梓。十月末抵梓，改任節度判官。十二月十八，以幕府判官帶憲銜身份差赴西川推獄。曾謁見西川節度使杜悰，獻詩文企求提携。並遊覽武侯祠。

沙州人張義潮乘吐蕃内亂逐其守將，奪得沙州。正月，遣使來降。以義潮為沙州防禦使。二月，以裴休為鹽鐵轉運使。宣宗以南山、平夏党項久未平，頗厭用兵。三月，以白敏中為司空、同平章事，充招討党項行營都統、制置等使，南北兩路供軍使兼邠寧節度使。盧弘止卒於汴州。七月，柳仲郢任梓州刺史、東川節度使。十月，魏謩同平章事。　蓬果百姓依阻雞山，活動於三川邊境。以果州刺史王贄弘充三川行營都知兵馬使進行鎮壓。張義潮發兵收復瓜、伊、西等十州，由是，河湟之地盡入於唐。十一月，置歸義軍於沙州，以義潮為節度使。本年，鄭亞卒於循州。歲末，韓瞻出守普州。

大中六年壬申（八五二）

四十一歲。在梓州柳仲郢幕。兼代掌書記。春初，由西川返梓。五月，杜悰啓程赴淮南，商隱奉柳仲郢命往渝州界首迎送。

二月，王贄弘撲滅雞山義軍。三月，敕賜元舅右衛大將軍鄭光鄠縣及雲陽莊并免税役。四月，西川節度使杜悰遷淮南節度使。白敏中任西川節度使。湖南奏，團練副使馬少端撲滅衡州鄧裴起義。党項復侵擾邊地。河東節度使李業縱吏民侵掠少數民族，妄殺降人，北邊擾動。魏謩請加貶黜，宣宗不許，閏六月遷業爲義成節度使。以盧鈞爲太原尹、北都留守、河東節度使。本年，杜牧卒，終年五十。

大中七年癸酉（八五三）

四十二歲。在梓幕。十一月，編定《樊南乙集》，自序云：『三年已來，喪失家道，平居忽忽不樂，始剋意事佛。』曾自出財俸，於長平山慧義精舍經藏院特創石壁五間，金字勒《妙法蓮花經》七卷，啓請柳仲郢爲記文。本年商隱思鄉念子情切，屢形於吟詠。約在十一月中下旬，啓程返長安。

十二月，度支奏：『自河湟平，每歲天下所納錢九百二十五萬餘緡，内五百五十萬餘緡租税，八十二萬餘緡榷酤，二百七十八萬餘緡鹽利。』（時轄土多於大曆、建中之時，而財政收入減少。）同月，左補闕趙璘請罷來年元會，止御宣政，宣宗曰：『近華州有賊光火劫下邽，關中少雪，……雖宣政亦不可御也。』楚州團練使鄭祗德『以關輔亢沴，民窮爲盜，不可止』，由楚州調任同州刺史。

大中八年甲戌（八五四）

四十三歲。約春初返抵長安。在京期間，曾爲張濳、薛傑遜分别撰寫上同州刺史鄭祗德、上山南西道節度使封敖之謝啓，並有贈翰林學士庾道蔚之詩（《贈庾十二朱版》）。約仲春末或暮春初啓程返梓。行前往訪已由普州還朝任虞部郎中之韓瞻，有《留贈畏之》七律。返途過金牛驛時，有《行至金牛驛寄興元渤海尚書》七律寄呈封敖。約四月抵梓。九月一日作《劍州重陽亭銘並序》。

宣宗自即位以來，窮治弑憲宗之黨，以穆、敬、文、武諸帝為逆，宦官、外戚乃至東宫官屬，誅竄甚衆，慮人情不安，正月下詔停止追究。十月，以甘露之變唯李訓、鄭注當死，自餘王涯、賈餗等無罪，詔皆雪其冤。宣宗曾與翰林學士韋澳、宰相令狐綯等謀誅宦官，綯密奏：『但有罪勿舍，有闕勿補，自然漸耗，至於盡矣。』宦官竊見其奏，由是益與朝士相惡。　許渾約卒於本年冬。張祜亦於本年卒於丹陽。

大中九年乙亥（八五五）

四十四歲。在梓幕。十一月，柳仲郢内徵，韋有翼接任東川節度使。有翼到任後，商隱曾為其代撰《乞留瀘州刺史洗宗禮狀》。商隱隨仲郢返京之時間約在歲末或十年初。

正月，成德節度使王元逵卒，五月以其子紹鼎為成德節度使。七月，浙東軍亂，逐觀察使李訥。淮南饑，民多流亡，節度使杜悰荒於遊宴，不理政事。以崔鉉充淮南節度使，以悰為太子太傅、分司。十一月，征柳仲郢為吏部侍郎。韋有翼繼任東川節度使。

大中十年丙子（八五六）

四十五歲。約暮春歸抵長安，居永崇里。可能至太原交城一帶。尋柳仲郢奏充鹽鐵推官。歲暮出關赴洛。

柳仲郢入朝，未謝，改兵部侍郎，充諸道鹽鐵轉運使。三月，詔云：『回鶻有功於國，世為婚姻，稱臣奉貢，北邊無警。會昌中……姦臣當軸，遽加殄滅。近有降者云：已厖歷今為可汗，尚寓安西。俟其歸復牙帳，當加册命。』外戚鄭光莊吏驕横，積年不交租税，京兆尹韋澳執而囚械之，欲置於法，宣宗為鄭光故而請免死罪。十一月，吏部尚書李景讓上言：『宜遷四主（穆、敬、文、武）出太廟。』詔令百官議其事，不决而止。

大中十一年丁丑（八五七）

四十六歲。任鹽鐵推官。正月在洛陽。約暮春游江東。曾游揚州、金陵等地，多詠史覽古之作。

二月，門下侍郎、同平章事魏謩以剛直為令狐綯所忌，出為西川節度使。　五月，容州軍亂，逐經略使王球。宣宗晚節頗好神仙，十月，遣中使迎道士軒轅集於羅浮山。

大中十二年戊寅（八五八）

四十七歲。罷鹽鐵推官，還鄭州，未幾病卒。

二月，甲子朔，罷公卿朝拜光陵（穆宗）及忌日行香，悉移宫人於諸陵。以兵部侍郎柳仲郢為刑部尚書，以夏侯孜為兵部侍郎充諸道鹽鐵轉運使。　四月，嶺南都將王令寰作亂，囚節度使楊發。五月，湖南軍亂，都將石載順等逐觀察使韓琮，殺都押牙王桂直。六月，江西軍亂，都將毛鶴逐觀察使鄭憲。七月，宣州都將康全泰作亂，逐觀察使鄭薰。容管都虞侯來正謀叛。　安南都護李涿貪暴，當地少數民族怨怒。六月，導南詔侵擾邊境。秋河南、北、淮南大水，徐泗水深數丈，漂没數萬家。